MIKA WALTARI

Le Secret du royaume

Myrina

ROMAN

TRADUCTION DE MONIQUE BAILE
ET JEAN-PIERRE CARASSO

OLIVIER ORBAN

Paru sous le titre original :
Ihmiskunnan viholliset
aux Éditions Vsoy, Helsinki

PREMIERE LETTRE

Marcus Mezentius te salue, ô Tullia!

DANS ma lettre précédente, ô Tullia, je t'écrivais le récit de mes voyages au long du fleuve d'Egypte. J'ai pris mes quartiers d'hiver à Alexandrie, après y avoir vainement attendu ton arrivée jusqu'aux orages de l'automne. Comme l'amour me rendait puéril ! Le plus riche marchand, le plus curieux des citoyens ne visitaient pas le port avec plus de diligence que moi pour guetter l'arrivée des vaisseaux d'Ostie et de Brundisium. J'y ai passé chaque journée jusqu'à la fin de la saison navigable, au point de devenir une peste redoutée des gardes, des inspecteurs de la douane et des officiers du port que je harcelais sans relâche de mes questions.

Il est vrai que mon savoir s'en trouva accru et que j'appris bien des choses curieuses concernant les pays lointains ; mais à force de contempler les flots en direction du large, on sent ses yeux s'emplir de larmes amères et, quand le dernier des vaisseaux fut arrivé, force me fut de constater que tu m'avais abandonné. Voilà maintenant un an que nous nous sommes rencontrés, ô Tullia, et que tu m'as persuadé de quitter Rome par des vœux et des promesses dont je vois aujourd'hui toute la fausseté. Mon cœur débordait d'amertume lorsque je t'ai écrit cette première lettre pour te dire adieu à jamais, jurant de m'embarquer pour les Indes et de n'en plus revenir. Des rois grecs y règnent encore sur des cités inconnues, descendants des compagnons d'Alexandre. Pourtant je puis bien aujourd'hui reconnaître que je n'écrivais pas sincèrement, incapable de supporter l'idée de ne te revoir jamais, ô Tullia.

Quand un homme a passé la trentaine, il ne devrait plus être l'esclave de son amour. J'ai recouvré le calme, oui vraiment, et les plus hautes flammes de ma passion se sont éteintes. A Alexandrie, cette passion m'a conduit à rechercher de fort douteuses compagnies et à m'y épuiser. De cela je n'éprouve nul regret, car il n'appartient à personne de modifier le cours de ses actes passés ni de rien changer à ce qu'il a fait. Mais j'y ai mesuré la profondeur de l'amour que tu m'inspires car rien n'a pu me satisfaire. C'est pourquoi je dois te rappeler, ô ma bien-aimée, qu'un jour aussi la fleur de ta jeunesse devra faner, ta peau éclatante se fripera de rides, tes yeux terniront, ta chevelure grisonnera et les dents tomberont de ta bouche vermeille. Alors peut-être regretteras-tu d'avoir ainsi sacrifié ton amour à la poursuite de tes ambitions politiques. Car tu m'aimais, j'en demeure persuadé ; je ne puis douter des serments que tu as prononcés. S'il en allait autrement, rien au monde n'aurait plus de sens à mes yeux. Ainsi, tu m'as aimé, mais si tu m'aimes encore, voilà ce que je ne puis dire.

Aux heures d'espoir, je songe que ce fut réellement pour mon bien seul, pour me faire échapper au danger – à la perte de mon domaine et peut-être de ma vie – que tu me poussas à quitter Rome par des promesses fallacieuses. Jamais je ne fusse parti si tu n'avais fait vœu de me rejoindre à Alexandrie, où nous devions passer la saison d'hiver ensemble. Plus d'une dame distinguée a fait avant toi ce voyage en Egypte sans y emmener son époux et la coutume n'est pas près de se perdre si les femmes de Rome me sont connues. Maintenant que la saison navigable est revenue, tu pourrais être de retour chez toi et nous eussions passé quelques mois ensemble, ô ma Tullia.

Au lieu de quoi je me suis épuisé le corps et l'âme. J'ai d'abord voyagé, mais je me suis lassé de graver ton nom et le symbole de mon amour sur les monuments et les colonnes des vieux temples. Dans mon tourment, j'ai consenti à me faire initier aux mystères d'Isis ; mais comme je devais être plus vieux et plus endurci qu'en cette nuit inoubliable où toi et moi nous sommes voués à Dionysos, dans son temple de Baiae, je n'ai point retrouvé mon extase d'alors. Je ne puis me résoudre à croire ces prêtres au crâne rasé. Après la cérémonie, j'ai seulement songé que j'avais payé trop cher quelques connaissances sans grande signification.

Mais ne va pas croire que je me suis complu dans la seule compagnie des prêtres d'Isis et des femmes de leur temple. J'ai lié connaissance aussi avec des acteurs et des chanteurs, et même avec des athlètes qui combattent les taureaux dans le cirque. J'ai assisté à quelques représentations d'anciennes pièces grecques que l'on pourrait fort bien traduire en latin pour les faire représenter à Rome. Mais je ne recherche point ce genre de réputation flatteuse. Si je te dis tout cela, c'est pour te montrer que le temps passe vite à Alexandrie, capitale plus raffinée, plus dissolue et plus dévorante que Rome même.

C'est toutefois au Mouseion, la bibliothèque voisine du port, que je passe le plus clair de mon temps. Il s'agit en fait d'un ensemble de plusieurs bibliothèques : un groupe d'édifices qui constitue un quartier entier de la cité. Les vieillards dont j'y ai fait la connaissance déplorent l'état de délabrement des collections, car ils vivent dans le passé. Ils affirment que ce monument ne retrouvera jamais son ancienne gloire par la faute de Jules César qui, assiégé dans la ville, mit le feu à la flotte égyptienne dans le port. Plusieurs bâtiments furent incendiés par la même occasion et le feu détruisit une centaine de milliers de rouleaux irremplaçables, œuvres des Anciens.

Il m'a pourtant fallu des semaines pour apprendre à me servir des catalogues afin de retrouver les ouvrages que je désirais lire. Il existe des dizaines de milliers de rouleaux de commentaires sur la seule *Iliade*, pour ne rien dire des travaux consacrés à Platon et Aristote, logés dans des bâtiments distincts. Outre tout cela, on trouve d'innombrables rouleaux qui ne figurent sur aucun catalogue et qui n'ont sans doute jamais été lus depuis qu'ils ont été adjoints aux collections.

Pour des raisons politiques que je puis comprendre, les autorités ne tenaient guère à me voir exhumer les prédictions des Anciens ni à m'aider dans mes recherches. J'ai dû trouver mon chemin comme à tâtons, par des questions indirectes, gagnant leur confiance par des présents et des festins. Les bibliothécaires sont mal rétribués et ne possèdent pas de fortune personnelle, comme c'est souvent le cas des plus sages d'entre les érudits et toujours celui des hommes qui aiment les livres plus que leur propre vie, plus que la prunelle de leurs yeux.

De cette manière, j'ai réussi à dénicher une longue série de prédictions célèbres ou obscures aux quatre coins de la bibliothèque. Il m'apparaît qu'au long des âges et chez tous les peuples, les prophéties ont toujours revêtu une forme semblable : elles sont obscures et ambiguës comme les plus irritants oracles. A vrai dire, je me suis plus d'une fois surpris à laisser de côté tout ce fatras amphigourique pour me plonger dans le récit d'aventure et de voyage de quelque auteur grec convenablement menteur. Alors j'étais parfois saisi du désir de mettre de côté toutes ces prophéties contradictoires pour me consacrer moi-même à la rédaction de quelque récit façonné à la manière de ces contes grecs. Mais, malgré ma naissance, je suis encore trop romain pour me laisser aller à écrire au gré de ma seule imagination.

On trouve également, dans cette bibliothèque, des contes érotiques qui auraient fait paraître naïf notre pauvre Ovide. Les uns sont d'origine grecque, d'autres des traductions en grec d'anciens écrits d'Egypte. Et franchement, je ne saurais dire lesquels sont les meilleurs. Mais après la lecture de quelques-uns, on finit par ne plus éprouver que dégoût. Depuis Auguste, les rouleaux de cette collection ont été rangés dans des départements secrets et il n'est permis à personne de les copier. Seuls les chercheurs sont autorisés à les consulter.

Pour en revenir aux prophéties, il y en a d'anciennes et de modernes. Les premières concernaient déjà Alexandre, pour ne pas parler d'Octave Auguste qui étendit sa paix sur le monde entier. Ce dont je me suis rendu compte, c'est que celui qui cherche à approfondir le sens d'une prédiction est grandement tenté d'interpréter selon les critères de son temps et de sa propre fantaisie.

Il y a cependant une chose dont je suis absolument convaincu, et cette conviction est confirmée tant par les événements de notre époque que par les astres : le monde s'achemine vers une ère nouvelle qui aura ses caractéristiques propres. C'est si clair et si évident que tous les astrologues, ceux d'Alexandrie et ceux de Chaldée, de même que ceux de Rhodes et de Rome, ont été unanimes à le prédire. C'est d'une évidence relevant de la logique que la naissance du nouveau souverain universel se place sous le signe du Poisson.

L'empereur Auguste a peut-être été ce souverain du monde, lui qui, dès son vivant, fut dans les provinces adoré tel un dieu. Je t'ai déjà raconté à Rome que mon père adoptif, Marcus Manilius[1], signala dans son ouvrage sur l'astronomie la conjonction de Saturne et de Jupiter dans la constellation du Poisson. Naturellement, il a dû pour des raisons politiques supprimer cette partie, mais il n'en demeure pas moins que les astrologues d'ici se souviennent parfaitement de cette conjonction. Si le futur roi a réellement vu le jour à ce moment-là, il devrait aujourd'hui être âgé de trente-sept ans ; on aurait, à mon avis, déjà entendu parler de lui.

Tu seras sans doute surprise que je parle si ouvertement dans une lettre de ce qu'un matin, parmi les roses de Baiae, je t'avais confié en grand secret, si forte était ma conviction d'alors que nul au monde ne me comprenait mieux que toi, ô Tullia. J'ai acquis maintenant de l'expérience et la maturité donne à l'homme le courage de regarder les prophéties en face. Un vieil homme presque aveugle m'a dit un jour au Mouseion que les prédictions étaient l'affaire des jeunes ; il est vrai qu'après avoir lu mille livres, l'homme commence à pressentir l'amère vérité. Et dix mille le désespèrent à jamais.

Mes propos sont clairs parce que je pense également que, de nos jours, personne ne peut prétendre garder un secret pour lui seul. On écoute et répète la conversation la plus confidentielle et

1. Poète romain, auteur de l'*Astronomie (Astronomica)*, poème en cinq livres.

il n'y a pas une lettre qui ne soit lue et copiée si besoin est. Nous vivons une époque de méfiance et de suspicion. Et je suis arrivé à la conclusion qu'il est préférable de parler et d'écrire sans aucun artifice.

Grâce à l'héritage dont je t'ai parlé, j'ai suffisamment de biens pour satisfaire mes goûts de luxe, pas assez néanmoins pour susciter des envies dangereuses de m'en priver. Ma naissance ne me permet pas de prétendre à des fonctions publiques qui ne me tentent nullement d'ailleurs – il ne me serait pourtant point difficile de les obtenir, mais je n'ai jamais eu d'ambition à ce sujet.

Les étoiles indiquent le chemin de l'Orient. Tu m'as fait quitter Rome pour te débarrasser de moi, Tullia, ô ma parjure bien-aimée. Sans doute ma présence commençait-elle à t'ennuyer. Par bravade, je jurai alors de partir à la recherche du roi de la terre dont les temps étaient arrivés. Je fis serment d'être un des premiers à me trouver à ses côtés, de lui offrir mes services et d'en recevoir le juste prix afin d'être en mesure un jour de devenir ton quatrième ou ton cinquième époux.

N'aie aucune crainte ! Il ne viendrait à l'idée de personne de me poursuivre pour de tels projets. Nul n'a eu vent du moindre signe annonciateur de la naissance du souverain universel. On le saurait à Alexandrie puisque c'est ici le centre du monde, le point de convergence de toutes les rumeurs, de toutes les philosophies et de toutes les roueries. D'ailleurs, il y a déjà plus de trente ans que Tibère lui-même a entendu parler de cette conjonction de Saturne et de Jupiter et l'homme dont on ne doit point tracer le nom dans une lettre n'en ignore rien. Mais je crois sincèrement, ô Tullia, que nul souverain du monde ne nous viendra de l'Orient.

Et je sais bien, ô mon amour, que l'étude des

prédictions n'a été pour moi qu'un palliatif, qu'un essai d'évasion pour penser à autre chose qui ne fût pas toi. Quand je me réveille le matin, vers toi va ma première pensée, et la nuit, lorsque je m'endors, tu es la dernière à quitter mon esprit agité. J'ai rêvé de toi et j'ai veillé des nuits entières en pensant à toi. Un rouleau de parchemin ne pourra jamais remplacer la femme aimée.

Après les prophéties, je me suis mis à l'étude des textes sacrés des Hébreux. Il y a à Alexandrie un philosophe juif du nom de Philon qui enseigne ces textes d'un point de vue allégorique, un peu comme les Grecs et les Romains ont expliqué Homère. Il croit que, par l'intermédiaire de la philosophie grecque, il rendra la religion de son peuple plus accessible.

Tu connais les Juifs et leur religion. Même à Rome ils ont réussi à se créer une vie à part et ne sacrifient pas aux dieux locaux ; bien des gens d'ailleurs les craignent pour cette raison et nombreuses sont les familles qui ont déjà fait du septième jour un jour de repos comme le prescrit la coutume juive. Mais la plupart des gens les méprisent, car ils ont un seul dieu, dont apparemment ils ne possèdent même pas l'image.

Dans leurs écrits sacrés, en tout cas, ils conservent précieusement, depuis les temps les plus anciens, la prophétie concernant le futur souverain du monde ; c'est la prophétie à laquelle leurs saints font allusion sans relâche et qu'ils vénèrent entre toutes ; le roi annoncé sera leur messie et ils prétendent qu'ils gouverneront l'univers lorsque son règne sera venu. Telle est l'impudence de la vaine chimère forgée par un peuple abreuvé de souffrances et d'ignominies : depuis l'esclavage en pays d'Egypte et de Babylone jusqu'à la délivrance par les Perses, en passant par maintes destructions de leur temple, la dernière datant de Pompée qui y mit le feu involontairement. En outre, ce peuple diffère des autres peuples en ceci qu'il ne possède qu'un seul temple, construit dans le sein de sa cité de Jérusalem, les synagogues, éparpillées sur le reste de la terre, n'étant en effet que des lieux de réunion consacrés aux chants et aux commentaires de leurs écritures.

Cette prophétie, annonçant la naissance d'un roi grâce auquel les fils d'Israël domineront le monde, est à l'origine d'une haine très répandue à leur égard bien qu'ils ne la proclament point, se contentant de la conserver et de vivre à part des autres nations. Cependant, ils ne la cachent pas non plus et leurs érudits, lorsqu'ils rencontrent un étranger attentif, s'offrent avec plaisir à lui expliquer leurs textes saints. Du moins, procèdent-ils de la sorte à Alexandrie.

Certains savants, dont Philon, interprètent ce qui concerne le Messie d'une manière métaphorique, mais ils m'ont assuré qu'il était également nécessaire de l'analyser selon l'esprit de la lettre. Je suis personnellement convaincu qu'il faut avoir baigné dès son enfance dans cette religion pour prendre au sérieux des écrits dont l'interprétation me paraît fort ambiguë. Je dois certes reconnaître qu'en comparaison d'obscures prédictions dénichées dans les bibliothèques, celle des fils d'Israël est de loin la plus claire !

Les érudits d'Alexandrie sont dépourvus de préjugés et l'on peut trouver parmi eux de véritables philosophes qui ne répugnent point à partager un repas avec des étrangers. L'un d'eux fut mon ami et nous avons ensemble dégusté le vin sans mélange. Ainsi va la vie à Alexandrie ! Cet homme, sous l'empire du vin, s'épancha en parlant du futur Messie et de l'hégémonie universelle de son peuple.

Il me raconta, dans le dessein de me démontrer à quel point on prend chez lui cette prophétie au pied de la lettre, que leur grand roi Hérode, au déclin de sa vie, fit tuer les enfants mâles d'une ville entière car des sages, venus de Chaldée derrière une étoile, affirmaient naïvement que le nouveau roi avait vu le jour en Judée et le vieux souverain voulait préserver sa succession ! A en juger par cette fable, il était aussi suspicieux que ce roi de l'Antiquité qui se retira sur une île pour y achever sa vie.

Tu comprendras, ô Tullia, que cette histoire m'ait enthousiasmé ! Connaissant la date de la mort d'Hérode, je n'ai guère eu de mal à calculer que la date du massacre avait coïncidé avec la conjonction de Saturne et de Jupiter. Ce conte démontre que la rencontre de ces astres a donc préoccupé de la même manière les sages juifs et orientaux et ceux de Rhodes et de Rome.

– Tu crois donc que le futur Messie fut assassiné au berceau ? demandai-je.

La barbe dégoulinante de vin, mon jeune commensal juif se mit à rire.

– Qui aurait pu tuer le Messie ? répondit-il. Hérode était malade et n'avait pas toute sa tête. Puis, effrayé de ce qu'il venait de dire, il ajouta en regardant autour de lui : Il ne faut pas croire que le Messie fût né à cette époque-là. *Le temps n'a pas été annoncé.* Nous avions naturellement déjà entendu parler de lui. En outre, chaque génération voit naître un faux messie qui vient troubler la paix des gens simples de Jérusalem.

Mais l'idée trottait dans sa tête et lorsqu'il eut bu davantage, il me dit d'un air entendu :

– A l'époque d'Hérode, nombreuses furent les familles qui s'enfuirent de Jérusalem et des autres villes vers l'Egypte. Les unes y sont restées, tandis que d'autres sont retournées dans leur village d'origine dès la mort du roi.

– Veux-tu dire, interrogeai-je, qu'elles auraient emmené avec elles le Messie qui venait de naître pour le sauver de la persécution ?

– Sache que je suis saducéen, répliqua-t-il.

Ainsi parla-t-il pour établir qu'il connaissait le monde et n'était pas attaché outre mesure aux traditions judaïques.

– Voilà pourquoi j'ai des doutes, poursuivit-il. Je ne crois pas, comme les Pharisiens, à l'immortalité de l'âme. Lorsqu'un homme meurt, il est étendu et tout est fini. Voilà ce que disent les Ecritures. Et puisqu'on ne vit qu'une fois et dans ce bas-monde, il est raisonnable de chercher ici ses plaisirs. Nos grands rois ne s'en privaient point, bien que l'excès de jouissances terrestres ait attristé le sage Salomon. Même l'homme le plus savant garde cependant, dans un recoin de son âme, un peu de la foi de son enfance ; et précisément, lorsqu'il boit du vin sans le mêler d'eau, ce qui en soi est déjà un péché, il peut croire ce qu'avec l'esprit clair il refuserait d'admettre. Ainsi vais-je te conter une histoire que l'on me narra lorsque j'eus atteint ma majorité à l'âge de douze ans. Il faut que tu saches que le jour du repos, tout travail manuel est absolument interdit.

« A l'époque d'Hérode donc, un artisan d'un certain âge s'enfuit de Bethléem en Judée avec sa jeune femme et un petit enfant nouveau-né. Arrivés en Egypte, ils s'établirent dans les champs de balsamines. L'homme gagnait sa vie en travaillant de ses mains et nul n'aurait pu dire quoi que ce soit à leur sujet. Or, un samedi, les Juifs du village surprirent le petit enfant, qui avait alors trois ans, en train de fabriquer des hirondelles d'argile. Ils allèrent chercher la mère, puisque son fils avait fait une chose défendue un jour de repos. Mais le petit enfant souffla sur les oiseaux en terre qui s'envolèrent tels des oiseaux doués de vie. Peu après, la famille disparut du village.

– Tu veux dire, demandai-je, l'esprit troublé, car je savais que mon ami était un homme dépourvu de préjugés, tu veux dire que je dois croire ce conte à dormir debout ?

Il secoua la tête et se mit à fixer un point vague de ses yeux globuleux. C'était un homme affable et fier comme on en rencontre souvent chez les descendants des vieilles familles de sa race.

– Non, ce n'est pas ce que je veux dire, affirma-t-il. Je pense qu'une histoire aussi simple que celle que je viens de te conter témoigne seulement d'une chose : au temps d'Hérode, une famille, poussée par la peur, émigra en Egypte où, bien qu'elle fût d'apparence modeste, elle attira l'attention des gens, pour sa piété, peut-être, ou tout autre motif. Peut-être la mère défendit-elle le petit enfant qui avait violé la loi du sabbat en citant les Ecritures si sagement qu'elle ferma la bouche de ses accusateurs ; ou peut-être encore l'explication de ce conte était-elle si compliquée que je l'ai oubliée. On peut, de toute façon, démontrer n'importe quoi avec nos Ecritures. Lorsque la famille disparut aussi mystérieusement qu'elle était apparue, les gens imaginèrent une explication compréhensible pour des esprits enfantins. Si l'on pouvait conserver l'esprit d'enfance, conclut-il, et croire avec la même foi dans les Ecritures ! Cela vaudrait mieux que d'osciller perpétuellement entre deux mondes ! Jamais je ne serai un Grec et, au fond de mon cœur, je ne suis plus un fils d'Abraham.

Le jour suivant, j'avais mal à la tête et me sentais désemparé. Ce n'était pas la première fois que ce sentiment m'envahissait dans cette ville. Je passai la journée aux thermes : l'eau, le massage, la gymnastique et un bon repas me plongèrent dans un monde dénué de toute réalité, comme si le monde réel se fût éloigné de moi et que mon corps lui-même fût devenu une ombre. J'avais déjà éprouvé cette sensation, elle me vient de mon origine. Ce n'est pas pour rien que mon deuxième nom est Mezentius ! Lorsqu'il se trouve dans cet état, l'homme est plus sensible aux augures même s'il lui est plus difficile de distinguer les vrais des faux.

Lorsque je quittai la fraîche température du porche des thermes, la chaleur de la rue me suffoqua et je fus aveuglé par le soleil alors dans toute sa force. Je me sentais toujours dans le même état. Je me mis à errer par les rues, sans but, comme un aveugle. Et tandis que je cheminais de la sorte, comme absent de moi-même, abruti et écrasé de soleil, un guide qui pensait avoir affaire à un étranger, s'accrocha à mes vêtements et me proposa avec force gestes une visite dans les bas-quartiers de Canope, au phare ou au temple du bœuf Apis. C'était un homme entêté que ce guide, et je ne pus me défaire de lui jusqu'à ce que la voix de quelqu'un qui criait l'interrompît dans son discours. Il me montra de son doigt sale celui qui criait et dit en éclatant de rire :

– Regarde ce Juif !

Au coin du marché aux légumes, se tenait un homme vêtu de peaux de bêtes. Sa barbe et sa chevelure étaient hirsutes, son visage émacié par le jeûne et ses pieds pleins de crevasses. Il hurlait sans cesse un message monotone en araméen.

– Peut-être ne comprends-tu pas ce qu'il dit ? demanda le guide.

Mais, tu le sais, j'ai passé mes jeunes années à Antioche, je parle et comprends donc l'araméen. Il y eut même un temps où j'envisageai sérieusement la carrière de secrétaire de proconsul en Orient, mais lorsque j'entrai à l'école de Rhodes, je commençai à comprendre ce que je voulais faire de ma vie.

Voilà pourquoi je compris ce que disait le Juif. Il venait d'arriver du désert et criait sans relâche d'une voix cassée et virulente à la fois :

— Que celui qui a des oreilles entende ! Le royaume approche. Préparez le chemin !

— Il annonce la venue du roi des Juifs, commenta le guide. Ces déments venus du désert envahissent la ville tels des essaims de guêpes et il y en a tellement que la police ne peut tous les fouetter comme ils le méritent. De toute façon, ce n'est pas de mauvaise politique de les laisser se battre entre eux ! Pendant qu'ils se bâtonnent, nous autres du *gymnasium* nous sommes bien tranquilles. Je ne connais pas de peuple plus sanguinaire qu'eux. Heureusement qu'ils se détestent plus entre eux qu'ils ne nous détestent nous, qu'ils traitent de *païens*.

Pendant qu'il parlait ainsi, la voix éraillée et fatiguée continuait de répéter les mêmes mots, si bien qu'ils se gravèrent dans mon esprit. Ils annonçaient la venue prochaine du royaume, et, dans l'état mental qui était le mien à ce moment-là, j'interprétai ce message comme un présage qui m'intéressait personnellement. C'était comme si subitement toutes les prophéties que j'avais étudiées durant l'hiver, se fussent dépouillées de leur obscurité pour se traduire par ces quelques mots fulgurants de clarté : « Le royaume est proche ! »

Le guide ne tarissait pas d'explications, fermement agrippé au pan de ma tunique.

— Ce sera bientôt la fête juive de la Pâque. Les dernières caravanes et les derniers bateaux qui amènent les pèlerins à Jérusalem s'apprêtent à partir. On va voir ce qui va encore se passer cette année, là-bas !

— J'aimerais bien visiter la ville sainte des Juifs, ne pus-je m'empêcher de dire.

Dès lors, le guide se montra débordant d'enthousiasme.

— Tu as bien raison, vociféra-t-il. Le temple d'Hérode est une des merveilles du monde. Qui ne l'a pas visité n'a rien vu au cours de ses voyages. Et tu n'as pas à craindre de troubles ! Je plaisantais tout à l'heure ! Les routes de Judée sont très sûres et la discipline romaine règne à Jérusalem où une légion demeure en permanence pour maintenir l'ordre. Suis-moi seulement quelques pas et je suis certain que grâce à mes bonnes relations je pourrai obtenir pour toi une place dans un vaisseau de passagers en partance pour Joppé ou Césarée. Naturellement, ils vont tous pousser les hauts cris et dire qu'il n'y a plus une seule place en raison de la Pâque ! Mais je parlerai pour toi ; ce serait vraiment une honte qu'un noble Romain tel que toi ne trouve pas un billet sur ce bateau.

Il tira sur le bord de ma tunique avec une telle obstination que c'est presque malgré moi que je le suivis jusqu'au bureau d'un armateur syrien, à quelques pas du marché aux légumes. Là, on nous apprit que je n'étais pas le seul étranger qui désirât se joindre aux pèlerins de la Pâque à Jérusalem. Outre les Juifs, venus de tous les coins du monde, il y avait d'autres voyageurs désireux de voir du pays.

Ce ne fut que bien plus tard, lorsque le guide eût marchandé comme seuls savent le faire les Grecs et les Syriens, que je me rendis compte que j'avais en ma possession un billet me donnant droit à une couchette dans un vaisseau de passagers qui s'apprêtait à appareiller vers la côte de Judée. On m'assura que c'était le seul et ultime bateau qui allait quitter Alexandrie ; et s'il avait quelque retard, c'était parce qu'il était neuf et que l'on devait encore effectuer des travaux de finition avant de lever l'ancre, demain matin, pour son premier voyage. Ainsi pouvais-je partir rassuré et ne craindre ni la crasse ni les parasites qui rendent habituellement si pénibles les voyages vers ces côtes-là !

Le guide, pour ses services, exigea cinq drachmes que je me laissai voler presque avec plaisir : il avait eu une idée et su prendre une décision. Il se montra fort satisfait et tenta même d'obtenir une commission du représentant de l'armateur. Avant la tombée de la nuit, je me rendis chez mon banquier qui me signa un billet à ordre payable à Jérusalem. J'ai suffisamment d'expérience pour ne jamais porter sur moi une quantité excessive de monnaie lorsque je pars en voyage.

Je réglai mes comptes à l'auberge où j'avais élu domicile, liquidai les quelques dettes que je pouvais avoir, et le soir, fis mes adieux aux rares amis auxquels je devais cette attention. A vrai dire, je n'osai guère leur avouer le but de mon périple de peur qu'ils ne se moquassent de moi ; je leur signalai seulement mon départ et les assurai que la saison d'automne me ramènerait parmi eux.

Cette nuit-là, je ne pus fermer l'œil avant une heure fort avancée et je me rendis compte plus vivement que jamais combien l'hiver brûlant d'Alexandrie m'avait épuisé le corps et l'âme. Il est évident que cette ville monumentale est une des merveilles du monde. Mais le moment était venu pour moi de l'abandonner, sinon je me serais perdu dans le tourbillon de cette cité assoiffée de plaisirs et saturée de philosophie grecque. Un homme dépourvu de volonté tel que moi, s'il demeurait trop de temps à Alexandrie, pourrait parvenir à un tel degré de laisser-aller qu'il n'en pourrait plus jamais repartir.

Aussi étais-je d'avis qu'une traversée en mer et une randonnée de quelques jours par les routes romaines de Judée ne pouvaient que m'être bénéfiques tant au point de vue physique que moral. Mais, ainsi qu'il arrive toujours, on me réveilla très tôt le matin pour embarquer ; ayant si peu dormi, je me sentis tout étourdi à l'idée de devoir quitter le confort de la vie civilisée pour me diriger vers le pays inconnu et hostile des Juifs, à la poursuite d'une illusion créée de toutes pièces dans ma tête par d'obscures prophéties.

Lorsqu'une fois sur le port, je m'aperçus à quel point j'avais été floué, mon état d'esprit ne s'en trouva guère soulagé. Tout au contraire. J'eus beaucoup de mal à trouver mon bateau : tout d'abord, en effet, je n'arrivais pas à admettre que le rafiot pourri et répugnant amarré devant mes yeux pût être le navire flambant neuf, prêt à lever l'ancre pour sa première traversée dont m'avait parlé le Syrien. Certes, il était vrai que des travaux de finition restaient à faire, car il ne pourrait se maintenir à flot si l'on n'apportait le plus grand soin à en aveugler toutes les voies d'eau et à bien calfater sa coque. L'armateur avait fait brûler un encens de mauvaise qualité sur le pont afin d'en chasser les autres odeurs ; et les bouffées qui s'en exhalaient me rappelèrent les maisons de plaisir de Canope. Les flancs vermoulus étaient couverts d'étoffes multicolores et on avait ramené du marché tout proche des brassées de fleurs fanées afin de donner un air de fête au départ.

Bref, cette carcasse décrépite, rafistolée à grand peine pour qu'elle n'allât pas à pic, me faisait penser à une de ces vieilles prostituées habituées des ports, qui n'osent se montrer à la lumière du jour sans s'affubler de toilettes aux couleurs criardes, sans dissimuler sous d'épaisses couches de fards les rides de leurs joues et sans s'asperger de la tête aux pieds d'un parfum bon marché qui empeste à cent milles à la ronde. Il me sembla remarquer une expression de ruse totalement dépourvue d'aménité dans le regard que me jeta l'officier de bord en me recevant. Il jura ses grands dieux que ce vaisseau me conviendrait parfaitement, tout en m'indiquant ma couchette au milieu d'une confusion assourdissante de cris, de pleurs, de bagarres et de bruyants adieux.

Quel parti pouvais-je donc prendre, sinon celui d'éclater de rire en laissant là ma colère ? A vrai dire, j'avais été moi-même l'artisan de cette déconvenue et celui qui tremble devant chaque danger se rend la vie insupportable. Je ne crois point que l'homme, quoi qu'il fasse, soit à même de prolonger d'une seule coudée le temps que les dieux lui ont accordé ; et l'enseignement des nombreux philosophes que j'ai eu l'occasion de suivre n'a fait que me confirmer dans cette conviction.

Il existe pourtant de par le monde des hommes fortunés, remplis d'égoïsme et de superstition, qui, malgré la loi romaine, font en leur nom sacrifier à la déesse aux trois têtes un jeune esclave, espérant que les années de vie volées au malheureux prolongeront les leurs. Dans n'importe quelle ville d'Orient, on peut dénicher un sorcier ou un prêtre renégat capable de prononcer les paroles magiques et disposé, contre une bonne récompense, à accomplir ce sacrifice. Mais je pense que l'homme, en agissant ainsi, n'obtient que de se leurrer lui-même et n'est que la victime de ses cruels délires. Certes, la capacité de l'humaine nature à se tromper et à croire en la réalité de ses désirs ou de ses rêves est sans limites. Mais je doute que, même lorsque je serai vieux, si jamais je le deviens, la mort m'inspire une telle frayeur qu'elle m'entraîne à des superstitions pareilles.

Conscient du ridicule de la situation, je trouvai une consolation à penser que le vaisseau naviguerait le long des côtes et que j'étais bon nageur. Je me laissai envahir par un détachement plein de bonne humeur et n'éprouvai plus la moindre colère au sujet de l'escroquerie dont j'avais été victime. Je décidai de tout supporter dans les meilleures conditions possibles et de profiter de la traversée afin d'en retirer pour plus tard quelque plaisant récit, en exagérant les souffrances et les désagréments que j'aurais endurés.

On leva l'ancre, les rames entrèrent en action dans le désordre le plus total, la poupe se détacha du quai et le capitaine versa une coupe par-dessus bord en invoquant le nom de la déesse de la chance. Il n'aurait pu mieux choisir la destinataire de ses libations ! Il n'ignorait point, j'en suis sûr, que seule Fortune pouvait nous conduire à bon port. Les pèlerins juifs élevèrent leurs bras vers le ciel, en implorant dans leur langue sacrée l'aide de leur dieu pour affronter les périls de la mer.

A la proue du navire, une jeune fille couronnée de fleurs commença à jouer de la lyre, accompagnée par la flûte de son jeune compagnon et le son des instruments amena à nos oreilles la mélodie de la dernière chanson en vogue d'Alexandrie. Les Juifs s'aperçurent alors avec horreur que le navire donnait asile à une troupe de comédiens ambulants, mais il était trop tard pour se lamenter. Et pour mettre un comble à leur malheur, la plupart des voyageurs étaient d'une autre race et par conséquent immondes à leurs yeux. Ils ne purent faire moins que se résigner et nous accepter, se contentant de laver leurs plats sans relâche.

La solitude est un luxe rare de nos jours. Pour l'apprécier à sa juste valeur, je n'ai jamais pu subir autour de moi la présence d'esclaves à l'affût du moindre de mes gestes et je plains sincèrement ceux que leur position ou leur goût du confort obligent à passer leur vie entourés d'esclaves à toute heure du jour et de la nuit ! Durant la traversée, hélas ! j'ai bien été contraint de me passer de ce luxe car j'eus à partager ma cabine avec des gens de tout poil et tout acabit. Les pèlerins eurent droit à une cabine particulière où on leur permit d'allumer un feu dans une caisse remplie de sable, afin de préparer leur propre nourriture. Faute de quoi, ils auraient touché le rivage de Judée si contaminés par nos immondes personnes, qu'ils n'auraient peut-être pas osé poursuivre leur voyage jusqu'à leur ville sacrée ! Leurs lois et disciplines de purification sont d'une extrême rigueur.

Si une douce brise n'eût pas gonflé la voile en poupe, je crois que jamais nous ne serions arrivés à destination, car l'état des rameurs n'était guère meilleur que celui du navire : vieux, haletants, asthmatiques, boiteux, infirmes, ils étaient en un mot de vrais débris humains. Et ce n'étaient même pas tous des esclaves ; ils faisaient partie de la racaille que l'on rencontre dans tous les ports et qui fournit une main d'œuvre bon marché lorsque, affamée, elle s'enrôle sur un bateau en partance pour obtenir le travail d'un esclave. Ils auraient tenu merveilleusement le rôle du chœur dans une comédie satirique. Je vis le garde-chiourme lui-même, qui marquait la cadence du haut d'une plate-forme, se tordre de rire à voir les rames s'entrechoquer et les rameurs s'écrouler endormis sous les bancs. Je suis persuadé qu'il n'utilisait son fouet que pour ne pas perdre la main, sachant combien il était impossible de tirer quoi que ce soit de ces hommes.

Je n'ai pas grand-chose à raconter du voyage lui-même, sinon que le vaisseau n'était pas le lieu idéal pour susciter en moi quelque piété ou pour préparer mon esprit à une prochaine visite de la cité des saintes prophéties ! Il fallait toute la foi des pèlerins et le respect qu'ils portent à leur temple pour qu'ils prient ainsi les bras au ciel, matin et soir, et chantent au milieu du jour des psaumes pleins d'allégresse ou de mélancolie en l'honneur de leur dieu. Entre-temps, on pouvait entendre, venant de la proue, les chansons grecques que répétaient les artistes, et, lorsque les rameurs s'installaient, nous parvenait, du fond de la cale, un chœur sans fin de rauques lamentations.

La jeune fille grecque qui, couronnée de fleurs, avait chanté au début du voyage en s'accompagnant de la lyre, s'appelait Myrina. Mince, le nez retroussé, elle avait des yeux verts au regard froid et pénétrant. Malgré son extrême jeunesse, elle savait, outre jouer de la lyre et chanter, exécuter des danses acrobatiques et c'était chaque jour un plaisir de la voir s'entraîner pour garder la souplesse de son corps gracile ; mais les Juifs confits en dévotion se voilaient la face, s'indignant devant pareil scandale.

Myrina est un nom d'amazone. C'est elle-même qui m'expliqua, sans la moindre gêne, qu'on lui avait donné ce nom en raison de sa minceur et parce qu'elle n'avait pas de poitrine. Elle avait déjà travaillé en Judée et sur l'autre rive du Jourdain, ainsi que dans quelques villes grecques de la Pérée. Elle me raconta qu'à Jérusalem Hérode a construit un théâtre, mais elle n'avait pas grand espoir d'obtenir un contrat pour un spectacle car le peuple était si pauvre que l'on n'y donnait guère de représentations. Les Juifs détestent le théâtre et tout ce qui émane de la civilisation grecque, y compris les aqueducs ; quant à l'aristocratie, elle ne forme pas une société assez importante pour remplir une salle de spectacles. C'est pourquoi elle et les siens joueraient dans la ville de garnison de la douzième légion, construite par les Romains sur l'autre rive du Jourdain. Le public, bien qu'un peu rude, y était toujours débordant d'enthousiasme. Ils espéraient également pouvoir travailler à Tibériade, bâtie au bord du lac, et passeraient peut-être tenter leur chance, au retour, à Césarée, la cité romaine de la côte de Judée.

Pendant la nuit qui suivit cette conversation tout amicale, Myrina se glissa très silencieusement à mes côtés en chuchotant à mes oreilles que je la rendrais très heureuse si je voulais bien lui donner quelque monnaie d'argent : ses amis et elle se trouvaient fort démunis et préoccupés par l'achat des costumes et chaussures de scène. Sans cette impérieuse nécessité, elle n'aurait jamais osé une telle prière, elle qui était une jeune fille tout à fait convenable.

Je fouillai à tâtons dans ma bourse et trouvai une lourde pièce de dix drachmes que je mis dans sa main. Myrina, enchantée, me serra dans ses bras et me donna des baisers en m'invitant à faire d'elle selon mon désir.

Et elle ne fut pas peu surprise en se rendant compte que je ne désirais rien : l'hiver passé à Alexandrie m'a pour tout de bon dégoûté des femmes. Elle me demanda alors d'une petite voix innocente si je préférais partager ma couche avec son frère, tout jeune garçon imberbe. Je n'ai jamais pu partager cette coutume chère aux Grecs même si j'ai connu à Rhodes, à l'époque de mes études, un admirateur platonique. Après que je lui eus assuré que je ne désirais d'elle qu'une simple relation amicale, elle conclut que j'avais fait vœu de chasteté, ce que je confirmai pour clore le débat, et elle me laissa désormais en paix.

Puis, dans l'obscurité de la cabine, et comme pour me remercier, elle se mit à me parler des Juifs, racontant que les plus évolués d'entre eux ne considèrent pas comme une faute le fait de commettre l'adultère avec une étrangère, du moment qu'elle ne fréquente pas les femmes de leur race ; et, pour me prouver sa bonne foi, elle me conta quelques anecdotes que j'eus bien du mal à croire : j'avais des notions de la mentalité des fils d'Israël grâce à la fréquentation de leurs érudits vivant à Alexandrie.

Lorsque, dans le lointain, se profilèrent les montagnes de la Judée, par-delà la mer qu'irisaient les premières lueurs de l'aube, Myrina en était à me confier ses rêves telle une jeune fille ouvrant son cœur à un ami plus âgé ; elle n'ignorait point que le succès d'une danseuse est éphémère et caressait le rêve d'économiser suffisamment d'argent pour ouvrir une boutique de parfums, doublée d'une paisible maison de plaisirs, dans une ville côtière réputée pour sa tolérance. Puis, me jetant un regard de ses yeux pleins d'innocence, elle me déclara qu'elle aurait moins à attendre si elle rencontrait un riche amant : du fond du cœur, je lui souhaitai cette chance.

Que ce soit grâce à la fermeté du capitaine, à un hasard bienheureux ou encore aux prières obstinées des pèlerins, la vérité est que nous finîmes par accoster, certes couverts de piqûres d'insectes, morts de faim et de soif et repoussants de crasse, mais sans autre mésaventure, au port de Joppé, trois jours avant la Pâque qui, tombant cette année un samedi, jour consacré au repos, était sacrée à double titre. Les passagers pèlerins avaient un si grand désir d'entreprendre leur voyage, qu'ils prirent à peine le temps de se purifier et de manger avec leurs coréligionnaires, avant de partir, cette même nuit, pour Jérusalem. La nuit était pleine de douceur, des myriades d'étoiles scintillaient au-dessus de l'onde et c'était un véritable délice de cheminer au clair de lune. Nombreux étaient les vaisseaux à l'ancre dans le port, qui venaient d'Italie, d'Espagne et d'Afrique. Je compris alors mieux que jamais le magnifique négoce que devait représenter pour les armateurs du monde entier l'amour que les Hébreux portent à leur temple.

Tu sais bien que je n'ai aucun orgueil en moi.

Je me refusai cependant à partir dès le matin avec un groupe de comédiens grecs bien qu'ils eussent beaucoup insisté, voyant en moi sans doute un protecteur éventuel ; il n'y avait en effet parmi eux aucun citoyen romain. Mais je décidai de demeurer tranquillement à Joppé : je terminerais cette lettre commencée à bord pour tuer le temps et tenterais de mettre au clair pour moi-même la capricieuse raison de mon voyage.

Je me mis donc en quête d'une chambre dans une auberge, et c'est là que je trace les derniers mots avant de me reposer des rigueurs de la traversée. J'ai pris un bain, me suis arrosé de poudres contre les parasites et j'ai fait don aux pauvres des vêtements que je portais à bord ; j'avais soulevé un véritable tollé en annonçant mon intention de les brûler ! A présent que j'ai bouclé et parfumé ma chevelure, que j'ai revêtu les habits neufs que je viens d'acheter, je commence à me retrouver moi-même. Suivant mes habitudes de simplicité, je ne m'étais pas encombré de nombreux bagages : des papyrus et le matériel pour écrire ainsi que de menus souvenirs d'Alexandrie dont je ferai présent si l'occasion m'en est fournie.

Le plus fortuné des voyageurs comme le plus humble peut trouver au marché de Joppé le moyen le plus adéquat pour se déplacer : on lui proposera une litière avec escorte, un char à bœufs, ou encore un chameau conduit par un guide. Mais je t'ai déjà dit que la solitude est mon luxe préféré. J'ai donc l'intention de louer un âne, de le charger de mes maigres effets, d'une gourde de vin et d'un sac de vivres pour voyager à pied comme un bon pèlerin. L'exercice physique ne peut que me faire du bien après tant de jours d'inactivité à Alexandrie. Je sais par ailleurs qu'il n'y a pas lieu de craindre les bandits car les chemins sont pleins de monde en route pour Jérusalem et les patrouilles de la douzième légion romaine surveillent le trajet.

Je voudrais que tu saches, ô ma Tullia bien-aimée, que je ne t'ai point parlé de Myrina et des femmes d'Alexandrie pour t'offenser ou te rendre jalouse. Et cependant, si tu pouvais souffrir un peu ! Mais ma crainte est si forte que tu sois seulement satisfaite de t'être débarrassée de moi si astucieusement ! Il est si pénible d'ignorer tout de tes pensées ! Peut-être as-tu véritablement connu quelque empêchement pour me rejoindre ? L'automne prochain, je reviendrai t'attendre à Alexandrie jusqu'à la fin de la saison navigable. J'ai laissé là-bas toutes mes affaires, je n'ai même pas apporté un seul livre. Si je ne me trouvais pas sur le port, mon adresse sera au bureau de ma banque. Mais mon cœur a la profonde certitude que cet automne, à l'instar de l'automne passé, le port me verra une nouvelle fois attendre avec ferveur les navires en provenance d'Italie.

Je ne sais si tu auras la patience de lire ma lettre jusqu'à la fin. J'ai essayé de la rendre la plus vivante possible. A vrai dire, mon esprit est plus sérieux que ce que tu pourrais en déduire. Toute ma vie j'ai hésité entre Epicure et l'école du Portique[1], entre le plaisir et le renoncement. Dans la cité d'Alexandrie, je me suis consumé dans l'excès de plaisir et de volupté. Mais tu sais aussi bien que moi que le plaisir et l'amour sont deux choses distinctes. On peut s'entraîner au plaisir comme à l'athlétisme ou à la natation. En revanche, il est absolument extraordinaire, incroyable, de rencontrer un être pour lequel on sent que l'on est venu au monde. Je suis né pour toi, ô ma Tullia, et mon cœur insensé me répète encore et toujours que toi de même tu es née pour moi. Souviens-toi des nuits de Baiae parmi les roses...

1. Lieu d'Athènes où Zénon enseignait sa philosophie.

Ne prends cependant pas trop au sérieux ce que je dis au sujet des prophéties. Mais peu m'importe que ta bouche orgueilleuse dise en souriant : « Marcus reste le même, toujours un rêveur incurable ! » parce que si je n'étais ainsi, tu ne m'aimerais pas. Si tant est que tu m'aimes encore, ce que j'ignore.

Joppé est un port très ancien, entièrement syrien. Quel bonheur de t'avoir écrit, ô Tullia ! Ne m'oublie pas !

Aucun bateau pour Brundisium ne quittera le pays avant la fin de la Pâque. J'enverrai donc cette lettre de Jérusalem.

DEUXIEME LETTRE

Marcus à Tullia, salut !

C'EST aujourd'hui la Pâque et je t'écris du fort Antonia qui se trouve à l'intérieur de Jérusalem, la Ville sainte. Quelque chose m'est arrivé, quelque chose dont je n'aurais pu avoir l'idée et que je ne peux encore définir exactement. Je suis désorienté, ô Tullia, et j'écris dans l'espoir de m'expliquer à moi-même ce qui m'est survenu.

Je n'éprouve plus aucun mépris pour les augures, peut-être d'ailleurs n'en ai-je jamais véritablement éprouvé même si j'en ai quelque peu manifesté dans mes dires ou mes écrits. Je suis absolument persuadé à présent que ce n'est pas moi qui ai choisi d'entreprendre ce voyage et que, même si je l'avais voulu, je n'aurais pu l'empêcher. Mais j'ignore à quelles forces j'ai obéi ! Je vais tout reprendre depuis le commencement.

Nous en étions restés à mon projet de louer un âne au marché de Joppé, projet que je mis à exécution malgré toutes les offres plus à même de faciliter mon voyage. Je quittai donc la côte sans plus tarder, me joignant aux derniers pèlerins en route pour Jérusalem. Mon âne, animal bien dressé, doux et docile, ne me fit aucune difficulté durant le trajet ; il donnait l'impression d'avoir parcouru le chemin de Joppé à Jérusalem et de Jérusalem à Joppé tant et tant de fois qu'il en connaissait chaque puits et chaque halte, chaque village et chaque auberge. Je n'avais point besoin de meilleur guide et je crois même que cet animal nourrissait quelque affection pour ma personne car je ne le montai guère, pas même dans les descentes, me contentant de marcher à pied à son côté.

Il n'y a guère plus de deux étapes de légion de Joppé à Jérusalem, mais naturellement la marche en terrain montagneux fatigue davantage le voyageur qu'en terrain plat. Peu importe cependant, car la Judée est une fort belle région, pleine de vergers que l'on prend grand plaisir à traverser. Dans les vallées, les amandiers déjà avaient perdu leurs fleurs mais la garrigue offrait les siennes le long du chemin, petites fleurs aux douces fragrances pénétrantes. J'étais reposé, comme rajeuni, et j'éprouvais autant de bonheur à cheminer ainsi qu'au temps de mes jeunes années lorsque je m'adonnais à quelque discipline sportive.

Aussi bien grâce à mon éducation qu'à la prudence que j'ai acquise au cours des tribulations de ma vie, j'attache peu de prix aux formes extérieures. Je préfère ne me détacher de la masse ni par ma conduite ni par mon habillement. Je ne ressens nul besoin de serviteurs ou de messagers pour annoncer mon arrivée, et, sur la route, lorsque passaient au galop les seigneurs, houspillant leurs montures et leurs esclaves, je me mettais humblement sur le bas-côté avec mon âne. J'aimais mieux contempler les mouvements si pleins d'intelligence des oreilles de ce dernier quand il me regardait que parler avec les personnes distinguées qui s'arrêtaient parfois pour me saluer et me prier de les accompagner.

Les Juifs cousent des franges aux bords de

leurs manteaux, c'est à cela d'ailleurs qu'on les reconnaît de par le monde car pour le reste, ils sont vêtus comme les autres mortels. Mais ce chemin, que Rome a transformé en une excellente route militaire, est si ancien et a vu passer tant de gens de tant de pays, que personne ne me remarqua malgré l'absence de franges à mon vêtement. À l'étape, on me donna comme à tout un chacun de l'eau pour que boive mon âne et que je me lave les mains et les pieds. Les serviteurs n'avaient guère le temps au milieu de l'agitation générale, de faire des distinctions entre Juifs et étrangers ! Il régnait une atmosphère de fête comme si, à l'instar des Juifs, tous les hommes s'étaient mis en chemin pour célébrer leur délivrance de l'esclavage du pays d'Egypte.

J'aurais pu arriver à Jérusalem dès la seconde nuit du voyage à condition de me presser. Mais étant étranger, je ne me sentais point concerné par la hâte que témoignaient les pèlerins. Je me délectais à respirer l'air pur des montagnes de Judée et ne me lassais pas de contempler leurs flancs couverts de fleurs de toutes les couleurs. Après la joyeuse vie que j'avais menée à Alexandrie, mon esprit était comme libéré et je jouissais pleinement de chacun de ces instants ; le pain me paraissait plus savoureux que toutes les gourmandises d'Egypte, et pour garder toute l'acuité de mes perceptions, je n'ajoutai pas une seule goutte de vin à l'eau tout au long du voyage : l'eau pure était pour moi le meilleur des nectars.

J'allais par le chemin au gré de mon humeur. Ainsi la mélodie du chalumeau des bergers, lorsqu'ils rassemblent leurs troupeaux au crépuscule, me surprit assez loin de Jérusalem. J'aurais pu, après un moment de repos, poursuivre ma route au clair de lune pour atteindre mon but, mais l'on m'avait tant vanté le spectacle merveilleux qu'offre Jérusalem au voyageur qui arrive de l'autre côté de la vallée, avec son temple scintillant de tout son or dominant la colline et la blancheur de ses marbres resplendissant au soleil, que c'est ainsi que je voulais voir pour la première fois la ville sacrée des Hébreux.

C'est pourquoi, à la grande surprise de mon âne, je quittai le chemin pour échanger quelques mots avec un berger qui, dans le couchant, conduisait son troupeau de moutons à l'abri d'une grotte à flanc de montagne. Il s'exprimait dans un patois local, mais il comprit mon araméen et m'assura qu'il n'y avait point de loups dans la région. Il n'avait pas de chien pour protéger ses brebis des bêtes sauvages, se contentant de dormir lui-même à l'entrée de la grotte pour en éloigner les chacals. Sa besace contenait seulement du pain d'orge noir et une grosse boule de fromage de chèvre ; il parut fort satisfait lorsque je partageai avec lui mon pain de blé, ma guimauve, mes figues sèches ; mais, quand il se rendit compte que je n'étais pas de la même religion que lui, il refusa la viande que je lui offrais. Il ne s'éloigna point de moi cependant.

Nous soupâmes près de l'entrée de la grotte et mon âne se mit à brouter alentour. Le monde se teinta du violet intense des anémones de montagne, puis la nuit tomba et les étoiles scintillèrent dans le ciel. L'obscurité amena avec elle un peu de fraîcheur et de l'abri me parvenait la chaleur dégagée par les brebis. L'odeur de laine s'accentua mais ce n'était pas du tout désagréable, bien plutôt accueillant comme un parfum d'enfance et de foyer. Et mes yeux se remplirent de larmes, mais je ne pleurais pas sur toi, ô Tullia ! Je crus alors que je pleurais à cause de la fatigue du voyage qui avait épuisé les forces de mon corps affaibli ; mais sans doute versai-je ces larmes sur moi-même, sur toute ma vie passée, tout ce que j'avais perdu et tout ce qui était encore à venir. A ce moment précis, je me serais penché sans la moindre crainte pour boire à la fontaine de l'oubli.

Je dormis à la belle étoile devant la grotte, le firmament en guise de toit comme le plus humble des pèlerins. Mon sommeil fut si profond que le berger avait déjà gagné la montagne avec son troupeau lorsque j'ouvris les yeux. Je ne me souviens pas avoir rêvé d'aucun présage, mais au réveil, tout, l'air et la terre, me parut différent. Le flanc de la montagne exposé à l'Occident était encore dans l'ombre tandis que le soleil illuminait déjà les pentes des collines d'en face. J'avais l'impression que l'on m'avait roué de coups et ressentais une très grande lassitude qui m'ôtait toute envie de bouger. L'âne remuait la tête paresseusement. Je ne parvenais pas à comprendre ce qui m'arrivait : mon épuisement était-il donc si grand qu'une randonnée de deux jours suivis d'une nuit à la dure pussent m'abattre à ce point ? Puis je pensais que le temps sans doute allait changer, car j'ai toujours été sensible à ses variations comme aux songes et aux augures.

Ma peine était si lourde que je fus incapable de manger. Je bus à la gourde deux gorgées de vin qui ne me firent nul effet. J'en vins à craindre d'avoir bu une eau frelatée ou contracté quelque maladie.

Au loin, sur le sentier, des voyageurs gravissaient le versant de la montagne. Je mis un temps assez long à vaincre mon inertie. A grande peine, je me résolus enfin à charger l'âne et regagnai la route. Il me fallut faire un grand effort pour grimper la côte mais, une fois parvenu au sommet, je compris enfin la raison de mon état. Un vent sec et brûlant me frappa le visage. C'était le vent du désert. Ce vent qui se lève pour souffler sans trêve ni repos, apportant aux humains la maladie et la migraine, ce vent qui siffle sans relâche sous les portes, par toutes les failles et tous les orifices des maisons. Quand le souffle du désert passe sur les humains, la nuit les volets claquent et les femmes sont prises de nausée. En un instant le visage et la gorge me brûlèrent. Le soleil, déjà haut dans le ciel, n'était plus qu'une boule incandescente. Enfin je vis surgir de l'autre côté de la vallée la ville sainte des Hébreux, ceinturée de murailles. Les yeux enflammés et la saveur salée du vent dans ma bouche, je découvris les tours du palais d'Hérode, les maisons agglutinées tout au long des collines entourant la capitale, le théâtre, le cirque, puis, dominant l'ensemble, le temple avec ses remparts, ses bâtiments, ses portiques, brillant de blancheur et d'or.

Mais l'aveuglante lumière du soleil m'empêcha de contempler le temple dans toute sa splendeur : le marbre n'éblouissait pas plus que l'or ne scintillait. Certes, c'était majestueux, imposant, une incomparable merveille de l'architecture moderne, qui ne soulevait point en moi le même enthousiasme que chez les Juifs : je le regardais avec attention mais également avec indifférence. Je le regardais parce que je ne pouvais faire moins après un si long voyage, mais je n'étais plus aussi jeune que lorsque j'admirai pour la première fois le temple d'Éphèse. Et je ne pus ressentir le même désir ardent de beauté et de pureté avec ce vent salin dont la poussière me brûlait les yeux.

L'âne me considéra d'une manière étrange et je dus le pousser afin qu'il se dépêchât. En effet, lorsque nous avions atteint le sommet de la montagne, il s'était arrêté de lui-même à l'endroit le plus adéquat pour observer le paysage et sans doute s'attendait-il à ce que je proférasse des exclamations d'admiration et de félicité, des hymnes de gloire et des prières. Je m'adressai d'amers reproches d'être ainsi esclave de mon propre corps au point de me trouver dans l'incapacité d'apprécier un spectacle sacré pour une multitude de gens, à cause d'une malheureuse fatigue physique et d'un vent incommodant.

Les oreilles agitées de colère, l'âne se mit à descendre le sentier escarpé. Je marchais près de lui, que j'agrippai par le licol. Au fur et à mesure que nous descendions, le vent devenait plus supportable et, en bas de la vallée, c'était à peine si l'on sentait un léger souffle. Enfin, vers le milieu du jour, nous atteignîmes la voie romaine où le chemin de Joppé s'unit à celui de Césarée, large route parcourue par une foule de gens qui se dirigeaient vers la ville. Je remarquai que des groupes stationnaient près de la porte, le regard tourné vers une des proches collines, cependant que la plupart se voilaient la face en pressant le pas. Alors mon âne fit un écart, et, en levant les yeux, je vis au sommet de la hauteur couverte d'aubépines, trois croix et je parvins à distinguer les corps des suppliciés qui se tordaient de douleur. Sur le flanc de la colline menant à la porte, une grande multitude s'était assemblée, contemplant les croix.

La foule gênait également le passage sur le chemin de sorte que, même si j'avais désiré poursuivre ma route, je ne l'aurais pu. J'ai souvent eu l'occasion, au cours de ma vie, de voir des malfaiteurs crucifiés et je me suis toujours arrêté devant leur agonie afin d'endurcir mon âme et d'être capable de contempler la souffrance humaine d'un regard dépourvu d'émotion. J'ai vu dans le cirque mourir des hommes de mille façons différentes plus cruelles encore, mais dans ces spectacles du moins éprouve-t-on de l'angoisse, ce qui n'est pas le cas dans celui de la crucifixion qui n'est qu'une manière infamante et lente de donner la mort en châtiment d'un quelconque délit. Je me réjouis d'être citoyen romain – et quand ce ne serait que pour cette raison, je continuerais à m'en réjouir ! – car je suis assuré de périr rapidement par l'épée si j'en viens à commettre une faute passible de la peine de mort.

Si j'avais été dans un autre état d'esprit, sans doute me serais-je détourné de ce mauvais présage et aurais-je poursuivi mon chemin coûte que coûte. Mais, inexplicablement, la vue de ces trois potences augmenta l'angoisse qui m'étreignait par la faute du temps bien que je n'eusse, à l'évidence, rien à voir avec la destinée des condamnés. J'ignore pourquoi, mais je sais que cela devait se passer ainsi : prenant donc l'âne par son licol, je m'écartai du chemin et sans mot dire, me frayant un passage parmi la foule, je portai mes pas vers le lieu du supplice.

Près des croix, quelques soldats originaires de Syrie et appartenant à la douzième légion jouaient aux dés, allongés sur le sol, tout en buvant de leur vin aigre. Il ne pouvait s'agir d'esclaves ou de vulgaires malfaiteurs car, outre les soldats, un centurion faisait partie de la garde.

Je jetai tout d'abord un regard indifférent sur ces crucifiés dont les corps étaient tendus par la douleur. Puis mon attention fut attirée par un écriteau placé sur la croix du milieu, juste au-dessus de la tête du supplicié et portant ces mots écrits en grec, en latin et dans la langue du pays : « Jésus de Nazareth, roi des Juifs. » Au premier abord, le sens de cette inscription m'échappa et je ne sus qu'en penser. Je remarquai ensuite, sur la tête inclinée du mourant, une couronne d'épines posée comme une couronne royale. Des gouttes de sang sourdaient de chaque blessure faite par les pointes acérées.

A peu près au même moment, l'écriteau ainsi que le visage du condamné se dérobèrent à ma vue, le soleil se cacha et, en plein jour, les ténèbres se firent si denses que c'est à peine si l'on pouvait distinguer les personnes les plus proches. De même qu'au cours d'une éclipse de soleil, les oiseaux se turent, les hommes devinrent muets, et l'on entendait seulement le choc des dés contre le bouclier et la respiration haletante des suppliciés.

Comme je te l'avais écrit à moitié sérieusement dans ma lettre précédente, Tullia, j'avais quitté Alexandrie pour me mettre à la recherche du roi des Juifs, et voici que je le trouvais devant la porte de Jérusalem, crucifié sur une colline, respirant encore. Je compris alors le sens des mots que j'avais lus et, en voyant la couronne d'épines sur sa tête, il n'y eut en moi plus aucun doute que j'eusse bien trouvé celui que j'avais cherché, l'homme dont la naissance avait été annoncée par la conjonction de Saturne et de Jupiter dans le signe du Poisson, le roi des Juifs, qui selon l'écriture devait venir pour gouverner le monde. Il m'est impossible d'expliquer pourquoi et comment je le compris si clairement, mais il se pourrait bien que l'angoisse que j'avais éprouvée dès les premières heures du jour m'eût préparé à une apparition si remplie de tourment.

L'obscurcissement du ciel fut pour moi un soulagement car, de la sorte, je ne pouvais voir son agonie dans toute son horreur. J'avais eu le temps, cependant, de remarquer qu'on l'avait fouetté à la manière romaine. Pour cette raison, sans doute, était-il en plus mauvais état que ses compagnons de supplice, deux hommes robustes, apparemment gens de sac et de corde.

La nature et les hommes firent silence pendant un moment lorsque le ciel devint sombre. Puis on commença à entendre des cris pleins de terreur et d'inquiétude. Je notai également que le centurion levait son regard vers le ciel d'un air éperdu. Alors, mes yeux s'accoutumant à l'obscurité, je pus distinguer de nouveau les contours du paysage et les traits de ceux qui se trouvaient autour de moi. Comme la panique gagnait la foule, quelques notables s'en détachèrent, membres du gouvernement reconnaissables à leur coiffure, ainsi que des scribes dont le manteau était orné de franges somptueuses. Ils se mirent à hurler des insultes au crucifié dans le but manifeste d'exciter la foule. Ils lui demandaient de prouver qu'il fût roi, de descendre de la croix, ils criaient tant et plus des choses iniques en se référant, à ce qu'il me parut, à ce que le crucifié lui-même avait promis auparavant aux foules.

Ainsi tentèrent-ils de mettre le peuple de leur côté et certains vociférèrent à leur tour des insultes à l'encontre du malheureux. Mais nombreux furent ceux qui gardèrent un silence obstiné, comme s'ils avaient voulu dissimuler leurs véritables sentiments. A en juger par leurs traits et leur habillement, les spectateurs étaient en général de condition modeste, et parmi eux se trouvaient de nombreux paysans venus à Jérusalem en l'honneur de la fête de la Pâque. J'eus l'impression qu'ils cachaient au plus profond de leur cœur une extrême compassion à l'égard de leur roi crucifié, bien qu'ils n'osassent point la manifester par crainte des légionnaires et de leurs propres autorités. De nombreuses femmes étaient présentes et plusieurs d'entre elles pleuraient, la tête voilée.

En entendant les cris, le crucifié souleva sa tête chancelante et se redressa, prenant appui sur le madrier auquel ses pieds étaient cloués. On l'avait mis en croix avec les genoux pliés afin qu'il ne mourût pas trop rapidement d'asphyxie. Haletant, il aspira une goulée d'air, tandis que des crampes faisaient tressaillir son corps couvert de sang. Puis il ouvrit ses yeux éteints et regarda autour de lui comme s'il cherchait quelque chose. Mais il ne répondit point aux paroles injurieuses ;

il avait besoin de toute sa force pour supporter les souffrances de son propre corps.

Les deux autres condamnés se portaient encore assez bien. Celui de gauche profita de l'agitation pour faire des grimaces aux gens, puis, tournant la tête vers celui que l'on appelait roi, il joignit ses railleries à celles qui venaient d'en bas.

– N'es-tu pas le fils de Dieu ? Sauve-toi toi-même, et nous aussi !

Mais celui de droite, le reprenant, défendit le roi en disant :

– Nous, nous souffrons et c'est justice, nous payons nos actes, mais lui n'a rien fait de mal !

Puis d'une humble voix emplie de tristesse, il s'adressa au roi :

– Jésus, souviens-toi de moi quand tu viendras dans ton royaume !

Si près de la mort et dans une telle situation, il parlait encore du royaume ! Si j'avais été le même qu'autrefois, sans doute eussé-je ri de bon cœur d'une fidélité de cette sorte ; mais je n'eus guère envie de me réjouir. Le dialogue était trop lugubre. Et plus grande encore fut ma surprise lorsque le roi des Juifs tourna sa tête douloureuse vers son compagnon, le consolant d'une voix étouffée.

– En vérité, je te le dis, dès aujourd'hui tu seras avec moi dans le paradis.

Le sens de ces paroles m'échappa. A ce moment, un scribe passa près de moi, qui inspectait la foule d'un air soupçonneux. Je me plaçai en travers de sa route pour l'interroger.

– Que veut dire votre roi en parlant de paradis ? Pourquoi l'a-t-on crucifié s'il n'a rien fait de mal ?

Le docteur de la loi laissa échapper un rire moqueur.

– On voit que tu n'es pas de Jérusalem ! me répondit-il. Tu ne vas pas donner plus de créance au témoignage d'un bandit qu'à celui des anciens du peuple et du gouverneur de Rome qui l'a condamné ? Il a prétendu être le roi des Juifs et il a blasphémé ! Même sur la croix il insulte Dieu en parlant du paradis !

Et il s'enveloppa plus étroitement dans son manteau afin qu'aucune de ses franges ne frôlât mes vêtements. Je me sentis insulté par ce geste.

– Je vais me renseigner sur cette affaire, m'écriai-je.

Il me lança alors un regard chargé de menaces.

– Occupe-toi de tes propres affaires ! m'avertit-il. Tu n'as pas l'air d'appartenir à son groupe. Il a perverti un grand nombre de gens, mais maintenant il ne pervertira plus personne. N'aie pas pitié de lui, c'était un agitateur et un fomenteur de troubles, bien pire encore que les malfaiteurs qui l'entourent.

Ma compassion se transforma en colère, je bousculai le scribe et, oubliant mon âne et mon apparence, m'approchai du centurion auquel j'adressai la parole en latin afin de donner plus de poids à mon discours.

– Je suis citoyen romain et ce Juif me menace !

Le centurion jeta les yeux sur moi, soupira d'un air excédé, puis se mit à faire les cent pas d'une allure martiale devant la foule, l'obligeant à reculer un peu, laissant ainsi plus d'espace vide au pied des croix. Ensuite, il me salua en latin pour me prouver sa culture mais poursuivit aussitôt en grec.

– Du calme, frère ! Si tu es vraiment citoyen romain, il ne sied guère à ta dignité de chercher querelle aux Juifs, surtout une veille de samedi.

Puis, se tournant vers la foule, il cria :

– Allez ! Allez ! Tout le monde chez soi ! Assez de bavardages, les miracles, c'est fini pour aujourd'hui ! Rentrez sagement chez vous manger votre agneau grillé et puisse un os vous rester en travers du gosier !

J'en déduisis que, parmi la foule, il devait y avoir des gens qui s'attendaient sérieusement à un miracle, peut-être que leur roi descendît seul de sa croix ? Mais ils restaient silencieux à l'écart des autres, craignant leurs prêtres et leurs scribes. Un certain nombre de personnes obéirent au centurion et se dirigèrent vers la cité dont le chemin s'était quelque peu dégagé.

Avec un coup de coude point trop respectueux, le centurion m'invita à le suivre :

– Viens donc te désaltérer en ma compagnie ! Je suis de service ici, mais cette histoire ne nous regarde pas. Les Juifs ont toujours tué leurs prophètes ! S'ils veulent crucifier leur roi avec l'aide des Romains, nous n'avons pas à le leur interdire.

Je le suivis de l'autre côté des potences. Sur le sol étaient entassés les vêtements des condamnés, répartis en petits paquets par les soldats. Le centurion ramassa leur gourde et me la tendit. Pour ne pas l'offenser, je bus une gorgée de ce vin aigre distribué dans les légions. Il but à son tour, rota et dit :

– Buvons, c'est ce que nous avons de mieux à faire ! Heureusement que mon service se termine à la tombée de la nuit ! C'est la veille du sabbat et les Juifs n'ont pas l'habitude de laisser les cadavres sur la croix durant la nuit. Tout Jérusalem n'est qu'un nœud de vipères sifflantes, poursuivit-il. Plus je connais les gens de ce pays, plus je suis convaincu que les meilleurs d'entre eux sont ceux qui sont morts. Pour cette raison, il n'est pas si mal qu'ils puissent voir la veille de leur fête des épouvantails cloués sur des planches au bord du chemin. Ils apprennent ainsi qu'il est dangereux de faire du désordre ou de tuer sans réfléchir des étrangers confiants. Mais celui-ci est innocent, c'est un prophète !

Le ciel était toujours sombre. Il s'éclairait parfois, prenant une couleur rougeâtre, pour bientôt s'obscurcir à nouveau. L'air étouffant rendait la respiration malaisée.

– On dirait que le vent du désert a soulevé un nuage de sable vers l'est, dit le centurion en levant la tête. Mais je n'avais jamais vu un nuage aussi sombre ! Si j'étais Juif, je penserais que le soleil s'est voilé la face et que le ciel pleure la mort du fils de Dieu, puisque Jésus disait être fils de Dieu et que, pour cette raison, il doit souffrir une mort si terrible.

Il ne me traitait pas avec un respect démesuré et, profitant du fait que nous étions si peu éclairés, il inspectait d'un œil scrutateur mon visage et ma présentation, essayant de se faire une opinion à mon sujet. Il voulut rire, mais le rire se figea sur ses lèvres et il leva les yeux au ciel une nouvelle fois.

– Les animaux eux-mêmes sont pleins d'inquiétude, dit-il. Les chiens et les renards, pris de démence, fuient vers les hauteurs et les chameaux ont piétiné tout le jour devant la porte, refusant avec obstination de pénétrer dans la cité. C'est un mauvais jour pour la ville.

– Un mauvais jour pour le monde entier, ajoutai-je, le cœur étreint par un angoissant pressentiment.

Le centurion sursauta en entendant ces mots qu'il balaya d'un geste, disant comme pour se défendre :

– Vraiment, c'est une affaire purement juive, elle ne concerne nullement les Romains. Le gouverneur s'est refusé à la juger, il l'aurait mis en liberté mais la populace a crié d'une seule voix : « Crucifie-le ! Crucifie-le ! » Le Sanhédrin a menacé d'en appeler à l'empereur lui-même, accusant le gouverneur de protéger un agitateur. Alors, ce dernier s'est lavé les mains afin de se purifier du sang innocent, tandis que les Juifs hurlaient, jurant qu'ils répondraient eux-mêmes du sang du prophète.

– A propos, qui est l'actuel proconsul de Rome ? demandai-je. Je devrais le savoir, mais je suis étranger en Judée. Je viens d'Alexandrie où j'ai passé l'hiver pour étudier.

– Ponce Pilate, répondit le centurion en me jetant un regard méprisant.

Sans doute me prenait-il pour un philosophe coureur de chemins. La nouvelle cependant me surprit.

– Je le connais, m'exclamai-je. Ou du moins j'ai connu son épouse à Rome ! Son nom n'est-il pas Claudia ? N'est-elle pas de la famille des Procula ?

J'avais été autrefois invité chez les Procula, dans leur résidence romaine et j'avais assisté à la lecture d'une pièce fort ennuyeuse toute à la gloire de ce que la famille avait accompli pour Rome en Asie. Mais le vin et les autres rafraîchissements y étaient d'excellente qualité et j'avais eu une fort spirituelle conversation avec Claudia Procula bien qu'elle fût sensiblement plus âgée que moi. C'était une femme remarquablement cultivée et douée d'une grande sensibilité ; nous nous étions promis à plusieurs reprises de nous revoir et ce n'était point simple mondanité. Mais, pour une raison ou pour une autre, nous n'avions jamais eu l'occasion de nous rencontrer. Je me souvenais vaguement qu'elle était tombée malade, puis qu'elle avait quitté Rome. Tu es si jeune encore, ô Tullia, qu'à peine tu dois t'en souvenir. Elle fréquentait également la cour de Tibère avant qu'il n'allât à Capri.

La nouvelle était pour moi si inattendue que, durant un moment, j'oubliai ce qui se passait alentour pour me souvenir de ma jeunesse et de mes premières désillusions et déceptions. Le centurion me rappela à la réalité en reprenant ses explications.

– Si tu es un ami du proconsul, citoyen romain et étranger dans la ville, je te conseille vivement de chercher la compagnie des Romains pendant les fêtes. Tu ne peux imaginer le fanatisme des Juifs durant leurs fêtes religieuses. C'est pour cela que le proconsul s'est déplacé de Césarée à Jérusalem, afin d'être à même d'étouffer dans l'œuf la moindre agitation. Peut-être la populace se tiendra-t-elle tranquille après avoir assisté au supplice du saint homme, mais on ne peut jamais être sûr de rien. Ses adeptes, pour le moins, ont disparu et ne pourront plus occasionner de troubles du fait que cet homme n'est pas descendu de sa croix.

Le centurion se planta au pied des mâts, examina attentivement le roi couronné d'épines et les deux criminels, puis dit en homme fort de son expérience :

– Il ne va pas tarder à mourir. Les Juifs l'ont maltraité la nuit passée lorsqu'ils se sont saisis de lui et l'ont amené devant le Sanhédrin. Le proconsul de son côté l'a fait fouetter à la manière romaine croyant ainsi émouvoir la plèbe ou, pour le moins, avancer l'heure de sa mort. Tu n'ignores point qu'une bonne flagellation précédant la mise en croix est une véritable œuvre de miséricorde. En revanche, on devra briser les jambes des deux autres pour qu'ils pendent sans prendre appui sur leurs pieds ; ainsi mourront-ils d'asphyxie avant la nuit.

A cet instant précis, une terrible plainte d'animal, une plainte inouïe emplit l'air. Une lumière rouge, vacillante et ténébreuse à la fois, chassa l'obscurité et la foule apeurée commença à s'agiter. Mon âne, épouvanté, s'enfuit vers la ville avec tout son chargement. Des voyageurs l'arrêtèrent à dure peine ; la tête haut levée, l'âne lança une nouvelle fois un horrible braiement comme s'il exprimait toute l'angoisse de la nature. Je me hâtai de le rejoindre.

Maintenant il ne piétinait plus, mais tout son corps baigné de sueur était secoué de violents tremblements. Je fis mine de le caresser pour l'apaiser et cet animal jusqu'alors si tranquille, relevant la tête, essaya de me mordre. Un de ceux qui l'avaient arrêté dans sa course folle fit remarquer que tous les animaux aujourd'hui semblaient possédés du démon et que cela arrivait seulement lorsque soufflait le vent du désert.

Le chef des palefreniers accourut de la porte de la cité, examina le licol et le signe que l'âne avait dans une oreille.

– Cet âne est à nous, dit-il avec excitation. Que lui as-tu fait ? S'il tombe malade et que nous soyons contraints de l'achever, c'est toi qui en paieras les frais sans compter les dommages.

J'eus de la peine pour le pauvre âne, mais vraiment je n'avais jamais vu un animal trembler de cette façon.

– On dirait que vous êtes tous devenus fous à Jérusalem, protestai-je en commençant à le décharger. Je n'ai fait aucun mal à cet âne. Il a peur de l'odeur du sang et de la mort parce que vous avez crucifié votre roi.

Mais la dispute tourna court et les paquets glissèrent de mes mains lorsqu'une voix étrange emplit le monde et que la terre frémit sous mes pieds. Une fois déjà j'avais eu l'occasion d'éprouver une sensation semblable et je crus comprendre alors la cause de l'obscurcissement du soleil, du comportement des bêtes et de ma propre émotion haletante. Quoique j'eusse préféré m'étendre sur une couche, enfoncer ma tête sous les couvertures et tout oublier, je jugeai que ce n'était pas le moment d'entrer dans la ville pour me réfugier sous un toit.

— Ne discutons pas lorsque la terre tremble de douleur, dis-je au garçon d'écurie en lui donnant un denier d'argent. Prends soin de mes affaires. Je les récupérerai à la porte.

Il tenta de faire avancer l'animal, mais eut beau tirer en lui donnant force coups de pied, la bête refusa de faire le moindre mouvement. L'ânier se résigna à lui entraver les pattes et, ajustant mes paquets sur son épaule, regagna la porte pour y reprendre sa faction.

Je ne sais si ce fut la crainte d'un tremblement de terre qui m'empêcha de franchir la porte de la cité ou si une force irrésistible me poussa à rebrousser chemin en direction des crucifiés de la colline, bien que le spectacle fût vraiment déplaisant. Du fond du cœur, j'élevai une prière à tous les dieux, connus et inconnus, et même à mes dieux lares : « J'ai étudié les prophéties de ma propre volonté, mais vos augures m'ont fait quitter Alexandrie pour conduire mes pas dans ce lieu et à ce moment précis. J'étais parti à la recherche du futur roi afin de me placer à ses côtés et d'en recevoir une récompense. Donnez-moi le courage nécessaire pour l'honorer jusqu'à sa mort, même si je n'en dois recevoir aucun prix. » Je gravis lentement la colline et me joignis aux groupes. A l'arrière-plan, des femmes pleuraient mais je ne pus distinguer leurs traits car elles portaient un voile sur la tête. Seul un jeune homme au beau visage déformé par la douleur et la peur se tenait auprès d'elles, les protégeant et les consolant. Je demandai qui il était et le serviteur d'un scribe me répondit que les femmes avaient suivi Jésus depuis la Galilée où il avait perverti le peuple et désobéi à la loi.

— Quant au jeune homme, il fait partie de ses adeptes, mais il est interdit de le poursuivre car sa famille est amie du grand prêtre ; lui-même n'est qu'un jeune fou ! affirma-t-il, puis, me désignant d'un air goguenard la femme que soutenait le jeune homme, il ajouta : Je crois que celle-là, c'est la mère du crucifié !

Je n'eus pas le courage de m'approcher pour leur adresser la parole, malgré le désir que j'avais d'entendre parler du condamné par ses propres adeptes. Mais mon cœur fut envahi de tristesse en pensant que la mère était présente à la mort infamante de son fils. Même les ennemis du roi semblaient respecter sa douleur et nul ne vint déranger le groupe des femmes éplorées. Je demeurai donc auprès des autres tandis que le temps s'écoulait lentement. Une nouvelle fois, les ténèbres envahirent le ciel et l'on avait du mal à respirer l'air sec et brûlant. Des mouches et des taons s'agglutinaient dans les yeux et les blessures des suppliciés dont les corps étaient secoués de tremblements spasmodiques. Le roi Jésus se dressa une nouvelle fois sur sa croix, ouvrit ses yeux sans lumière et remua la tête avec violence.

— Mon Dieu ! mon Dieu ! cria-t-il d'une voix forte, pourquoi m'as-tu abandonné ?

Sa voix était si oppressée que l'on eut du mal à saisir les paroles. Ceux qui étaient présents s'agitèrent, s'interrogeant les uns les autres. Les uns croyaient qu'il avait dit que Dieu l'avait abandonné, tandis que d'autres assuraient qu'il avait appelé Elie — Elie, selon ce que je crus comprendre, est un des prophètes juifs monté au ciel sur un char de feu — et c'est pourquoi les plus cruels renouvelèrent leurs insultes l'invitant à monter, lui aussi, dans les cieux. Mais les curieux et ceux qui espéraient un miracle murmurèrent tout bas, faisant des vœux pour que le prophète Elie descendît réellement à son secours. Nombreux également furent ceux qui, en proie à la terreur, s'écartèrent des croix, prêts à se voiler la face.

Le roi parla encore du haut de sa croix. Les plus proches dirent qu'il se plaignait de la soif.

L'un d'eux, pris de pitié, accourut au pied du mât, versa sur une éponge du vin aigre de la gourde des soldats puis, la fixant au bout d'une perche, l'éleva jusqu'aux lèvres du malheureux. Ni les soldats ni le centurion ne firent le moindre geste pour s'y opposer. Je ne sais si Jésus était encore capable de boire, l'obscurité était si dense que nul ne pouvait voir son visage. Mais sans doute ses lèvres furent-elles suffisamment humectées car, malgré l'épouvantable agonie qu'il endurait, sa voix se fit plus claire et plus assurée lorsque, peu de temps après, il se dressa une dernière fois et hurla :

— Tout est accompli !

Cette exclamation du mourant donna lieu encore à diverses interprétations. Puis, dans les ténèbres, je perçus une sorte de craquement lorsque le corps s'affaissa suspendu par les mains, la tête tombée sur la poitrine. Terrible fut le bruit dans l'obscurité ! Je compris alors qu'il était entré en agonie et ne lèverait plus la tête désormais. Mon cœur en éprouva du soulagement pour lui car, si graves qu'eussent été ses fautes au regard des lois du pays, il les avait amplement payées.

Sous mes pieds, un frémissement du sol m'annonça que l'homme n'était plus. Ce fut un grondement souterrain, caverneux, plus sourd et en même temps plus effrayant que le fracas de la tempête. Le tumulte des voix se brisa net, les pierres roulèrent à grand bruit et je me jetai au sol à l'instar des autres spectateurs. Le tremblement fut de courte durée mais il nous emplit tous de terreur !

Il se fit alors un silence total, puis soudain nous parvint le claquement des sabots des chevaux qui avaient brisé leurs longes et s'enfuyaient au loin. Le ciel s'éclaira lentement, les ténèbres s'évanouirent et les hommes se relevèrent en secouant leurs vêtements. Les croix étaient toujours dressées mais Jésus de Nazareth, le roi des Juifs, pendait suspendu par les bras et ne respirait plus. Les soldats se relevèrent à leur tour et se groupèrent, remplis d'étonnement, pour le contempler tout en échangeant à voix basse des mots empreints d'effroi.

Je crois que le centurion exprima leur sentiment commun lorsqu'il dit :

– En vérité, cet homme était un juste !

Puis, regardant la multitude apeurée, il cria d'une voix pleine de courroux :

– Vraiment, cet homme était le fils de Dieu !

Je me souvins des prophéties que j'avais étudiées durant l'hiver et je me sentis envahi par le découragement. « La paix soit avec toi, ô souverain du monde, ô roi des Juifs ! murmurai-je pour moi- même, mais nous n'avons point vu ton royaume! »

Je pris la résolution de m'informer sur ce qui s'était passé, sur les œuvres de cet homme et les raisons de sa condamnation contre laquelle nul ne s'était élevé ; peut-être avait-il prôné une politique trop rudimentaire ou n'avait-il trouvé d'appui auprès d'aucun personnage influent, ce qui ne m'étonnait guère car quel homme sensé prendrait le parti des Juifs dans l'espoir de conquérir le monde ?

Le soleil refit son apparition, mais sa lumière étrange donnait aux visages des hommes un horrible reflet cadavérique. Il faut maintenant que je t'avoue une chose, ô Tullia : je suis tout à fait incapable de te décrire le roi des Juifs. Je l'ai vu, de mes yeux vu, et je devrais donc pouvoir dessiner au moins un détail de ses traits bien qu'il fût dans un état épouvantable à cause de ses souffrances. Mais, malgré toute ma bonne volonté, je ne puis rien te dire, sinon que son visage était couvert de meurtrissures violacées et que le sang coulait des blessures de la couronne d'épines. On devait cependant déceler en lui quelque marque divine car, après avoir lu l'écriteau, je n'avais point douté un seul instant qu'il fût le roi des Juifs.

A présent que tout est terminé, j'aimerais pouvoir écrire qu'il était plein de dignité, mais j'ai bien peur que de telles paroles ne soient que le fruit de mon imagination. Mon esprit garde le souvenir d'une humble soumission, comme s'il acceptait sa destinée avec résignation. Mais comment un roi qui sait qu'il est né pour gouverner le monde peut-il se montrer si humblement soumis lorsqu'il meurt d'une mort infamante ? Et qu'a-t-il voulu dire par ces mots : « Tout est accompli » ? Voulait-il seulement signifier sa fin toute proche ?

Je n'ai donc pas regardé son visage en observateur attentif ; j'étais moi-même troublé et confus, comme si le respect m'eût empêché de le trop contempler durant tout le temps qu'il souffrait. En outre, tu dois te rappeler que tout advint dans une obscurité parfois si profonde que c'est à peine si l'on pouvait distinguer les silhouettes des crucifiés. Et lorsque le soleil reparut dans le ciel, ii était déjà mort et je n'osai, eu égard au respect qu'il m'inspirait, l'offenser en contemplant impunément ses traits immobiles.

Après la mort du roi, la foule s'éloigna ; un grand espace demeura vide autour des croix. Les scribes et les grands prêtres se hâtèrent également de partir afin de préparer la fête du samedi, laissant sur place quelques hommes à eux pour observer la suite des événements. Un des malfaiteurs crucifiés commença à se plaindre misérablement de ses terribles tortures. Deux femmes apitoyées allèrent implorer le centurion d'accorder aux suppliciés le droit de boire du vin enivrant. Elles se servirent de la même éponge et de la même perche et tendirent à boire aux deux suppliciés.

D'après la position du soleil, la troisième heure était déjà passée. Le centurion commença à battre la semelle d'un air inquiet ; sa tâche principale étant terminée, il voulait en finir le plus vite possible avec les autres condamnés. Le bourreau, accompagné d'un soldat, arriva juste à ce moment du fort Antonia, muni des instruments propres à sa charge. Il examina Jésus d'un œil expert, s'aperçut qu'il était mort, puis, froidement, se mit à rompre les jambes des autres. Terrifiant fut le bruit des os qu'il brisait ainsi, et abominables les hurlements de douleur qui suivirent ! Mais le bourreau expliqua aux deux hommes, comme pour les consoler, que ce travail-là était en fait un acte de charité. Le soldat qui l'escortait s'appelait Longinus. La déclaration du bourreau ne le satisfaisant pas, il perça le côté du roi des Juifs avec sa lance et lui ouvrit le cœur. Lorsqu'il ôta la lance de la blessure, on vit jaillir de celle-ci de l'eau mêlée à du sang.

Les soldats rassemblèrent leurs affaires ainsi que les vêtements des condamnés, tout en plaisantant, enfin détendus car leur désagréable corvée touchait à sa fin. Lorsque cependant cessèrent tout à fait les gémissements, quelques trublions, cachés au milieu de la foule, profitèrent de l'occasion pour lancer des cris véhéments contre les Romains. Alors les soldats, sans trop d'empressement, s'approchèrent des groupes et se mirent à bousculer les gens avec leurs boucliers. Dans la confusion qui s'ensuivit, un de ceux qui criaient eut la mâchoire brisée, ce qui cloua le bec de ses amis qui prirent le large, non sans menacer de tuer tous les Romains le jour où on leur donnerait des armes. Ce n'étaient pas des adeptes de Jésus mais des compagnons des autres condamnés, d'après ce que me dit le centurion.

Ce dernier jugea opportun d'adopter une attitude pleine de courtoisie à mon égard : il s'approcha et me pria d'excuser le tumulte, pensant sans nul doute que je n'avais pas manqué de me rendre compte de la facilité avec laquelle il en était venu à bout. Le proconsul a interdit de tuer les Juifs, sauf en cas de nécessité absolue, et l'on ne doit pas non plus arrêter les agitateurs ordinaires car ils sont toujours entourés de tout un menu peuple qui campe devant la porte du fort Antonia, prêt à vociférer et créer des troubles. Bref, il faut éviter à tout prix les affrontements et ce, surtout durant les fêtes religieuses. Ponce Pilate a adopté cette nouvelle politique après avoir, au début de son gouvernement, appliqué une méthode plus violente qui ne lui avait rapporté que déboires et même démêlés avec l'empereur.

– Mon nom est Adénabar, me dit pour conclure le centurion. Quand j'aurai terminé mon service, je t'accompagnerai au fort avec plaisir et te présenterai au proconsul au moment de mon rapport. Il vaut mieux que tu ne te promènes pas seul par la cité. Ces canailles nous ont vus ensemble et savent que tu n'es pas un des leurs. Nous serions bien avancés s'ils molestaient ou tuaient un citoyen romain ! Nous devrions faire une enquête, les châtier et dans cette maudite ville, ils ont au moins cent mille cachettes !

Puis en riant il ajouta :

– Nous allons donc nous éviter des complications inutiles ! J'éprouve de la sympathie pour toi, crois-moi, car j'ai de l'estime pour ceux qui étudient ; moi-même je sais lire et écrire, bien que je ne sois pas très fort en latin. Nous parviendrons, j'espère, à te loger dignement, bien que la forteresse soit à cet égard fort exiguë !

Puis il poursuivit disant que le proconsul, un homme aux goûts simples, a pour habitude, lorsqu'il vient à Jérusalem, de s'installer au fort sous la protection de la garnison ; certes, il trouverait dans le palais construit par Hérode un logement incomparablement plus luxueux mais la garnison est si réduite qu'il ne veut pas, ayant déjà été échaudé, la répartir en deux endroits différents. Antonia est une forteresse inexpugnable qui domine toute la zone du temple ; or tous les troubles prennent toujours naissance dans la cour du temple.

Adénabar me montra du doigt le cadavre sur la croix et se mit à rire.

– Une des choses les plus amusantes que fit ce prophète Jésus, dit-il, ce fut lorsqu'il chassa du portique du temple à coups de fouet les vendeurs de colombes et qu'il jeta par terre les tables des changeurs. Cette fois-là, les grands prêtres ne se risquèrent pas à lui tenir tête car il était suivi par de nombreux adeptes. Lorsqu'il entra à Jérusalem, monté sur un âne, le peuple en délire étendit son manteau sur le chemin en agitant des palmes. « Gloire au fils de David ! » criait-on partout. Les gens n'osaient pas manifester d'une autre façon qu'ils le considéraient vraiment comme leur roi. D'après ce que je sais, en tout cas, il était réellement de la maison et de la famille de David, à la fois du côté de sa mère et de son père.

Il me montra d'un discret mouvement de tête le groupe des femmes toujours sur le flanc de la colline.

– Sa mère est là-bas, dit-il dans un murmure.

Quand la foule se fut éloignée, les femmes se jetèrent par terre, comme épuisées par une douleur au-dessus de leurs forces et elles ne dissimulaient plus leurs visages qu'elles levèrent vers la croix. Il n'était point difficile de deviner laquelle de ces femmes était la mère. Encore relativement jeune, son visage me parut le plus beau qu'il m'ait été donné de voir jusqu'à ce jour. Même ainsi pétrifié dans sa douleur, il reflétait une suprême sérénité en même temps qu'il paraissait comme inaccessible. Tout dans son allure témoignait de son royal lignage et, bien que ses vêtements ne fussent pas différents de ceux des autres paysannes, son visage en était une preuve éclatante.

J'eus envie de la consoler, de lui dire que son fils était mort et qu'il avait désormais fini de souffrir. Mais son visage était si noble et si refermé sur sa souffrance que je n'eus point le courage de m'approcher d'elle. À côté, une autre femme, dont la face passionnée ne cessait de frémir, tenait son regard fixé sur la croix comme si elle ne parvenait pas encore à réaliser ce qui s'était passé. La troisième était plus âgée. On lisait plus de haine que de peine ou de désespoir dans ses traits sévères de femme d'Israël, comme si elle avait attendu un miracle jusqu'au dernier moment et qu'elle ne pardonnât point qu'il n'y en eût pas eu. Les autres regardaient de loin.

Je tournai de nouveau mes regards vers la mère de Jésus et restai les yeux fixés sur elle, comme ensorcelé, sans plus prêter attention au bavardage d'Adénabar. Je me réveillai de cette espèce de fascination lorsque, effleurant mon bras, le centurion me dit :

– Ma mission est maintenant terminée et je ne resterai pas un seul instant de plus dans ce sinistre endroit. Les Juifs n'auront qu'à s'occuper eux-mêmes de récupérer les cadavres s'ils ne veulent pas qu'ils demeurent sur la croix le samedi. Ceci n'est pas de mon ressort.

Il laissa cependant quelques hommes de garde au pied des croix. En fait, je pense qu'il abandonna ainsi le poste pour raccompagner le bourreau qui ne voulait pas rejoindre le fort avec pour seule escorte deux soldats ; les amis et les complices des bandits pouvaient fort bien lui avoir tendu une embuscade sur le chemin du retour. Mais la route était déserte et il n'y avait personne près de la porte. Une odeur de viande grillée s'échappait des maisons de la cité, parvenant jusqu'à nous, mais, à vrai dire, je n'éprouvais nulle envie de manger.

– Ce n'est pas encore le coucher du soleil, dit Adénabar après avoir scruté le ciel. Le samedi commence pour les Juifs lorsque trois étoiles brillent au firmament. Ce soir, ils mangeront leur agneau pascal ; une secte cependant l'a déjà mangé hier. Leur temple, ces jours-ci, est un magnifique abattoir : en deux jours, ils ont répandu le sang de plusieurs milliers d'agneaux et, selon leur tradition, de chaque animal sacrifié les prêtres reçoivent une épaule tandis que leur dieu en reçoit la graisse.

Adénabar ordonna d'un ton sec au palefrenier qui gardait mes bagages près de la porte de les charger sur son dos et de nous accompagner jusqu'au fort. L'homme n'osa point élever de protestation et c'est donc dans cet équipage que nous partîmes, escortés par le martèlement des brodequins cloutés des soldats piétinant sur le pavé. Ces hommes étaient admirablement entraînés : je n'en ai vu aucun qui fût essoufflé en arrivant au fort tandis que moi, lorsque nous nous arrêtâmes devant la porte après avoir gravi le chemin escarpé, j'étais complètement hors d'haleine ! L'ânier laissa tomber mon balluchon sous l'arcade, signifiant par ce geste son refus de pénétrer à l'intérieur des bâtiments. En dépit d'Adénabar qui m'assurait que c'était inutile, je lui donnai deux oboles de récompense ce qui ne l'empêcha nullement, une fois qu'il se sentit hors de notre atteinte, de nous montrer le poing en vouant tous les Romains à la malédiction ! Mais lorsque la sentinelle leva sa lance d'un air plein de menaces, il prit ses jambes à son cou, poursuivi par les éclats de rire des légionnaires.

Dès que nous eûmes franchi le seuil, Adénabar

s'arrêta, comme en proie à l'hésitation, me jetant sans cesse des coups d'œil pénétrants. Je compris sur-le-champ que ma tenue n'était point convenable pour être reçu par le proconsul, même si le centurion et moi nous étions parfaitement entendus sur la colline du supplice. Tout ici, en effet, respirait le rigorisme de l'ordre romain et je reconnus, non sans plaisir, cette odeur particulière aux casernes, mélange de métal, de cuir, de produits d'entretien et de fumée, qui incite le visiteur à jeter immédiatement un regard sur ses pieds pleins de poussière et à rectifier le pli de ses vêtements ; au milieu de la cour, se dressait l'autel de la légion devant lequel je fis le salut, mais je ne vis point le portrait de l'empereur.

Le fort connaissait quelque difficulté pour l'approvisionnement en eau que l'on devait donc économiser, me dit Adénabar ; mais il me conduisit dans la salle des officiers où, néanmoins, il intima l'ordre aux esclaves de me porter le nécessaire afin que je pusse me laver et me changer. Il irait pendant ce temps présenter son rapport au proconsul et lui annoncer par la même occasion mon arrivée à Antonia.

Je me déshabillai et me lavai, puis j'oignis et rinçai ma chevelure, revêtis une tunique propre et fis brosser mon manteau. Il me parut opportun de mettre également mon anneau d'or au pouce, bien qu'en général j'évite de le porter en public afin de ne point attirer l'attention sur moi. Je me hâtai de regagner la cour où j'arrivai juste au moment où le proconsul Ponce Pilate descendait l'escalier de la terrasse, l'air excédé. Un Juif influent avait sollicité une entrevue mais refusait de franchir la cour une veille de sabbat.

Il s'agissait sans doute d'un personnage très important et vivant en bonne intelligence avec les Romains, pour que le gouverneur eût accepté de le recevoir à la tombée de la nuit. Je me mêlai au groupe des soldats qui étaient là et appris que cette rencontre avait un rapport avec les événements de la journée. Avec dignité, le vieux notable sollicita d'une voix sereine la permission de descendre de la croix le cadavre de Jésus de Nazareth afin de lui donner une sépulture dans son jardin près du lieu du supplice, avant le début du sabbat.

Ponce Pilate, après qu'il se fut assuré une fois encore auprès de ceux qui l'entouraient de la mort du roi des Juifs, répondit :

– Il m'a déjà causé assez d'ennuis ! L'inquiétude et l'agitation ont atteint un tel degré que ma femme en est tombée malade. Prends-le et mets-le au tombeau pour qu'enfin je n'aie plus à me préoccuper de cette désagréable histoire !

Le vieil homme remit son présent au secrétaire du gouverneur et s'éloigna aussi dignement qu'il était venu. Pilate, intrigué, se tourna vers ceux qui l'accompagnaient.

– Ce Joseph d'Arimathie n'appartient-il pas au Sanhédrin qui a condamné le Nazaréen ? interrogea-t-il. S'il avait de si nobles protecteurs, ils auraient pu utiliser leur influence au bon moment ! Ainsi aurions-nous échappé à une affaire dont nous ne tirons nulle gloire.

Adénabar m'adressa un signe. Je m'avançai donc et saluai courtoisement le proconsul auquel je rappelai mon nom. Il répondit à mon salut avec indifférence.

– Oui ! Naturellement, je sais qui tu es, dit-il pour prouver sa bonne mémoire. Ton père était l'astrologue Manilius et tu es également de la famille du célèbre Mécène. Il est dommage que tu sois arrivé à Jérusalem aujourd'hui ! Heureusement que le tremblement de terre n'a guère fait de dégâts dans la cité. Alors, toi aussi, tu as vu mourir ce Nazaréen ? Mais peu importe maintenant cette histoire ! Dans un an, plus personne ne se souviendra de tout cela.

Il ne daigna pas écouter ma réponse et poursuivit :

– Ma femme sera ravie de te voir. Elle ne se sent pas très bien, mais je suis certain qu'elle se lèvera avec plaisir pour dîner avec nous. Moi non plus, d'ailleurs, je ne me sens pas bien. Je souffre toujours d'un rhumatisme et comme tu peux le constater les obligations de ma charge à Jérusalem consistent essentiellement à monter et descendre ces pénibles escaliers.

Il ne manquait point cependant d'agilité et paraissait se déplacer sans aucune gêne ; manifestement en proie à une préoccupation, il ne restait pas un instant à la même place. Il n'est pas très robuste et commence à devenir chauve, bien qu'il cherche à le dissimuler en ramenant tous les cheveux de sa nuque sur son front. Son regard est d'une froide perspicacité. Je savais que sa carrière officielle n'avait pas été des plus brillantes et que c'est par sa femme qu'il avait obtenu ce poste de proconsul qui dépend du légat impérial de la grande province de Syrie. Mais on ne peut dire qu'il soit antipathique : il sait sourire et se moquer de lui-même ! Je crois qu'il est très conscient de ce que sa qualité de Romain exige, mais qu'il a la fort difficile tâche de rendre la justice dans un pays d'étrangers turbulents. C'est la raison pour laquelle, sans doute, l'affaire de Jésus de Nazareth lui a donné un si grand tourment.

– Si je me décide à monter dans mes appartements, soupira-t-il avec amertume, je suis persuadé que les Juifs vont me contraindre aussitôt à redescendre en toute hâte pour un quelconque de leurs caprices se référant à leur fête. Il est aisé, depuis Rome, d'ordonner de respecter les coutumes du pays ! En fait, cela fait de moi leur domestique et non leur gouverneur !

Il se mit à arpenter la cour, m'invitant d'un geste de la main à demeurer auprès de lui.

— As-tu déjà visité leur temple ? me demanda-t-il. Nous, les païens, nous avons seulement le droit de pénétrer dans le premier parvis ; les incirconcis ne peuvent entrer dans la cour intérieure sous peine de mort. Exactement comme si nous ne vivions pas dans l'Empire romain ! Ils ne nous pemettent même pas d'exposer une seule image de l'empereur ! Et ne crois pas que cette menace de mort soit une plaisanterie, nous en avons eu des expériences désastreuses. Il arrive parfois qu'un voyageur totalement inconscient se mette en tête, par simple curiosité, de s'habiller à la mode du pays pour visiter l'intérieur du temple, où il n'y a rien de spécial à voir d'ailleurs. S'il est découvert, il est lapidé sans pitié. C'est leur droit, mais je puis t'assurer que ce n'est guère une manière agréable de mourir ! J'espère bien qu'il ne te viendra pas une idée de ce genre !

Puis il tâta le terrain, avec prudence, pour s'informer au sujet de Rome et fut visiblement soulagé d'apprendre que j'avais passé la saison hivernale à Alexandrie, me consacrant à l'étude de la philosophie. Comprenant que je suis politiquement inoffensif, et tout prêt dès lors à me manifester sa bienveillance, il me conduisit, malgré son rhumatisme, dans la cour intérieure et m'accompagna en haut de l'imposante tour de la forteresse d'où l'on domine le quartier du temple. Baigné dans la lumière du crépuscule, ce monument se révélait être une somptueuse création architecturale, avec ses nombreux parvis et ses portiques. Ponce Pilate me montra du doigt la cour des commerçants et des étrangers, la cour des femmes, celle des hommes, puis le bâtiment central de la partie sacrée où se trouve le tabernacle. Le grand prêtre lui-même ne peut pénétrer dans cette enceinte qu'une fois l'an !

Je lui demandai si ce que l'on disait était vrai, à savoir que les Juifs vénèrent dans leur tabernacle la tête en or massif d'un âne sauvage ; c'est ce que l'on raconte dans tous les pays du monde. Le proconsul me répondit que cette assertion était dénuée de tout fondement.

– A l'intérieur, il n'y a absolument rien ! m'assura-t-il. C'est complètement vide. Pompée, accompagné de quelques officiers, est entré une fois et n'a rien vu de l'autre côté du voile. C'est cela, l'exacte vérité.

On l'envoya chercher une nouvelle fois et nous redescendîmes dans la cour où l'attendait le représentant du pontife, suivi des gardiens du temple. Celui-ci rappela d'une voix geignarde l'obligation dans laquelle il se trouvait de retirer les corps des crucifiés avant la nuit. Ponce Pilate lui rétorqua qu'il l'autorisait à prendre ceux qui restaient encore cloués. Alors, par pur formalisme, ils se mirent à palabrer pour déterminer à qui ce travail incombait, aux Romains ou aux Juifs, bien qu'à l'évidence l'envoyé fût venu tout à fait disposé à exécuter cette tâche puisqu'il était accompagné des gardiens. Il avait l'intention de porter les cadavres à la décharge publique afin de les jeter dans le feu entretenu nuit et jour pour brûler les immondices.

Le proconsul lui signifia de ne point toucher le corps de Jésus de Nazareth s'il était encore sur la croix, parce qu'il avait déjà autorisé une autre personne à l'ensevelir. Cette nouvelle déplut fort à l'émissaire du grand prêtre, mais il ne put entamer une nouvelle discussion, n'ayant reçu qu'un ordre général d'ôter les corps avant le début du sabbat. Il essaya cependant de se renseigner sur la personne qui avait sollicité le cadavre de Jésus et sur les raisons de ce geste. Mais le proconsul, excédé, le congédia brusquement.

– Ce qui est dit, est dit !

Et il tourna les talons de façon à bien montrer que pour lui l'entrevue était terminée. Il ne restait donc au Juif qu'à se résigner et à se retirer, toujours suivi de ses gardiens.

– Même mort, ce roi des Juifs te donne du souci, dis-je alors.

– Tu l'as dit, me répondit Ponce Pilate. Je crois avoir suffisamment d'expérience et n'ai pas l'habitude de me casser la tête pour des choses inutiles. Mais une sentence injuste me trouble plus que l'on ne pourrait imaginer. Lui-même m'a avoué ce matin qu'il était le roi des Juifs, mais il a précisé que son royaume n'était pas de ce monde ; dès lors qu'il m'est apparu qu'il ne représentait nulle menace politique, j'ai refusé de le condamner. Mais les Juifs m'y ont contraint !

Il se frappa la paume de la main avec son poing fermé.

– J'ai été le jouet d'une véritable conspiration due à l'agitation juive ! s'écria-t-il fort en colère. Ils l'ont capturé par traîtrise en pleine nuit, à grand-peine ils sont parvenus à réunir les membres indispensables du Sanhédrin pour le juger ; ils auraient très bien pu le lapider pour insulte à leur Dieu ! Bien qu'ils n'aient aucun droit de condamner à mort, ce n'aurait pas été la première fois et ils ont toujours allégué pour leur défense dans ces cas-là l'incontrôlable déchaînement de la colère populaire. Quoique, dans cette histoire, je crois que s'ils se montrèrent lâches, c'est justement à cause du peuple et ils ont donc cherché à mêler les Romains à l'affaire. J'ai même envoyé Jésus au gouverneur indigène de Galilée afin qu'il s'en chargeât puisque le Nazaréen avait grandi et fait ses premiers prêches dans sa région ; mais ce renard astucieux d'Hérode Antipas s'est limité à se moquer de lui et me l'a renvoyé ensuite afin que sur moi, qui le jugeais, retombât le poids de toute la faute.

– Mais que voulait-il dire en prétendant que son royaume n'est pas de ce monde ? osai-je avancer. Je ne suis pas superstitieux, mais la terre a frémi lorsqu'il est mort ; et le ciel s'est pieusement voilé afin que nul ne puisse contempler ses souffrances.

Le proconsul me jeta un regard courroucé.

– Nul besoin qu'un étranger comme toi vienne mettre l'accent à son tour sur ce que ma femme ne cesse de répéter depuis ce matin ! dit-il en manifestant une vive irritation. Je ferai arrêter le centurion Adénabar s'il continue à se répandre au sujet du prétendu fils de Dieu ! La superstition des Syriens est insupportable ! Souviens-toi que tu es un Romain !

Je me félicitai de n'avoir point fait allusion, dans la tour, aux prophéties qui m'avaient incité à entreprendre le voyage à Jérusalem ! La colère de Ponce Pilate cependant me fit décider de m'informer à fond sur cette affaire. Il n'est pas dans les habitudes d'un procurateur romain de se laisser troubler par la crucifixion d'un agitateur juif ! Le roi en question avait dû être un homme exceptionnel.

Ponce Pilate commença alors à gravir les marches qui mènent à son appartement en me lançant toutefois une invitation à dîner. Pour ma part, je regagnai la salle des officiers où le vin coulait à flots après la fin du service. lls m'apprirent que la Judée est un pays de bons vins ce dont je ne doute pas après avoir goûté du leur : mélangé à l'eau, son agréable saveur est rafraîchissante et point trop sucrée.

J'engageai la conversation avec tous les officiers présents et j'appris que c'était Ponce Pilate qui avait condamné à mort le roi des Juifs. Naturellement, eux l'avaient fouetté et s'étaient moqués de lui dans la cour, mais plutôt par habitudeet pour se divertir un peu : ils l'auraient laissé partir ensuite. Ils donnaient tous l'impression d'être la proie du trouble ; c'était comme s'ils se sentaient obligés de se défendre et de rejeter la faute sur les Juifs ! Le tremblement de terre les avait fortement émus et, sous l'empire de la boisson, certains se mirent à raconter les miracles que ce Jésus, suivant la rumeur publique, avait accomplis : il avait guéri des malades, exorcisé des démons et même, peu de temps auparavant, réveillé un homme mort et enseveli depuis déjà plusieurs jours aux environs de Jérusalem.

Cette dernière histoire me parut être un exemple de la rapidité avec laquelle des rumeurs se propagent à la suite d'un événement hors du commun. J'eus du mal à dissimuler mon sourire devant ces hommes relativement instruits qui gobaient des contes dénués de toute vraisemblance. L'un d'eux prétendit même connaître le nom du ressuscité ! Ils affirmèrent avec le plus grand sérieux que la nouvelle de cette résurrection, aussitôt connue et répandue par toute la ville, avait porté à son comble le courroux des grands prêtres, les décidant à tuer l'auteur de tels miracles !

Le chef d'une unité de chameaux cantonnée aux confins du désert et détachée dans la cité sacrée à l'occasion de la fête de la Pâque, rapporta, pour illustrer l'intolérance des fils d'Israël, que le roi Hérode de Galilée avait fait mettre à mort, quelques années auparavant, un prophète venu du désert : ce dernier attirait de grandes foules qu'il baptisait dans les eaux du Jourdain afin de leur ouvrir les portes du nouveau royaume. Le chef l'avait vu de ses propres yeux : il était couvert d'une peau de chameau et ne mangeait jamais de viande !

Ils contèrent également que sur les rives de la mer Morte, au milieu d'un désert très difficile d'accès, une communauté s'était établie dans le but d'étudier les textes sacrés et d'attendre la venue du nouveau souverain. Ceux qui vivent dans cette communauté utilisent un calendrier différent de celui des autres et respectent entre eux une certaine hiérarchie.

Ils allumèrent les lampes lorsque tomba la nuit et je pris congé pour me rendre chez le proconsul, ce qui donna lieu à quelques plaisanteries de la part des officiers qui finirent par m'avouer avoir réussi, malgré les ordres, à introduire dans leur salle un couple de danseuses accompagnées de musiciens syriens ; ils m'invitèrent cordialement à me joindre à leur petite fête lorsque le proconsul se retirerait ; apparemment, ils estimaient mériter sans conteste une diversion après le travail extraordinaire que cette Pâque leur avait imposé.

On avait tenté d'adoucir la sévère austérité des appartements situés dans la tour de la forteresse en recouvrant le sol et les murs de somptueux tapis et de fort belles tentures ; des coussins d'étoffes précieuses s'entassaient sur les divans. On servait dans une vaisselle syrienne et le vin fut dégusté dans de splendides coupes en cristal. Le commandant de la garnison, un homme silencieux pour ne pas dire muet, était également invité ; je ne doute point de ses qualités de stratège, mais la présence de Claudia Procula et de sa dame de compagnie le troublait au point qu'il ne parvint pas une seule fois à ouvrir la bouche. Il y avait aussi Adénabar et le secrétaire du proconsul. Des essences odoriférantes brûlaient dans les lampes et l'on aurait dit que les deux femmes rivalisaient de parfums avec elles.

Je fus très heureux de rencontrer Claudia Procula, bien que, à dire la vérité, je ne l'eusse point reconnue si je l'avais croisée dans un lieu public. Elle était pâle et d'une extrême langueur ; en outre, pour dissimuler ses premiers cheveux blancs, elle avait teint sa chevelure en rouge. Mais ses yeux n'avaient pas changé et je reconnus en eux la même frémissante sensibilité qui m'avait fasciné une fois à Rome, dans la maison des Procula, du temps de mes jeunes années.

Claudia me tendit ses deux mains fines et soignées en plongeant un regard plein d'intensité dans le mien. A ma grande gêne, elle me prit dans ses bras, se jeta sur ma poitrine puis, après m'avoir donné un baiser sur chaque joue, se répandit en bruyants sanglots.

– Marcus ! Ô Marcus ! hoqueta-t-elle. C'est si aimable à toi de venir me consoler en cette sinistre nuit !

Le commandant détourna le regard, honteux pour notre amphitryon et pour moi-même.

– Allons, Claudia ! Essaie de te dominer, intervint Ponce Pilate. Nous savons tous que tu souffres.

Claudia détacha ses bras de mon cou. Les larmes avaient maculé de fard ses joues fanées, mais elle frappa du pied avec colère.

– Est-ce ma faute si des cauchemars troublent mon repos? reprocha-t-elle. Je t'avais prévenu de ne pas toucher au saint homme !

En remarquant l'air de dignité offensée du proconsul, je devinai que le poste obtenu grâce aux parents de son épouse devait lui coûter fort cher. Un autre homme, sans doute, aurait entraîné sa femme dans une pièce voisine en attendant qu'elle eût recouvré son calme ; mais Ponce Pilate se contenta de lui caresser les épaules tout en l'exhortant à la sérénité. La dame de compagnie, femme d'une très grande beauté, s'était empressée de prendre un air de circonstance.

Le proconsul enleva des mains de l'esclave la jarre de vin qu'il versa lui-même dans les coupes de cristal ; pour une raison ou une autre, il semblait très fier de ces coupes. Il me servit en premier, avant même le commandant de la forteresse.

Par ce geste révélateur, je compris qu'il avait ordonné la fouille de mes effets personnels. J'avais en effet laissé délibérément traîner une courte lettre de recommandation que j'avais reçue en même temps que le conseil d'abandonner Rome pour mon plus grand bien. Sur cette lettre figure un nom que je ne désire point mentionner, mais dont je me suis aperçu qu'il est d'un homme plein d'influence en Orient. Je te rends grâce une fois de plus, ô Tullia, de m'avoir obtenu ce bouclier lorsque tu m'obligeas à quitter Rome.

Tandis que nous buvions, Ponce Pilate fit un effort pour sourire d'un air détaché et dit sur un ton badin qu'il commençait à comprendre pourquoi les Juifs avaient l'habitude d'interdire aux femmes de prendre leurs repas avec les hommes. Mais Claudia Procula, à présent calmée, m'appela et me fit asseoir auprès d'elle sur le divan pour ainsi pouvoir caresser mes cheveux.

– Il n'y a aucun mal à cela, se disculpa-t-elle. Je pourrais être ta mère ! Pauvre petit orphelin qui n'a jamais connu sa mère !

– Certes, tout est possible ! répliquai-je. Mais il aurait fallu que tu eusses donné le jour à un enfant dès l'âge de cinq ans !

Le compliment était assez osé car nous avions au moins quinze ans de différence, mais les femmes aiment à entendre ce genre de phrases. Claudia me tira les cheveux en riant et en me traitant d'hypocrite, puis elle prévint sa dame de compagnie de ne point se fier à mes paroles car j'étais le plus fieffé séducteur de tous les jeunes Romains et à quatorze ans je connaissais déjà tout Ovide par cœur. Par chance, elle s'abstint de parler du testament qui m'avait rendu riche.

Le proconsul ne parut guère s'émouvoir de ces

familiarités... bien au contraire ! J'eus la nette impression que tout ce qui avait le pouvoir de maintenir son épouse de bonne humeur lui plaisait plutôt ! Il me recommanda de garder mon sang-froid et de ne point oublier que l'épouse d'un proconsul était inviolable. Puis il poursuivit en m'assurant que Claudia, à force de vivre entourée de Juifs, avait abandonné les frivoles coutumes de la société romaine pour devenir une personne sérieuse.

Nous commençâmes à manger en bavardant négligemment. J'ai eu l'occasion, au cours de ma vie, de faire des repas très supérieurs à celui-ci, mais je ne puis dire qu'il y manquât quoi que ce fût en dépit des habitudes de frugalité de notre hôte. Au moins, tous les plats servis étaient-ils frais et de bonne qualité, ce que l'on peut considérer comme la base de tout l'art culinaire. Le plus divertissant eut lieu lorsque Ponce Pilate chassa de la pièce les esclaves qui venaient de poser sur la table un grand plat de terre cuite encore fermé. Il en ôta lui-même le couvercle et le délicieux fumet d'une viande grillée au romarin qui s'en dégagea tira une exclamation de joie du commandant et d'Adénabar.

– Voilà qui te montrera à quel point nous sommes esclaves des fils d'Israël, m'expliqua le maître de maison avec un sourire. Le gouverneur est obligé d'aller quérir sur l'autre rive du Jourdain la viande de porc et de l'introduire en contrebande, comme un criminel, dans la forteresse Antonia !

On m'apprit alors qu'à l'est du lac de Tibériade on élevait des troupeaux de porcs destinés au ravitaillement des garnisons romaines mais qu'il était absolument interdit de faire entrer de cette viande à Jérusalem sous peine d'encourir la fureur populaire. Les préposés aux douanes sont contraints de respecter cette interdiction, même si leur amitié est toute acquise aux Romains. C'est pourquoi la viande de porc arrive à Antonia par courrier diplomatique et sous le sceau de l'empire.

– Ceci me fait penser, dit Adénabar qui brûlait d'envie de se mêler à la conversation, que le seul événement regrettable dont se soit rendu coupable le roi des Juifs eut lieu à Gérasa, à l'est du Jourdain. Ce Jésus n'était pas superstitieux et transgressait volontiers la loi judaïque même les jours de sabbat. Mais il devait tout de même éprouver la répugnance propre à ceux de sa race lorsqu'il s'agissait de porc, car il y a un peu plus d'un an, se promenant avec ses compagnons du côté de Gérasa, il fit tant qu'un troupeau de mille cochons se précipita des pentes escarpées dans la mer où ils périrent noyés ; ce fut une perte considérable pour le propriétaire qui n'eut pourtant aucun recours contre les auteurs du forfait qui s'enfuirent en Galilée de l'autre côté de la frontière ; un procès n'aurait guère servi car nul d'entre eux ne possédait de richesses, vivant des dons de leurs adeptes et ne travaillant qu'épisodiquement. Force fut donc au propriétaire d'accepter son infortune ; d'ailleurs, on peut se demander s'il aurait trouvé des témoins, car la réputation du Nazaréen avait franchi le fleuve et ses miracles lui donnaient une grande emprise sur le peuple.

Adénabar avait mis beaucoup d'enthousiasme dans son récit, il s'était soulevé au bord de son siège pour finir dans un grand rire sonore. Ce fut alors qu'il se rendit compte que son histoire, loin de séduire quiconque, avait jeté un froid, remettant sur le tapis un sujet que nous avions réussi à oublier un moment en parlant de choses et d'autres. A vrai dire, je ne sais si nous l'avions réellement oublié.

Le centurion hésita un instant, puis son rire s'arrêta net.

– Nous avons assez entendu parler de cet homme, grommela Ponce Pilate.

Son épouse fut prise d'un tremblement.

– C'était un saint, s'exclama-t-elle sur un ton impatienté, il guérissait les gens, accomplissait des miracles. Il n'eut jamais son pareil dans le monde. Si tu étais un homme et un vrai Romain, tu ne l'aurais pas condamné ; en vain, tu t'es lavé les mains, tu n'échapperas pas à ta faute ! Toi-même tu avais avoué ne rien trouver de mal en lui. Qui est le gouverneur de Jérusalem ? Toi ou les Juifs ?

La colère fit pâlir le proconsul et peu s'en fallut qu'il ne jetât la coupe de vin qu'il avait à la main, mais il comprit l'inutilité de casser un objet aussi coûteux. Il parvint, non sans effort, à se maîtriser et nous regarda tour à tour.

– Moi je ne crois que ce que je vois, dit-il en s'efforçant au calme. Et je n'ai vu aucun miracle, pas plus qu'Hérode d'ailleurs qui pourtant lui ordonna de démontrer son pouvoir. Toute l'affaire a été transformée en une histoire politique et je n'ai pu faire autrement que de le condamner. Si l'on se place d'un strict point de vue juridique, ce n'est point moi qui l'ai envoyé à la mort, j'ai seulement permis aux Juifs d'agir à leur guise. La politique est la politique et ses décisions sont le fruit de l'opportunité plutôt que de l'exacte justice. En ce qui concerne les affaires dépourvues d'importance, il convient de laisser les indigènes faire ce que bon leur semble : ainsi peuvent-ils exalter leur orgueil national. Mais lorsqu'il s'agit d'affaires de grande portée, alors le pouvoir est entre mes mains.

– Et l'adduction d'eau à Jérusalem ? rétorqua Claudia perfidement. N'était-ce point ta grande idée ? L'objet de ta fierté ? Le premier monument de ton gouvernement ? Où est-elle ? Tu en as pourtant effectué les plans et les calculs de dénivellations.

– Je ne puis aller voler les fonds dans le trésor du temple ! s'écria le proconsul. S'ils ne veulent pas comprendre où est leur intérêt, c'est leur affaire, pas la mienne !

– Mon cher seigneur, poursuivit Claudia avec ironie, durant toutes ces années les Juifs t'ont contraint à t'incliner devant eux, chaque fois, que l'affaire fût grande ou petite ! Mais cette fois-ci, seulement cette fois-ci, tu avais l'occasion de prouver que tu es un homme et pour une cause juste. Mais tu ne m'as pas crue lorsque je t'ai fait dire de ne point condamner un innocent.

Adénabar, voulant sauver la situation, intervint sur le ton de la plaisanterie :

– Si le projet de l'aqueduc a échoué, c'est à cause des femmes de Jérusalem, de leur entêtement ! Aller chercher l'eau à la fontaine représente pour elles l'unique moment où elles peuvent se réunir et bavarder : plus le voyage est long et pénible, plus long le temps des cancans.

– Les femmes de Jérusalem ne sont pas aussi stupides que vous le pensez, répliqua vivement Claudia. Si tout ne s'était pas déroulé d'une manière si rapide, par surprise et illégalement de surcroît ! et si son propre disciple ne l'avait pas vendu au Sanhédrin, il n'aurait jamais été condamné ! Si toi, tu avais eu le courage de reporter ta décision après la Pâque, tout aurait été différent. La plèbe était de son côté, de même ceux qui se disent les doux et qui espèrent son royaume. Ils sont plus nombreux que tu ne peux imaginer ; il y a même un membre du Conseil Suprême qui est venu te demander le corps afin de l'ensevelir dans son verger. Je sais beaucoup de choses dont tu n'as pas la moindre idée, j'en sais même certaines ignorées de ses adeptes plus modestes. Mais à présent, il est trop tard ! Tu l'as tué !

Ponce Pilate leva ses deux mains vers le ciel en signe de désespoir et appela à son aide les dieux de Rome et le génie de l'empereur.

– Si je ne l'avais pas fait crucifier, affirma-t-il, ils en auraient appelé à Rome disant que je n'étais pas ami de l'empereur ! Je t'ai déjà interdit, ô Claudia, d'aller voir ces femmes exaltées ! Leurs obsessions ne font qu'aggraver tes tourments ! Et vous, ô Romains, c'est à vous maintenant que je m'adresse ! Qu'auriez-vous fait à ma place ? Auriez-vous mis en péril votre position et votre charge pour un Juif qui semait le désordre à propos de religion ?

Le commandant de la garnison se décida enfin à parler.

– Un Juif n'est qu'un Juif ! dit-il. Et ils sont tous des espions ! Le fouet, la lance et la croix sont les seuls arguments politiques qui puissent les faire tenir tranquilles !

– La terre a tremblé quand il est mort, murmura Adénabar, et je suis convaincu qu'il est le fils de Dieu. Mais toi, en vérité, tu n'aurais pu agir autrement et à présent, il n'est plus et ne reviendra point.

– J'aimerais en savoir davantage sur son royaume, osai-je avancer.

Claudia fixa sur nous tous ses yeux aux pupilles dilatées.

– Et s'il revenait ? demanda-t-elle. Que feriez-vous ?

Elle dit, et sa voix vibrait d'une si intense conviction que j'en eus des frissons et dus faire un effort pour me rappeler que j'avais vu Jésus expirer sur la croix.

Ponce Pilate posa sur elle un regard compatissant et lui dit sur le ton que l' on emploie quand on parle à un dément :

– Il peut revenir, ma chérie, cela ne me dérange pas ! Nous en reparlerons à ce moment-là !

Un serviteur entra sans bruit et se retira en compagnie du secrétaire du proconsul.

– Nous aurons des nouvelles dans quelques instants, soupira Pilate avec soulagement. Ne parlons plus désormais de cette triste affaire !

Le repas prit fin dans une atmosphère tendue de sourde irritation. On desservit et nous bûmes le vin. Je fredonnai pour distraire les femmes les derniers refrains à la mode à Alexandrie, puis Adénabar chanta d'une voix très agréable un couplet léger composé par les soldats de la douzième légion. Sur ces entrefaites revint le secrétaire et Ponce Pilate lui permit, afin de nous témoigner sa confiance, de faire en notre présence son rapport sur tout ce qu'il venait d'apprendre. J'en conclus que les espions à la solde des Romains se rendaient au fort nuitamment pour donner leurs informations.

– Le tremblement de terre a réveillé une grande frayeur dans le temple dont le voile s'est déchiré de bas en haut, commença le secrétaire. L'homme qui a trahi le Nazaréen est revenu aujourd'hui jeter à la face des prêtres les trente monnaies d'argent qu'il avait reçues. Le grand prêtre est en proie à un énorme courroux car deux membres du Sanhédrin, Joseph et Nicomède, ont descendu le corps de Jésus et l'ont enseveli dans un tombeau creusé à même la roche près du lieu du supplice ; Nicomède a procuré, outre le linceul, cent livres d'un mélange de myrrhe et d'aloès pour l'ensevelissement.

« En outre, le calme règne sur la cité qui célèbre la vigile de la Pâque suivant la tradition ; les adeptes de Jésus ont disparu comme par enchantement. Le Sanhédrin a réussi à calmer les esprits en lançant la phrase : « Mieux vaut qu'un seul homme périsse plutôt que tout le peuple ! » Nul en tout cas n'élève plus la voix au sujet du Nazaréen, on dirait que le respect superstitieux que les gens manifestaient à son égard a été anéanti par sa mort ignominieuse et sans miracle.

Le scribe nous regarda, toussota, esquissa un sourire puis enfin se décida à poursuivre :

– Il y a encore une chose que je préférerais passer sous silence, mais elle m'est parvenue de deux sources différentes : Jésus aurait menacé de ressusciter le troisième jour. J'ignore d'où vient cette nouvelle, mais le grand prêtre qui ne l'ignore pas cherche un moyen de prévenir semblable événement.

– Qu'avais-je dit ? s'exclama Claudia sur le ton de la victoire.

– Naturellement cela ne signifie pas qu'il croit le moins du monde en cette résurrection, se hâta d'ajouter le scribe. Mais il se pourrait que les séides du Galiléen tentassent de voler le cadavre pour mystifier les petites gens. C'est la raison pour laquelle les prêtres et les membres du Sanhédrin sont fous de colère, le cadavre n'ayant pas brûlé dans la décharge avec ceux des autres condamnés.

– A cause de cet homme, dit Pilate amèrement, je ne peux même pas jouir de la paix nocturne !

Il était si troublé par cette naïve histoire qu'il appela Adénabar et moi-même dans un coin pour s'assurer une nouvelle fois de la mort du roi Jésus. L'avions-nous vu, de nos yeux vu, mourir, et avions-nous également vu comment le soldat lui avait percé le cœur ?

– Cet homme est mort sur la croix, jurâmes-nous en chœur, et n'a plus aucune chance de marcher.

Le vin que j'avais bu, tout ce dont j'avais été témoin et les sentiments que j'avais éprouvés, eurent pour conséquence qu'en dépit de ma fatigue, je dormis mal, en proie aux cauchemars ; je fus également importuné par les refrains d'ivrognes qui me parvenaient de la salle des officiers durant la nuit. Et en outre, la perçante sonnerie des trompettes du temple dont l'écho résonna par toute la ville me tira du sommeil à l'aube. J'eus aussitôt présent à l'esprit tout ce que j'avais vu et vécu la veille, et le souvenir du roi des Juifs et de son royaume recommença à me tourmenter.

Pour clarifier mes idées et ne rien oublier des événements qui s'étaient déroulés sous mes yeux, je m'installai pour les relater par écrit jusqu'au moment où Adénabar, les yeux gonflés et la tête lourde encore de vin, vint m'inviter à l'accompagner dans la cour d'entrée si je voulais me divertir quelque peu. Il y avait là, en effet, un groupe envoyé par le Sanhédrin et le grand prêtre, qui réclamait une entrevue avec le gouverneur bien que ce jour fût un samedi et qui plus est un samedi extraordinaire. Ponce Pilate tarda à descendre et lorsque enfin il arriva, il leur reprocha avec véhémence de troubler la quiétude de tous.

Les envoyés, manifestement en proie à une vive anxiété, affirmèrent que la dernière imposture serait pire que la première si les séides du Nazaréen parvenaient à dérober son corps et allaient raconter qu'il avait ressuscité le troisième jour ; c'est pourquoi ils priaient instamment le gouverneur afin que durant quelques jours une garde de légionnaires fût placée devant le tombeau, leurs propres gardiens n'étant point sûrs. Et pour plus de sécurité, ils demandèrent également que le tombeau fût scellé avec le sceau du gouverneur lui-même, nul Juif n'étant assez hardi pour le briser. Pilate les traita de femelles imbéciles et se moqua d'eux.

– On dirait que le mort vous inspire une plus grande crainte encore que le vivant !

Ils lui promirent alors de lui envoyer de nombreux présents dès le lendemain – le samedi, en effet, leur religion leur interdit formellement de rien porter. Ponce Pilate finit par leur donner satisfaction : il envoya, pour monter la garde devant le sépulcre, deux soldats accompagnés du scribe de la légion. Ce dernier avait pour mission de sceller le tombeau, non pas avec le sceau du proconsul, mais avec celui de la douzième légion. Il ordonna également que la garde soit renforcée pendant la nuit par quatre ou huit hommes selon ce que déciderait l'officier, car il savait du reste que deux légionnaires en faction la nuit de l'autre côté des murailles ne se sentiraient nullement rassurés.

Pensant qu'une promenade me ferait du bien, j'accompagnai le scribe. Sur le lieu du supplice se dressaient encore dans toute leur horreur les trois potences tachées de sang. Les piliers horizontaux avaient été démontés lorsque l'on avait descendu les corps. Non loin de là, dans un très beau verger, une tombe avait été creusée à même les rochers. Une grosse pierre en obstruait l'entrée et la force de deux hommes aurait tout juste suffi à la déplacer. Comme la chaleur était déjà forte, le scribe ne jugea pas nécessaire d'ouvrir le tombeau, les gardiens assurant que personne ne s'était approché depuis que Joseph et Nicomède, les traîtres du Sanhédrin, avaient placé la pierre avec l'aide de deux serviteurs.

Lorsque le scribe posa sur le seuil le sceau de la légion, je crus discerner une forte odeur de myrrhe qui s'exhalait de l'intérieur ; mais ce pouvait être aussi bien les fleurs du jardin qui me donnaient cette impression. Les deux soldats firent quelques grossières plaisanteries sur l'objet de leur mission, mais ils étaient à l'évidence fort satisfaits d'avoir à surveiller le sépulcre pendant le jour et que l'on dût les relever au crépuscule.

Je laissai le scribe sur le chemin du retour et portai mes pas vers le temple puisque l'on m'avait dit que je ne courrais aucun risque à pénétrer dans la première cour. Je traversai le pont qui conduisait à la montagne sacrée et franchis avec la foule la superbe porte du parvis des païens. Durant toute la matinée les citadins avaient afflué sans répit pour célébrer la fête ; mais la cour était encore assez dégagée, de sorte que je pus admirer les portiques à loisir. Bientôt, cependant, les chants monotones et les prières psalmodiées, l'odeur d'encens et de myrrhe, et l'intolérance ainsi que l'exaltation des gens qui m'entouraient me donnèrent la nausée ; je me souvins du corps du crucifié qui gisait dans le froid tombeau de pierre et toute ma sympathie se porta vers lui, vers ce peu qu'il y avait de lui.

Je regagnai la forteresse où j'écrivis jusqu'à une heure fort avancée de la nuit pour échapper à mes tristes pensées. Mais je n'en ai retiré aucun réconfort car en t'écrivant, ô Tullia, je ne t'ai pas sentie proche de moi comme cela est arrivé d'autres fois.

Pour moi, en tout cas, l'histoire du roi des Juifs n'est pas terminée ; je veux en savoir davantage sur son royaume et j'ai déjà mis sur pied quelques plans qui devraient me permettre d'entrer en contact avec ses adeptes afin d'entendre de leur propre bouche ce qu'il leur a enseigné.

TROISIEME LETTRE

Marcus Mecenas Manilianus te salue, ô Tullia !

J'ECRIS mon nom, puis j'écris ton nom, ô Tullia, mais en voyant le mien sur le papyrus, je me sens empli d'étonnement et je me demande si c'est bien moi qui trace ces mots ou si, en moi, un étranger le fait à ma place. Je ne suis plus le même homme, et parfois, au cours de ces jours derniers, j'ai pensé que le sortilège juif m'avait envoûté. Si tout s'est réellement déroulé comme je te l'ai raconté, alors j'ai été le témoin de choses qui n'étaient jamais advenues auparavant.

Je ne sais même pas si j'aurai le courage un jour de t'envoyer cette lettre ; les rouleaux précédents sont encore en ma possession. Peut-être cela vaut-il mieux ainsi, car s'il t'arrivait de me lire, sans doute penserais-tu que Marcus a perdu l'esprit. Je suis certain, cependant, que je ne suis pas un rêveur ; j'ai seulement tenté de chercher sur la terre autre chose que la pure vertu ou le seul plaisir des sens. Je reconnais qu'étant donné ma naissance, j'ai commis de nombreux excès du temps de ma jeunesse et que je n'ai jamais su trouver l'équilibre entre le renoncement et le plaisir. Tant mes veilles que mes jeûnes et mes exercices physiques à l'époque de l'école de Rhodes, tout chez moi fut un excès. Et mon amour pour toi, ô Tullia, a également été excessif, car il n'a jamais pu se rassasier de toi.

Mais en dépit de tout, ne doute point qu'il y ait au fond de moi une force lucide et sereine qui m'interdit de me détruire. S'il n'y avait en moi ce vigile froidement attentif, je ne crois guère que j'aurais quitté Rome car, plutôt que de te perdre, j'aurais mille fois préféré perdre ma fortune ou ma vie. En traçant ces lignes, je sens mon esprit plus vif et alerte que jamais, car il cherche sans relâche à discerner la limite entre ce que mes yeux ont réellement vu et ce que j'ai seulement entendu dire.

Il me semble indispensable de relater point par point tout ce que j'ai vécu, quand bien même jamais je n'enverrais cette lettre ; je noterai aussi les choses sans importance, car je ne saurais encore distinguer ce qui est important de ce qui ne l'est point. J'ai peut-être été le témoin de l'avènement d'un nouveau dieu ! Cela paraîtra totalement absurde aux yeux de tous ceux qui n'auront point vécu une expérience semblable mais, à supposer que je n'ai pas rêvé, ce qui aujourd'hui paraît dénué de sens peut demain s'en trouver chargé. En écrivant ces mots, je plaide à l'évidence pour excuser ma volubilité ! Mais si en vérité tout est bien arrivé, alors le monde va changer, il a déjà changé, et nous sommes au seuil d'une nouvelle ère.

Mon veilleur intérieur me préserve de ne point ajouter foi à ce qu'ardemment je désire croire ; mais ai-je jamais désiré ce qui est advenu, cette chose totalement imprévisible ? Non, non, je n'aurais pu l'imaginer ! Pas même en songe je n'aurais pu concevoir l'idée d'un pareil événement, car s'il m'est arrivé de rêver, c'est à un empire terrestre que je songeais. Il ne s'agit plus désormais de cela mais de quelque chose de radicalement différent, bien que je ne puisse encore en saisir le sens. Je me répète sans cesse que je ne dois point, guidé par ma seule vanité, voir dans ce qui s'est passé ce qui n'y est point : qui suis-je, moi Marcus, pour que cela me soit arrivé à moi ? Je connais mon peu d'importance. Mais cependant je ne peux nier ce que j'ai vu et c'est ce que je me limiterai à raconter.

Il était très tard lorsque je terminai ma lettre précédente et j'avais des crampes dans les doigts qui m'empêchèrent tout d'abord de trouver le sommeil. Puis je m'endormis profondément. Avant l'aube, je fus bientôt réveillé par un autre tremblement de terre, plus long et plus terrifiant que le premier. Le fracas des plats en argile qui se brisaient et la chute des boucliers tombés des supports où ils étaient accrochés, arrachèrent de leurs couches tous les occupants de la forteresse. Le dallage oscillait sous mes pieds avec tant de violence que je perdis l'équilibre et roulai au sol. Les sentinelles de faction dans la cour sonnèrent l'alarme. Je ne peux cacher mon admiration pour la discipline de la légion : malgré l'obscurité, pas un seul soldat ne sortit sans ses armes, bien que la première idée de chacun fût sans doute de fuir en terrain découvert afin d'échapper à d'éventuels effondrements de toitures.

Il faisait encore si sombre dans la cour que l'on dut allumer des torches. Une fois passés l'affolement et la confusion, on s'aperçut que la muraille s'était lézardée en plusieurs endroits, mais qu'il n'y avait point de victimes. On déplorait seulement quelques entorses, contusions et autres blessures légères occasionnées plus par la course dans l'obscurité que par la secousse elle-même. Le commandant de la garnison dépêcha des patrouilles dans la cité pour se rendre compte des dégâts et intima l'ordre aux vigiles de rester en état d'alerte, car les incendies causés par un tremblement de terre engendrent généralement plus de mal que le séisme proprement dit.

Le proconsul qui s'était levé également, se borna à se draper dans sa toge. Il demeura en haut de l'escalier, nu-pieds, et ne prit aucune part aux ordres qui fusaient dans la cour en bas. Il n'y eut plus de secousses, les coqs se mirent à chanter par la ville et l'on ne jugea point nécessaire d'envoyer les femmes de l'autre côté des remparts pour les mettre en sécurité. Nul d'entre nous, après une telle panique, ne voulut retourner se coucher. Les lueurs de l'aube éclaircirent le ciel et lorsque les étoiles s'éteignirent résonnèrent à nouveau les trompettes du temple, marquant ainsi que les cérémonies continuaient comme si rien n'était advenu.

On ordonna aux soldats de se préparer à effectuer leur service accoutumé, mais on ne leur servit qu'un repas froid car, par souci de sécurité, il fut interdit d'allumer du feu dans les cuisines. Les patrouilles revinrent les unes après les autres, rapportant qu'une grande panique régnait dans la cité et que beaucoup de gens s'étaient réfugiés dans la campagne, au-delà des remparts de la ville, bien qu'il n'y eût aucun dégât important hormis quelques murs écroulés. Apparemment, le tremblement de terre avait sévi dans une zone limitée, se manifestant avec le plus de violence dans la région de la forteresse et du temple.

Les gardes furent relevées et ce fut seulement avec un léger retard que la première cohorte défila par les rues de la ville jusqu'au cirque où elle allait faire ses exercices. Il y avait déjà de nombreuses années que ne se déroulait plus aucun combat de gladiateurs et de bêtes sauvages dans le magnifique édifice dont la piste était devenue le terrain de manœuvres de la légion.

Je regagnai ma chambre, écrasant sous mes pas

les éclats de poteries. Je consacrai un certain temps à ma toilette et j'étais encore à me préparer lorsqu'une ordonnance vint m'annoncer que le proconsul m'attendait. Ponce Pilate avait décidé de siéger dans le vestibule en haut de l'escalier pour recevoir les visites du jour ; je crois qu'il avait jugé préférable de rester dehors, bien que rien sur son visage n'indiquât la moindre peur d'un nouveau tremblement de terre.

Le commandant et le scribe de la légion se trouvaient à ses côtés ainsi qu'Adénabar et deux légionnaires qui, selon la coutume syrienne, accompagnaient leurs explications et leurs protestations du mouvement vif de leurs mains malgré les visibles efforts qu'ils tentaient pour rester en position de garde-à-vous devant leurs supérieurs.

– Le tremblement de terre a retardé ce matin la relève, m'informa Ponce Pilate sur un ton irrité. Ces deux Syriens stupides ont été envoyés pour relever la garde nocturne devant ce maudit tombeau. La nuit dernière, on y avait laissé six hommes dont deux avaient pour mission de veiller tandis que les autres se reposaient. Et voici qu'ils reviennent nous dire que le sceau de la légion a été brisé, la pierre de l'entrée enlevée et que les gardes de nuit ont disparu.

Puis, s'adressant aux légionnaires, il demanda :

– Le corps se trouvait-il toujours dans le tombeau ?

– Nous n'avons pas pénétré à l'intérieur, répondirent les deux hommes en chœur. Nous n'en avions point reçu l'ordre.

– Pourquoi l'un de vous n'est-il pas resté là-bas pour surveiller tandis que l'autre se hâtait de venir nous informer ? Pendant que vous êtes tous les deux ici, n'importe qui peut entrer !

– Aucun d'entre nous n'a osé rester, avouèrent les soldats en toute simplicité.

Le chef de garnison crut bon de prendre la

défense de ses hommes car, en définitive, c'était à lui qu'incombait la responsabilité du comportement de tous.

– Ils ont l'ordre de ne se déplacer qu'à deux à l'extérieur de la forteresse, dit-il brièvement.

Mais le visage des soldats n'exprimait point la peur de la mort mais bien plutôt la peur du tombeau lui-même, et la disparition de leurs compagnons les avait manifestement plongés dans une terreur pleine de superstition. Ainsi le comprit le proconsul qui s'indigna :

– Rien de surnaturel ne s'est passé ! La pierre du sépulcre a été, à l'évidence, déplacée par le tremblement de terre ! Et les Syriens, ces lâches superstitieux, ont abandonné leur poste et maintenant n'osent plus se présenter. Que l'on parte immédiatement à leur recherche ! Ils ont déserté et méritent la peine capitale.

S'adressant ensuite à moi, il expliqua :

– L'honneur de la légion est en jeu et je ne puis faire confiance à qui que ce soit qui ait un intérêt personnel dans cette affaire. Je n'ai nul besoin d'explications, je veux un témoin impartial. Toi, Marcus, tu es un homme raisonnable et suffisamment averti de notre loi. Emmène avec toi Adénabar et ces deux hommes. Et prenez avec vous une cohorte, si bon vous semble, afin d'isoler le tombeau et d'empêcher ces deux lascars de s'échapper. Renseigne-toi sur ce qui s'est passé et fais-m'en un rapport !

Le chef de la garnison appela le trompette, ce qui eut le don de porter à son comble le courroux du proconsul qui hurla, en se frappant la paume de son poing fermé :

– Mais vous êtes fous ! Vous n'avez nul besoin d'une cohorte ! Quelques hommes sûrs suffiront. Ce serait folie d'attirer l'attention en donnant de l'importance à une affaire bien assez honteuse pour nous. Allons ! Dépêchez-vous !

Adénabar réunit sur-le-champ une dizaine d'hommes auxquels, après qu'ils eurent formé les rangs, il ordonna le pas de course cadencé.

– Halte ! cria le proconsul qui s'empressa d'ajouter que « courir à travers la cité serait le moyen le plus sûr d'attirer à notre suite tous les curieux de la ville ».

Je fus, pour ma part, fort content de l'entendre car, même sans équipement, je n'aurais pu suivre qu'à grand peine le pas cadencé des légionnaires en dépit de la courte distance à parcourir.

Ceux qui s'étaient réfugiés en dehors des murailles pour fuir le tremblement de terre, s'en retournaient maintenant vers leurs maisons. Ils étaient bien trop préoccupés de leurs propres affaires pour prendre garde à nous, et ils en oublièrent même de cracher sur le passage des soldats en criant leurs habituelles malédictions.

Le jardin cachait une partie du tombeau. Nous pûmes cependant voir d'assez loin deux hommes qui en sortaient. C'était sans nul doute des adeptes du Nazaréen, car il me sembla que l'un d'eux était le beau jeune homme que j'avais vu sur la colline du supplice consolant les femmes en pleurs. L'autre, à la tête ronde, était corpulent et barbu. Lorsqu'ils nous aperçurent, ils s'enfuirent à toutes jambes et, malgré nos cris, disparurent rapidement, bientôt dissimulés à nos regards par les nombreux accidents du terrain.

– Cela commence ! s'exclama Adénabar mais, jugeant plus raisonnable de ne pas disperser nos forces, il n'ordonna point qu'on les poursuivît. Il savait d'ailleurs que les fuyards parviendraient de toute façon à échapper aux légionnaires à travers jardins, maquis, collines et grottes.

Nous les avions cependant vus bien assez pour savoir qu'ils n'emportaient rien du tombeau.

Arrivés devant l'ouverture béante, nous nous aperçûmes que le poids de la pierre d'entrée avait cassé le bord de la rainure ; elle était tombée en roulant vers le bas de la colline, jusqu'à heurter un autre rocher contre lequel elle s'était brisée. Pas une trace d'outil ! Si l'on avait ouvert le tombeau de l'extérieur, il aurait fallu faire rouler la pierre le long de la rainure. Un morceau de ruban pendait du sceau cassé de la légion. C'était le tremblement de terre qui, à l'évidence, avait arraché la pierre de l'endroit où elle se trouvait. De l'obscurité du sépulcre, s'exhalait une forte odeur de myrrhe et d'aloès qui imprégnait l'air humide de la montagne.

– Passe devant, je te suivrai, me pria Adénabar.

Son visage avait pris couleur de cendre. Il tremblait de tout son corps. Les légionnaires s'étaient arrêtés à une distance respectable de l'entrée, pressés les uns contre les autres comme un troupeau de moutons en proie à la frayeur.

Nous pénétrâmes ensemble dans la première pièce du caveau, puis, après avoir franchi une voûte plus étroite, nous arrivâmes dans le tombeau proprement dit. Tant que nos yeux ne furent pas accoutumés à la pénombre, à peine si nous pouvions distinguer le linceul blanc sur la dalle de pierre ; nous crûmes donc tous deux de prime abord que le corps était toujours là. Mais, lorsque nos regards recouvrèrent toute leur acuité, nous constatâmes que le cadavre du roi des Juifs avait disparu, abandonnant son drap mortuaire qui, raidi par les aromates, gardait encore les contours du corps. Le suaire, qui avait enveloppé la tête du mort, se trouvait dans un autre endroit.

Je me refusai à croire le témoignage de mes yeux et touchai de mes mains le vide entre le drap et le suaire. Rien ! Le linceul n'avait pas été déchiré, le corps avait tout simplement disparu de l'intérieur.

Même en pressant dessus, le drap conservait la

forme du corps et il n'était ni déchiré, ni ouvert : j'en suis sûr, je l'ai vu. La disparition du corps était une chose proprement incroyable et cependant il avait disparu, on ne pouvait le nier, nos propres yeux en pouvaient témoigner.

– Vois-tu ce que je vois ?

La gorge nouée, j'approuvai d'un mouvement de tête et le centurion poursuivit dans un murmure :

– J'avais bien dit qu'il était fils de dieu !

Puis, reprenant son calme et cessant de trembler, il se passa la main sur le visage.

– C'est un tour de magie comme jamais je n'en ai vu ! ajouta-t-il. Il vaut mieux que nous soyons les seuls à le savoir jusqu'à nouvel ordre !

Eussions-nous recouru à la contrainte que nous ne serions pas parvenus à faire entrer les légionnaires dans le caveau : ils étaient tous en proie à une immense terreur depuis la disparition de leurs camarades, événement d'autant plus mystérieux que l'on ne voyait aucune trace de lutte sur le terrain.

Ni Adénabar ni moi-même ne tentâmes de trouver une explication au fait qu'il ait été possible à un être humain de s'extraire d'un linceul rigide sans l'ouvrir ; il était collé par la myrrhe et l'aloès et, s'il avait été forcé, il en serait resté quelque trace. Nulle main, si habile fût-elle, n'eût pu le remettre en place en imitant si parfaitement les contours du corps.

Une fois que j'eus accepté cette idée, je ressentis une si profonde impression de paix que la peur disparut de mon cœur. Mais je ne puis comprendre pourquoi mes terreurs ont pris fin lorsque je reconnus la réalité du miracle dont mes yeux étaient les témoins ; nous aurions dû, en toute logique, voir décupler notre épouvante ! Et pourtant, nous sortîmes du sépulcre l'esprit serein et annonçâmes avec tranquillité aux soldats que le corps ne se trouvait plus à l'intérieur.

Aucun ne manifesta le désir d'aller y voir de plus près, ce que d'ailleurs nous aurions interdit de faire. Certains se souvinrent alors de l'honneur de la légion et commencèrent à s'agiter pour nous montrer les entrées béantes d'autres tombeaux creusés dans les mêmes rochers. Le tremblement de terre avait dû être particulièrement violent en ce lieu, ce qui ne m'étonna guère. Les soldats suggérèrent alors d'enlever le cadavre d'un caveau plus ancien et de le substituer à celui du roi des Juifs disparu, mais j'interdis formellement jusqu'à la simple idée d'une telle action.

Nous étions encore indécis sur ce que nous devions entreprendre lorsque nous vîmes surgir, d'entre les broussailles et les aubépines, deux légionnaires qui s'approchaient furtivement de nous. Adénabar reconnut deux des déserteurs ; plein de colère, il se dirigea vers eux et leur ordonna de jeter à terre leurs armes et bouclier. Mais ils se récrièrent violemment, jurant qu'ils avaient accompli leur mission en gardant le sépulcre d'un abri caché : nul, à leur connaissance, n'avait jamais fixé la distance d'où l'on devait exercer la surveillance.

– Nous étions quatre à prendre du repos, dirent les sentinelles, pendant que les deux autres montaient la garde, lorsque la terre a tremblé. La pierre, qui s'était détachée de l'entrée, se mit à rouler dans notre direction et c'est véritablement une grande chance qu'aucun d'entre nous n'ait été écrasé ! Nous nous sommes alors cachés à une certaine distance d'où nous pouvions surveiller le tombeau car nous avions peur du tremblement de terre, et les quatre autres ont couru prévenir les Juifs de ce qui était arrivé puisque nous étions ici sur leur ordre et non par la volonté de la légion.

Leur histoire paraissait d'autant plus embrouillée qu'ils mettaient plus d'acharnement à se défendre.

– Bien sûr, nous avons vu arriver ces deux-là pour la relève ! continuèrent-ils. Mais nous n'avons pas voulu nous montrer malgré leurs appels, car nous attendions le retour de nos compagnons avec lesquels nous ne formons qu'un bloc ! S'il y a une explication à donner, nous la donnerons tous les six ensemble, après nous être concertés sur ce qu'il convient de raconter ou de taire.

Adénabar poursuivit avec moi leur interrogatoire et nous apprîmes qu'ils avaient repéré, très tôt le matin, deux femmes qui s'approchaient du tombeau chargées d'un paquet. Elles avaient hésité devant l'entrée, puis une seule des deux avait pénétré à l'intérieur pour en ressortir aussitôt. Juste à ce moment, le soleil qui se levait face aux gardes les avait éblouis, mais ils pouvaient jurer que les femmes n'avaient rien emporté du sépulcre pas plus qu'elles n'y avaient introduit quoi que ce fût : elles avaient en effet laissé devant l'entrée le paquet qu'elles portaient et l'avaient repris quand elles s'étaient enfuies en courant bien que les soldats ne les eussent pas dérangées.

Peu avant notre arrivée, deux hommes s'étaient également aventurés par là, un jeune précédant un homme mûr qui soufflait très fort ; le premier arrivé ne se risqua pas à entrer tout seul et se contenta de jeter un œil par l'ouverture en attendant son compagnon ; puis ils sont entrés l'un derrière l'autre ; les femmes, sans doute, les avaient incités à venir mais ils ne sont demeurés qu'un temps très court à l'intérieur et en sont sortis les mains vides. Les soldats juraient les avoir étroitement surveillés de leur cachette, prêts à leur sauter dessus s'ils avaient fait mine d'enlever le cadavre.

– On nous a placés ici pour surveiller un corps et nous avons accompli notre mission au mieux, en accord avec les ordres reçus ; même le tremblement de terre ne nous a pas fait fuir sauf que nous nous sommes retirés à une prudente distance, affirmèrent-ils avec un bel ensemble.

En les regardant attentivement, je crus lire dans leurs yeux qu'ils dissimulaient quelque chose.

– Le corps en tout cas a disparu ! criai-je sur un ton accusateur.

Ils protestèrent en gesticulant suivant la coutume syrienne.

– Ce n'est pas de notre faute ! Nous n'avons pas quitté le tombeau des yeux un seul instant !

Comprenant que nous n'en obtiendrions guère davantage, nous cessâmes nos questions. Sur ces entrefaites, arrivèrent de la cité les autres déserteurs de la garde, accompagnés de trois princes des prêtres, reconnaissables de loin au bijou qui ornait leur tête. Les quatre soldats, lorsqu'ils virent leurs compagnons au milieu de nous, se mirent à crier.

– Ne dites rien ! hurlèrent-ils en guise d'avertissements. Ne vous compromettez pas ! Tout est clair entre nous et les prêtres ! On leur a tout dit, ils nous ont compris et pardonné.

Les trois Juifs étaient sans doute membres du Sanhédrin car ils nous saluèrent avec courtoisie lorsqu'ils nous rejoignirent.

– Nous avons tardé à venir, dirent-ils, parce que nous avons voulu réunir le Conseil pour résoudre d'abord entre nous cette affaire. C'est à la demande du Sanhédrin et pour lui, que les légionnaires surveillent le tombeau. Nous ne voulons point qu'ils soient punis de leur négligence. Comment auraient-ils pu d'ailleurs imaginer la fourberie des adeptes du Nazaréen ? Nous en avons délibéré entre nous et décidé de laisser les soldats reprendre leurs rangs sans les inquiéter. Partez tranquilles, vous aussi ; ni les Romains, ni nous-mêmes, n'avons plus rien à faire ici. Puisque le malheur est déjà arrivé, nous l'acceptons et point n'est besoin de tapage ou d'inutiles commentaires.

– Non, ceci est une affaire soumise aux lois militaires de Rome et nous ferons une enquête comme il se doit : le cadavre de votre roi a disparu et ces soldats en étaient responsables.

– Qui es-tu, toi ? demandèrent alors les grands prêtres, et pourquoi te mêles-tu de nos conversations ? Tu es jeune et ne portes point de barbe, mais tu dois respecter notre âge et notre dignité. Si nous devons débattre de cette affaire, ce n'est pas avec toi que nous en débattrons, mais avec le gouverneur en personne.

Je ne ressentais, après avoir vu dans le sépulcre ce que j'avais vu, que de la haine à l'égard de ces vieillards pleins d'astuce et de fourberie qui avaient pris part au procès de leur roi et contraint Ponce Pilate à le crucifier.

– Votre roi a laissé vide son tombeau, rétorquai-je avec fermeté. Et c'est pourquoi nous ferons la pleine lumière sur cette histoire !

– Pas notre roi ! C'est lui qui prétendait l'être ! se récrièrent-ils en proie au courroux. Quant à cette histoire, elle ne peut être plus claire : les sentinelles ont dormi et pendant leur sommeil les adeptes du Galiléen sont venus dérober le corps. Les soldats étaient tout prêts à en témoigner et à payer le prix de leur faute, mais nous leur pardonnons sans exiger leur châtiment.

Il existait un tel abîme entre leurs assertions et ce que mes yeux et ma raison avaient vu qu'il me devint évident qu'ils avaient réussi à circonvenir les légionnaires dans leurs manigances. Alors, m'adressant à Adénabar, je dis sur le ton du détachement :

– Selon la loi martiale de Rome, la sentinelle qui s'endort à son poste ou qui l'abandonne sans une autorisation de ses chefs doit être fouettée et passée par l'épée.

Les deux légionnaires sursautèrent en échangeant un regard, mais les quatre venus en compagnie des membres du Conseil s'efforcèrent de leur faire comprendre avec force clins d'œil, coups de coude et autres grimaces qu'ils n'avaient rien à redouter.

– Ils n'assuraient point une garde pour le compte de Rome mais pour nous, répétèrent les grands prêtres. C'est donc à nous qu'il appartient de leur infliger une punition ou de leur pardonner.

C'est alors que, dans ma soif d'apprendre ce qui s'était réellement passé, je commis une erreur et dans le dessein d'effrayer les Juifs proposai :

– Entrez dans le sépulcre et voyez par vous-mêmes ce qu'il est advenu ! Ensuite vous pourrez interroger les soldats si vous en avez l'envie et l'audace !

Adénabar, plus avisé que moi, s'empressa d'ajouter :

– Eh quoi ? Des hommes pieux comme vous l'êtes se troublent à l'idée d'entrer dans le tombeau ?

Mais nos propos les amenèrent à penser que quelque chose à l'intérieur valait la peine d'être vu, et donc, après s'être consultés dans leur langue sacrée que je ne comprends pas, ils pénétrèrent en se courbant l'un après l'autre dans le sépulcre avant que nous eussions pu faire un geste pour les en empêcher. Ils y demeurèrent si longtemps, malgré l'exiguïté de l'endroit peu apte à contenir trois personnes, que je me décidai à jeter un œil à l'intérieur : les trois hommes, recroquevillés, discutaient avec animation.

Ils finirent par sortir, le visage empourpré et les yeux hagards.

– Nous nous sommes chargés d'impuretés pour être en mesure de témoigner nous-mêmes que tout s'est passé exactement comme les sentinelles nous l'avaient raconté. Il vaut mieux maintenant que nous nous rendions tous ensemble auprès du gouverneur afin de tirer l'affaire au clair ; ainsi éviterons-nous la propagation de mensongères histoires dépourvues de fondement.

Soudain, un soupçon s'empara de moi et je me précipitai dans le tombeau : quand mes yeux furent accoutumés aux ténèbres, je découvris que, dans leur recherche infructueuse du corps, ils avaient mis en pièces le linceul.

Je fus submergé par une atroce colère en me rendant compte que ma stupidité avait permis que fut détruite l'unique preuve de la façon surnaturelle dont le roi des Juifs était sorti de son tombeau. En ce même instant, la fatigue, le sommeil et l'odeur asphyxiante de la myrrhe me donnèrent des vertiges. Je ressentis une étrange sensation d'irréalité et l'impression très envahissante de la présence d'une force plus puissante que moi, comme si des mains invisibles me retenaient, m'empêchant de courir jeter mes accusations contre les Juifs. Puis, je retrouvai mon calme, la paix rentra dans mon esprit et je quittai, la tête basse, le sépulcre. Je n'adressai pas une seule parole aux prêtres, pas même un regard.

J'expliquai brièvement ce qu'ils avaient fait à Adénabar qui me jeta un regard hésitant et interrogateur à la fois, mais qui se contenta de faire un geste vague de la main suivant la coutume syrienne. Une nouvelle fois, il intima l'ordre aux sentinelles de déposer leurs armes, mais ces dernières se défendirent avec la dernière énergie.

– Est-ce un ordre ? Rendre nos armes serait

reconnaître que nous avons commis une faute de discipline ! Par le dieu Taurus ! Nous étions de garde devant un tombeau juif pour le compte des Juifs ! Il n'était point interdit de dormir sur le lieu de la mission et nous avons au contraire fait preuve d'un grand courage en ne ressentant nulle crainte dans le noir qui régnait là-bas ! Laisse-nous nos armes et donne le temps aux membres du Sanhédrin d'expliquer l'histoire au proconsul ! Tu n'auras pas à t'en repentir, nous te le garantissons en leur nom et au nôtre.

Adénabar me jeta un regard en coin comme pour m'inviter à tirer moi aussi parti de l'affaire, puisqu'aussi bien nous n'étions point en mesure d'agir. Mais il ne m'en souffla pas un seul mot. Nous regagnâmes donc en bon ordre la cité. Les grands prêtres marchaient dans nos pas, car ils avaient décidé de relever toute surveillance devant le sépulcre en raison du vol du cadavre. Les six légionnaires formaient un groupe compact, parlant à voix basse avec excitation.

Lorsque nous pénétrâmes dans la cour de la forteresse, Ponce Pilate était toujours assis sur le coussin rouge de son siège de juge, en haut de l'escalier. On avait posé une table près de lui et il était occupé à ronger une aile de poulet grillé, jetant les os dans une assiette ; il s'était également fait servir du vin, et nous le trouvâmes dans une disposition d'esprit fort différente de celle dans laquelle nous l'avions laissé en le quittant. Lorsque nous nous présentâmes devant lui, tel fut son accueil :

– Installez-vous tous devant moi ! Je veux que l'on fasse la lumière une fois pour toutes sur l'affaire de ce maudit sépulcre. Mon secrétaire notera tout par écrit et vous, soldats de la légion, approchez-vous ! N'ayez point de peur et expliquez-moi tout, exactement comme c'est advenu.

Les soldats syriens examinèrent le proconsul

puis les vieillards, sans nulle trace d'inquiétude sur leurs visages ; enfin, après une bousculade, l'un d'entre eux se détacha du groupe et prit la parole au nom de tous.

— Au nom du génie de l'empereur et du dieu Taurus, voici la vérité, commença-t-il. Avec ton autorisation, les Juifs nous ont payés pour surveiller le tombeau où l'on avait enseveli le Nazaréen crucifié. Cette nuit, nous étions tous les six de service. Après avoir vérifié que le sceau était intact, nous avons laissé s'éloigner la garde de jour et nous sommes installés par terre, devant le tombeau. La générosité des Juifs nous avait abondamment pourvus de vin afin que nous n'eussions point à souffrir du froid nocturne. Nous étions convenus entre nous que deux veilleraient tandis que les quatre autres jouiraient du sommeil. Mais, au petit matin, comme nul d'entre nous n'avait envie de dormir, nous avons joué aux dés, chanté, plaisanté et en définitive, il ne nous manquait que la présence de quelques femmes pour nous sentir parfaitement à notre aise. Mais tu n'ignores pas toi-même, ô seigneur, la perfidie des vins de Judée ! Nous en avions oublié l'ordre des tours de garde et discutions pour savoir qui devait dormir et qui devait rester éveillé. A vrai dire, nous étions tous pris de boisson si bien que je crois que nous nous sommes tous endormis, chacun d'entre nous sincèrement persuadé qu'il y en avait deux en train de monter la garde.

Il se tourna alors vers ses compagnons qui confirmèrent avec la plus grande effronterie.

— C'est cela ! Il a dit la vérité !

— Le tremblement de terre nous a réveillés, poursuivit l'orateur. C'est alors que nous nous sommes aperçus que les disciples du crucifié avaient ouvert le caveau ; ils en sortaient juste à ce moment-là, portant le cadavre ; très nombreux, ils avaient un aspect terriblement sanguinaire.

Lorsqu'ils virent que nous étions réveillés, ils firent rouler le rocher de l'entrée dans notre direction et c'est ainsi qu'ils réussirent à s'échapper.

Pilate, affectant une vive curiosité, demanda alors :

– Combien étaient-ils ?

– Douze, assura le soldat sans sourciller, et ils brandissaient leurs armes en poussant de véritables rugissements pour nous effrayer.

L'un des membres du Sanhédrin intervint alors :

– Je ne crois point qu'ils fussent plus de onze car ils ont assassiné le douxième en représailles : des bergers ont en effet trouvé son corps ce matin même près des remparts ; on l'avait pendu à un arbre avec sa propre ceinture !

– Ont-ils emporté le cadavre sans le toucher, demanda encore Pilate, ou bien lui avaient-ils ôté le linceul à l'intérieur ?

Le porte-parole montra quelque hésitation, se tourna vers ses compagnons avant de se décider à répondre :

– Je crois qu'ils l'ont sorti enveloppé dans son drap mortuaire. Ils étaient obligés de se hâter en raison du tremblement de terre !

Les vieillards se dressèrent en s'exclamant :

– Non ! Non, c'est une erreur ! Ils ont laissé le linceul à l'intérieur du tombeau dans le but de faire croire au peuple que le cadavre avait ressuscité ! Nous avons pu nous-mêmes constater le désordre du linceul arraché !

– De toute façon, renchérit le légionnaire, nous avions bien du mal à distinguer les choses dans l'obscurité, sans compter que nous étions hébétés par le vin et les secousses.

– Vous avez cependant, en dépit des ténèbres, vu et observé tout le reste parfaitement, interrompit Pilate sur le ton de l'éloge. Voilà sans nul doute des hommes de grande valeur qui font honneur à la douzième légion.

Sa voix était si chargée de menaces que les soldats baissèrent la tête et se mirent à remuer les pieds avec inquiétude. Ils poussaient en avant leur porte-parole qui jeta un regard coupable aux prêtres avant de balbutier :

– Que la vérité soit dite... que la vérité soit...

Mais il fut incapable d'aller plus loin.

– Seigneur ! m'exclamai-je alors, mais Pilate, d'un geste, m'intima l'ordre de me taire.

– J'ai écouté attentivement le rapport de ces soldats dignes de notre confiance, dit-il avec autorité. J'ai mes raisons pour penser qu'ils nous ont fait un récit sincère de la vérité. Leurs informations satisfont également les membres du Sanhédrin qui n'exigent aucun châtiment à l'encontre des légionnaires. Je ne vois pas pourquoi je me mêlerais des affaires de discipline intérieure de la légion. Avez-vous compris ?

– Nous t'avons compris ! se hâtèrent de dire en chœur les vieillards.

– Nous t'avons compris, crièrent les soldats en tapant des pieds. Que les dieux de Rome et de Syrie te bénissent !

– Ainsi donc, cette affaire est classée, conclut le proconsul. Ce n'est pas trop tôt ! Si quelqu'un a quelque chose à dire, qu'il parle maintenant ou se taise à jamais.

– Accorde-moi la parole ! suppliai-je, car ce simulacre d'audience me paraissait plus proche d'une comédie bouffonne que de la réalité.

Ponce Pilate, jouant la surprise, s'adressa alors à moi.

– Ah ! demanda-t-il, n'étais-tu pas, toi aussi, là-bas pour voir ce qui est advenu ?

– Non ! répondis-je. Je ne peux point dire cela. Toi-même m'as envoyé afin que je sois témoin des événements.

– Mais tu n'as rien vu ! m'interrompit le proconsul. Ces soldats, eux oui, ont tout vu ! Garde ta langue sur ce que tu ne comprends pas. Lorsque je t'ai envoyé, je croyais que les gardes avaient fui et que l'honneur de la légion était en péril, mais ils sont ici, doux comme des agneaux, et ils avouent tout.

Il se leva sur ces mots, salua d'une ironique révérence les grands prêtres, leur signifiant ainsi leur congé, et ces derniers se retirèrent en lui rendant grâces. Lorsqu'ils eurent franchi le porche, les soldats se disposèrent à partir également mais le proconsul les arrêta d'un geste de la main.

– Demeurez encore ! leur cria-t-il, puis, s'adressant au commandant de la garde, il ajouta : A voir ton air sombre, il me vient à l'idée que le prince des prêtres n'a pas jugé opportun de puiser dans son trésor pour s'assurer de tes bonnes grâces. Ainsi que je viens de le dire, les questions de discipline dans la légion ne sont point de mon ressort. J'ai accordé mon pardon à ces hommes, mais cela ne met aucun obstacle à ce que toi, tu prennes sur toi de leur rendre la vie aussi dure que tu le désires ou que tu le juges bon dans l'intérêt du maintien de l'ordre. Cela ne me dérange guère si tu les mets aux arrêts pour quelque temps : ils pourront ainsi réfléchir à loisir à ce qui s'est passé réellement.

Puis il poursuivit à voix basse :

– Rien non plus ne t'empêche de fouiller leurs poches afin de connaître le prix que le Sanhédrin leur a versé en échange de leur déclaration.

La face revêche du commandant se fendit d'un large sourire. Il aboya un ordre et les soldats furent désarmés avant même de s'en rendre compte. Ils furent ensuite conduits au cachot où les accompagna le commandant en personne, qui n'avait point l'intention de se laisser berner sur le montant des sommes cachées.

Lorsqu'ils furent hors de vue, le proconsul ordonna avec un sourire :

– Adénabar, toi qui viens aussi de Syrie, va et tâche de savoir ce que ces canailles ont vu en réalité.

Puis, les jambes raides, Ponce se mit à gravir les marches, m'invitant aimablement à le suivre dans son bureau d'où il éloigna tout le monde. Il s'assit en poussant un soupir, se frictionna les genoux et me fit prendre place à mon tour.

– Allons, parle ! dit-il. Je vois que tu en meurs d'envie.

Et prenant une bourse en cuir dont il ôta d'un coup sec le cordon scellé qui la fermait, il se mit à faire glisser négligemment entre ses doigts des pièces d'or à l'effigie de Tibère.

– Seigneur, dis-je après un moment de réflexion, j'ignore pourquoi tu as agi comme tu viens de le faire, mais j'imagine que tu as tes raisons. Je n'ai point la compétence requise pour critiquer la manière dont tu t'acquittes de tes fonctions officielles.

Tout en faisant tinter les pièces d'or dans la paume de sa main, Pilate dit :

– J'ai affirmé, en effet, il y a un instant que j'avais mes raisons, les raisons les plus solides du monde, si le monde est toujours ce qu'il est. Tu sais très bien toi-même que les censeurs ne cessent de surveiller les proconsuls ; de nos jours, un poste dans les provinces n'est plus aussi lucratif que jadis du temps de la république. Alors, si les Juifs, par pure amitié, me forcent à accepter quelques menus présents, ne serais-je point fou de les refuser ? Je dois songer à mes vieux jours : je ne possède aucune fortune personnelle et Claudia administre la sienne avec prudence ! Etant donné l'importance de ton patrimoine, tu n'as pas, que je sache, à m'envier les cadeaux que j'ai reçus.

Il n'y avait nulle place pour l'envie en moi, car mon esprit était plein de ce que j'avais vu.

– Tu as dit : « Si le monde est toujours ce qu'il est », m'écriai-je, eh bien, je ne crois point qu'il soit le même, car le roi des Juifs qui a été crucifié a ressuscité des morts ! La pierre placée à l'entrée du sépulcre a roulé à la faveur du tremblement de terre ! Le roi est sorti en passant à travers son linceul et son suaire, quoi qu'en disent les légionnaires et ces prêtres pleins de fourberie !

Pilate me considéra avec une grande attention, mais ne dévoila rien de ses pensées. Je lui fis alors un récit détaillé de ce qu'en compagnie d'Adénabar j'avais pu observer, d'abord devant le sépulcre puis à l'intérieur.

– Sans la moindre déchirure du linceul raidi ! insistai-je. Et afin que nul ne l'apprenne, ces vieux hypocrites en proie à la rage l'ont mis en pièces ! Toi-même, s'ils n'avaient point agi de la sorte, eusses pu vérifier que Jésus avait accompli sa promesse en ressuscitant le troisième jour et en abandonnant son tombeau ! Tu peux interroger Adénabar !

Pilate sourit sans cacher son ironie.

– Crois-tu vraiment que je me serais abaissé à pénétrer dans ce tombeau pour le plaisir de contempler les tours d'un magicien d'Israël ?

Son ton était empreint d'une si réelle compassion que je doutai un instant du témoignage de mes yeux et que se pressêrent en foule dans ma tête les tours qu'utilisent les Egyptiens pour duper les gens simples.

Le proconsul remit les pièces dans la bourse qu'il jeta par terre après en avoir soigneusement serré le cordon. Enfin, le visage ayant repris tout son sérieux, il poursuivit :

– En outre, je comprends parfaitement que les

soldats aient menti et imaginé l'histoire qu'ils ont racontée après avoir été achetés par les grands prêtres. Un légionnaire ne dort pas lorsqu'il est de garde et surveille le sceau de sa propre légion ; de plus, les Syriens sont si superstitieux et si lâches qu'il est improbable qu'ils se soient risqués à sommeiller. C'est sans nul doute le tremblement de terre qui, comme tu le supposes, a ouvert le tombeau, mais je ne veux pas savoir la suite des événements.

Les coudes appuyés sur les genoux, son menton osseux reposant sur ses deux mains, il regardait fixement devant lui.

— Naturellement ce Juif m'a fait aussi très forte impression, observa-t-il pensivement. Une impression bien plus profonde que ce que tu imagines et que ce que Claudia veut croire ! Mais il ne faut point oublier que la Judée a toujours connu des êtres extraordinaires, prophètes et messies. Ils ont perverti le peuple et soulevé l'inquiétude jusqu'à ce qu'on les ait éliminés. Celui-là, pourtant, n'était point un agitateur, c'était un homme plein d'humilité. Je dois avouer que j'avais du mal à le regarder dans les yeux au cours de l'interrogatoire ; sache qu'il a comparu devant moi seul, hors de la présence des Juifs. Selon l'accusation portée par ces derniers, il se proclamait roi et, par conséquent, s'opposait à l'empereur ; mais il était clair qu'il considérait la royauté d'un point de vue tout symbolique, et, d'après mes renseignements, il ne refusait point de payer le tribut à César. Son royaume n'était pas de ce monde, m'a-t-il dit, et même il ajouta qu'il était né pour rendre témoignage à la vérité. Sais-tu que moi, qui suis un homme endurci, je me sentis touché par ces propos ? Certes, ce n'est point d'aujourd'hui que les sophistes ont démontré que la vérité absolue n'existe pas et que toute vérité est relative ! Néanmoins je lui demandai : « Qu'est-ce que la vérité ? » Mais il n'a pas su, ou pas voulu, me répondre.

« Je n'ai rien trouvé de mal en cet homme, poursuivit-il, plongé dans ses pensées. On me l'a amené dans un état pitoyable, ayant déjà subi les sévices des Juifs durant la nuit ; mais il me parut le plus innocent d'entre tous les hommes et le plus humble, dans le sens noble de ce mot. Il ne manifestait nulle crainte devant moi et ne se défendait même pas. On sentait en lui comme une force et je puis t'assurer que, malgré ma position, j'éprouvai une sorte de faiblesse en face de lui ; mais cette impression ne me gênait point, et je pourrais même dire que je me sentis meilleur après avoir parlé avec cet homme et écouté ses réponses empreintes de sérénité.

Et levant la tête, il m'adressa un sourire :

– Je t'explique tout cela pour que tu ne me juges point mal : je n'avais nulle mauvaise intention, mais la conjoncture politique ne lui était point favorable ! Rien ne pouvait le sauver et lui-même d'ailleurs ne faisait rien pour cela ! Tout au contraire, on aurait dit qu'il connaissait d'avance son destin et qu'il l'acceptait sans la moindre révolte.

Les traits durcis, il me regarda droit dans les yeux pour conclure :

– C'était un homme exceptionnel, un saint même si tu veux, mais pas un dieu ! C'était un homme, ô Marcus, un être humain comme toi ou moi ! Tu l'as vu mourir d'une mort d'homme et je ne puis croire que des charlatans arriveraient à te convaincre qu'un cadavre ressuscite ou disparaît au fond de son suaire ! On peut tout expliquer en ce monde et l'explication est d'habitude toute simple !

Visiblement, cette affaire ne laissait point de lui donner des inquiétudes, même si sa position de gouverneur le contraignait à s'en tenir aux seuls faits. Je compris qu'il ne pouvait agir différemment et résolus de ne point poursuivre. J'eus plus tard des regrets de n'avoir pas obtenu de lui, à ce moment où il faisait son examen de conscience, la totalité du récit de l'interrogatoire et des réponses du Nazaréen.

Adénabar se présenta peu après et le proconsul l'invita à parler d'un signe de tête.

— Que veux-tu que je dise, ô seigneur ?

— Ce n'est pas un prétoire ici ! grommela Pilate entre ses dents. C'est une conversation confidentielle, entre quatre murs, et je ne te demande pas la vérité, car nul n'en connaît grand-chose ici-bas ! Contente-toi donc de me conter ce que les hommes croient avoir vu.

— Ils ont reçu chacun trente pièces d'argent, se décida à dire le centurion, pour bien apprendre leur leçon. En réalité ils mouraient tellement de peur que c'est à peine s'ils osèrent prendre quelque repos, tant ils redoutaient la présence de fantômes dans les alentours du tombeau. Lorsque la terre a tremblé, au moins deux d'entre eux montaient la garde comme ils en avaient reçu l'ordre ; ils furent précipités au sol, tandis que les autres se réveillaient au fracas épouvantable que fit la pierre en se détachant de l'entrée et en dévalant dans leur direction tout en rebondissant dans les ténèbres.

Adénabar fit une pause silencieuse avant de poursuivre.

— Je ne fais que répéter ce qu'ils m'ont dit. Ils avaient d'ailleurs une telle envie de parler que je n'ai pas eu besoin d'avoir recours au fouet pour obtenir leurs aveux. Je dois ajouter que grande fut leur déception quand ils se virent dépouillés de leurs monnaies !

« Après avoir échappé à la pierre mortelle, ils virent, tout tremblants de peur, une sorte d'éclair fulgurant bien qu'il n'y eût point de tonnerre, qui les jeta à terre, les laissant comme morts et aveugles durant un certain temps ; lorsque, reprenant courage, ils s'approchèrent du tombeau, ils n'entendirent ni voix ni bruit de pas. Ils prétendent que personne n'aurait pu entrer ou emporter quoi que ce fût sans qu'ils s'en aperçussent. Après une discussion, ils laissèrent deux des leurs devant le caveau pour le surveiller et les quatre autres s'en allèrent informer les grands prêtres de ce qui s'était passé ; ils n'avaient pas eu le courage, seuls, de pénétrer à l'intérieur pour vérifier si le corps y reposait toujours.

Pilate médita sur ce qu'il venait d'entendre, puis posa son regard sur moi.

– Dis-moi, ô Marcus, quel est celui de ces deux récits qui te paraît le plus plausible ? Celui que les Juifs considèrent comme authentique, ou bien celui que tu achèves d'ouïr ?

– Je n'ignore rien de la logique des sophistes, rétorquai-je avec franchise, ni des vérités prônées par les cyniques. J'ai également été initié au cours de diverses cérémonies secrètes, mais nulle ne m'a convaincu en dépit de leur symbolisme. La philosophie m'a rendu sceptique et pourtant, la vérité de ce monde a toujours été pour moi comme la brûlure d'un poignard planté en plein cœur. Mais tout est clair pour moi désormais. Je l'ai vu mourir, puis, ce matin, j'ai vérifié que nulle force humaine n'aurait pu ouvrir son tombeau. Or, la vérité est chose simple, tu l'as dit toi-même : son règne a commencé ce matin sur cette terre qui a tremblé et ouvert le sépulcre. Sa lumière immaculée a aveuglé les soldats de garde au moment de sa résurrection et il est sorti du tombeau. C'est très simple ! Pourquoi ajouterais-je foi à des histoires compliquées qui ne correspondent point à la réalité des faits ?

– Tout cela est trop ridicule, ô Marcus ! s'exclama le proconsul. Tu es un citoyen de Rome, ne l'oublie pas ! Et toi, Adénabar, quelle histoire choisis-tu ?

– Moi, Seigneur, je n'ai aucun avis personnel au sujet de cette affaire, répondit le centurion avec diplomatie.

– Ecoute, ô Marcus, me pria Ponce Pilate, penses-tu sérieusement que je doive devenir l'objet de la risée universelle en sonnant l'alarme auprès de toutes les garnisons stationnées en Judée, afin qu'elles se mettent en campagne dans le but de rechercher un homme ressuscité des morts ? Si j'ajoutais foi à tes paroles, ne serait-ce point là mon devoir ? Signalement : une blessure dans le côté ouverte jusqu'au cœur, marques de clous dans les poignets et les pieds, se prétend en outre roi des Juifs !

Puis, sur un ton plus persuasif encore, il ajouta :

– Nous allons tenter de faciliter ton choix. Je ne t'ai point demandé laquelle de ces histoires représentait à ton avis la vérité, mais laquelle apparaîtrait la plus crédible dans ce monde auquel, jusqu'à nouvel ordre, nous continuons d'appartenir. Ou encore, si tu préfères, laquelle convient le mieux, du point de vue politique, et satisfait tant les Juifs que les Romains ? Tu comprendras que, quelles que soient tes propres idées là-dessus, mon devoir exige que mes choix soient politiquement adaptés.

– Je vois à présent pourquoi tu l'as interrogé, lui aussi, sur la vérité ! répliquai-je plein d'amertume. Tu peux certes agir comme bon te semble et je comprends ton attitude. Les Juifs ont d'ailleurs résolu la question à ta place, qui t'ont offert une histoire plausible avec un cadeau en supplément pour assouplir ton jugement. Comment, dès lors, leur version ne serait-elle pas plus adaptée ? En aucune façon je ne désire me mêler de cette affaire, afin que tu ne puisses point dans l'avenir m'accuser d'intrigue. Je ne suis pas si fou ! Mais tu me permettras de garder pour moi mon opinion que je n'ai point, évidemment, l'intention de crier sur tous les toits !

– Eh bien ! Nous sommes donc d'accord tous les trois ! affirma le proconsul sans plus d'inquiétude. Il est d'ailleurs préférable de tout oublier et le plus vite sera le mieux. Toi, Adénabar, tu garderas avec le commandant un tiers de l'argent versé par les prêtres ; ce n'est que justice, mais vous rendrez à chacun des soldats dix pièces d'argent afin qu'ils restent muets. Nous les muterons dans quelque temps et les enverrons dans un poste frontière, de préférence séparés les uns des autres. Et s'ils se mettaient à répandre imprudemment des contes absurdes, alors nous nous verrions dans l'obligation d'employer les grands moyens.

Je compris que cette menace voilée s'adressait également à ma propre personne et qu'il serait préférable pour moi de garder le silence, au moins pour le temps de mon séjour en Judée. Je reconnais d'ailleurs volontiers qu'il n'y a point dans tout le monde civilisé un seul endroit où se puisse raconter ce que j'ai vu et vécu. Partout on me prendrait pour un dément ou pour un mythomane désireux d'attirer l'attention sur lui ! En outre, au pire des cas, Pilate pourrait m'accuser d'agitation politique et soutenir même que je me suis mêlé des affaires judaïques à l'encontre des intérêts de Rome. On a vu des citoyens condamnés à mort pour bien moins que cela ces temps-ci !

Je frémis en y songeant et trouvai une consolation en pensant que ce n'est point pour l'expliquer aux autres que je recherche la vérité, mais seulement pour moi-même.

– J'espère, demandai-je humblement au proconsul lorsque Adénabar nous eut quittés, j'espère que tu ne verras aucun inconvénient à ce que je mène une enquête sur le roi des Juifs ? Je ne parle point de sa résurrection, sur laquelle je saurai me taire ; mais j'aimerais connaître ses œuvres et sa doctrine. Peut-être y découvrirai-je quelque idée digne d'être retenue. N'as-tu point toi- même reconnu que c'était un homme hors du commun ?

Pilate se gratta le menton en me considérant avec bienveillance.

– Je crois vraiment qu'il vaudrait mieux tout oublier et il ne me plaît guère que tu ailles te casser la tête sur des questions concernant la religion des Hébreux. Tu es jeune encore, riche, libre, tu as des amis influents et la vie te sourit ! Mais à chacun sa destinée ! Je ne mettrai nul obstacle sur ton chemin, à condition toutefois que tu saches satisfaire ta curiosité sans plus commettre d'imprudences et sans attirer l'attention. Certes, ces jours-ci, il n'est question que de cet homme à Jérusalem, mais tu connais comme moi la fragilité de la mémoire du peuple : ses disciples se disperseront par le vaste monde et retourneront dans leurs foyers. Crois-moi, d'ici un ou deux ans plus personne ne se souviendra de lui.

L'entretien était clos, je le compris, nous n'avions plus rien à nous dire. Comme il ne me retint pas à déjeuner, je regagnai la salle des officiers. Dévoré d'inquiétude, je ne prêtai guère attention à leurs propos et j'étais trop agité pour m'étendre, à l'instar des autres, après le repas. Sans but précis, je sortis de la forteresse et allai me promener par la ville. Les rues étaient pleines de gens qui s'en retournaient chez eux après la fête. Il y avait des hommes venus de tous les coins du monde et je tentai de trouver quelque intérêt aux luxueuses marchandises dont regorgeaient les échoppes des marchands indigènes. Mais il m'avait été donné de voir les mêmes dans d'autres grandes métropoles et je n'en retirai à présent nul plaisir. Après un certain temps, je m'aperçus que seuls attiraient mes regards les mendiants avec leurs membres contrefaits, leurs yeux aveugles, leurs plaies purulentes, et cette constatation ne laissa point de m'étonner : lorsque l'on voyage, en effet, on rencontre si souvent des mendiants que l'on ne leur accorde guère plus d'attention qu'aux mouches ! Ils attendaient en files de chaque côté des rues menant au temple et, à ce qu'il me sembla, chacun disposait d'une place attitrée. Levant les mains et poussant des lamentations, ils se bousculaient entre eux.

C'était comme si j'avais souffert d'un défaut de la vue. Au lieu de voir les étalages somptueux, les Pharisiens aux manteaux ornés de grandes franges, les marchands orientaux et les jolies femmes avec leurs cruches pleines d'eau, je n'avais d'yeux que pour les pauvres, les contrefaits et les misérables. Mais je me lassai bientôt de cette promenade à travers la cité et, en arrivant devant la porte, je me trouvai une nouvelle fois face au lieu du supplice. Je le dépassai à la hâte et me dirigeai vers le jardin où l'on avait creusé le tombeau. Je fus frappé alors de la beauté de ce verger avec ses arbres fruitiers et ses fleurs que je n'avais point remarquées le matin. Bien que ce fût l'heure de la sieste, je n'avais guère sommeil. Mes pas me conduisirent près du caveau dans lequel je pénétrai une fois de plus ; je jetai un regard circulaire, le linceul avait disparu et seul flottait encore dans l'air le parfum des aromates.

Lorsque je le quittai, j'éprouvai une grande fatigue, plus intense que jamais auparavant. Certes, j'avais fort mal dormi les deux dernières nuits et les jours que j'étais en train de vivre me semblaient être les plus longs de ma vie. La démarche engourdie par l'épuisement, je me laissai tomber sur l'herbe à l'ombre d'un myrte, m'enveloppai dans mon manteau et sombrai dans un profond sommeil.

Le soleil commençait déjà à décliner lorsque j'ouvris les yeux. C'était la quatrième heure. Entouré du pépiement des oiseaux, je m'éveillai dans la fraîcheur du soir embaumé du parfum des résédas. Nulle fatigue ne pesait plus sur moi, mon angoisse avait disparu et je n'avais aucune envie de me torturer davantage avec de stériles pensées. Après une large inspiration, le monde me parut avoir rajeuni, je m'aperçus alors que l'épuisant vent sec venu du désert s'était apaisé et l'atmosphère rafraîchie ; peut-être même le vent s'était-il calmé dès le matin sans que je m'en fusse rendu compte.

Ma tête n'était plus douloureuse, les yeux ne me brûlaient plus par manque de sommeil et je n'avais ni faim ni soif : seule, la merveilleuse sensation de respirer, de vivre et d'exister, homme parmi les hommes, envahissait tout mon être.

Ce fut alors que j'aperçus le jardinier. Il soulevait les branches des arbres fruitiers dont il palpait les fruits point encore mûrs. Il portait le modeste manteau orné de petites franges des gens du peuple et sa tête était couverte pour se protéger du soleil. Craignant de l'avoir irrité en me reposant dans son jardin sans avoir demandé la permission – les coutumes du pays sont complexes et je ne les connais pas très bien –, je me levai aussitôt et, m'approchant de lui, le saluai courtoisement.

– Tu as un jardin merveilleux et j'espère que je ne t'ai point dérangé en venant m'asseoir ici sans ton autorisation, lui dis-je et je me sentais en cet instant l'ami du monde entier.

L'homme tourna son visage vers moi et me sourit avec cordialité, comme jamais jusqu'à ce jour aucun Juif ne l'avait fait en s'adressant à un

Romain au visage rasé. Et ses paroles me remplirent également d'étonnement.

— Il y a une place pour toi en mon jardin, dit-il d'un ton très doux, presque timide. Je te connais.

Je pensai que sans doute il n'y voyait pas correctement et devait, pour cette raison, me confondre avec une autre personne de sa connaissance.

— Ne vois-tu pas que je ne suis point Juif ? demandai-je, avec curiosité. Comment peux-tu me connaître ?

— Je connais les miens et les miens me connaissent, affirma-t-il avec ce ton mystérieux, habituel à ceux de sa race.

Puis il m'invita à le suivre d'un geste de la main et, présumant qu'il désirait me montrer quelque chose ou me faire quelque présent en signe d'hospitalité, je l'accompagnai. Il me précédait et je remarquai qu'il boitait légèrement bien qu'il ne fût pas très âgé ; à un tournant du sentier, tandis qu'il soulevait la branche d'un arbre, je vis une blessure à sa main, une blessure point encore guérie. Et soudain, je restai comme pétrifié, mes membres paralysés refusant de m'obéir ; le jardinier tourna vers moi un regard plein de compréhension et poursuivit son chemin jusqu'à disparaître de ma vue derrière un rocher.

Lorsque mes pieds consentirent enfin à m'obéir, je me mis à courir à sa suite, en poussant un cri, mais après avoir fait le tour du rocher, je me rendis compte qu'il avait bel et bien disparu. Le sentier continuait, mais je ne vis nulle trace de l'homme et ne repérai aucun endroit où il eût pu se cacher en si peu de temps.

Les genoux tremblants, je m'assis au milieu du chemin en proie à la perplexité. J'ai relaté cette histoire comme je l'ai vécue et j'avoue, en toute sincérité, que durant un moment je crus avoir vu, en la personne de ce jardinier, le roi des Juifs ressuscité.

La blessure de sa main se trouvait juste là où le bourreau a coutume d'enfoncer les clous lorsqu'il crucifie un condamné de sorte que les os supportent le poids du corps qui se tend de douleur. En outre, il avait affirmé me connaître, et comment l'aurait-il pu s'il ne m'avait point vu du haut de sa croix ?

Mais ce moment d'exaltation passa, la terre reprit sa teinte grise à mes yeux et je retrouvai ma faculté de raisonnement. J'étais là, assis sur le sentier, couvert de poussière, et un paysan aimable m'avait souri. Comment en pouvais-je être bouleversé à ce point ? Ne pouvait-on rencontrer des Juifs aussi accueillants que les autres hommes ? De plus, un jardinier n'a-t-il pas plus de chances de se blesser aux mains en effectuant sa besogne ? Je devais avoir mal interprété son geste et, comme il ne désirait point ma compagnie, il s'était caché en un lieu qui lui était familier.

Et quand bien même il aurait été le roi des Juifs, pourquoi me serait-il apparu à moi ? Qui suis-je donc pour cela ? Et en admettant qu'il eût eu des raisons pour le faire, ne m'aurait-il point alors expliqué ses intentions et ce qu'il attendait de moi ? Mais ainsi, son apparition était totalement dépourvue de sens.

Il me vint également à l'esprit que j'avais tout simplement rêvé, mais lorsque je me levai et retournai sur mes pas, je retrouvai le myrte sous lequel je m'étais reposé. Non ! Je n'avais donc point rêvé ! Je me recouchai dans l'herbe. Ma raison et la façon de penser que l'on m'avait inculquée dès l'enfance, tout en moi s'insurgeait contre cette vision dépourvue de fondement. Certes, je reconnaissais avoir désiré ardemment rencontrer le crucifié vivant et ressuscité, mais je ne pouvais croire à la réalisation de mon désir et me tromper moi-même en prétendant l'avoir vu sous la forme d'un jardinier.

Mes pensées dès lors se séparèrent en deux et j'eus la terrifiante sensation de me dédoubler, un côté de ma personnalité voulant croire tandis que l'autre se moquait de cette crédulité. Le moqueur prétendait que je n'étais plus aussi jeune ni aussi résistant qu'autrefois ; la vie dissolue que j'avais menée à Alexandrie au cours de l'hiver, en buvant et veillant des nuits entières en compagnies frivoles ou bien en lisant de brumeuses prophéties, m'avait perturbé le jugement. En outre, la marche pour venir de Joppé, les émotions infligées par le hasard, avaient constitué la dernière goutte qui fait déborder le vase : je ne pouvais plus me fier à mes sens et encore moins à mes capacités de raisonnement.

Ponce Pilate, plus âgé que moi, est plein d'expérience et de jugement ; par conséquent, si j'étais doué du moindre bon sens, je devrais suivre son conseil : me reposer, me divertir en visitant les monuments de la ville sainte et tout oublier.

Je songeai aux démons qui, selon les croyances populaires, pénètrent dans les personnes affaiblies et prennent possession de leur corps. J'avais dormi près de sépulcres, m'exposant ainsi au danger. Mais je ne parvins pas à identifier le démon qui était en moi : était-ce celui qui s'entêtait à me convaincre de la résurrection du roi des Juifs que j'avais vu de mes propres yeux sous la forme d'un jardinier, ou bien était-ce celui qui se raillait de tout ?

A peine cette idée m'avait-elle effleuré l'esprit que le moqueur en moi s'enhardit : « Tu es arrivé à une telle extrémité que tu crois même aux démons des fils d'Israël ! Tu as pourtant suivi, à Alexandrie, les expériences des médecins qui dissèquent les corps humains, tu as même appris que certains étaient allés jusqu'à découper des cadavres de condamnés à mort pour y rechercher l'âme et tu n'ignores point qu'ils ne trouvèrent jamais rien. Et maintenant, tu t'imagines qu'un homme a ressuscité d'entre les morts bien que tu l'aies vu toi-même mourir sur la croix et que tu aies été présent lorsque le légionnaire lui a percé le cœur de sa lance ! Cela n'est pas possible et ce qui n'est pas possible ne peut être la vérité ! »

Mais le crédule répliquait : « Marcus, si tu abandonnes tout cela et que tu t'en ailles, jamais plus tu ne goûteras le repos, tu ne cesseras de souffrir à l'idée que tu as été le témoin d'un événement qui n'avait jamais eu lieu auparavant. Ne sois point trop raisonnable ! La sagesse a ses limites et se trompe souvent comme l'ont suffisamment démontré les sophistes. Rien ne t'empêche de chercher, humblement et avec prudence, le fin mot de cette histoire. Cherche d'abord, tu penseras ensuite. Si de telles choses sont inconnues dans le passé, cela ne signifie point qu'elles ne puissent jamais advenir. Et d'un certain côté au moins, cette histoire a une réalité bien plus grande que les signes et augures auxquels tu as cru autrefois. Laisse parler ta sensibilité de préférence à ta raison : tu ne fais point partie des sept sages et ne dois point oublier que nul au monde ne fut jamais porté aux nues pour sa seule puissance de déduction : Sylla croyait en sa chance, César ne croyait guère que les ides de Mars lui fussent contraires ; même les animaux, qui pourtant n'ont aucune faculté de raisonnement, sont plus sages que l'homme car les oiseaux firent silence et les chevaux prirent le mors aux dents avant le tremblement de terre ; et tu sais bien que les rats s'enfuient du navire qui va faire naufrage. »

J'ai du mal à décrire ce dédoublement, il me semble en effet que personne ne le peut imaginer s'il ne l'a lui-même éprouvé ; c'est une expérience qui emplit d'épouvante et peut-être aurais-je perdu l'esprit si n'existait, au plus profond de mon être, une froide sérénité qui m'a toujours protégé, même au pire de mon trouble. Mais cette expérience a fait de moi un homme taciturne et j'en suis arrivé à la conclusion que seul l'essentiel doit m'importer désormais.

Lorsque enfin je retrouvai mon calme, déjà le crépuscule baignait les vallées dans l'ombre des montagnes. Au sommet de la colline, dominant la cité, resplendissait le temple des Hébreux, étincelant sous le soleil. Je me dirigeai vers la ville, à la recherche de la demeure de mon banquier auquel je désirais présenter mon billet à ordre : j'aurais besoin de quelque argent si je voulais poursuivre mes investigations. J'atteignis enfin le quartier neuf, près du théâtre et du palais du grand prêtre, et le banquier me reçut en personne après que j'eus expliqué à ses gens la raison de ma visite.

J'éprouvai une véritable surprise en le rencontrant, car cet homme ne ressemblait en rien aux divers types des hommes de sa race qu'il m'avait déjà été donné de voir. Dès l'abord, il m'invita à l'appeler par son nom grec d'Aristhènes.

— Je savais que tu allais venir, poursuivit-il. Un rouleau m'annonçant que tu avais pris la route m'est parvenu, et j'ai même éprouvé quelque crainte que tu ne fusses tombé sur une bande de voleurs durant ton voyage, car tu as tardé à te présenter. La première chose que font les étrangers en arrivant ici, c'est de venir me voir, pour changer leur argent naturellement, et aussi pour recevoir de bons conseils quant à la meilleure manière de le dépenser ; Jérusalem, en dépit d'une sévère apparence, est une métropole pleine de gaieté durant les fêtes. Mes clients reviennent me voir plus tard pour m'emprunter de l'argent afin de s'en retourner chez eux et, en toute sincérité, je dois reconnaître que je fais davantage de bénéfice avec ces prêts qu'avec les lettres de change. Je te raconte tout cela pour que tu saches que, si tu rencontrais des difficultés pendant ton séjour parmi nous, tu ne dois pas craindre de venir à moi. Rien de ce que peuvent faire de jeunes voyageurs impétueux ne m'étonne plus ! Lorsque j'ouvre ma porte dès la sonnerie des trompettes, il m'arrive souvent de découvrir un client endormi sur mon seuil, la tête reposant sur une pierre ! Il a perdu tout son bien au jeu, y compris son manteau et ses chaussures !

Il bavardait avec une insouciance de véritable homme du monde et ne me parut guère plus âgé que moi malgré son importante position. Il portait une petite barbe pour sauver les apparences, tandis que les franges au bord de son manteau étaient si minces que c'était à peine si on les voyait ; il était de plus coiffé à la grecque et délicatement parfumé. Bref, il paraissait être un homme de bien fort avenant.

Je lui racontai que je logeais dans la tour Antonia car, dans la crainte de troubles, les Romains m'avaient fortement conseillé de ne point résider dans la cité durant les fêtes. Il leva les bras au ciel avec une expression de surprise indignée.

– Mais c'est absolument faux et offensant pour nous ! dit-il. Notre Sanhédrin dispose d'une police tout à fait suffisante au maintien de l'ordre et nos sacerdotes poursuivent les trublions avec certainement plus d'efficacité que les Romains ! Certes, les habitants de Jérusalem n'ont guère d'affection pour les légionnaires syriens, mais c'est de leur faute bien évidemment ! En revanche, un étranger qui apporte de l'argent à la cité, respecte nos coutumes et observe les ordonnances, reçoit toujours le meilleur accueil : on le gâte, on s'en occupe, les guides se disputent l'honneur de le conduire et nos érudits sont toujours prêts à lui révéler les vérités de notre religion ; nous avons à son intention des auberges de toutes catégories, de la plus luxueuse à la plus modeste ; et, entre les murs de certaines maisons, on tolère, pour son plaisir, tous les divertissements imaginables venus d'Egypte, de Grèce ou de Babylone ! Il pourra même rencontrer ici des danseuses venues des Indes s'il a soif de jouissances exotiques ! Mais, naturellement, il vaudra mieux qu'il s'installe dans ce quartier nouvellement construit et proche du forum.

Je lui répondis que le vent d'est m'avait fort incommodé en me donnant de violents maux de tête et que je n'avais guère apprécié d'avoir été réveillé à l'aube par un tremblement de terre et le fracas des boucliers précipités au sol.

Il redoubla d'enthousiasme dans la défense de sa ville.

– Il ne faut point s'attacher à ces deux secousses de rien du tout ! Elles n'ont d'ailleurs fait aucun dégât ! Si tu avais dormi ici, dans le plus beau quartier, tu ne te serais même pas rendu compte de celle de ce matin : personnellement, je ne me suis point levé ! Il est possible cependant qu'elle ait été plus forte du côté de la forteresse.

Je tentai d'amener la conversation sur Jésus de Nazareth, bien que je susse pertinemment que ce faisant je manquais de courtoisie.

– De plus, vous avez crucifié votre roi juste au moment où j'atteignais la cité, ajoutai-je en affectant la colère, et je te prie de croire qu'il n'y avait rien de réjouissant dans ce spectacle !

Une ombre passa sur le visage du banquier, mais il frappa des mains et ordonna que l'on apportât du vin de miel et des pâtisseries.

– Quel étrange voyageur fais-tu, qui ne trouve que des sujets d'ennuis dans cette ville, la seule au monde pourtant qui soit véritablement sacrée ! Mais accorde-moi la grâce de prendre place et daigne m'écouter car je vois que tu ne connais point ce dont tu parles. Nous, les fils d'Abraham, nous sommes, il est vrai, férus d'écritures saintes et de prophéties ; mais il n'est guère difficile de le comprendre : nous avons la religion la plus merveilleuse qui soit et notre histoire est proprement incroyable. Songe que nous sommes la seule nation sur cette terre à vénérer un dieu unique, un dieu qui ne permet point d'en adorer d'autres, nous sommes également les seuls à posséder, ici à Jérusalem, un temple unique, où nous célébrons notre dieu selon les lois qu'il nous a lui-même dictées par la bouche du libérateur de notre peuple.

Il m'adressa un sourire en m'invitant à me servir un verre de vin et à goûter une pâtisserie, mais il ne m'offrit point lui-même à boire et je remarquai alors que les gâteaux à moi destinés ne se trouvaient pas sur le même plateau que les siens. Ayant suivi mon regard, il sourit.

– N'oublie point que je suis Juif et que j'ai mes préjugés, dit-il. Mais c'est seulement eu égard à mes domestiques que je ne partage pas mon verre avec toi ou que je ne mets point mes doigts dans le même plat. Ne va pas croire pour cela que je me considère comme supérieur à toi. Je suis un homme cultivé et transgresse maints commandements de la loi tout en essayant de me conformer aux apparences. Nous avons chez nous les Pharisiens qui empoisonnent leur propre vie et celle de tous en exigeant avec fanatisme une obéissance absolue à la tradition ! Et là réside notre contradiction, car c'est bien la tradition qui maintient l'unité de notre nation : dans toutes les cités du monde, en effet, la même loi unit les fils d'Israël et les contraint à ne point se mêler aux autres. S'il n'en avait pas été ainsi, eux qui ont supporté l'exil et l'esclavage en Egypte et à Babylone auraient disparu il y a fort longtemps d'entre les peuples. Pour ma part, moi qui suis un homme civilisé et qui me sens grec de cœur, je ne puis guère accepter que la lettre de la loi entrave la démarche de l'esprit. Et cependant, crois-moi, si cela s'avérait nécessaire, je me ferais mettre en pièces pour notre dieu et notre temple ! Notre histoire établit d'une manière évidente que nous sommes la nation élue de Dieu. Une fois ceci admis, il me semble que les questions de nourriture, de boisson, de lavage de mains ou de plats doivent peu importer à Dieu et n'ont pas grande signification auprès de son inconcevable splendeur ; il est vrai cependant que les coutumes complexes, les traditions, la circoncision, la sanctification du samedi et le reste – tout ceci qui est trop difficile à expliquer à un profane – maintiennent notre nation unie dans ce petit pays au carrefour de l'Orient et de l'Occident, afin qu'elle ne se mélange point avec les autres et qu'elle soit prête pour le règne de mille ans lorsque le Messie arrivera.

Il me jeta un rapide regard, puis s'empressa d'ajouter :

– Voilà ce qu'ont annoncé les prophètes, mais tu ne dois absolument pas le prendre au pied de la lettre, pas plus que tu ne dois croire que nous berçons le rêve de gouverner le monde avec l'aide du Messie. Il n'y a que le peuple, la plèbe comme vous dites, vous les Romains, pour se laisser aller à ces illusions. Par tempérament, nous sommes enclins à l'exaltation et c'est pourquoi surgissent constamment parmi nous des messies qui tentent leur chance ! Il n'y a pas un faiseur de miracles qui ne soit capable d'attirer à lui les pauvres gens : il suffit qu'il croit en lui suffisamment pour ce faire ! Mais n'aie aucun doute à ce sujet : nous saurons reconnaître le vrai lorsqu'il se présentera, si tant est qu'il se présente jamais ! Nous en avons une grande expérience : notre roi Macchabée a fait crucifier trois mille fanatiques ! Vraiment, je ne puis croire que tu éprouves quelque compassion pour un homme qui se faisait passer pour le Messie !

Tandis qu'il parlait, je ne cessais de déguster les gâteaux et le vin qui peu à peu me montait à la tête.

– Quelle volubilité, dis-je en souriant, et quel enthousiasme pour une affaire qui, selon tes propres dires, est dénuée de toute espèce d'importance !

– Les messies, crois-moi, n'ont qu'un temps, poursuivit-il. Seul notre dieu est éternel et le temple rassemble les Juifs pour les siècles des siècles. Nous avons toutes les raisons de savoir gré aux Romains d'avoir reconnu que notre religion nous faisait une place à part dans le concert des nations et de nous permettre de nous gouverner nous-mêmes. Aussi bien l'empereur Auguste que l'empereur Tibère ont fait preuve de magnanimité à notre égard en écoutant nos doléances ; grâce à eux, notre position a pu se stabiliser. A vrai dire, depuis que Rome s'est chargée de gouverner le monde civilisé, notre situation est incomparablement meilleure que s'il nous incombait d'entretenir une armée permanente, charge obligatoire de tout pays libre et qui épuiserait toutes nos ressources dans des conflits interminables avec des voisins pleins de cupidité. En l'état actuel des choses, nous disposons d'un solide garant dans chaque cité d'importance, même dans des régions aussi éloignées que la Gaule, la Bretagne ou les rivages des Scythes ; cette protection nous convient à la perfection et notre réputation commerciale est bien établie chez les Barbares. Personnellement, je consacre pour me distraire une partie de mon temps à l'exportation de fruits et de noisettes vers Rome. Le seul point noir réside dans le fait que nul d'entre nous ne soit capable d'exercer le métier d'armateur ; j'ignore pour quelle raison, mais l'onde amère n'inspire pas confiance à ceux de ma race !

« Tous les croyants qui en ont la possibilité affluent à Jérusalem pour offrir des sacrifices dans le temple ; ainsi, sous forme d'offrandes, se déversent sans relâche et s'accumulent des richesses innombrables. Tu comprendras dès lors qu'il nous soit impossible de tolérer que le peuple se laisse emporter par les rêves d'une quelconque royauté !

Il désirait manifestement me faire partager sa conviction du bien-fondé de la politique du Sanhédrin.

— Mais, malgré tout, nous vivons au bord du précipice ! dit-il en se penchant sur moi. Il suffirait qu'un procurateur avide fît sienne la devise : « Diviser pour régner ! » ; en encourageant ceux qui briguent le pouvoir, il provoquerait à coup sûr des émeutes et des révoltes qui lui permettraient de limiter notre autonomie tout en lui donnant l'occasion d'accaparer le tout ou une partie au moins des trésors du temple. Quoique, dans le fond, et sans parler de notre propre intérêt, il soit beaucoup plus avantageux pour Rome de maintenir les choses en l'état et de soutenir le Sanhédrin qui ne se mêle absolument pas de politique. Afin d'éclairer ta lanterne, je te dirai que notre Sanhédrin correspond en quelque sorte au sénat romain. En font partie les grands prêtres, les scribes les plus érudits et un groupe de laïques influents, appelés les Anciens du peuple ; ces derniers qui ne sont pas nécessairement très âgés, appartiennent de plein droit au Conseil soit par leur fortune soit par l'importance de leur famille. Le peuple, en revanche, n'a aucune formation politique et il est hors de question de le laisser gouverner. Voilà pourquoi nous devons étouffer dans l'œuf la moindre tentative qui aurait pour but d'augmenter ses pouvoirs politiques ou de restaurer une monarchie, aussi inoffensive que paraisse la conspiration et même si elle se manifeste sous le couvert de notre religion ou de l'amour du prochain.

Mon silence chargé de mépris entraînait le banquier à parler avec plus de véhémence, comme s'il se défendait de quelque faute.

– Toi qui es un Romain habitué à ne vénérer que de simples images, tu ne peux imaginer l'immense influence exercée par une religion authentique. Elle constitue notre force en même temps qu'elle est notre plus grand péril, car les agitateurs doivent inévitablement recourir aux Ecritures pour justifier leur cause et ce, quel que soit le but poursuivi.

« Evidemment, tu pourras dire que ce Jésus de Nazareth, crucifié la veille de la Pâque, était un juste, un innocent, un remarquable guérisseur et un grand prédicateur ! Je n'en disconviens pas ! Mais c'est justement un homme innocent et sincère qui attire le peuple par sa personnalité et ses promesses d'avenir meilleur, qui est toujours le plus dangereux ! Etant sans préparation politique, il devient l'instrument de ceux qui briguent le pouvoir tout en croyant avec naïveté agir pour le bien de tous ! Car ceux-là se moquent bien de détruire l'ensemble du système social et de perdre la nation tout entière qui finirait par tomber sous les coups des Romains ! Leur seul souci est de satisfaire leurs ambitions et de s'emparer du pouvoir ne fût-ce que pour peu de temps !

« Crois-moi, tout homme qui se présente comme un messie est un criminel politique, aussi sincère soit-il, et il mérite la mort !

Et, comme s'il craignait que sa conviction faiblît, il se hâta d'ajouter :

– De toute façon, il se rend coupable de blasphème, ce qui est un crime suivant notre loi. Je reconnais que ce n'est pas la loi qui compte pour des hommes comme nous, mais franchement, si ce Jésus était entré dans le temple une seule fois de plus, on aurait vu un grand désordre, les trublions en auraient profité pour s'emparer du pouvoir en se servant de lui comme d'un bouclier, et beaucoup de sang aurait coulé ! Les Romains auraient alors été obligés d'intervenir et que serait-il advenu ensuite ? La suppression de notre autonomie politique ! Qu'un homme meure plutôt que la nation entière périsse !

– J'ai déjà entendu cette phrase, rétorquai-je.

– Alors oublie-la ! répondit-il. Nous n'avons guère à nous vanter de sa mort. Tout au contraire ! Moi-même j'éprouve de la tristesse lorsque je pense à lui, car je crois qu'il n'était point un mauvais homme. Que n'est-il resté dans son pays ! Il ne lui serait rien arrivé de mal car là-bas, en Galilée, il y avait même des collecteurs d'impôts qui le protégeaient et l'on disait que le commandant de la garnison de Capharnaüm était son ami.

Je vis bien qu'il était inutile de faire une allusion à la résurrection du Nazaréen ; un tel propos n'aurait pu que me perdre dans l'estime de mon interlocuteur qui m'aurait pris pour un homme dépourvu de jugement.

– Tu m'as convaincu, dis-je après un bref silence, et je comprends à présent que sa mort fut nécessaire pour des raisons politiques. Mais j'ai pour habitude, lorsque je voyage, de collectionner des informations sur toutes sortes de curiosités ; cela me permet ensuite de distraire mes amis avec mes récits et, parfois même, d'apprendre quelque chose. Entre autres, je m'intéresse vivement aux questions de guérisons miraculeuses. J'ai eu l'occasion, au cours de ma jeunesse passée à Antioche, de voir un mage de Syrie fort habile en la matière. En Egypte également, il existe des lieux de pèlerinage où s'accomplissent de tels miracles. Il me plairait vraiment de faire la connaissance d'un des malades que cet homme a guéris afin de savoir quelle était sa méthode.

Puis, comme pris soudain d'une idée subite, je m'exclamai :

— Le mieux serait de rencontrer un de ses disciples ! J'aurais ainsi une information de première main sur ce qu'ils pensent de lui et sur les intentions qu'il avait.

— Ils se sont certainement cachés, ou peut-être sont-ils déjà retournés se réfugier en Galilée, me répondit Aristhènes sur un ton qui me sembla courroucé. Que je sache, il n'avait guère plus de douze disciples proches, et l'un d'entre eux a dévoilé au Sanhédrin leur refuge nocturne. Ce sont tous de petites gens, des pêcheurs du lac de Tibériade ou quelque chose d'approchant, à part un dénommé Jean qui appartient à une très bonne famille et qui a fait des études et appris le grec. Je crois aussi qu'un collecteur d'impôts s'était adjoint à son groupe ; mais ils ne sont pas grand-chose, tu sais, tu ne pourras rien en apprendre. Cependant...

Il se tut un instant, me regarda, puis ajouta :

— Si tu éprouves quelque curiosité à ce sujet, bien que je ne puisse le comprendre car tu pourrais vraiment passer du bon temps à Jérusalem, nous avons un membre du Sanhédrin, Nicomède, qui pourrait te donner des informations. C'est un pieux érudit qui consacre sa vie à l'étude des écritures. Aucun mal n'est en cet homme bien qu'il ait pris la défense de Jésus lors du conseil. Je pense seulement qu'il est trop naïf pour occuper un poste aussi important ! Il n'a d'ailleurs point assisté à la séance du Sanhédrin qui se tint durant la nuit, car sans doute n'aurait-il pas eu le courage de condamner le Nazaréen.

— J'ai entendu parler de lui, intervins-je. N'est-ce point lui qui fit descendre le roi de la croix et le mit au tombeau ? On dit qu'il a dépensé plus de cent livres en aromates destinés au linceul !

Le mot roi irrita visiblement Aristhènes mais il ne prit pas la peine de me corriger.

– Tu es vraiment au fait de tout ce qui se passe ! dit-il avec humeur. Son geste, ainsi que celui de Joseph d'Arimathie, fut bien évidemment un geste de protestation, mais nous avons fermé les yeux : si cela peut les aider à calmer leur remords ! Joseph n'est qu'un ancien du peuple, tandis que Nicomède est un rabbin d'Israël et il devrait à ce titre se montrer plus circonspect... quoiqu'il ne soit guère avisé de se fier sans réflexion aux bonnes intentions de qui que ce soit ! Peut-être, après tout, qu'en ensevelissant le Galiléen, ils cherchent à rassembler autour de leurs personnes l'opposition qui existe à l'intérieur du Sanhédrin et ce, dans le but de diminuer le pouvoir du grand prêtre.

Fasciné soudain par cette idée, il s'écria :

– Eh ! Je ne suis pas ennemi d'une politique de ce genre ! L'impudence de Caïphe a atteint de telles proportions qu'elle porte tort à notre industrie ainsi qu'à notre commerce. Il a octroyé aux seuls membres de sa famille le droit de vendre les animaux destinés aux sacrifices et de changer de la monnaie dans l'enceinte du temple. Tu le croiras si tu veux, mais je ne dispose même pas d'une table de change à mon nom dans la cour ! Qui sait finalement si Nicomède, avec toute sa candeur, ne mène pas une saine politique ? Il n'est ni juste ni légal que la cour du temple se transforme en une foire d'empoigne, mais une concurrence raisonnable conviendrait dans le marché des changes. Les fidèles pèlerins y trouveraient également leur avantage, qui ne se verraient plus contraints à se conformer au cours établi par Caïphe pour tout échange effectué dans le temple.

Son commerce ne m'intéressant point, je l'interrompis derechef.

– J'aimerais rencontrer Nicomède, mais je crains que ma qualité de Romain ne me ferme sa porte.

– Mais, cher ami, protesta Aristhènes, c'est la meilleure recommandation auprès de lui. Un érudit de chez nous considère comme un honneur qu'un citoyen romain désire des éclaircissements sur notre religion. Tu devras te présenter à lui comme un homme fervent de Dieu. Cette attitude ouvre ici toutes les portes sans entraîner d'obligations. Je me ferai un plaisir de te recommander si tel est ton désir.

Nous sommes donc convenus qu'il enverrait un mot au rabbin pour lui expliquer mon souhait et que, le jour suivant, je me rendrais chez lui à la tombée de la nuit.

Je retirai un peu d'argent et laissai le reste à la banque. Aristhènes me proposa les services d'un guide plein d'expérience pour m'ouvrir toutes les portes secrètes de tous les plaisirs de Jérusalem, mais je l'assurai que j'avais fait un vœu après avoir vécu un hiver épuisant à Alexandrie. Ajoutant foi à mes paroles, il admira ma force de volonté tout en regrettant qu'elle me fît perdre bien des choses agréables.

Nous nous séparâmes bons amis et il m'accompagna jusqu'au seuil de sa maison où il m'offrit de me faire précéder par un serviteur chargé de m'ouvrir le chemin à grands cris, ce qu'également je refusai, n'ayant nulle envie d'attirer l'attention sur moi. Enfin, une ultime fois, il m'assura de son entier dévouement. C'est vraiment l'Hébreu le plus affable qu'il m'ait été donné de rencontrer, et pourtant, je ne sais pourquoi, je n'éprouve guère de sympathie à son égard ; ses explications, pourtant dépourvues de préjugés, ont rendu mon esprit plus froid et réveillé ma méfiance.

A mon arrivée à la forteresse Antonia, on m'annonça que Claudia Procula m'avait fait demander à plusieurs reprises. Je montai donc en hâte dans ses appartements de la tour ; elle se reposait dans sa chambre, mais elle passa rapidement un léger vêtement de soie et jeta une cape sur ses épaules pour se précipiter à ma rencontre avec sa dame de compagnie. Ses yeux brillaient d'un vif éclat et les rides de son visage me parurent comme effacées. Elle paraissait en proie à une vive exaltation.

— Marcus ! O Marcus ! s'écria-t-elle en me saisissant les deux mains, le roi des Juifs est ressuscité !

— Le proconsul ne t'a-t-il donc pas raconté que les disciples de Jésus ont subtilisé le cadavre pendant la nuit ? répondis-je. On en a dressé un procès-verbal officiel sur la foi de six légionnaires.

Claudia frappa du pied avec irritation.

— Est-ce que tu imagines que Ponce Pilate puisse admettre un fait qui n'intéresse ni sa bourse ni son confort ? Mais moi, j'ai des amis à Jérusalem : ignores-tu encore qu'une des femmes qui l'avait suivi, celle qu'il a délivrée de sept démons, s'est rendue ce matin à l'aube dans le sépulcre ? Elle l'a trouvé vide, mais elle a vu un ange aux vêtements aussi éblouissants que le soleil et dont le visage étincelait telle une flamme.

— Si c'est ainsi, dis-je sèchement, il ne fait aucun doute que la femme dont tu parles a été reprise par ses démons !

Je me sentis envahi par le découragement en me rendant compte de l'état dans lequel je me trouvais : ainsi donc, mon esprit était si troublé que j'avais les mêmes préoccupations que des femmes malades ?

— O Marcus, toi aussi ! reprocha Claudia en fondant en larmes. Et moi qui pensais que tu étais de son côté ! On m'avait même dit que tu étais allé voir et que tu avais aussi trouvé le sépulcre désert. Crois-tu donc davantage Ponce Pilate et quelques soldats vendus que le témoignage de tes propres yeux ?

Une vague de tendresse me submergea car les pleurs donnaient au visage de Claudia une sorte de lumière et j'aurais aimé pouvoir la consoler. Mais je savais qu'il eût été dangereux de confier ce que j'avais vu à une épouse irritée. D'autre part, les femmes de Jérusalem, en rêvant de la résurrection avec force visions et apparitions d'anges, servaient, à mon avis, la cause du Sanhédrin et rendaient le miracle encore plus incroyable.

– N'aie point de peine, ô Claudia, la suppliai-je. Tu sais bien que j'ai étudié fort sérieusement les textes des cyniques et qu'il est vraiment difficile pour moi de croire aux histoires surnaturelles. D'un autre côté, je ne veux rien rejeter catégoriquement. Allons, dis-moi qui est ce témoin dont tu parles, comment s'appelle-t-il ?

– Son nom est Marie, répondit Claudia pleine d'un enthousiasme qu'elle désirait me communiquer. C'est un nom très commun chez les gens d'ici, mais cette Marie est de Magdala, sur les rives du lac de Tibériade. Elle est riche et possède un élevage de colombes fort réputé. Ses colombiers fournissent au temple chaque année des milliers de colombes immaculées destinées aux sacrifices. Lorsque les démons s'emparèrent de son esprit, elle acquit une mauvaise réputation, mais après sa guérison par le rabbin de Nazareth, elle n'a plus été la même et l'a suivi à travers le pays. J'ai fait sa connaissance lors d'une visite chez de nobles amies de la ville et ce qu'elle dit au sujet de son maître me toucha profondément.

– Il faudrait que j'entende l'histoire de sa propre bouche pour pouvoir la croire, assurai-je. Peut-être n'est-ce qu'une pauvre femme exaltée qui rêve d'éveiller la curiosité des gens coûte que coûte ! Crois-tu, Claudia, que je pourrais la rencontrer ?

– Est-ce un péché de rêver ? s'écria-t-elle. Mes propres rêves m'ont poursuivie avec tant d'acharnement que j'ai mis en garde mon mari : il ne fallait pas condamner l'homme juste. En pleine nuit, un messager m'avait avertie de sa capture et on me suppliait instamment de jouer de mon influence pour obtenir que Ponce Pilate ne l'envoyât pas à la mort ; mais je n'avais nul besoin de message secret, car mes songes étaient plus puissants. Et à présent encore, je suis persuadée que mon époux s'est rendu coupable de l'acte le plus insensé de sa vie en l'abandonnant à la croix qui l'attendait.

– Crois-tu que je pourrais rencontrer cette Marie ? insistai-je.

– Il ne convient pas qu'un homme adresse la parole à une femme juive, rétorqua-t-elle, et à plus forte raison si cet homme est un étranger. Je ne sais d'ailleurs guère où la trouver. Je reconnais qu'elle est femme à s'enflammer facilement ; étant donné ton esprit cynique, tu pourrais t'en faire une idée erronée si tu la voyais, mais tu ne m'empêcheras pas d'ajouter foi à son récit pour mon propre compte !

L'enthousiasme de Claudia commençait à faiblir.

– Et si je la rencontrais par hasard, me permettrais-tu de faire état de nos relations amicales pour la prier de me raconter en secret ce dont elle a été témoin ?

Elle murmura que jamais un homme ne serait en mesure de gagner la confiance d'une femme comme le serait une autre femme, et que d'ailleurs, les hommes en général ne sont jamais capables de comprendre vraiment une femme ! A contrecœur elle accepta que je mentionnasse son nom si la chance me mettait en présence de son amie.

– Mais si, par ta faute, il lui arrive le moindre mal, tu devras en répondre devant moi, conclut-elle sur le ton de la menace.

Ainsi prit fin notre conversation. Nul doute que l'épouse du proconsul n'eût caressé le rêve de me voir partager sa foi enthousiaste dans la résurrection du roi des Juifs ! Cette résurrection à laquelle, bon gré mal gré, je suis bien contraint de croire puisque j'ai vu le linceul dans le sépulcre abandonné. Mon dessein en tout cas est de mettre au clair cette affaire d'une manière sensée.

QUATRIEME LETTRE

Marcus à Tullia

JE poursuis mon récit en relatant les faits dans l'ordre chronologique.

La forteresse d'Antonia est une construction austère où l'on ne dispose que de très peu d'espace. Je n'avais nulle envie d'y séjourner plus longtemps car je me sentais l'objet d'une constante surveillance. Le proconsul d'ailleurs se préparait également à la quitter pour retourner dans sa résidence officielle de Césarée. Je lui fis cadeau d'un scarabée égyptien porte-bonheur et offris à sa femme un miroir d'Alexandrie ; l'un et l'autre me firent promettre de passer par Césarée lors de mon voyage de retour, Ponce Pilate ne voulant pas que je puisse quitter la Judée sans m'interroger auparavant, et Claudia exigeant le serment de lui raconter tout ce que je pourrais glaner au sujet du ressuscité.

Je fis don au commandant de la garnison d'une somme importante d'argent, car je désirais garder de bonnes relations avec cet homme et pouvoir, le cas échéant, venir chercher refuge dans la forteresse ; je me suis toutefois rendu compte que je ne courrai aucun danger dans la cité tant que je saurai respecter les coutumes du pays et ne pas choquer avec les miennes.

Le centurion Adénabar est devenu un véritable ami. Grâce à lui, je n'ai pas eu à me loger dans une auberge, mais j'ai pris pension près du palais des Asmonéens dans la maison d'un marchand syrien de ses relations. Je connais les Syriens de longue date et je sais qu'ils aiment la bonne chère, qu'ils sont propres et honnêtes, sauf lorsqu'il s'agit de changer de l'argent.

Le marchand vit avec sa famille au rez-de-chaussée du bâtiment et installe tous les matins son éventaire d'articles de mercerie devant la porte, dans la rue. J'ai la possibilité d'accéder directement à la terrasse de la maison par un escalier, si bien que je peux aller et venir à mon gré et recevoir des visites dans ma chambre sans que nul le sache, indéniable avantage que ne manquèrent pas de souligner Adénabar et son ami. La femme et les filles du mercier me servent les repas dans la chambre et sont chargées de remplir d'eau fraîche la cruche de terre qui pend au plafond ; les gamins, pour leur part, ont été mis à ma disposition pour faire mes commissions, m'acheter du vin et tout ce dont je peux avoir besoin.

Cette famille, dont les modestes revenus suffisent juste à la faire vivre, paraît ravie d'avoir trouvé un pensionnaire après les fêtes et le départ de tous les étrangers.

Une fois installé dans mon nouveau logement, j'attendis que la nuit fût tombée et que les étoiles fussent allumées dans le ciel pour descendre l'escalier extérieur. La poterie de Nicomède est si réputée que je n'eus aucun mal à la trouver. On avait laissé la porte entrouverte et dans la cour un serviteur m'attendait.

– Es-tu celui que mon maître attend ? demanda-t-il sur un ton plein de déférence.

A sa suite, je montai un escalier jusqu'à la terrasse. Le ciel étoilé de Judée était si lumineux qu'il n'y avait nul besoin d'éclairer le chemin. En haut, un homme âgé, assis sur des coussins, me salua avec amabilité.

– Es-tu l'homme à la recherche de Dieu dont le banquier Aristhènes m'a annoncé la visite ? s'enquit-il.

Il me pria de prendre place à ses côtés et se mit aussitôt à me parler d'une voix monocorde du Dieu d'Israël. Il commença son récit à partir du moment de la création du ciel et de la terre, puis dit que Dieu avait pris de la poussière et créé l'homme à son image.

– Rabbin d'Israël, le coupai-je avec impatience, je connais tout cela, j'ai déjà lu vos livres saints en grec. Je suis venu te voir pour que tu me parles du roi des Juifs, Jésus de Nazareth. Tu ne l'ignores point puisque tu me reçois de nuit sur ta terrasse.

– Son sang est retombé sur moi et sur mon peuple, dit-il d'une voix tremblante. Mon cœur est rempli de douleur et d'angoisse à cause de lui. Sa venue était l'œuvre de Dieu, car nul n'aurait pu accomplir ce qu'il fit s'il n'eût été l'envoyé de Dieu.

– Il était plus qu'un simple rabbin et je tremble aussi au fond de moi à cause de lui bien que je ne sois qu'un étranger, répondis-je. Tu sais sans doute qu'il a ressuscité, malgré le linceul dans lequel tu l'as toi-même enseveli et le tombeau où tu l'enfermas avant le début du sabbat.

Nicomède leva son visage vers la lumière des étoiles.

– Je ne sais ce qu'il faut croire, s'écria-t-il d'une voix plaintive.

Lui montrant alors la voûte céleste, je l'interrogeai :

– Etait-il le Messie annoncé par les prophètes ?

– Je ne sais, répliqua-t-il, je ne comprends rien, je ne suis pas digne d'être rabbin d'Israël. Ceux du Sanhédrin m'ont fort déconcerté en prétendant que nul prophète ne pouvait venir de Galilée ; mais sa mère dont je viens de faire la connaissance, affirme que Jésus est né à Bethléem de Judée au temps d'Hérode le Grand. Et les Ecritures annoncent que le sauveur viendra de Bethléem. Tout est accompli, tout ce qu'avaient annoncé les prophètes à son sujet, même que l'on ne lui briserait pas les os !

Et voici qu'il se mit à psalmodier les prophéties qu'il me traduisait ensuite. J'écoutai ces chants qu'il répétait sans relâche, puis, gagné par l'impatience, je dis :

– Peu me chaut que les prédictions de vos prophètes soient accomplies ou non ! Pour moi, ce qu'il m'importe de savoir, c'est la vérité sur sa résurrection, car s'il est réellement revenu d'entre les morts, un roi n'est rien auprès de lui et le monde n'a jamais vu naître un homme tel que lui. Je n'essaie point de te tendre un piège ; nul ne peut maintenant lui faire du mal. Réponds-moi ! Mon cœur bondit dans ma poitrine tant il a de désir de connaître la vérité.

– On me l'a dit, mais je ne sais que croire ! confessa le vieillard d'une voix hésitante. La nuit dernière, ses disciples se sont réunis secrètement dans un endroit clos car ils craignent d'être poursuivis. La plupart d'entre eux en tout cas étaient terrorisés. C'est alors que Jésus de Nazareth s'est trouvé au milieu d'eux et leur a montré les blessures de ses mains, de ses pieds et de son côté. Il a soufflé également sur eux puis a disparu de la pièce comme il y était apparu. Voilà ce que l'on m'a raconté, mais je dois avouer que j'ai bien du mal à y ajouter foi !

Mon corps se mit à trembler dans la pénombre.

– Parle-moi de son royaume, le suppliai-je, qu'a-t-il prêché à ce sujet ?

– Lorsqu'il vint à Jérusalem pour fêter la Pâque la première fois et qu'il purifia le temple, poursuivit-il, j'allai le voir en secret. Et je n'ai pu oublier ce qu'il me dit bien que je ne l'aie point compris, ni alors ni même encore à présent. Il dit que nul n'entrerait en son royaume s'il ne naissait une nouvelle fois.

A cet instant, me revinrent en mémoire les théories orphiques et pythagoriciennes, ainsi que celles des philosophes qui prétendent que l'homme naît à plusieurs reprises, même parfois sous la forme d'un animal ou d'un végétal selon son comportement durant la vie. Je me sentis possédé par la désillusion car ce que le notable venait de dévoiler n'avait rien d'une doctrine nouvelle. Mais Nicomède continua d'une voix dépourvue d'artifice :

– Je l'interrogeai alors : « Mais comment un homme peut-il renaître ? Il ne peut retourner dans le sein de sa mère pour voir le jour une seconde fois ? » Et Jésus me donna cette clef en disant : « A moins de naître d'eau et d'esprit, nul ne peut entrer dans le royaume. » Je comprenais lorsqu'il parlait de l'eau, car nombreux sont ceux qui vont dans le désert pour attendre en priant au sein d'une communauté et qui, après une période d'épreuves, se font baptiser dans l'eau d'un lac. Jean est venu lui aussi du désert pour baptiser les hommes avec de l'eau jusqu'au jour où Hérode Antipas le fit périr.

Je coupai court à ses explications pour dire :

– Ceux qui s'initient aux mystères d'Isis au cours de cérémonies secrètes pénètrent dans une onde profonde et ténébreuse, mais des bras solides les en sortent afin qu'ils ne s'y noient pas. Ce n'est rien de plus qu'une cérémonie symbolique !

– Oui, certainement, l'immersion n'a rien de

nouveau. Mais je lui ai demandé ce qu'il voulait dire par « naître d'esprit » et voici mot à mot ce que Jésus m'a répondu : « Ce qui est né de la chair est chair, ce qui est né de l'esprit est esprit. Le vent souffle où il veut. Tu entends sa voix mais tu ne sais ni d'où il vient ni où il va. Ainsi en est-il de quiconque est né de l'esprit. »

Nicomède garda le silence pendant un long moment tandis que je méditais ces paroles. Les étoiles de la Judée scintillaient dans le ciel et la puissante odeur de l'argile humide montait jusqu'à nous avec les effluves du four du potier. Ce que je venais d'entendre me touchait étrangement au plus profond du cœur, lors même que je savais que cela dépassait mon entendement.

– Est-ce tout ce que tu sais de son royaume ? finis-je par demander humblement.

Nicomède réfléchit un instant.

– J'ai su par ses disciples, dit-il, qu'il s'était retiré dans le désert avant de commencer à prêcher. Là, il veilla et jeûna durant quarante jours et fut en proie à toutes les visions et à toutes les apparitions que les forces de la terre utilisent pour induire en tentation celui qui jeûne. Le diable l'emmena sur une montagne très élevée, lui montra tous les royaumes du monde avec leur gloire et lui en promit la possession s'il tombait à ses pieds et l'adorait au lieu de poursuivre la mission pour laquelle il était venu ici-bas. Mais lui sut vaincre cette tentation et voici que des anges s'approchèrent et le servaient. Puis il regagna la société des hommes, se mit à prêcher et à accomplir des miracles, enfin réunit ses disciples. Voilà tout ce que je connais de son royaume: ce n'est point un royaume des hommes, et pour cela sa condamnation à mort fut un crime plein d'iniquité.

Qu'il eût parlé d'anges et de visions me fit éprouver quelque gêne car, après une veille et un jeûne prolongés, n'importe qui tant soit peu doué de sensibilité est susceptible d'avoir des visions, qui d'ailleurs disparaissent aussitôt qu'il prend quelque nourriture, boit et retourne à la vie normale.

– En quoi consiste son royaume? demandai-je brusquement à Nicomède.

Il poussa des cris de lamentations en levant les bras au ciel.

– Comment, s'exclama-t-il, comment pourrais-je le savoir moi qui seulement ai entendu la voix du vent ? En le voyant, j'ai cru que le royaume était arrivé sur la terre. Il m'entretint également de beaucoup d'autres choses; ainsi il me dit que Dieu n'a point mandé son fils pour condamner le monde mais pour que le monde soit sauvé par lui. Mais cela n'a pas été ! On l'a crucifié et il a péri d'une mort ignominieuse. Et sans lui, il n'y a plus de royaume.

En dépit de mon cœur qui me soufflait d'autres paroles, la raison m'obligea à prononcer ces mots sur un ton ironique :

– Tu ne me donnes pas grand-chose, rabbin d'Israël ! Juste la voix du vent et tu ne crois même pas sincèrement qu'il ait ressuscité.

– Non, je ne suis point rabbin d'Israël, balbutia-t-il humblement. Je suis le plus insignifiant des fils d'Israël et mon âme est plongée dans la douleur. Cependant, je vais te donner quelque chose. Lorsque le semeur a jeté la graine, il n'a plus à s'en préoccuper, la graine lève et le vent et les pluies font éclater les bourgeons de la tendre tige qui ne cesse de croître, même lorsque se repose le semeur en attendant l'époque de la moisson. C'est ce qui m'arrive, et ce qui t'arrivera également si tu es sincère. Peut-être une graine a-t-elle été semée en moi qui commence à donner des bourgeons. Peut-être également as-tu reçu une graine qui donnera des fruits lorsque l'heure en sera venue. Je ne puis rien faire d'autre qu'attendre tout en reconnaissant que je comprends bien peu de chose et combien fragile est ma foi.

– Eh bien, moi, je ne me résigne pas à attendre, rétorquai-je fébrilement. Ne comprends-tu pas qu'aujourd'hui l'impression reçue n'a point encore été effacée de notre esprit, mais que chaque jour qui passe en emporte un morceau avec lui ? Aide-moi à rencontrer ses disciples ! J'imagine qu'il leur a révélé le secret de son royaume d'une manière plus aisée à déchiffrer. Mon cœur brûle, je suis prêt à tout croire pourvu que l'on m'en démontre la vérité !

Le vieillard poussa un profond soupir.

– Les onze disciples qui restent sont pleins de crainte, de confusion, ils sont en proie à une terrible désillusion. Ce sont des hommes simples, encore jeunes et dépourvus d'expérience. Lorsqu'il était en vie, ils commentaient entre eux ses enseignements, se répartissaient les charges du royaume au sujet duquel ils ne cessaient de vaticiner, ne tenant nul compte de ce que disait leur maître; ils ont cru en un royaume terrestre jusqu'à l'ultime minute ! La dernière nuit encore, avant qu'on ne le fasse prisonnier, lorsqu'il partagea l'agneau pascal avec eux selon la coutume de ceux qui attendent dans le désert et qu'il leur assura qu'il ne boirait plus désormais du fruit de la vigne jusqu'à ce qu'ils se retrouvent dans le royaume. Je crois d'ailleurs que c'est pour respecter ces mots qu'il refusa le vin enivrant que les femmes de Jérusalem lui offrirent avant sa mise en croix. Mais sa promesse persuada les plus naïfs de ses amis qu'il appellerait à son secours une légion d'anges du ciel qui lutteraient et fonderaient son royaume où chacun d'entre eux gouvernerait une tribu d'Israël. Tu comprends donc que sa doctrine n'a point encore eu le temps de faire son chemin en eux. Ces pauvres hommes dépourvus de culture ne savent guère où ils en sont, bien qu'ils aient vécu avec lui et qu'ils aient été les témoins de toutes ses actions. Ils craignent pour leur propre vie et demeurent cachés. Si tu les rencontrais, tu serais surpris de leurs récits et plus désemparé encore qu'eux- mêmes ne le sont.

Mais je ne pouvais comprendre.

– Pourquoi donc a-t-il choisi pour seuls disciples ces hommes simples ? demandai-je avec irritation. S'il était vraiment capable d'accomplir d'aussi magnifiques miracles que ceux dont on m'a parlé, il aurait pu choisir aussi des personnes évoluées.

– Tu abordes là une question fort douloureuse pour moi, avoua Nicomède, car c'est ici où le bât me blesse. Il n'appela auprès de lui ni les sages ni les érudits, mais seulement les pauvres, les humbles et les opprimés. S'adressant un jour à une foule, il affirma, m'a-t-on dit, que les pauvres d'esprit étaient les bienheureux car le royaume leur appartient. Il accumulait les difficultés devant les sages et les riches. J'aurais peut-être pu être un des siens, mais il m'aurait fallu abandonner ma famille, vendre mes biens et en distribuer l'argent aux déshérités ! Il imposait des conditions tellement difficiles que nul d'entre nous ne pouvait le suivre. Il comptait néanmoins parmi ses amis quelques hommes riches et influents qui l'aidaient en secret. A vrai dire, il avait beaucoup de relations, parfois même ignorées de ses proches lorsqu'il n'estimait pas nécessaire de leur en faire part.

– J'aimerais malgré tout faire connaissance de l'un d'eux, m'obstinai-je.

Mais le rabbin s'opposa fermement à mon désir.

– Tu n'es point un espion romain, de cela je suis sûr, mais eux se défieront de toi car ils ont peur. Et d'un autre côté, toi-même ne te fierais guère à eux en les voyant si humbles. S'ils te racontent qu'ils ont vu dans une pièce bien fermée le fils de Dieu ressuscité, tu penseras que leur déception leur a permis d'inventer un tel conte pour sauver la face !

Il sourit avec amertume et ajouta :

– Eux-mêmes ont douté des femmes qui, s'en revenant du tombeau, disaient l'avoir trouvé vide. L'un d'eux qui, par hasard, n'était point présent la nuit dernière dans leur cachette, ne croit guère au récit de ses compagnons. Alors, comment toi y ajouterais-tu foi ?

Je déployai toute mon éloquence pour obtenir l'adresse de cette cachette des disciples du roi ou au moins un moyen d'entrer en contact avec eux. Mais il n'avait aucune confiance en moi apparemment, car il refusa catégoriquement et je pressentis qu'il commençait à se repentir de m'avoir reçu.

– Conseille-moi au moins sur ce que je dois faire, m'empressai-je de le supplier. Je ne peux pas attendre qu'il se passe quelque chose sans rien faire.

– Le semeur a jeté la graine, murmura-t-il alors. Si tu l'as reçue, il serait plus prudent d'attendre humblement. Mais tu peux aller en Galilée, d'où il venait, à la recherche des doux de la terre et les interroger sur ce qu'il enseignait au cours de ses prêches. Ou encore, tu peux interroger les malades qu'il a guéris afin de te convaincre que seul le fils de Dieu avait le pouvoir d'accomplir semblables miracles.

Sa proposition ne me souriait guère.

– Mais comment reconnaître les doux de la terre ? répliquai-je. La Galilée est loin et je suis étranger !

Il balança un instant et se décida enfin à me révéler le mot de passe.

– Tandis que tu vas, demande le chemin, et si

quelqu'un remue la tête en disant : « Nombreux sont les chemins et nombreux ceux qui veulent se perdre » alors tu répondras : « Il n'y a qu'un chemin, montre-le moi car je suis doux et mon cœur est rempli d'humilité. » Ainsi ils te reconnaîtront et auront confiance en toi. Tu ne pourrais guère, de toute façon, leur porter préjudice même si tu les dénonçais, car ils obéissent aux lois, paient les tributs et n'offensent personne.

— Je te rends grâces pour ce conseil que je vais suivre, répondis-je. Mais n'a-t-il pas également fait des miracles à Jérusalem ? Je ne voudrais point m'éloigner encore, j'attends ce qui va arriver.

— Tu peux rencontrer ici, dit-il, maintenant fatigué de ma présence, une femme de mauvaise réputation qu'il débarrassa des démons qui la possédaient. Il y a aussi un village, que l'on appelle Béthanie, à environ deux heures de la ville, où vivent deux sœurs avec leur frère qui furent les hôtes de Jésus. Il permit à l'une d'elles, assise à ses pieds, d'écouter ce qu'il disait, bien qu'elle fût une femme. Il réveilla de la mort le frère enseveli au tombeau depuis quatre jours, dont le corps sentait déjà, d'après ce que l'on raconte. Va voir cet homme. Il s'appelle Lazare. Ainsi tu auras suffisamment de preuves pour croire aux miracles. Ils te recevront si tu y vas de ma part.

— Cet homme était-il vraiment mort ? demandai-je incrédule.

— Bien sûr qu'il l'était, cria Nicomède. Je sais aussi bien que toi qu'il y a des morts qui ne sont qu'apparentes. On a vu, je sais, des hommes qui, alors que la foule gémit et que déjà résonnent les flûtes, se lèvent et ouvrent les yeux. On raconte également que des morts ensevelis avant de revenir à eux ont griffé la pierre tombale jusqu'à s'arracher les ongles et hurlé à perdre le souffle sans pouvoir la soulever. Nous sommes obligés aux termes de nos lois d'enterrer nos défunts le jour même de la mort. C'est pourquoi ces accidents peuvent se produire. J'ai suffisamment d'expérience pour pouvoir me passer de tes suggestions.

Un silence s'établit entre nous.

— Cela ne te servira à rien de douter d'avance, reprit-il sur un ton de reproche. Où peut te mener le doute ? Je lis dans tes pensées : « C'étaient ses amis ; ils n'ont pas eu grand mal à mystifier les incrédules qu'ils voulaient convaincre ; ils n'ont eu qu'à placer Lazare inconscient dans le tombeau en attendant l'arrivée du rabbin. » Mais qu'avaient-ils à y gagner ? Je préfère que tu les voies tous les trois toi-même, aussi bien Lazare que ses deux sœurs. Quand tu les auras vus, tu jugeras s'ils disent la vérité ou s'ils ont monté une duperie.

Nicomède avait certainement raison. Et comme je ne pouvais plus rien espérer de lui, je lui rendis grâces et lui offris de le dédommager pour ses renseignements, ce qu'il repoussa fermement.

— Je ne suis pas un artiste échappé du cirque qui apprend à lire aux enfants pour gagner sa vie comme cela se pratique à Rome, dit-il avec dédain. Les rabbins d'Israël ne vendent pas leur savoir et celui qui désire le devenir doit aussi apprendre un métier afin de subsister grâce au travail de ses mains. Ainsi, moi je suis potier comme l'était mon père. Mais tu peux distribuer ton argent aux pauvres si tu le veux. Peut-être ainsi gagneras-tu une bénédiction.

Il m'accompagna en bas de l'escalier et de la cour me fit pénétrer dans le salon afin qu'à la lumière de la lampe je pusse voir qu'il n'était pas un homme de peu en dépit de son métier de potier. Il ne manquait pas d'une certaine vanité humaine et je constatai que sa maison regorgeant d'objets de valeur était celle d'un homme riche.

Il portait un manteau du meilleur drap, mais

c'est son visage révélé par la lampe que je regardai avant tout.

Il avait le regard fatigué de tant avoir lu les Ecritures mais gardait, malgré la barbe blanche, quelque chose de l'arrondi propre à l'enfance. Ses mains n'avaient pas touché l'argile depuis bien longtemps, même s'il connaissait le métier.

De son côté, il m'examinait avec attention afin de se souvenir de moi.

– Je ne vois aucun mal sur ton visage, dit-il. Tes yeux expriment de l'inquiétude mais ne sont pas ceux d'un sceptique ou d'un homme malhonnête. Tu devrais cependant laisser pousser ta barbe, afin que tout le monde pense que tu crains Dieu.

J'étais déjà arrivé à cette même conclusion et ne me rasais plus, mais en deux jours je n'avais encore réussi qu'à obtenir un menton hérissé de poils noirs. Mon hôte m'accompagna jusqu'au seuil de sa maison et ferma lui-même la porte derrière moi.

Je m'éloignai en trébuchant sur les antiques pavés de la rue jusqu'à ce que mes yeux fussent accoutumés à l'obscurité. A cette heure tardive de la nuit, seuls les carrefours importants de la cité étaient éclairés. Mais j'avais bien repéré le chemin à l'aller et je ne pensais pas avoir grande difficulté à retrouver mon nouveau logement bien qu'il fût très éloigné de la ville basse. J'atteignis la muraille qui sépare le faubourg de la ville haute sans rencontrer âme qui vive, à part deux gardes indigènes. Soudain me parvint une timide voix de femme venant du côté de l'arcade :

– La paix sur toi, étranger.

Je sursautai à ce salut inattendu, mais répondis courtoisement :

– La paix sur toi également, femme.

La femme se mit à genoux devant moi en disant avec humilité :

— Je suis ta servante, commande et j'obéirai.

Je devinai le vil métier qui était le sien et la repoussai.

— Passe ton chemin, je ne veux rien de toi.

Mais elle agrippa le pan de mon manteau avec insistance.

— Je suis pauvre et n'ai pas de chambre où t'amener, mais dans la muraille même il y a un creux où personne ne peut nous voir.

Elle était complètement enveloppée dans ses vêtements et un voile couvrait sa tête selon la coutume des femmes juives, si bien qu'il me fut impossible d'entrevoir son visage et d'avoir une idée de son âge. Mais son dénuement me toucha et me fit souvenir du conseil de Nicomède. Je mis donc dans sa main toutes les pièces d'argent que je considérais devoir au vieux rabbin pour l'entretien qu'il m'avait accordé. Et je dus insister avant qu'elle ne finît par se convaincre que je ne désirais rien d'elle en retour. Lorsqu'elle eut enfin compris, elle voulut baiser mes pieds.

— Jamais personne ne m'a rien donné sans me demander quelque chose en échange. Que le dieu d'Israël te bénisse, bien que je n'aie aucun droit de bénir quiconque et que même mon argent ne soit pas accepté au temple. Au moins dis-moi ton nom, afin que je puisse prier pour toi..

Il ne me paraissait guère convenable de révéler mon nom à une femme qui exerçait cette profession, mais je ne voulais pas la blesser. Aussi lui répondis-je :

— Suivant l'usage chez les Romains, je m'appelle Marcus. Je ne suis pas de Jérusalem.

— Je suis Marie pour te servir, dit-elle. Mais les Maries sont ici plus nombreuses que les grains de la grenade, aussi m'appelle-t-on Marie de Beerot, le village des puits, ceci afin que tu me reconnaisses des autres Maries que tu vas rencontrer sûrement sur ta route, toi qui es si généreux.

— Je ne suis pas généreux, rétorquai-je pour m'en débarrasser. Je me suis acquitté d'une dette et il ne convient pas que tu m'en remercies. Va en paix comme moi je m'en irai et oublie-moi comme je t'oublierai.

La femme essaya de voir mon visage dans l'obscurité.

— Ne méprise pas la prière du pauvre, dit-elle suppliante. Il peut lui arriver de te secourir au moment le plus inattendu.

— Tu ne me dois rien, répétai-je, et je ne te demande rien. Je cherche seulement le chemin, mais je ne pense pas que tu puisses me l'indiquer.

— Toi, étranger, tu cherches le chemin ? s'empressa-t-elle de répondre. Mais nombreux sont les chemins et tous dépourvus de sens. Tu te perdrais certainement si tu étais ton propre guide.

Sa réponse ne pouvait pas être le fruit du seul hasard. Mais je ressentis une déception en voyant que les doux de la terre étaient apparemment des êtres méprisables et à part du reste des hommes. Il me vint cependant en mémoire l'histoire du rat qui en rongeant les cordes délivra le lion prisonnier.

— On m'a dit qu'il n'y avait qu'un seul chemin, dis-je alors. Je voudrais acquérir un cœur doux et humble, si je savais comment m'y prendre.

La femme alors étendit son bras et passa sa main sur mon visage dont elle remarqua la barbe naissante. Malgré mon désir ardent d'humilité, le contact de cette main m'inspira de la répulsion, et je dus faire un mouvement de recul car elle la retira aussitôt.

— Ce sont les malades qui ont besoin du médecin, pas les bien-portants, dit-elle d'une voix triste. Tu n'as pas eu pitié de moi pour moi-même, tu voulais seulement payer une dette qui pesait sur ton cœur. Tu n'es pas assez malade pour désirer vraiment au fond de toi entreprendre la route. Mais j'ai été envoyée pour t'éprouver. Si tu m'avais suivie dans le refuge de la muraille, tu en serais parti aussi triste que moi. Je te donne l'espoir, Marcus, si tu es réellement sincère en demandant le chemin.

— Je suis sincère et ne veux de mal à personne, affirmai-je. Mais je veux savoir la vérité sur des choses que sans doute tu ignores.

— N'aie pas de mépris pour le savoir d'une femme, me répondit-elle. Ce que connaît une femme compte peut-être davantage dans le royaume que les raisonnements d'un homme, bien que je sois la plus méprisable d'entre toutes les femmes d'Israël. Mon savoir de femme me dit que les jours que nous vivons sont des jours d'attente, où une sœur rencontre sa sœur sans la dédaigner, et un frère rencontre son frère sans le condamner. Voilà pourquoi maintenant mon âme est emplie de plus de lumière qu'autrefois, même si je suis une femme perdue.

Tant d'espoir joyeux vibrait dans sa voix que je me vis forcé de croire qu'elle savait réellement quelque chose.

— Cette nuit j'ai écouté un rabbin d'Israël, expliquai-je. Mais il était plein d'incertitudes, sa foi était fragile et ses paroles n'ont pas réchauffé mon cœur. Marie de Beerot, pourrais-tu, toi, me donner un meilleur enseignement que lui ?

En disant cela, je pensais que peut-être cette Marie n'était pas une femme aussi mauvaise qu'elle paraissait.Peut-être bien aussi l'avait-on mise sur mon chemin pour me mettre à l'épreuve d'une manière ou d'une autre, puisque de toute façon je devais passer par cette porte pour rejoindre ma nouvelle chambre.

— Quel espoir me donnes-tu ? lui demandai-je.

— Tu connais la porte de la Fontaine ?

— Non, mais je n'aurai point de mal à la trouver si besoin est.

– C'est par cette porte que l'on gagne la vallée du Cédron et la route de Jéricho. Peut-être est-ce là le chemin que tu cherches. Sinon, attends que ta barbe pousse, puis un jour va à la porte de la Fontaine et regarde autour de toi. Il se peut que tu voies venir un homme portant une cruche. Suis-le. Peut-être te répondra-t-il lorsque tu t'adresseras à lui. Mais s'il ne te répond point, je ne peux guère t'aider.

– Aller chercher l'eau n'est pas le travail d'un homme, dis-je d'une voix méfiante. Ce sont les femmes qui portent l'eau, aussi bien à Jérusalem que dans le monde entier.

– C'est justement à cela que tu le reconnaîtras, m'assura Marie de Beerot. Mais s'il ne te parle pas, ne perds point courage. Reviens un autre jour pour tenter ta chance une nouvelle fois. C'est tout ce que je peux te dire.

– Si ton conseil est bon et que tu m'aides en ce que je désire, je serai encore en dette avec toi, Marie.

– Au contraire, répliqua-t-elle vivement. C'est moi qui paie ma dette si je peux indiquer le chemin à un autre. Mais si la tienne te pèse, donne ton argent aux pauvres et oublie-moi. Il est inutile que tu viennes me chercher ici dans le creux de la muraille parce que je n'y reviendrai plus jamais.

Nous nous séparâmes sans que je pusse voir son visage et le reconnaître à la lumière du jour. J'avais cependant le sentiment de pouvoir toujours identifier sa voix pleine de gaieté si j'avais l'occasion de l'entendre une autre fois.

Je regagnai ma maison et gravis l'escalier extérieur. En me remémorant tous les événements survenus durant cette nuit, je ne pus empêcher une certaine irritation de me gagner devant ce goût du mystère qu'affectent les gens d'ici. Nicomède savait certainement plus que ce qu'il m'avait révélé ; j'avais en outre la nette impression d'avoir été espionné : on attendait quelque chose de moi.

Les disciples du roi ressuscité ainsi que les amies juives de Claudia Procula s'imaginent sans doute que je suis au courant de choses sur lesquelles ils ne sont pas eux-mêmes aussi bien renseignés, mais ils n'osent pas se montrer ouvertement. On ne peut, certes, leur en vouloir pour cette méfiance à l'égard des étrangers : leur rabbin vient d'être condamné, maudit et crucifié.

Et le jardinier que j'ai vu près du tombeau tourmente sans relâche mon esprit. Il a dit qu'il me connaissait et que moi aussi je devais le connaître. Pourtant je ne retournerai guère en son jardin : je suis tellement certain de ne plus l'y rencontrer !

CINQUIEME LETTRE

Marcus à Tullia

JE vais te raconter mon voyage à Béthanie et ce qui m'est arrivé là-bas.

Ma barbe commençait à pousser. J'étais vêtu d'une modeste tunique et d'un manteau peu soigné et je ressemblais davantage à un voleur de grands chemins qu'à un Romain civilisé. Le Syrien me prépara du pain, du poisson salé et du vin aigre pour le voyage et je traversai la cité pour me rendre à la porte de la Fontaine. Après avoir dépassé l'étang, je descendis vers la vallée du Cédron et suivis le sentier qui borde le maigre ruisseau. Contournant la colline, à gauche, serpentaient les remparts de la cité et sur le flanc de celle de droite, il y avait de nombreux tombeaux. De tous côtés j'admirais de vieux oliviers aux formes tourmentées et je passai près d'un verger sur le versant d'un coteau.

L'air était pur et doux et le ciel sans nuages. Je rencontrai sur ma route des ânes chargés de bois et de charbon et des paysans qui portaient de lourds paniers. Je marchais d'un pas allègre et sentais encore en moi la force de la jeunesse. La joie que me procurait l'exercice physique balaya de mon esprit les sombres pensées, et je me sentais fort d'un bonheur aux souriantes promesses. Peut-être suis-je vraiment en train de vivre des jours débordants de perspectives nouvelles, même si nul encore n'est capable d'en rendre compte. Moi, l'étranger, peut-être suis-je aussi proche du mystère que ceux qui ont été les témoins de tous les événements. Alors, ni la terre ni le ciel ne seraient plus les mêmes, tout serait pour nous plus clair qu'auparavant !

J'aperçus de loin le village de Béthanie. Ses maisons tassées sur elles-mêmes, blanchies à la chaux en l'honneur de la Pâque, brillaient à travers les arbres. En m'approchant du village, je rencontrai un homme assis à l'ombre d'un figuier. Enveloppé dans son manteau couleur de terre, il était si immobile qu'il me fit sursauter et que je m'arrêtai pour le contempler.

– La paix soit avec toi, dis-je. Ce village s'appelle-t-il Béthanie ?

L'homme tourna son regard vers moi. Il avait le visage comme desséché et ses yeux paraissaient de verre si bien que je crus tout d'abord avoir affaire à un aveugle. Il ne portait rien sur la tête et ses cheveux étaient blancs bien que son visage jaunâtre ne fût pas celui d'un homme âgé.

– La paix avec toi également, répondit-il. As-tu perdu ton chemin, étranger ?

– Nombreux sont les chemins et il est facile de s'égarer dans certains d'entre eux, répliquai-je, le cœur gonflé d'un immense espoir. Peut-être saurais-tu, toi, me conduire au chemin véritable ?

– C'est Nicomède qui t'a envoyé ? demanda-t-il sur un ton peu amène. S'il en est ainsi, je suis Lazare. Qu'attends-tu de moi ?

Il balbutiait comme s'il avait du mal à parler. Je traversai le sentier et m'assis sur le sol près de lui, bien qu'à une certaine distance. Quel plaisir de goûter un peu de repos à l'ombre du figuier !

Je pris garde à ne pas dévisager Lazare trop ouvertement, car les Juifs ont l'habitude de baisser les yeux lorsqu'ils s'adressent à un étranger. Il n'est pas convenable chez eux de regarder les gens en face.

Il dut s'étonner de mon silence, car après un moment où nous demeurâmes immobiles l'un près de l'autre, tandis que je m'éventais avec un pan de ma cape, il dit :

– Tu dois savoir que les grands prêtres ont décidé de me tuer moi aussi. Mais, comme tu peux t'en rendre compte, je ne me cache pas, je continue de vivre dans mon foyer et dans mon village. Qu'ils viennent et qu'ils tuent ce corps s'ils le peuvent ! Ils ne me font pas peur ! Ni toi non plus ! Nul ne peut me tuer car jamais je ne mourrai.

Ses terribles paroles et ses yeux vitreux me remplirent de frayeur et il me semblait qu'un souffle glacé passait de lui jusques à moi.

– As-tu perdu la raison ? m'écriai-je. Comment un homme peut-il prétendre qu'il ne mourra jamais ?

– Peut-être ne suis-je plus un homme, répondit Lazare. Bien sûr, je possède encore ce corps. Je mange, je bois et je parle. Mais ce monde n'a guère de réalité pour moi. je ne perdrais rien quand bien même je viendrais à perdre mon corps.

Il y avait quelque chose de si étrange en lui que je crus en ses paroles.

– On m'a raconté, dis-je, que celui que l'on a crucifié comme roi des Juifs t'a réveillé de la mort. Est-ce vrai ?

– Pourquoi cette question ? répliqua-t-il sur un ton ironique. Ne me vois-tu pas assis près de toi ? Je suis mort d'une mort humaine et je suis resté quatre jours au tombeau, enveloppé dans mon linceul, jusqu'à ce qu'il arrive, qu'il ordonne d'ôter la pierre de l'entrée du sépulcre et qu'il appelle : « Lazare, viens dehors ! » Cela n'a pas été plus difficile pour lui !

Mais ce récit ne paraissait pas le réjouir. Au contraire, sa voix était lugubre. Comme je ne bronchai pas, il poursuivit :

– C'est la faute de mes sœurs, et je ne leur pardonnerai jamais. Elles lui ont envoyé force messages pour l'obliger à retourner sur ses pas. Si je n'étais pas mort de cette maladie, il ne serait point revenu en Judée pour tomber entre les mains de ses ennemis. Il pleura sur moi avant de m'appeler et de me faire sortir de ma tombe.

– Je ne comprends guère, répondis-je. Pourquoi n'es-tu pas satisfait et pourquoi accuses-tu tes sœurs alors qu'il t'a réveillé de la mort et que tu as eu le bonheur de revenir à la vie ?

– Je ne sache point que quiconque a une fois goûté à la mort puisse jamais regoûter à la joie de vivre. Ah ! Il n'aurait pas fallu qu'il pleurât sur moi !

Puis il ajouta :

– Bien sûr qu'il était le fils de Dieu ! Et bien que ma foi soit différente de celle de mes sœurs, je sais qu'il devait venir au monde. Mais je n'arrive pas à comprendre pour quelle raison il m'aimait autant, je ne vois vraiment pas !

Nous restâmes assis sans dire un mot, le regard fixé devant nous. Je ne savais plus quelle question lui poser, si étranges me paraissaient sa froideur et sa mauvaise humeur.

– Mais à présent, sans doute crois-tu qu'il était le Messie ? demandai-je prudemment.

– Il était plus qu'un messie ! affirma-t-il avec conviction. Et c'est bien pourquoi il me fait peur. Il est plus que celui qu'ont annoncé les prophètes ! On t'a certainement dit qu'il a ressuscité le troisième jour.

– Je l'ai entendu dire en effet ! Je suis venu te

voir pour ceci, pour que l'on me parle encore de lui !

— Alors écoute : aussi sage et doué de raison que tu puisses imaginer un homme, Jésus lui était supérieur. Quelle force aurait pu le retenir dans son tombeau ? Il ne m'a pas été nécessaire d'aller y voir, comme mes sœurs, pour croire ! Mais cependant, étranger, je souhaite de tout mon cœur ne jamais le revoir en cette vie. Je ne pourrais pas supporter sa présence, pas avant d'être dans son royaume.

— Comment est-il, son royaume ? demandai-je avidement.

Lazare tourna vers moi ses yeux glacés.

— Pourquoi ne demandes-tu pas aussi comment est le royaume de la mort ? Je t'assure que la mort est ici, ici et partout. Je le sais. C'est ici le royaume de la mort : mon corps est le royaume de la mort, ton corps également est le royaume de la mort. Mais, avec lui, est arrivé son royaume et c'est pourquoi il est ici et partout.

Il garda le silence puis, baissant la tête, il poursuivit :

— Ne va point croire que je sois un charlatan ! Peut-être ne peux-tu comprendre ce que je dis, mais est-ce que je le comprends moi-même ?

Puis il dit encore :

— Ne perds point courage à me voir si plein de tristesse. Tu es sur le bon chemin, je te l'assure. Si tu le suis, tu ne peux t'égarer.

Il se leva et secoua sa cape.

— Sans doute désires-tu rencontrer mes deux sœurs, ajouta-t-il devinant mes intentions. Je te conduirai auprès d'elles, mais permets-moi de me retirer aussitôt. Je n'éprouve aucun plaisir à demeurer parmi les gens.

Je pensai qu'au milieu de personnes normales, il devait avoir l'impression d'appartenir plus aux morts qu'aux vivants. Je remarquai également qu'il se déplaçait avec difficulté, comme s'il n'avait point la complète maîtrise de ses membres. Quiconque l'eût rencontré sans connaître rien de lui, n'eût pu s'empêcher de le considérer comme un être bizarre.

Il ne suivit pas le sentier qui menait au village mais, en marchant devant moi, il me conduisit au détour de la colline voir le tombeau creusé dans les rochers d'où le Nazaréen l'avait fait sortir.

La maison que Lazare occupait avec ses sœurs faisait partie d'une riche propriété. Au fur et à mesure que nous nous en approchions, il me fit remarquer les deux ânes qui paissaient dans un pré, la vigne, le verger, jusqu'aux volailles qui grattaient le sol aux alentours de la maison ! On aurait dit que suivant la coutume des paysans, il s'assurait du fait que je me rendais bien compte de n'avoir point affaire à des gens démunis. Et tout était si accueillant et palpable dans cette paix, que j'avais du mal à imaginer que l'homme qui marchait à mes côtés prétendait avoir ressuscité d'entre les morts !

Mais à présent je comprenais que la question concernant sa résurrection n'était que subsidiaire ; ce qu'il m'importait de savoir c'était si Jésus de Nazareth était réellement fils de Dieu et s'il avait ressuscité ; car, s'il en était ainsi, pourquoi n'aurait-il pas réveillé Lazare ? Soudain, je pris conscience du chemin qu'avaient pris mes réflexions, et je me sentis plein d'étonnement : étais-je encore le Marcus qui avait fait ses études à Rhodes, qui avait erré des nuits entières par les rues chaudes de Rome, aimé la femme d'un autre à la folie parmi les roses de Baiae, le même qui, à Alexandrie, après l'étude des prophéties, se livrait à la débauche jusqu'au petit matin ?

Etais-je possédé ou simplement victime de la magie hébraïque pour cheminer ainsi, le manteau couvert de poussière et empestant la sueur, à travers un village juif, poursuivi par le caquètement des poules, à la recherche de témoins de résurrections et autres miracles, et d'un dieu fait homme, mort puis ressuscité afin de changer les choses d'ici-bas ? Il est vrai que si tout cela a eu lieu, le monde ne pourra plus être le même. Précédé par Lazare, je franchis le seuil d'une grande pièce baignant dans la pénombre : en bas je distinguai des jarres en terre, des sacs et un râtelier pour les animaux, l'étage me parut succinctement meublé. Lazare alors appela ses sœurs et me conduisit près du puits devant la maison où il m'invita à m'asseoir. Les femmes arrivèrent, les yeux baissés et le visage voilé suivant la coutume paysanne.

– Voici mes sœurs, Marthe et Marie. Tu peux les interroger, dit Lazare qui s'éloigna aussitôt, pour ne plus revenir.

– J'aimerais, dis-je après les avoir saluées, que vous me parliez du rabbin qui avait l'habitude de vous rendre visite et qui réveilla votre frère de la mort, d'après ce que l'on m'a raconté.

Les femmes se troublèrent et, tout en se regardant du coin de l'œil, se couvrirent la bouche avec le pan de leur manteau. Puis, Marthe, l'aînée, se décida à parler.

– C'était le Fils de Dieu, dit-elle. Si tu veux, tu peux faire venir les gens du village, car tous étaient présents et ont vu comment il a ordonné que la pierre tombale fût retirée et comment il a crié à mon frère de sortir de son tombeau. Lazare est apparu enveloppé dans le linceul, le suaire recouvrant encore son visage, si bien que tout le monde resta paralysé de terreur. Mais c'était bien notre frère ! Nous lui ôtâmes le drap mortuaire et vîmes qu'il était vivant. Plus tard, il but et mangea en présence des gens qui le regardaient, tous pleins de doute et d'inquiétude.

– Il y a aussi dans le village, ajouta Marie, un

aveugle auquel il a rendu la vue. Veux-tu le voir pour croire ?

– On m'a dit en effet qu'il avait guéri des aveugles et rendu l'usage de leurs membres à des paralytiques, répondis-je. Mais ils sont trop nombreux, cela ne vaut pas la peine de les déranger. Je préférerais entendre parler de son royaume. Que disait-il à ce sujet ?

– Il savait déjà qu'il allait mourir et de quelle manière, même si nous ne le comprenions pas, affirma Marie. Après avoir ressuscité mon frère, il se retira dans le désert parce que la foule était trop nombreuse autour de lui. Puis il revint nous visiter six jours avant la fête de la Pâque. Tandis qu'il mangeait, je lui oignis les pieds et les essuyai avec mes cheveux afin de lui témoigner mon amour. Voici qu'il me dit alors que cette onction servirait pour le jour de sa mort. Mais je ne comprends pas plus que ma sœur pourquoi tout devait se passer ainsi, ni pourquoi il devait mourir de si horrible façon.

– Comment nous, femmes que nous sommes, pourrions-nous le comprendre ? l'interrompit Marthe. On dit que tout est arrivé ainsi afin que soient accomplies les prophéties. Mais moi, pauvre femme, je ne comprends guère à quoi sert qu'elles s'accomplissent : il était ce qu'il était et ses actions en étaient un suffisant témoignage ! Peut-être était-ce nécessaire seulement pour convaincre davantage les savants. Seuls les hommes ont la faculté de raisonner tandis que nous, les femmes, n'avons rien reçu en partage.

– Mais que disait-il de lui-même et de son royaume ? insistai-je.

Marthe s'adressa à sa sœur :

– Marie, réponds-lui, toi qui l'as écouté, dit-elle. Moi, je pourrais expliquer la façon de faire le pain, de griller la viande, de cueillir le raisin ou de presser le vin, ou encore je pourrais vous conseiller sur le soin à donner aux figuiers, mais tout le reste, je l'ignore. Je n'avais guère besoin de phrases pour croire qu'il était plus qu'un homme.

Après avoir réfléchi, Marie ouvrit enfin la bouche :

– Nul homme au monde n'a jamais parlé comme lui. Il parlait comme celui qui détient tout pouvoir. Il disait qu'il était venu pour être la lumière du monde afin qu'aucun de ceux qui croient en lui ne demeure dans l'obscurité.

– Que sont la lumière et l'obscurité ? demandai-je avec impatience.

– Bien sûr, répondit Marie en secouant la tête, comment pourrais-tu comprendre, toi qui ne l'as pas entendu prêcher ? Il disait : « Celui qui me voit, voit Celui qui m'a envoyé. » Et il disait aussi : « Je suis le chemin, la vérité et la vie. »

Il me sembla enfin avoir compris.

– Ainsi donc, dis-je, lorsque je cherche le chemin, c'est lui que je cherche ?

Marie approuva d'un signe de tête. Sans crainte maintenant, elle s'agenouilla à mes pieds et leva son visage vers moi. Puis, comme pour me faire bien comprendre, elle me posa une question :

– Quelle est la chose qui te paraît la plus difficile, dire à quelqu'un : « Tes péchés ont été pardonnés » ou bien appeler mon frère Lazare et le faire sortir de son tombeau quatre jours après sa mort ?

Je méditai longuement avant de lui donner une réponse.

– Les deux choses me paraissent également difficiles, dis-je enfin, et inconcevables pour un esprit rationnel. Comment un homme pourrait-il pardonner les péchés d'un autre ? Et d'ailleurs, qu'est-ce que le péché ? Si l'on y réfléchit bien, on s'aperçoit que toutes les philosophies se bornent à enseigner à l'homme, d'une part à vivre en accord avec sa raison et à s'abstenir de faire tort délibérément à ses semblables, et d'autre part à se préparer à la mort avec sérénité. Mais l'homme ne peut éviter de commettre de mauvaises actions. Il lui est tout juste permis, à l'examen de ces dernières, de prendre la résolution d'être plus prudent à l'avenir. Et nul être au monde ne peut l'y aider. C'est à chacun d'entre nous de répondre de ses propres actes.

Mais tandis que je discourais ainsi, je fus assailli par l'aspect dérisoire de la philosophie, qui ne peut en effet me délivrer de l'angoisse pas plus que n'y parviennent les cérémonies secrètes du culte orphique ou du culte égyptien. Sans aucune raison qui se puisse expliquer, je me sens parfois empli d'anxiété, je suis comme un malade et la vie ne m'apporte plus aucune joie, ni le vin ni le plaisir physique ne me peuvent sortir de cet état. C'est cette angoisse qui m'a poussé à étudier les prophéties dans l'espoir de trouver une finalité à ma vie. C'est elle encore qui m'a chassé d'Alexandrie pour guider mon errance par les chemins de Judée.

– Si tu ignores ce qu'est le péché, dit Marthe, tu n'as pas besoin du chemin, et tu demeureras dans les ténèbres. Nul homme n'est à l'abri du péché, pas même les Pharisiens.

– Ceux-là sont les plus haïssables, la coupa Marie pleine de courroux. Tels des sépulcres, ils se blanchissent à l'extérieur, mais au dedans ils ne sont que puanteur. Toi, étranger, tu es à part, qui ne sais même pas ce qu'est le péché.

– Vous, les Juifs, vous avez votre loi, répondis-je pour ma défense. Depuis l'enfance on vous en apprend les commandements afin que vous sachiez si ce que vous faites est licite ou non.

– Il n'est pas venu pour juger les hommes ! reprit Marie comme si elle s'adressait à un pauvre d'esprit. Au contraire, il est venu pour nous délivrer de la force de la loi, professant que nul n'est exempt de péché. Si un homme profère une seule parole de violence à l'égard de son frère, il est condamné. Mais lui n'a jugé personne. Au contraire. A celui qui était le plus chargé de fautes, il a dit : « Tes péchés sont pardonnés. » Te rends-tu compte ? Nul homme en ce monde ne peut dire cela et pourtant lui l'a dit. N'est-ce pas la preuve qu'il était plus qu'un homme ?

Mon cœur était plein du désir de comprendre, mais ne pouvait guère y parvenir.

— Je l'ai vu souffrir et périr sur la croix, dis-je. Il est mort d'une véritable mort d'homme. Le sang coulait de son corps souillé et lorsque le légionnaire lui perça le cœur, de son côté jaillit du sang mêlé à de l'eau. Il n'est pas descendu de la croix, et nul ange n'est apparu pour châtier ses bourreaux.

Marie se cacha le visage dans les mains et éclata en sanglots. Marthe me lança un regard de reproche. C'était certainement cruel à moi de leur rappeler si crûment les souffrances de leur rabbin, mais je voulais tout tirer au clair, une fois pour toutes.

— Il s'est fait homme pour venir au monde et il vivait parmi nous comme un homme, dit Marie. Mais ses actes n'étaient pas d'un homme ordinaire : il a pardonné les péchés de ceux qui croyaient en lui, il a ressuscité pour que nous ne restions point dans l'affliction à cause de lui. Tout cela cependant demeure un mystère que nous ne sommes pas encore capables d'expliquer.

— Tu voudrais que je croie qu'il était un homme et un dieu à la fois ? dis-je. Mais cela ne se peut ! Je pourrais à la rigueur concevoir un dieu présent en toutes choses et qui ferait partie de chacun de nous, mais un dieu est un dieu et un homme un homme !

— Tu t'efforces en vain de me confondre, rétorqua Marie. Je sais ce que je sais et je pressens ce que je pressens. Et toi également tu pressens quelque chose, même si tu ne comprends pas. Comment d'ailleurs pourrais-tu croire, toi, si nous-mêmes n'y voyons pas clair ? Nous nous contentons d'avoir la foi car nous ne pouvons point vivre sans elle.

– Vous avez la foi parce que vous l'aimiez ! répliquai-je avec amertume. Sans doute était-ce un homme merveilleux et un grand rabbin, mais à moi, il m'est difficile de l'aimer sur les seuls récits que l'on m'en fait.

– Tu es un homme de bonne volonté, dit Marie. D'ailleurs je ne t'écouterais ni ne te répondrais s'il n'en était point ainsi. Pour cela, je vais encore ajouter ceci : il nous a donné une loi, tu aimeras Dieu de tout ton cœur et ton prochain comme toi-même. En lui, nous aimons Dieu qui l'a envoyé.

Cette idée que l'on dût éprouver de l'amour à l'égard d'un dieu me parut tout à fait étonnante. Je peux admettre que l'on éprouve de la crainte, de la terreur ou encore de l'adoration, mais de l'amour ! Je secouai la tête, absolument dépassé par cette loi. Quant à devoir aimer son prochain comme soi-même, c'est une phrase qui me sembla dépourvue de sens car il y a parmi les hommes des bons et des mauvais.

– Et qui donc est mon prochain ? demandai-je en affectant un air ironique.

– Il disait que tous les hommes sont notre prochain, même les Samaritains que nous autres fils d'Israël considérons comme des impies. Le soleil répand sa lumière aussi bien sur les méchants que sur les gentils. On ne doit point répondre au mal par le mal, si quelqu'un te frappe sur une joue, tends-lui l'autre.

Je levai les deux mains en un geste de refus.

– Assez ! m'écriai-je. Je n'ai jamais ouï doctrine aussi extravagante ! A mon avis, nul ne peut la mettre en pratique. Mais en tout cas, toi ma belle, tu me renseignes bien mieux que le rabbin Nicomède.

Marie baissa ses yeux en laissant retomber les bras.

– Et même sur la croix, murmura-t-elle, il appela son père et le supplia de pardonner à ceux qui le martyrisaient. Ainsi en ont témoigné ceux qui étaient présents.

Puis, après quelques instants, elle pria humblement :

– Et ne dis plus que je suis belle, cela ne peut que m'attrister.

– Ma sœur est belle, tu dis vrai ! dit Marthe. Elle a eu nombre de prétendants ! Mais, depuis la mort de nos parents, nous vivons tous les trois ensemble et c'est notre frère qui nous sert de protecteur ; tu imagines donc l'importance pour nous de sa résurrection, car que serions-nous devenues toutes seules ? Au commencement, nous étions très effrayés car les Pharisiens pouvaient venir de la cité pour lapider Lazare comme ils l'en avaient menacé. A présent, je ne pense plus qu'ils le feront, ils ont réussi à tuer Jésus ! Tu vois, j'ai beau faire tous mes efforts, je me fais toujours du souci ! Jésus me l'interdisait, mais je n'arrive pas à m'en empêcher ! Il faudrait que j'oublie la peine qu'il m'a faite lorsque malgré nous il s'est rendu à Jérusalem dans le but avoué d'y être mis à mort !

C'est à peine si je prêtais l'oreille à son bavardage. L'absurde doctrine révélée par Marie me paraissait extraordinaire et me remplissait d'émoi ; j'avais plus que mon content de cette nourriture spirituelle, j'aurais dû blasphémer et m'écarter aussitôt d'une voie aussi insensée ! La perspective d'avoir à considérer le premier imbécile venu ou n'importe quel bandit comme mon prochain dépassait mon entendement ! Et comment permettre à quiconque de m'offenser sans lever le petit doigt ?

– Ne nous alarmons pas ! dit encore Marie. Et toi non plus, ô étranger, n'aie point d'inquiétude ! Attendons simplement ce qui doit encore arriver. Lui-même disait que chacun de nos cheveux est compté sur notre tête et que nul moineau ne tombe de l'arbre que son père ne le sache. Pourquoi nous préoccuper s'il en est ainsi ?

Je ne fus pas sourd à ces paroles : de même que jadis j'avais observé les signes et les augures sans jamais croire malgré le désir que j'avais, de même à présent quelque chose me disait qu'il fallait me soumettre sans raisonner si je voulais atteindre la vérité. Tant que je consentirais à suivre le chemin sur lequel on me conduisait, tout s'éclaircirait peu à peu.

Je me levai en disant :

– Je ne veux pas vous déranger plus longtemps ! Merci à toutes deux qui m'avez écouté et répondu avec tant de grâce. La paix soit avec vous !

Marthe se leva d'un bond et s'écria en frappant dans ses mains :

– Non ! Il faut que tu restes ! Tu ne vas pas partir ainsi en mourant de soif et de faim !

Malgré mes protestations, elle pénétra à l'intérieur de la maison et s'affaira pour me préparer quelque nourriture. Je demeurai plongé dans mes pensées, assis sur le banc de pierre, tandis que Marie était par terre à mes pieds. Ni l'un, ni l'autre, nous ne prononçâmes une seule parole. Notre silence cependant n'était point un de ces silences embarrassés qui s'installent parfois entre des personnes qui n'ont rien à se dire. Bien au contraire ! Marie m'avait dit tout ce que j'étais à même d'entendre. J'avais assimilé certaines choses, d'autres sans doute perdraient un jour leur mystère, et elle ne m'aurait nullement aidé en parlant davantage. Simplement, elle était là, assise près de moi et dégageait une sorte d'aura qui montait jusqu'à moi : je me sentais bien à ses côtés. Marthe apporta des petits pains pimentés trempés dans l'huile, un plat de légumes hachés menu avec des œufs, de la viande de mouton salé et du vin épais. Après avoir tout disposé sur le banc de pierre à côté de moi, elle versa de l'eau sur mes mains et bénit le repas. Mais pas plus elle que sa sœur n'y goûtèrent, et Lazare ne se présenta point afin de le partager avec moi. Ainsi, malgré leur courtoisie, je me suis senti dédaigné.

Ma randonnée pour venir à Béthanie n'avait pas été bien longue et cependant mon appétit se réveilla devant les plats délicieux que je mangeai avec plaisir tandis que Marthe, près de moi, insistait pour que je goûte à tout et finisse les plats. Je me demandais s'ils jetteraient ce qu'un étranger tel que moi aurait touché de sa main, et pour ne point manquer à la courtoisie, je poursuivis le repas même après être rassasié. Pour terminer je bus l'eau que Marthe avait mélangée au vin et me sentis envahi d'une douce torpeur.

C'était la neuvième heure.

— Il n'est pas question, dit Marthe avec sollicitude, que tu regagnes la cité maintenant ! C'est l'heure la plus chaude de la journée ! Accepte de rester et de prendre un peu de repos sous notre toit.

Ma fatigue était extraordinaire et je n'aurais pu dire si elle était plus spirituelle que physique. Je fis un effort pour me lever, mais d'une part mes membres étaient endormis, et d'autre part l'amabilité des deux femmes m'était si agréable que je n'aurais voulu bouger pour rien au monde. Si je l'avais vraiment voulu, sans doute aurais-je pu prendre congé et m'éloigner, mais la langueur qui s'empara de moi à la simple idée de départ affaiblit jusqu'à la douleur chacun de mes membres. Il me vint un instant à l'esprit que Marthe avait peut-être versé un soporifique dans le vin. Mais pourquoi l'aurait-elle fait ? En outre, n'aurais-je point, dans ce cas, trouvé un goût amer à la boisson ?

– Jérusalem n'est pas bien loin, dis-je, mais si vraiment vous me le permettez, c'est avec plaisir que j'accepte votre hospitalité pour le temps de la sieste. Je me sens parfaitement bien dans cette maison.

Toutes deux sourirent mystérieusement comme si elles savaient bien mieux que moi que je disais vrai. Cette sagesse immanente qu'on pressentait chez elles me les fit considérer durant quelques instants non plus comme des humains sinon comme des êtres étranges, possédant quelque chose de plus. Mais je n'éprouvai nulle crainte à leur égard, je me sentais plutôt comme un petit enfant lorsqu'il a retrouvé un foyer après s'être perdu.

Elles me conduisirent toutes les deux dans la cour intérieure, qu'une treille ombrageait. Dans un état de demi-somnolence qui me donnait une impression d'irréalité, je pus voir que leur maison était beaucoup plus grande que ce qu'elle m'avait semblé en arrivant. Elle était formée d'au moins quatre bâtiments construits à des époques différentes tout autour de la cour. Marthe et Marie gravirent à ma suite les marches de l'escalier qui menait au plus récent, puis ouvrirent la chambre d'hôtes qui donnait sur la terrasse. C'était une pièce petite occupée par une couche basse, au sol recouvert d'un tapis. Une odeur de cannelle flottait dans l'air rempli de fraîcheur.

– Etends-toi et prends du repos, dirent les deux sœurs en chœur. Ici même a dormi plus d'une fois celui dont nous avons parlé. Après sa méridienne, il avait l'habitude d'aller prier seul dans la montagne. Il allait et venait comme il voulait dans notre maison. Tu peux agir de même.

Il y avait là une cuvette pleine d'eau avec un linge posé à côté. Marthe, malgré moi, s'agenouilla, puis, m'ayant déchaussé, lava mes pieds pleins de poussière, et les essuya avec le linge.

– Pourquoi fais-tu cela ? demandai-je. Tu n'es point ma servante.

Elle me regarda avec le même sourire mystérieux qu'auparavant.

– Peut-être un jour feras-tu, toi aussi, la même chose pour un autre, sans pour cela être son serviteur, dit-elle. Tu es là, devant moi, blessé, triste et rempli d'angoisse bien que tu jouisses apparemment d'une solide santé et que ta tête déborde de toutes sortes de connaissances.

Elle avait touché juste. Mon savoir, en effet, est un couteau éternellement planté dans la plaie de mon cœur, toutes les questions brûlent tels des papillons à la flamme de la réalité, et malgré mes désirs, il m'est impossible de croire ce que je ne peux concevoir.

– Lui aussi, au cours de la dernière nuit, ajouta Marie, a fait de même pour ses disciples tandis que ces derniers discutaient à qui serait le plus grand dans son royaume.

Les deux sœurs refermèrent la porte sans bruit et je tombai aussitôt dans un profond sommeil. Reposer sur cette couche parfumée à la cannelle, dans cette agréable petite pièce me causa un grand soulagement.

Je fus tiré de mon sommeil par la nette impression que je n'étais pas seul dans la chambre, que quelqu'un était là, attendant mon réveil. Et cette impression était si forte que je n'ouvris pas les yeux. Je m'efforçai de percevoir la respiration ou les mouvements de la personne présente. Mais lorsque je me décidai enfin à regarder autour de moi, ce fut pour m'apercevoir que la pièce était vide et que j'étais seul. J'en ressentis une indescriptible déception. Et soudain, ce fut comme si les murs et le plafond se fussent mis à osciller pour bientôt s'évanouir devant mes yeux. Je refermai les paupières et, une fois encore, sentis la présence toute proche. Je me souvins alors que j'avais éprouvé une semblable impression dans le tombeau. Enfin un sentiment de paix s'empara de mon esprit.

Je songeai : « Il a amené sur la terre son royaume qui, après sa résurrection, demeurera ici tant que lui sera parmi nous. Peut-être est-ce cette proximité qui me trouble. »

Puis je me rendormis mais cette fois, dès le réveil, j'eus pleine conscience du poids de mon corps puant la sueur sur la couche, et remarquai la solidité des murs de terre qui m'entouraient. Si pénible fut ce réveil que je ne me décidai pas non plus à regarder tout de suite, tant m'emplissait de tristesse ce retour au monde matériel.

Lorsque je finis par ouvrir les yeux et me résolus à abandonner la douce quiétude du sommeil pour la réalité, je me rendis compte que maintenant il y avait effectivement quelqu'un dans ma chambre. Une femme accroupie sur le tapis attendait, totalement immobile, que je me réveillasse.

Enveloppée dans un grand vêtement, elle avait la tête couverte d'un voile, si bien que tout d'abord je me demandai s'il s'agissait bien d'un être humain. Je n'avais nullement soupçonné sa présence et ne l'avais pas non plus entendu pénétrer dans la pièce pendant que je dormais. Je fis un mouvement pour m'asseoir sur le bord de la couche, les membres aussi lourds que le plomb comme si pesait sur eux tout le poids de la terre.

En m'entendant remuer, la femme se redressa et se découvrit le visage. Le teint blafard, elle n'était plus très jeune. La vie aux multiples expériences avait passé sur elle, ravageant son ancienne beauté. Mais il y avait pourtant en elle quelque chose d'étrange et de rayonnant.

Lorsqu'elle me vit complètement réveillé, elle fit un léger signe de la main sous son manteau comme pour me prier de ne point me déranger et se mit à chanter d'une voix rauque dans la langue sacrée des Juifs. Elle psalmodia ainsi un long moment, puis traduisit en grec les paroles de ses chants.

– Toute chair est comme l'herbe, commença-t-elle, sa beauté comme la fleur des champs. L'herbe sèche, la fleur se fane lorsque le Seigneur souffle sur elles. L'herbe sèche, la fleur se fane, mais le Seigneur demeure dans les siècles des siècles.

Elle ajouta aussi :

– Notre dieu est un dieu plein de mystères.

Elle me regardait fixement, une étincelle brûlant au fond de ses yeux noirs ; d'un signe de tête, je lui marquai que je l'écoutais, bien que pour l'instant ses paroles n'eussent aucune signification pour moi.

– Ainsi parle le Seigneur : « C'est trop peu pour toi qui es mon serviteur de rétablir dans leur antique gloire les tribus de Jacob. Je te placerai comme une lumière pour les incroyants afin que de toi parte le salut jusqu'aux confins du monde. »

Elle s'interrompit à plusieurs reprises, hésitant comme si elle ne se fût pas souvenue du texte avec exactitude. Puis elle reprit en grec :

– Ainsi parla de lui le prophète Isaïe et les doux de la terre l'ont gardé dans leur mémoire : « Objet de mépris et rebut de l'humanité, homme de douleurs et connu de la souffrance, comme ceux devant qui on se voile la face il était méprisé et déconsidéré. Or c'étaient nos souffrances dont il souffrait et nos douleurs dont il était accablé. Il a été transpercé à cause de nos péchés. Le châtiment qui nous rendra la paix est sur lui. Tous, comme des brebis, nous étions errants, chacun suivant son propre chemin. Et Yahvé a fait retomber sur lui les crimes de nous tous. Affreusement traité, il s'humiliait, il n'ouvrait pas la bouche. »

Elle secoua la tête et les larmes se mirent à couler le long de ses joues ; la voix brisée, elle poursuivit :

– Il s'est livré lui-même à la mort et a été compté parmi les malfaiteurs, alors qu'il supportait les fautes des multitudes et qu'il intercédait pour les pécheurs.

J'eus la vague impression d'avoir déjà lu à Alexandrie un texte semblable sous la direction de mon ami érudit ; mais à cette époque, ces paroles n'avaient trouvé aucun écho en moi. La femme en pleurs accroupie sur le sol se couvrait le visage du voile noir afin que je ne pusse contempler sa douleur.

– J'ai compris ce que tu as dit ! m'exclamai-je soudain. C'est ainsi que l'annoncèrent vos prophètes et c'est ainsi que tout s'est accompli. Mais qu'est-ce que cela veut dire ?

Elle agita la tête et sa voix me parvint de sous les voiles.

– Nous ne savons rien encore, dit-elle, et nous ne comprenons pas. Mais il n'y a plus désormais de multiples chemins ni pour chacun le sien propre, il n'en reste qu'un seul.

Quand elle s'était découvert le visage, j'avais remarqué ses traits.

– Comment vas-tu, ô femme ? Il me semble te connaître, dis-je enfin.

Elle leva son voile après avoir séché soigneusement ses larmes avec un mouchoir.

– Je te connais moi aussi, proféra-t-elle en essayant de sourire, et c'est pour cela que je suis venue te voir. Lorsqu'il souffrait sur la croix, tu as frappé un scribe et repoussé ceux qui se moquaient de lui.

– Non, non ! protestai-je avec modestie. Je n'ai frappé personne, tu te trompes ! Certes, j'ai demandé un renseignement à un scribe qui m'a offensé et je me suis alors adressé au centurion. C'est ce dernier qui a éloigné les blasphémateurs.

Mais la femme secoua la tête en signe de dénégation.

– J'ai vu, affirma-t-elle, de mes yeux vu comment, plein de courroux, tu as frappé le sacrilège, bien que tu n'eusses rien à voir dans tout ceci, étant étranger.

Je jugeai préférable de couper court à cette discussion. Après tout, de si sombres ténèbres nous avaient enveloppés peu avant la mort du roi que la femme avait pu confondre.

– Il me semble, repris-je ensuite, que je t'ai vue en compagnie de la mère du crucifié.

– Oui, tu as raison, assura-t-elle. Je suis Marie de Magdala, on t'a déjà parlé de moi qui l'ai suivi après qu'il eut chassé les démons de mon esprit ; il me le permettait malgré tous ceux qui lui en faisaient le reproche.

Alors, comme si elle laissait enfin libre cours à une fièvre contenue jusque-là, elle tendit sa main vers moi.

– Parle, supplia-t-elle. On dit que tu t'es rendu au tombeau sur l'ordre du gouverneur et que tu es le premier Romain qui ait vu qu'il avait ressuscité. Raconte-moi, rends témoignage de ce que tu as vu. Personne ne me croit parce que je suis une femme.

Je soupesai bien chacune de mes paroles avant d'ouvrir la bouche, car je ne voulais ni lui mentir ni l'induire en erreur.

– Le tremblement de terre écarta la pierre de l'entrée du sépulcre et les gardes s'enfuirent. J'ai pénétré à l'intérieur avec le centurion et nous avons pu voir que le drap mortuaire était intact avec le suaire à part, mais il n'y avait plus de cadavre. Devant cela, la foi s'empara de moi. Peu après vinrent les grands prêtres qui déchirèrent le linceul avec rage. Je continue cependant à croire qu'il a ressuscité, mais de quelle manière, c'est une question à laquelle je ne puis répondre, rien de comparable ne s'étant jamais produit jusqu'ici.

Elle écoutait avec toute son attention. Soucieux d'objectivité, je poursuivis mon récit.

— Je sais naturellement que l'on pratiquait autrefois, et que l'on pratique toujours, des cérémonies secrètes au cours desquelles on ensevelissait un dieu pour bientôt le ressusciter d'une manière symbolique. Mais à vrai dire, ces cérémonies ne sont guère plus qu'une comédie de la religion. Et toi qui nous précédas dans le sépulcre, qu'as-tu vu ? As-tu remarqué l'état du drap mortuaire ?

Marie de Magdala baissa la tête.

— L'obscurité régnait encore lorsque j'arrivai là-bas, dit-elle. Je me rendis compte que la pierre n'était point à sa place et compris que l'on avait ôté le corps ; mais je n'eus pas le courage d'entrer ; il eût d'ailleurs été impossible de rien distinguer tant il faisait encore noir. Je me précipitai donc dans la cachette des disciples les plus proches et Simon Pierre, un homme grand et robuste, m'accompagna avec Jean, le jeune homme auquel Jésus confia sa mère. Ils coururent à perdre haleine jusqu'au sépulcre, entrèrent et constatèrent qu'il n'y avait plus rien ; fuyant la colère des prêtres, ils prirent aussitôt leurs jambes à leurs cous. Pour ma part, je m'effondrai en larmes près de l'entrée, puis peu après, me penchai pour jeter un regard à l'intérieur. On y voyait comme en plein jour ! Un ange était dedans qui portait un habit de lumière et dont le visage brillait comme le feu. Effrayée, je fus prise d'un tremblement et me reculai lorsque tout à coup l'ange m'adressa la parole. En faisant demi-tour, je me trouvai face à Jésus que je ne reconnus pas tout d'abord.

Son récit se révélait absolument en contradiction avec celui des gardes. Elle leva vers moi des yeux inquiets et, en s'apercevant de mon incrédulité, ajouta :

– Il n'est pas si étonnant que je ne l'ai point reconnu sur-le-champ ! Comment pouvais-je imaginer une chose pareille ? Ses disciples non plus ne l'ont pas reconnu lorsqu'ils le virent marcher sur les eaux du lac de Tibériade près de leur barque. Moi, croyant que cet inconnu était celui qui avait enlevé le corps, je lui en fis le reproche tout en le suppliant de me le rendre. En cet instant, il m'appela par mon nom et seulement alors je le reconnus. Il me donna un message pour les disciples et je tombai en une extase telle que je ne sentais plus mes pieds lorsque je courus le leur porter. Mais nul d'entre eux n'a voulu ajouter foi à ce que je disais.

Je ne la crus pas davantage. Je pensai que cette femme devait tomber en extase bien facilement et avait mélangé l'ordre dans lequel s'étaient déroulés les événements.

– As-tu remarqué la position du linceul ? insistai-je une nouvelle fois, revenant sur ma première question.

Elle me regarda avec étonnement.

– Comment l'aurais-je pu ? dit-elle en hochant du chef. La splendeur éblouissante de l'ange m'aveugla à tel point qu'elle me contraignit à reculer. Et j'étais terrorisée ! Mais si les disciples ne m'ont pas crue, les femmes, elles, se fient à moi. Eux craignent encore pour leur vie et sont obnubilés par cette crainte.

Elle s'était animée en parlant, comme les femmes ont coutume de le faire et poursuivait ses commentaires.

– Peut-être as-tu raison, peut-être est-ce le tremblement de terre qui a déplacé la pierre de l'entrée, quoiqu'il y ait des gens pour soutenir que l'ange a dû accomplir cette tâche. On raconte également que la secousse a démoli l'escalier qui monte au tabernacle, dans le temple. De toute façon, ceux qu'il accompagna sur le chemin d'Emmaüs ne l'ont pas reconnu non plus ! Et pourtant, il leur a expliqué les livres saints point par point et la raison pour laquelle tout devait arriver ainsi. Lorsqu'ils arrivèrent au village, c'était à la nuit tombante et ils l'invitèrent à se joindre à eux. Alors Jésus prit le pain, leur en donna à chacun et ils le reconnurent ; mais il disparut de leur vue.

– Tu crois donc, dis-je la voix enrouée par l'émotion, tu crois qu'il est encore par ici, allant et venant à son gré, et qu'il adresse la parole à qui bon lui semble ? Et il y en a qui le connaissent tandis que d'autres ne le connaissent pas ?

– Tu l'as dit ! répondit Marie qui ajouta avec une ferme conviction : Je crois cela et c'est pourquoi j'attends ! Peut-être que nos cœurs ne sont pas suffisamment ardents ou que notre esprit est trop lent ; il nous fait espérer afin que nous saisissions le sens de tout ce qui est advenu.

– Tu as bien dit qu'il a marché sur les eaux ? repris-je afin de mettre l'accent sur l'absurdité inimaginable de tout ceci.

Marie de Magdala leva vers moi un regard plein de confiance.

– Il accomplissait tant et tant de miracles que les pierres elles-mêmes auraient dû avoir la foi ! Et pourtant nous ne savons que penser à son sujet ! Toutefois il est écrit : « Son serviteur est sourd et son messager aveugle », ainsi peut-être lui obéissons-nous à notre insu.

– Mais pourquoi une telle confiance en moi

qui ne suis qu'un étranger ? lui demandai-je. Tu es une femme cultivée, tu parles le grec et connais par cœur les prophètes dans la langue sacrée des Hébreux ; on m'a dit également que tu étais riche. Parle-moi de toi afin que je puisse comprendre !

– J'ai l'habitude de traiter avec des étrangers, répondit-elle avec une certaine fierté. J'ai eu l'occasion d'accueillir chez moi des Grecs, des Syriens, des Romains également et même des courtisans du prince Hérode ! D'ailleurs si Jésus était bien ce qu'il était, selon ce que je sais et crois, son message n'est pas adressé au seul Israël, sa lumière inondera le monde entier comme il est écrit dans les livres. C'est une des raisons pour lesquelles les disciples ne me prennent pas au sérieux. Lorsque j'étais en proie aux démons, j'ai vécu des expériences que ces hommes de basse origine sont incapables de concevoir : songe qu'un sorcier a le pouvoir magique de mettre le corps d'un possédé dans une bassine pleine d'eau, puis, après être passé dans une autre pièce, de le faire hurler en frappant d'une aiguille l'eau d'un récipient différent. Jésus n'a jamais désiré profiter de moi à l'instar des autres ; il se contenta de me délivrer quand il s'aperçut que je souhaitais ardemment la liberté. Si mon visage est livide, tel un rocher dont les pluies ont entraîné toute la terre fertile, c'est à cause de ma vie passée. Ne m'interroge point à son sujet mais sur ce que je suis à présent.

– Comme tu voudras, acquiesçai-je. Mais tu n'as point encore répondu à ma question : pourquoi as-tu si grande confiance en moi ?

De nouveau son visage s'illumina lorsqu'elle dit :

– Parce qu'au pied de la croix tu l'as défendu contre les blasphémateurs ! Parce que tu as respecté sa souffrance sans en connaître plus à son sujet que l'écriteau infamant placé sur sa tête. Tu l'as défendu alors que les siens s'enfuyaient saisis de terreur. Il n'y avait personne là-bas sinon les femmes accompagnées de Jean qui, lui, n'a rien à craindre car sa famille est amie du grand prêtre. Les agitateurs eux-mêmes osèrent crier contre les Romains pour défendre leurs compagnons suppliciés mais nulle voix ne s'éleva pour le défendre, lui !

Je compris soudain que cette femme transformait le courroux qu'elle sentait à l'égard des disciples en sympathie pour moi.

– Si j'ai bien compris, avançai-je prudemment après un instant de réflexion, tu es une femme de grande expérience et tu penses avoir saisi de ton maître bien plus que ses propres disciples ne sont capables de saisir présentement ; en revanche, ces derniers ne se fient point à toi justement parce que tu es une femme et que tu as tendance à t'exalter facilement ; ils ne croient guère en ta vision lorsque tu la racontes et tu as jugé souhaitable de me faire intervenir pour témoigner à mon tour.

– N'as-tu pas encore compris ? interrompit Marie. Jésus permettait aux personnes de mon sexe de s'approcher de lui ! Il s'est conduit parfaitement avec Marie, la sœur de Lazare, et se montra plein de bonté pour Marthe également. Lorsqu'il dîna un soir chez Simon le Pharisien, il laissa la pécheresse s'agenouiller devant lui et souffrit qu'elle lui arrosât les pieds de ses larmes et les essuyât avec sa chevelure ; cette histoire lui fit d'ailleurs perdre sa réputation parmi les Pharisiens disposés dès lors à penser pis que pendre de lui. Mais ce n'est pas tout ! N'a-t-il pas adressé la parole à la Samaritaine près du puits ? N'a-t-il point arraché des mains des scribes une femme surprise en flagrant délit d'adultère, alors qu'ils étaient sur le point de la lapider ainsi que l'exige la loi ? Crois-moi, ô étranger, il a compris la femme mieux que nul ne l'avait fait jusqu'à présent. C'est pourquoi je suis convaincue que nous les femmes, nous l'avons compris dès le début mieux que ses disciples qui ne sont que des lâches.

Sa voix s'étranglait dans sa gorge et la haine lui faisait perdre le souffle.

— Il y eut une époque, poursuivit-elle, où ils avaient assez de cœur pour prendre de grands airs et guérir les malades eux aussi. Mais quand il fut question d'entreprendre l'ultime voyage et de monter à Jérusalem avec lui, alors ont commencé les tergiversations ; certains envisageaient même de l'abandonner quand, peu de temps auparavant, ils en étaient à discuter au sujet des places qu'ils occuperaient dans son royaume. Aux foules venues l'écouter, Jésus parlait par paraboles, mais il expliquait tout très clairement à ses proches qui ne le comprenaient guère cependant ! Seul Thomas, le plus intelligent de toute la bande, eut le courage de déclarer : « Allons et mourons avec lui ! » Mais ne va pas t'imaginer qu'un seul d'entre eux ait été tué même s'ils s'étaient munis d'armes pour le protéger ; certes, ils s'étaient procuré deux glaives en dépit du sévère châtiment promis à ceux qui achètent une arme dans la cité ; mais l'ont-ils défendu ? Voilà la question !

Elle haletait de colère mais parvint peu à peu à se calmer.

— Oui, je sais, c'est lui qui les en a empêchés. Il disait : « Tous ceux qui prennent le glaive périront par le glaive. » Sur le chemin de Jérusalem, il avait dit cependant : « Que celui qui possède un manteau le vende dès maintenant pour s'acheter un glaive. » Je ne comprends pas ! Voulait-il mettre leur foi à l'épreuve ou bien leur donner confiance en eux-mêmes ? Je n'en sais rien.

Simon Pierre a frappé Malchus le serviteur du grand prêtre et son coup lui trancha l'oreille lorsqu'il s'approcha dans l'obscurité de la nuit pour s'emparer de Jésus ; mais ce dernier remit l'oreille à sa place, de sorte que l'on ne voit plus maintenant qu'une légère cicatrice à l'endroit où le glaive a porté. Ce sont les parents de Malchus qui ont divulgué l'histoire bien qu'on eût rigoureusement interdit à leur fils d'en souffler mot.

« Ne te fâche pas si je me laisse aller à ma colère, ajouta-t-elle, permets-moi de dire tout ce que j'ai sur le cœur au sujet de ces couards ! La dernière nuit, Jésus demeura seul, il connaissait son destin et priait ; on raconte que durant sa terrible agonie il sua des gouttes de sang. Il ne leur avait rien demandé, sinon de veiller avec lui. Eh bien, sais-tu ce qu'ils ont fait ? Ils n'ont rien trouvé de mieux que de s'endormir profondément dans le jardin. Vraiment, je ne comprends pas et ne peux leur pardonner. Et c'est eux qui prétendent mettre le feu au temple ! Eux, qui ne furent même pas assez hommes pour tuer le traître qui s'est pendu ! Cela dépasse mon entendement, je ne vois pas ce qu'il leur trouvait ni pourquoi c'est justement eux qu'il élut auprès de lui.

Tant de féminité se dégageait de cette Marie de Magdala tandis qu'elle proférait ses capricieuses accusations, que j'aurais aimé lui sourire et caresser sa joue afin de l'aider à se libérer dans les larmes de sa colère sans espoir. Mais je n'eus ni le courage de sourire ni celui de l'effleurer. Je ne sus que lui dire ces mots le plus délicatement qu'il me fut possible :

– S'il en est ainsi, si vraiment ils sont dans l'affliction et ne savent que penser à son égard bien qu'ils aient appris de sa bouche le sens de leur mission, comment veux-tu que moi, l'étranger, je n'aie point l'esprit troublé ? Cependant je suis persuadé que nul parmi eux ne périra, du moins pas avant qu'ils ne sachent interpréter ce qu'ils ont appris. Même un homme à l'intelligence la plus fine aurait du mal à saisir la signification de ces merveilleux événements.

« Toutefois, comme ils vivent depuis leur enfance attachés aux préjugés des fils d'Israël auxquels ils sont encore soumis, il vaudrait mieux ne point faire appel à mon témoignage devant eux, ni même y faire la plus légère allusion. Ils ne ressentiront que mépris à mon encontre parce que je suis Romain, de même qu'ils te méprisent toi, d'après ce que j'ai compris, pour avoir fréquenté des étrangers.

Elle redressa vivement sa tête orgueilleuse, mais je l'arrêtai d'un geste de la main.

— En ma qualité de Romain, me hâtai-je d'expliquer, je te comprends, Marie, beaucoup mieux qu'un homme de ce pays ne le pourrait. Les femmes jouissent à Rome d'une grande liberté et sont considérées à l'égal des hommes : elles lisent, assistent à des lectures publiques, vont écouter de la musique et choisissent leurs amants comme bon leur semble. Je les crois même plus habiles que les hommes, car elles possèdent plus d'astuce et en maintes occasions savent se montrer plus impitoyables, leurs pensées n'obéissant point comme la nôtre à un raisonnement logique. Ainsi donc soyons amis ! Toi, Marie de Magdala, veuille accepter l'amitié de Marcus Manilianus de Rome. Je respecte en toi la femme et je te respecte surtout parce qu'il t'a permis de le suivre. Je ne parlerai point de la vision que tu m'as contée, mais sois certaine que je ne cesserai jamais d'être pénétré de l'idée qu'il a ressuscité puisque je l'ai vérifié de mes propres yeux. Sans doute, précisément parce que tu es une femme, le perçois-tu plus clairement que ses disciples.

« J'aimerais pourtant, ajoutai-je avec la plus grande prudence, j'aimerais les rencontrer une fois, sinon tous, du moins l'un d'entre eux, afin de me faire une idée du genre d'hommes auquel ils appartiennent.

— Je ne suis pas brouillée avec eux, reconnut-elle de mauvaise grâce après avoir hésité un instant. Qui prendrait soin de ces hommes et veillerait à ce qu'ils ne manquent de rien à présent qu'ils vivent cachés ? Ce sont de simples pêcheurs ! Impuissants à vaincre leur inquiétude et leur angoisse, ils s'irritent les uns contre les autres et c'est moi qui dois les réconcilier et les calmer, bien que cela puisse te surprendre après tout ce que je t'en ai dit il y a un moment. Je reconnais en eux également beaucoup de bien. Leur plus cher désir est de retourner en Galilée, mais ils sont pour l'instant absolument incapables de prendre une résolution. Leur accent de Galilée les ferait reconnaître facilement aux portes de la ville ou sur les routes ; en outre, leurs visages ne ressemblent point à ceux des autres, car après avoir partagé la vie de Jésus ils ont changé, ils sont différents des pêcheurs ordinaires. Peut-être est-ce difficile pour toi de l'imaginer, mais je suis sûre que tu t'en apercevras si tu as l'occasion de les rencontrer.

Alors, d'une manière inattendue, elle se lança dans la défense de ses amis.

— Il avait ses raisons pour les choisir malgré leur modestie, affirma-t-elle. Le seul parmi eux que l'on puisse considérer comme ayant reçu une certaine instruction s'appelle Matthieu, c'est un ancien publicain. Et quand je pense aux hommes cultivés comme les scribes ou les philosophes, je me demande comment ils pourraient entendre sa doctrine. De même qu'un scribe passe des années à méditer sur une seule phrase des livres sacrés ou qu'un Grec écrit un livre sur le seul nom d'un lieu de l'*Odyssée*, de même un érudit passerait sa vie entière à soupeser une seule de ses phrases.

Et en réfléchissant bien, je me souviens à présent qu'il a dit un jour que seuls les humbles et les enfants auraient accès à certaines vérités et non les savants.

Ceci me donna à penser. Il se pouvait que Marie fût dans le vrai : du moment qu'il s'agissait d'une doctrine complètement nouvelle et aussi dépourvue de sens que celle que Marie m'avait révélée, un esprit pénétré d'antique sagesse et féru d'idées anciennes ne pouvait l'accepter sans la discuter. Moi-même ne me heurtais-je point sans cesse au passé et à tout ce que l'on m'avait enseigné ?

– Suggérait-il cela lorsqu'il déclara à Nicomède que l'homme doit naître une nouvelle fois ? demandai-je d'une voix éteinte comme si je me fusse parlé à moi-même.

– Nicomède fait partie des doux de la terre, observa Marie de Magdala. C'est un homme pieux et de bonne volonté qui connaît par cœur les Ecrits sacrés. Mais dès qu'il se trouve confronté à une pensée inédite, il veut aussitôt la comparer avec ce qui est déjà écrit. Il aura beau naître une nouvelle fois, il sera toujours un petit enfant emmailloté dans des couches trop étroites.

L'idée de l'enfant enveloppé dans ses couches amena un sourire sur les lèvres de Marie. En voyant son visage de pierre livide ainsi illuminé et ses yeux pétillants de joie, je songeai qu'en son temps cette femme avait dû être d'une beauté éblouissante et dus reconnaître par-devers moi, devant ce fragile sourire, qu'elle était encore fort belle.

Par une étrange association d'idées, il me vint à l'esprit l'image de la lune à son zénith et je me souvins que Marie de Magdala avait fait sa fortune en élevant des colombes.

– C'est en vain que tu portes des habits couleur de sombre prunelle, dis-je comme malgré moi. Tes couleurs sont le vert et l'argent, Marie de Magdala, ta fleur la violette et ta couronne le myrte. Je ne m'y trompe point.

Elle sursauta légèrement.

– Te prendrais-tu pour un astrologue ? interrogea-t-elle en se moquant. Nul besoin d'évoquer les forces liées à la terre ! Quand bien même je me vêtirais de nouveau en vert et argent, les dieux de la terre n'exerceraient plus aucun pouvoir sur moi désormais. Il suffit que je prononce le nom de Jésus-Christ, fils de Dieu, pour que le mal impuissant à me nuire fasse silence autour de moi.

Je compris alors qu'elle avait sûrement eu conscience de ses démons et souffert véritablement de leurs enchantements et je me repentis d'avoir ainsi parlé à la légère en voyant s'éteindre le sourire de ses lèvres et son visage reprendre sa teinte de marbre froid. Une petite flamme inquiète tremblait au fond de ses yeux, mais je devais pourtant la questionner encore.

– Es-tu absolument certaine, ô Marie, que tu ne compares point toi aussi les événements nouveaux à ceux du passé afin d'en déchiffrer le sens ? Es-tu sûre de n'avoir point remplacé tes démons d'autrefois par un nouveau, plus puissant encore ?

Elle se tordait les mains et se balançait comme pour calmer une douleur à l'intérieur d'elle-même. Puis, faisant un visible effort pour planter ses yeux dans les miens, elle se mit à scander :

– Je suis sûre, sans l'ombre d'un doute, qu'il était et demeure la lumière, la lumière véritable et absolue. Il était l'Homme. Il est Dieu !

Puis, assaillie peut-être par une ultime incertitude, elle ajouta plus pour elle-même que pour moi :

– Non, il n'était ni un sorcier ni un diable, bien qu'il ait marché sur les eaux. S'il avait été seulement le mage le plus puissant, je ne l'aurais point suivi car des mages, j'en ai vu assez dans ma vie ! Et il ne m'a point ordonné de le suivre, il me l'a permis, ce qui, tu en conviendras avec moi, est tout à fait différent.

J'avais honte de mes hésitations, mais je désirais acquérir toute la certitude qu'il est humainement possible d'acquérir lorsque l'on pose une question. Sentant que je l'avais blessée, je lui en demandai pardon du mieux que je pus.

– Marie de Magdala, la priai-je humblement, conduis-moi à ses disciples afin que d'eux aussi je sois convaincu.

– Tu n'es pas encore prêt, rétorqua-t-elle. Et eux non plus. Nous devons tous attendre. Toi aussi. Attends avec patience comme nous attendons.

Mais la sincérité ardente de mon désir la toucha et c'est pourquoi elle ajouta :

– Je ne crois point que tu sois un espion des Romains ; mon expérience et ma connaissance des hommes me soufflent que ton cœur ne contient pas de traîtrise. Si tu étais un traître cependant, il t'arriverait quelque chose de terrible. Non, certes, par notre pouvoir, mais par son pouvoir à lui qui a choisi ses disciples et veut les garder ainsi que tu l'as dit toi-même. Connais-tu la porte de la Fontaine ?

– C'est par cette porte que je suis venu jusqu'ici, répondis-je avec un sourire.

– Alors on t'a également parlé de l'homme à la cruche d'eau ! Peut-être un jour, lorsque tu seras doux et que ton cœur sera empli d'humilité, apparaîtra-t-il près de la porte de la Fontaine. Mais je t'en prie, ne te hâte point ! Tout arrive lorsque sonne l'heure. Si je n'étais pas fermement convaincue, vivre me deviendrait impossible.

Je lui demandai si elle désirait retourner à Jérusalem en ma compagnie, mais elle préféra rester seule dans la chambre où le Nazaréen s'était souvent reposé.

– Pars quand tu voudras, dit-elle. Et s'il n'y a personne en bas, tu n'as nul besoin d'attendre pour témoigner ta reconnaissance. Il suffit que nous, les femmes, sachions que tu es reconnaissant. Tu peux revenir dans cette maison à ton gré, mais j'ai l'impression que tu ne sais pas bien ce que tu veux. Il me semble pourtant que même malgré toi tu devras suivre l'unique chemin. La paix soit avec toi !

– Avec toi également, répondis-je, et je ne sais quoi me poussa à ajouter : La paix soit avec toi, femme plus que la bien-aimée, plus que l'épouse, plus que la sœur parce qu'il t'a permis de le suivre !

Ces paroles trouvèrent grâce à ses yeux et, tandis qu'elle demeurait accroupie sur le tapis, elle tendit la main et me toucha le pied lorsque je m'inclinai pour prendre ma chaussure en me levant.

Nulle trace d'angoisse n'était en moi quand je descendis l'escalier pour regagner la cour ombragée par la treille. Je ne trouvai personne et le silence régnait à l'intérieur de la maison. Je partis donc sans dire adieu et fus surpris en parvenant près du banc de pierre de découvrir que le soleil indiquait déjà la onzième heure, suivant le temps romain. L'ombre de la montagne s'était allongée et atteindrait bientôt la ferme.

Je marchai si plein d'enthousiasme et plongé dans mes pensées que ce fut à peine si je distinguai le paysage autour de moi. Je repassai devant les antiques oliviers aux troncs noueux sur la colline encore illuminée de soleil tandis que déjà l'ombre avait envahi le sentier. Puis je laissai derrière moi le verger et le parfum des simples embaumait l'air crépusculaire.

Une espèce de monotone martèlement me tira

de mes méditations : c'était un aveugle, recroquevillé au bord du sentier, qui frappait sans relâche avec son bâton pour attirer l'attention des voyageurs. Deux profondes orbites creuses lui tenaient lieu de regard et il était couvert de haillons rigides de crasse. Lorsqu'il entendit que j'avais ralenti le pas, il se mit à geindre de cette voix criarde que possèdent les mendiants professionnels.

— Ayez pitié d'un pauvre aveugle ! Ayez pitié de moi !

Je me souvins alors que la femme du Syrien avait mis dans mon sac de voyage un repas auquel je n'avais pas touché. Je le déposai dans la main décharnée de l'infirme.

— La paix soit avec toi, dis-je en toute hâte. Prends et mange. Tu peux tout garder, je n'en ai plus besoin.

L'infecte puanteur qui frappa mes narines lorsque je me penchai vers lui m'ôta le courage de m'attarder à vider le sac dans ses mains.

L'aveugle ne me remercia même pas mais, allongeant son bras, tenta d'agripper le bord de mon manteau.

— Il est très tard, observa-t-il avec anxiété, il va faire nuit et personne n'est venu me chercher sur ce sentier où l'on m'a amené pour passer la journée ! Aie pitié de moi, passant charitable, et conduis-moi à la cité ! Là-bas je saurai trouver mon chemin, mais hors des murailles je m'égare, je trébuche sur les cailloux et risque à tout instant de rouler dans le fossé.

A la seule idée de toucher cet être immonde que l'on ne pouvait guère qualifier d'humain, je fus pris de nausées. Je fis un brusque saut en arrière pour me mettre hors de portée de sa main qui continuait à s'agiter dans le vide, et repris ma route en pressant le pas, m'efforçant de ne point entendre derrière moi les geignements consciencieux du mendiant qui déjà avait repris son jeu de bâton sur la pierre comme pour assouvir ainsi son impuissante rage.

Je blâmai dans mon for intérieur son ingratitude car, après tout, je lui avais fait don d'excellentes provisions et d'un sac d'une certaine valeur.

Après avoir parcouru une dizaine de pas, j'eus la sensation de me heurter à un mur élevé devant moi, j'arrêtai mon élan et jetai un regard en arrière. L'aveugle, repris par l'espoir, redoubla de cris.

– Aie pitié d'un pauvre aveugle, toi qui vois ! sanglotait-il. Conduis-moi à la cité et la bénédiction de Dieu descendra sur toi. J'ai froid dans les ténèbres et les chiens viennent lécher mes plaies.

Lequel de lui ou de moi était le plus aveugle ? Certes, le fait de lui avoir abandonné mes provisions ne relevait point d'une excessive charité, puisque, de toute façon, je n'en avais plus aucune utilité ! Mais en revanche, je pouvais considérer que ce serait une action réellement méritoire si je me contraignais à le toucher, à m'approcher de lui et à le conduire jusqu'à la porte de Jérusalem. Rien que d'y penser cependant, des nausées me soulevèrent à nouveau le cœur.

– Nombreux sont les chemins, dis-je malgré moi. Il est facile de se fourvoyer dans la plupart d'entre eux et comment savoir si je ne te tromperais point et ne te pousserais pas dans le vide pour me débarrasser de toi ?

Le mendiant tressaillit et resta comme pétrifié, le bâton lui échappant des mains.

– La paix soit avec toi, la paix soit avec toi, s'écria-t-il plein d'une attente mêlée de peur. J'ai confiance en toi ! Que puis-je faire, moi qui suis aveugle, sinon me fier à ceux qui me guident puisque je ne puis trouver le chemin tout seul !

Ces paroles me frappèrent en plein cœur. Moi

aussi, j'étais aveugle et souhaitais de toutes mes forces trouver un guide, car je n'étais guère capable de trouver le chemin par moi-même. La présence qui m'avait touché durant mon sommeil et qui disparut lorsque j'avais ouvert les yeux me revint à l'esprit. Je m'approchai résolument de lui et, attrapant des deux mains le bras squelettique de l'invalide, je l'aidai à se mettre sur ses pieds. Il étendit son bâton devant lui et me suggéra avec une extrême humilité d'en saisir l'extrémité de façon à ne point me souiller au contact de sa crasse. Mais je rejetai sur-le-champ l'idée de le tirer comme on tire un animal par son licol. Alors je le pris sous le bras et me mis à marcher en direction de la cité. L'homme, encore méfiant, s'assurait du chemin avec sa canne, car les sentiers de la vallée du Cédron sont loin d'être aussi unis qu'une route romaine !

Nous allions pas à pas, lentement, le mendiant était si maigre et si faible qu'il trébuchait à chaque instant. Son bras, que je soutenais, n'était guère plus gros dans ma main qu'un os déjà rongé par les charognards.

– Pourquoi te poster si loin des murailles si tu ne peux te suffire à toi-même ? lui demandai-je avec agacement.

– Ah ! Etranger ! répondit-il sur un ton de lamentations. Je suis trop affaibli pour me défendre près de la porte ! Autrefois, lorsque j'avais encore de la force, c'est sur la route juste en face du temple que j'exerçais mon métier.

Il tirait manifestement gloire de ce souvenir et il insista, affirmant une nouvelle fois que c'était vrai, qu'il avait bien mendié devant le temple comme si cela fût un grand honneur.

– Je me défendais bigrement bien en piquant et frappant avec mon bâton bien que je n'y voie point ! dit-il avec suffisance. Mais, quand je suis devenu vieux, c'est moi qui ai commencé à recevoir plaies et bosses et on a réussi à me chasser de la porte. Voilà pourquoi je n'ai plus d'autre solution maintenant que de supplier chaque jour un homme qui craint Dieu afin qu'il consente à me conduire quelque part sur le bord de la route. A l'intérieur de la Ville sainte, beaucoup trop nombreux sont les mendiants vigoureux !

De ses doigts maigres il palpa la lisière de mon vêtement.

– Quel beau tissu, étranger ! observa-t-il. Et comme tu sens bon ! Tu dois être riche et comment se fait-il que tu te promènes seul si loin de la cité à la tombée de la nuit ? Pourquoi nul ne court-il au-devant de tes pas pour t'ouvrir la route à grands cris ?

Je n'avais aucune explication à lui donner et je lui répondis pourtant :

– Je dois trouver ma voie par moi-même !

Puis soudain me vint aux lèvres cette question :

– Et toi l'aveugle, as-tu ouï parler du roi des Juifs, ce Jésus de Nazareth que l'on a crucifié ? Que penses-tu de lui ?

Ces mots le plongèrent dans une telle colère qu'il en tremblait de tous ses membres.

– J'en ai assez entendu sur cet homme ! hurla-t-il en brandissant son bâton, on a bien fait de le crucifier !

Grande fut ma surprise à l'audition de tels propos.

– Mais l'on m'a dit que c'était un homme plein de piété, de bonté, qu'il a guéri des infirmes et qu'il s'entourait de pauvres et d'affligés afin de leur donner la paix ?

– La paix, hein ? reprit l'aveugle goguenard. Il voulait tout supprimer et tout détruire, oui ! même le temple ! C'était un agitateur, un homme plein de méchanceté ! Je vais t'expliquer : près du bassin de Bézatha, gisait sur un grabat un mendiant paralytique bien connu de tous qui se laissait pousser dans l'eau de temps en temps pour réveiller la compassion des passants. Entre parenthèses, il y a fort longtemps que personne ne guérit plus dans ces eaux, même s'il leur arrive encore parfois de bouillonner. Mais c'est tout proche de la porte Probatique et c'est une bonne affaire de demander l'aumône à l'ombre des portiques. Tout marchait donc parfaitement pour cet homme jusqu'à ce que ce Jésus, passant par là, lui demandât : « Veux-tu guérir ? » Le paralytique tenta bien de tourner autour du pot et lui répondit qu'il y avait toujours de plus rapides que lui pour descendre lorsque les eaux commençaient à s'agiter. Alors, le Nazaréen lui intima l'ordre de se lever, prendre son grabat et marcher !

– Il guérit ? demandai-je incrédule.

– Parbleu qu'il guérit ! assura-t-il. Il prit son lit sous le bras et marcha ! Le pouvoir de ce Galiléen était terrible ! Et voilà comment le paralytique perdit un excellent métier qu'il exerçait depuis trente-huit ans ! Maintenant, alors qu'il a déjà un âge avancé, il doit gagner sa vie en travaillant de ses mains puisqu'il n'a plus de motif légal de demander la charité.

L'amertume qui le submergeait augmentait, il ajouta :

– Par-dessus le marché, il fut guéri un samedi. Alors aussitôt le pauvre homme a été arrêté parce qu'il portait son grabat, et conduit devant les prêtres. Mais ce n'est pas tout ! Un peu plus tard, Jésus le rencontra dans le temple et l'avertit de ne plus pécher désormais sinon il lui arriverait pis encore ! Le mendiant, pour se protéger, est allé le dénoncer et accepta de témoigner qu'il avait été guéri par lui, qu'il lui avait commandé de porter son lit et de marcher un jour de sabbat ! Mais... que pouvaient faire les prêtres contre Jésus ? Il était entouré de tous ses adeptes et a déclaré en blasphémant qu'il avait le droit d'enfreindre le jour sacré et de travailler ce jour-là comme le faisait son père ! Tu te rends compte ? Il se prenait pour l'égal de Dieu ! On était bien forcé de le crucifier !

Comme je ne répondais point, l'infirme, pensant que je n'étais guère de son avis, insista encore.

– Que deviendrait le monde si l'on détruisait le temple ? reprit-il. Où les infirmes recevraient-ils les aumônes s'il n'y avait plus de riches pécheurs qui expient leurs fautes en distribuant leur argent ?

Il cogna de son bâton contre le sol inégal, puis dit avec une satisfaction pleine de malice :

– A moi aussi, ce matin-là, on m'a demandé de crier à l'unisson des autres : « Crucifiez-le ! Crucifiez-le ! » Le Romain a hésité avant de le condamner à mort ; il ne connaît rien à nos lois et d'ailleurs se réjouit lorsqu'on blasphème contre le temple de Dieu. Mais nous, les mendiants professionnels, nous dépendons du temple et du service public. C'est pourquoi ils nous ont rapidement rassemblés à nos postes devant le portique et près des portes pour crier avec les autres. Tu peux me croire, j'ai crié et demandé la grâce de Barabbas. Il était innocent à côté de ce Jésus, il avait seulement tué un Romain.

– Je ne te comprends pas ! m'exclamai-je, envahi par la frayeur. Jusqu'où va donc ta méchanceté si tu tires gloire d'une telle action ? Il serait peut-être parvenu à te guérir si tu avais cru en lui ?

Il tourna vers moi les énormes trous de sa face et fit une grimace qui découvrit ses chicots.

– Voudrais-tu prétendre que tu crois être quelque chose ou savoir quelque chose ? Sans doute es-tu un immonde être impur ! gémit-il. Il vaudrait mieux que tu me conduises en tenant le bout de la canne ! Ainsi je ne serais pas obligé de te toucher. Le dieu d'Israël pourrait d'un souffle te réduire en cendres sur ma simple demande ! Que les vers te dévorent vif si tu es un acolyte de ce Jésus !

Il bouillonnait de colère et j'étais enveloppé dans la puanteur de son haleine. Mais il s'était saisi d'un pan de mon manteau de manière à m'empêcher de me libérer brusquement de son emprise.

– Tu es vraiment naïf ! ironisa-t-il en portant ses doigts dans ses orbites creuses. Dieu en personne ne pourrait pas y faire pousser d'autres yeux depuis qu'on me les a arrachés. Je n'aimerais d'ailleurs nullement voir de nouveau ! Qu'est-ce qui vaut la peine d'être vu dans ce monde pour un homme tel que moi ?

J'aurais pu me débarrasser de lui en le frappant, mais ne pus me résoudre à lever la main sur lui.

– Garde ton calme, homme sans péché, on approche de la porte, dis-je. Je te laisserai là afin de ne pas souiller ta pureté !

– Ah ! Si j'étais plus fort ! soupira-t-il, son horrible face tournée vers moi. Je vais te montrer quelque chose, étranger.

Soudain, d'un mouvement inattendu, il me serra la gorge par-derrière avec son bras, tandis qu'il enfonçait son genou pointu dans mes reins tout en cherchant ma bourse de sa main restée libre. A vrai dire, s'il eût été plus vigoureux, il m'aurait pris complètement de court, m'interdisant même tout appel au secours. Mais je n'eus aucun mal, vu l'état dans lequel il était, à détacher son membre répugnant de ma gorge et à sortir sain et sauf de cette ruse de voleur.

– C'était mon conseil, étranger, dit-il en reprenant son souffle. Ne l'oublie pas ! N'écoute donc pas sans réfléchir les prières d'inconnus et ne guide point des mendiants par des chemins isolés. Si j'étais plus solide, je t'aurais maîtrisé d'abord, puis j'aurais sifflé mes compagnons embusqués. A nous tous, nous t'aurions dépouillé de ton argent et, si j'étais méchant, j'aurais enfoncé mes pouces dans tes yeux si bien que tu n'aurais plus eu la possibilité de m'identifier ni de témoigner contre moi ! Voilà ce qui se serait passé exactement ! Et si tu étais romain, je t'aurais proprement tué avec grand plaisir.

– Merci pour l'avertissement ! répliquai-je avec ironie. Mais... comment sais-tu que je ne suis pas romain ?

– Jamais un Romain n'aurait rebroussé chemin pour me conduire comme tu l'as fait ! Tu ne sais pas grand-chose de la méchanceté du monde ! Un Romain m'aurait expédié en passant un coup de pied ou de fouet par la figure. On ne peut espérer de ces gens aucune pitié ! La seule chose qui les intéresse, c'est la construction des routes et des aqueducs et l'obéissance aux lois.

Nous étions maintenant devant les châteaux d'eau construits près de la porte.

– As-tu parlé personnellement avec le paralytique ? demandai-je. Eprouve-t-il réellement cette rancœur contre Jésus parce qu'il l'a guéri ?

– Je n'ai pas parlé avec lui, je raconte ce que l'on m'a dit, admit-il. Mais pourquoi n'en a-t-il guéri qu'un seul ? Pourquoi pas nous tous à la fois ? Pourquoi pour l'un la miséricorde, et les ténèbres éternelles pour l'autre ? Reconnais que nous avons nos raisons pour médire de cet homme.

– T'a-t-on raconté également que le roi Jésus a ressuscité trois jours après sa mort ?

Cette question provoqua chez l'infirme un fou rire incoercible.

– C'est une histoire de bonnes femmes ! parvint-il à articuler entre deux accès. Mais toi, un homme fait, tu y crois ?

Il y avait dans son rire autant d'ironie que de sanglots.

– Ses disciples l'ont volé dans le tombeau, tout le monde le sait, poursuivit-il avec assurance, pour tromper le monde jusqu'au dernier moment. Je conviens de l'existence de Dieu, mais ici-bas, il n'y a point d'autres pouvoirs que ceux de l'argent et de la force.

En proie à la colère, il tâtonnait sur le bord du sentier du bout de son bâton lorsqu'il heurta une pierre qu'il ramassa d'un mouvement vif.

– Tu vois cette pierre ? dit-il en me la mettant sous le nez. Tu crois qu'elle peut devenir du pain ? De même, notre monde ne peut devenir autre. Nous vivons dans un monde de haine, de douleur, de peine et d'adultère, un monde plein d'avarice et de vengeance. Viendra le jour de la ruine des Romains, certes, mais le Galiléen n'y sera pour rien !

Je me sentis envahi par un étrange courroux et un froid intense se saisit de moi.

– Jésus de Nazareth, murmurai-je, si tu as été et demeures plus que le roi des Juifs, si tu es dans ton royaume et que ton royaume soit encore sur cette terre, change cette pierre en pain et je croirai en toi !

Intrigué par ma prière l'aveugle, sa canne serrée sous le bras, se mit à retourner en tous sens le caillou qui commença à céder sous la pression de ses doigts. Incrédule, il souffla dessus pour en ôter la poussière et l'éleva jusqu'à ses narines pour la renifler. L'air encore plus abasourdi, il en coupa un morceau qu'il porta à sa bouche, qu'il savoura, qu'il mastiqua et qu'enfin il avala.

– Ce n'est pas une pierre, c'est un fromage, lança-t-il comme me reprochant ma stupidité.

Je m'emparai à mon tour d'un bout de l'intérieur du caillou et le goûtai : c'était en effet du fromage ; un paysan sans doute l'avait laissé tomber et, couvert de la poussière du chemin, on ne pouvait à première vue le distinguer des autres pierres.

– Serais-tu magicien ? interrogea l'infirme tout en continuant à manger. As-tu vraiment changé la pierre en fromage au nom du Nazaréen ?

– Pain ou fromage, c'est toujours une nourriture humaine ! répondis-je. Si j'ai eu le pouvoir de transformer la pierre en fromage en invoquant son nom, alors tu devras croire en sa résurrection !

Tandis que je disais cela, le doute s'empara de mon esprit : aurais-je, sans m'en rendre compte, deviné que la pierre ramassée par l'infirme au bord du sentier n'était point une pierre ordinaire ? Cette coïncidence était certes en elle-même fort curieuse, mais il en existe de plus curieuses encore !

L'aveugle, de son côté, démontrait plus d'esprit pratique. Après avoir enfourné avec vélocité le fromage dans le sac que je lui avais donné, comme s'il eût craint de se le voir enlever, il se mit à tâter fébrilement le sentier au moyen de son bâton, et s'agenouilla pour s'emparer de quelques pierres : mais elles avaient beau être rondes comme le fromage, elles n'étaient que pierres et le vieux finit par abandonner sa vaine recherche.

En quittant la vallée du Cédron, nous avions suivi le chemin qui serpente doucement le long des remparts et nous atteignîmes l'ombre épaisse de la cité tandis que derrière nous brillait encore le soleil, teignant de pourpre les flancs de la montagne. Je jetai mes regards autour de moi, redoutant l'apparition de fantômes.

– Jésus-Christ, fils de Dieu, prends en pitié mon manque de foi ! implorai-je à pleine voix.

Une lumière aveuglante tomba sur moi. Tout mon être matériel me devint irréel, tandis que la réalité de mon âme dépassait en vérité la robuste muraille qui s'élevait devant mes yeux. Durant un instant, et comme pendant mon sommeil dans la maison de Lazare, l'immatérialité gagna en présence sur la matérialité de la terre et des pierres réunies. Mais l'aveugle, étranger à ces sensations, me supplia d'une voix chargée d'inquiétude :

– N'invoque point cet homme s'il est vrai qu'il est encore en vie ! Son sang est également retombé sur moi !

La lumière disparut aussi subitement qu'elle était apparue. Les yeux éblouis, je fis un geste de la main comme pour retenir à moi l'exquise sensation baignée de douceur que j'achevais d'éprouver. Et de nouveau, je fus écrasé par l'ombre des murailles, plus obscure à présent, et me retrouvai les deux pieds sur terre et les membres lourds comme le plomb. En portant mes regards au-delà de la vallée vers un des hauts sommets encore illuminés de soleil, je songeai qu'une surface polie avait sans doute réfléchi la lumière sur moi, de même qu'un miroir réfléchit un faisceau de rayons lumineux sur une zone obscure.

Mais en dépit de cette explication, demeura en moi la conviction de l'existence de Jésus et de la proximité de son royaume. Et cette conviction ancrée au fond de moi était plus forte que ma raison. Je l'avoue, je voulais croire. Je pensai : « Pourquoi me hâter inutilement ? Pourquoi vouloir tout obtenir tout de suite et dans sa totalité ? » – Dépêche-toi ! dis-je en prenant l'aveugle par le bras et en pressant le pas. Nous sommes presque arrivés à la porte !

– Où m'amènes-tu par ce chemin en pente ? protesta l'infirme, en essayant de se libérer de l'étreinte de mes doigts accrochés à lui. Me conduis-tu par hasard vers le précipice pour me pousser dans l'abîme sous prétexte que j'ai crié qu'on le crucifie ? Tu veux te venger, hein ?

– Je ne sais pas grand-chose de lui, mais je ne

crois guère qu'il soit revenu de chez les morts dans le but de se venger. De cela, je suis certain.

Nous arrivâmes à la porte. Les sentinelles qui connaissaient mon compagnon lui crièrent quelques insultes en guise de salut, l'interrogeant sur ses gains de la journée. Il me semble même qu'ils l'auraient fouillé et lui auraient volé son butin n'eût été ma présence protectrice. Ils ne me firent aucune question : le tissu de mon manteau dépourvu de franges et ma tête rasée parlèrent pour moi.

L'aveugle reprit son calme en reconnaissant les voix familières des sentinelles, il s'assura avec sa canne de ce que nous étions bien au but puis, d'une brusque secousse se séparant de moi, il prit ses jambes à son cou : à présent il était en terrain connu ! De chaque côté de la petite place située près de la porte, plusieurs mendiants étaient encore assis, qui levaient les bras en implorant la charité d'une voix monocorde. A l'intérieur de la cité, l'activité de la journée s'apaisait maintenant et déjà l'odeur de pain cuit, d'ail et d'huile frits s'échappait des maisons aux feux allumés pour venir jusqu'à moi.

L'infirme, qui avait couru plus vite que moi, appela ses compères en brandissant son bâton.

— Fils d'Abraham ! criait-il. L'homme derrière moi m'a conduit jusqu'ici, mais c'est un possédé du démon ! Il a changé dans ma propre main une pierre en fromage en invoquant Jésus le crucifié. Ramassez des pierres et lapidez-le ! Il fait partie des disciples du maudit et il nous portera malheur !

Cherchant à quatre pattes sur le sol, il trouva une poignée de crottin qu'il lança dans la direction du son de mes pas et il ajusta si parfaitement son tir que mon manteau en fut tout souillé.

Aussitôt, ses amis se jetèrent sur lui pour l'arrêter tout en me suppliant de lui pardonner.

– As-tu perdu l'esprit en même temps que la vue ? crièrent-ils. C'est un étranger, et un riche ! Comment pourrait-il être disciple du Nazaréen ? Il n'est pas de Galilée, on le voit tout de suite !

Puis gémissant à qui mieux mieux, ils levèrent leurs membres, exhibant leurs plaies et blessures. Je leur distribuai une poignée de monnaies et, ôtant le manteau taché, je le déposai sur les épaules de mon aveugle.

– Tiens, lui dis-je en riant aux éclats, voici le manteau dont le tissu te séduisait si fort lorsque tu l'as tâté. Tu pourras t'abriter du froid si un jour tu ne rencontres personne pour te guider et que tu sois contraint de dormir au bord de la route.

– Ne voyez-vous pas qu'il est possédé ? vociféra l'infirme, menaçant ses compagnons de son poing levé. Ma parole ! Si je lui donnais une gifle sur une joue, il me tendrait l'autre ! Il est fou !

Je redoublai de rire à ces mots. Ainsi la doctrine de Jésus de Nazareth n'était point si impossible à mettre en pratique que je l'avais cru tout d'abord ! En répondant à sa méchanceté par de la bienveillance, mon bonheur se trouvait décuplé. Et je fus pénétré de l'idée que je parviendrais à me rendre tout à fait maître de sa malignité par ce seul moyen. Si je l'avais frappé ou remis entre les mains des autorités alors j'aurais triomphé du mal par le mal.

Les mendiants joignirent servilement leurs rires aux miens.

– Mais non, il n'est pas possédé ! expliquèrent-ils à leur compagnon. Il est ivre, tu n'entends pas ? Il n'y a qu'un homme ivre pour se déposséder ainsi de son manteau et te le donner et un homme ivre seul est capable d'accepter de te conduire ! Et s'il n'était ivre mort, crois-tu qu'il rirait ainsi aux insultes ?

Ils n'avaient pas tout à fait tort : une ivresse

incompréhensible s'était emparée de moi qui me faisait rire aux éclats et égarait ma raison à tel point que, bien que vêtu de ma seule tunique, je ne ressentis nulle honte devant les regards que me jetaient les citadins croisés en chemin.

Certes, de nombreux incidents pouvaient être préparés à l'avance, mais certainement pas celui de ce dur fromage perdu au milieu des pierres rondes et sur lequel le bout de la canne de l'aveugle s'était précisément arrêté.

La femme du marchand syrien frappa dans ses paumes à me voir paraître ainsi les jambes dénudées, tandis que son époux eut un haut-le-corps en imaginant que j'étais probablement tombé entre les mains d'une bande de voleurs. Mais comme je me bornai à rire, montai dans ma chambre chercher de l'argent et l'envoyai m'acheter un nouveau manteau, il se rassura et, à l'instar des loqueteux de la porte, finit par se persuader que sous l'empire de la boisson, j'avais joué et perdu mon vêtement.

Il ne tarda guère à revenir avec son achat. Tout en s'excusant, il me présenta un manteau de très belle laine, bordé de petites franges. Il me certifia que c'était de la fine laine teintée de Judée, il la palpa et la frotta sous mes yeux pour m'en démontrer l'excellente qualité. Il me garantit également avoir marchandé pour l'obtenir au meilleur prix.

– C'est un vêtement juif, ajouta-t-il, mais si j'en avais cherché un étranger, il m'aurait fallu me rendre au forum où il m'aurait coûté le triple. Tu peux ôter les franges si tu le désires, bien que rien ne t'y oblige puisque tu laisses pousser ta barbe. Pour ma part, je crains et respecte le dieu d'Israël et il m'arrive d'aller déposer mon obole dans le tronc du parvis intérieur afin que mes affaires marchent toujours bien.

Il me considéra attentivement, un sourire plein

de malice au fond de ses yeux noirs, et me rendit le reste de la monnaie en comptant scrupuleusement chaque pièce. Je lui offris un pourboire pour le remercier de ses services, mais il le repoussa d'un geste de la main.

– Ce n'est pas la peine, le boutiquier m'a déjà payé une commission sur cette vente. Tu es bien trop généreux aujourd'hui, tu ne devrais plus sortir. Mieux vaut te coucher, et rester au calme ! Mais en premier lieu, il faut que tu avales la délicieuse soupe qu'a préparée mon épouse ; elle y met tant d'oignons et d'épices que tu peux être sûr d'avoir la tête claire demain en te levant !

Lorsqu'il s'aperçut que je ne gravissais toujours pas les marches, il secoua la tête d'un air soucieux.

– Bon, bon ! s'exclama-t-il. Ce que j'en disais était seulement pour ton bien, mais si tu préfères, je vais envoyer mon fils t'acheter une mesure de vin doux ; mais je t'en prie, ne bois pas davantage, et ne te mets point non plus à aller et venir dans les escaliers toute la nuit ; tu te casserais le cou et finirais en mauvaise compagnie.

Quand pour tenter de me défendre je marmonnai que je n'avais pas bu, le Syrien leva les bras en signe d'impuissance.

– Tu as la figure toute rouge et les yeux brillants, s'écria-t-il, mais je vois que tu arriveras à tes fins ! J'enverrai mander une jeune femme qui fréquente les étrangers ; seulement elle ne se présentera point avant la nuit noire pour ne pas se perdre de réputation dans le quartier, essaie de prendre patience jusque-là ! Elle te retiendra au lit et te calmera, ainsi tu cuveras ton vin tranquillement. Naturellement, elle ne sait ni chanter ni jouer d'un instrument, mais c'est une femme saine et pleine de charme, je crois qu'elle n'aura pas besoin de vocaliser pour t'endormir !

Il était si fermement convaincu et si persuadé

de savoir exactement ce dont j'avais besoin, que j'eus beaucoup de mal à décliner ses offres. Pour lui faire plaisir, je me couchai néanmoins et il monta en personne pour me couvrir du manteau neuf. Peu de temps après, sa fille m'apporta un plat fumant de soupe épicée et elle resta à me regarder manger, se cachant la bouche avec la main pour étouffer de petits rires. Le breuvage était si fortement assaisonné que j'en avais la gorge en feu ! Toutefois, sa chaleur intensifiait encore mon euphorie à tel point que j'en éprouvais presque des vertiges de plaisir.

La jeune fille remplit la cruche, se retira et dès qu'elle fut partie, je me levai à pas feutrés, prenant garde à ne point faire de bruit, et montai sur la terrasse où je m'installai. Enveloppé dans mon manteau, j'écoutai les voix de la cité s'éteindre peu à peu et respirai la fraîcheur nocturne. De temps en temps, une brise suave passait sur mon visage brûlant, et tel était mon bonheur qu'il me semblait que quelqu'un me caressait la joue d'une main pleine de douceur. Certes, j'avais toujours la notion du temps qui passe et du poids qui me lie à la terre, mais pour la première fois de mon existence, je sentais également au fond de moi une force qui m'assurait que la vie n'est pas seulement cendres et illusions, et cette assurance me plongeait dans un silence sans fin.

— Fils de Dieu ressuscité ! priai-je dans l'obscurité de la nuit. Efface de mon cerveau toutes les connaissances stériles ! Accepte-moi dans ton royaume, sois mon guide vers l'unique chemin ! Il se peut que je sois dément, malade, ensorcelé à cause de toi. Je crois que tu es plus que tout ce qui t'a précédé en ce monde.

Complètement transi, je me réveillai tout engourdi lorsque résonnèrent les trompettes du temple. Les sommets s'illuminèrent vers l'Orient mais la cité reposait encore enveloppée dans une brume bleutée et l'étoile du matin brillait comme une lampe suspendue dans les nues. J'avais retrouvé la paix. Grelottant, je serrai plus étroitement mon manteau autour de moi et me dirigeai sur la pointe des pieds vers ma chambre pour regagner ma couche. En vain je tentai de susciter quelque honte en moi pour mes pensées de la nuit. J'avais plutôt l'impression que mon esprit baignait dans une lumière paisible et pourtant mon ivresse s'était maintenant dissipée !

C'est pourquoi j'ai tranquillement laissé pousser ma barbe et n'ai point quitté mon logis, prenant le temps d'écrire sur le papyrus tout ce qui m'est advenu ce jour-là. Lorsque j'aurai terminé de tout transcrire avec le plus d'objectivité possible, j'ai l'intention de retourner à la porte de la Fontaine. A présent, j'ai acquis la certitude que tout ce qui est survenu et tout ce qui arrivera possède un but, et cette certitude me remplit de confiance. Aussi absurdes que soient mes écrits, ils ne me font aucune honte et je ne renie pas un seul mot dessiné dans cette lettre.

SIXIEME LETTRE

Marcus te salue, ô Tullia !

SALUT à toi, ô mon lointain passé, et vous, brûlantes nuits romaines dont le souvenir me semble désormais appartenir à un autre, salut ! A peine une année nous sépare, ô Tullia, mais une année bien plus longue que toutes celles qui ont précédé. Chaque jour qui passe me donne l'impression de durer un an ; je me suis éloigné de toi et ne suis plus le même, je suis un Marcus différent qu'à présent tu ne comprendrais plus. S'il m'arrive de penser à toi, j'imagine la moue pleine d'ironie qui se dessine sur ta bouche capricieuse en réponse à mes efforts pour t'expliquer ce qui m'est advenu.

Ta vie est meublée de petits événements qui avaient autrefois une signification pour moi aussi : il faut que tu connaisses tout sur la personne qui t'adresse un salut ; lorsque tu te pares pour une soirée, tu choisis toujours avec le plus grand soin les bijoux que tu vas porter en vue, non seulement de plaire à tes amis, mais encore de remplir d'envie les jaloux et de rage ceux qui te détestent ; tu ceins de la soie la plus fine ton corps menu puis cherches à découvrir le reflet de ta silhouette dans le marbre poli des murs, et il peut alors arriver que tu piques avec un poinçon l'esclave qui a frisé sans grâce ta chevelure ; enfin, un sourire plein de langueur aux lèvres, tu lèves ta coupe de vin, tu feins de prêter attention à la lecture du philosophe ou de l'historien, ou bien tu défends avec ardeur la dernière chanson en vogue tout en balançant négligemment ta chaussure retenue au bout de ton orteil, afin que celui qui est étendu près de toi, quel qu'il soit, puisse s'apercevoir de la blanche petitesse de ton pied. Tu es forte et résistante malgré ta minceur et, guidée par ta soif de plaisirs, tu es capable de veiller des nuits entières dans la moiteur de Rome. En compagnie des étrangers, tu manges d'un air détaché et indifférent des langues d'oiseaux, des coquillages ou des fruits de mer comme si manger représentait pour toi une lourde obligation ! Mais, plus tard, lorsqu'à la mi-nuit tu sors épuisée des bras de ton amant, tu dévores à belles dents un morceau de viande saignante afin de reprendre force pour les jeux de l'amour.

Telle est l'image que j'ai de toi, ô Tullia, mais je ne te vois point vivante, plutôt comme dans un miroir, ou reflétée dans une pierre polie couleur de nuit, et ton ombre ne me martyrise plus comme à Alexandrie lorsque je cherchais désespérément à t'oublier. A présent, mon esprit est tout entier préoccupé d'autre chose, même si je n'ai rien fait pour cela. Tu ne me reconnaîtrais guère si tu me voyais, ô Tullia, et peut-être que je ne te reconnaîtrais pas moi non plus.

C'est la raison pour laquelle je pense que j'écris pour moi seul plutôt qu'à ton attention. J'écris pour scruter l'intérieur de moi-même, pour parvenir à déchiffrer le sens de tout ce qui m'est arrivé ; c'est mon professeur de Rhodes qui me recommandait de noter ainsi ce dont mes yeux étaient les témoins et les propos que j'avais l'occasion d'entendre. L'écriture n'est plus pour moi un passe-temps ou un remède à la mélancolie et tu n'es plus à mes côtés lorsque je trace les signes ; tu t'éloignes chaque jour davantage et je n'en éprouve nul désespoir, ô Tullia, sais-je même si j'y perds quelque chose ?

Peu m'importe également de savoir si tu me liras un jour. Je te salue, toutefois, car je ne laisse point d'être convaincu que tu as été mon seul ami véritable, si adonnée au plaisir et à la passion que tu fusses. Tu connais mieux que moi la marche de ce monde et c'est à ton génie d'organisatrice que je dois l'infâme testament qui a fait de moi un homme riche, me permettant de vivre à ma guise, libre de toute contrainte et compromission. Tu es intelligente, cruelle et possèdes une grande soif de puissance qui sans doute s'est encore accrue depuis un an. Je suis persuadé, en outre, que si je te disais en face toutes ces vérités, tu n'en éprouverais nulle gêne, bien au contraire ! Tu les prendrais comme le plus beau compliment que l'on puisse t'adresser ! Nul ne connaît mieux que toi-même le pouvoir de tes regards, de ta bouche, de ton cou et de ton corps. Mais quant à moi, j'ai cessé d'en être l'esclave, je suis trop attaché désormais à quelque chose qui t'est complètement étranger.

Mal rasé, chaussé simplement et revêtu d'un manteau juif, je me dirige chaque soir vers la porte de la Fontaine. Je ne prends plus aucun soin ni de mes ongles ni de mes mains, si bien que je crois qu'il me serait fort difficile d'effacer les taches d'encre de ma main droite quand bien même je les frotterais avec une pierre ponce. Moi qui étais accoutumé à l'eau chaude des thermes romains, je me lave à présent à l'eau froide, car les regards que l'on me lançait m'ont interdit la fréquentation des bains destinés aux hommes du *gymnasium* proche du palais d'Hérode. J'ai même négligé d'épiler mes aisselles et suis maintenant couvert de poils à l'instar d'un barbare. Je ne me plains guère cependant, ni n'en souffre un seul instant, car je désire intensément m'adapter à mon nouveau mode de vie afin d'inspirer une confiance accrue, dussé-je plus tard reprendre les vieilles habitudes dans lesquelles j'ai grandi.

Je ne saurais dire que j'aime cette ville ou ce peuple. Je contemple le temple plus d'une fois le jour : il brille au soleil de toute la blancheur de son marbre et de ses ors ; tel un mauvais présage, il s'embrase au crépuscule de la lueur pourpre du sang ; à l'aube il se teinte de l'azur de nos rêves et durant la journée, pour la gloire de son dieu, monte jusqu'au ciel l'épaisse fumée de l'autel des sacrifices. Mais il me reste étranger. Je ne puis vraiment ressentir à son égard la même fervente piété que les Hébreux car il n'est nullement sacré à mes yeux. Plus sacrés et magnifiques m'ont paru dans mon jeune temps le temple d'Artémis à Ephèse... celui d'Antioche... ou de Rhodes... ou encore celui d'Athènes, pour ne rien dire même du Forum de Rome.

Décidément non, je n'aime point cette cité dont les habitants ont crié que son sang retombât sur leurs têtes. Lorsque les femmes de Jérusalem pleuraient devant Jésus flagellé qui gravissait d'un pas chancelant le chemin menant au supplice, on raconte qu'il leur dit de pleurer plutôt sur leurs propres enfants. Je ne puis m'empêcher de songer à de sombres présages en regardant le temple dont le voile s'est déchiré de haut en bas lors du premier tremblement de terre et dont l'escalier qui mène au tabernacle fut détruit lors du second. Ne sont-ce point là de suffisants augures ?

Tout en agitant ces pensées dans ma tête, je me rendais à la tombée du soir vers la porte de la

Fontaine. Les rues commerçantes fourmillaient encore d'une foule de gens pressés devant les échoppes d'où fusaient toutes les langues de la terre ; les chameaux faisaient sonner leurs clochettes et les ânes lançaient au ciel leurs étranges braiements. Je dois reconnaître que la cité sacrée des Juifs est véritablement une grande métropole mais elle ne me touche point.

Lorsque descend le soir sur une ville et que la fébrilité de la journée s'apaise enfin, l'étranger se sent envahi par la nostalgie. Une douce espérance a beau habiter mon cœur, la tristesse de la solitude ronge mon âme bien qu'il soit mille fois préférable d'être libre de tout lien ! Et au déclin du jour, dans une cité étrangère, la solitude est un présent bien amer !

Ce jour-là, cependant, la joie remplissait mon esprit en attente ; je suis en effet persuadé de vivre des temps de grands changements et d'incertitudes : il a ressuscité des morts et son royaume demeure parmi nous ; peu nombreux sont ceux qui le savent et le croient, et même ceux-ci doutent au fond de leur cœur car jamais n'était advenu pareil événement. J'ai, moi aussi, un doute au fond du cœur, mais en même temps je crois, je crois, j'attends et je souhaite qu'il se passe quelque chose qui fera la clarté sur tout le reste.

Il n'y avait plus près de la porte que deux ou trois miséreux que je ne connaissais point et je ne vis pas l'aveugle. Plusieurs femmes, la cruche posée sur la tête, s'avancèrent en bavardant avec animation. Elles ne prirent pas la peine de dissimuler leur bouche avec le pan de leur vêtement tant ma présence leur parut indifférente.

Puis le ciel vira au bleu foncé et plus denses se firent les ombres ; trois étoiles brillaient déjà dans le firmament et les sentinelles de garde à la porte allumèrent enfin la torche de résine jaune qu'elles fixèrent dans le support fiché sous l'arcade. Malgré ma déconvenue, je décidai de revenir sans me lasser pour attendre le signal ; je ne me pressai point cependant de regagner mon logis et restai encore un moment : que m'importait en effet d'être ici ou ailleurs ?

Soudain, un homme apparut sous l'arche de la porte. Il portait sur l'épaule une cruche qu'il soutenait de sa main. Il avançait lentement, attentif à ne point trébucher dans l'obscurité. J'attendis qu'il eût disparu dans la rue escarpée qui monte vers la cité haute puis me mis à gravir à sa suite la côte qui se transforma bientôt en un escalier aux marches peu élevées. J'entendais les pas de l'homme, je percevais son halètement sous le poids de la cruche, j'étais juste derrière lui.

Nous marchâmes ainsi fort longtemps, l'un suivant l'autre. Il parcourut des venelles tortueuses toujours du même pas lent. Enfin, peu à peu nous atteignîmes le sommet de la cité ; le chemin me parut très long et je compris tout à coup que mon guide ne se rendait pas directement à son but. En un lieu solitaire, il déposa la cruche à terre et, tout en la retenant d'une main, s'appuya contre le mur. Puis il demeura là, sans bouger. Je m'approchai et m'arrêtai à ses côtés, silencieusement. Nous restâmes ainsi, l'un près de l'autre adossés à la muraille, jusqu'au moment où l'homme eut enfin repris haleine. Alors, se tournant vers moi, il m'adressa un salut.

– Ainsi, tu as osé ? me demanda-t-il.

– La paix soit avec toi, répondis-je. Nombreux sont les chemins et il est facile de s'égarer.

– Il n'y a que deux chemins, rétorqua-t-il sur un ton péremptoire. L'un conduit à la vie et l'autre mène à la mort.

– Pour moi, dis-je avec fermeté, il n'en reste qu'un. Mais je ne puis le trouver seul, alors j'espère et veux croire que l'on m'y mènera.

Sans ajouter une parole, l'homme replaça la cruche sur son épaule et reprit sa route. Je fis mine de marcher près de lui, mais il me l'interdit. Peu après je lui proposai :

– Les escaliers sont rudes, ne veux-tu point de mon aide ? Je crains que tu ne perdes haleine à nouveau.

– Si je souffle, la cruche n'y est pour rien ! J'ai peur ! A mon avis, tout cela finira mal !

Il consentit cependant à me laisser porter son fardeau, guère pesant pour moi, et me précéda, m'avertissant des inégalités du terrain afin que je ne trébuchasse point. La ruelle était jonchée d'immondices et empestait l'urine : mes sandales s'en trouvèrent toutes salies.

Mais après avoir franchi la porte de la vieille muraille qui sépare la ville haute de la ville basse, nous fîmes halte devant une grande maison de riche apparence. A la clarté nocturne des étoiles, j'eus seulement le temps d'en distinguer les contours car mon guide frappa à la porte qu'une servante ouvrit sur-le-champ. Elle ne me salua point, mais s'empressa de se saisir de la cruche ; elle manifesta, en revanche, un tel respect à l'égard de mon compagnon que j'en déduisis qu'il ne devait point s'agir d'un domestique comme je l'avais pensé tout d'abord.

On me conduisit dans une cour intérieure entourée d'arbres où un garçon d'une quinzaine d'années vint m'accueillir.

– La paix soit avec toi, dit-il timidement. Mes parents et mes oncles se sont retirés dans leurs appartements, suis-moi dans la salle du haut. Désires-tu te laver les mains ?

Sans attendre ma réponse, la servante répandit abondamment sur mes mains l'eau de la cruche que j'avais portée, comme si elle avait voulu, au nom de la maison, me signifier que l'eau ne manquait point chez elle. L'enfant me tendit un linge.

— Je m'appelle Marc, dit-il.

Et tandis que je m'essuyais, il se mit à parler avec volubilité d'une voix prête à éclater de fierté.

— J'étais avec le Maître la nuit où ils l'ont capturé. J'ai sauté du lit vêtu de ma seule tunique et j'ai couru pour l'avertir parce que je savais bien qu'il se trouvait dans le jardin de Gethsémani. Ils m'ont attrapé et, dans la lutte qui s'ensuivit, mon vêtement s'est déchiré et j'ai dû m'enfuir tout nu avec les autres.

— Ne parle pas à tort et à travers, lui intima mon guide.

Ce dernier toutefois, faisant taire ses propres craintes, me parut animé lui aussi d'une impatience ardemment réprimée.

— Je suis Nathanaël, dit-il dès que nous nous retrouvâmes dans la cour silencieuse. A quoi bon te cacher mon nom ? Pour ma part, je l'ai rencontré sur le chemin d'Emmaüs le jour où il abandonna son sépulcre.

— Oui, mais au début tu ne l'as même pas reconnu ! observa Marc.

Nathanaël posa sa main sur la nuque du jeune garçon et ce geste parut l'apaiser ; il prit en toute confiance ma main dans la sienne, et je notai au contact de cette tiède main juvénile que l'enfant n'avait guère encore touché aux rudes travaux. Sans me lâcher, il me fit gravir un escalier et nous atteignîmes la galerie qui entourait la terrasse et menait à la salle du haut. C'était une grande pièce, chichement éclairée par une lampe qui laissait les coins dans l'ombre.

En entrant, je remarquai deux hommes qui m'attendaient : debout l'un à côté de l'autre, ils se tenaient par la main sans mot dire. Je reconnus l'un d'eux, Jean, le beau jeune homme que j'avais vu en compagnie des femmes sur la colline du supplice. A le voir de près à la faible lumière ambiante, je pus admirer l'indescriptible pureté de son jeune visage. L'autre, un homme fait au front sillonné de rides, me dévisageait d'un œil scrutateur empli de méfiance.

– La paix soit avec vous, prononçai-je en m'avançant.

Mais nul ne me répondit. Jean, finalement, jeta un regard à l'homme plus âgé comme pour le prier de dire quelque chose, mais les yeux de son compagnon ne perdirent rien de leur expression défiante tandis qu'il m'examinait de la tête aux pieds.

Le silence se fit plus lourd encore.

– Il m'a suivi, se décida à dire Nathanaël comme pour s'excuser.

– Je cherche l'unique chemin, affirmai-je avec ferveur, redoutant d'être rejeté par les deux hommes sans plus d'explications.

De nombreux sofas étaient disposés autour d'une grande table et j'en conclus que cette pièce devait servir de salle de banquets.

Après son examen minutieux, l'homme qui paraissait si peu confiant fit un geste de la main.

– Nathanaël et Marc, sortez ! ordonna-t-il. Mais demeurez dans la cour et surveillez si tout va bien.

Il ferma la porte après leur départ avec une énorme clef.

– La paix soit avec toi, étranger, dit-il enfin. Qu'attends-tu de nous ? J'ai bien peur que tu ne sois à la recherche d'un chemin trop étroit pour toi !

Mais Jean intervint alors pour lui adresser ce reproche :

– O Thomas ! Pauvre Thomas qui toujours doute de tout et de tous !

Puis, se tournant vers moi, il ajouta :

– Celui qui cherche trouve et la porte s'ouvre pour celui qui appelle. On nous a dit que tu étais doux et humble de cœur. Tu as appelé avec ferveur et voici, nous avons ouvert la porte devant toi.

Après m'avoir invité à m'asseoir il prit place en face de moi, me regardant avec amitié de ses yeux pleins de rêves, transparents comme l'eau d'une source. Thomas hésita un instant puis s'assit à son tour.

– Je suis l'un des Douze dont on t'a parlé, dit-il, un de ceux qu'il a lui-même choisis et élus comme messagers, un de ceux qui le suivaient. Voici Jean, le plus jeune de nous tous et sur lequel je suis chargé de veiller car il manque de défiance. Mais ne nous accuse point d'excès de prudence ! ajouta-t-il. Tu n'ignores pas que les membres du gouvernement cherchent à nous juger nous aussi ; ils racontent que nous avons fomenté une conjuration et que le signal du soulèvement du peuple serait l'incendie du temple ; ils font également courir le bruit que nous avons mis à mort celui qui a trahi notre maître. Je ne te cacherai point que nous avons eu des discussions à ton sujet et que je suis celui qui t'a le plus combattu, mis à part Pierre qui ne veut même pas entendre parler de toi parce que tu es étranger. Mais Marie de Magdala est intervenue en ta faveur.

– Je te connais, affirma Jean, je t'ai vu au pied de la croix et tu n'étais point du côté de ceux qui se moquaient de lui.

– Je te connais moi aussi et l'on m'a parlé de toi, dis-je.

J'avais du mal à détacher mon regard de son jeune visage, le plus beau qu'il m'eût été donné de contempler à ce jour. Il resplendissait comme si jamais l'ombre d'une mauvaise pensée ne l'eût effleuré et sa beauté, cependant, n'était point froide comme l'eût été celle d'une statue, elle frémissait de vie et d'impatientes aspirations. Une impression chaleureuse de paix émanait de lui et venait jusqu'à moi.

– Alors, que veux-tu de nous ? réitéra Thomas.

Son animosité me rendit circonspect, car il semblait soucieux de garder à l'abri de toute personne étrangère le secret dont tous les disciples étaient dépositaires.

– Je vous prie seulement de m'indiquer le chemin, dis-je avec humilité.

Thomas regarda Jean du coin de l'œil et, de mauvaise grâce, se résolut à parler.

– Avant d'être fait prisonnier, il nous a assuré qu'il y avait de nombreuses demeures chez son père ; il a dit qu'il allait tout préparer pour nous les Douze et je crois que c'était vraiment son intention, mais Judas l'a vendu après. Et il avait dit : « Du lieu où je vais, vous connaissez le chemin. »

Thomas pressa son front couvert de rides et ses yeux s'emplirent de trouble.

– Je lui dis alors que puisque nous ne savions point où il allait, nous ne pouvions en connaître le chemin ! Et te voici, étranger, qui viens m'interroger là-dessus alors que je ne sais rien moi-même !

– Thomas ! O Thomas, coupa Jean, il t'a répondu disant que lui était le chemin, la vérité et la vie. Comment peux-tu donc nier connaître le chemin ?

A bout de forces, Thomas se leva brusquement, frappant du poing la paume ouverte de sa main.

– Mais qu'est-ce que cela veut dire ? s'écria-t-il. Je ne comprends pas, explique-moi !

Jean avait visiblement grande envie de parler, mais il se retint en ma présence. Je pris un temps de réflexion avant de me mêler à la conversation.

– Le troisième jour, il a ressuscité en son sépulcre.

– Tu l'as dit, confirma Jean. Marie de Magdala

vint nous aviser que la pierre de l'entrée avait été enlevée du tombeau ; Pierre et moi, nous avons couru pour vérifier ses dires et nous nous aperçûmes que le tombeau était vide.

– Oui, oui ! ironisa Thomas. Marie a même vu des anges et un jardinier fantomatique !

– Un jardinier ? criai-je dans un sursaut, et quelque chose au fond de moi se mit à trembler.

– Histoire de bonnes femmes ! continua Thomas sans prendre garde à mon interruption. Nathanaël et l'autre l'ont également rencontré sur la route d'Emmaüs et ne l'ont même pas reconnu !

– Il nous est apparu au crépuscule de ce même jour alors que nous étions réunis ici, morts de peur derrière les portes verrouillées, raconta Jean. Il demeura parmi nous, nous parla et nous fit une promesse que j'ose à peine me répéter à moi-même et à plus forte raison à un inconnu. Mais je t'assure qu'il était vivant au milieu de nous ! Il a disparu ensuite comme il était venu, et dès lors nous avons eu la foi.

– Exactement ! se moqua Thomas. Ils sont tous aussi stupides que Nathanaël et l'autre, sans parler de Marie ! Moi, je n'étais pas là et ne crois pas en ces visions. Je n'en croirai rien tant que je n'aurai pas vu les traces des clous dans ses mains et que je n'aurai pas mis mon doigt dans ses plaies. Non ! Je ne croirai pas ! C'est mon dernier mot, sinon que je meure à l'instant !

Ses paroles, son scepticisme firent tant de peine à Jean qu'il détourna la tête. Mais il n'ouvrit pas la bouche. J'eus l'impression que les doutes de Thomas avaient tiédi la foi de ceux qui avaient été témoins des prodiges et commençaient à les faire vaciller dans leur croyance.

Une joie étrange s'empara de moi, qui me poussa à affirmer avec une force inattendue :

– Je n'ai nul besoin de voir pour croire ! Sans

voir, j'admets qu'il a ressuscité des morts et qu'il est encore sur la terre. Je ne sais pour quelle raison, mais j'attends. En ces jours que nous vivons, des événements se sont produits, et se produiront sans doute encore, qui autrefois paraissaient impossibles.

– Tu n'es même pas un fils d'Israël, objecta Thomas avec dédain. Mais je remarque toutefois que tu as fait coudre aux bords de ton manteau les franges d'un prosélyte. A vrai dire, je ne vois guère la raison pour laquelle tu nous espionnes avec tant d'insistance si je me doute de tes intentions : ne crois pas que j'ignore que tu as été l'hôte du gouverneur à la tour Antonia ; tu voudrais nous voir tomber dans ton piège et nous faire parler, ainsi pourrait-on nous clouer sur la croix nous aussi ou nous lapider devant les murailles !

Tordant ses gros doigts noueux, il poursuivit tout en jetant des regards inquiets autour de lui :

– As-tu déjà assisté à la lapidation d'un homme ? Moi, oui ! Et je n'ai nulle envie d'en faire l'expérience sur ma propre peau, surtout pas à présent qu'il est mort, dans son tombeau ou ailleurs !

– Pourquoi restes-tu ici à Jérusalem ? lui demandai-je du même ton acerbe. Va-t'en une bonne fois pour toutes s'il en est ainsi ! Retourne chez toi, reprends ton travail et cesse de rouspéter ! Qu'attends-tu à la fin ?

Il baissa les yeux comme un homme habitué dès longtemps à courber l'échine quand il entend une voix autoritaire.

– Je ne puis partir tout seul ! se défendit-il en tripotant son manteau. Si tu veux mon avis, nous perdons notre temps en restant ici ! Il serait mille fois plus prudent d'aller faire un séjour dans le désert pour retourner ensuite chacun chez soi. Mais nous avons beau en discuter sans cesse, tout reste aussi difficile à déchiffrer : nous nous disputons, nous hésitons et nous n'arrivons jamais à nous mettre d'accord.

Jean posa sur lui ses yeux clairs comme l'onde pure.

– Tu n'as plus de foyer à présent que tu as été choisi ! Tu as abandonné tes outils de travail pour le suivre et souviens-toi qu'il a dit : « Quiconque a mis la main à la charrue et regarde en arrière est impropre au royaume. » Nous tous tant que nous sommes, ô Thomas, nous ne pouvons plus revenir à notre ancienne vie !

– Comment était son royaume ? demandai-je avec impatience.

Mais Thomas secoua la tête avec mépris pour dire :

– Ce qui est sûr, c'est qu'il n'est point comme nous nous l'étions imaginé !

Manifestement en proie à une rage impuissante, il frappa une nouvelle fois la paume de sa main de son poing fermé.

– N'étais-je pas, moi aussi, prêt à troquer mon manteau pour un glaive ? s'exclama-t-il. Et n'ai-je pas aussi voulu mourir avec lui et pour lui ? Que Dieu aie pitié de nous ! Lui, le fils de l'Homme, qui avait le pouvoir et la force d'agir comme bon lui semblait ici-bas, s'est laissé offrir en sacrifice tel un doux agneau et nous a abandonnés dans la disgrâce. Nous ne savons plus à présent que croire ni vers où diriger nos pas.

Puis il ajouta :

– Lorsqu'un homme est lapidé, le sang jaillit de sa bouche, de la morve mêlée au sang coule de ses narines, il hurle, il pleure, ses excréments s'échappent de lui et souillent ses vêtements avant qu'il ne rende le dernier soupir. Pourquoi devons-nous être exposés à semblable destinée quand il n'est plus parmi nous ?

Jean lui toucha doucement l'épaule.

– Nous avons tous été très faibles à l'heure de la vérité, dit-il d'une voix ferme, mais souviens-toi qu'il a promis de nous envoyer un défenseur.

Thomas le repoussa brutalement comme si le jeune homme eût révélé quelque secret et s'empressa de parler pour en détourner son esprit.

– Quel bavard tu fais, Jean ! On voit bien que tu ignores tout des cruautés de l'existence. Fils préféré de ton père, tu commandais en compagnie de ton frère à des hommes faits ; moi, j'ai suivi Jésus lorsqu'il m'a appelé, au nom de tous ceux qui vivent ployés sous le fardeau de leurs charges ; et je n'arrive pas à comprendre quelle sorte de joie devrait apporter aux opprimés cette mort dénuée de sens. Je sais seulement qu'elle a fait de lui et de nous la risée du Sanhédrin et des Romains.

Pour ma part, je n'oubliai point les paroles de Jean.

– Qu'as-tu dit au sujet d'un défenseur ? lui demandai-je donc en me tournant vers lui.

Jean me regarda en toute franchise.

– Je ne comprends point à ce jour et ne sais vraiment pas ce que cela signifie, mais j'ai foi en sa promesse. Comme tu l'espères toi-même, il va arriver quelque chose et c'est pourquoi nous demeurons à Jérusalem.

Les deux disciples de Jésus se jetèrent un long regard et leurs visages étaient aussi différents qu'il est possible de l'être aux visages de deux hommes. Pourtant, il y avait en eux quelque chose de commun, une ressemblance les unissait malgré les mots remplis d'amertume de Thomas et, tandis qu'ils gardaient le silence, je me sentis irrévocablement rejeté en dehors de leur union. Les paroles de Marie de Magdala au sujet de ces messagers élus me revinrent à l'esprit et j'en compris alors le sens. J'aurais pu reconnaître, me sembla-t-il, ces deux visages entre mille tant ils se distinguaient des autres et j'eus dès lors la certitude d'être en mesure de reconnaître également les disciples qui, se défiant de moi, avaient refusé de me recevoir.

Devant leur silence, je me rendis compte que malgré la bonne volonté de Jean je restais pour eux un étranger et le désespoir envahit mon cœur.

– Je n'ai aucune mauvaise intention à votre égard, dis-je. Je ne suis ni juif ni circoncis et ne désire point me convertir. Mais l'on m'a dit qu'il prenait également en pitié les Samaritains pourtant méprisés des fils d'Israël, et l'on m'a raconté qu'il a guéri même le serviteur du centurion de Galilée parce que le Romain avait foi en son pouvoir. Moi aussi, je crois en son pouvoir et en sa force et je suis pénétré de l'idée qu'il vit encore et reviendra parmi nous. Si cela arrive, je vous en supplie, ne m'abandonnez pas dans les ténèbres. Je vous jure que je ne lui ferai aucun mal ! Comment d'ailleurs un homme pourrait-il nuire à celui qui, après être ressuscité des morts et sorti de son sépulcre, va et vient à travers les portes fermées ? Et je ne vous ferai aucun mal non plus, au contraire, je vous aiderai si je le puis. J'habite dans la maison du mercier syrien Carantès, près du palais des Asmonéens ; je suis riche et mettrai ma fortune à votre disposition si cela est nécessaire.

– Démontre-le-nous ! répondit Thomas en allongeant sa grande main rugueuse.

– Nous n'avons aucun besoin de cette aide, interrompit Jean, du moins pour l'instant. Ma famille a du bien et Matthieu possède quelque argent ; d'autre part, de riches protecteurs de Jésus nous ont entretenus lorsque nous marchions par les chemins, sinon nous n'aurions pu le suivre. En vérité, ce n'est ni de pain ni de vêtements que nous avons besoin, mais de ce que lui seul peut nous donner. S'il revient encore, je penserai à toi, mais nous ne pouvons pas révéler à un étranger les secrets qu'il nous a confiés.

Thomas lui coupa la parole.

– J'ai bien l'impression que nous nous sommes fourvoyés en écoutant Marie ! La curiosité de cet étranger ne me dit rien qui vaille !

Puis, s'adressant directement à moi, il menaça :

– Sache que lorsque nous étions avec lui, nous avions le pouvoir de guérir les malades et de chasser les démons ; bien que ce pouvoir soit amoindri, il serait quand même préférable pour toi d'agir prudemment avec nous ! Seul celui que nous choisissions s'approchait de lui, le sais-tu ? Si l'un des Douze a trahi, comment dès lors ne pas nous défier d'un inconnu ?

– Je n'ai peur ni de toi ni de ton pouvoir, lui rétorquai-je. Nul n'a dit qu'il se fût servi de sa force pour frapper ses ennemis, moins encore l'utiliserait-il contre un homme qui le cherche avec ferveur !

– Tu te crois bien informé ! se moqua Thomas. Mais t'a-t-on parlé du figuier qu'il maudit dans sa colère et qui sécha sous nos yeux parce que malgré ses feuilles il ne portait pas de fruits mûrs ? Et note bien que ce n'était même pas la saison des figues !

– Nous n'avons pas compris cette leçon, ajouta Jean, sans doute est-ce une parabole que nous n'avons su déchiffrer.

– Il s'adressait aux foules avec des paraboles, mais il nous a tout expliqué clairement à nous ! le coupa Thomas. Et par quel miracle comprendrions-nous maintenant si on ne comprenait pas à l'époque ? Allons ! Mieux vaut partir d'ici sans plus tarder !

Son opposition jointe à ses menaces eurent enfin raison de mon courage.

– Qu'il en soit selon ton désir ! Je regrette de

vous avoir dérangés car je m'aperçois que vous n'aviez nul besoin de moi pour être la proie du tourment ! J'ai quitté Alexandrie pour partir à la recherche du souverain du monde annoncé par les prophètes, ceux d'Israël et ceux de maints autres pays du monde également ; on a observé la conjonction des astres annonçant sa naissance aussi bien à Rome qu'en Chaldée ou en Grèce ! J'ai trouvé ce souverain en Jésus de Nazareth qui fut crucifié comme roi des Juifs et j'ai assisté à sa mort ignominieuse ; certes, son royaume est bien différent de ce que j'imaginais et manifestement de ce que vous-mêmes avez cru, mais j'ai le sentiment cependant que vous n'avez aucun droit de m'interdire de le chercher, ce royaume dont la résurrection de Jésus me prouve l'existence.

Telles furent mes paroles. Puis un profond sentiment de déception s'empara de moi et des larmes de désillusion vinrent brûler mes paupières ; détournant la tête afin de dissimuler mon visage, je contemplai, les yeux tout embués, la grande salle de banquet dont les coins étaient plongés dans l'obscurité. Durant un instant, j'eus la même impression d'imminence que celle que j'avais éprouvée dans la chambre d'hôtes de Lazare, mais à présent ce n'était plus un rêve, au contraire, j'étais complètement réveillé. Je me sentis dominé par le désir d'appeler Jésus et de prononcer son nom à haute voix comme lorsque je me trouvais en compagnie de l'aveugle et que la pierre se changea en fromage dans sa main ; mais la crainte m'empêcha d'agir ainsi dans cette pièce et en présence de ces deux hommes : malgré leurs hésitations et leurs refus, ils devaient bien savoir quelque chose et sans doute leur maître leur avait-il révélé son mystère avant de se mettre en route pour la mort qui scellerait la destinée qu'il était seul à connaître et que ses disciples ne s'expliquaient point encore.

Je renonçai donc à proférer son nom, et balbutiai avec une grande humilité :

– La paix soit avec vous !

Et je fis demi-tour dans l'intention de me retirer.

Thomas passa devant moi afin d'ouvrir la porte, mais après qu'il eut tourné la grande clef en bois et saisi la poignée, celle-ci ne bougea pas. Il tira, refit tourner la clef mais sans plus de succès.

– Cette porte a gonflé et s'est coincée, constata-t-il.

– Ne tire pas si fort, tu vas casser la serrure, l'avertit Jean qui s'approcha pour lui venir en aide mais qui ne réussit pas davantage.

Surpris tous les deux, ils commencèrent à me jeter des regards accusateurs comme s'il y eût de ma faute dans le fait que la porte ne voulût point s'ouvrir. Je tentai ma chance à mon tour et, bien que je n'aie guère une grande expérience de clefs et serrures en bois, je réussis à faire tourner la clef et la porte s'ouvrit sans plus de difficulté. L'air frais de la nuit me saisit au visage, je vis au-dessus de la cour le firmament constellé d'étoiles et une étoile filante laissa sa trace lumineuse dans le ciel tel un avertissement.

J'interprétai l'incident de la porte et à présent cette étoile filante comme la preuve que le roi, à l'encontre de ses disciples, ne désirait point m'exclure de son royaume. Mais ces derniers n'y virent aucun signe : Thomas se contentait de faire tourner et retourner la clef de bois dans le pêne tout en grommelant dans sa barbe qu'un pauvre homme comme lui n'avait pas l'habitude des clefs et autres serrures, n'ayant point possédé quoi que ce soit qui valût la peine d'être enfermé.

Ils restèrent tous deux dans la salle tandis que je descendais l'escalier. Le jeune Marc m'attendait en bas.

– Sauras-tu retrouver ta maison tout seul, étranger ? me demanda-t-il avec sollicitude. La seconde veille a déjà commencé.

– Ne t'inquiète pas ! répondis-je. Un Nathanaël haletant de peur a eu beau, en m'amenant ici, faire mille détours à travers une infinité de ruelles afin que je ne puisse pas repérer le chemin, je crois que je saurai rejoindre la ville basse et de là ma demeure. Je franchirai en premier lieu la muraille et suivrai ensuite la pente jusqu'en bas en prenant les étoiles pour guides. Une fois que j'aurai trouvé le théâtre et le Forum, je serai sauvé.

– Mon père et mon oncle m'ont délégué leur pouvoir de maître de maison pour te recevoir cette nuit, se hâta-t-il de dire. Je ne t'ai rien offert car les envoyés du Seigneur ont refusé de partager leur repas avec un Romain. S'il te plaît, accepte de moi cette marque d'hospitalité en me permettant au moins de te raccompagner jusqu'à ton domicile.

– Tu es très jeune et la jeunesse a besoin de sommeil, refusai-je en souriant. Tu as déjà veillé bien tard par ma faute !

– On a du mal à fermer l'œil par des nuits comme celle-là ! assura Marc. Attends un instant, je vais quérir mon manteau.

La servante endormie bougonna sur le seuil de la porte, mais l'enfant lui donna en riant une petite tape sur la joue et se glissa à l'extérieur. Je remarquai qu'il s'était muni d'une canne à bout plombé ce qui me déplut fort, quoique à vrai dire je ne fusse guère effrayé par cet adolescent. Très sûr de lui, il me conduisit directement à la ville basse, sans faire aucune tentative pour se détourner de sa route et éviter que je puisse retrouver sa demeure une autre fois – je l'avais soupçonné au début d'obéir à une idée de ce genre lorsqu'il avait tant insisté pour me raccompagner. Il me prenait la main dans les endroits obscurs et me guidait afin que je ne tombasse point. Je crois qu'il brûlait d'envie de bavarder avec moi, mais je marchais la tête basse et les lèvres serrées et il n'osa point dire un mot. Toutefois je n'avais point encore perdu tout espoir et je finis par m'attendrir et lui adresser la parole.

– Ainsi, tu as connu Jésus de Nazareth ?

Marc serra ma main dans la sienne.

– En vérité je l'ai connu, m'assura-t-il. J'étais présent, j'aidais à préparer le repas et à le servir lorsqu'il a mangé l'agneau pascal avec ses disciples. C'était sa dernière nuit. Mais je l'avais déjà vu avant, lorsqu'il vint à Jérusalem monté sur le petit d'une ânesse. Je l'avais alors acclamé comme le fils de David.

Il ajouta plein d'orgueil :

– C'est mon père qui avait attaché l'ânon dans un endroit convenu pour que ses disciples puissent le trouver. Ce jour-là les gens étendaient leurs manteaux sur le chemin et criaient : « Hosannah ! » en agitant des palmes. Grâce à mon père et à ma tante, il a pu disposer de la grand-salle sans bourse délier.

– Qui est ton père ? demandai-je par curiosité. A quelle classe d'hommes appartient-il et pour quelle raison s'est-il ainsi comporté avec Jésus au mépris de vos autorités ?

Le jeune homme fronça les sourcils et chuchota :

– Il ne veut pas que son nom soit mentionné quand il s'agit de ces événements. Mais il est de ceux qui ont le cœur plein d'humilité malgré sa richesse. Il est probable que les doux l'ont sollicité afin qu'il protège le roi, mais Jésus a refusé de faire courir des risques à mon père et à sa maison en se laissant arrêter chez nous, aussi a-t-il préféré monter à Gethsémani. Mais le traître Judas connaissait notre salle, ils sont donc venus d'abord à la maison, ils ont frappé et enfoncé la porte : ils portaient des torches allumées et faisaient bruyamment résonner leurs armes. J'ai sauté de mon lit pour aller l'avertir.

Puis il expliqua :

– Mon père peut très bien se défendre devant le Sanhédrin car il loue habituellement la salle du haut pour des noces et des banquets. Mais il n'a pas été inquiété du tout, il a également des amis parmi les membres du Conseil.

« Ils savent peut-être parfaitement que les Galiléens sortent la nuit de leur cachette pour se réunir dans la salle de mon père, mais ils n'ont cure de troubler davantage les esprits en engageant des poursuites contre lui. Un crime déjà pèse sur leur conscience : ils ont assassiné le fils de Dieu !

– Etait-il vraiment le fils de Dieu ? dis-je dans l'espoir d'en apprendre davantage.

– En vérité, il était oint fils de Dieu ! répondit-il avec fermeté. Personne au monde, s'il n'eût été l'envoyé de Dieu, n'eût pu accomplir ses œuvres ! En outre, il est ressuscité et il vit bien qu'il ait été mort ! Mon oncle Nathanaël a même partagé un repas avec lui : les cadavres et les esprits dépourvus de corps mangent-ils ? Tu vois bien qu'il est vivant !

Cette foi candide et juvénile suscita l'admiration de mon cœur, mais ma raison me poussa à ironiser doucement :

– Ta sagesse ne doit pas te peser outre mesure, ô toi qui crois tout avec autant de facilité !

– Je sais lire et écrire le grec ainsi qu'un peu de latin ! protesta-t-il. Mon père possède des intérêts à Chypre et même à Rome ! Je ne suis pas si ignorant que tu sembles le croire et d'ailleurs, n'oublie pas qu'il a posé sa main sur ma tête lorsqu'il a séjourné chez nous. Bien sûr, toi tu as du mal à croire parce que tu l'as vu seulement au moment de sa mort d'après ce que l'on m'a dit. Mais moi, je le connaissais au temps de sa force et de son pouvoir !

Nous avions atteint la muraille qui sépare les cités et je m'arrêtai devant la porte où j'avais rencontré Marie de Beerot.

– Je ne me perdrai plus maintenant, dis-je.

Je ne m'éloignai point cependant et Marc ne semblait pas non plus disposé à s'en aller. Une autre étoile filante traversa le ciel.

– Même les étoiles marchent inquiètes dans le firmament des nuits comme celles-ci, remarquai-je. Il va arriver quelque chose. Peut-être ses jours de gloire commenceront-ils maintenant sous une forme que nous ne sommes point en mesure d'imaginer encore.

Marc ne prenait pas congé pour regagner son logis. Indécis et comme intimidé, il triturait le bas de son manteau et remuait la terre sous ses pieds de la pointe de son bâton.

– Je m'étonne que Nathanaël ne l'ait point identifié tout de suite, dis-je, et qu'il ait été nécessaire que le fils de Dieu l'appelât par son nom pour que Marie de Magdala le reconnût enfin !

– Ils n'imaginaient point cela ! justifia Marc. De toute façon, lorsqu'il était en vie, son aspect n'était pas toujours le même mais se transformait suivant ses états d'âme. C'est difficile à expliquer : on aurait dit qu'il possédait le visage de tous les hommes à la fois et ceux qui croyaient voyaient en lui quelqu'un qu'ils avaient un jour aimé. On avait du mal à le regarder en face, ses yeux étaient trop pleins de gravité. J'ai constaté à maintes reprises que des hommes faits baissaient la tête après avoir contemplé son visage.

– Peut-être es-tu dans le vrai, répondis-je. Moi qui l'ai vu sur la croix en ignorant tout de lui, je n'ai pu lever les yeux vers lui, je ne pourrais même pas le décrire. Il faut dire qu'il régnait alors une grande obscurité. Je me figurais que je ne le regardais point par égard pour ses souffrances. Mais cela ne m'étonne guère puisque c'était le fils de Dieu. Même les soldats le reconnurent comme tel lorsqu'il rendit l'âme et que la terre se mit à trembler.

« Néanmoins, ajoutai-je, donnant libre cours à mon amertume, de quelque façon qu'il ait choisi ses compagnons, ils sont totalement dépourvus de culture ! Ils n'ont aucun droit, à mon avis, d'empêcher les autres de chercher leur maître. Il n'y a ni bonté ni justice en cela ! Et je partage ton sentiment, ils exagèrent leur peur afin de garder leur secret pour eux seuls : je suis persuadé que personne ne les inquiéterait s'ils sortaient de leur cachette !

– Je crois que tu te trompes, réfléchit Marc. Il est possible qu'ils aient reçu peu d'instruction, mais eux seraient capables de le regarder en face sans le moindre trouble. Jean d'ailleurs, celui qu'il aimait entre tous, l'a contemplé. Ne les critique pas, étranger !

Je perçus toutefois un sourire dans sa voix lorsqu'il ajouta :

– Je reconnais qu'on a du mal à les comprendre et j'ai l'impression que mon père commence à se lasser car ce sont des hommes querelleurs, prompts à la violence, surtout Pierre, le plus âgé, qui veut toujours commander et ne cesse de se disputer avec les femmes qui pourtant s'occupent de leurs repas et de leur abri ; il a beau être grand et fort, c'est un véritable enfant ! En tout état de cause, les Galiléens sont différents des habitants de Jérusalem, ils ne saisissent pas les subtilités des Ecritures comme les rabbins d'Israël ; en réalité ils étaient et ils restent des paysans qui perçoivent le monde d'une manière concrète et terre à terre.

Un silence s'établit entre nous durant un moment.

– Je reconnais qu'ils ont des façons d'agir brutales avec les étrangers et lorsque Jésus vivait, ne l'approchait pas qui voulait ! Tu n'es d'ailleurs pas le seul qui ait cherché à les rencontrer, mais ils n'ont point reçu l'autre personne parce qu'ils ne la considéraient pas comme un véritable fils d'Israël.

– Quel est donc celui qui a tenté de les approcher ? demandai-je intéressé.

– Sais-tu que Jésus s'évanouit alors qu'il était chargé du bois transversal de sa croix et qu'il tomba à terre tant ses forces étaient épuisées ? Les Romains requirent pour porter la croix un passant qui venait des champs ; ils le désignèrent au hasard, croyant que c'était un pauvre travailleur, mais en réalité l'homme réquisitionné est le propriétaire de nombreuses terres et fort estimé à la synagogue des affranchis ; il avait d'ailleurs, après cette aventure, l'intention de déposer une plainte contre les Romains pour leur attitude à son égard, puis il a changé d'avis : originaire de Cyrène, il n'a jamais voulu se mêler de politique et n'était donc au fait de rien quand cela s'est passé ; mais lorsqu'il apprit toute l'histoire et à qui appartenait le bois dont on l'avait chargé, il en fut atterré et se mit en devoir d'en apprendre davantage sur Jésus par l'intermédiaire de ses disciples. Mais Pierre ne lui a pas accordé sa confiance, c'était l'époque où ils étaient tous morts de peur, et depuis lors, l'homme ne s'est point représenté. Peut-être conviendrait-il que tu le rencontres et parles avec lui. Cela m'étonnerait que Jésus n'ait point prononcé une seule parole digne de souvenir quand il marchait à ses côtés.

– Où peut-on le voir ? m'empressai-je de demander.

– Il s'appelle Simon de Cyrène et on te renseignera certainement à son sujet à la synagogue des affranchis.

– Quelle est cette synagogue ?

– D'anciens affranchis de Rome l'ont fondée lorsqu'ils sont revenus à Jérusalem après avoir fait fortune ; les immigrés d'Alexandrie et de Cyrène la fréquentent également. Ils sont tous si peu hébreux que c'est à peine s'ils comprennent la langue de leurs pères et les livres saints y sont lus en grec. C'est une synagogue riche où règne un esprit de tolérance et qui n'impose point de trop lourdes obligations à ses fidèles. Je pense que si tu allais écouter les Ecritures en grec le samedi tu recevrais un bon accueil.

– Je te rends grâces, ô Marc, répondis-je, heureux du conseil. Les disciples m'ont laissé audehors et je dois chercher le chemin par mes propres moyens. Peut-être ce Simon partage-t-il ma quête. A deux on a plus de chances de trouver. La paix soit avec toi.

– La paix avec toi également, ô toi qui es l'ami du gouverneur ! répliqua le jeune homme. Si l'on t'interroge, tu pourras en connaissance de cause soutenir que l'on ne trame nulle conjuration dangereuse !

– Je suis mon seul et unique ami et je n'en ai point d'autre, rétorquai-je, blessé de ce que cet enfant me soupçonnât de transmettre mes renseignements aux autorités romaines. Et j'ajoutai : Si on me le demandait, j'affirmerais en toute sécurité que les deux disciples que j'ai vus ne sont point des incendiaires et n'ont aucune velléité de troubler l'ordre public. Je ne pense guère cependant que qui que ce soit vienne me poser des questions, Ponce Pilate n'a qu'un désir : oublier cette affaire le plus vite possible !

– La paix soit avec toi, dit Marc une nouvelle fois et nous nous séparâmes.

Cette nuit prit fin sans autre aventure.

Je n'eus point à me rendre à la synagogue des affranchis pour trouver la trace de Simon de Cyrène car j'interrogeai à ce sujet le Syrien Carantès, mon propriétaire.

– Point n'est la peine de te déranger, répondit-il aussitôt. Attends quelques instants et je te rapporterai tout ce qui peut t'intéresser sur cet homme.

Il disparut sur ces mots en confiant son éventaire à la garde de son fils. J'eus à peine le temps de boire une gorgée, assis sur le seuil, qu'il était déjà de retour.

– Ce Simon a fait d'abord fortune à Cyrène puis à Jérusalem où il s'est installé il y a quelques années ; il a fait l'acquisition de nombreuses terres, de vignes et d'oliveraies près de la cité et possède en outre des intérêts dans diverses villes de Judée. Il vit à la mode hellénique et l'on dit même qu'il va au théâtre et aux thermes du *gymnasium* bien qu'il porte une barbe ; il n'est pas considéré comme un Juif orthodoxe et certains prétendent qu'il n'est point circoncis, mais il est bien trop riche pour que quiconque se mêle de le vérifier ! En tout cas, il respecte la loi et le sabbat. On raconte que les Romains l'ont réquisitionné au milieu de la foule pour porter la croix de l'agitateur crucifié il y a quelques jours, et que cette honte l'a affecté au point qu'il s'est depuis enfermé chez lui et refuse de parler à qui que ce soit.

Puis il m'expliqua avec force détails l'emplacement de la maison de Simon de Cyrène.

– Mais que veux-tu de cet homme ? interrogea-t-il, une lueur astucieuse dans les yeux. Aurais-tu par hasard dans l'idée de placer une partie de ton argent dans l'achat de terres ou de te lancer dans une affaire de prêts ? Si telle était ton intention, je connais de nombreuses personnes convenant bien davantage que ce Simon de

Cyrène que je ne te recommande guère. Sais-tu ce que l'on dit ? Il ramasse lui-même le petit bois sec qu'il ramène chez lui sous son manteau et il ne mange que du pain et des légumes !

Ces divers renseignements, qui me parurent contradictoires, aiguisèrent mon envie de connaître le personnage. Mais le Syrien finit par m'importuner avec ses questions, bien que je ne misse point en doute ses bonnes intentions.

– Je désire le rencontrer, dus-je admettre à contrecœur, précisément pour son aventure car je veux l'interroger au sujet de Jésus de Nazareth, le roi des Juifs qu'il a aidé à porter sa croix.

Carantès, affolé, agrippa fébrilement mon manteau.

– Ne parle pas de ces choses à voix haute ! m'avertit-il.

– Tu t'es bien comporté à mon égard et je n'ai rien à te cacher, repris-je. J'ai des raisons de croire que le roi des Juifs crucifié était un homme hors du commun tel qu'il n'y en eut jamais jusqu'à ce jour, et qu'il était fils de Dieu. Je suis absolument convaincu qu'il a ressuscité des morts le troisième jour et qu'il est encore en vie bien qu'il fût mort et enseveli. C'est la raison pour laquelle je veux en apprendre autant que faire se peut et donc tout ce que peut m'en révéler ce Simon de Cyrène.

Le désespoir était peint sur le visage de Carantès.

– O malheureux ! s'écria-t-il au bord des larmes. Quelle disgrâce ai-je amené sur ma maison et mon négoce en acceptant de te loger dans ma chambre d'hôtes ! Si tu n'étais point un ami du centurion Adénabar, j'aurais tôt fait de rassembler tes affaires et de te jeter dehors ! On ne parle de ces choses qu'à voix basse et entre quatre murs, mais pas dans la rue devant la porte, au vu et au su de tout le monde ! D'ailleurs, il ne convient pas d'ajouter foi à des contes de malades ni de croire à ces sornettes de bonnes femmes. Naturellement, je suis au fait de ce dont tu parles, les rumeurs courent vite, crois-moi ! Mais tu ne dois point te mêler de ces histoires si tu ne veux pas être lapidé par les Juifs ! Ne te suffit-il pas de mener une petite vie tranquille dans ma maison, avec un lit douillet et la nourriture appétissante que te mijote mon épouse ? Tu pourrais perdre au jeu jusqu'à ta tunique ou commettre l'adultère à la mode de Babylone ou de la Grèce antique que je te le pardonnerais, car tu es un homme de bien et jeune encore. Mais ne t'occupe pas des sorcelleries juives ni d'affaires qui touchent leur dieu ! Ce chemin te mènera à ta perte et tu attireras le malheur sur nos têtes ; tu en perdras la raison comme la plupart de ceux qui ont étudié la magie et tenté de comprendre leur religion.

Sa sincérité et le souci réel qu'il manifestait à mon endroit me parurent si vifs que, bien qu'il fût Syrien, je me sentis contraint de lui ouvrir mon cœur.

– Je ne prétends intervenir en aucune façon dans les affaires politiques de ce pays ! Je me contente de chercher mon propre chemin. Je ne suis pas très vieux encore, mais j'ai fait maintes expériences fort diverses, la philosophie ne m'a point satisfait ni la jouissance donné la paix. A l'instar de nombreux oisifs fortunés, je me suis initié à toutes sortes de cérémonies secrètes qui ne m'ont guère procuré un plaisir différent de celui que l'on peut éprouver au théâtre lorsque l'on participe au jeu. Une angoisse parfois étreint mon âme, qui emplit mes yeux de larmes et oppresse mes entrailles. Voilà pourquoi je recherche la voie que Jésus de Nazareth a désignée malgré les ténèbres dans lesquelles encore je me débats.

– Marcus, dit Carantès en lançant un profond soupir, ô mon ami Marcus ! Permets-moi de t'appeler mon ami toi qui, bien que citoyen romain civilisé, ne nous as point traités ni moi ni ma famille avec dédain comme un hôte plein d'orgueil ; je t'ai vu adresser un sourire dépourvu de mépris à mon épouse et à mon fils et tu me parles toujours comme à un égal. Tout le monde éprouve la même chose, cette angoisse et cette incertitude devant l'existence ! – ce qui ne laisse pas d'être surprenant puisque Rome apportant la paix universelle, nul honnête homme ne devrait craindre quoi que ce fût, hors les collecteurs d'impôts et les aléas de la politique. Si tu étais marié avec à ta charge une épouse et des enfants, tu aurais sans nul doute bien d'autres idées en tête !

En proie au désespoir, il agitait ses mains, cherchant les mots pour exprimer plus clairement sa pensée.

– Ici, nous sommes dans la cité du dieu des Juifs, expliqua-t-il. J'ai un profond respect pour lui et lui porte des offrandes comme je te l'ai dit, mais il ne me vient point à l'idée de me pencher sur sa complexité et son mystère ! Qu'y pourrais-je gagner sinon de violents maux de tête ? Il est interdit aux étrangers qui demeurent à l'intérieur des remparts de la ville de posséder une idole, si petite soit-elle, et les Romains eux-mêmes ne peuvent vénérer leur empereur. Il arrive parfois que la police effectue des contrôles dans les foyers des petites gens où ils détruisent les images et perçoivent l'amende sans pitié. Crois-moi, un étranger qui vit ici n'a aucune autre possibilité que celle de se mettre bien humblement sous la protection du dieu d'Israël, dieu terrible et plein de courroux à ce que l'on dit. Ainsi donc, ô Marcus, ne t'immisce pas dans ses affaires, cela vaudra mieux pour toi.

Il poursuivit encore :

– Je crois que tu n'as pas tout à fait compris que pour les fils d'Israël la religion est politique et la politique religion ; rien de ce qu'ils font n'est vraiment séparé de leur croyance et leur dieu les observe jusque dans leurs lieux d'aisance pour surveiller s'ils se comportent là aussi selon la loi. On a donc intérêt à se maintenir bouche cousue en dehors de tout cela.

– Je suis citoyen romain, assurai-je, et nul n'a le pouvoir de me nuire ici. Je n'appartiens pas à la juridiction des Juifs et si j'étais accusé de quelque faute touchant leur religion, le proconsul lui-même n'oserait intervenir et ils se verraient contraints de m'envoyer à Rome où seul l'empereur peut être mon juge.

– Mais ne dit-on point qu'il ne réside plus à Rome mais dans une île éloignée ? opposa Carantès en toute naïveté. N'est-ce pas un autre qui gouverne à sa place, un homme cruel et cupide que l'on ne gagne à soi que par des présents ?

Ce fut mon tour de serrer le bras du Syrien et de lui bâillonner la bouche de ma main tout en jetant des regards horrifiés alentour pour m'assurer que personne ne l'avait entendu.

– Si tu avais prononcé ces paroles à Rome, lui dis-je en guise d'avertissement, on t'aurait tranché le cou ! Et ne fais point allusion à cet homme à voix haute : il a des yeux et des oreilles jusqu'au bout de la terre.

Carantès, très calmement, ôta ma main de sa bouche.

– Nous y voici ! dit-il. A Rome à la mode romaine, à Jérusalem à la mode hébraïque : ici, le nom du crucifié que tu as crié est aussi dangereux que celui de l'autre à Rome.

Il hésita un instant, puis inspecta du regard les environs ; j'étais encore assis sur le pas de la porte et il s'accroupit à côté de moi pour me parler à l'oreille.

– Les rumeurs sont ce qu'elles sont, susurra-t-il. Mais nous, les étrangers sans importance, nous avons pris conscience, à la faveur des derniers événements, de l'énormité de la disgrâce que nous a évitée l'intervention du Sanhédrin : parce que la veille de la Pâque, nous étions tous sans le savoir au bord d'un volcan ! Le peuple avait déjà acclamé cet homme comme roi et fils de David, et l'on dit qu'une congrégation du désert lui avait offert son secret appui, sans compter tous ceux qui se désignent sous le nom des doux de la terre ! Le bruit court qu'il devait donner le signal du soulèvement en incendiant le temple pendant les fêtes. Il voulait renverser le Sanhédrin pour gouverner avec le populaire. Tu peux imaginer quelle belle occasion auraient trouvée là les Romains pour intervenir ! Le procurateur avait lancé l'alarme dans toutes les garnisons et lui-même ne s'est pas risqué à s'isoler dans le palais d'Hérode, comme à l'accoutumée, mais s'est installé dans le fort même d'Antonia. Toutefois, à la mort de leur chef, les rebelles se sont littéralement volatilisés !

– Je ne te crois pas ! rétorquai-je. Son royaume n'était pas de ce monde, cela ressort à l'évidence de tout ce que j'ai entendu dire.

– Les rumeurs ne sont que des rumeurs ! admit Carantès sur un ton conciliant. Mais pour être si tenaces, elles doivent bien avoir quelque fondement ! Il n'y a pas de fumée sans feu, qu'en penses-tu ?

– Je suis convaincu que le Sanhédrin, avec les prêtres et les scribes, propagent eux-mêmes ces bruits pour justifier plus tard le fourbe assassinat dont ils se sont rendus coupables, rétorquai-je avec conviction. Jésus n'était point comme ils prétendent, il conseillait d'offrir son autre joue à l'ennemi, il interdisait de répondre au mal par le mal, et je crois que c'est la seule manière d'échapper à la haine génératrice de vengeance.

– Alors tout est de sa faute ! contesta Carantès. Quiconque vit ici sur notre terre, agissant et propageant des doctrines, doit se soumettre aux lois de cette terre. Il est possible que l'on se soit servi de lui pour parvenir à des fins différentes des siennes, je veux bien l'admettre étant donné que l'on n'a raconté au sujet de l'homme lui-même que de bonnes choses. Mais le Conseil des Hébreux n'avait pas d'autre ressource que celle de suivre une politique raisonnable eu égard aux faits : il n'est point licite de guérir des malades ou de ressusciter des morts dans le but de pervertir le peuple et il ne convient pas non plus de se proclamer fils de Dieu ! Que je sache, leur dieu n'a point de fils et ne peut en avoir, il diffère justement des autres sur ce point ! De tels agissements entraînent obligatoirement des désordres politiques et lorsque arrive la révolte, ce n'est jamais le plus serein qui s'empare des rênes mais le plus fanatique. Tu peux être convaincu que tu aurais trouvé mon échoppe en flammes et ma fille la tête en sang, écartelée au milieu du ruisseau, dès le début des troubles, avant que j'aie eu le temps de me déclarer l'adepte du nouveau roi.

Je réfléchis sur ces avertissements et pensai également à tout ce que j'avais appris et vécu.

– Il me semble que sa révolution se fait audedans de l'homme et non à l'extérieur, pensai-je tout haut. C'est en cela qu'elle diffère de toutes les autres et je me demande de quelle manière elle se présentera.

– Ah ! On voit bien que tu n'es point chargé de famille ! s'exclama mon hôte en levant les mains pour marquer son abandon. Fais ce que bon te semblera, mais ne viens pas te plaindre ensuite de n'avoir point été averti.

Je me rendis donc chez Simon de Cyrène.

Un seul trait distinguait sa maison des autres constructions de la cité : située dans une étroite ruelle, sa porte était close en plein jour. Je dus frapper durant un certain temps avant qu'une servante ne se déplaçât. Elle maintint la porte entrouverte tout en se couvrant la tête à la hâte lorsqu'elle m'aperçut.

Je la saluai et demandai à voir son maître.

– Mon maître est souffrant, répondit-elle. Il est enfermé dans une chambre obscure et ne veut recevoir personne.

Je lui fis part de mon nom ainsi que de celui de mon banquier Aristhènes.

– Ton maître consentira certainement à me voir, finis-je par dire, car je viens l'entretenir de l'affaire qui le préoccupe.

La servante m'introduisit à l'intérieur et courut prévenir son maître. Je remarquai que derrière la façade en ruine la maison, récemment construite, était de style grec. Une partie du plafond de la grande entrée s'ouvrait sur le ciel et un bassin était creusé en dessous pour recueillir l'eau de pluie. Une mosaïque recouvrait le sol, représentant des fleurs, des poissons et des oiseaux en dépit de la loi locale interdisant les images. Comme il sied chez toute personne civilisée, des objets en bronze et des vases grecs décoraient le vestibule dans toute sa longueur.

J'attendais depuis peu lorsque apparut un esclave grec vêtu d'un manteau de lin aux plis élégants qui tenait dans sa main un rouleau de papyrus. Il avait les cheveux blancs et les yeux fatigués et rougis des hommes accoutumés à lire sous un mauvais éclairage.

Il me salua, puis me pria de prendre un siège et d'attendre.

– Qu'es-tu en train de lire ? l'interrogeai-je.

Il dissimula aussitôt le rouleau derrière son dos.

– C'est une des œuvres d'un prophète juif, répondit-il. Je suis le précepteur d'Alexandre et de Rufus, les fils de la maison. Mon maître quant à lui est un homme simple qui ne goûte guère la poésie.

– Laisse-moi deviner le titre de ton livre, proposai-je en souriant. Je l'ai lu à Alexandrie et l'on m'en a récité des morceaux par cœur récemment. N'est-ce point du prophète Isaïe ?

L'esclave jeta un regard perplexe sur le rouleau serré dans sa main.

– Es-tu devin ou mage que tu connaisses le sujet de la lecture que je faisais à mon maître ?

– Je ne suis rien de tout cela, mais je connais un peu d'astronomie grâce à mon père adoptif Manilius. As-tu entendu parler de son œuvre intitulée *Astronomica* ?

– Non ! répondit l'esclave, mais je sais bien que les Romains ont toujours tout copié sur les Grecs, ils traduisent les choses en latin et font ensuite passer leurs œuvres pour des œuvres originales.

Cet esclave chenu était manifestement fort pointilleux sur la question de sa dignité !

– Quelle est ton opinion au sujet du prophète juif ?

– Je suis grec et le mystère hébreu m'ennuie car il fait intervenir une puissance invisible. Je lis pour mon maître une suite de mots dont mon esprit se détache rapidement pour voguer à sa guise. On a déjà démontré que la tortue gagne le lièvre à la course : esclave depuis ma naissance, j'ai accepté le rôle de la tortue et je ne tente point, à l'instar des Juifs, de dépasser Homère ou Esope.

C'est alors que Simon de Cyrène pénétra dans la pièce et je le regardai approcher : son manteau enfilé à la hâte était troué et d'une couleur sombre indéfinissable, mais il portait une barbe bien entretenue ; d'âge moyen, il était grand et robuste et son visage, tanné par le soleil, avait acquis une teinte très foncée ; ses larges mains noueuses trahissaient l'homme habitué à travailler dans les champs.

Il prit place sur le siège couvert d'un coussin pourpre comme il convient à la dignité du maître de maison et intima d'un geste impatient à son esclave l'ordre de se retirer.

— Qu'est-ce qui t'amène ici, Romain ? me demanda-t-il brusquement sans me saluer. Que me veux-tu ?

Avant de parler, je jetai un regard autour de nous afin de m'assurer que nul ne nous écoutait.

— On m'a dit que tu étais abîmé dans le souvenir de Jésus de Nazareth, dis-je avec franchise et sans détour. On m'a dit également que tu avais cherché à rencontrer ses disciples et que ces derniers ne t'ont point reçu. La nuit dernière, durant la première veille, j'ai vu deux d'entre eux mais ils ont refusé de m'aider. Je suis, moi aussi, à la recherche du chemin, aide-moi, toi, si tu le peux !

La tête inclinée de façon insolite, Simon m'observa par-dessous ses sourcils hirsutes.

— Je ne suis à la recherche de rien, moi ! répliqua-t-il. Qui peut bien t'avoir raconté pareille baliverne ? Il y a longtemps que j'ai trouvé ma voie et j'en suis parfaitement satisfait !

Je l'examinai attentivement et me rendis compte soudain que sa manière d'incliner la tête ainsi que son regard, à la fois craintif et méfiant, dénonçaient un ancien esclave ; je baissai machinalement les yeux vers sa cheville y cherchant la trace indélébile des fers, mais Simon, qui avait suivi mon regard, dissimula rapidement ses pieds sous le siège de marbre.

— Tu as une bonne vue ! reconnut-il avec humeur, puis il frappa sur un plat de métal avec un petit marteau. Je suis en effet un ancien esclave et l'on m'a délivré mes tablettes d'affranchi il y a dix ans. Je me suis enrichi dans le commerce des céréales à Cyrène avant de venir m'installer dans cette cité de Jérusalem dont le père de mon grand-père était originaire. J'ai deux fils et il me déplairait de les voir, en raison de mon origine, en butte aux moqueries des gens. Mais il est vrai que je suis né esclave, ainsi que mon père et mon grand-père, et je crois que cela marque à jamais un homme même si les autres n'y prennent pas garde ici. Comme tu peux le constater, je mène la vie d'un homme civilisé : j'ai ma place à la synagogue et au théâtre, je paie un précepteur grec pour l'éducation de mes fils et j'escompte même obtenir pour eux la nationalité.

Un serviteur apporta un plateau d'argent et, prenant une cruche délicatement ornée, versa un vin sombre dans une coupe d'or qu'il m'offrit. Des gâteaux au miel voisinaient sur le plateau avec un pain d'orge noir. Simon de Cyrène se saisit d'une coupe en terre que le serviteur remplit d'eau, puis il coupa un morceau de pain qu'il se mit à mâcher après en avoir soufflé la cendre, entrecoupant sa mastication de larges gorgées d'eau. Cette façon d'agir ne laissa point de me surprendre.

– Sais-tu si je ne suis point las, moi aussi, des pâtisseries ? Laisse-moi goûter de ton pain, lui dis-je. Ton vin est excellent certes, mais je me serais contenté de boire de ton eau qui me paraît une eau porteuse de vie.

– Je la fais venir d'une source éloignée, m'expliqua-t-il. Je rêvais de cela lorsque j'étais enfant et que je travaillais dans les champs de blé sous le soleil d'Afrique ; et je rêvais aussi d'un pain d'orge et de son, de petits pois et d'avoine. Lorsque je suis devenu riche, pendant une certaine période j'ai bu du vin puis je me suis aperçu que je ne l'appréciais guère ; on me servait également des pâtisseries dégoulinantes de miel, des gazelles grillées et des sauces piquantes, jusqu'au jour où je me suis rendu compte que je savourais avec plus de plaisir le pain accompagné de légumes frais, garants en outre de ma santé. J'ai connu maintes vicissitudes dans mon existence, Romain, et j'ai vu plus de choses que tu ne crois.

Son ton n'était point d'un homme rempli d'amertume, il énonçait simplement les faits dans leur réalité.

— J'ai mis du temps à admettre que j'étais libre pour de bon et que je pouvais faire réellement ce qui me plaisait. Je repose toujours sur ma dure couche d'esclave, car les lits moelleux me font mal au dos. Je n'ignore point que l'on se moque de moi parce que je ramasse des branches de bois sec dans mon manteau en revenant d'inspecter mes terres ou de payer leurs salaires aux journaliers, on rit de me voir retourner chez moi le dos chargé de fagots ; je ne critique point les autres sur leur manière de dépenser leur argent, mais je n'éprouve nul plaisir dans le gaspillage. Lorsque j'étais encore un petit enfant, on m'a fouetté jusqu'au sang parce que j'avais ramassé des bouses séchées et des chardons pour permettre à ma mère d'allumer un maigre feu sous sa marmite en terre. Alors, à présent, je suis heureux de pouvoir glaner du vrai bois sur des terres qui m'appartiennent et de l'apporter ensuite dans ma propre maison.

Il ajouta encore :

— Peut-être suis-je un patron sévère, car je ne tolère point la paresse chez ceux qui travaillent pour moi ; mais je n'ai jamais empêché l'ouvrier occupé à cueillir les olives de descendre de l'arbre afin d'accomplir ses prières de la neuvième heure. J'aime par-dessus toutes choses fouler le sol de mes propriétés, retrousser mes manches et mettre moi-même la main à la pâte.

Il parlait sans s'interrompre comme s'il eût voulu éluder la question qui m'avait conduit chez lui.

– Telle est la voie que j'ai choisie. J'ai beaucoup médité sur la liberté de l'homme dans ma cervelle d'esclave et cela m'a amené à ceci : laisser les autres vivre à leur manière sans leur imposer ma liberté ni mes plaisirs. Peut-être fut-ce une erreur de revenir à Jérusalem, mais mon père et ma mère affirmaient qu'ici se trouve la Terre promise. Eux-mêmes m'enseignèrent le plus qu'ils savaient du dieu d'Israël car les esclaves ne disposaient ni d'une synagogue ni de maîtres ; je n'ai, pas plus que mon père, été circoncis selon la loi et nous ne connaissions pas grand-chose de l'alliance entre Dieu et le peuple d'Abraham. En revanche, je sais tout ce qu'il est possible de savoir sur le commerce des céréales et j'aurais à coup sûr prospéré encore davantage si j'étais allé m'installer à Rome. Mais le grain est taché de sang, que l'on achemine vers cette ville pour le distribuer gratuitement, les cicatrices laissées par le fouet sur mon dos en sont un témoignage. En outre, l'homme pense avec nostalgie aux prières et au dieu de ses pères et regrette la patrie dont il se sait issu. Je ne serais jamais devenu un Romain et il m'est difficile d'imaginer que l'accumulation continuelle de richesses soit une fin en soi. Je possède suffisamment de biens pour moi et mes fils et j'ai placé avec prudence ma fortune que j'ai assurée contre les nombreux désagréments éventuels. Je n'ai plus qu'un désir désormais : vivre en homme juste dans la crainte de Dieu, obéir aux commandements sans porter préjudice aux autres hommes et me réjouir de ce que j'aime. Voilà le chemin tout simple que j'ai trouvé.

– Il est fort respectable, répondis-je. Je ne vois en toi ni l'orgueil ni l'insolence qui rendent si antipathiques les riches affranchis de Rome, prêts à dépenser des fortunes pour être invités à la réception d'un sénateur ou pour avoir le droit d'adresser la parole publiquement à un chevalier. Ils sont la risée de tous. Ainsi donc je te comprends et tout en remarquant que tu as aménagé l'intérieur de ta superbe demeure à la mode grecque et que tu me présentes des coupes en or, je déduis de tes propos que tu n'es point esclave de ta richesse.

– C'est du moins ce que j'essaie de faire, dit Simon de Cyrène soupirant avec résignation. Je veux être libre dans la mesure où un homme peut l'être. Si je venais à perdre tout ce que je possède – nul n'est à l'abri d'un malheur ! – je ne perdrais pas grand-chose étant donné que je me contente de peu, et plus que l'abondance ce peu me procure le bonheur.

– Pourquoi donc, lui demandai-je, pourquoi ta rencontre avec le Nazaréen t'a-t-elle ému au point que tu te caches dans une sombre pièce fermée à double tour où tu ne veux recevoir personne ?

Il poussa un profond soupir en se passant la main sur le front, évitant de me regarder.

– Que sais-tu du crucifié ? finit-il par me demander.

– Je suis venu d'Alexandrie pour visiter la ville sainte des Hébreux à l'occasion de la fête de la Pâque et je me suis arrêté à contempler les suppliciés. Soudain, tout devint sombre, je le vis souffrir et mourir, j'ai trouvé son tombeau vide le troisième jour et l'on me dit qu'il avait ressuscité. Je n'ai pu dès lors me libérer de lui. Toi, tu as, dit-on, porté sa croix une partie du chemin et je me doute que tu ne peux davantage te libérer. Pour quelle raison ? T'a-t-il dit quelque chose de particulier ?

– Non ! dit-il en pressant ses mains l'une contre l'autre l'air très inquiet. Non, il ne m'a rien dit et c'est bien là ce qui me tourmente : il ne m'a pas adressé une parole, seulement un regard. Je ne savais rien à son sujet, je ne m'occupe point de politique et obéis à la loi selon les exigences de ma synagogue. Les deux autres condamnés étaient des voleurs, cela se voyait à leur figure. Moi, je revenais des champs et m'arrêtai à leur passage ; lorsque Jésus s'écroula, évanoui sous le poids de la croix, il ne pouvait déjà plus se relever et une telle foule se pressait autour de lui qu'il était impossible de s'éloigner ; une femme pleine de pitié se pencha vers lui et, avec le pan de son manteau, essuya le sang et la sueur qui coulaient sur son visage, mais il ne réussit point à se relever malgré les coups de pied des Romains ; le centurion jeta alors un regard autour de lui et me désigna selon l'arbitraire bien connu de ses compatriotes. Est-ce parce que j'ai toujours une âme d'esclave ? Toujours est-il que j'obéis et fus chargé de la croix. Jésus me lança un regard, puis se redressa sur ses jambes tremblantes. Sans élever la moindre protestation je portai le bois, marchant derrière lui jusqu'à la colline. Si j'avais porté plainte en raison de la façon dont on m'a traité, je suis persuadé que le centurion aurait été châtié, mais je ne cherche point de querelles inutiles avec les Romains ! Je suis resté tandis que l'on étendait le Nazaréen sur le sol, un homme maintenant ses bras avec ses genoux, le bourreau de la légion enfonça les clous dans ses poignets, et c'est alors qu'il me regarda une nouvelle fois. Faisant une volte-face, je me mis à courir à perdre haleine et vins m'enfermer chez moi à double tour.

Il pressa son visage dans ses mains et poursuivit en secouant la tête :

– Tu ne peux sûrement pas comprendre, toi ! J'ai déjà vu des crucifixions ! Parfois même des esclaves se moquaient de leurs compagnons suppliciés pour avoir, dans un moment de colère, assassiné leur contremaître ou incendié un champ de blé. Il fut un temps où les tortures me laissaient impassible et je pensais que la douleur humaine ne pourrait plus jamais m'émouvoir. Mais voici que lui m'a regardé ! Dès cet instant je ressentis une sorte de vertige et la crainte de voir la terre céder sous mes pas s'empara de moi.

« Comment pourrais-je te l'expliquer ? ajouta-t-il avec l'accent du désespoir. Comment, si je ne le comprends pas moi-même ? Tout a disparu à mes yeux, hormis ce regard levé vers moi dans ce visage gonflé de coups et couronné d'épines ! Je me réfugiai dans les ténèbres de la maison, enfouis la tête sous mon manteau et n'osai même pas mettre le nez dehors lorsque la terre trembla et que bougèrent les murs. Le jour suivant, transgressant la loi qui interdit de se déplacer durant le sabbat, je me mis en quête de ses disciples pour calmer mon angoisse, mais ils ne voulurent point entendre ma voix. Puis j'ouïs dire qu'ils avaient enivré les soldats romains devant le sépulcre et enlevé le corps afin de tromper le peuple ; quelque chose en moi se refuse à le croire cependant : l'homme qui a un regard comme le sien a le pouvoir de ressusciter des morts ! Toi, que peux-tu me dire sur lui ? Quelles étaient ses intentions ?

— D'après ce que j'ai pu comprendre, dis-je prudemment, il a porté son royaume sur la terre et il demeure parmi nous après sa résurrection. Pour ma part, je cherche le chemin qui mène à son royaume et j'espérais qu'il t'avait dit quelque parole susceptible de me guider.

— Puisse-t-il me l'avoir dite ! Mais sans doute ne me jugea-t-il pas digne de ses paroles, moi qui me chargeai de sa croix à contrecœur ! Et depuis son regard, l'eau vive elle-même me laisse un goût de fange et le bon pain me reste en travers de la gorge. Mes propres enfants me sont devenus étrangers et mon cœur ne se réjouit plus de les voir ; certes, en raison de l'éducation, différente de la mienne, que j'ai tenu à leur donner, je ne me sentais guère proche d'eux auparavant ; mais la seule vue de leur élégance et de leur science m'emplissait de joie, j'aimais à les entendre converser avec leur professeur sur des thèmes dont je ne connais pas le premier mot et qui, d'ailleurs, ne me préoccupent point car mes connaissances me suffisent qui se bornent à ma propre expérience ! Mais celle-ci, hélas, ne me sert à rien dans le cas présent ! Je n'ai plus de joie et il me vient parfois l'envie de retourner dans ma cabane d'esclave et de faire forger des fers pour mettre à mes chevilles.

– Sais-tu que les doux de la terre attendent sa venue ?

– Pourquoi penses-tu que je me fasse lire à voix haute le livre du prophète Isaïe ? marmonna Simon avec amertume. La demande pour ce rouleau a augmenté à un tel point ces derniers jours que j'ai dû payer un papyrus écrit en grec cinq fois plus cher, et il ne m'a guère apporté le soulagement. Quant aux doux, qui ont des signes de reconnaissance et des mots de passe, ils ne m'intéressent pas, je n'ai pas l'intention de me mêler de politique : je suis un affranchi et ne désire nullement changer de position.

– Je ne pense pas qu'ils aient des visées politiques, rétorquai-je. Du moins, plus maintenant. Ils croient que Dieu s'est fait homme sur la terre, a vécu parmi eux, a souffert et ressuscité afin que s'accomplissent les Ecritures et afin que s'ouvre pour eux d'une manière incompréhensible le royaume. Mais nul encore n'a déchiffré le sens de tout cela.

Simon haussa les épaules et déplaça son corps

massif comme pour en faire tomber un implacable fardeau.

— Ainsi ces épaules ont porté la croix d'un dieu vivant ! dit-il, la voix glacée d'horreur. Je ne le discute pas et ne repousse point tes affirmations quand mon cœur m'assure que tu dis la vérité. Et il m'a regardé deux fois !

Il poursuivit, l'air accablé :

— J'avais évidemment entendu parler d'un nouveau maître qui provoquait des désordres, mais je ne fis aucune relation avec cet homme ensanglanté qui avançait en trébuchant couronné d'épines pour subir le supplice de la croix. Je n'avais point compris que c'était le même Jésus dont on m'avait parlé jusqu'au moment où quelqu'un, sur la colline, m'a lu l'écriteau — moi, je ne sais point lire ! je ne croyais d'ailleurs qu'à moitié ce que l'on m'en avait conté, la vie m'a rendu sceptique et le récit de ses miracles ne m'impressionnait guère. Mais il y a l'histoire d'un chef de collecteurs d'impôts, dont on m'a même précisé le nom, il s'appelle Zachée, qui avait grimpé sur un sycomore pour voir le nouveau rabbin ; ce dernier, après l'avoir invité à descendre de l'arbre, lui rendit visite dans sa maison, et cela en dépit du fait qu'il fût publicain ! Dès le départ du maître, ce Zachée distribua la moitié de ses biens aux pauvres et rendit le quadruple de ce qu'il avait acquis par fraudes usuraires. Cette attitude ayant dénoncé son délit, il fut traîné en justice, mais on le relâcha pour faiblesse d'esprit et il fut simplement destitué. Il n'est pas très difficile de croire qu'un homme doué d'un certain pouvoir puisse réussir à faire marcher un paralytique, mais ceci me paraît un miracle autrement supérieur que d'obtenir d'un homme qu'il partage sa fortune avec les déshérités. Cela n'arrive jamais, c'est tout bonnement impossible ! Les juges ont estimé de même, qui ont conclu que Zachée avait perdu la raison. A vrai dire, j'ai fort envie de rencontrer ce publicain afin d'ouïr de sa bouche les propos tenus par Jésus lors de sa visite et les raisons de son bouleversement.

« Je suis un Romain, et donc pragmatique malgré toute la philosophie apprise des Grecs.

– Tu parles d'or, dis-je avec empressement. Partons sur l'heure à Jéricho pour voir ce Zachée. Il est probable que Jésus lui ait enseigné une chose auprès de laquelle la possession de biens matériels perde toute valeur. Une révélation aussi prodigieuse mérite que l'on s'y arrête. N'as-tu pas dit toi-même qu'un seul de ses regards a dénué toute chose de son importance à tes yeux ?

– Aussi vite que nous allions, Jéricho est au moins à une journée de marche, objecta Simon, et c'est aujourd'hui la veille du sabbat. En outre, je n'ai nulle envie de quitter Jérusalem ces jours-ci : s'il est vrai qu'il a ressuscité, c'est ici que nous sommes le plus près du royaume dont tu parles avec tant d'enthousiasme. Voilà du moins ce que me dicte mon humble bon sens.

J'admis qu'il était dans le vrai, les disciples de Jésus eux-mêmes n'ayant pu se résoudre à abandonner Jérusalem dans l'attente qu'il arrive quelque chose.

– Nous sommes unis tous les deux parce qu'étrangers à cette histoire, le seul hasard nous en a fait les témoins. Le hasard ? Je n'y crois plus, désormais, pénétré de l'idée que nous avons été tous deux, et précisément nous deux, poussés à rechercher son chemin dans un but déterminé. Et quel qu'il soit, nous avons tous deux été touchés en plein cœur et ne pourrons plus trouver le repos que nous n'ayons fait la lumière sur cette affaire.

– J'avais un chemin tout tracé, gémit Simon de Cyrène. Mais je ne suis plus libre, à présent, et me débats tel un poisson pris au filet. Jamais je n'ai soupiré après la vie éternelle que les Pharisiens espèrent obtenir en obéissant à la loi dans ses menus détails, j'ai vu mourir trop d'esclaves pour être à même de croire en une autre vie et je rejoindrais plutôt sur ce point les Saducéens qui ne nourrissent aucune espérance de ce genre. Nous n'abordons guère ces thèmes dans notre synagogue, nos maîtres s'étant inclinés devant les érudits d'Alexandrie. Je suis bien obligé de croire quelque peu à la magie, qu'elle soit blanche ou noire, ne pouvant désavouer le témoignage de mes propres yeux. J'apaise mon cœur en distribuant des aumônes et en obéissant à la loi dans les limites de la juste raison tout en sachant le monde dépourvu de pitié et plein de vaine cruauté. Mais je doute fort que l'on puisse acheter la vie éternelle par de bonnes actions : un hypocrite ne peut tromper Dieu, quand bien même il ferait sonner les trompettes devant lui lorsqu'il fait la charité. Bref, je ne crois en aucune sorte de vie après la mort, ni en celle des ombres dont parlent les Grecs et les Romains, ni en la réincarnation sous la forme d'un coq dont on a essayé de me convaincre à Cyrène ; à Cyrène où l'on jette à la poursuite des esclaves fugitifs des chiens affamés nourris seulement de la chair des hommes enchaînés !

Il parut se plonger dans ses souvenirs.

– Dans les grandes plantations d'Afrique, des voyageurs venaient depuis Rome afin d'étudier l'organisation du travail, le prix de revient bon marché de la main-d'œuvre fournie par les esclaves et la meilleure manière d'accoupler des hommes robustes aux femmes les plus solides. Mais à quoi bon ressasser le passé si cela ne me sert plus désormais à me réjouir de ma liberté !

Les vapeurs du vin fort qu'il m'avait offert m'étaient montées à la tête sans que je m'en sois rendu compte.

– Simon de Cyrène, je ne ressens aucun mépris à ton égard quoique tu sois un affranchi ! dis-je hypocritement. Certes, je suis citoyen romain et j'ai le droit de porter un anneau d'or au pouce ; mais l'on m'a enseigné à Rhodes qu'il ne convenait point de se prévaloir des privilèges octroyés par la naissance et qu'il est préférable d'établir sa valeur aux yeux du monde par ses propres mérites. Je me suis jusqu'à présent préoccupé davantage de réfléchir que d'agir ; j'ai toujours estimé en ce qui concerne la question de la servitude que l'entretien d'esclaves pose au maître des problèmes fort ennuyeux et qu'un homme riche ne pourra jamais être en repos tant qu'autour de lui s'activeront des domestiques : l'on pourrait dire qu'un homme épris de son confort devient l'esclave de ses esclaves. Mais j'y vois plus clair maintenant et je suis arrivé à admettre qu'un esclave est un homme presque au même titre que moi, en dépit du fait qu'il soit marqué au front et que l'on puisse le châtier s'il manifeste une mauvaise nature. Simon, tu es mon prochain et j'aimerais pouvoir t'aimer comme moi-même ainsi que le recommanda également le crucifié. Certes, ma culture est plus étendue que la tienne mais en l'occurrence mes connaissances ne me sont d'aucun secours, comme si je naissais au monde une nouvelle fois en devant tout réapprendre depuis le commencement. Voilà pourquoi il me plairait d'être ton ami sincère, malgré la différence considérable de position et de dignité qui nous sépare.

Mes propos blessèrent Simon dans son amour-propre, beaucoup plus chatouilleux chez les affranchis que chez tout autre. Il cogna violemment contre le bras de son siège le pot en terre plein d'eau qu'il tenait, m'éclaboussant jusqu'aux yeux.

– Va au diable, Romain ! vitupéra-t-il. Tu peux

jeter ton anneau dans les latrines, peu me chaut, et je crache sur toute ta philosophie. La philosophie est le vain passe-temps des désœuvrés, mais nul n'est jamais parvenu à faire pousser un seul épi de blé grâce à elle ! Et même cette curiosité qui t'anime n'est rien d'autre qu'une envie d'oisif à la recherche de sujets inédits pour briller en société. Tu n'es qu'un imposteur. Avec ta barbe mal rasée et les franges cousues à ton manteau, tu ressembles à un comédien qui brigue coûte que coûte un nouveau rôle parce qu'il a raté tous les autres.

Je lui aurais envoyé mon verre en pleine face quelques jours auparavant, je l'aurais insulté, traité de misérable affranchi puis, fou de rage, serais sorti de chez lui avec fracas. Mais ses reproches cinglants dissipèrent mon ivresse, je gardai le silence pour méditer sur ses paroles. Je me demandai si cet homme était dans le vrai lorsqu'il me jugeait de cette façon. Une authentique soif de connaître m'a poussé sur ce nouveau chemin. Au fur et à mesure que je le découvre, je comprends de plus en plus clairement que tout cela fait également partie de moi et que je me transforme peu à peu tout en avançant.

– Pardonne-moi d'être prétentieux, car en vérité nous sommes tous les deux égaux en l'occurrence ! murmurai-je.

C'était moi, un citoyen romain, qui m'abaissais ainsi à implorer le pardon d'un affranchi sans éducation !

– On raconte que le Nazaréen lui-même, au cours de la dernière nuit, s'agenouilla devant ses disciples et leur lava les pieds pour leur apprendre l'humilité, ajoutai-je. Et ma folie est telle que je m'agenouillerais volontiers devant toi pour te laver les pieds à mon tour si tu le veux bien, ô Simon de Cyrène !

– Je n'ai besoin de personne pour cela ! bougonna-t-il, mais il poursuivit aussitôt sur le ton de la conciliation : Ne te fâche pas ! C'est pour moi une question de vie ou de mort depuis qu'il a posé son regard sur moi ! »

Il me toucha le front, l'épaule et la poitrine avec sa main pour me prouver son amitié, et son contact ne m'inspira nulle répugnance.

— Peut-être as-tu été conduit chez moi justement maintenant dans un but précis ? admit-il. Le professeur grec de mes enfants entrecoupait sa lecture des Ecritures de tels bâillements que je n'ai rien compris ; j'avais l'intention de sortir afin de demander son aide à un scribe compétent, mais il est probable qu'il aurait coupé les cheveux en quatre, en déchiffrant d'abord selon la lettre, puis d'une manière symbolique pour ensuite comparer ce livre avec les autres si bien qu'en définitive, je n'aurais rien appris du tout ! Après le regard qu'il m'a jeté, je sais d'ailleurs que sa doctrine n'est point du domaine de l'écrit mais de la vie même.

Puis il demanda tout en tournant la tête de droite et de gauche :

— Qu'arrive-t-il ? Je me sens léger tout à coup et mon angoisse s'est en allée.

Comme si un nuage avait dégagé soudain le ciel au-dessus de la pièce, tout s'emplit de lumière. A cet instant précis, un homme de haute stature enveloppé dans un manteau pénétra dans la salle qu'il traversa pour se diriger vers les appartements, sans nous prêter la moindre attention.

— Eléasar, est-ce toi ? s'enquit Simon derrière lui. S'est-il passé quelque chose à la campagne ?

Puis en se levant, il dit à mon intention :

— C'est Eléasar, mon intendant qui me cherche sans doute ; peut-être un laboureur s'est-il cassé le bras ou un âne est-il tombé dans un puits. En ce cas, ils ont besoin de moi.

Il disparut à la suite de l'inconnu. Demeuré

seul, je fouillai ma mémoire : où avais-je déjà rencontré cet homme ? Son visage ne m'était pas tout à fait inconnu ! Il me vint à l'esprit qu'il ressemblait à mon cher professeur de Rhodes et cela me fit sourire ; je crus avoir remarqué une légère calvitie chez le nouvel arrivant et, s'il avait été vêtu différemment, il aurait très bien pu passer pour mon maître ; mais ce dernier était mort, je le savais, depuis fort longtemps et une vague de mélancolie m'envahit au souvenir de l'élève attentif et toujours assoiffé de choses nouvelles que j'étais alors.

Au bout d'un certain temps, Simon me rejoignit dans l'entrée.

– Je ne comprends pas où il est allé, dit-il courroucé. Sans doute sera-t-il sorti dans la cour car je ne l'ai point trouvé dans les autres pièces.

Il frappa avec le marteau le plat en métal et dès que se présenta le serviteur lui ordonna :

– Amène-moi Eléasar ! Il vient de passer mais ne m'a point vu du fait de l'obscurité.

– Je ne l'ai pas vu aujourd'hui, maître, répondit-il confus en sortant vérifier si l'intendant était arrivé. Il revint peu après et confirma : « Tu t'es trompé, Eléasar n'est point ici et la porte est fermée. »

Simon de Cyrène tint à s'en assurer personnellement et je l'entendis échanger de vifs propos avec la gardienne puis arpenter l'appartement, donnant des coups dans les objets sur son passage. Il me rejoignit enfin, disant :

– En effet, il n'y a personne. La portière m'a juré n'avoir ouvert à personne depuis ton arrivée et nul ici n'a vu Eléasar.

– Quant à moi, j'ai cru reconnaître le professeur dont j'ai suivi les cours à Rhodes et qui est mort maintenant, rêvai-je encore. Heureusement que la mosaïque conserve encore ses traces sinon nous pourrions croire tous les deux que nous avons eu une vision.

Je lui indiquai les traces de pieds nus sur le brillant carrelage. Il se baissa pour les regarder de près.

– On dirait qu'Eléasar s'est blessé aux pieds, observa-t-il, il saigne.

Curieux, il passa un doigt sur l'empreinte et l'en retira taché. Je me mis à genoux et demeurai là, à contempler ces marques de pieds nus sur le sol ; des frissons me parcoururent tout le corps et, levant les yeux vers Simon, je bégayai :

– Je saisis à présent pourquoi ses disciples ne l'ont point identifié sur-le-champ.

Mais Simon ne comprit guère et grommela avec colère :

– Ma maison est bien mal surveillée, puisque n'importe qui peut entrer à sa guise même lorsque la porte est fermée.

– Est-il vrai que tu ne l'aies point reconnu ? lui demandai-je.

– C'était Eléasar, mon intendant ! s'entêta-t-il à soutenir.

– Non ! m'exclamai-je. Non, ces traces sont sacrées et ta maison est bénie. Lui-même, le fils de Dieu ressuscité est venu parmi nous et nous a permis de le voir parce que nous cherchons son chemin le cœur empli de ferveur.

Le visage bruni de Simon vira au gris.

– C'était Eléasar, je l'ai vu de mes propres yeux et je l'ai reconnu, s'obstina-t-il avec colère. Tu n'as pas le droit de me faire de telles frayeurs.

– Crois ce que tu voudras, répliquai-je. Je sais bien, moi, ce que je crois. Il y avait en lui quelque chose de familier à tous les deux et nous l'avons remarqué tous les deux. Mais comment aurions-nous pu comprendre immédiatement que c'était lui ? Marie de Magdala non plus ne l'a point reconnu jusqu'au moment où il l'a appelée par son nom.

– Que prétends-tu me faire croire ? J'ai vu une fois un sorcier évoquer des esprits mais ce n'étaient que des images qui s'agitaient dans les volutes de la fumée. Nul esprit ne laisse la trace de ses pieds nus sur le dallage !

– Il n'est pas seulement un esprit, ne l'as-tu point encore compris ? Il a ressuscité des morts, il demeure parmi nous, il va et vient comme il le désire même à travers les portes closes.

Mais l'esprit servile de Simon refusait de se soumettre.

– Je peux concevoir sa résurrection puisqu'il m'a regardé de cette manière, murmura-t-il. Mais pour quelle raison serait-il apparu devant nous justement ? Cela dépasse mon entendement. Nous ne faisons pas partie de ses disciples et ne le connaissions même pas avant sa mort ; tu es un Romain incirconcis et moi un ancien esclave. Pourquoi le roi devrait-il se manifester à nos yeux ?

– Son royaume était tout proche même avant qu'il n'apparaisse, dis-je. N'as-tu point remarqué comme la pièce s'est illuminée précisément quelques instants avant son entrée ? Tu t'es senti soulagé de ta tristesse et j'éprouvai de mon côté un merveilleux bien-être qui est en moi encore à présent. Pourquoi s'étonner de ses actes ? En se manifestant à nous, sans doute a-t-il voulu signifier que nous aussi avons le droit de chercher son chemin de notre mieux.

– Si c'était lui, je léguerais ma fortune à mes fils pour le suivre où bon lui semble, promit Simon. Mais ce n'était point lui, je te le jure, c'était Eléasar.

Il se mit alors à se lamenter sur sa destinée.

– Pourquoi est-ce à moi que cela devait arriver ? soupirait-il en serrant les poings. Pourquoi n'a-t-il pris dans son filet un homme plus jeune ? C'est ainsi que s'abat le malheur, par surprise et de la manière la moins attendue. Pourquoi me placer juste au milieu de son chemin ? O malchance ! Moi qui seulement rêvais de vivre le reste de mon âge en jouissant de ce que je possède.

En l'écoutant j'en arrivais à penser que Simon, bien qu'il ne la désirât point, avait la foi.

– Simon mon frère, crois-moi, dis-je pour lui donner courage. Il est en son pouvoir de t'offrir quelque chose d'incomparablement plus précieux que tout ce que tu as possédé jusqu'à présent ! Mais ne le suis pas, abandonne le chemin s'il est trop ardu pour toi, je ne pense point qu'il oblige qui que ce soit à marcher sur ses pas si l'on n'y est point préparé au plus profond de son être.

– Voici que tu surveilles la voie et disposes des obstacles devant moi à l'instar des disciples qui n'ont même pas accepté de me recevoir. Je suis aussi capable que toi de chercher le chemin, s'il est vrai qu'il nous est apparu, ce que naturellement je ne crois point.

Soudain de violents coups nous firent sursauter. Nous entendîmes grincer la serrure, la porte s'ouvrir puis crier la gardienne qu'un homme de très petite taille écarta vivement avant de pénétrer dans la pièce.

– Où est-il ? sanglota-t-il en se tordant les mains. Où l'avez-vous caché ? J'ai attaché mon âne à l'anneau de l'entrée et je l'ai attendu patiemment lorsque j'ai vu qu'il pénétrait dans cette maison. Mais il n'est pas ressorti. Je veux le voir !

– De qui parles-tu, étranger ? interrogea Simon. Il n'y a personne ici hormis mon invité avec lequel je suis en conversation depuis un long moment déjà.

Le plaisant petit nain fit un pas dans ma direction, leva sa grosse tête vers moi et me regarda avec la fixité de ceux qui n'y voient goutte.

– Ce n'est pas celui-là que je cherche ! finit-il par constater. Il était luxueusement habillé pour un fils d'Israël, son manteau devait être en laine de Milet si je ne me trompe.

– Qui cherches-tu donc ? demanda Simon une nouvelle fois. Est-ce là une façon de se présenter chez les gens ?

– Que t'importe celui que je cherche ? rétorqua le petit homme l'air mystérieux. Ce que je puis te dire, c'est qu'il est passé près de moi et que je ne l'ai point reconnu avant qu'il soit assez loin ; il ne s'est point arrêté et n'a pas écouté mes cris ; j'ai eu beau exciter mon âne, il a atteint la ville avant moi et je l'ai vu entrer dans cette maison.

A ce moment, de nouveau l'on frappa à la porte, et nous vîmes approcher un paysan au visage ouvert, bruni par le soleil.

– Enfin te voici, Eléasar ! soupira Simon avec soulagement. Pourquoi ne t'es-tu point arrêté tout à l'heure ? Où étais-tu passé ?

– Je n'étais pas là ! protesta, surpris, Eléasar. J'arrive à l'instant directement de la campagne. Quelle nouvelle, ô mon maître ? Il y a déjà plusieurs jours que tu n'es point venu visiter tes propriétés. Or la terre tressaille de joie sous les pas du maître et quant à moi je ne sais plus que faire si tu ne viens me donner tes instructions. J'espère que tu n'es pas souffrant.

Je baissai les yeux vers ses pieds : nus, ils étaient tachés de sang, semblait-il.

– Tu es blessé ? signalai-je.

– Non ! répondit Eléasar en regardant ses pieds avec gêne. C'est la couleur avec laquelle nous marquons les agneaux pour le sacrifice et je ne me suis pas lavé : je viens juste pour voir mon maître et qu'il m'explique une fois de plus comment on procède à Cyrène en hurlant dans mes oreilles : privé de cris, je ne travaille jamais à son goût.

Le petit homme en proie à l'agitation nous regarda tour à tour.

— Vous moquez-vous de moi ? vociféra-t-il, se laissant emporter. Vous parlez de champs et de sacrifices tandis que je vous demande textuellement ceci : où l'avez-vous caché ?

— Tu sautes tel un coq devant nos yeux, dis-je. Je suis Marcus, citoyen romain, notre hôte que voici s'appelle Simon et celui-ci est son intendant Eléasar. Quelle espèce d'homme es-tu donc pour oser ainsi venir jeter le trouble dans une maison inconnue comme si tu avais perdu le jugement ?

— Je viens de Jéricho, assura-t-il avec fierté, je suis Zachée l'ancien chef des collecteurs d'impôts ; et ne te moque point de ma petite taille car je suis estimé dans ma cité natale, au moins par les Romains.

Ma surprise fut si grande que je frappai dans mes mains.

— On m'a parlé de toi, Zachée, s'écria Simon, et nous discutions à ton sujet il y a un instant. Quel bon vent t'amène chez moi ? Nous nous serions rendus à Jéricho dans l'intention de te rencontrer si ce n'était pas aujourd'hui veille du sabbat.

Zachée nous observait, le regard plein de méfiance.

— Il dit la vérité, m'empressai-je de lui confirmer. Ainsi tu es l'homme qui, sur l'ordre de Jésus de Nazareth, offrit la moitié de sa fortune aux pauvres et restitua quatre fois plus que ce qu'il avait gagné par fraude.

— Ce n'est point sur ses ordres mais volontairement que j'ai distribué mes biens mal acquis. Mais que sais-tu de lui, toi un Romain ?

Eléasar, mal à l'aise, grattait le sol avec son pied.

— Je constate que tu vas bien et que tu jouis de toute ta santé, ô maître, se décida-t-il à dire, et je préfère ne point écouter des propos qui remplissent de trouble et remuent les entrailles.

— Ne crains rien, intervins-je, nous allons tout mettre au clair. Pourquoi, toi qui es un pauvre homme, redoutes-tu le nom du Nazaréen ?

Toujours remuant ses pieds, il baissa la tête.

— Léger aurait été son poids sur nous et douce sa chaîne ! dit-il. Il a promis la paix à ceux qui allaient vers lui. Mais quiconque promet aux travailleurs, aux bergers ou aux paysans d'améliorer leur existence est conduit devant les juges : ils l'ont crucifié lui aussi, lui Jésus, et je ne veux plus entendre parler de lui !

— Non ! cria Zachée plein d'enthousiasme. Ne dis pas cela, tu te trompes ! Il est venu pour chercher les égarés et il m'a appelé, moi aussi, fils d'Abraham, bien qu'il sût que j'étais un homme avare et malhonnête. Il ne s'est pas non plus moqué de mon apparence, mais il a prononcé mon nom et m'a fait descendre de l'arbre où j'avais grimpé pour le voir. Puis il fut l'hôte de ma demeure.

— Son royaume n'est pas de ce monde, ajoutai-je.

— Mais lorsqu'il parlait, tout le monde imaginait son royaume très proche. Je n'ai pu me rendre à Jérusalem avec les autres pour les fêtes car mon offrande, venant d'un pécheur, n'est point acceptée dans le temple ; aussi n'ai-je appris qu'à leur retour de quelle manière horrible ils l'ont assassiné. Je ne sais plus que penser. Je fus saisi par l'angoisse et décidai d'enfourcher mon âne pour aller à la ville et recueillir toutes les informations. Or c'est sur la route, tout près d'ici, qu'il est passé à côté de moi.

— Qui ? sursauta Simon.

Zachée s'empourpra et levant les yeux au ciel :

— Jésus en personne est passé près de moi, murmura-t-il en se tordant les mains. Et n'allez point prétendre à votre tour que j'ai perdu l'esprit ! Certes, le voyage m'a fatigué car je suis de constitution fragile, et mon âne également marchait la tête baissée ; mais, alors qu'il était déjà loin, je sentis tout à coup un frôlement, regardai derrière moi et à ce moment le reconnus.

— Et tu l'as vu réellement pénétrer dans ma maison ? demanda Simon sur le ton inquisiteur d'un juge.

— Impossible qu'il soit entré ailleurs ! affirma Zachée. On m'avait bien dit à Jéricho qu'il avait ressuscité des morts, mais à vrai dire je ne l'avais pas cru puisque jamais auparavant n'a eu lieu une chose pareille. Lorsque je me suis rendu compte que c'était Jésus, je n'ai pas osé crier ni faire trotter mon âne craignant d'attirer l'attention sur lui et de le mettre en danger. Mais à présent, ayez pitié de moi, laissez-moi l'approcher pour que je puisse me jeter à ses pieds et l'adorer comme le Messie.

— Assez ! hurla Eléasar qui se mit à proférer des blasphèmes. Ne dites plus ce mot tout haut ! Il a guéri des malades, réveillé les morts, il est entré à Jérusalem comme roi et a nettoyé le temple avec son fouet, mais il n'avait pas les forces suffisantes pour détruire le Sanhédrin ; nombreux pourtant étaient ceux qui avaient mis un fer à la pointe de leurs bâtons et nous attendions seulement le signal pour le suivre. Certes nous avons eu un signal, et nous sommes convaincus : ils l'ont crucifié entre deux larrons ! Que désormais nul ne vienne plus me parler d'un messie ! Un avertissement me suffit, plus rien jamais ne me fera sortir de mon chemin et j'apprendrai à mes enfants que le Messie n'existe pas et n'existera jamais !

— Toi aussi, Eléasar, tu le connaissais ? reprocha Simon. Pourquoi ne m'as-tu point parlé de lui à cette époque ?

– A toi moins qu'à un autre je pouvais parler ! hurla l'intendant maintenant furieux, sans se préoccuper de ce qu'il disait. Tu es riche et avare, tu ramasses même le bois sec de la colline privant ainsi les veuves et les orphelins. Il n'y avait point de place pour les riches dans son royaume, nous les aurions dès le début mis de côté afin de lui dégager la route, puis nous aurions ensuite réparti les champs, les vignes et les oliveraies entre le peuple. Certes, les avis sont partagés à son sujet, mais je crois que les fils de la lumière seraient revenus à Jérusalem pour nous diriger. De tous temps, les riches, les puissants et les scribes ont assassiné les prophètes dans ce pays. Je ne garderai pas plus longtemps le fiel qui emplit mon âme et je le cracherai à tes pieds, ô mon maître. Tu connais peut-être comme on agit à Cyrène, mais moi je sais les coutumes de Judée et de Jérusalem et ce savoir rend mon cœur amer.

– Si je suis si coupable envers toi, dit Simon d'une voix éteinte, et s'il est vrai que je m'empare du bois des veuves et des orphelins lorsque je le recueille dans mon manteau, frappe-moi, je l'ai mérité.

Mais Eléasar ne leva point la main sur lui. Au contraire, il se repentit de ses paroles et baissa la tête.

– Oh non ! implora-t-il. Non, j'ai été injuste en parlant de la sorte ! Tu es un bon maître, le meilleur que l'on puisse trouver dans ces temps que nous vivons. Tu prends soin des veuves et des orphelins et tu ne tiens point un compte rigoureux de tes gerbes d'épis ou de tes sacs d'olives ; nombreux sont ceux qui vivent des miettes que tu laisses tomber de la table. Mais j'ai le cœur lourd et plein d'amertume à cause de Jésus de Nazareth, il nous a montré son pouvoir, il promettait beaucoup mais nous a tous abandonnés les mains vides.

– Pas les mains vides, me récriai-je. Mais pleines de quelque chose de bien supérieur à tout ce que nous avons connu jusqu'à présent, de quelque chose de prodigieux. Regarde !

Je montrai sur le sol les traces presque disparues maintenant et Simon raconta ce qui était advenu, décrivant celui qui avait traversé la pièce.

– Va avec mon intendant, Zachée, puisque tu ne nous crois pas et que tu persistes dans tes soupçons. Fouille avec lui toutes les pièces et les moindres recoins de ma terrasse. Passe au peigne fin chaque pièce afin qu'il n'y ait plus l'ombre d'un doute pour quiconque qu'il a bien disparu comme il était apparu. Reviens ensuite nous rendre compte et nous déciderons de ce qu'il conviendra de faire.

Zachée doutait, le regard plein de suspicion, mais il accepta la proposition de Simon.

– Si j'avais sur moi mes outils de douanier, je serais à même de découvrir les cachettes les plus secrètes de ta maison. Si je ne trouve pas Jésus, moi, je défie quiconque de le trouver, et je croirai presque qu'il n'est réellement plus ici.

Simon impatienté lui suggéra de demander à ses serviteurs tout ce dont il pourrait avoir besoin pour ses recherches, et Zachée, accompagné d'Eléasar, quitta enfin la pièce de sa démarche cahotique d'homme contrefait. On l'entendit bientôt fouiller systématiquement chaque chambre.

Simon et moi, tous deux accablés, gardâmes le silence.

– Nous parlions de Zachée et le voici qui arrive, dis-je. Peut-être devons-nous voir là un signe.

Simon n'eut guère le temps de me répondre car un grand tumulte nous parvint de l'extérieur et nous ouïmes la portière ouvrir l'huis et discuter avec un grand nombre de gens devant la maison. Enfin, elle se présenta, la mine peu assurée devant son maître.

– Je ne sais que faire, soupira-t-elle. Je ne comprends rien à ce qui arrive ici. Il y a dehors une foule de mendiants qui commencent à s'agiter et prétendent avoir entendu dire que Simon de Cyrène invitait aujourd'hui à boire et à manger tous les pauvres et estropiés de Jérusalem.

Simon prit sa tête à deux mains en s'exclamant :

– Suis-je éveillé ou bien est-ce que je rêve ? Nul festin n'est prévu dans ma maison aujourd'hui ! Puis, s'adressant à moi, il accusa :

– Tu es sans aucun doute un mage plein de malice. C'est toi qui as tout manigancé et j'ai perdu ma tranquillité d'esprit.

Il se précipita vers la porte, moi sur ses pas. Lorsqu'il ouvrit, nous vîmes que l'étroite ruelle était envahie par des boiteux, des infirmes, des possédés, des femmes et des enfants affamés qui, les yeux pleins de mouches, tendaient les mains vers Simon. Ils se mirent à crier en chœur ses louanges et à le bénir au nom du dieu d'Israël. Simon essaya en vain de découvrir d'où venait cette nouvelle dépourvue de fondement et selon laquelle un banquet était prévu chez lui. Aucun des mendiants ne fut capable de donner une réponse claire. Des deux côtés de la venelle accouraient sans relâche de nouveaux boiteux et miséreux qui se traînaient péniblement sur le sol pour parvenir le plus tôt possible à la maison.

Simon se résigna à s'avouer vaincu. Il réunit tous ses serviteurs et leur ordonna :

– Laissez entrer ces mendiants dans la cour, mais obligez-les à rester en ordre et surveillez-les afin qu'ils ne dérobent rien. Faites des pains, prenez tout ce qu'il y a de comestible dans la maison et distribuez-le afin que tous soient rassasiés.

Donnez-leur également du vin des grandes cruches pour qu'ils boivent. Mais que ne pénètrent ici que ceux qui sont déjà devant la maison et nul autre : il n'y aurait pas assez de place dans la cour.

Puis, s'adressant à moi, il poursuivit :

— Je rends grâces au créateur de la terre et des cieux qui a permis que mes fils Alexandre et Rufus fussent éloignés ; ils sont allés visiter ma ferme de Chiriath et y resteront jusqu'après samedi. Ainsi échapperont-ils aux maladies et à la crasse de ces malheureux. Pour moi, peu me chaut ce qui peut arriver !

Il sortit afin de surveiller la bonne exécution de ses ordres. Les serviteurs portèrent peu après toutes les réserves de la maison sans oublier l'huile, la farine, le miel et les fruits secs ; ils ouvrirent même les jarres pleines de poisson salé et répartirent les sauces piquantes.

Lorsqu'il vit que ses hôtes étaient plus de soixante, Simon comprit que tout cela ne suffirait point à les nourrir, et il manda de quérir des pains et de la farine pour en cuire encore davantage tandis qu'installés dans la cour, les miséreux contemplaient avec timidité les colonnes grecques, gardant le silence afin de ne point éveiller le courroux du maître de céans.

Zachée, après avoir parcouru toutes les pièces et les caves, crevé dans les dépenses tous les sacs et même renversé la charbonnière, revint de la tête aux pieds couvert de poussière, de farine et de charbon et soufflant de rage. Il essuya son visage avec sa tunique, le maculant encore davantage.

— Tu es très malin ! accusa-t-il d'une voix troublée. Voici que tu essaies de me tromper ainsi ! Celui que tu avais caché a très bien pu sortir au milieu de cette foule de mendiants sans que je m'en aperçoive !

– Toi qui l'as connu, tu ne me crois pas ! Qui donc croira ce que nous disons et ce que nous avons vu de nos propres yeux ? soupira Simon. Il est apparu pour toi sur le chemin et pour nous ici même. Dieu me prenne en pitié ! Pour tout ce qui vient de m'arriver en ce jour, je crois désormais qu'il a ressuscité et qu'il bouleverse le monde comme il a bouleversé ma maison. Toi, Zachée, parle-nous de lui, que prêchait-il ? Parle, afin que nous comprenions ce qu'il attend de nous.

Il alla lui-même chercher de l'eau et, dans le but de se réconcilier avec Zachée, il lui lava la tête tandis qu'Eléasar lui baignait les pieds. Puis il le vêtit d'un manteau propre. Le publicain, en nous voyant tous les trois si avides d'entendre de sa bouche les paroles de la vie éternelle, reprit son calme et sa sérénité.

– Il ne m'a révélé aucun secret et a parlé devant tous, dit-il. En arrivant à Jéricho, il a rendu la vue à un aveugle qui avait foi en lui. Mais en s'adressant à moi, il dit : « Le fils de l'homme est venu chercher et sauver ce qui était perdu. » Et il dit aussi qu'en son royaume on ferait plus de fête pour un pécheur retrouvé que pour quatre-vingt-dix-neuf justes qui n'auraient point commis de fautes.

– C'est injuste ! le coupa Simon. Quelle joie éprouvera donc celui qui s'efforce d'agir avec justice si le Seigneur s'éloigne de lui et refuse même de lui parler ? Comment un pécheur peut-il trouver davantage grâce aux yeux du Seigneur ?

D'un geste, Zachée lui imposa silence.

– Il m'a appelé par mon nom et bien que je fusse un pécheur méprisé de tous, il fut l'hôte de ma maison. Lorsqu'il prononça mon nom, l'amertume qui rongeait mon âme jusqu'alors à cause de ma grosse tête et de mon corps difforme se dissipa ; moi qui avais pris en haine tous les hommes, j'étais reconnu et pardonné par le roi d'Israël, fils de David ! Que m'importaient dès lors l'approbation ou la faveur des hommes ? J'étais libre, et dans ma joie distribuai la moitié de ma fortune aux indigents. Mais je doute que vous puissiez comprendre !

– En effet, nous ne comprenons pas ! reconnut Simon. Ton manque de justice et tes mauvaises actions étaient sans doute arrivés à un tel point que, dans la crainte de ta prochaine arrestation, tu as préféré montrer du repentir et restituer une partie de ce que tu avais volé dans l'espoir de sauver au moins le reste.

– Ton explication ne m'offense pas le moins du monde, assura Zachée avec entrain, et je respecte ton raisonnement. Je suis devenu moi aussi méfiant et m'enquiers des motifs et des actes des autres. Je ne saurais dire ce que je ressentis en contemplant son visage, mais il conta chez moi une histoire mystérieuse encore mal éclaircie. Il parla d'un homme de haute naissance qui se rendit dans un pays lointain pour y recevoir la royauté et revenir ensuite. Avant de partir, il appela dix de ses serviteurs et leur remit dix mines, leur ordonnant de les faire valoir jusqu'à son retour. Mais ses sujets le haïssaient et ils dépêchèrent à sa suite une ambassade chargée de dire qu'ils n'en voulaient pas pour roi. Or quand il rentra investi de la royauté, il fit appeler les serviteurs auxquels il avait donné l'argent, pour savoir ce que chacun avait gagné. Le premier dit, rempli d'orgueil, que sa mine en avait rapporté dix. Alors le roi lui répondit : « C'est bien, bon serviteur, puisque tu t'es montré fidèle en très peu de chose, reçois le gouvernement de dix villes. »

– Il n'a point en vérité abordé un autre thème que celui de l'argent ? le coupai-je en proie au désespoir. J'avais l'espérance d'ouïr parler de la vie éternelle.

– Moi, je suis un collecteur d'impôts, répondit Zachée, et sans doute a-t-il estimé que je serais plus en mesure de comprendre une parabole sur ce thème.

– Nous, les fils d'Israël, intervint Simon de Cyrène, nous avons plus de facilité à saisir les questions d'argent qu'un Romain qui, comme toi, a été élevé par un philosophe grec. Dix mines représentent une somme importante, ou peut-être étaient-elles en argent et non pas en or ? En outre, tout dépend de la durée de l'absence du maître, car dans un laps de temps réduit nul n'est capable de décupler une mine honnêtement ; cela exige, pour le moins, beaucoup de chance et d'astuce.

– Désirez-vous ouïr la suite ou non ? s'enquit Zachée. Le second serviteur avait multiplié son capital par cinq et obtint le gouvernement de cinq cités. Mais le dernier serviteur vint et rendit la mine qu'il avait reçue ; il l'avait conservée dans un linge par crainte de la perdre en spéculant avec elle. Il dit pour sa défense : « J'avais peur de toi qui es un homme dur, qui prends ce que tu n'as pas mis en dépôt et qui moissonnes ce que tu n'as pas semé. » Et le roi répondit : « Je te juge sur tes propres paroles, mauvais serviteur. Tu savais que je suis un homme dur, prenant ce que je n'ai pas mis en dépôt et moissonnant ce que je n'ai pas semé. Pourquoi donc n'as-tu pas confié mon argent à un banquier, si tu n'osais pas négocier pour moi ? A mon retour je l'aurais retiré avec un intérêt. » Il ordonna alors de lui ôter sa mine et de la donner à celui qui en avait dix. Les autres dirent : «Mais il a déjà dix mines ! »

Je me couvris la tête avec la main pour ne point interrompre un récit aussi ennuyeux, mais Zachée nous regarda avec un air triomphant.

– Ecoutez la moralité, avertit-il en levant la main. Ecoutez avec attention afin de l'apprendre.

Le roi répondit : « Je vous le dis, à tout homme qui a, l'on donnera et il deviendra riche ; mais à qui n'a pas, on enlèvera même ce qu'il croit avoir. » Puis il envoya chercher ses ennemis qui n'avaient point voulu de lui pour roi et les fit mettre à mort.

Simon de Cyrène et moi, nous réfléchissions sur le sens de cette énigmatique parabole.

– Je ne comprends pas, dis-je anéanti, mais cela aussi est injuste.

– Je ne comprends rien non plus, admit Zachée, mais cette histoire me remplit d'inquiétude depuis que j'ai appris sa mort. Je ne puis m'ôter l'idée qu'il se comparait à l'homme de haut lignage haï de ses sujets et qui s'en fut chercher l'investiture de son propre royaume qui n'est pas de ce monde. Il a sans doute l'intention de revenir et d'exiger des comptes de tous ceux auxquels il a confié une mine afin d'examiner comme chacun d'eux s'en est occupé.

– Te souviens-tu de la parabole avec précision, dans les termes qu'il utilisa ? demandai-je.

– Je crois me rappeler au moins l'idée, répondit-il. De toute façon, je n'étais pas seul et les autres peuvent également témoigner. Certains disent qu'il était question de talents, d'autres soutiennent qu'il n'y avait que trois serviteurs, mais tout le monde s'accorde sur la fin qui nous parut inattendue, étrange et contraire à la justice.

Il poursuivit après réflexion :

– Je ne pense pas qu'il se référait à l'argent, la parabole a une signification beaucoup plus profonde. Lui-même conseillait de ne point amasser de trésors sur la terre où la mite et le ver consument, mais de les amasser dans son royaume.

Simon sursauta, comme saisi d'une idée soudaine.

– Eléasar, ordonna-t-il, cours vite dans la garde-robe, prends tous les vêtements de laine et de lin qui s'y trouvent et donne-les aux pauvres dans la cour.

Puis il sombra de nouveau dans ses pensées, le regard fixe perdu dans le vague.

Eléasar cependant hésitait et, grattant son pied sur le sol, marmotta entre ses dents :

– Tu peux disposer de tes biens à ta guise, ô mon maître, mais autorise-moi à mettre de côté un manteau et une tunique neufs pour moi ainsi que pour mon épouse et mes enfants.

Simon remua sur son siège, les mains appuyées sur les genoux.

– Agis comme bon te semble, articula-t-il, et vous, amis, servez-vous, prenez tout ce que j'ai, emportez ce que j'ai amassé tout au long de ma vie. Tenez aussi ce vieux manteau s'il peut encore être utile à quelqu'un ! Prenez !

– Ne dépasse pas la mesure, dit Zachée avec embarras. Il convient d'agir avec modération tant pour donner que pour recevoir. Quant au reste tu es dans le vrai car lui-même a dit : « Ce que vous faites à un de ces petits, c'est à moi que vous le faites. Voilà le chemin. »

Il parut tout à coup préoccupé et se leva brusquement.

– Que sera-t-il arrivé à mon âne attaché à l'anneau extérieur ? La rue était envahie par les mendiants et peut-être l'ont-ils détaché en profitant du désordre et entraîné loin d'ici ?

Puis il réfléchit un instant et retrouva son calme.

– Peu importe, je ne veux point me montrer plus mauvais que toi, ô Simon, lorsqu'il s'agit du royaume. Si quelqu'un m'a volé l'âne, sans doute en avait-il plus besoin que moi et je n'ai point l'intention de le poursuivre ni de l'accuser ! Grand bien lui fasse !

Simon ne cessait de souffler tout en s'agitant sur son siège. Puis soudain, il se mit à sourire.

— Tout ceci épuise mes forces, observa-t-il. Lorsque j'entends ces misérables s'empiffrer et mastiquer bruyamment en se disputant les meilleures bouchées, c'est comme si l'on m'arrachait la chair avec des tenailles morceau par morceau ! Je les vois dans leur goinfrerie trébucher sur le pain et fouler aux pieds le poisson salé ! Mais peut-être en prendrai-je l'habitude si telle est sa volonté !

— Crois-tu vraiment en lui ? demandai-je surpris. Crois-tu qu'après avoir disparu d'ici, il soit apparu à un mendiant pour lui annoncer que tu offrais un banquet dans ta demeure ?

— Je crois ce que je crois, répondit Simon plein de colère. Mais s'il m'a fait une farce, je vais lui en faire une moi aussi et nous verrons qui de nous deux rira le plus fort !

Simon nous précédant, nous atteignîmes la cour : les miséreux s'étaient accroupis en bon ordre sur le sol et se répartissaient la nourriture sans le moindre tumulte ; loin de se disputer, ils s'offraient les meilleurs morceaux comme s'ils avaient été en effet les convives d'un grand festin ; ils déposaient leurs bouchées dans la main même des aveugles et ceux qui n'avaient point accès aux plats étaient servis par leurs compagnons mieux placés.

Pendant ce temps, Eléasar apportait des montagnes de manteaux en laine et de linge qu'il disposait entre les colonnes. Une appétissante odeur de viande grillée s'échappait du feu et les serviteurs enfournaient sans cesse des pains d'orge et de blé ainsi que des beignets parfumés au cumin. Mais la servante de la porte pleurait à chaudes larmes et le professeur grec des enfants de Simon était monté sur le toit et refusait absolument d'en descendre.

La joie et le bon ordre qui régnaient parmi les mendiants emplirent Simon de fureur.

– Il faut manger et boire jusqu'à exploser, cria-t-il, et emporter les restes chez vous ! Mais sachez que ce n'est point moi, Simon, qui vous invite. L'amphitryon véritable, c'est Jésus de Nazareth, l'homme qui fut mis en croix par notre Sanhédrin. Qu'il bénisse votre repas afin que vous le mangiez pour la vie et non pour la mort. Quant à moi, je ne puis le bénir car ma gorge est pleine de bile.

Les indigents, croyant à une plaisanterie, le regardaient avec reconnaissance et quelques-uns lui souriaient, ce qui augmenta encore la colère de Simon.

– Jésus de Nazareth, fils de Dieu, vous offre toutes ces bonnes choses, hurla-t-il encore plus fort, car il a ressuscité d'entre les morts et son royaume est ici, tandis qu'il demeure encore parmi nous et qu'il va et vient à sa guise même à travers les portes closes.

Les mendiants prirent peur et se jetèrent des regards inquiets cependant que les plus décidés éclataient de rire.

– Béni sois-tu, Simon de Cyrène, entre les fils d'Israël, crièrent-ils. Mais pourquoi n'avons-nous droit qu'à ton vin aigre quand, si l'on en juge d'après tes paroles, tu te régales en compagnie de tes nobles invités avec du vin doux ?

Aveuglé par la rage, Simon ordonna à ses serviteurs :

– Ouvrez aussi les petites amphores et mélangez le vin dans le grand cratère afin qu'ils boivent et croient que Jésus de Nazareth fait des miracles même après sa mort.

Les serviteurs exécutèrent les ordres de leur maître mais, voulant sauver ce qui était encore à leur portée, ils se mirent à boire à l'envi avec les mendiants et même Eléasar goûta le vin tandis que Simon ramenait un pot empli de nard de grand prix.

— Votre saleté, dit-il en le débouchant, l'odeur nauséabonde qui émane de vous et les mouches qui sucent vos yeux me gênent ! C'est un remugle que je connais trop bien et il me semble croupir à nouveau les fers aux pieds dans ma cabane d'esclave. Prenez cet onguent et enduisez-vous la tête et le visage. Tenez ! Même les princes vous envieront ce parfum entêtant !

En effet, lorsqu'il ouvrit le pot, une odeur pénétrante se répandit dans toute la cour. Simon commença alors à verser le nard sur les cheveux des miséreux comme s'il eût perdu la raison, tantôt riant avec force, tantôt proférant d'horribles blasphèmes. Ses pas le menèrent auprès d'un enfant occupé à manger avec avidité. Il posa calmement son pot par terre et s'agenouilla devant le garçon.

— Que l'on m'apporte mon peigne fin ! ordonna-t-il. Je vais enlever les poux de la chevelure de ce petit.

Puis, une fois en possession du peigne, il se mit en devoir de démêler la tignasse hirsute du gamin et à tuer les poux si habilement que l'on eût dit qu'il avait consacré sa vie entière à une aussi désagréable besogne. L'enfant, dont la tête était couverte de croûtes dues aux piqûres de poux, jeta des cris aigus lorsque Simon lui passa le peigne, mais si grande était sa faim qu'il ne prit point la peine de se défendre.

Les gueux commencèrent à éprouver quelque frayeur.

— Simon de Cyrène a perdu l'esprit à cause du crucifié, murmuraient-ils, depuis que les Romains l'ont déshonoré en le chargeant de la croix. Dépêchons-nous de boire et de manger, attrapons ce qu'il voudra bien nous donner et éloignons-nous aussitôt avant qu'il n'en exige la restitution.

— C'est déjà arrivé ! dit un vieillard au milieu d'eux. On a déjà vu un homme riche sous l'empire du vin inviter des mendiants à sa fête, puis se courroucer contre eux et leur sauter sur le ventre pour les contraindre à rendre ce qu'ils avaient ingurgité. Hâtons-nous donc !

Ils jetèrent un regard craintif dans la direction de Simon, mais ce dernier, complètement absorbé dans le nettoyage des parasites de la petite tête, ne prit pas garde aux commentaires. Lorsqu'il eut terminé son travail, il traîna de force son protégé jusqu'au bassin, arracha les haillons qui le couvraient et le lava de la tête aux pieds sans se soucier des glapissements du garçon. Il employa le reste de l'onguent pour lui oindre la tête, la poitrine et les pieds et choisit parmi les vêtements de ses propres enfants une tunique, un manteau et des sandales dont il le revêtit.

– A présent tu es habillé et parfumé comme un fils de prince, s'écria-t-il. Je veux bien être pendu si tu n'es pas digne de son royaume !

Les miséreux ramassèrent les vêtements qu'Eléasar leur avait donnés et se dirigèrent à pas furtifs vers la porte, attendant le moment propice pour soustraire l'enfant aux soins de leur hôte. Mais Simon s'aperçut de leurs manœuvres et cria :

– Ne partez pas encore, invités de Jésus de Nazareth ! Chacun d'entre vous va recevoir un cadeau de sa part !

Il pria Zachée et moi-même de l'accompagner pour l'aider à ouvrir un coffre-fort garni de fer et fermé par de nombreuses serrures. Il en retira une bourse en cuir et, revenu en courant dans la cour, il en rompit le sceau et se mit à distribuer des monnaies d'argent aux mendiants, donnant aux uns une drachme, aux autres quatre, et à certains une grosse pièce de dix drachmes sans se préoccuper de ce que chacun recevait.

Les malheureux commencèrent à murmurer :

– Pourquoi lui as-tu donné tant à celui-ci et si peu à moi ? protestaient-ils.

– C'est la faute de Jésus de Nazareth ! répondit Simon. Lui-même prend ce qu'il n'a pas mis en dépôt et moissonne ce qu'il n'a pas semé.

Et il donna davantage encore à ceux qui avaient reçu le plus. Mais, lorsqu'il fit mine de retirer leurs pièces à ceux qui avaient les plus petites, les mendiants jugèrent le moment venu de s'échapper et, fuyant en direction de la porte tel un troupeau apeuré, ils entraînèrent l'enfant avec eux.

Simon de Cyrène essuya la sueur qui coulait sur son visage et secoua sa bourse d'un air hébété.

– Je n'ai jamais rien vu de pareil ! dit-il. Dois-je l'interpréter comme un signe ou un conseil ? Ma bourse est encore à moitié pleine alors que j'étais prêt à la donner tout entière.

– Rapporte-la dans ton coffre tant qu'il en est temps, lui conseillai-je, et referme-le. Ensuite, tu peigneras ta barbe afin de la débarrasser des poux et tu ordonneras à tes serviteurs de nettoyer les traces du banquet. Je ne sais si ton attitude est la preuve de ta stupidité ou de ton astuce, mais je suis certain en tout cas que les mendiants garderont ce qu'ils ont reçu et ne reviendront pas avant longtemps frapper à ta porte.

Zachée, assis à côté d'Eléasar près du cratère de vin mélangé, éclata d'un rire enjoué.

– Viens t'asseoir avec nous, Romain, prends une coupe et bois ! me cria-t-il. Ce cratère est loin d'être vide et il ne serait guère convenable de laisser s'abîmer du vin d'un tel prix.

Puis, après avoir encore bu, il ajouta :

– Béni soit le fruit de la vigne au nom de celui qui mourut et ressuscita pour nous préparer le royaume. Nous l'avons vu tous les trois de nos propres yeux, et toi, Eléasar, tu as vu les traces de ses pieds sur le carrelage, si bien que tu dois t'en remettre à nous qui sommes plus dignes que toi, ô paysan et gardien de troupeaux.

Il serra tendrement l'esclave dans ses bras et le baisa en murmurant :

– Ne te fâche point car c'est seulement en ce monde-ci que j'ai plus de dignité que toi, mais en son royaume peut-être passeras-tu avant nous tous. N'a-t-il pas dit, en effet, que là-bas les premiers seraient les derniers et les derniers les premiers ?

– Nous sommes tous complètement ivres, dit Eléasar en tentant d'échapper à l'étreinte de Zachée, et mon maître plus que tout autre. Mais une grande satisfaction m'emplit le cœur d'avoir reçu des vêtements neufs et distribué tant de biens de valeur à ceux qui n'avaient rien. En outre, le vin m'est monté à la tête car je ne suis point accoutumé au vin fort.

– La paix soit avec vous, dit Simon, prenant sa tête à deux mains. Je suis mortellement fatigué et m'en retourne dans ma chambre obscure pour dormir. Nombreuses furent les nuits que j'ai passées à méditer sur Jésus de Nazareth, mais je sens à présent que j'ai reçu la paix et j'ai le sentiment que je pourrai dormir jusqu'après le sabbat.

Il se dirigea en titubant vers sa chambre, tandis que Zachée et moi demeurions dans la cour, jugeant tous deux bien préférable qu'il allât dormir étant donné l'état dans lequel il se trouvait. Cependant, préoccupé par ses devoirs de maître de maison, Simon, revenant sur ses pas, montra sa tête hirsute à la porte et dit en clignant des yeux :

– J'imagine que tout cela est un cauchemar ; je suis certain même que c'est un cauchemar et que je ne vous retrouverai pas ici à mon réveil. Néanmoins toi, Zachée, dont je suis en train de rêver, tu peux passer la nuit dans ma chambre d'hôtes si tu le désires. Qu'Eléasar cuve son vin et regagne ensuite sa demeure afin de célébrer le sabbat avant que ne s'allument les trois étoiles dans le ciel. Quant à toi, Romain, je ne sais que te dire car tu fais également partie de mon rêve et plus jamais je ne te verrai.

L'intendant, obéissant, se coucha, la tête recouverte de son manteau, à l'ombre des colonnes. Zachée et moi restâmes tous les deux seuls, face à face. Son visage n'avait plus pour moi le désagréable aspect de la figure d'un nain, ses yeux brillaient et, grâce au vin, ses joues s'étaient colorées comme celles d'un homme normal.

Il me fit quelques questions au sujet des disciples que Jésus avait élus comme messagers. Je lui expliquai tout ce que j'avais appris et ce que Marie de Magdala avait vu, ainsi que l'apparition du Nazaréen dans la salle aux portes closes où certains d'entre eux étaient réunis. Je lui contai également mon entrevue avec Thomas et Jean et lui avouai qu'ils s'étaient défiés de moi et désapprouvaient ma visite.

– Mon cœur est rempli d'ardeur, ajoutai-je enfin. Mais si je me présente à eux pour leur expliquer, ils ne me croiront pas. Peut-être te croiront-ils si tu vas les trouver et leur raconter tout ce qui est survenu ici. Peut-être alors ne se défieront-ils plus de nous et nous révéleront-ils le secret, car il ne fait aucun doute qu'ils en savent plus long que nous et que son mystère leur a été révélé même s'ils ne désirent point le partager avec des étrangers.

– Je pars à leur recherche, dit Zachée avec résolution. Pour le moins, Matthieu aura confiance en moi car c'est un ancien de la douane et nous nous comprenons. Il est probable qu'il interviendra en ma faveur auprès des autres.

– Va, dis-je, moi je ne veux ni ne puis lutter davantage.

Je lui décrivis la salle où j'avais rencontré Thomas et Jean et il lui sembla connaître la maison et le propriétaire dont il était question, mais il refusa toutefois de m'en dire le nom.

– Retourne tranquillement chez toi et attends que je te fasse signe. Moi, je vais te préparer le chemin, me conseilla Zachée avec assurance.

Ainsi, nous nous séparâmes et je me dirigeai vers mon domicile, émerveillé par tout ce qui m'était advenu dans la maison de Simon de Cyrène.

SEPTIEME LETTRE

Marcus à Tullia !

JE t'écris encore, ô Tullia, et te salue. J'ai appris de mon maître de Rhodes comme la mémoire de l'homme est trompeuse et comme l'esprit a tôt fait de confondre et d'embrouiller des faits, modifiant à loisir l'ordre dans lequel ils se sont présentés ; plusieurs témoins d'un même événement en gardent un souvenir différent, chacun mettant l'accent sur ce qui l'a frappé. J'écris donc à présent pour me souvenir comment et dans quel ordre tout est arrivé.

J'ai commencé la vigile du sabbat lorsque les portes du temple se fermèrent, si violemment que le bruit en fut répercuté dans toute la cité, portant son écho jusque dans les vallées les plus reculées. Je suis resté toute la journée du samedi dans ma chambre, occupé à écrire, car les Juifs exigent que les étrangers respectent aussi leurs fêtes et ne flânent point par les rues. De leur côté, ils affluent à la synagogue, vêtus de leurs plus beaux habits, afin de prier et d'écouter la lecture des livres saints ; même le nombre de pas qu'il leur est permis de faire ce jour-là est compté ! En revanche, dans le temple, les prêtres offrent deux fois plus de sacrifices, d'après ce que l'on m'a raconté, mais cela n'est pas considéré comme une infraction à la loi.

Ce samedi donc, le centurion Adénabar se présenta chez moi avant le coucher du soleil. Ayant laissé son casque à la forteresse, il était enveloppé dans un manteau syrien afin de ne point attirer l'attention sur lui.

Après être entré, il dit dans un bâillement :

– Comment vas-tu ? Es-tu toujours en vie et en bonne santé ? Il y a bien longtemps que je n'ai eu de tes nouvelles ! Le jour du sabbat est le plus ennuyeux que je connaisse et nous n'avons même pas la possibilité de défiler et de faire l'exercice au cirque de peur de déranger les fidèles avec le bruit de nos pas. Offre-moi donc une gorgée de vin car on le met sous clef à Antonia pour éviter que les légionnaires inoccupés n'en viennent aux mains ou encore n'aillent par la ville pris de boisson se moquer des Juifs en leur montrant des oreilles de cochons.

Mon propriétaire avait bien fait les choses : afin que je garde mon calme et ma bonne humeur, il avait monté dans ma chambre une amphore de ce vin de Galilée qu'il prise entre tous parce que, d'après lui, il ne monte pas trop à la tête, ne donne guère de douleurs à l'estomac et ne contient pas de résine pour sa conservation ; il faut seulement le boire dans des délais assez courts pour qu'il ne s'aigrisse pas.

Adénabar le dégusta avec délectation, s'essuya ensuite la bouche et me considéra attentivement.

– Ton allure a tellement changé qu'il est à présent impossible de te distinguer d'un Juif hellénisé : tu as laissé pousser ta barbe et tes doigts sont pleins de taches d'encre, mais je vois au fond de tes yeux une expression qui ne me plaît guère. Que t'arrive-t-il ? Souhaitons que le dieu sans images des Juifs n'ait pas troublé ta raison, ce qui advient fréquemment aux voyageurs étrangers en visite ici pour contempler le temple ; ils se mettent bientôt à ruminer certaines pensées, des pensées auxquelles la tête d'une personne normale ne peut résister. Seul un fils d'Israël est capable de supporter de telles idées, car dès son enfance il entend parler de son dieu et, lorsqu'il atteint l'âge de douze ans, il en est tellement imprégné qu'il n'a même plus besoin de l'aide de ses parents pour bénir le pain et réciter les prières.

– Adénabar, mon ami, nous avons ensemble vécu et vu certaines choses et si j'admets que mon esprit en est quelque peu troublé, je n'éprouve nulle honte à le confesser.

– Je préfère que tu m'appelles par mon nom romain, coupa-t-il avec vivacité. Je me sens maintenant plus romain que jamais et en tant que tel, je m'appelle Pétrone. C'est ainsi que je signe mes reçus de solde pour le questeur, et je reçois à ce nom également les ordres quand il prend à quelqu'un la fantaisie de les écrire sur les tablettes de cire. Ecoute-moi, j'ai l'espoir d'obtenir le commandement d'une cohorte en Gaule, en Espagne ou peut-être même à Rome. Voilà pourquoi j'essaie actuellement de parfaire mon latin et de m'habituer à mon nom romain.

De nouveau, il me dévisagea, comme pour vérifier l'ampleur de mon trouble et jusqu'à quel point il pouvait me faire confiance.

– Pour moi, tu es toujours Adénabar, répliquai-je. Je n'ai aucun mépris pour toi du fait de ton origine syrienne et je ne me sens pas non plus différent des Juifs, au contraire, je me suis même lancé dans l'étude de leur religion et de leurs traditions. Toutefois, je trouve surprenant que l'on ne t'ait point muté dans un poste situé dans le désert ou que l'on ne t'ait pas expédié pour servir de cible aux flèches scythes ; tu serais là-bas tué plus promptement, et dès lors, ce que tu sais ne gênerait plus personne.

– De quoi parles-tu ? Es-tu complètement fou ou est-ce que dès la première heure de la matinée tu as commencé à boire ? dit Adénabar sur le ton du reproche amical. Tu as raison cependant, car je me sens à présent un homme beaucoup plus important qu'autrefois. Mais ne parlons pas du désert, il rend aveugle et donne des hallucinations à l'homme le plus solide ; monter à dos de chameaux soulève le cœur et là-bas, des hommes vêtus de peaux de chèvres terrorisent les soldats en jetant sous leurs pas des bâtons qui se transforment en serpents. Si l'on m'y envoyait pour commander un poste de garde, je crois que j'agiterais bientôt dans mon esprit des histoires qui n'ont aucun intérêt pour moi tant que je suis parmi des gens civilisés.

Adénabar se tut un instant, puis, me regardant avec méfiance, ajouta, un sourire malicieux aux lèvres :

– J'imagine que tu auras entendu dire que Jérusalem est devenue malsaine pour les personnes douées de raison. Tu n'as sans doute point oublié le tremblement de terre que nous avons subi l'autre matin ; on raconte que de nombreux sépulcres de saints s'ouvrirent alors, que des morts sont sortis et sont apparus à maintes personnes.

– Moi, j'en connais seulement un seul qui a ressuscité des morts, répondis-je, et tu le connais toi aussi. Avec cette histoire d'avancement et de mutation dans d'autres contrées, on cherche à te suborner afin que tu ne parles pas de lui et certes, il n'est pas aussi simple de fermer la bouche d'un centurion que celle d'un vulgaire légionnaire !

– Je ne vois vraiment pas ce que tu veux dire, répliqua Adénabar, le regard plein de frayeur mal dissimulée. Mais je crois que tu te souviendras du légionnaire Longinus. Eh bien, sa lance se comporte bizarrement entre ses mains et il n'arrive plus à la manier convenablement au cours de l'exercice ; elle l'a blessé à un pied et lui a échappé alors qu'il visait un sac de foin, manquant me blesser moi qui étais placé derrière lui. Cependant son javelot n'est pas défectueux par lui-même, c'est Longinus qui ne va pas. Pour le prouver, j'ai jeté cette lance moi-même et mis dans le mille à quarante pas ; quant à Longinus, il peut se servir de n'importe quel javelot, sauf du sien.

– Fais-tu allusion à celui dont il perça le côté du fils de Dieu ? demandai-je.

– Pour rien au monde il ne faut dire que cet homme était fils de Dieu ! supplia-t-il. J'ai ce mot en horreur ! Autre chose cependant, le bourreau de la légion a les bras paralysés et n'a même plus la force de lever son fouet, c'est à peine s'il peut porter la nourriture à sa bouche en s'aidant de ses deux mains. Le chirurgien du fort Antonia n'a décelé aucune maladie et le soupçonne d'être un simulateur qui veut obtenir la concession de son terrain pour jouir avant le temps d'une tranquille petite vie dans la cité des vétérans ; il lui manque juste deux ans pour terminer ses vingt ans de service. L'expérience de la médecine dans les armées ayant prouvé que le fouet guérit de nombreuses maladies qui échappent à la vue, on l'a fouetté mais il a enduré les coups, serrant entre ses dents un morceau de cuir comme un vieux légionnaire. Toutefois, et comme il n'a point recouvré l'usage de ses bras, il est probable que l'on mettra sa paralysie sur le compte des rhumatismes, mal légalement admis dans la légion. Les officiers en effet en souffrent plus que les soldats, car ils doivent de temps en temps abandonner le tranquille train-train de la vie de garnison pour aller dormir à la belle étoile à même le sol, exposés au froid et aux intempéries. Mais, poursuivit Adénabar en rêvant, je n'ai pas souvenance que le Nazaréen eût maudit nul d'entre nous, au contraire, du haut de sa croix, il demanda à son père qu'il nous pardonnât car nous ne savions pas ce que nous faisions. A l'époque je crus qu'il était en proie au délire car son père n'était point parmi les spectateurs.

– Que vient faire tout cela avec Longinus et le bourreau de la légion ? me récriai-je avec colère.

– Il faut avouer que nous avons éprouvé une terrible frayeur à cause du Nazaréen, argumenta Adénabar. Ce n'était pas un homme ordinaire et lorsque ceux qui ont assisté à sa mise en croix, apprirent qu'il était ressuscité, ils en conçurent une terreur plus grande encore : un soldat qui mène une vie monotone est prêt à croire toutes les rumeurs et plus elles sont dénuées de sens, plus facilement il les avale. A présent, il suffit que tombe un bouclier dans l'obscurité de la nuit ou qu'une vieille amphore remplie d'huile se fende d'elle-même répandant sur le sol tout son contenu, pour que la garnison tout entière soit sur pied à invoquer les dieux ! Mais on dit que les Juifs ne vont guère mieux dans la cité, poursuivit-il. Les petits enfants se réveillent au milieu de la nuit prétendant qu'un étranger s'est penché sur leur lit et les a frôlés avec sa main. D'autres disent que la chute de gouttes brûlantes sur leur visage les a sortis du sommeil ; mais une fois la lampe allumée, ils ne voient jamais rien. J'ai entendu dire également que les membres du Sanhédrin se lavent les mains sans relâche et s'adonnent à de nombreuses cérémonies de purification selon les plus sévères prescriptions de leur loi ; les Saducéens eux-mêmes, qui pourtant ne sont point d'ordinaire excessivement scrupuleux, s'y soumettent. Personnellement, il ne m'est rien arrivé de désagréable, je n'ai pas eu un seul cauchemar ! Et toi ?

— Moi ? repris-je sans penser à ce que je disais. Moi, je cherche le chemin.

Adénabar me regarda avec étonnement. Il avait déjà bu plus de la moitié de l'amphore sans prendre la peine de mélanger l'eau au vin bon marché, mais ne manifestait cependant aucun signe d'ébriété.

— J'ai ouï dire, expliqua-t-il, que nombreux étaient les chemins et qu'en maints d'entre eux on pouvait s'égarer. Comment peux-tu espérer, toi un Romain, trouver le chemin quand les Juifs eux-mêmes n'en sont point sûrs ? J'ai bien peur qu'ils ne te ferment la porte au nez et que tu ne réussisses qu'à te blesser en te cognant contre elle !

— Est-il possible, m'exclamai-je avec surprise, est-il possible que toi, un centurion, tu connaisses les doutes et sois également à la recherche du chemin ?

Adénabar éclata d'un rire bruyant et cria en se tapant les mains sur ses genoux :

— Tu es tombé dans le piège ! Tu n'imagines tout de même pas que j'ignore tes manigances de ces jours derniers. Moi aussi, j'ai des amis à Jérusalem et bien plus que toi, étranger !

Puis, cessant de rire, il expliqua :

— Je crois que c'est une grave erreur de la part des Romains de maintenir ici la même légion durant des années ce qui, en revanche, est fort possible en d'autres contrées : ainsi la légion se familiarise avec le pays où elle a le devoir de faire régner l'ordre et les habitants deviennent amis des soldats et leur apprennent leurs us et coutumes ; et, quand après vingt ans de service, le légionnaire reçoit un bout de terre, il épouse une femme du pays même et enseigne à son entourage les usages romains. Mais cela se passe différemmment en Judée ou à Jérusalem : lorsqu'un étranger demeure longtemps ici, ou bien il est pénétré de la crainte du dieu des Juifs, ou bien il finit par les détester. Tu vas peut-être t'étonner, mais parmi les officiers romains, surtout dans les petites garnisons, on en trouve quelques-uns qui se sont convertis à la religion hébraïque en secret et qui ont accepté de se circoncire. Mais tu peux me croire, ce n'est point mon cas ! C'est par simple curiosité que j'ai acquis des connaissances sur les divers chemins des fils d'Israël, non pas pour les espionner mais pour mieux les comprendre, ne point finir sous la coupe de leur terrible divinité.

— Tu as reconnu toi-même au pied de la croix qu'il était fils de Dieu, lui rappelai-je. Toi-même tu m'as accompagné dans le sépulcre et tu as vu de tes propres yeux le linceul intact après qu'il ait ressuscité.

— Exactement ! approuva Adénabar.

Brusquement, il projeta contre le sol sa coupe en terre qui éclata en mille morceaux et il se leva d'un bond.

— Maudit soit le roi des Juifs ! s'écria-t-il, le visage contracté par la colère. Maudite cette cité ensorcelée et maudit le temple où il n'y a même pas une image de son dieu pour que l'on puisse la mettre en pièces ! Quelle chose étrange de ne point arriver à ôter sa vie à un homme ! D'autres innocents, pourtant, ont été mis en croix auparavant, mais ils n'ont jamais ressuscité. Le Nazaréen a transgressé la discipline des armées !

Déjà avaient résonné les trompettes du temple et déjà les fidèles avaient accompli leurs oraisons nocturnes. Nous entendîmes la fermeture des portes du temple à travers les minces cloisons de ma chambre : le sabbat était terminé. Machinalement, nous poussâmes en chœur un soupir de soulagement. Adénabar me pria de lui pardonner l'accès de colère au cours duquel il avait cassé sa coupe de vin.

— Je suis furieux parce qu'étant centurion, je devrais me montrer plus raisonnable que mes subordonnés, dit-il. Mais peut-être ne suis-je qu'un homme inculte plein de superstition, car la lance de Longinus et les bras du bourreau me tourmentent sans relâche, et moi aussi je suis réveillé en pleine nuit par des pas invisibles. Donne-moi un conseil, toi qui as choisi secrètement ta voie : que dois-je faire pour échapper à ces maléfices juifs ?

— Peut-être, Adénabar, te sens-tu pécheur ? me bornai-je à dire.

— De quel péché veux-tu parler ? demanda-t-il en me regardant d'un air surpris. J'ai toujours satisfait aux exigences de la discipline militaire et toujours obéi aux règlements et aux ordres du mieux que j'ai pu. Tout le monde évidemment a quelques fautes sur la conscience ; mais je ne pense pas être pire militaire ou pire officier qu'un autre et, lorsque l'on m'a parlé d'un probable avancement, j'ai considéré que c'était la juste récompense de mes états de service.

— À ta guise ! répondis-je. S'il en est ainsi, Jésus de Nazareth n'aura pas grand-chose à te dire, car il n'est point venu chercher les justes mais les pécheurs. Tu pourrais toutefois échapper à son jugement en disant : « Fils de Dieu, aie pitié de moi parce que j'ai péché. »

— Il m'est plus facile de croire dans les cérémonies de purification, objecta Adénabar. Quelle différence s'il suffisait de se laver et de brûler des fils de couleurs ou je ne sais quoi encore de ce genre ! Je pense que tu es dans l'erreur en ce qui concerne le Nazaréen : il n'est pas venu, que je sache, chercher une autre nation que celle des fils d'Abraham, l'élue de Dieu, comme ils se nomment. Tu as constaté toi-même ce qui lui est advenu. Personnellement, je n'ai fait qu'obéir à un ordre et de ce fait ne suis nullement responsable de sa mort. Le chaos triompherait et il ne pourrait même pas y avoir de guerres dans le monde si un militaire se mettait à se poser des questions au sujet des ordres reçus. N'y eut-il pas un capitaine romain, j'ai oublié son nom, qui fit exécuter son propre fils parce que ce dernier, en dépit des instructions, avait lancé une attaque avec ses troupes et remporté une brillante victoire, mais en contrevenant à la discipline militaire ? C'est du moins ce que j'ai appris à l'école d'officiers.

– J'ai l'impression que le Nazaréen a voulu, pour une raison que nous sommes incapables de comprendre, que tout se déroulât comme cela s'est déroulé ; mais la lumière se fera promptement puisque son royaume est encore sur la terre. C'est la raison pour laquelle les boucliers se décrochent à Antonia et des pas mystérieux te tirent la nuit de ton sommeil. Cela indique qu'il attend également quelque chose de nous, les Romains. Mais tu n'as rien à craindre de lui qui prêcha que l'on ne doit pas répondre au mal par le mal : « Si quelqu'un te donne un soufflet sur la joue droite, tends-lui l'autre. » Et il dit encore de nombreuses paroles en complète contradiction avec tout ce que nous sommes accoutumés à considérer comme raisonnable.

Adénabar ne parut nullement étonné de ce que je disais.

– On m'a parlé de sa doctrine, admit-il. C'est pourquoi je pense qu'il est inoffensif même si, à vrai dire, je serais fort embarrassé de me trouver nez à nez avec lui s'il est avéré qu'il se promène en secret par la ville ; j'aurais peut-être les cheveux qui se dresseraient sur la tête s'il m'apparaissait à l'improviste et m'adressait la parole. De toute façon, d'après ce que l'on m'a assuré, il ne se manifeste pas devant un incirconcis, mais seulement à quelques-uns de ses disciples et aux femmes qui vinrent avec lui de Galilée.

Ces propos me touchèrent au fond de moi, si bien qu'oubliant toute prudence, je lui racontai que j'avais vu l'homme à l'allure étrange chez Simon de Cyrène et que je croyais avoir reconnu le ressuscité dans un jardinier le jour même de sa résurrection.

– Quelle vie dépourvue de sens as-tu donc menée à Alexandrie ? s'écria-t-il en secouant la tête. Sans doute as-tu lu plus que ton compte ! Ce climat ne te convient pas du tout et le plus raisonnable pour toi serait de t'éloigner d'ici au plus vite. Tu as de la chance que je sois ton ami car je ne te dénoncerai point, mais à la condition que tu recouvres le calme et la paix de l'esprit.

– On m'a déjà suffisamment soupçonné d'être un espion à la solde des Romains pour que je ne me mette pas à mon tour à soupçonner les autres, sinon je pourrais croire que l'on t'a envoyé à moi dans l'intention de m'avertir de cesser de me mêler des affaires des Juifs.

Adénabar évita mon regard et parut troublé.

– Pour être franc, confessa-t-il en se frottant les mains sur les genoux, je t'avouerai que le commandant de la garnison m'a suggéré de venir m'enquérir de ta santé, car il n'a nulle envie qu'un ami du proconsul ait des démêlés avec les Hébreux. Une grande inquiétude règne dans la forteresse et j'ai l'impression qu'il aimerait savoir ce que tu as pu apprendre au sujet du nouveau complot tramé par les Juifs contre la paix et l'ordre. Mais il ne peut pas te faire espionner puisque, d'une part, tu es citoyen romain et que, d'autre part, tu es apparemment en possession d'une lettre de recommandation émanant d'une autorité si élevée que je n'ose même pas la nommer. Je n'ai pas l'intention de répéter quoi que ce soit de tes confidences ; je me bornerai à dire que tu montres une certaine irritation à l'égard de la plupart des gens ces jours-ci, mais je ne soufflerai mot de visions et autres apparitions extraordinaires. C'est un homme sérieux qui ne croit rien de ces choses-là, il me tournerait en ridicule et je mettrais en péril mon avancement à vouloir discuter sur de tels sujets.

Il s'essuya le visage, regarda le plafond et dit :

— Il doit y avoir une gouttière dans le toit, car je viens de recevoir une goutte sur le visage. Ce petit vin de Galilée est sans doute plus fort qu'il ne le paraît. Concluons un marché : obtiens pour moi l'indulgence du Nazaréen si tu le rencontres et qu'il consente à t'écouter. Comme tu comprendras, ma dignité d'officier m'interdit de courir derrière lui, et j'ai néanmoins besoin de faire la paix avec lui.

Il se mit alors à se gratter avec acharnement, jeta un regard autour de lui et dit étonné :

— C'est étonnant, il y a des bêtes dans cette chambre et je ne te l'aurais guère recommandée si j'avais su qu'à peine assis on était couvert de parasites.

En le voyant se gratter si fort, je me mis moi-même à éprouver une démangeaison sur tout le corps, j'eus l'impression que mes cheveux se dressaient sur ma tête et je frissonnai.

— Il n'y a pas de bêtes ici, c'est une chambre très propre, dis-je dans un murmure. Je crois que quelqu'un va arriver.

Adénabar se leva rapidement et déclara en s'enveloppant dans son manteau :

— Je ne veux pas te déranger plus longtemps. Nous avons dit tout ce que nous avions à nous dire et de toute façon le vin est presque fini. Je m'en vais.

Mais il n'eut pas le temps de fuir car nous entendîmes en bas la voix du Syrien et aussitôt les craquements de l'escalier. Adénabar se réfugia, les doigts levés en signe de protection, contre le mur. Je vis apparaître Zachée, traînant derrière lui un homme drapé dans son manteau de telle sorte qu'il me fut impossible au premier abord de discerner son visage.

– La paix soit avec toi, ô Zachée, dis-je, je n'ai pas bougé d'ici tant j'étais impatient de recevoir un message de toi.

– La paix soit avec toi également, Romain ! répondit Zachée apparemment de fort mauvaise humeur.

J'eus le sentiment qu'il avait déjà oublié m'avoir serré dans ses bras et donné un baiser lorsqu'il était sous l'empire du vin dans la maison de Simon de Cyrène. De son côté, l'homme qui l'accompagnait tressaillit en voyant Adénabar.

– Qui est celui-là ? demanda-t-il.

Le Syrien, qui les avait conduits courtoisement jusqu'à mon seuil, protesta :

– Mais c'est un centurion du fort Antonia, tout simplement, et un bon ami malgré sa position ! Il comprend les fils d'Abraham et de toute façon, sa présence ne peut vous charger de plus d'impuretés que ma propre personne ou la demeure où vous vous trouvez.

L'inconnu donna un soufflet à Zachée en criant :

– Traître ! Ainsi tu m'as entraîné dans un piège, homme pire que Judas Iscariote !

Et il fit demi-tour pour s'échapper, mais je passai devant lui et le retins, en empoignant fermement son bras. La manière dont il avait traité le nain Zachée me paraissait contraire à la justice.

Ce dernier se frotta la joue en jetant des regards terrifiés sur Adénabar et sur moi.

– Si je l'avais su, affirma-t-il, jamais je ne t'aurais amené ici. Le Romain est plus malin que ce que je croyais. Frappe-moi aussi l'autre joue car je l'ai mérité.

Adénabar dévisagea à son tour Zachée et son compagnon.

– Voici sans doute deux disciples du Nazaréen, constata-t-il.

– Non ! Tu fais complètement erreur, seigneur centurion ! s'écria Zachée. Il est douanier et collecteur d'impôts comme moi ! Nous sommes tous les deux de grands amis des Romains à l'instar de tous les fils d'Israël amoureux de l'ordre et de la paix.

– Ne charge point ta conscience de péchés supplémentaires, Zachée ! Nous ne sommes ni l'un ni l'autre amis des Romains. Il est vrai que je suis un ancien douanier, mais je m'en suis repenti et ce péché aussi m'a été pardonné.

Je lâchai son bras promptement comme s'il m'eût brûlé.

– La paix soit avec toi, m'exclamai-je. Je crois savoir qui tu es. Que le centurion ne t'inspire nulle crainte, il ne te veut aucun mal, au contraire, il brûle de désir de faire la paix avec ton seigneur si cela se peut.

L'inconnu alors se redressa, me regarda en face puis regarda de même Adénabar.

– Je n'ai point honte du nom de mon seigneur, dit-il enfin, car quiconque le renie, à son tour il le reniera dans son royaume. Je suis Matthieu, l'un des Douze qu'il a élus, et la mort elle-même n'a aucun pouvoir sur moi car il me donne la vie éternelle en son royaume. Quant à vous, Romains, il vous précipitera dans les ténèbres, où il y aura des pleurs et des grincements de dents.

Cela était nouveau pour moi et me remplit d'étonnement.

– J'ignorais qu'il eût proféré de si terribles paroles ! Mais la paix soit avec toi et bénie soit cette chambre puisque le messager du roi daigne la fouler de ses pieds. Prends un siège, et toi aussi, Zachée, et parle-nous de ton seigneur ; je suis sur des charbons ardents d'en apprendre davantage sur lui.

Matthieu consentit finalement à s'asseoir malgré sa défiance et Zachée, toujours effrayé, se plaça tout à côté de lui. Le disciple regarda Adénabar d'un air entendu.

– Je suppose que tes légionnaires ont encerclé cette maison, accusa-t-il. En vérité je n'aurais pas cru les Romains capables de nous tendre un piège aussi perfide !

– Matthieu ! protesta Adénabar blessé. N'accuse point les Romains de tout le mal. Le proconsul ne voulait pas condamner ton maître, ce sont les Juifs qui lui ont forcé la main. Moi je n'ai rien contre toi ni contre ton maître, tu peux courir où bon te semble si tu parviens à échapper à la garde de la cité ; le Sanhédrin s'y opposera peut-être, mais certainement pas nous les Romains.

Il me semble que Matthieu ressentit en cet instant quelque honte de la peur qu'il avait éprouvée tout d'abord ; après qu'il eut compris qu'il se trouvait en sécurité parmi nous et que nous n'avions point projeté sa mort, il adopta une attitude pleine d'orgueil.

– Je ne serais point venu te voir, Romain, dit-il, si l'on ne m'avait rebattu les oreilles à ton sujet. Sans connaître ni la loi ni les prophètes, toi un incirconcis, tu pars à notre recherche, tu parles à des femmes ignorantes et tu épies nos secrets. Je ne vois d'autre alternative que celle-ci : ou bien tu es possédé d'un démon, ou bien tu es un sorcier puisque tu as été capable d'obtenir que Jean réponde à tes questions. Je suis donc venu pour te dire ceci : éloigne-toi de nous, ne te mêle pas d'affaires auxquelles tu ne peux rien entendre et cesse d'importuner des femmes en plein désarroi.

Il dit, et une douleur pleine d'amertume s'empara de mon âme tandis qu'une haine profonde à son égard me donnait des envies de frapper ; mais il me fallait voir son visage avant toute chose et dans ses traits, ses yeux et les rides de son front, je retrouvai la même expression indéchiffrable qui en faisait un être à part ; alors sa raison devint bien plus claire pour moi que ce que je pouvais comprendre. C'est pourquoi je lui répondis avec la voix de l'humilité :

— Je n'ai rien à t'opposer. Mais je croyais son chemin ouvert à tous ceux qui le cherchent avec un cœur doux et humble ; j'ai cru que la porte s'ouvrirait devant moi si je frappais avec ferveur. Dis-moi au moins pourquoi il m'est apparu dans la maison de Simon de Cyrène.

Zachée jeta un regard implorant à Matthieu, mais ce dernier, plus endurci encore, répondit :

— Notre Seigneur est venu chercher les égarés d'Israël ; c'est la raison pour laquelle il m'appela alors que j'étais assis à ma table de douanier à Capharnaüm ; je me levai sur-le-champ et le suivis, abandonnant pour sa cause mon foyer, mes biens et même ma famille. Zachée aussi était un des égarés d'Israël et Simon de Cyrène, membre de la synagogue grecque, a porté la croix. Nous admettrions qu'il fût apparu à ces deux-là mais nous ne croirons jamais qu'il est apparu à un Romain incirconcis. Nous avons donc débattu de cette question entre nous : nous ne pouvons accorder plus de confiance à un Romain qu'à des visions de femmes désemparées. Peut-être es-tu un magicien ou un sorcier qui désire, pour une raison cachée, apprendre tout ce que nous connaissons.

« Ou peut-être es-tu celui qui, selon les témoignages d'un pauvre aveugle, transforma une pierre en fromage en invoquant d'une manière abusive le nom de notre Seigneur. Tu as troublé de la même façon Simon de Cyrène et Zachée. Et si tout ce qui advint en ta présence dans la maison de Simon paraît procéder de la sorcellerie, cela n'a rien à voir avec le royaume.

Zachée hocha vigoureusement le chef :

— C'est vrai, et je me suis rendu à leurs discours. Il a jeté un sort sur Simon de telle sorte qu'il a vu l'ombre de son esclave Eléasar quand ce dernier était encore en chemin ; puis il a obtenu que l'on nous offrît du vin fort, si bien que nous avons tous fini par être hors de nous-mêmes. J'ai plus de confiance en toi, ô Matthieu, que je connais, qu'en un Romain que je ne connais point.

Puis, s'adressant directement à moi, il dit :

— Simon de Cyrène a réfléchi également et ne veut plus jamais entendre parler de toi qui n'es point un égaré d'Israël. Toutefois, bien que tu lui aies occasionné une perte considérable avec tes tours de magie, il ne te souhaite aucun mal ; il vaut mieux, cependant, que tu ne recherches plus sa compagnie car tu as tenté d'abuser trop de gens déjà.

Je crois que Matthieu se rendit compte combien je fus accablé et il respecta mon humilité lorsque, sans dire un mot, je détournai la tête pour cacher mes larmes.

— Tu dois nous comprendre, Romain ! reprit-il avec tendresse. Mon propos n'est point de découvrir en toi des raisons mensongères, mais de trouver la meilleure interprétation des faits. Peut-être n'es-tu point un jeteur de sorts et, dans ce cas, un démon tout-puissant s'est emparé de toi qui t'a poussé à abuser du nom de notre maître crucifié alors que tu ne le connais point et que tu ignores tout du secret du royaume. Et cela je te l'interdis absolument car nous, qui avons été élus par lui, avons seuls reçu le pouvoir et la force de guérir des malades et de chasser des démons. Je reconnais que nous avons failli et que la faiblesse de notre foi nous a dépossédés de la force, mais nous savons qu'elle nous reviendra en temps voulu ; et jusqu'à ce temps, nous ne pouvons qu'attendre son royaume en veillant et en priant.

Puis, une expression de reproche dans le regard, il leva sa main vers moi. Et je ressentis la force qui, en dépit de ses dires, émanait toujours de lui : il était assis loin de moi et sa main ne m'effleura même pas, et ce fut pourtant comme s'il m'eût touché avec vigueur.

– En te repoussant et en m'élevant ainsi contre le scandale, poursuivit-il, je ne peux que répéter ses propres paroles. Il a dit à plusieurs reprises : « Ne donnez pas aux chiens ce qui est sacré. » Il n'est point venu pour abolir la doctrine de la loi et des prophètes mais pour l'accomplir. Il nous a défendu d'aller dans les villes des païens et même à Samarie. Comment pourrions- nous donc te révéler, à toi qui es Romain, son chemin et sa vérité ?

Je ne fus point offensé, bien qu'il m'eût traité de chien selon la grossière tradition des fils d'Israël. Mon accablement était si profond que je dis :

– Je croyais qu'il avait prêché de façon bien différente, mais je dois te croire et croire également qu'il t'a élu comme un de ses messagers. Très bien ! A tes yeux donc, je suis un chien ! Mais un chien est admis dans la maison du maître auquel il appartient. Je connais mieux vos écritures sacrées que ce que tu imagines et permets-moi de citer le roi d'Israël qui a dit qu'un chien vivant vaut mieux qu'un lion mort. Ne m'accordes-tu même pas le poste du chien vivant devant la porte du royaume ?

N'en croyant pas ses oreilles Adénabar, qui jusqu'alors avait gardé le silence, se leva d'un bond.

– O Romain ! s'écria-t-il, les doigts en cornes posés au-dessus de sa tête. As-tu donc perdu l'esprit pour solliciter le poste du chien vivant devant la porte du roi des Juifs ? Je finirai par croire que l'on t'a jeté un sort et que la mystérieuse doctrine du crucifié est plus dangereuse que ce que je pensais.

Zachée se serra contre Matthieu, mais le centurion ne se risqua point à les toucher. Au contraire, lorsqu'il eut recouvré son calme, il leva la main en un geste de supplication.

– Moi, je suis un soldat, un centurion, s'écria-t-il, et je n'ai point péché sciemment contre ton seigneur lorsque, obéissant à un ordre militaire, j'ai monté la garde au pied de la croix. Gagne-moi son indulgence et je suis disposé à me laver les mains à la manière des fils d'Israël, à détruire mes vieux habits ou à tout ce que tu exigeras pour ma purification. Je n'ai nul désir de me quereller avec ton seigneur et ne prétends pas non plus entrer dans son royaume ; je préfère suivre ma propre voie.

Matthieu se réjouit fort, me sembla-t-il, en s'apercevant que ni lui ni les autres disciples n'avaient à craindre des Romains, tout au moins d'Adénabar.

– On m'a rapporté que, du haut de la croix, dit Matthieu, il a pardonné aux Romains parce qu'ils ne savaient pas ce qu'ils faisaient. Je n'étais point présent pour l'entendre mais, en ce qui me concerne, tu peux aller en paix.

– Oh ! oui, c'est cela ! assura Adénabar. Je ne savais pas ce que je faisais ! Mais, même si je l'avais su je n'aurais pu, étant soldat, agir différemment. C'est pour cette raison que tes paroles me sont un véritable soulagement et, à ce que je crois, ton seigneur ne désire pas plus que moi une querelle.

De nouveau Matthieu se tourna vers moi et tout en se frottant les yeux dit d'une voix fatiguée :

– A ton sujet, je ne sais que penser. Ton humilité plaide en ta faveur et ton langage n'est point celui d'un possédé.

Puis, levant violemment son bras, il murmura :

– Mais il est évident que je ne peux te reconnaître comme un frère puisque tu es païen et que tu manges ce qui est impur. Si au moins tu étais prosélyte ! Mais il ne suffit pas de coudre des franges à ton manteau pour faire de toi un fils d'Israël.

Zachée frappa alors sa maigre poitrine.

– Non ! renchérit-il. Non, ce Romain ne fait point partie des égarés d'Israël comme moi. Jésus lui-même m'a reconnu pour un fils d'Abraham, mais cet homme n'est pas circoncis, comment pourrait-il entrer dans le sein d'Abraham ?

– Ton langage était tout autre hier, lui rappelai-je, et tu me pris même dans tes bras pour m'accoler comme un frère.

Je parlais ainsi, mais je me rendais compte que ces deux Juifs s'appuyaient sur leur alliance avec le dieu d'Israël et laissaient en dehors tous les autres. Zachée me paraissait à présent extraordinairement laid et déplaisant.

– Le voyage m'avait fatigué, ajouta-t-il pour couronner le tout, et ce que j'avais entendu au sujet des événements de Jérusalem m'avait mis hors de moi ; en outre, tu m'as fait boire du vin fort et je ne savais pas ce que tu me faisais. Mais tout est clair pour moi désormais.

Adénabar me dit sur le ton de l'ironie :

– Moi, à ta place, il y a longtemps que j'aurais abandonné ! Ils t'ont frappé sur l'une et l'autre joue, et plus tu te creuseras la tête, plus ils te frapperont. Laisse là ta folie et reconnais une fois pour toutes que ce n'est point pour toi que leur roi a ressuscité d'entre les morts.

– Ma tête m'appartient et je suis libre d'en faire ce que je veux, m'obstinai-je bien qu'ayant perdu tout espoir. L'empereur seul a le pouvoir de la faire trancher par l'épée. Va en paix, Adénabar, tu n'as plus rien à craindre.

– Je ne voudrais pas t'abandonner sans défense en compagnie de ces deux hommes, insista-t-il.

– C'est nous qui allons partir, dit Zachée en tirant Matthieu par la main. Restez seuls, Romains, votre chemin n'est pas notre chemin !

Mais je m'opposai à leur départ. J'accompagnai le centurion à la porte puis revins au milieu de la pièce et, ne tenant nul compte de ses avertissements, m'humiliai au point de me jeter aux pieds de l'impitoyable publicain.

– Aie pitié de moi, implorai-je, toi qu'il a choisi comme disciple ! Qu'a donc ta doctrine d'extraordinaire si tu n'aimes que ton frère ? Les Romains eux-mêmes n'en font-ils pas autant ? Je croyais son enseignement plein de pitié, mais ton cœur est une pierre puisque tu me repousses ainsi. Le riche jette aux chiens les restes de sa table abondamment servie, même s'il les méprise. Enseigne-moi donc !

Le départ d'Adénabar avait tranquillisé Matthieu qui reprit un siège. Il semblait qu'il se fût un peu adouci et il cacha son visage dans ses mains. Je compris alors que son trouble devait être plus grand que le mien.

– Comprends-moi, dit-il, la voix changée, et ne m'accuse point d'être sans pitié. Tout cela remplit mon cœur d'angoisse, mon cœur déjà angoissé ! Nous sommes comme des agneaux dispersés par une bande de loups et, bien que dans la douleur nous cherchions du secours les uns auprès des autres, chacun de nous est au fond de son âme un égaré depuis que nous avons perdu notre Seigneur. Nous devons défendre avec fermeté ce qui nous reste. Nous discutons entre nous et nous nous critiquons cruellement, Pierre dit ceci et

Jean cela, mais nul d'entre nous n'arrive à croire ni à comprendre sa résurrection. Et voici que tu viens à nous, une peau d'agneau te couvrant ! Comment pouvons-nous savoir si en dedans tu n'es point un loup ? Cueille-t-on des raisins sur les épines ? Que pouvons-nous attendre de bon d'un Romain ?

Sans cesser de se tordre les mains, il parlait toujours, libérant son cœur.

– Certes, il nous ordonna d'aimer nos ennemis et de prier pour nos persécuteurs, mais comment un homme peut-il y parvenir ? Il a même dit : « Si ton œil droit est pour toi une occasion de péché, arrache-le et jette-le loin de toi. » Tant qu'il était avec nous, nous avions foi en lui, mais lorsqu'il s'en fut, le pouvoir nous a abandonnés et nous nous sommes sentis perdus. Comment distinguer un amateur sincère et juste d'un homme injuste lorsque tout encore reste obscur pour nous-mêmes ?

Zachée toucha l'épaule du disciple.

– Ainsi, avertit-il, il apprend des secrets dont je ne suis pas moi-même informé. C'est un homme plein d'astuce en dépit de son air innocent. Moi aussi il m'a fait boire afin que je lui révèle les secrets que le Messie m'avait confiés chez moi.

Mais Matthieu ne se mit point en colère. Il paraissait au contraire maître de lui, réfléchissant à ce que j'avais dit.

– Tu as raison, étranger, dit-il après une pause. Il nous enseigna en effet à prier d'une manière juste et il consolida son alliance avec nous, mais je ne puis te parler de celle qu'il nous révéla à nous seuls.

Il semblait réconcilié avec moi et son visage rayonnait d'une grande bonté. Souriant à la manière d'un enfant, il joignit les paumes de ses mains.

– Il savait parfaitement pour quelle raison il nous choisissait. Sans doute étions-nous en possession de quelque chose de nécessaire à la construction de son royaume, même si ses raisons nous échappèrent alors. Lorsque nous le suivions, nous éprouvions de l'envie les uns à l'égard des autres, et nous mettions en question ses enseignements, nous tournant sans cesse vers lui afin qu'il nous expliquât davantage ce qu'il disait. Je me demande encore pourquoi c'est justement Pierre, Jacques et le jeune Jean qui étaient ses favoris qu'il menait toujours avec lui dans la montagne, leur laissant voir des choses que les autres n'ont point vues ; et pourquoi choisit-il Judas Iscariote et lui confia-t-il notre bourse ? Il avait certainement ses raisons mais je n'ai pas compris.

Il pressa plus fortement ses paumes l'une contre l'autre et, son regard d'enfant fixant le vide, il poursuivit :

– Etant douanier, je sais lire et écrire même le grec, effectuer des comptes compliqués et utiliser divers poids et mesures. Aussi, dois-je mesurer et apprécier avec le plus grand soin tous les discours et toutes les actions. Comme je ne dispose point de mesures nouvelles, je suis contraint d'employer l'ancienne, celle de Moïse, des prophètes et des Ecritures sacrées ; et avec cette mesure, on ne peut mesurer un païen, ce serait impossible même si j'essayais ! Toutefois, je pressens quelque chose, car il m'a élu précisément à cause de ma spécialité et je dus apprendre ceci : « De la mesure dont vous mesurez, on usera pour vous. » J'ai l'impression qu'il nous a fait don d'une mesure nouvelle. Mais j'ignore ce qu'elle sera et c'est pourquoi je dois encore recourir à l'ancienne que j'ai apprise au temps de mon enfance.

Ainsi parla-t-il, et mon cœur fut touché qui se souvint que mon bon professeur de Rhodes m'avait enseigné que l'homme est la mesure de tout ; ainsi l'imperfection, le doute et l'inachevé ont toujours formé l'unique mesure dont je me sois servi à ce jour pour apprécier la vie et ce qui se passe dans le monde. Ce système m'a rendu tolérant à l'égard des faiblesses d'autrui et à l'égard des miennes également, de telle sorte qu'il m'est impossible de porter un jugement trop sévère sur quiconque. Certes l'homme a la capacité d'aspirer au bien, mais il est incapable de l'atteindre dans sa totalité, de même qu'il ne peut atteindre la beauté parfaite puisqu'il n'est qu'un homme. Si cette connaissance m'a empli d'une tristesse profonde, elle m'a également aidé à me supporter moi-même si bien qu'après m'être rendu compte que l'excessive sévérité des hommes du Portique dans la recherche de la vertu était aussi insupportable que l'excessive soif de plaisirs, j'ai fini par me contenter de suivre le chemin intermédiaire à la lisière des deux systèmes ; je ne suis à vrai dire jamais parvenu à le suivre, oscillant sans relâche d'un extrême à l'autre.

Et voici que soudain je comprenais les paroles de Matthieu : sans doute Jésus était-il venu apporter au monde une mesure nouvelle. Fils de dieu et homme à la fois, il avait vécu sur la terre et ressuscité des morts pour rendre témoignage de son origine divine. Une mesure nouvelle donnée par un homme serait seulement une mesure de plus parmi toutes les autres, sujette à discussions et exposée aux critiques des hommes ; en revanche, une mesure apportée par lui, inconcevable et indiscutable, serait la seule mesure véritable, celle capable de sauver l'homme s'il la faisait sienne.

Mais quelle était-elle ? Comment le savoir si le messager qu'il avait lui-même élu ne faisait que la pressentir ? En outre, elle était destinée aux seuls Juifs, qui se considèrent comme la nation élue de

Dieu, se détachant ainsi de tous les autres. Et les Juifs eux-mêmes avaient abandonné leur roi.

Comme s'il eût suivi le cours de mes pensées, Matthieu dit soudain :

— Nous cherchons dans les ténèbres entre ce qui est d'avant et ce qui est nouveau, nous ne saisissons point encore son royaume. Nous avons le sentiment qu'il a choisi les Douze afin que nous régnions sur les douze tribus d'Israël. Ainsi, à travers le Messie, Israël étendra son pouvoir sur la terre entière. Nous ne pouvons laisser de côté les prophètes ni les Ecritures ; la contradiction est si terrible qu'elle est hors de notre portée. Lorsqu'il purifia le temple, ne le nomma-t-il point la maison de son père ? Comment, dès lors, abandonnerions-nous l'alliance que Dieu fit avec Abraham et Moïse ? Tout Israël éclaterait en mille morceaux ! Voilà pourquoi nous ne pouvons ouvrir son chemin aux étrangers ni aux païens. Ce serait comme manger des mets impurs. Eloigne-toi de nous, tentateur !

— J'ai servi durant un certain temps chez les Romains, ajouta Zachée, et j'ai appris à les connaître. De ce fait, ma libération me paraît pleine d'agréments. C'est une grande merveille que de retourner dans le sein de ses pères après s'être égaré. Ne me tente point davantage, notre fardeau est déjà lourd !

Le spectacle de sa difformité et de son orgueil me firent rentrer en moi-même.

— Faites ce qui vous plaira. Je me suis abaissé devant vous comme un chien et je vois à présent que vous souffrez tous deux de l'avarice propre aux vôtres : vous voulez tout garder pour vous, en excluant tous les autres, même lorsque vous ignorez l'explication de ce qui est advenu. Je ne comprends pas plus que vous, mais je sais que si un dieu se fait homme, souffre et meurt d'une mort d'homme pour ressusciter ensuite, cela concerne l'humanité tout entière et non les seuls Juifs. Aussi ai-je l'intention de continuer à m'informer sur son mystère et à le chercher tout seul si je ne peux le faire en votre compagnie. Allez en paix !

Ils se levèrent tous deux et Zachée, sur les talons de Matthieu, me jeta un regard méfiant et chargé de haine. Matthieu, pour sa part, avait pris le masque de l'impassibilité.

– Ton idée est trop absurde et je ne la comprends point. Ni d'ailleurs comment le dieu d'Israël pourrait étendre son pouvoir sur toutes les nations de telle sorte qu'il n'y ait plus de haine entre elles. C'est impossible, il a dit lui-même qu'il y aurait beaucoup d'appelés et peu d'élus.

Il se mit tout à coup à se frotter le corps et le visage comme pour se débarrasser de toiles d'araignée.

– Cela n'a pas de sens, c'est œuvre du démon. Il nous a avertis que tous ceux qui l'appellent Seigneur ne méritent pas d'entrer dans le royaume. Je me souviens exactement de ses paroles : « Beaucoup me diront en ce jour-là : « Seigneur, Seigneur, n'est-ce pas en ton nom que nous avons prophétisé ? en ton nom que nous avons chassé les démons ? en ton nom que nous avons fait bien des miracles ? » Alors je leur dirai en face : jamais je ne vous ai connus ; écartez-vous de moi, vous qui commettez l'iniquité. » Cela te condamne même si tu réussis des tours de magie en invoquant son nom. C'est à toi que tu porteras préjudice, non à nous qu'il a connus et connaît.

Je me mis à trembler de peur, me souvenant de quelle manière j'avais fait l'expérience de son pouvoir lors de ma rencontre avec l'aveugle sur le chemin, quand la pierre s'était métamorphosée en fromage dans sa main. Mes intentions n'étaient point mauvaises alors et j'espérais obtenir le pardon du Nazaréen sinon celui de ses disciples. J'admis cependant n'avoir pas le droit d'abuser du pouvoir de son nom puisque je ne le connaissais pas comme ses disciples.

– J'avoue ne pas le connaître suffisamment et n'avoir nul droit d'utiliser son nom, admis-je avec humilité. Mais tu m'as donné à réfléchir car Jésus de Nazareth n'est apparemment pas aussi pacifique ni aussi miséricordieux que je me l'étais imaginé, s'il exige que je m'arrache un œil ou me coupe un bras pour le suivre. Etes-vous sûrs de l'avoir bien compris lorsqu'il proféra ces paroles ?

Matthieu ne répondit pas directement à cette question.

– Je ne pense point que mon Seigneur exige quoi que ce soit d'un étranger tel que toi qui seras damné. Je ne pense pas non plus qu'il y ait une place pour toi dans son royaume si tu ne reconnais pas en premier lieu le dieu d'Abraham, d'Isaac et de Jacob ainsi que sa loi, pour chercher ensuite son chemin.

Je réfléchis. Pendant ce temps, Matthieu se trouvait sur le pas de la porte, Zachée collé à lui.

– Ah, si je pouvais te croire ! m'exclamai-je désespéré. Il est arrivé qu'à Rome un citoyen acceptât la circoncision pour l'amour de la fille d'un Juif fortuné et se soumît à votre joug. Je pense que le chemin de Jésus de Nazareth vaut plus que la plus belle femme et la plus riche dot ! Pour trouver son royaume je serais prêt à faire n'importe quoi, mais quelque chose au fond de moi s'y oppose et ne peut te croire. Tu avoues toi-même te référer à l'ancienne mesure pour pallier ton incompréhension de la nouvelle.

Matthieu s'enveloppa dans son manteau, se couvrit la tête et s'enfonça dans les ténèbres de l'escalier, entraînant Zachée à sa suite. Aucun des deux ne me souhaita la paix. Lorsqu'ils furent partis, je m'écroulai sur mon lit si profondément accablé que j'eusse voulu être mort. Je serrai ma tête à deux mains, me demandant qui j'étais et comment j'avais pu en arriver là. Je pensai que le mieux serait de fuir cette fantasmagorique cité dominée par un dieu sans images et où rien ne se déroulait comme ailleurs : ici, nul n'a confiance en moi et tous me laissent à part parce que je suis Romain. Le royaume inconcevable de Jésus de Nazareth n'est point pour moi. Et si je m'en allais à Césarée, la ville romaine ? Je pourrais là-bas me distraire en fréquentant le théâtre et le cirque ou en jouant aux courses. Là-bas, je trouverais la joie en abondance.

J'eus alors une vision de moi-même tel que je serais une fois passées les années et je pouvais me contempler de l'extérieur : un homme au corps obèse, le visage gonflé, chauve et la bouche édentée, répétant avec entêtement la même sempiternelle histoire, portant une tunique souillée de vin et entouré de joueurs de flûte et de courtisanes tentant vainement de réveiller ses sens émoussés. Tel serait mon avenir si je retournais en arrière et suivais de nouveau le chemin intermédiaire. Puis, à la fin, les flammes du bûcher, la cendre et les ombres.

Je n'éprouvai nulle révolte contre cette vision bien qu'elle fût plus horrible et repoussante que ce que m'avait peint ma philosophie. Il était en mon pouvoir de m'y conformer, mais je n'osai le faire : une autre éventualité s'était à présent offerte à moi, celle qui m'avait poussé d'Alexandrie à Joppé, de Joppé sur la colline des crucifiés, devant Jérusalem, et plus tard dans un tombeau désert. Nul ne peut m'ôter cette vérité. Peu à peu, s'imposa de nouveau à mon esprit la conviction que tout cela n'était point advenu par hasard, mais pour rendre témoignage de ce qui jamais auparavant n'avait eu lieu en ce monde.

Depuis sa résurrection, son royaume demeure sur la terre. Dans ma solitude sans réconfort, perdu dans les ténèbres d'une cité ensorcelée, il me sembla que son royaume était tout proche de moi, à la portée d'un bras tendu, d'un pas, d'une poussée intérieure. J'éprouvai la tentation irrésistible d'appeler Jésus le Nazaréen, le fils de Dieu, mais je n'osai, étant étranger, recourir à la toute-puissance de son nom.

Une idée pourtant se fit jour en moi et me surprit à tel point qu'étourdi, je me dressai sur ma couche : si ses disciples, au lieu de se méfier de moi, m'admettaient à leurs côtés pour m'enseigner leur doctrine et tentaient de me faire croire aux miracles et à la résurrection de Jésus, alors l'esprit certainement en proie au doute, je ne cesserais de leur adresser des questions impertinentes, essayant de les pousser à se contredire.

En revanche, leur opposition pleine d'hostilité m'avait amené à croire avec plus d'obstination en la réalité du royaume et en la résurrection du Nazaréen, si bien qu'à présent mon esprit ne renferme pas le moindre doute au sujet de ces événements incroyables que je proclame et reconnais vrais. Quant aux disciples, ils ont trop reçu d'un seul coup pour être en mesure de tout assimiler tandis que moi, en comparaison, je n'ai reçu qu'un petit, un minuscule grain de sable. Mais, grâce à la vie que j'ai menée et à ma philosophie, je suis assez mûr pour recevoir la mesure nouvelle puisque, d'une part, celle de l'homme ne me satisfait plus et que, d'autre part, je ne suis point attaché à l'ancienne par le joug des traditions et de la loi judaïque.

L'huile de la lampe s'étant consumée toute, la flamme vacilla, vira au bleu et s'éteignit, dégageant une odeur de brûlé. Je ne ressentis nulle peur de la nuit ou de la solitude comme cela se produit parfois lorsque s'éteint la lampe. Les ténèbres étaient en dehors de moi car, en fermant les yeux, j'aperçus une lumière en moi que je n'avais jamais vue, comme si une autre paire d'yeux, veillant à l'intérieur de moi-même, contemplait une brillante lumière, tandis que mes yeux extérieurs fermés par les paupières voyaient seulement l'obscurité.

Je me souvins alors du jardinier que j'avais rencontré et j'entendis sa voix murmurer à mon oreille : « Je connais les miens et les miens me connaissent. »

Humble et tremblant, les yeux fermés, je prononçai à haute voix :

– Je n'ose dire que je te connais mais, du fond de mon cœur, je désire te connaître et que tu ne m'abandonnes jamais.

Je dis cela et voici que le silence se fit en moi, j'eus l'impression que tout advenait comme cela devait advenir, et qu'il était inutile de montrer de l'impatience. Le temps s'arrêta dans mon esprit et l'on eût dit qu'en même temps s'était arrêté le monde.

Une main posée sur mon épaule me tira de cet état de douce accalmie. J'ouvris les yeux en sursautant : j'étais toujours assis sur le bord de ma couche et mon propriétaire, entré dans la pièce sans que je m'en fusse rendu compte, portait une lampe et me touchait l'épaule.

Il posa la lampe près de lui, s'assit par terre et, secouant la tête d'un air préoccupé, se tripota la barbe avant de me demander :

– Que t'arrive-t-il ? Es-tu souffrant ? Pourquoi parles-tu seul dans le noir ? C'est un très mauvais signe et j'ai bien peur que tes visiteurs juifs ne t'aient jeté un sort et que tu ne sois plus le même à présent.

Parlant ainsi, il me ramena à la réalité de ce qui m'entourait. Mais son apparition ne me causait aucune gêne.

– Au contraire ! je me sens mieux que jamais, car j'ai enfin compris qu'une vie simple est préférable à une vie pleine de complications. Les pensées torturantes ne me tourmentent plus et mes visiteurs, qui ne veulent rien avoir affaire avec moi, m'ont laissé avec ma propre paix. Ne crains donc rien pour moi, je suis guéri de tous mes maux.

Ma joie manifeste calma Carantès qui se mit alors à se lamenter sur lui-même :

– Le plus petit a maudit mon seuil et apporté l'inquiétude dans ma demeure. À présent, mes enfants pleurent en dormant et lorsque je me suis couché, j'ai eu l'impression d'avoir reçu de la pluie sur moi. C'est pourquoi je suis venu te voir et t'ai apporté une autre lampe afin que tu n'aies point de frayeur dans l'obscurité.

Je lui assurai n'éprouver aucune crainte dans la nuit.

– Il me semble que je n'aurai plus jamais peur des ténèbres et que je ne me sentirai plus seul, même s'il n'y a personne avec moi. Ce monde est capricieux et je renonce à l'expliquer par mon raisonnement. Tandis qu'en proie à un terrible accablement, je me trouvais aussi éteint que cette lampe dont l'huile s'est consumée, la joie est née soudain au fond de moi et je me sens si débordant d'allégresse que j'ai envie de te tirer la barbe afin que tu joignes ton rire au mien.

– Dans ce cas, suggéra Carantès, construis une maison, plante des arbres, marie-toi, fais des enfants et ta joie sera complète car alors seulement tu sauras que tu existes.

– Chaque chose en son temps, répondis-je. Je ne crois pas qu'il soit maintenant opportun de faire ce que tu suggères.

Ne voulant point le peiner, je ne fis nulle allusion au Nazaréen. Je m'aperçus que j'éprouvais une grande faim parce qu'en écrivant je n'avais rien mangé, et cela réjouit Carantès plus que tout ce que j'aurais pu lui raconter. Nous descendîmes tous les deux l'escalier et, pendant que les siens dormaient, nous nous mîmes à la recherche de pain, d'olives et de salades que nous mangeâmes ; puis nous bûmes ensemble le vin nécessaire pour que Carantès commençât à sourire.

HUITIEME LETTRE

Marcus à Tullia !

JE ne cessais de sentir palpiter en moi cette joie sans mélange. Sans doute la devais-je à l'impression qui me pénétrait de m'être libéré : je ne ressentais plus en effet le besoin de me torturer en agitant de vaines pensées, et l'idée que quelque chose advienne à autrui en dehors de moi ne m'inspirait plus aucun sentiment de jalousie.

Après avoir tout consigné par écrit, je repris mes promenades par les rues de Jérusalem, flânant devant les échoppes des artisans du cuivre, des tisserands ou des potiers. Je pris un guide pour visiter le palais des Asmonéens, grimpai au haut des tours de celui que le roi Hérode a construit et montai également jusqu'au sommet d'une tour ancienne hantée seulement à présent par les chauves-souris. Mes pas m'ont conduit dans la cour du temple, au forum, et j'ai franchi les murailles afin de contempler la cité depuis les versants des montagnes. La vie a suivi son cours à Jérusalem comme si de rien n'était ; je pense que la plupart des habitants ont oublié dans la semaine la terrible mort du Nazaréen dont ils ne supportent plus d'entendre parler.

Je suis fatigué de cette ville dont les coutumes me sont étrangères et à laquelle je ne trouve rien de particulier, pas même son temple qui jouit pourtant d'une si extraordinaire réputation. Pour peu que l'on y réfléchisse, on s'aperçoit que toutes les grandes villes se ressemblent, seules les habitudes de leurs habitants varient. Les temples réputés sont tous identiques, même si les sacrifices et les rites religieux y sont différents. L'essentiel pour eux est d'amasser de l'argent, seule la manière de procéder n'est pas la même : si les Juifs vendent dans la première cour du temple des phrases de leurs textes sacrés artistiquement gravées sur des rubans de cuir que l'on accroche au bras ou sur le front, à Ephèse l'on vend habituellement aux voyageurs des statues miniatures d'Artémis et des talismans, et ceci, à mon avis, vaut bien cela !

Le second jour, regagnant mon logis par la ruelle sur laquelle tombait la nuit, je vis de loin Carantès qui semblait m'attendre se précipiter à ma rencontre.

– Quelqu'un t'a demandé et attend ton retour, dit-il en se frottant les mains d'un air malicieux.

– Qui m'attend ? demandai-je joyeusement surpris.

Carantès ne put se contenir plus longtemps et laissa échapper un éclat de rire.

– Ah ! Que je suis heureux de constater que tu es complètement guéri et que tu vis comme tout le monde ! Je ne t'interroge point au sujet de tes allées et venues mais, pour éviter les médisances, je l'ai cachée dans ta chambre. Elle s'est assise par terre bien honnêtement, recouvrant ses pieds avec son manteau. Tu aurais pu en trouver une plus séduisante, mais à chacun ses goûts et elle n'est pas si mal, elle a de beaux yeux pour le moins.

Je déduisais de ses insinuations qu'une femme

m'attendait, mais je n'imaginai point qui cela pût être. Je montai donc rapidement dans ma chambre et ne reconnus point la femme qui, à mon arrivée, se découvrit timidement le visage et me regarda d'un air familier. Je l'avais vue seulement dans l'obscurité et ne pus la reconnaître avant d'entendre sa voix.

– Sans doute ai-je mal agi en venant te faire cette visite, je ne voudrais pas nuire à ta réputation. Une femme de ma condition se doit d'ignorer l'homme avec lequel elle s'est entretenue durant la nuit. Mais j'ai quelque chose à te dire qui va te surprendre.

– Marie de Beerot, répondis-je, je te connais mais j'ignorais que ton visage fût si beau et si brillants tes yeux. Je n'ai que faire de ma réputation et me réjouis de ta visite, bien que je n'arrive point à comprendre comment tu as su me trouver.

– Ne parle pas de mon visage ni de mes yeux car ils sont la cause de mon malheur, répliqua-t-elle. La ville est plus petite que tu ne crois, nombreux sont ceux qui te connaissent et savent la curiosité obstinée que tu manifestes à l'égard de choses qui ne te concernent point. Ainsi donc, tu as rencontré l'homme à la cruche, même s'il ne t'a point apporté la joie que tu en attendais.

Je crus sincèrement qu'elle était venue chez moi pour recevoir quelque récompense pour son conseil.

– Il va sans dire que je reconnais être en dette vis-à-vis de toi ! m'empressai-je de lui dire.

Marie de Beerot eut un mouvement résolu de la tête.

– Non ! Non, tu ne me dois rien, fit-elle, c'est moi au contraire et c'est la raison pour laquelle je suis venue chez toi sans en être priée.

Je la regardai. Les motifs de sa présence restaient encore obscurs, de même que je ne comprenais pas ce qu'elle attendait de moi. Je remarquai, en voyant son gracieux visage arrondi de jolie fille d'Israël, qu'elle était plus jeune que je ne l'avais pensé tout d'abord ; en outre, rien dans son allure ne trahissait sa profession.

Carantès qui, curieux comme une pie, avait marché sur mes pas, toussa discrètement du seuil de la chambre où il se tenait pour attirer mon attention.

– Le repas est prêt, dit-il. Mais évidemment, il peut attendre si tu préfères te divertir avec ton amie. Un mot de toi et je vous apporte de l'eau et du linge propre ; tu pourras toi-même vérifier que nul n'a mis le nez dans tes affaires et que rien n'est caché sous ses jupes !

Marie de Beerot devint toute rouge et, pleine de honte, fixa son regard sur le sol.

– Tu fais erreur, mon cher hôte ! Nous ne nourrissons pas les projets que tu nous prêtes ! intervins-je. Tu peux laisser ta femme ou ta fille nous servir, ou bien servir toi-même si tu crois que c'est plus prudent. J'ai grand-faim et dînerai en compagnie de ma visiteuse.

Cette dernière sursauta et, levant les mains, s'écria, la mine horrifiée :

– Non ! Un homme ne peut partager son repas avec une femme et encore moins avec une femme de mon espèce. Mais permets-moi de te servir tandis que tu manges ; je mangerai ensuite avec plaisir ce qui restera.

Carantès lui jeta un regard plein d'indulgence.

– Je vois que tu es une jeune fille sensée et bien élevée si le Romain, quant à lui, ne connaît point encore suffisamment les usages du pays. Ma femme préférerait perdre la vie plutôt que te servir et je ne peux non plus permettre que ma fille soit témoin de choses qu'une jeune fille dépourvue d'expérience ne doit point voir. En revanche, tout est différent si tu gardes les yeux baissés et descends chercher le repas pour le servir ensuite telle une servante qui mangera ce qu'il laisse.

« Tu sais que je n'ai point de préjugés, ajouta-t-il à mon intention, mais tout a une limite. Si elle était arrivée dans une litière et vêtue de tissus de couleurs ou de soie brodée de fils d'or, le cou orné de bijoux en or et laissant tomber des gouttes de parfum dans l'escalier, j'aurais considéré comme un honneur le fait de la servir moi-même malgré le souci qu'alors tu m'aurais fait faire. Mais cette fille pleine de bon sens sait à quelle classe elle appartient et ne te procurera nul ennui.

Il enjoignit à la jeune fille de le suivre, et après un certain temps elle remonta avec le repas. Suivant la coutume des servantes, elle avait retroussé son manteau en le maintenant à la ceinture, si bien que je voyais ses jambes nues jusqu'au genou. Elle me conduisit à la terrasse, versa de l'eau sur mes mains qu'elle essuya avec un linge propre, puis, lorsque je fus installé, ôta le couvercle du plat en terre et plaça le pain à ma portée.

– Mange, ô Romain, invita-t-elle. La joie remplira les yeux de ton esclave à chaque morceau que tu porteras à ta bouche. Hélas ! Que ne suis-je ton esclave pour toujours !

Mais comme elle dévorait le pain des yeux, je la contraignis à prendre place à côté de moi, trempai un morceau dans la sauce piquante et le mis dans sa bouche. Ainsi ne lui resta-t-il plus qu'à partager mon repas et, malgré sa résistance, après avoir refusé par trois fois, elle consentit à mettre sa main dans le plat chaud et à manger.

Lorsque nous eûmes terminé, elle appuya sa tête sur mon bras et me baisa la main.

– Tu es bien comme l'on m'avait dit et comme je t'imaginais après avoir parlé avec toi près de la porte, cette nuit-là. Tu traites la femme comme une égale, bien que, soit dit entre nous, elle ne vaille souvent pas plus qu'un âne ou qu'un animal. Lorsque lui naît une femelle, l'homme secoue ses vêtements et ne jette pas un seul regard à la créature pas plus qu'il n'adresse une parole aimable à son épouse.

Les yeux absents, elle poursuivit :

– A la campagne, la vie d'une femme est vouée au malheur, et si elle est jolie, on la marie avec un vieux sous l'unique prétexte qu'il possède plus de terres et de vignes que les autres. Ma vanité m'a conduite à ma perte ; je commençai par me contempler dans l'eau de la cruche, puis suivis au champ le premier étranger qui m'offrit des rubans multicolores et des perles en murmurant de vaines promesses à mon oreille. Mon histoire est brève et simple, cela ne vaut pas la peine d'en parler davantage, car tu n'auras point de mal à deviner le reste tout seul. Si je vivais dans un autre pays, je crois que je me tirerais aussi bien d'affaire que les autres filles de ma condition, du moins tant que je serais jeune. Mais, bien que je sois maudite et abandonnée, je suis toujours une fille d'Israël et mon péché est pour moi si accablant que je donnerais n'importe quoi pour retrouver ma pureté. Le dieu d'Israël est un dieu de colère et une femme impure ne vaut pas plus à ses yeux qu'un chien ou qu'une montagne d'immondices.

– Marie de Beerot, dis-je pour la consoler, je ne crois pas que tu sois plus pécheresse que beaucoup d'autres comme toi obligés de vivre dans ce monde.

Elle me regarda de ses yeux noirs et remua légèrement la tête.

– Tu ne comprends pas ! regretta-t-elle. A quoi me sert de penser que je ne suis pas la plus pécheresse si je me connais et sais que mon corps est habité seulement de vers et d'angoisse ? Un seul homme aurait pu m'aider, celui qui ne condamna même pas la femme surprise en adultère, mais la prit en pitié et la sauva des mains de ceux qui voulaient la lapider. Il bénissait les petits enfants ainsi que les femmes, et il n'y avait point de péché en lui. Je l'ai seulement regardé de loin, car ses compagnons ne m'auraient pas laissée approcher. Il a guéri ceux qui étaient infirmes et sans doute m'aurait-il guérie moi aussi dont le cœur est malade et qui ai honte de moi-même et de ma vie.

– Je sais de qui tu veux parler, dis-je.

Marie de Beerot approuva d'un signe de tête.

– Oui, mais les justes, les érudits et ceux qui sont sans péché l'ont cloué sur la croix. Il a ressuscité ensuite pour apparaître à ses amis, je le sais de source sûre même si cela semble incroyable, et l'on m'a soutenu que toi-même ne l'ignores pas bien que tu sois un étranger méprisé. C'est pour cela que je suis venue te voir.

Elle éclata soudain en sanglots, se jeta à mes pieds et m'adressa cette prière en étreignant mes genoux :

– Je t'en supplie, emmène-moi avec toi et partons ensemble le chercher en Galilée ! Tous ceux qui l'ont pu ont quitté la ville aujourd'hui pour se rendre en Galilée. Même les femmes sont parties ! Il est apparu la nuit dernière à ses messagers et leur a promis de les précéder sur le chemin de la Galilée ; ils le verront là-bas et peut-être que moi aussi je pourrais le voir si tu consens à m'emmener avec toi.

Je la secouai par les épaules, l'obligeai à se relever et à s'asseoir de nouveau.

– Ne pleure pas ! dis-je avec agacement. Et cesse de crier des phrases incompréhensibles ! Raconte-moi ce que tu sais et nous aviserons ensuite.

Marie sécha ses larmes et quand elle se fut

convaincue de mon attention, elle reprit son calme.

– Tu te souviens de la femme riche qui possède un élevage de colombes et qui marchait à sa suite. Elle te comprend et sait que tu cherches avec ferveur le nouveau chemin, mais on lui a formellement interdit de te revoir parce que tu n'es pas un fils d'Israël. C'est elle qui m'a conseillé de recourir à toi car tu es en butte au mépris comme moi puisque tu es romain. Elle ne peut m'amener avec elle, mais elle a dit que le maître connaît bien ceux qui peuvent entendre sa voix. Cette nuit, les Onze étaient réunis dans la chambre haute que tu as vue et Jésus en personne leur est apparu, passant à travers les portes closes comme la nuit qui suivit sa résurrection. Cela tu le sais déjà. Il leur assura que c'était bien lui en chair et en os et laissa Thomas toucher ses plaies afin que tous croient qu'il a ressuscité des morts. Sans expliquer aux femmes ce que le maître avait dit, les disciples ont apprêté leur départ, Jésus leur ayant annoncé qu'il les précéderait en Galilée. Ils ont donc quitté la cité en groupes de deux ou de trois et les sentinelles les ont laissés passer sans les inquiéter ; les femmes sont parties également, ainsi que plusieurs de ceux qu'il a guéris et Simon de Cyrène. Ils sont tous convaincus de le trouver en Galilée.

Ce que Marie achevait de me raconter me parut digne de foi et en réfléchissant je crus également que Marie de Magdala était bien disposée à mon égard, même si elle n'osait pas venir me voir à cause des disciples.

– Mais pourquoi justement en Galilée ? demandai-je. Que doit-il se passer là-bas ?

Marie de Beerot secoua la tête et répondit :

– Je ne sais. Mais quel besoin avons-nous de le savoir ? Ce qu'il dira ne nous suffit-il pas ? Ils avaient tous une telle hâte que, dès l'ouverture des portes, au petit matin, les premiers groupes se sont éloignés.

Elle me toucha le genou avec timidité.

– Prépare-toi aussi à quitter Jérusalem et permets-moi de t'accompagner en te servant, car nul autre ne veut m'emmener avec lui et je ne puis me rendre en Galilée toute seule ; je n'ai pas d'argent pour m'offrir un guide et seule, je suis sûre de tomber aux mains des légionnaires ou des brigands.

J'aurais beaucoup aimé la croire et il ne faisait aucun doute qu'elle n'essayait point de m'induire en erreur délibérément, la force de son désir étant le meilleur garant de sa sincérité. Elle ne m'avait rapporté cependant que ce qu'elle avait entendu dire et, en ces jours de confusion, si nombreuses courent les rumeurs qu'il est aisé de s'y perdre.

Aussi jugeai-je nécessaire de chercher confirmation de ces bruits auprès d'autres personnes. En outre la prière de Marie me mettait dans l'embarras, car je n'avais nulle envie de prendre à ma charge une inconnue pour un voyage rempli d'embûches et dont ni le but ni le résultat n'étaient pour moi très clairs.

Marie remarqua mon hésitation, et détourna le regard avec tristesse.

– Je comprends, murmura-t-elle, tu n'as pas besoin de me donner d'explications. Evidemment ! Que penseraient tes amis romains si l'ami du gouverneur voyageait en compagnie d'une jeune Juive d'humble condition ? J'ai eu tort, je le sais, de te le demander, mais tu es le seul homme qui m'ait donné sans rien exiger de moi et c'est la raison pour laquelle j'ai fait appel à toi.

Elle dit, et l'écoutant parler, j'eus honte de moi et de mes soucis de bien-être alors que j'étais libre, riche et n'avais de compte à rendre à personne. Si Marie devenait une charge trop pesante, il serait toujours temps de la quitter en lui laissant quelque argent, mais s'il était vrai que Marie de Magdala me l'eût envoyée, elle pourrait m'être utile pour rencontrer le ressuscité en Galilée au cas où il se trouverait vraiment là-bas.

– Tout cela n'est pas plus sûr que de construire un pont avec une paille pour gagner l'autre rive ! Mais toi, tu connais les doux de la terre et je crois ton désir de rencontrer le roi des Juifs ressuscité aussi ardent que le mien. Je me montrerais aussi cruel et impitoyable que ses disciples si je te repoussais de la même manière qu'ils m'ont repoussé. Peut-être ne voudra-t-il pas non plus de nous, mais cette idée ne doit point nous empêcher d'essayer.

Marie de Beerot leva ses mains en s'écriant :

– Je prierai pour toi chaque jour de ma vie si tu m'amènes en Galilée ! A vrai dire, je n'osais point l'espérer et je suis venue en me traitant d'insensée tout au long du chemin. Si notre voyage échoue et que nous ne le rencontrons pas, tu pourras me vendre comme esclave car plus rien désormais ne m'importera de ce qui pourra m'advenir.

– Nous n'allons point nous précipiter et partir dans l'obscurité, dis-je en tentant de la calmer. Je n'ai nulle envie de me lancer à l'aveuglette dans cette aventure. Il nous faut dormir cette nuit et si demain les nouvelles que je recueillerai confirmaient tes dires, j'organiserais le voyage, choisirais la route à suivre et les haltes, enfin préparerais tout pour que nous arrivions en Galilée dans les meilleures conditions et sans retard. Une fois là-bas, il sera temps de tout examiner pour voir ce qu'il conviendra de faire.

Marie se mit alors à pousser des gémissements :

– Tout un long jour j'ai attendu et mon cœur est si rempli d'impatience que je suis assurée de ne pouvoir fermer l'œil de la nuit ! Pourquoi ne pas partir tels que nous sommes, sans bagages ni rien, et dormir avec les doux de la terre ou dans les champs ? Les nuits maintenant ne sont plus si froides ! Ainsi le voyage ne coûterait guère et tu ne ferais pas de grandes dépenses pour moi.

Sa naïveté me fit éclater de rire.

– Je crois avoir une expérience des voyages plus poussée que la tienne, dis-je, et parfois la manière de voyager la moins onéreuse finit par coûter plus cher que ce que tu as l'air de croire, on peut par exemple y perdre sa santé ou être rossé par des vagabonds. Laisse-moi donc tout préparer comme je l'entends et, une fois que nous serons en Galilée, ce sera ton tour de me donner des conseils sur le chemin à suivre.

– Je sais seulement que la ville de Capharnaüm où vivait et prêchait Jésus se trouve au bord de la mer de Galilée ; je pense donc que c'est vers là-bas que nous devons diriger nos pas si en route nous n'apprenons rien de nouveau à son sujet.

Marie, craignant peut-être que je ne l'abandonnasse prétendit ne pas savoir où dormir et me pria de la laisser reposer sur la terrasse, ou devant ma porte, ou dans un coin de ma chambre. J'acceptai, pensant qu'il ne serait point inutile de commencer à m'accoutumer à sa présence puisque j'allais voyager avec elle et passer les nuits dans des lieux inconnus en sa compagnie. Elle ne me dérangea guère de toute la nuit et ne fit pas un mouvement, enveloppée dans son manteau sur un coin du tapis. Le matin, après la sonnerie des trompettes, elle fit à haute voix son oraison matinale suivant la tradition judaïque. Ensuite, elle s'efforça de rester la plus discrète possible, sans me gêner dans mes activités quotidiennes. Je lui enjoignis de m'attendre dans la chambre, puis descendis l'escalier et rencontrai mon propriétaire qui disposait devant la porte de la maison son éventaire de mercerie.

– Carantès, dis-je, je vais poursuivre mon voyage et l'heure a sonné de mon départ de Jérusalem. La jeune fille est restée là-haut, car j'ai l'intention de l'emmener avec moi. Je me souviens cependant de ce que tu as dit hier soir : achète-lui donc des vêtements neufs et habille-la des pieds à la tête d'une manière convenable. Trouve également les bijoux nécessaires, afin que personne ne se permette de la mépriser durant le voyage et que nul ne puisse la considérer comme indigne d'être ma compagne. N'exagère pas toutefois, car je ne veux pas qu'elle attire l'attention sur elle inutilement.

Le Syrien battit des mains de surprise.

– Je ne sais si tu agis avec prudence, s'écria-t-il, mais tu dois savoir ce que tu fais. Certes, tu pourrais trouver dans n'importe quelle ville des filles comme elle, et tu économiserais ainsi les frais de son voyage ; mais c'est en tout cas plus raisonnable que de te mêler de la politique juive à laquelle tu n'entends rien.

Il ne me fit aucune question sur ma destination, car le souci de satisfaire mes désirs d'une manière avantageuse tant pour lui que pour moi le préoccupait suffisamment.

Je me rendis ensuite directement chez mon banquier Aristhènes, que je trouvai déjà levé et en plein travail devant sa table de calculs et de lettres de crédit.

Il me salua avec bonne humeur et m'examina de la tête aux pieds.

– Tu as suivi mes conseils au-delà de mon attente ! Ta barbe est plus longue que la mienne et les franges cousues à ton manteau te rangent dans la classe des prosélytes hébreux. As-tu réussi à vérifier ce que tu désirais ? Es-tu satisfait ?

J'acquiesçai avec prudence.

– J'ai appris plus de choses que ce que je voulais et je suis à présent rassasié de Jérusalem. On m'a beaucoup vanté la beauté de la Galilée et de Tibériade, la cité nouvelle construite par Hérode Antipas sur la rive du lac. On dit qu'il y a des thermes pour prendre les eaux, que l'on peut aller au théâtre ou au cirque et vivre à la manière hellène sans que nul crie au scandale.

Aristhènes prit une expression lointaine en évitant mon regard, ce qui me poussa à ajouter :

– Franchement, je crois avoir épuisé mon corps et mon esprit au-delà de mes forces durant la saison hivernale d'Alexandrie et j'ai besoin de bains et de massages salutaires afin de pouvoir conserver mon équilibre après tout ce que j'ai entendu et appris.

Aristhènes esquissa un sourire.

– Tu t'es laissé séduire, à ce que je vois, par quelque agent beau parleur du prince Hérode. Certes, il a fait un grand effort pour construire une moderne cité grecque et son désir est d'attirer les voyageurs et les gens préoccupés de leur santé afin qu'ils viennent y dépenser leur argent dans une atmosphère de tolérance. As-tu l'intention de t'y rendre par la Samarie ou par le chemin des pèlerins à l'est de Jéricho ?

– Je suis justement venu te consulter à ce sujet, répondis-je. Je voudrais également prendre de l'argent de mon compte ainsi qu'un ordre de paiement pour un banquier de Tibériade de tes relations. Pour être tout à fait franc, je dois t'avouer que j'ai fait la connaissance d'une charmante jeune personne qui m'accompagnera. Mon expérience de Baiae m'a appris qu'il est préférable d'aller prendre les eaux déjà accompagné lorsque l'on est un homme point trop vieux ; sinon l'on risque de se retrouver complètement démuni et la tête à l'envers.

Le sourire d'Aristhènes se fit ironique.

– Ma banque est à ton service et je n'ai ni le droit ni le besoin de t'interroger pour connaître tes intentions. Cependant, si je me souviens bien, tu avais entrepris des recherches poussées sur les enseignements de Jésus, le Nazaréen crucifié.

Je trouvais fort désagréable d'être contraint de lui mentir et choisis mes mots tandis qu'il me fouillait de son regard plein d'expérience.

– Certes, j'ai entendu à son sujet de nombreuses histoires merveilleuses, et il n'est point exclu qu'une fois en Galilée je me renseigne davantage. Je reconnais également que dans votre ville sacrée ont eu lieu des événements hors du commun après sa mort. Mais je me suis suffisamment préoccupé de lui ces derniers jours.

Aristhènes réfléchit durant quelques instants en me scrutant d'un air méfiant.

– Ton désir soudain de te rendre en Galilée, finit-il par dire, me surprend, je l'avoue. On m'a rapporté que tout au long de la journée d'hier beaucoup de gens avaient quitté la ville pour la Galilée et il court le bruit parmi ceux de basse extraction que là-bas se produisent des miracles. Naturellement, je sais bien qu'un homme cultivé comme toi n'a pas l'intention de courir derrière des pêcheurs et des charpentiers, la coïncidence cependant n'a point laissé de me surprendre.

« Soyons francs l'un et l'autre, poursuivit-il. J'ai des raisons de penser que notre grand Sanhédrin est à présent fatigué des Galiléens qui avaient suivi cet homme et des bruits dépourvus de fondement que propageaient leurs femmes. Les gens simples sont prêts à tout croire, même le plus absurde et il est difficile de lutter contre des bruits, encore plus difficile de condamner un homme en se fondant sur ces seuls bruits ! Tout le monde s'empresserait de rappeler qu'il n'y a pas de fumée sans feu. Une crucifixion est un avertissement suffisant pour le peuple et la persécution des disciples de cet homme ne ferait qu'augmenter la confusion. Mieux vaut donc qu'ils l'oublient et c'est pour cela, je crois, que nos princes ont fait comprendre d'une manière indirecte à ces Galiléens que toute poursuite cesserait s'ils quittaient la ville définitivement. Qu'ils s'en retournent en Galilée et que le roi Hérode Antipas dont c'est la juridiction fasse d'eux ce que bon lui semble ! Personnellement, je suis persuadé qu'une fois chez eux, où ils sont connus, ils deviendront inoffensifs : nul n'est prophète en son pays ! Si je te parle de la sorte, c'est afin que tu n'imagines point de folies et n'ailles pas agiter dans ta tête des pensées qui ne doivent même pas effleurer un homme doué de raison.

Dans cette pièce luxueuse où je me trouvais entouré de murs épais, de portes, de fenêtres, de serrures, ce fut comme si les paroles pleines de bon sens du banquier eussent recouvert de terre les charbons ardents de mon esprit.

– Si tout cela est aussi insignifiant que ce que tu prétends, je me demande pourquoi tu en es si totalement informé, répliquai-je avec humeur. Pourquoi ne serai-je point franc à mon tour ? On m'a dit qu'il a ressuscité d'entre les morts, qu'il est apparu à ses disciples et qu'il a promis d'aller au-devant d'eux en Galilée.

Aristhènes palpait la couture de son manteau comme pour gratter ses vêtements. Puis il reprit son calme et tenta même de sourire.

– Je déplore qu'une surveillance défectueuse ait permis à ses disciples de dérober le cadavre dans le sépulcre lors du tremblement de terre, car cela leur permet depuis de diffuser les bruits les plus insensés. Certes, ils n'ont pas de mal à faire avaler à leurs adeptes secrets ces contes qui sanctifient leur fuite de Jérusalem. Je te comprendrais si tu étais un Hébreu depuis toujours fasciné par les textes sacrés et dans l'attente du Messie. Mais toi ! Un Romain doublé d'un philosophe ! Un mort ne ressuscite pas, cela ne s'est jamais produit et ne se produira jamais !

— Pourquoi donc t'exciter de la sorte, homme plein de prudence ? répliquai-je. Je comprends fort bien que tu te sentes attaché à tes coffres, à ton argent et à tes affaires et que tu essaies de toutes tes forces de conserver les choses en l'état. Moi, en revanche, je suis libre d'aller et venir à ma guise et même d'agiter dans mon esprit des idées auxquelles tu n'oses pas penser. Je vais prendre les eaux dans les thermes de Tibériade et souhaite du fond du cœur entendre là-bas et peut-être voir des choses qui ne sont jamais advenues auparavant !

Je me sentis rempli de haine envers son monde et sa propre personne, sa petite barbe, son visage et ses mains manucurées, et ses cheveux bouclés à la manière des Grecs ! Je vis en esprit les sœurs de Lazare, Marie de Magdala et même Marie de Beerot, et j'éprouvai plus d'admiration et de tendresse pour leur espérance que pour cet homme esclave de son argent et de ses intérêts ! Parce qu'il était lui-même dépourvu d'espoir, il méprisait celui d'autrui !

Il dut lire dans mes pensées car, changeant radicalement d'attitude, il dit en agitant les mains :

— Pardonne-moi, tu dois savoir mille fois mieux que moi ce que tu as à faire ! Je comprends qu'avec ton âme de poète, tu te sentes attiré par ce que je suis obligé de refuser, moi qui ne suis qu'un homme d'affaires ! Je suis bien certain que tu ne seras pas la dupe de ces escrocs et que tu ne croiras pas les histoires que l'on raconte là-bas !

« Comment donc désires-tu te déplacer ? Je peux mettre à ta disposition un guide de caravanes très expérimenté, avec des chameaux et des bêtes de somme ainsi qu'une tente entièrement équipée de tout le nécessaire pour que tu ne sois pas à la merci des auberges communes ; tu éviteras de cette façon la saleté, les parasites et les mauvaises rencontres. Il vaudrait mieux engager une escorte de légionnaires syriens et ainsi tu serais tranquille le jour comme la nuit. Naturellement, cela revient un peu plus cher, mais tu peux te le permettre.

J'avais prévu une expédition de ce genre et c'était même la raison pour laquelle je m'étais adressé à lui. Son empressement ne m'étonnait point, car sans doute toucherait-il une commission en organisant un déplacement comme celui qu'il me proposait.

Mais je supposai qu'un homme à lui surveillerait tous mes faits et gestes pour l'en informer et que lui, à son tour, irait communiquer aux membres de son gouvernement tout ce qu'ils désiraient savoir. Et cela me fit hésiter dès le début bien que je ne susse à quoi me résoudre.

— A vrai dire, j'avais l'intention de voyager par mes propres moyens. Je ne suis jamais allé au *gymnasium* depuis mon arrivée à Jérusalem et je compte sur les aléas du voyage pour raffermir mes forces physiques. Mais il est évident que je dois également me préoccuper du bien-être de ma compagne.

— Exactement, approuva le banquier avec enthousiasme. Les difficultés les plus futiles rendent une jeune femme irritable et capricieuse. J'imagine par ailleurs qu'une peau blanche couverte de piqûres d'insectes ne doit point te séduire. Laisse-moi lui offrir quelque chose pendant que j'y pense.

Il sortit de la pièce, puis revint peu après portant une glace à main de style grec, le dos délicatement gravé d'un satyre étreignant une nymphe qui tentait de s'échapper. C'était un miroir fort bien poli mais je ne voulais pas en l'acceptant rester en dette avec le banquier.

– Ne crains rien, dit-il en me le mettant de force dans la main, ce n'est pas un miroir magique ! Mais ton amie concevra d'agréables pensées à ton sujet en y regardant sa propre image en même temps que le satyre. Je sais que l'on raconte qu'il existe des miroirs qui peuvent tuer celui qui s'y regarde, mais mon bon sens se refuse à l'accepter. Comme cependant mieux vaut être prudent, je te conseille du fond du cœur de ne point te pencher par mégarde dans un miroir de ce genre et je souhaite que tu ne voies rien qu'un homme ne doive voir.

Et sans me donner le temps de penser à la signification de ses paroles, il se mit à compter sur les doigts, assurant que j'aurais besoin d'une servante pour la femme qui m'accompagnait, d'un cuisinier et d'un domestique personnel ainsi que d'un conducteur pour les bêtes de somme et d'un homme chargé de monter la tente.

– Il me semble, conclut-il, qu'avec une douzaine de personnes tu auras une escorte suffisante qui, en outre, n'attirera point l'attention et correspond parfaitement à ta dignité.

Je me vis aussitôt au milieu d'un groupe d'hommes braillards, se battant, riant ou chantant, incapables de faire régner entre eux la moindre discipline. Et cette seule idée m'épouvantant, je rejetai le projet.

– Ce n'est pas une question de frais, mais la solitude est mon luxe. Fais-moi une autre proposition et reprends ton miroir de toute façon : son dessin frivole ne manque point de charme, mais je crains que les Juifs ne me regardent de travers s'ils le voient.

– J'ai une idée ! Il m'est arrivé de recourir aux services d'un certain Nâtan dont l'unique défaut est d'être un homme de confiance absolue et de connaître parfaitement la Judée, le territoire de la Décapole, la Samarie et la Galilée. Lorsque je suis allé chercher la glace à mains, je l'ai aperçu assis dans la cour ce qui signifie qu'il est en quête de travail. Je n'ai rien pour lui en ce moment et ne veux pas qu'il reste jour après jour assis chez moi, car son caractère taciturne irrite mes serviteurs. Je sais qu'il a conduit des caravanes jusqu'à Damas. Explique-lui où et comment tu veux voyager et il s'occupera de tout pour ta plus grande satisfaction. Tu peux également lui confier ta bourse afin qu'il se charge de payer tous les frais ; certes il ne se fatigue pas à marchander, mais il ne débourse point non plus ce qu'on lui demande, il paie ce que lui-même juge le juste prix. Les hôteliers ne lui versent aucune commission, car il préfère toucher un salaire.

– Présente-moi cet oiseau rare ! m'écriai-je, en soupçonnant Aristhènes de me tendre un piège.

Mais il me conduisit dans la cour, tout en se riant de ma méfiance, où il me montra Nâtan : les cheveux coupés, pieds nus, hâlé par le soleil, il portait un manteau blanc très sale. Lorsqu'il leva la tête vers moi, ses yeux me parurent les yeux les plus tristes que j'aie jamais vus mais je ne sais pourquoi, il m'inspira aussitôt confiance.

Je priai Aristhènes d'expliquer mon affaire à Nâtan, mais le banquier levant les bras s'éloigna en riant et regagna son bureau où il ordonna au scribe de compter l'argent et de rédiger l'ordre de paiement à l'intention de son représentant de Tibériade. On eût dit qu'il désirait se laver les mains de cette question et un nouveau regard sur Nâtan me révéla que je n'avais, pour le moins, pas affaire à un espion.

– Nâtan, je suis Marcus, citoyen romain. Je désire me rendre en compagnie d'une femme à Tibériade. Je veux voyager de la façon la plus simple possible et sans attirer l'attention. Mon prix sera le tien et je te confierai ma bourse durant le trajet.

Le guide leva les yeux pour regarder mon visage, puis mes pieds comme pour jauger mes aptitudes de marcheur. Il se contenta ensuite de hocher la tête sans dire un mot. Il me parut cependant surprendre une lueur d'étonnement dans son regard.

– Je pense que trois ou quatre ânes nous suffiront, poursuivis-je. Ma compagne et moi-même avons besoin de tapis pour dormir et d'ustensiles de cuisine. Trouve donc ce qui te semblera nécessaire et viens à midi à la maison du mercier Carantès, dans la ruelle des merciers près du palais des Asmonéens.

Une nouvelle fois l'homme hocha la tête, puis il laissa tomber une branche d'arbre à moitié écorcée qu'il tenait dans sa main ; la cassure étant tombée dirigée vers le haut, il hocha la tête pour la troisième fois. Comme me l'avait annoncé le banquier, ce n'était point un bavard et après les questions d'Aristhènes, il ne me déplut pas qu'il ne me demandât rien. Je rentrai dans l'édifice afin de prendre congé.

Le banquier, tout à son rôle, m'expliqua l'état de mon compte et laissa à son secrétaire le soin de me remettre la bourse et la lettre de crédit.

– Bon voyage ! souhaita-t-il. Nous nous reverrons ici à Jérusalem lorsque tu reviendras.

Je retournai dans la cour où je remis la bourse à Nâtan qui la soupesa, l'accrocha à sa ceinture, réfléchit un instant en observant la position du soleil pour enfin sortir sans plus d'explications. Je restai cloué de stupéfaction de le voir s'éloigner ainsi, tant notre marché et son comportement étaient différents de ceux que l'on a coutume de rencontrer au cours d'échanges commerciaux dans les pays d'Orient. Je ne pensai point cependant qu'un tel homme pût me tromper.

Pour ma part, je me dirigeai vers le quartier situé près des remparts où j'avais suivi dans les ténèbres de la nuit l'homme qui portait la cruche d'eau. Gravissant des escaliers et des venelles tortueuses, je montai peu à peu le long de l'antique muraille jusqu'à la porte que nous avions franchie ensemble. Malgré la ferme résolution que j'avais prise de ne plus jamais déranger les messagers qui m'avaient chassé de leur présence, je voulais m'assurer de leur départ de la cité.

Il me sembla reconnaître la maison dans laquelle j'étais entré ; sa lourde porte était entrouverte, mais il n'y avait aucun mouvement dans la cour. Je fus soudain pris de peur, une peur que je ne pouvais m'expliquer mais qui m'empêcha de franchir le seuil si bien que, sans savoir pourquoi, je passai sans m'arrêter devant la maison. Puis je retournai sur mes pas, mais il me fut impossible d'entrer et je crois que, même si je l'avais voulu, je ne l'aurais pu.

J'hésitai un moment, puis me résolus à faire demi-tour. J'étais en colère contre moi-même, m'accusant de manquer de courage tout en m'étonnant de la solitude du quartier où je n'avais en effet croisé que fort peu de passants. Près de la muraille, j'entendis une espèce de battement monotone : c'était un mendiant assis par terre qui, trop orgueilleux pour m'adresser la parole, s'efforçait ainsi d'attirer mon attention en frappant une pierre avec son bâton.

Je m'étais rendu compte qu'il était préférable de ne point donner d'aumône aux pauvres : sinon, ils me poursuivaient en boitant et gémissant et je n'arrivais plus à m'en défaire. Mais ce mendiant, auquel il manquait un pied, me regardait en silence, et cessa son battement dès qu'il s'aperçut que je l'avais remarqué. Je m'arrêtai alors et jetai une pièce devant lui.

Il s'en saisit sans remercier.

– Que cherches-tu, ô étranger ? demanda-t-il. Assis sans pied à même le sol, je vois beaucoup de choses, même celles que les gens ne veulent pas que je voie.

– Dans ce cas, donne-moi un signe, le priai-je.

– Des préparatifs pour un voyage, une sortie précipitée sont les seuls signes que je connaisse, répondit le mendiant. Même des hommes qui n'aiment guère montrer leur face durant le jour ont quitté les lieux, des pêcheurs, à ce que je sais ; sans doute sont-ils pressés de retirer leurs filets. Ce signe te convient-il ?

– Bien plus que tu ne crois, dis-je en jetant une autre pièce.

Le misérable s'en empara et contempla mes traits comme s'il cherchait à me reconnaître.

– N'es-tu pas l'homme qui conduisit une nuit un aveugle et lui fit don de son propre manteau près de la porte de la Fontaine ? interrogea-t-il soudain. S'il en est ainsi, je te conseille de faire l'achat d'un filet et de partir derrière les autres. Peut-être le temps est-il propice à la pêche.

La gorge nouée, je sentis frémir mon cœur dans ma poitrine.

– Qui t'a chargé de me parler de la sorte ? demandai-je.

Le mendiant sans pied secoua la tête.

– Nul ne m'a chargé de dire cela ! cria-t-il. C'est l'amertume qui me fait parler car si je n'étais pas infirme, moi aussi je partirais à l'instant pour la Galilée ! C'est comme une chanson et un cri d'allégresse : en Galilée ! En Galilée ! Mais moi je ne puis y aller !

– Ton langage n'est pas celui d'un mendiant.

– Je n'ai pas été mendiant toute ma vie, rétorqua-t-il avec orgueil. Je connais les écritures et, assis sans pied dans la poussière et la saleté de la rue, il m'est beaucoup plus facile de comprendre et de croire ce qu'un homme pourvu de tous ses membres intacts a du mal à comprendre et à croire. Cette folie m'a déjà valu des coups sur la bouche et il vaudrait mieux que je me taise, mais je n'ai pu résister à la tentation lorsque j'ai remarqué avec quelle timidité tu contemplais cette maison que j'ai moi-même regardée de loin.

– En Galilée donc ! m'exclamai-je. Tu m'as redonné courage.

– Oui ! En Galilée ! reprit-il avec ferveur. Et si tu le rencontres, prie-le de nous bénir, nous les plus petits de ses frères, nous que les savants frappent sur la bouche.

Je le touchai à l'épaule et à la main.

– Tu seras certainement plus proche du royaume que moi, dis-je, bien que mes pieds puissent me porter jusqu'en Galilée. Bénis mon voyage et moi-même qui désire être doux et humble de cœur.

Il sourit avec mélancolie et, levant son regard vide vers moi, se mit à chantonner quelques mots en hébreu qu'il répéta ensuite en araméen afin que je pusse les entendre :

– Je sais que mon Rédempteur est vivant. Je demeurerai le dernier sur cette terre et lorsqu'ils m'auront dépouillé, alors je verrai Dieu.

Il n'ouvrit plus la bouche, se couvrit la tête et s'inclina jusqu'à terre. De mon côté, je n'osai lui parler davantage, frappé par la distance qui le séparait de l'aveugle que j'avais guidé : le malheur avait fait de l'un un être méchant et plein d'amertume, tandis que l'autre, après avoir tout perdu, mettait son espérance dans l'avenir comme si son passé ne l'avait frappé que pour le séparer de son dieu. Il acceptait avec résignation son infirmité et l'attente dans la crasse de la rue, et grâce à lui je pénétrai plus profondément le sens de l'humble espoir des doux de la terre.

Pensif, je regagnai la ville basse et en approchant de la maison du Syrien Carantès, il me semblait avoir des ailes. Le doux enthousiasme de l'espérance avait empli mon âme de réconfort, et en moi résonnait la chanson et le cri d'allégresse : « En Galilée ! En Galilée ! » qui couvrait toute autre pensée.

Je ne pus toutefois monter directement dans ma chambre, mais fus obligé de rester assis sur le pas de la porte pour attendre ; en effet, la femme du Syrien était là-haut avec sa fille pour aider Marie à s'habiller.

– Tu connais les femmes, expliqua Carantès, elles n'ont pas pu résister à la tentation devant les jolis vêtements et les bijoux de pacotille que j'ai rapportés. Tout cela a convaincu mon épouse que Marie de Beerot n'est pas une mauvaise femme, mais plutôt une innocente jeune fille que tu désires sauver et convertir en une personne comme il faut.

– J'ai sans doute perdu le sens de la vertu et de la décence dans cette ville sans mesure. Chaque jour monte du temple jusqu'au ciel la fumée des sacrifices à la gloire du dieu sans image, comme si les sacrifices et les cérémonies de purification pouvaient réconcilier l'homme avec un dieu si redoutable qu'il n'est même pas permis de prononcer son nom à voix haute d'après ce que l'on raconte. Ici, les religieux sont trop pleins de piété et les impies dissimulent leur méchanceté dans leurs franges et leurs voiles de prières. J'accorde plus de crédit à Marie la pécheresse qu'aux prêtres qui vont vêtus de blanc dans le temple, car elle au moins reconnaît son péché et s'en repent avec sincérité.

– Mais qu'est-ce que le péché en définitive ? interrogea Carantès d'un air sceptique. Les jeunes filles, dans les villes de Syrie, constituent leur trousseau en faisant, pour la plus grande gloire de la déesse et moyennant une forte rémunération, la même chose que cette fille d'Israël qui, elle, n'avait pas d'autre ressource ! Là-bas, nos prêtres condamnent un pécheur à rester couvert de ses propres excréments, assis un temps donné à l'orée du chemin pour que les autres se moquent de lui ; je n'ai jamais compris comment ce traitement peut jamais purifier quiconque de ses fautes ! Pas plus que je ne comprends ce qu'espèrent obtenir les prêtres de la terre mère lorsqu'ils se mettent à tourner jusqu'à perdre la tête au point de se taillader tout le corps ou de se faire castrer en l'honneur de leur déesse !

« Mais peut-être suis-je devenu un pauvre diable depuis le temps que je vis à Jérusalem ! Je me suis éloigné des dieux de mes pères et crains à présent le dieu sans image des Juifs.

« En tous cas, tant que mes affaires marcheront bien et que mon épouse ne me répétera pas plus de trois fois le jour que je suis mortel, je ne m'estimerai pas trop malheureux !

Je n'eus point l'occasion de lui répondre car son épouse et sa fille, bavardant avec feu, descendaient pour m'inviter à aller contempler la fiancée. Un tantinet intrigué par ce revirement d'attitude, je gravis l'escalier, entrai dans la chambre et demeurai, étourdi, devant Marie de Beerot : revêtue de ses nouveaux atours, elle paraissait encore plus jeune que la nuit passée ; elle portait à la taille un bijou bien plus qu'une ceinture, un diadème ornait son front, un collier de pierres multicolores ceignait son cou, de grandes boucles pendaient à ses oreilles et elle avait même une chaînette autour de la cheville. Le visage illuminé par la joie, elle s'exclama en me saluant :

– Pourquoi m'as-tu fait revêtir comme la fille d'un homme riche qui se rend à une fête ? On m'a baignée, parfumée, on a lavé mes cheveux, je peux couvrir mon visage avec ce voile durant le trajet et ce manteau protégera mes vêtements de la poussière des chemins.

Elle essaya le voile et s'enveloppa dans son manteau, puis elle virevolta en faisant tintinnabuler ses bijoux. J'étais ému par son enthousiasme juvénile car on aurait dit que le fait de porter des habits neufs l'avait lavée de son passé dégradant.

Carantès monta également pour la voir et en homme qui admire son chef-d'œuvre, il toucha chaque pièce et chaque bijou, m'invitant à toucher à mon tour et m'annonçant le prix de chaque article comme s'il se fût agi de faire comprendre à Marie tout l'argent gaspillé pour une fille de son acabit ; son visage devint triste en entendant ce qu'elle me coûtait, sa joie s'éteignit et elle me jeta un regard plein de méfiance.

Je rendis grâce à Carantès pour ses peines et ajoutai quelques mots de courtoisie à l'adresse de son épouse et de sa fille, jusqu'au moment où tous les trois se rendant compte qu'ils étaient de trop dans la pièce, ils prirent congé en riant et se cachant la bouche avec la main. Restée seule avec moi, Marie, les yeux remplis d'effroi, alla s'appuyer contre le mur comme pour y chercher une protection.

– En vérité, que veux-tu de moi ? interrogea-t-elle. Une chose semblable m'est arrivée une fois déjà lorsque je m'enfuis de mon village natal ; alors que j'allais par les rues de la ville vêtue de sacs, je rencontrai une vieille femme qui m'amena chez elle et me fis revêtir de merveilleux habits ; je crus bonnes ses intentions jusqu'au moment où je découvris dans quel genre de maison j'étais tombée. Elle m'a frappée parce que je ne pus servir ses clients suivant leur attente et je ne réussis à lui fausser compagnie qu'au bout de trois jours. Mais je te croyais différent et j'ai prié pour toi en reconnaissance de ta bonté, car tu m'as laissée tranquille cette nuit alors que j'avais si peur. Je doute à présent de tes intentions à mon égard : pauvre et mal coiffée, sans doute que je n'étais pas assez jolie à ton goût !

– Ne crains rien, dis-je en riant pour la rassurer. Ce n'est pas le royaume de la terre que je désire, sinon pourquoi ne pas rester avec toi à Jérusalem ? Je sais trop par expérience que la passion terrestre est une tombe brûlante, qui n'apporte pas le plus léger soulagement mais nous consume d'autant plus que nous nous engloutissons en elle. Mon unique désir est d'atteindre l'autre royaume, celui qui est encore parmi nous, et c'est pour le chercher que j'irai avec toi en Galilée.

Mais elle n'apprécia guère mes aimables paroles. Ses yeux noirs se remplirent de larmes, elle frappa le sol de son petit pied et arrachant son collier et son diadème les jeta par terre en criant :

– Je comprends maintenant pourquoi tu n'as pas daigné choisir toi-même mes bijoux mais en as chargé un autre à ta place. Ton indifférence me blesse et pour rien au monde je ne porterai ces breloques que tu n'as pas choisies personnellement, et même si je n'en ai jamais possédé d'aussi belles !

Elle avait tout de même tant de mal à s'en séparer qu'elle ne cessait de les arroser de larmes toujours plus abondantes. Puis elle frappa des deux pieds avec violence.

– Tu ne comprends pas, sanglota-t-elle, j'aurais préféré à ces bijoux de métal un collier fait de graines et de pépins de fruits si c'était toi qui l'eusses choisi !

La colère me gagna et je frappai du pied à mon tour.

– Cesse immédiatement de pleurnicher, Marie de Beerot, dis-je. Ton attitude me dépasse ! Que vont penser les gens du dessous en entendant les coups et les hurlements ? Une femme qui pleure est laide comme un sac et je ne vois pas pourquoi je t'amènerais avec moi en Galilée si tu interprètes mon amitié de cette manière !

Marie, soudain effrayée, cessa aussitôt de verser des larmes. Après avoir séché ses yeux, elle courut vers moi, me prit dans ses bras et déposa un baiser sur mes joues.

— Pardonne-moi pour ma stupidité ! supplia-t-elle. Je te promets que je me conduirai bien si tu m'emmènes avec toi.

Ses caresses ressemblaient à celles d'un petit enfant pris en faute, aussi me réconciliai-je bientôt avec elle et lui dis-je en effleurant sa joue :

— Remets tes parures afin que les soldats que nous croiserons en chemin te portent le respect dû à ma compagne. Plus tard, bien que nous ne soyons plus des enfants, j'aurai l'occasion de te confectionner des colliers de graines et de pépins de fruits si tu en as encore envie !

Hélas ! Il est bien vrai que nous ne sommes plus des enfants et pourtant, je sentais au fond de moi un vif désir de le redevenir, de retrouver l'innocence première qui ignore tout des passions et de la méchanceté et qui accueille toujours avec joie la moisson de chaque jour !

Je ne savais guère ce qui m'attendait en Galilée, j'entreprenais peut-être en vain ce long voyage semé d'embûches. Mais, en dépit de tout, je désirais ardemment m'en réjouir ! Et je voulais être heureux de la seule espérance !

Un appel de Carantès m'avertit de l'arrivée des ânes. Le soleil dans le ciel était juste au milieu de sa course. Je descendis sans tarder suivi de Marie de Beerot. Il y avait devant la maison quatre ânes robustes, deux chargés de nos tapis de couchage, un portant les sacs et sur le quatrième était juchée une femme pauvrement vêtue qui fixait obstinément le cou de l'animal. Nâtan me salua avec respect mais ne dit rien, se contentant d'indiquer la position du soleil afin de démontrer qu'il s'était présenté à l'heure convenue.

– Qui est cette femme ? Je ne veux pas qu'elle vienne avec nous, dis-je avec rudesse.

Nâtan ne répondit rien, regardant ailleurs comme si cela ne le concernait pas. Carantès alla parler avec la femme et revint, tirant sa barbe d'un air embarrassé.

– Elle s'appelle Suzanne, expliqua-t-il. Elle dit que ton guide lui a promis de la prendre avec vous comme servante, car elle désire rejoindre la Galilée son pays, mais ne peut faire de longs trajets à pied ; c'est la raison pour laquelle elle est assise sur l'âne, elle ne demande aucun salaire pour ses services sinon de pouvoir vous accompagner. D'après ce que j'ai compris elle est tombée malade à Jérusalem depuis les fêtes de la Pâque et ses compagnons se sont en allés en l'abandonnant ici.

La femme ne fit pas un mouvement, pas plus qu'elle ne se risqua à me regarder. Je me sentais furieux à juste titre.

– Nous n'avons nul besoin d'une servante, criai-je, nous nous servirons nous-mêmes ! Je ne peux amener avec moi en Galilée tous les misérables de Jérusalem !

Nâtan me jeta un regard dans lequel je crus lire une question et lorsqu'il s'aperçut que je ne plaisantais pas, il haussa les épaules, fit un geste avec les mains, arracha de sa ceinture la bourse qu'il jeta par terre et tourna tranquillement le dos sans se préoccuper des ânes. La femme inconnue se mit alors à gémir, mais resta cependant bien accrochée au cou de son animal.

Je pensai que le départ souffrirait quelque retard si je devais me mettre en quête d'un autre guide dont je ne serais peut-être pas sûr. Une vague de colère me submergea, mais je serrai les dents et rappelai Nâtan, lui ordonnant de rattacher la bourse à sa ceinture.

– Je dois me soumettre à l'inévitable, dis-je avec rancœur. Fais comme bon te semble, mais que l'on parte avant que les badauds qui nous entourent ne deviennent trop nombreux.

J'entrai rapidement dans la maison pour liquider mes comptes avec Carantès auquel je donnai plus que ce qu'il demanda.

– Garde les effets que je laisse car je pense revenir à Jérusalem.

Il me remercia avec grandiloquence et approuva sur le ton de l'enthousiasme :

– Oh oui ! Je suis certain que nous te reverrons d'ici peu à Jérusalem.

Nombreux étaient ceux qui s'étaient agglutinés autour des ânes pendant que Nâtan disposait dans les sacs tout ce que j'avais décidé d'emporter. Les hommes palpaient les muscles des animaux, examinaient leurs dentures, tandis que les femmes s'apitoyaient sur la malade pelotonnée sur son âne et qui n'adressait pas le moindre mot à quiconque. Des mendiants apparurent bientôt qui allongeaient leurs mains en nous souhaitant un bon voyage ; Nâtan distribua les aumônes qu'il jugea nécessaires pour qu'ils ne nous portassent point malheur avec leurs malédictions.

Il y avait finalement une véritable foule dans la ruelle des merciers lorsque Marie et moi enfourchâmes nos montures et que Nâtan prit la tête du convoi. Il aurait aussi bien pu me fixer un bandeau sur les yeux, car il ne dit pas un seul mot pour me faire part du chemin qu'il comptait emprunter pour nous conduire en Galilée.

Il nous fit traverser tout d'abord la cité jusqu'à une petite place située près de la porte des Poissons par où nous sortîmes de la ville. Les sentinelles qui le connaissaient se mirent en devoir de vérifier les sacs des bêtes de charge, mais s'interrompirent aussitôt lorsque je criai que j'étais un citoyen romain. Grande fut ma surprise quand Nâtan suivit le chemin qui serpente le long des remparts jusqu'à la forteresse Antonia devant laquelle il arrêta les bêtes. Suzanne recommença ses plaintes en voyant les gardes devant la porte et cacha son visage dans l'encolure de sa monture. Je m'efforçai en vain de convaincre Nâtan de poursuivre la route. Il me montra seulement d'un geste que je devais pénétrer dans le fort. Je me demandai si cet homme n'était point muet car il n'avait pas encore desserré les lèvres une seule fois. Cependant en regardant ses cheveux coupés, il me vint à l'esprit qu'il avait peut-être fait vœu de garder le silence.

Je franchis le seuil à contrecœur et pénétrai dans la cour de la forteresse. Les soldats me laissèrent passer sans encombre en dépit de mon apparence plutôt étrange due à ma barbe et à mon manteau rayé. Comme s'il eût obéi à quelque appel, le commandant de la garnison descendit au même instant l'escalier de la tour. Je m'approchai de lui et le saluai en levant la main.

– Je vais prendre les eaux à Tibériade. Mon guide a jugé qu'il était bon de me présenter pour prendre congé de toi en même temps que pour solliciter tes conseils au sujet du trajet. Je voyage sans escorte, en la seule compagnie de deux femmes.

– Traverseras-tu la Samarie, s'enquit-il, ou suivras-tu le cours du Jourdain ?

Ayant honte d'avouer mon ignorance, je m'empressai de demander :

– Quel est celui de ces deux chemins que tu me conseilles ?

L'homme perclus de rhumatismes se tira la lèvre en réfléchissant.

– Il y a d'une part les Samaritains qui sont de mauvaises gens, qui importunent de toutes les façons les simples voyageurs, et d'autre part le Jourdain encore en crue ; tu cours le risque de rencontrer des difficultés aux gués et d'entendre la nuit le rugissement des lions dans les fourrés. Si tu le désires, je te donnerai une escorte de deux légionnaires, que tu devras payer toi-même bien entendu. N'oublie pas de signaler mon obligeance au proconsul.

Mais il ne paraissait guère disposé à réduire, même temporairement, l'effectif de la garnison, ce qui m'incita à refuser sa proposition.

— C'est inutile ! Je voyage sous la protection de Rome et n'ai donc rien à craindre.

— Alors je te donnerai une épée pour le chemin, dit-il avec soulagement. Tu as le droit de voyager avec une arme étant citoyen romain, mais pour plus de sécurité je vais demander au scribe de rédiger un permis de port d'armes car ta manière de t'habiller est un peu particulière maintenant que tu portes une barbe fort touffue.

Je me rendis donc auprès du maître armurier qui me donna une épée, puis achetai au scribe le permis, si bien que mon départ fut assez profitable à l'olivâtre commandant de garnison. Il me reconduisit courtoisement jusqu'au seuil et ne put dissimuler son sourire en me voyant fixer mon épée par-dessus mon manteau.

Mais Nâtan, lui, ne sourit point, et fit seulement un geste empreint de satisfaction lorsque nous reprîmes la marche. Nous contournâmes la zone du temple puis, après avoir traversé le Cédron, suivîmes le sentier en bordure du mont des Oliviers que je connaissais déjà jusqu'à Béthanie. Lorsque les contours de la ville se perdirent dans le lointain, je descendis de l'âne pour marcher à ses côtés. En arrivant au village, j'ordonnai à Nâtan de faire halte et me dirigeai vers la maison de Lazare. Je dus crier un moment avant que ce dernier ne sortît dans le jardin et ne répondît à mon salut. Je lui demandai des nouvelles de ses sœurs.

– Mes sœurs sont parties en Galilée.

– Pourquoi ne les as-tu point accompagnées ? interrogeai-je.

–Je n'ai rien à faire, moi, en Galilée, répliqua-t-il en secouant la tête.

– Mais on m'a dit que ton seigneur est parti devant tout le monde et vous attend en Galilée !

Lazare reprit sur le ton du reproche :

– Et que m'importe ? Moi, je m'occupe de mon jardin et reste auprès de mon tombeau.

Il bredouillait toujours et son regard restait dans le vague comme si la profondeur de ses réflexions l'eût empêché de les révéler à quiconque. Le froid m'envahit et je regrettai de m'être arrêté pour lui rendre visite.

– La paix soit avec toi, dis-je en m'éloignant.

– La paix ! répéta-t-il avec ironie. Si tu savais ce qu'est la paix, je crois que tu ne me la souhaiterais pas !

Il passa sa main jaunâtre sur son front et poursuivit :

– J'ai mal à la tête et l'esprit plein de trouble. J'ai eu peur en entendant que quelqu'un m'appelait par mon nom. La terreur s'empare de mon âme lorsque l'on m'appelle par mon nom. Ecoute cette parabole : si toi et moi n'étions pas plus grands que la pointe d'une épingle, ou même plus petits encore, nous croirions être de la même grandeur qu'à présent puisque nous ne pourrions nous comparer qu'entre nous. Pour moi, cette terre et tout ce qui m'entoure est devenu de la taille de la pointe d'une épingle, et je n'arrive point à comprendre pourquoi Jésus a voulu naître, vivre et ressusciter dans ce monde de la taille de la pointe d'une épingle !

Je le quittai et rejoignis le chemin tout en songeant que son séjour dans la tombe avait dû troubler sa raison et qu'il était désormais incapable de penser comme les autres hommes. Nâtan me regarda du même air étonné que j'avais déjà eu l'occasion d'observer plusieurs fois, mais ne souffla mot. Nous reprîmes la route.

Nous arrivâmes à une vallée, puis traversâmes une rivière. Cheminant le long des pentes montagneuses, nous ne nous arrêtâmes qu'une seule fois près d'un puits pour permettre à nos ânes de se désaltérer. Le mutisme de Nâtan gagna également Marie, si bien que nous n'échangeâmes guère de paroles durant le trajet. Mais le silence du guide n'était point un silence malveillant. Au contraire : il dégageait une impression de tranquille confiance tandis qu'il conduisait le convoi. J'avais perdu toute colère à l'égard de la malade qui marchait derrière nous en tâchant de se faire oublier et même, lorsque les ombres s'allongèrent, je commençai à me préoccuper, me demandant si elle supporterait les rigueurs du voyage. Nâtan excitait sans relâche les animaux et marchait à grands pas comme s'il eût été aussi pressé que nous-mêmes de se confronter à notre destinée. Je remarquai qu'afin d'éviter la Samarie il suivait le chemin des pèlerins de Galilée qui passe par Jéricho.

Lorsque s'allumèrent les premières étoiles dans le ciel, nous fîmes halte dans un hameau et Nâtan conduisit les bêtes dans la cour d'une auberge misérable dont nous dûmes nous accommoder également. Sans attendre, il déchargea les animaux avec dextérité, porta les tapis dans une pièce vide et fort propre, quoiqu'elle sentît le fumier. Suzanne alluma un feu dans la cour et entreprit de préparer le repas, en maniant les sonores ustensiles de cuisine ; elle assaisonna de la farine à laquelle elle mélangea des morceaux de mouton, puis posa le plat sur le feu ; tandis qu'il mijotait, elle alla chercher de l'eau et insista pour me laver les pieds ; elle lava également ceux de Marie qu'elle traitait avec le plus grand respect. Lorsque le repas fut prêt, elle me servit en premier, puis servit Marie. Une agréable sensation de bien-être s'empara alors de moi.

J'appelai Nâtan et m'adressai à lui et à Suzanne :

– Je ne sais si je vais heurter vos habitudes mais puisque nous voyageons ensemble et que nous devons dormir dans la même pièce, autant partager le même repas. Prenez donc place ici.

Ils se lavèrent les mains et s'accroupirent pour manger. Nâtan rompit le pain, puis le bénit à la manière judaïque et m'en donna un morceau sans se préoccuper des deux femmes. Il mangea peu et ne toucha pas à la viande. Tout en mastiquant, il gardait les yeux fixés dans le vague et je ne tentai point d'entamer une conversation avec lui. Il s'éloigna ensuite pour vérifier que tout allait bien du côté des animaux puis, s'étant emmitouflé dans son manteau et couvert la tête, il se laissa choir sur le sol devant la porte, nous signalant de la sorte qu'il était maintenant temps pour tout le monde de prendre du repos. Suzanne, après avoir dîné, se jeta à terre et tenta de me baiser les pieds en signe de remerciements pour avoir accepté de la prendre sous ma protection.

– Ce n'est point à moi mais à Nâtan que tu dois rendre grâces. J'espère que le voyage ne sera pas trop rude pour toi et que tu ne retomberas pas malade.

– Non ! répondit-elle. Nous autres, les femmes de Galilée, nous sommes fortes comme des bêtes de somme. J'étais malade de tristesse, mais la joie de revoir mon village natal au bord du lac de Génésareth me rendra la santé !

Le jour suivant, Nâtan sonna le réveil avant l'aube et nous fit si vite reprendre la route qu'avant d'être tout à fait réveillé, je me retrouvai assis sur mon âne, grignotant un morceau de pain tandis que l'aube teignait les montagnes de pourpre. Mais, à mesure que la lumière inondait la terre et que le soleil montait dans le ciel, mon âme se remplit d'allégresse. Les montagnes bleutées aux pentes couvertes d'oliviers d'argent et de vignes me semblaient resplendir de beauté ; et sans doute étions-nous étreints par le même sentiment car soudain, et à ma grande surprise, Nâtan se mit à chanter d'une voix rauque un psaume en hébreu.

J'interrogeai du regard Marie qui se contenta de remuer la tête en signe d'ignorance. Dans la voix de Nâtan où les aigus et les graves alternaient irrégulièrement, vibrait une profonde allégresse. Lorsqu'il se tut, je mis pied à terre et attendis d'être à la hauteur de Suzanne pour l'interroger. La femme posa sur moi des yeux pleins de confiance et dit :

– C'est une chanson pour les voyageurs. « Yahvé est ton gardien, ton ombrage, Yahvé à ta droite. De jour, le soleil ne te frappe, ni la lune en la nuit. Yahvé te garde de tout mal, il garde ton âme. Il te garde au départ, au retour, dès lors et à jamais. »

J'avais du mal à comprendre son dialecte. A son tour, elle se mit à chantonner les mêmes phrases dans sa langue, mouvant son corps en mesure jusqu'à ce que tout à coup elle éclatât en sanglots. Je la touchai à l'épaule.

– Ne pleure pas, ô Suzanne ! la consolai-je avec embarras. Dis-moi ce qui t'arrive et peut-être pourrai-je t'aider.

Elle me répondit :

– Non ! Je pleure de joie car je suis sortie de la peine la plus profonde, des portes de la mort pour de nouveau contempler la lumière du jour.

J'eus la fort désagréable impression d'avoir

pour compagnons de route deux insensés. Mais cette pensée ne m'empêcha pas de sourire car, en toute logique, le plus insensé de tous était tout de même moi, un Romain qui partait avec cette hâte à la recherche du roi des Juifs ressuscité d'entre les morts.

Vers midi nous descendîmes la vallée fertile du Jourdain, tandis que les murailles de Jéricho se dressaient devant nous. L'air était chaud, presque suffocant, mais la brise amenait jusqu'à nous de temps en temps de suaves bouffées du parfum pénétrant des champs de balsamiers qui font la richesse de Jéricho.

Le printemps dans cette région était plus avancé qu'à Jérusalem et déjà les paysans moissonnaient le blé. Nous ne traversâmes point la ville car Nâtan nous fit suivre plusieurs sentiers qui la contournaient. Enfin, nous nous arrêtâmes à l'ombre des remparts, près d'une fontaine, et laissâmes paître les animaux. Nâtan s'éloigna de nous pour dire ses prières, les bras levés et le visage tourné vers Jérusalem, tandis que Marie se souvenait de l'oraison de la neuvième heure et que Suzanne marmottait quelques paroles pieuses. Et c'est là ce qui les séparait de moi qui ne prie qu'au moment des sacrifices coutumiers et le jour de la fête des dieux suivant le lieu où le hasard me porte et qui, en outre, ne crois guère en l'efficacité de telles prières ; si je me plie à la tradition des différents pays où je passe, c'est pour ne point me distinguer de la masse. Mais à présent, j'enviai mes compagnons et fus sur le point de leur demander de m'enseigner à prier. Mais le fait que Nâtan et Suzanne fussent Juifs et prétendissent donc être la nation élue de Dieu, me fit craindre que ma demande ne fût repoussée ; quant à Marie, sa prière n'étant à mon avis qu'une habitude de petite fille, elle ne m'eût servi en rien.

Durant la halte, nous mangeâmes du pain, de l'oignon et du fromage. Marie et moi bûmes du vin aigre, Nâtan et Suzanne seulement de l'eau. Lorsque j'offris le vin à mon guide, il me montra ses cheveux coupés, ce qui me confirma dans l'idée qu'il avait fait un vœu. Son regard toutefois me parut si amène que je laissai échapper une question.

– As-tu également promis de garder le silence ? demandai-je.

– Où les paroles abondent, répondit-il, le péché ne manque point.

Il souriait en disant ces mots comme pour s'en excuser.

Impatient de reprendre la route, il nous bouscula pour rejoindre le sentier et nous ne tardâmes point à apercevoir dans le lointain, au-delà de la plaine, le lit du Jourdain en crue. Notre marche se fit plus pénible et la sueur coula sur nos fronts. Les mouches et les moustiques nous piquaient également, à tel point que les ânes donnaient des signes d'agacement. Je pense que la présence de ces myriades d'insectes s'expliquait par celle des bœufs qui tiraient les plates-formes chargées des gerbes de blé.

Nous avions déjà parcouru un bon bout de chemin lorsque tomba le soir ; nous nous sentions tous fatigués, le corps endolori et morts de soif. Nous passâmes la nuit dans un village où nous trouvâmes un puits d'eau vive, ce qui nous permit de faire une toilette consciencieuse. Il me sembla remarquer que le guide évitait intentionnellement les haltes nocturnes dans des cités où nous aurions pu nous loger plus commodément et où nos repas auraient été prêts à notre arrivée. Lorsqu'il m'interrogeait du regard, je ne manifestai cependant jamais la moindre désapprobation. A vrai dire, après la vie facile que je venais de mener à Jérusalem, cette vie simple ne me déplaisait point.

Marie se fatigua bientôt de demeurer les bras croisés et, retroussant son manteau, elle aida Suzanne à allumer le feu et à préparer notre repas. Je les entendis toutes deux bavarder avec entrain comme les femmes ont coutume de le faire. De mon côté, je m'absorbai dans la contemplation des étoiles qui s'allumaient peu à peu dans le firmament. Après le dîner, Marie traîna son tapis près du mien.

– Suzanne est une femme peu cultivée, glissa-t-elle dans mon oreille, on dirait même qu'elle a l'esprit un peu dérangé. Mais je la soupçonne de faire partie des doux de la terre et de savoir également des choses au sujet de Jésus le ressuscité bien qu'elle soit très effrayée et n'ose point ouvrir son cœur en notre présence.

Je me redressai brusquement sur ma couche : Nâtan, la tête couverte, était allongé sur le pas de la porte, Suzanne, encore à genoux, priait à voix basse. Je ne pus résister à la tentation de l'appeler et chuchotai son nom.

– Apprends-moi ta prière, l'implorai-je lorsqu'elle fut près de moi. Apprends-moi, afin que je sache ce qu'il convient de dire.

Elle fit un geste de la main et répondit :

– Je n'ai guère d'instruction, je ne connais point la loi. Je ne sais pas prier comme il faut. Tu te moquerais de moi si je te disais ma prière.

– Je ne rirai ni ne me moquerai car je voudrais être doux et humble de cœur, assurai-je.

– La prière que tu fais est une nouvelle prière, ajouta Marie. Je n'ai jamais entendu personne employer ces mots-là.

Alors Suzanne, tremblante mais jugeant qu'elle me devait quelque reconnaissance, nous enseigna sa prière.

– On me l'a apprise parce qu'elle est facile à

retenir. Elle remplace toutes les autres et il n'y a rien à ajouter. La voici donc : « Notre Père qui es aux cieux, que ton Nom soit sanctifié, que ton Règne arrive, que ta Volonté soit faite sur la terre comme au ciel. Donne-nous aujourd'hui notre pain quotidien. Remets-nous nos dettes comme nous-mêmes avons remis à nos débiteurs. Et ne nous soumets pas à la tentation mais délivre-nous du Mauvais. Amen. »

Je la suppliai de la répéter une fois encore, me rendant parfaitement compte qu'il s'agissait de phrases simples et faciles à apprendre. Je la dis à haute voix, pesant chaque mot ; en effet, il n'y avait rien à ajouter, elle contenait tout ce dont peut avoir besoin un être simple. Certes ce n'était point l'intelligente oraison d'un érudit, mais en elle, pourtant, je trouvai matière à méditations.

La nuit suivante nous dûmes nous installer près d'un bois inondé par les eaux du fleuve. Vers l'amont, la neige fondait, et le cours du Jourdain avait considérablement grossi, les bêtes sauvages rôdaient hors de leurs tanières humides. Lorsque les étoiles commencèrent à briller dans le ciel, j'entendis le jappement inquiet des chacals puis, peu après, l'écho de rugissements, semblables à un roulement lointain de tonnerre. Ce bruit m'était familier, non certes pour l'avoir ouï en pleine nature, mais à Rome, derrière l'enceinte du cirque. Les ânes furent saisis de tels tremblements que nous fûmes obligés de les introduire dans la pièce dont nous occupions nous-mêmes la partie élevée. Marie, qui jamais n'avait entendu rugir un lion, se serra contre moi et me supplia en tremblant de peur de la prendre dans mes bras, bien qu'il ne fît pas froid cette nuit-là.

Nâtan calma les animaux, barricada la porte et veilla, l'oreille aux aguets, l'épée posée contre la porte. Suzanne ne dormait pas non plus et je saisis cette occasion pour l'interroger.

– De qui tiens-tu la prière que tu m'as apprise hier ?

De nouveau, on entendit au loin un rugissement de lion, qui fit trembler les fragiles murs en terre de notre abri.

Suzanne se couvrit la bouche avec la main.

– Tu n'as pas le droit d'exiger cela de moi.

Mais Nâtan dit alors :

– Tu peux parler sans crainte.

Suzanne, en proie à l'inquiétude, s'agita à la lumière vacillante de la lampe, comme si elle eût voulu fuir, puis elle commença à expliquer :

– Jésus le Nazaréen, qui fut crucifié à Jérusalem, l'a enseignée à ses disciples ainsi qu'aux femmes qui l'avaient suivi depuis la Galilée. Il nous assura que cette prière était suffisante et que nulle autre n'était nécessaire.

– Ne me mens-tu pas ? demandai-je avec étonnement. L'as-tu vraiment suivi depuis la Galilée ?

Et Suzanne affirma :

– Je ne suis pas une femme bien habile et je ne saurais mentir même si je le voulais. Ne vend-on pas cinq passereaux pour un as et cependant pas un d'entre eux n'est oublié de Dieu. Toute ma vie, j'ai été une avare car je désirais la possession de l'argent et de biens, et je me permettais à peine de manger en quantité suffisante. Lorsque tous les autres s'en furent voir le nouveau prophète, je les suivis, pensant ainsi recevoir quelque chose sans bourse délier alors que dans le temple, il faut toujours payer. J'écoutai ses prêches sans rien y comprendre. Puis il parla à la foule et voici que me regardant directement, il dit : « Gardez-vous avec soin de toute cupidité, car au sein même de l'abondance la vie d'un homme n'est pas assurée par ses biens. » Cela se passait sur les rives du lac. A vrai dire, je crus qu'il me connaissait et avait entendu mentionner mon avarice, mais il parla ensuite d'un homme riche dont les terres avaient beaucoup rapporté et qui se proposait d'abattre ses greniers pour en construire de plus grands et y mettre en réserve tout ce qu'il pourrait, afin de se reposer de nombreuses années et de jouir de la vie. Mais Dieu dit à cet homme : « Insensé, cette nuit même, on va te redemander ton âme. Et ce que tu as amassé, qui l'aura ? » Ainsi en est-il de celui qui thésaurise pour lui-même, au lieu de s'enrichir en vue du royaume.

Elle poussa un soupir avant de poursuivre :

– Furieuse contre lui, je regagnai ma maison. Mais il me fut impossible d'oublier ses paroles qui devinrent peu à peu en moi comme une douloureuse tumeur. Je revins l'écouter une nouvelle fois. Il parla des oiseaux du ciel que Dieu nourrit, et des fleurs des champs qui ne peinent ni ne filent. Il interdit à ses disciples de se faire du souci pour leur boire et manger et les manda chercher d'abord le royaume, tout le reste leur devant être donné de surcroît. Alors mon cœur se serra pour lui, bien que l'on me dît qu'il avait nourri une foule considérable avec deux pains et quelques poissons ; on ne peut chaque jour accomplir de pareilles choses ! N'ayant nulle envie de distribuer mes biens aux pauvres qui sont des paresseux dépourvus d'intérêt, je vendis les toiles que j'avais tissées, laissai mes champs au soin d'autres personnes et partis pour suivre Jésus. Mon intention était de pourvoir à son entretien et à celui de ses disciples jusqu'à épuisement de mes richesses. Je pensai que cet homme faiseur de miracles ne tarderait pas à mourir de faim si personne ne le nourrissait. Il y avait d'autres femmes qui agissaient de même par pitié pour lui, car en vérité il n'avait aucun sens pratique.

Suzanne lança un soupir au souvenir de ses marches à la suite de Jésus.

– Il n'est pas du tout dans mon intention de dire du mal de lui, si je raconte tout cela, c'est seulement pour démontrer qu'il ne comprenait guère les affaires d'ici-bas ; et c'est pourquoi nous, les femmes, nous devions nous occuper de lui. Je reconnais que parfois ses disciples pêchaient pour gagner quelque argent. A Nazareth, on disait qu'il ne valait pas grand-chose comme charpentier bien qu'il eût appris le métier de son père ; par exemple, il savait fabriquer un joug ou des charrues mais pas une roue. En outre, il était trop confiant : il avait laissé sa bourse dans les mains de Judas Iscariote, un avare qui très certainement en gardait une partie pour lui, cela se lisait dans ses yeux. Je ne prétends point avoir compris les enseignements du Nazaréen, d'ailleurs ses disciples eux-mêmes ne les comprenaient pas tout le temps, mais près de lui, on se sentait bien et c'est la raison pour laquelle je ne l'ai point quitté pour m'en retourner chez moi bien que j'en aie souvent éprouvé le désir : délibérément, et sans aucun motif, il enflammait le courroux d'hommes justes, et de plus, il m'était insupportable que des femmes comme Marie de Magdala, qui avait fait le commerce des colombes, fussent près de lui.

– Marie de Magdala est une femme pleine de piété, intervint Marie, et bien plus savante que toi qui n'es qu'une vieille campagnarde laide et vêtue de sacs.

– Si tu la défends, rétorqua Suzanne avec colère, alors je vois à quelle classe de femmes tu appartiens et pourquoi tu te complais chaque nuit à dormir dans les bras de ce Romain. Il est vrai que je suis une vieille campagnarde laide, mais avec ces mains je sais tisser, filer, faire du pain et cuisiner ; je sais garder ma maison propre et je n'ai jamais eu peur de les mettre à la charrue car je ne voulais point gaspiller mon argent en entretenant des valets de ferme. En vérité, Jésus le Nazaréen était trop bon pour ce monde-là, trop crédule et trop étourdi ; il faisait des miracles et guérissait des malades sans se soucier s'ils le méritaient ou non ; il suffisait de toucher son manteau et n'importe qui voyait s'envoler tous ses maux. A mon avis, il ressemblait à un enfant irréfléchi abandonné dans ce monde plein de trahison. S'il avait accepté un conseil raisonnable, il ne se serait jamais rendu à Jérusalem pour la Pâque. Mais il était têtu et croyait tout connaître mieux que les autres. Et il est advenu ce qui est advenu.

A présent qu'il n'y avait plus rien à faire, Suzanne était envahie par un frénétique désir de critique à l'égard de Jésus comme s'il se fût agi d'un gamin désobéissant. Mais bientôt, se souvenant, elle fondit en larmes.

– Ce sac qui m'habille est la seule chose qui me soit restée de lui avec la prière qu'il m'a enseignée. Après sa mort, nous nous sommes tous dispersés comme une volée de moineaux effrayés. Je suis restée longtemps incapable d'avaler la moindre bouchée, étendue dans la cave sous le temple, ne voulant être reconnue de personne. J'ai finalement rencontré Nâtan, vêtu de blanc, qui s'est laissé couper la chevelure pour sa cause, et c'est lui qui m'annonça que Jésus était ressuscité et en chemin pour la Galilée devant tous les autres.

Elle se couvrit soudain la bouche avec la main en regardant Nâtan comme si elle venait de trop parler.

Mais Nâtan dit dans un murmure :

– La parole d'une femme ressemble au craquement des brindilles sous la marmite. Je savais le royaume proche, mais je ne connaissais point Jésus. Je me suis fait couper les cheveux en apprenant sa résurrection car puisqu'il en est ainsi, il est vraiment le fils de Dieu et celui que l'on attendait.

Suzanne affirma :

– Moi oui, je l'ai connu et mieux que personne car je lui lavais son linge. C'était un homme, il ressentait la faim et la soif, et parfois, il était las de ses disciples et du manque de foi qu'il découvrait chez les hommes. Mais il a vraiment ressuscité, tout le monde le dit et cela ne m'étonne guère. Au contraire, je pleure de joie à cause de lui et j'espère que tout ira bien. Peut-être va-t-il fonder un royaume en Galilée si nous avons la patience d'attendre, et peut-être les anges lutteront-ils pour lui, sinon il n'y aura plus aucun espoir pour ce royaume. Quoi qu'il arrive en tout cas je prie le matin, à midi et le soir comme il me l'a enseigné et cela me suffit du moment qu'il l'a dit.

Marie fut profondément touchée.

– Ainsi tu lavais vraiment son linge ? s'enquit-elle incrédule.

– Et qui aurait pu le rendre aussi blanc ? répondit Suzanne avec fierté. Marie de Magdala n'a presque jamais lavé de sa vie, et Salomé a bien assez de travail avec ses fils. Quant à Jeanne, elle amène avec elle ses propres serviteurs ; seul un reste de pudeur empêchait cette femme de se faire porter en litière derrière Jésus ! Au moins, tant qu'elle a été avec nous, elle a appris à marcher sur ses deux pieds.

Ne pouvant contenir davantage mon étonnement, je lui demandai :

– Pourquoi donc le suivais-tu, sacrifiant tes biens, si tu n'approuvais ni son comportement, ni ses disciples, ni les autres avec lui ?

Suzanne me regarda à son tour d'un air étonné.

– Il était comme un agneau perdu au milieu des loups, expliqua-t-elle. Qui lui aurait donné à manger et qui se serait soucié de lui si je ne l'avais fait ? D'ailleurs, sa propre mère croyait aussi qu'il était hors de lui-même. Une fois, les habitants de Nazareth l'ont entraîné au bord d'un précipice mais n'ont pas osé le pousser dans l'abîme.

– Tu l'aimais donc ? demandai-je.

Elle fit un geste plein d'incertitude.

– Que puis-je savoir, moi, un vieux débris, de l'amour ? marmonna-t-elle en changeant de position. Le monde est un ramassis de coquins paresseux, de prêtres pleins d'avarice, de collecteurs d'impôts impitoyables et autres vermines. Il suffit qu'une paysanne arrive à la ville pour qu'ils la saignent à blanc. Peut-être ai-je eu pitié de lui qui était aussi innocent que l'agneau et ne savait rien de l'humaine méchanceté.

Elle ajouta à voix basse, se tordant les mains, comme si elle avait éprouvé de la honte de ses propres paroles :

– Et puis il connaissait les mots de la vie éternelle.

– Que signifie cela ? dis-je.

Mais Suzanne, agacée, rétorqua avec impatience :

– Que sais-je ? Je sais seulement qu'il en était ainsi. Je ne comprenais point ce qu'il disait, je me contentais de croire en lui.

– Et tu crois toujours ? insistai-je.

– Je ne sais pas, répondit-elle avec colère. Lorsque le sang mêlé à la sueur de la douleur jaillissait de son corps cloué sur la croix, non seulement je croyais mais encore j'ai pris la fuite car je ne pouvais supporter ses souffrances. Je suis tombée malade de déception et j'ai songé que j'avais gaspillé mon argent en vain. Mais ce n'était pas cela. Ce fut sa souffrance qui me rendit malade, il ne méritait pas une mort comme celle qu'il endura, même s'il avait médit des scribes et des Pharisiens ; il n'en parlait pas plus mal que n'importe quel laboureur contraint par eux de détruire sa récolte de fruits ou de jeter ses légumes sur le tas de fumier sous prétexte qu'il ne connaît pas la loi suffisamment. Mais à présent, tout est bien à nouveau, et je croirai sûrement en lui si je peux le voir une fois encore et entendre sa voix.

Mais le doute s'empara de mon esprit dans la chaleur nocturne de cette cabane aux murs en terre, tandis que les ânes inquiets s'agitaient près de la misérable crèche et que le lion rugissait sans répit. Je pensai que Suzanne voulait dans sa confession paraître plus simple qu'elle n'était en réalité et me cachait le plus important ; s'il était vrai qu'elle eût suivi Jésus durant tant de temps, assisté à ses miracles, écouté ce qu'il prêchait aux foules et appris quelques paroles isolées des enseignements qu'il dispensait à ses disciples, alors nul doute qu'elle ne connût certaines autres choses qui n'étaient point destinées aux oreilles de tout le monde.

– Et ses enseignements ? insistai-je une fois encore. Ne peux-tu te souvenir d'aucun enseignement secret ?

Le courroux de Suzanne allait augmentant.

– On ne peut rien apprendre à des femmes pas plus qu'à des enfants ! Et précisément pour cette raison, je ne pouvais supporter Marie de Magdala qui n'arrêtait pas de s'interposer en s'imaginant qu'elle comprenait tout ce qu'il disait ! Pendant ce temps, les autres femmes s'affairaient aux multiples soins du service ! Et le travail ne manquait pas, tu peux le croire, nous étions toujours débordées ! Dieu me protège, les hommes dont nous nous occupions et pour lesquels nous préparions les repas étaient souvent plus de douze ! On a eu parfois jusqu'à soixante-dix personnes à table !

« Pour moi, Jésus était la sagesse en personne. Pour moi, il était le pain de vie comme il disait.

Que voulait-il dire par là ? Je ne sais, mais je le croyais parce qu'il le disait.

Je hochai la tête avec désespoir devant tant de naïveté et abandonnai mon interrogatoire. Mais là-bas, sous l'incertaine lueur de la lampe d'argile, la vieille femme réfléchissait, voulant encore essayer de me convaincre.

— Dans le ciel de son père, se trouve également mon père, finit-elle par expliquer. Jésus laissait les petits enfants venir à lui car il disait que le royaume leur appartient. Et moi, je comprenais qu'étant moi-même un enfant, je n'avais pas à rechercher le sens de ce que décidait le père du ciel puisqu'il savait toutes choses bien mieux que moi. Voilà l'unique secret que j'ai appris.

En cette nuit chargée d'angoisse, je ne pus fermer l'œil et les rugissements du lion firent surgir en ma mémoire un souvenir si aigu de Rome que par moments, à la lisière du rêve et de la veille, croyant être revenu dans la ville, j'eus l'impression que je ne tarderais guère à ouvrir les yeux dans la pourpre de mes coussins imprégnés d'essence de roses, épuisé par les jeux de la passion. Mais réveillé en sursaut, une impression tout aussi déprimante d'absurdité s'empara de moi. J'étais à présent étendu dans une cabane en torchis, couvert de poils et hirsute, empestant la sueur, et en compagnie de trois Juifs, à la poursuite d'une chose dépourvue de sens. A Rome, je me serais fait coiffer et aurais apporté le plus grand soin à suivre rigoureusement la mode pour draper mon manteau ; je me serais mis en quête de lectures variées, serais allé écouter quelque procès intéressant ou aurais passé mon temps d'une manière ou d'une autre en attendant le moment de te voir, ô Tullia. On aurait ri, à Rome, de mes préoccupations actuelles, aussi bien chez les riches affranchis au luxe stupide que chez les sophistes où il est de bon ton de ne croire en rien. J'aurais même été le premier à rire !

Cela n'empêchait toutefois ni les femmes ni les jeunes intellectuels de se précipiter chez l'astrologue, le mage ou le sorcier à la mode pour solliciter ses faveurs et de dépenser des fortunes pour des talismans. Certes ils le faisaient en se moquant et sans y croire, mais dans leur for intérieur ils souhaitaient qu'ils fissent de l'effet. C'était une sorte de jeu ; la chance est capricieuse et la victoire incertaine, mais mieux vaut jouer qu'abandonner la partie et rester les mains vides.

Est-ce que je poursuivais le même jeu ici sur les rives du Jourdain ? Est-ce que je choisissais, face à l'incertaine victoire, de continuer la partie plutôt que de l'abandonner ? Etait-ce seulement un rêve ou une lueur de ce royaume encore sur la terre et dont je désirais trouver le chemin ? L'esprit envahi par ces pensées torturantes, j'éprouvai de l'aversion envers Suzanne et son entêtement et envers le silencieux Nâtan. Qu'avais-je à faire, moi, un Romain, avec eux ?

Je répétai en moi-même la prière que Suzanne m'avait enseignée, c'était le premier des mystères des disciples de Jésus le Nazaréen qui m'eût été révélé. Peut-être portait-il en lui la force magique de la sagesse secrète ? Mais j'eus beau retourner ses phrases dans tous les sens, je parvins seulement à découvrir qu'il s'agissait d'une formule de résignation adaptée aux besoins des gens simples : en la répétant humblement, ils pourraient y puiser le repos et la délivrance de leurs soucis ; moi, en revanche, je n'étais point assez naïf pour en espérer une aide quelconque.

Nous dormîmes mal cette nuit-là et nous fîmes tirer l'oreille pour nous lever le matin car nous avions tous sommeil. Marie de Beerot, d'humeur capricieuse, exigeait que l'on passât par les montagnes pour prendre à travers la Samarie ; elle ne voulait pas se trouver nez à nez avec le lion chassé des bois par les inondations. Suzanne, de son côté, persuadée d'avoir perdu quelque chose, vérifia à plusieurs reprises ses ustensiles de cuisine et les sacs à provisions, ce qui retarda notre départ. Quant à Nâtan, il ne paraissait guère tranquille et scrutait l'atmosphère avec attention tandis que les ânes, malmenés par les insectes, se montraient rétifs.

Nâtan, agacé par le bavardage de Marie, finit par dire, se référant aux Ecritures : « Nombreux sont les chemins que l'homme trouve bons et qui se révèlent à la fin des chemins de la mort. »

Puis, montrant l'épée suspendue à ma ceinture, il se mit en route d'un pas décidé, traînant par force la bête de somme, comme pour nous signifier que nous étions libres de faire ce que bon nous semblait, mais que lui était résolu à poursuivre le voyage selon le plan prévu.

— Les hommes n'ont aucun souci à se faire, pleurnicha Marie. Mais moi je suis la plus jeune ; le lion est une bête féroce pleine d'astuce et il choisit toujours la chair la plus tendre d'après ce que l'on m'a dit.

— Si Jésus de Nazareth a pris ce chemin, bougonna Suzanne, ne pouvons-nous le prendre également ? Si tu as peur je peux monter devant pour envoyer promener le lion. Je suis bien sûre qu'il ne me touchera pas !

Fort courroucé, j'intervins alors pour dire que nul d'entre nous ne savait le chemin suivi par le Nazaréen pour aller en Galilée, si tant est même qu'il y fût allé ! C'était peut-être une histoire montée de toutes pièces par les dirigeants de Jérusalem dans le but d'éloigner les Galiléens de la cité. Je n'avais personnellement aucune envie d'affronter l'épée à la main un lion, bien qu'il m'eût été donné de voir au cirque un homme aguerri sortir vivant d'une rencontre de ce genre. Mais Nâtan connaissant les chemins et les dangers, il était à mon avis plus prudent de le suivre.

Chacun la rage au fond du cœur, nous poursuivîmes donc notre route. Force nous fut de retrousser nos vêtements pour passer le gué débordé et obliger les ânes épouvantés à traverser. Lorsque enfin nous fûmes en sûreté, nous tombâmes aux mains de légionnaires qui saluèrent à grands cris de joie l'arrivée de Marie. Quand ils découvrirent que je portais une épée, ils me contraignirent à descendre de ma monture, puis me jetèrent à terre et je crois bien qu'ils m'auraient tué si je n'avais crié en grec et en latin que j'étais un Romain. Malgré mon permis de port d'armes, ils fouillèrent tout notre bagage, et se divertirent en portant les mains sur Marie et je suis persuadé que sans ma présence ils l'auraient entraînée dans le fourré.

Il y avait une explication à leur manque de discipline : ils ne faisaient pas partie d'un détachement régulier en patrouille sur les routes et n'effectuaient pas non plus de manœuvres ; leur officier, qui avait tout simplement eu l'idée d'aller à la chasse au lion, courait par la colline avec ses archers tandis que les soldats que nous avions rencontrés avaient reçu la mission de débusquer le fauve en frappant sur leurs boucliers ; ce n'était guère une tâche attrayante, bien qu'il y eût de fortes chances pour que le lion fût déjà loin à ce moment-là, et ils avaient bu pour se donner du courage.

Cette violence me fut si désagréable et rabaissa mon orgueil à tel point que je compris, me mettant à la place des Juifs, pourquoi ils haïssaient les Romains avec tant d'aigreur. Ma mauvaise humeur se cristallisa en une colère sans bornes et lorsque je finis par rencontrer sur la colline le centurion, qui n'avait d'autre idée en tête que de conquérir la peau du lion, je l'apostrophai avec rudesse et le menaçai de me plaindre de sa conduite et de celle de ses hommes auprès du proconsul.

Je commis là une erreur : le centurion, un homme à la face couturée de cicatrices, me regarda avec ironie et me demanda à quelle classe d'hommes j'appartenais pour revêtir ainsi un manteau juif et voyager au milieu de Juifs ! Puis il ajouta sur un ton soupçonneux :

– Serais-tu par hasard de la même bande que ceux qui se dirigeaient en rangs serrés vers la mer de Tibériade ces jours derniers ? C'est l'époque de la moisson à présent et non des pèlerinages. Ces voyageurs ne préparent rien de bon.

Je le priai d'excuser mon courroux pour tenter de me réconcilier avec lui et me renseigner sur les gens qu'il avait vus. Mais en fait il n'avait lui-même vu personne, car les Juifs se déplaçaient à pied et de nuit, évitant les postes de garde et de douane. Il en avait seulement entendu parler.

– Prends garde à ne pas tomber entre leurs mains, avertit-il avec condescendance, car les Galiléens sont tous des fanatiques. La population est très dense dans ce pays et il y apparaît souvent des gens venus du désert qui tentent de fomenter des révoltes. Il n'y a pas plus d'une couple d'années, sévissait là-bas un excité qui annonçait l'avènement du royaume des Juifs et baptisait magiquement les siens dans le Jourdain afin de les rendre invulnérables dans le combat. Le prince de la Galilée se vit à la fin contraint de lui trancher la tête pour démontrer à tous que même lui était vulnérable. D'ailleurs, il y a peut-être encore des hommes de sa bande qui rôdent dans les terres du Jourdain.

Puis coupant brusquement court à la conversation, il me tourna le dos ; sans doute me considérait-il comme un homme de peu puisqu'il me convenait de voyager de cette manière.

Lorsque nous eûmes repris notre route aventureuse, Marie de Beerot, me regardant avec dédain, me dit :

— Tu ne dois pas être un homme très important chez toi pour qu'un centurion suant et couvert de cicatrices se permette de te traiter avec un tel mépris.

— Me regarderais-tu d'un meilleur œil si je portais un casque et des jambières de légionnaire ? demandai-je sur un ton ironique.

Marie répliqua avec un geste de dédain :

— Au moins les légionnaires savent ce qu'ils veulent ! Puisque tu es romain, pourquoi ne voyages-tu pas comme un Romain, profitant des avantages que cela procure ? Tu n'aurais point de honte de tes jambes poilues et de ta face mangée de barbe en parlant avec des Romains !

Je n'en croyais pas mes oreilles ! L'envie me démangeait de couper une branche d'arbre et de lui donner une correction. Je lui demandai en proie à la colère :

— Où est la jeune fille qui me fit le serment de me bénir tous les jours de sa vie et qui était prête à dormir à la belle étoile en ma compagnie ? Qui crois-tu donc que tu es ?

Mais Marie, la tête obstinément levée, s'écria d'une voix accusatrice :

— Jamais je n'aurais cru que tu me lancerais au visage ce que je t'avais confié sur ma vie. Je n'ai pas eu de chance, mais si je rencontre pour de vrai le Nazaréen ressuscité et s'il pardonne mes fautes et me purifie, alors tu ne pourras plus m'accuser de mes péchés. Il vaudrait mieux que tu confesses les tiens qui doivent être bien horribles pour que tu t'humilies de la sorte en cherchant le nouveau chemin !

Je ne crois pas qu'elle pensât ce qu'elle achevait de crier. Enervée par les difficultés de voyage, elle déchargeait sur moi sa mauvaise humeur. Aussi ne répondis-je point. Elle resta en arrière pour enfourcher son âne près de Suzanne et je pus bientôt les entendre discuter toutes deux, d'abord sur un ton criard puis apaisé, pour insulter ensemble Nâtan et moi-même.

Ce soir-là le soleil disparut derrière les montagnes empourprées de Samarie ; la vallée prit un instant un aspect fantomatique et les eaux murmurantes du fleuve de Judée virèrent au noir ; tout semblait étrange et irréel et mon âme fut libérée de ses mauvaises pensées. Je me souvins que le monde s'était enténébré lorsque le roi des Juifs fut mis en croix et que la terre avait tremblé au moment de sa mort. Il avait en ressuscitant fait la preuve de la réalité de son royaume, mais je m'éloignais de lui si au fond de mon cœur je méprisais ses compagnons de route ou me considérais comme plus qu'eux ou gardais quelque rancœur de l'attitude stupide de la jeune fille.

Après notre toilette à la halte prévue pour la nuit, je m'approchai donc de Marie.

– Je te pardonne tes paroles irréfléchies, dis-je, et te promets de les oublier.

La colère de la jeune fille redoubla et ses yeux devinrent plus foncés lorsqu'elle s'écria :

– Qu'as-tu à me pardonner ? Tu m'as d'abord blessée au cœur, puis tu m'as tourné le dos tout au long du jour ! Moi oui ! J'étais prête à oublier et à faire la paix avec toi, puisque tu es un homme, on ne peut espérer davantage de toi, comme l'a si bien dit Suzanne. Mais je ne tolérerai en aucune façon que tu veuilles me pardonner avant que je t'aie, moi, accordé mon pardon.

Nâtan, qui entendait ces propos, leva les yeux au ciel et fit un geste de désespoir avec ses mains. Sa résignation me rendit résigné moi-même, de sorte que je ne me fâchai point.

– Comme tu voudras, Marie de Beerot, répondis-je. Eh bien pardonne-moi ! Je reconnais que je n'ai rien à te pardonner, ainsi donc faisons la paix !

Marie, les mains appuyées sur ses hanches arrondies, cria à l'intention de Suzanne :

– Viens voir si cet être est un homme ou un de ces eunuques romains dont on m'a parlé !

Suzanne, qui était occupée à placer des roseaux et du crottin séché sous la marmite, pouffa de rire en portant sa main devant sa bouche.

Pour ma part, le sang me monta à la tête et ne pouvant me contenir plus longtemps, je giflai Marie à toute volée. A peine l'avais-je fait que je m'en repentis, et j'aurais fait en cet instant n'importe quoi pour effacer ce geste.

Marie se mit à sangloter, renifla à plusieurs reprises et se frotta la joue. J'étais sur le point de lui demander pardon lorsque Nâtan m'arrêta en levant sa main. Peu après, la jeune fille s'approcha de moi sur la pointe des pieds.

– Tu as bien fait de me frapper, avoua-t-elle en baissant les yeux. J'ai cherché toute la journée à te mettre en colère. Cela me prouve que tu m'aimes plus que ton âne dont tu caressais l'encolure. Donne-moi un baiser à présent, afin que je sois sûre que tu m'as vraiment pardonné mon attitude.

Elle me prit timidement dans ses bras et je lui donnai deux baisers afin qu'elle sût que tout entre nous était redevenu comme auparavant. A vrai dire, je ne trouvais guère déplaisant, après la colère, de la tenir ainsi entre mes bras et de l'embrasser, si bien que je lui donnai même un troisième baiser.

Marie alors me repoussa et, tout en laissant ses mains sur mes épaules, me regarda fixement.

– Embrasserais-tu Suzanne de la même façon, demanda-t-elle, si après t'avoir offensé elle venait implorer ton pardon ?

Je contemplai le vieux visage tanné de Suzanne,

comparant ses lèvres sèches à la bouche rose et humide de Marie, et je compris le piège qu'elle me tendait. D'un bond, je me plantai devant Suzanne que je soulevai par les coudes.

— Si je t'ai fait quelque offense, la priai-je, embrasse-moi comme preuve de ton pardon.

Suzanne répondit avec pitié :

— Pauvre de toi, malheureux qui te laisses mener par une fille sans cervelle ! Mais Marie n'a pas un mauvais cœur.

Intimidée, elle s'essuya la bouche du revers de sa main et me donna un baiser tout en lançant un regard malicieux à Marie qui toute rouge lui dit :

— Comment peux-tu, toi une fille d'Israël, baiser un Romain incirconcis ? Moi je le peux qui suis une pécheresse mais toi tu te salis en le faisant !

— Je ne connais guère la loi, se défendit Suzanne, mais j'ai mangé aussi dans le même plat que lui. Je sens dans mon cœur que nous avons le même père bien qu'il soit romain.

Ces paroles me touchèrent et elle ne me parut plus repoussante bien qu'elle empestât l'ail, car elle ne cessait d'en mâcher tout au long du jour pour tonifier son corps tandis qu'elle allait à califourchon sur l'âne.

— Suzanne, dis-je alors, s'il t'a permis de laver son linge, c'est pour moi un grand honneur que tu aies consenti à me donner un baiser.

Peu après le repas du soir, je pris Marie à part et lui demandai sans détours :

— Tu n'aurais pas l'intention de me séduire ou de me pousser à pécher avec toi ? Je ne puis trouver une autre explication à ton comportement. Je t'ai justement amenée avec moi pour te sauver du péché.

Marie respira doucement à mon oreille et murmura :

— Tu m'as traitée mieux que les autres hommes et je ne me comprends pas moi-même. Mais ton détachement m'irrite et en agissant ainsi je sais au moins que je ne te suis pas tout à fait indifférente.

— Mais la chair est la chair, répondis-je avec amertume, et tu n'auras pas besoin de faire beaucoup d'efforts pour que je succombe. Nul vœu ne me lie et je n'ai juré fidélité à personne ! Mais pour cela, nous pouvons tourner bride et retourner à Jérusalem.

— La vie est étrange, soupira Marie, et mon cœur est empli de crainte à l'idée de Jésus. Je crois qu'il peut seul me rendre ma pureté et ma virginité et l'on m'a affirmé qu'il ne montrait point de sévérité même à l'égard des plus grands pécheurs. Pourtant, si je péchais avec toi, il me semble que je n'en ressentirais nul regret, j'ai plutôt l'impression que tu m'apporterais le salut en me prenant dans tes bras. Tu vois à quel point je suis enfoncée dans le péché, car j'imagine qu'aucune fille innocente ne penserait ainsi. Mais qui donc peut éviter le péché ? Un jour, Marie de Magdala, voulant me consoler de mes peines, me dit qu'un homme qui regarde une femme en la désirant, commet en son cœur l'adultère avec elle. Le Nazaréen a établi à mon avis des règles impossibles à respecter.

— Marie de Beerot, m'écriai-je avec ferveur, nos corps ne sont-ils point suffisamment malmenés par les désagréments du voyage ? Pourquoi nous torturer en vain avec des pensées coupables ? N'invoque point le lion cette nuit pour dormir près de moi, cela ne servirait à rien qu'à nous enflammer de désir.

Marie soupira encore plus fort et dit avec assurance :

— Je ne te dérangerai pas et n'essaierai plus de te séduire si tu avoues que tu aimerais pécher avec moi si tu l'osais.

— A ta guise, répliquai-je. Dans mon cœur, j'ai déjà fauté avec toi. Je n'en dirai pas plus.

Elle pressa ma main contre sa joue en feu.

— Je donnerais beaucoup pour être pure et lavée de mes fautes.

Mais elle cessa de me torturer et ne vint plus dormir près de moi.

Je songeai que cette jeune fille ne savait pas grand-chose du royaume dont elle cherchait le chemin mais que l'on ne pouvait pas non plus exiger beaucoup d'elle. Puis je pensai à ce que Nâtan pouvait attendre du Nazaréen, lui qui s'était fait couper la chevelure pour sa cause. Peut-être que moi-même je désirais quelque chose qui, jugé à la mesure du royaume, était aussi puéril que l'espérance de Marie.

Le jour suivant, nous abandonnâmes le lit sinueux du fleuve et, après que nous eûmes laissé la route des caravanes et gravi la montagne, apparut devant nous la mer de Tibériade. Une brise légère apporta sa fraîcheur, le vent souleva les blanches crêtes des vagues et au fond, au-delà du lac, se dessinèrent les délicats contours d'un sommet enneigé. Suivant la rive du couchant, nous atteignîmes les thermes au crépuscule, avec, plus loin, les portiques de la cité balnéaire du prince Hérode Antipas. Une salutaire odeur de soufre flottait dans l'air, car de l'eau amenée des thermes emplissait diverses piscines autour desquelles on avait construit une station balnéaire. Au bord du lac, s'élevaient quelques villas de style grec ainsi que plusieurs cabanes de pêcheurs. Dans la station elle-même, on trouvait une luxueuse auberge réservée aux Hellènes et une autre aux fils d'Israël. Fatigué du voyage, je me logeai dans la première avec Marie tandis que Nâtan amenait Suzanne et les animaux dans la seconde. Je jugeai plus prudent de ne point m'afficher en leur compagnie, puisque les disciples se défiaient de moi ; mieux valait que Suzanne essayât de s'informer sur ce qui allait advenir pendant que j'attendrais avec confiance qu'elle me communiquât ses renseignements en souvenir du service que je lui avais rendu en l'amenant avec moi en Galilée.

Je connaissais à présent suffisamment Nâtan pour lui laisser ma bourse et les ânes, pensant ainsi le lier plus étroitement à moi. Nous étions convenus qu'après avoir passé la nuit à Tibériade, ils poursuivraient leur route ensemble jusqu'à Capharnaüm au nord de la mer de Galilée, où Jésus de Nazareth avait fait ses prêches ; ils en auraient pour moins d'une journée de marche. Si j'en croyais Suzanne, jamais Jésus n'était venu dans la cité grecque de Tibériade.

Le matin suivant, réveillé au lever du soleil, je sortis sur la terrasse, en boitant car je souffrais d'un pied. Après la chaleur de la vallée du Jourdain, la fraîcheur de l'air nous parut fort agréable ; l'eau était cristalline, traversée des rayons lumineux qu'y traçaient l'aurore et dans l'éther flottait un violent parfum de myrte. J'eus l'impression d'avoir la faculté de tout voir avec plus de clarté et de sérénité qu'auparavant, et de pouvoir humer tous les arômes de la terre tout en ayant la sensation d'être dépourvu de corps ; je demeurai dans un état proche d'une ivresse délicieuse, jusqu'au moment où, parcouru de frissons, je me rendis compte que mon pied avait gonflé.

Dans l'après-midi, la fièvre s'empara de moi. J'avais la jambe enflée jusqu'au genou et une raie rouge partait d'une plaie que je m'étais faite au talon.

Le médecin grec des thermes incisa la tumeur avec son scalpel et me fit ingurgiter quelques médicaments rafraîchissants. Je restai malade durant quatorze jours dans l'hôtellerie grecque de la station et il y eut des moments où je pensai mourir. Mais les soins de Marie et l'eau sulfureuse des thermes contribuèrent sans doute à ma guérison. Pendant de nombreux jours, je rejetai tout ce que j'avalais. Aussi étais-je très affaibli lorsqu'un mieux se manifesta. Comme le médecin me conseillait sans relâche de ne pas marcher afin de ne point fatiguer mon pied, j'ai occupé mon temps à consigner tout ceci : comment je quittai Jérusalem et ce qui advint en chemin.

Nous n'avons eu aucune nouvelle de Nâtan ni de Suzanne durant toute cette période.

NEUVIEME LETTRE

Marcus à Tullia !

LORSQUE très affaibli, je recouvrai la santé, la joie m'avait abandonné. Force me fut de penser que cette maladie, qui m'avait mené aux frontières de la mort, était un avertissement pour m'empêcher de fouiller dans des secrets qui ne me concernaient point. Je demeurai dans ma chambre sans chercher à me mêler aux autres clients attirés par la fameuse cité balnéaire de Tibériade, gens fortunés pour la plupart, de toutes races et de tous pays, qui soignaient ici les infirmités inhérentes à la richesse et à la vie oisive, mais également officiers romains, qui tentaient de se guérir des maux gagnés au cours de leur vie de camp.

Je me fis donner des massages et mandai un barbier afin qu'il coiffât ma chevelure à la manière grecque ; je le laissai même tailler ma barbe et épiler mon corps, car alors tout m'était devenu indifférent. Peut-être cette attitude était-elle celle d'un enfant blessé, mais j'avais été sincère et ne croyais en rien mériter un tel châtiment. Mes pensées allaient vers toi également, ô Tullia, mais d'une autre façon qu'à Jérusalem et, dans mon malheur, j'eus le mal de toi. J'étais las de la stupide Marie qui, depuis qu'elle s'était fidèlement occupée de moi et avait obtenu ma guérison, me considérait avec satisfaction comme sa propriété. Il se fit soudain une grande agitation et Marie s'empressa de m'expliquer que l'épouse de Ponce Pilate venait de Césarée pour prendre les eaux. Je vis de la terrasse sa litière et son escorte : outre les légionnaires, des chevaliers aux manteaux rouges du prince Hérode l'avaient accompagnée de la frontière de Galilée jusqu'à la cité ; on avait mis à sa disposition un palais d'été dans le jardin duquel il y avait une piscine particulière.

Je savais la santé de Claudia Procula délicate et comme ses nerfs étaient fragiles, ainsi qu'il arrive à nombre de femmes à l'orée de la vieillesse même si elles ne se l'avouent point. Nul doute qu'elle n'eût besoin de bains et le climat de la mer de Galilée, en cette époque de l'année, est certainement le plus frais et le plus agréable de tout le Levant. Des baigneurs de Damas et même d'Antioche accourent à Tibériade, séduits par les agents du prince. Néanmoins, je ne sais pourquoi, le voyage inattendu de Claudia Procula me parut avoir d'autres motifs.

Je ne pus contenir ma curiosité plus de deux jours et lui adressai un message sur une double tablette de cire, lui demandant la permission de lui rendre visite. Le serviteur revint peu après disant que Claudia Procula, agréablement surprise de mon message, me souhaitait la bienvenue et m'invitait à la rejoindre sur-le-champ.

Comme mon talon était encore loin d'être guéri, je me fis porter en litière à travers les jardins pour me rendre auprès d'elle. Une fois arrivé au portique, je sautai à terre et boitai, appuyé sur une canne, jusqu'au palais d'été. La faveur qui m'avait été accordée attira considérablement l'attention et de nombreux étrangers en villégiature sortirent pour me voir, car l'épouse du proconsul avait fait savoir à tous qu'elle ne désirait recevoir ni visites ni hommages eu égard à son état de santé.

Les domestiques me conduisirent directement dans une pièce fraîche et ensoleillée où Claudia Procula, le visage très pâle et les yeux pleins de langueur, était étendue sur des coussins de pourpre ; près d'elle était assise une femme juive vêtue fort luxueusement et à peu près du même âge dans une attitude pleine de respect.

Claudia me tendit ses mains diaphanes, en poussant des exclamations de joie.

– O Marcus ! Quel bonheur de voir une personne amie et compréhensive ! Qu'est-il arrivé à ton pied ? Je suis moi-même si malade ! Je ne puis trouver le sommeil, j'ai des douleurs d'entrailles et mon foie ne va pas bien !

Puis, se tournant vers sa compagne, elle expliqua :

– Voici le jeune homme dont je t'ai parlé, mon ami d'enfance Marcus Mézentius Manilianus. Son père était le plus fameux astronome de Rome ; il fait également partie de la famille de Mécène par lequel il descend des Etrusques qui luttèrent jadis contre Enée en personne pour la conquête du pouvoir. La dernière fois que je l'ai vu, c'était à Jérusalem durant les fêtes de la Pâque et je ne m'attendais guère à le rencontrer ici !

Je la laissai parler, bien que son discours ne fût point l'expression de l'exacte vérité ! Elle exagérait un tantinet mais si, pour une raison ou pour une autre, elle éprouvait le besoin de tout présenter sous son meilleur jour et de rehausser mon importance aux yeux de sa dame de compagnie, pourquoi m'y opposer ?

– Cette excellente personne est Jeanne, l'épouse du questeur du prince Hérode Antipas, me dit-elle en me présentant sa compagne. Je l'ai connue à Jérusalem et elle a promis d'être ma dame de compagnie durant mon séjour ici. J'ai une entière confiance en elle.

La femme sourit et me lança un regard scrutateur. Dans sa face ronde et molle, ses yeux n'étaient point d'une femme stupide et l'on pouvait y lire une profonde connaissance de la vie.

— Je te salue, ô Marcus Mézentius ! dit-elle. Mais comment se fait-il qu'étant romain, tu portes une barbe et des vêtements à la manière des Hébreux.

— Chaque contrée a ses modes ! répondis-je avec détachement. Je suis un philosophe qui étudie les us et coutumes des différents pays. Mais, à vrai dire, j'éprouve un profond respect à l'égard du dieu d'Israël et de sa loi, dans la mesure où il ne m'interdit point de vénérer le génie de l'empereur.

Claudia qui ne s'était point encore arrêtée sur les détails de ma toilette s'exclama :

— En vérité, comme tu as changé ! Je ne sais si mon époux apprécierait cette manière de te vêtir !

Bavardant avec animation, Claudia Procula me parla de l'état de santé de Ponce Pilate et de ses difficultés, tout en faisant servir un vin glacé accompagné de fruits et de pâtisseries. Puis elle ordonna à ses serviteurs de se retirer.

— Jeanne, demanda-t-elle à sa dame de compagnie, assure-toi que nul ne peut nous entendre, je ne supporte pas les espions.

Jeanne démontra une grande habileté dans l'accomplissement de cette tâche ; du seuil de la porte, elle jeta un coup d'œil dans le vestibule d'un air indifférent, puis fit le tour de la pièce, palpant les tapisseries des cloisons et se penchant aux fenêtres.

Claudia Procula m'invita à m'asseoir à ses côtés.

— Te souviens-tu encore de Jésus le Nazaréen

qui fut crucifié à Jérusalem ? me demanda-t-elle à voix basse.

J'hésitai en lançant un regard à Jeanne.

– Je m'en souviens parfaitement, admis-je. Je n'ai pu l'éloigner de mon esprit. J'aurais aimé entendre parler davantage de lui, mais ses disciples sont des hommes pleins de méfiance qui n'apprécient guère les étrangers.

Claudia répondit :

– Ils sont revenus en Galilée et chacun a repris son ancien métier. La plupart pêchent dans ce lac.

– En effet, approuvai-je, le bruit courait lorsque je quittai Jérusalem qu'ils avaient abandonné la cité. On dit que d'autres les ont suivis également. Ne sont-ils point l'objet de poursuites en ces lieux ?

Jeanne s'empressa de donner quelques explications.

– C'est fini maintenant. Les conseillers modérés d'Hérode Antipas sont parvenus à le convaincre qu'il ne retirerait aucun avantage de leur persécution. Dans le fond il les craint, tout en essayant de faire croire qu'il ignore tout à leur sujet. Il a commis une erreur politique en faisant exécuter Jean le Baptiste il a quelque temps, et il ne veut à présent plus entendre parler de prophètes.

– Tu te souviendras que j'ai fait tout ce que j'ai pu, intervint Claudia Procula, pour que mon époux ne fît aucun mal au saint homme.

– Pourquoi te préoccuper d'une histoire passée ? dis-je en affectant l'indifférence. On a condamné de tous temps des innocents, ainsi va le monde et nous ne pouvons le modifier. Oublie donc et occupe-toi de ta santé ; n'est-ce point pour cela que tu es ici ?

– Je ne comprends pas ce que tu veux dire, répondit Claudia avec irritation. Le monde n'est plus comme avant. Jésus de Nazareth a ressuscité même si tu en as douté tout d'abord, il est apparu aux siens, et, que tu le croies ou non, il se trouve ici en ce moment !

Jeanne, effrayée, lui fit un bâillon de sa main.

– Tu ne sais ce que tu dis, ô maîtresse !

Je la regardai avec attention et il me revint en mémoire que Suzanne avait mentionné son nom.

– Je connais ton visage, dis-je tout à trac. Tu suivais Jésus le Nazaréen lorsqu'il était en vie, tu ne peux nier.

Elle me jeta un regard effaré, mais cependant avoua sans nulle réticence :

– Je n'ai jamais eu l'intention de le nier ! J'ai délaissé pour lui mon foyer et marché sur ses pas jusqu'à ce que les obligations de la charge de mon époux me contraignissent à regagner ma maison. Mais comment sais-tu cela, ô étranger ?

Je me sentais si faible et si triste que je fus incapable de feindre plus longtemps.

– Je sais et je crois qu'il a ressuscité d'entre les morts et je reconnais par là même qu'il est le fils de Dieu ! confessai-je avec conviction. Mais je ne saisis point le sens de tout cela car nul n'avait jamais rien vu de semblable jusqu'ici. Je me proposais de chercher son royaume, mais les siens ne m'ont ni reçu ni accepté. J'ai appris toutefois qu'il les avait devancés en Galilée et je les ai suivis dans l'espoir de le rencontrer ici. Hélas ! poursuivis-je, le cœur plein d'angoisse, depuis mon arrivée j'ai souffert d'une infection au pied qui m'a longtemps empêché de me mettre en chemin. Peut-être dois-je voir là un signe qu'il ne me reconnaît pas. Mais toi, ô Claudia Procula, sois sincère et avoue que tu es venue en Galilée pour sa cause également.

Les deux femmes, profondément surprises, échangèrent un regard, puis m'ayant dévisagé s'exclamèrent à l'unisson :

– En vérité, toi un Romain et un philosophe, tu crois qu'il a ressuscité et qu'il est venu en Galilée ?

– Je le crois parce que je ne puis faire autrement, déclarai-je sans me départir de mon amertume.

Et poussé par un profond besoin de soulager mon cœur, je leur contai ma visite dans la maison de Lazare où j'avais rencontré Marie de Magdala, puis le refus de Jean et de Thomas, les disciples de Jésus ; je racontai aussi ce qui s'était passé chez Simon de Cyrène et que Matthieu était venu chez moi en compagnie de Zachée pour m'interdire avec menaces à l'appui d'invoquer le nom du Nazaréen.

Jeanne affirma :

– Ils ont mal agi en procédant de la sorte, je me souviens qu'une fois, le maître guérit un homme qu'il ne connaissait pas du tout ; les disciples voulaient l'en empêcher, mais il se fâcha et dit qu'au moins cet homme-là ne médirait point de lui. Je ne vois pas pourquoi tu n'as pas le droit de prononcer son nom alors que tu crois en lui.

J'ajoutai que j'avais également amené Suzanne.

– Connais-tu cette vieille femme ? demandai-je à Jeanne.

Elle fit un visible effort pour dissimuler son mépris.

– Naturellement que je connais cette vieille bavarde et querelleuse, convint-elle. C'est une campagnarde sans instruction qui ne connaît même pas la loi. Mais Jésus lui a permis, à elle aussi, de le suivre.

Claudia Procula, émerveillée quoique méfiante encore, s'exclama :

– O Marcus, comme tu as changé depuis le temps de Rome ! Apparemment, tu as même oublié Tullia pour le Nazaréen ! Imaginais-tu que je n'en étais point informée ? Les nouvelles de

Rome parviennent même à Césarée ! Mais je n'arrive pas à comprendre ce que tu recherches en Jésus.

– Et toi, que recherches-tu ? interrogeai-je à mon tour.

Elle haussa ses épaules à présent décharnées.

– Je suis une femme et il est permis de rêver, dit-elle. Je suis convaincue qu'il me guérirait de mon insomnie et de tous mes maux si je le rencontrais. Mais j'éprouve avant tout, naturellement, de la curiosité à voir un prophète crucifié qui a ressuscité des morts.

– En moi se sont éteintes les envies de rêver et la curiosité, répliquai-je, et je ne cherche que son royaume tant qu'il demeure encore sur la terre. On m'a dit qu'il possède les paroles de la vie éternelle. Mais qu'importent mes idées ? Je préfère apprendre de ta bouche s'il se trouve vraiment en Galilée et s'il est apparu aux siens.

Jeanne hésita puis, la mine sombre, commenta :

– Je ne saurais dire avec certitude. Il a révélé le secret de son royaume à ses disciples tandis qu'il ne parlait aux autres et aux femmes que par paraboles ; peut-être avons nous tout vu sans rien entendre ! Les disciples restent unis mais se taisent devant les femmes, et c'est la raison pour laquelle Marie de Magdala s'est séparée d'eux et s'en est retournée pleine de colère, chez elle à Magdala. Je sais seulement que sept d'entre eux, qui s'en furent il y a peu de jours pêcher de bon matin, ramenèrent leurs filets pleins à craquer. Et l'on aurait dit qu'une lumière était sur eux, et tous se montraient pleins d'allégresse. Mais ils ne voulurent point expliquer ce qui était advenu.

– Je suis très étonné que ces pêcheurs sans aucune éducation aient pu traiter de la sorte la Magdaléenne après qu'elle eût sacrifié une partie de ses biens à sa cause. De même, on aurait pu attendre d'eux qu'au moins par reconnaissance ils te tiennent au courant de tout, toi qui occupes une haute position. Je suppose que c'est grâce à ton intervention que l'on a cessé de les poursuivre.

– Ce sont des hommes pleins d'ingratitude, approuva Jeanne qui se reprit aussitôt pour leur rendre justice : Peut-être sont-ils obligés de conserver les mystères qui leur ont été confiés. Mais pour quelle raison Jésus a-t-il choisi justement ces hommes-là ?

Claudia Procula s'empressa de souligner :

– Ma position d'épouse du procurateur de la Judée est une position si élevée que ces pêcheurs incultes devront s'incliner et faire part à leur maître de mon désir de le rencontrer ; force leur sera de considérer comme une grâce le fait que je leur envoie un messager ; sans compter qu'il pourrait se révéler fort avantageux pour eux-mêmes de jouir de mon secret appui.

Je ne pus me contenir plus longtemps.

– Je crois, ô Claudia, que tu ne comprends guère son royaume, intervins-je. Jésus de Nazareth n'est ni un ange ni un guérisseur ! Peux-tu concevoir qu'il est le fils de Dieu ?

– Oublies-tu toi-même que je suis de la famille de l'empereur, et qu'il m'a reçu maintes fois à sa table du temps que je résidais à Rome ? rétorqua Claudia Procula d'un air offensé.

Jeanne m'adressa un signe plein d'humilité comme pour me donner un avertissement.

– Je ne suis qu'une femme et les femmes sont dépourvues d'âme suivant le dieu d'Israël, dit-elle, alors que Jésus leur permettait de cheminer avec lui. Je te dirai ce que je pressens en mon cœur et ce que me dicte ma raison : ses disciples ne cessent de discuter pour savoir où et quand sera construit le royaume d'Israël, Israël qui a abandonné Jésus en clamant que son sang retombât sur tous ses fils ! Alors je me demande s'il est possible qu'Israël demeure toujours la nation élue de Dieu.

Mais cette discussion stérile finissait par me lasser.

— Quoi qu'il en soit, dis-je avec impatience, que pouvons-nous faire pour le rencontrer ?

— Je ne sais, attendre ! répondit Jeanne. Mais j'ai attendu et attendu et rien n'est advenu ! Peut-être a-t-il oublié les femmes à présent ! Le fait également que dès ton arrivée tu aies souffert d'une maladie qui t'empêche de partir à sa recherche, ne laisse point de m'inquiéter.

— Mais je suis presque rétabli maintenant, et avec une barque ou une litière je peux me déplacer à mon gré ! me récriai-je. Cependant quelque chose me retient car je ne veux rien tenter par force — nul ne pourrait d'ailleurs forcer Jésus ! Il n'apparaît qu'à ceux qu'il aime, et s'il en est ainsi, je reconnais que je ne suis point digne de le voir devant moi.

— Ton manque d'initiative me dépasse ! ironisa Claudia Procula. Moi, je brûle d'impatience de le rencontrer car je doute fort que les bains puissent me guérir de l'insomnie ! Ah ! Si j'étais un homme, j'agirais ! Mais je me dois à mon rang que je ne puis oublier !

— Pourquoi n'irais-tu point à Magdala pour voir Marie ? suggéra Jeanne après réflexion. La position de mon époux m'interdit de lui rendre visite; tu sais qu'elle a une mauvaise réputation à tort ou à raison, et que même nous ne pouvons la faire venir en secret rencontrer Claudia ici. En revanche, rien ne t'empêche toi d'aller la voir pour lui demander conseil. Qu'elle sache bien au moins que sa compagnie ne m'inspire pas plus de honte à présent que lorsque nous allions ensemble par les chemins, mais dis-lui qu'en l'état actuel des choses, je dois tenir compte de la position de mon époux à la cour. Ce sont là des subtilités que peut-être tu ne comprends point parce que tu es un homme, mais une femme les saisira parfaitement.

Puis, me voyant hésiter, elle ajouta en souriant avec malice :

– Tu es un Romain jeune et plein d'ardents désirs de vivre. Tu peux lui faire une visite sans le moindre scrupule, nul ne s'en étonnera ! Elle était jadis possédée de sept démons et en Galilée on en parle encore, même si elle a changé sa façon de vivre. Je te donne là mon opinion personnelle.

Persuadé de n'avoir rien à gagner à entrer dans leurs querelles féminines, je promis de réfléchir à ce sujet. Nous nous mîmes à bavarder à bâtons rompus et Claudia Procula me proposa de l'accompagner à la ville, lorsqu'elle se sentirait mieux, pour assister aux courses. D'une part, Hérode Antipas était fier de la cité, de l'hippodrome et du théâtre qu'il avait fait construire et, d'autre part, Claudia estimait qu'elle devait dans une certaine mesure s'acquitter des obligations imposées par son rang, ne fût-ce que par courtoisie vis-à-vis de ses hôtes. Puis elle m'autorisa à me retirer, après que nous nous fûmes juré de nous avertir immédiatement si nous avions des nouvelles de Jésus. Elle me promit en outre de me faire tenir une invitation à dîner.

Regagnant mon auberge, j'avisai un marchand originaire de Sidon assis à l'ombre des portiques devant ses étoffes étalées. Je m'arrêtai et choisis un foulard de soie brodé de fils d'or que je mandai sur-le- champ à Claudia Procula en guise de présent.

Marie de Beerot, qui m'attendait avec impatience, m'avait sans doute aperçu conversant avec le Sidonien à la barbe bouclée. Peut-être crut-elle que je lui avais acheté quelque babiole car, après un petit moment, elle se mit à me harceler.

– Je constate que tu peux te tenir debout lorsque tu en as envie. En revanche, moi, tu me laisses ici, derrière les rideaux d'une chambre fermée comme si tu avais honte de ma compagnie bien que nul ne connaisse rien à mon sujet, sinon l'abnégation avec laquelle je me suis occupée de toi lorsque tu étais à l'article de la mort. Moi aussi, j'aimerais bien voir du monde et bavarder avec des amies dans ces beaux jardins, écouter de la musique et me promener sous un parasol le long des rives du lac. Mais toi, tu ne songes qu'à ton propre bien-être !

Je me sentis profondément accablé en songeant à l'enthousiasme qui avait présidé à notre départ de Jérusalem et à la manière dont notre espoir allait s'évanouissant peu à peu. Claudia Procula elle-même avait parlé de Jésus bien autrement qu'en ces jours lourds de culpabilité où la terre avait tremblé ; et sa compagne Jeanne ne devait plus être la Jeanne qui avait suivi le maître sans souci de son foyer ni du rang élevé de son époux, l'intendant d'Hérode Antipas. Ici, sous les portiques de marbre et les rosiers en fleur, dans le suave murmure des flûtes entre les myrtes, baignant dans l'atmosphère soufrée des thermes, tout avait repris sa forme accoutumée et au milieu de ce luxe et de cette facilité, il n'y avait nulle place pour le surnaturel.

– Marie de Beerot, as-tu oublié les raisons de notre voyage ?

– Je m'en souviens mieux que toi et attends avec impatience des nouvelles de Nâtan et de Suzanne. Je ne pense qu'à eux. Mais pourquoi, durant cette attente, ne pourrais-je jouir de tout ce qui est ici nouveau pour moi ?

– Tout ce qui est ici appartient à ce monde, répliquai-je. On se lasse promptement de ce genre de compagnie et je donnerais tout cela pour pouvoir contempler de loin le ressuscité !

– Naturellement et moi de même ! s'écria Marie joyeusement. Mais pourquoi ne peut-on se divertir en attendant ? Je suis comme une pauvre paysanne visitant la ville pour la première fois et qui entre dans la boutique de jouets d'un marchand syrien ; je ne m'attends pas à voir ces jouets devenir miens, je ne suis pas aussi naïve, mais pourquoi ne puis-je les regarder et les toucher ?

Je ne la comprenais décidément pas et me lassai bientôt de son obstination.

– Tu auras ce que tu désires, promis-je avec irritation dans l'unique espoir de me débarrasser d'elle. Demain, je louerai une barque qui nous conduira à Magdala. On m'a dit que l'éleveuse de colombes s'est séparée de ses compagnons pour retourner chez elle. Nous irons lui rendre visite.

Mais Marie de Beerot ne parut guère enchantée par ce projet.

– La Magdaléenne est une femme irascible, dit-elle mécontente. Certes, je reconnais que c'est la seule personne qui m'ait traitée avec gentillesse et parlé comme à un être humain ; c'est elle qui m'a donné la foi en la royauté de Jésus le Nazaréen, mais elle me fait peur.

– Pourquoi ? m'étonnai-je. N'est-ce point elle encore qui te plaça sur mon chemin près de la porte de la vieille muraille après t'avoir soufflé les mots d'alors ?

– Elle peut exiger de moi quelque chose que je refuserai de faire à présent que tu m'as prise sous ta protection, expliqua Marie. Sa volonté est plus forte que la mienne, je ne sais plus ce que je veux si elle me donne un ordre.

– Que penses-tu qu'elle pourrait t'ordonner ?

– Elle s'habille tout de noir maintenant, peut-être exigera-t-elle que j'ôte ces vêtements si jolis que tu m'as offerts pour me couvrir de sacs ; ou peut-être voudra-t-elle que je me sépare de toi à présent que tu m'as amenée en Galilée, et c'est là ce que je redoute le plus.

– Marie de Beerot, m'écriai-je plein de courroux, que souhaites-tu en vérité et qu'attends-tu de moi ?

– Je ne souhaite rien et je n'attends rien ! rétorqua-t-elle également rageuse, puis faisant un geste rempli d'orgueil, elle ajouta : Qu'est-ce que tu imagines ? Je ne demande qu'à vivre un jour après l'autre à tes côtés. Tout était très simple lorsqu'il n'y a guère tu gisais brûlant de fièvre sur ta couche et que j'humectais tes lèvres desséchées : tu me suppliais alors pour que je pose ma main sur ton front et tu exigeais pour dormir que je garde ta main dans la mienne tout au long de la nuit. Mais même ainsi je ne désire rien ; ces jours ont été les meilleurs jours de ma vie et j'aurais voulu qu'ils ne s'achèvent pas si vite ! Mais naturellement nous ferons ce que bon te semble et en aucun cas ce que je désire.

Je compris que le moment de notre séparation était proche, et que plus elle demeurerait près de moi, plus elle me lierait à elle. Je risquais de m'accoutumer à sa compagnie. De même un homme qui achète sans réfléchir un esclave ou un chien se lie à eux et finit par dépendre entièrement de l'esclave ou du chien.

En conséquence, je louai dès le lendemain une barque avec deux rameurs et nous mîmes le cap vers Magdala sur les vagues étincelantes de la mer de Galilée. La vaniteuse Marie tenta de protéger son visage de l'éclat du soleil ; en effet tandis qu'elle demeurait derrière les rideaux tirés de la chambre, elle s'était évertuée, à l'instar des autres femmes de l'auberge, à se passer du jus de concombre sur la peau afin d'en effacer la couleur brune, ce dont elle ne s'était guère souciée sur la route de Jérusalem.

J'entamai la conversation avec les rameurs

pour m'habituer au dialecte du pays. Ces hommes rudes montrèrent quelque hargne dans leurs réponses et, tant que nous longeâmes la côte de Tibériade, ils ne parurent guère à leur aise, sans doute intimidés par la beauté grecque de cette cité nouvelle que le prince Hérode Antipas a construite à grands frais il n'y a guère plus de vingt ans. Pour gagner le large plus rapidement, ils hissèrent une voile, mais le vent peu favorable changeant capricieusement de direction, force leur fut de reprendre les rames.

Il me revint à l'esprit que Jésus de Nazareth avait marché quelque part sur ces eaux-là, mais à présent, sous l'étincelante lumière du soleil, face aux montagnes gris-bleu de l'autre rive, forcé par des flots moutonnant au souffle frais de l'air, cette histoire me parut incroyable. J'eus la pénible sensation de poursuivre un mirage, un rêve, un conte à l'usage de pêcheurs superstitieux. Il me semblait qu'un temps démesuré s'était écoulé depuis les jours de Jérusalem, comme si le Nazaréen n'eût jamais vécu sur la terre. Désireux de reprendre pied dans la vivante réalité, j'interrogeai les rameurs :

– Vous est-il arrivé de voir Jésus de Nazareth lorsqu'il s'adressait aux foules sur les rives de ce lac ?

Les pêcheurs échangèrent un regard puis levèrent leurs rames.

– Pourquoi demandes-tu cela, ô étranger ? dirent-ils visiblement effrayés.

– Je me trouvais à Jérusalem lorsqu'il fut crucifié, répondis-je, et je ne crois point qu'il méritât une mort aussi infamante.

– Cela n'a pourtant rien d'étonnant, il était Galiléen et ceux de Jérusalem nous méprisent. C'est de sa faute, car il s'est livré aux prêtres pleins d'avarice et aux hypocrites Pharisiens.

— L'avez-vous vu ? demandai-je une nouvelle fois.

Ils hésitèrent en échangeant un nouveau regard, mais leur orgueil national l'emporta enfin.

— Bien sûr que nous l'avons vu, et plusieurs fois ! affirmèrent-ils. Un jour que nous étions cinq mille à l'écouter prêcher, il nous donna à manger à satiété avec cinq pains d'orge et deux poissons ; on ramassa même douze couffins pleins de restes. Voilà comment il était !

— Que disait-il ? Vous souvenez-vous de ses enseignements ? m'enquis-je avec avidité.

Mais ils étaient en proie à la frayeur et ils répliquèrent :

— Nous, les gens simples, ne devons point répéter ce qu'il a dit si nous ne voulons pas nous attirer la colère des autorités.

— Dites-moi au moins une chose telle que vous vous la rappelez ! insistai-je. Je ne suis qu'un voyageur, un étranger en villégiature et je ne répéterai point ce que vous me communiquerez.

— N'oublie pas que cela ne vient pas de nous mais de lui, répondirent-ils. Puis ils poursuivirent en chœur : « Heureux les pauvres d'esprit, car le royaume des cieux est à eux. Heureux les doux et les humbles, car ils recevront la terre en héritage. Heureux les persécutés pour la justice car le royaume des cieux est à eux... Soyez dans la joie et l'allégresse car votre récompense sera grande dans les cieux... Nul ne peut servir deux maîtres... Ne vous affligez point... Il est plus facile à un chameau de passer par le trou de l'aiguille qu'à un riche d'entrer dans le royaume de Dieu. »

Ils donnaient tous deux l'impression d'avoir maintes fois médité les paroles du Nazaréen, pour les adapter à ce qui les intéressait ou préoccupait personnellement. C'était là tout ce dont ils se souvenaient ou peut-être se refusèrent-ils à en dire davantage. Je lus dans leurs yeux, tandis qu'ils contemplaient mes luxueux vêtements et le coussin de la barque, une certaine joie face au mal de l'étranger.

– Qu'avez-vous encore à raconter sur lui ? demandai-je, rompant le silence qui avait suivi.

– C'était un très bon pêcheur, assurèrent-ils. Capable de repérer un banc de poissons même lorsque les autres avaient pêché en vain toute la nuit. Une fois, ils sont revenus à terre leurs barques près de couler tant leur pêche avait été abondante, alors que les autres rentraient bredouilles. Il savait aussi calmer la tempête et apaiser des flots tumultueux en un rien de temps. On a dit également qu'il a guéri des malades, mais nous ne nous y sommes guère intéressés car nous avons toujours été en bonne santé. Ce que j'admirais le plus en lui, c'est que bien qu'étant de l'intérieur, de Nazareth, il connaissait les eaux, les vents et les mouvements des bancs de poissons à la perfection.

Je ne pus rien en apprendre de plus malgré mon insistance à les interroger ; ils finirent même par devenir méfiants.

– A Jérusalem, on racontait qu'il était ressuscité et de retour en Galilée, dis-je pour conclure. En avez-vous entendu parler ?

A ces mots, ils se mirent à ramer de plus belle comme pour accélérer le voyage.

– Radotages de vieilles femmes ! grommelèrent-ils après un silence. Un homme mort ne ressuscite point et c'était un homme comme nous, à la différence qu'il prêchait et faisait des miracles. Tu ne nous feras pas tomber dans ton piège, aussi beau parleur sois-tu !

Ils n'étaient guère disposés à poursuivre.

– Ce sont des racontars des gens de Capharnaüm. Nous, nous sommes des pêcheurs de Tibériade.

Magdala est un important village de pêcheurs de plusieurs milliers d'habitants. Nous perçûmes de loin, flottant sur les eaux, l'odeur des conserveries de poissons salés. Lorsque les rameurs sautèrent à l'eau et poussèrent la barque jusqu'au rivage, je les payai et leur enjoignis de regagner leur demeure. Ce n'est qu'après avoir traversé le village appuyé sur ma canne et avec l'aide de Marie, que j'autorisai la jeune fille à demander où vivait Marie la Magdaléenne ; comme elle est très connue dans le pays l'on nous indiqua aussitôt un groupe important d'édifices dans les environs du village, en direction de la vallée des colombes. Me voyant boiter, un maraîcher en route vers la campagne m'offrit courtoisement son âne. Il sourit d'un air entendu lorsque je mentionnai le nom de Marie.

— C'est une femme sage et fort riche, murmura-t-il cependant. Plusieurs chasseurs travaillent à son service pour capturer les colombes qu'elle élève ensuite dans ses grands colombiers à l'intention du temple. Elle possède également un jardin et une participation dans les conserveries de poissons salés. Elle a l'habitude de voyager, mais on dit qu'elle est revenue chez elle depuis peu.

J'avais entrepris ce voyage sans guère entretenir d'espoir, mais en m'approchant de la maison de Marie de Magdala, monté sur un âne chargé de couffins à légumes vides, je me sentis envahi d'une nostalgie inattendue et d'un ardent désir de revoir son blanc visage. Je la revis telle qu'elle m'était apparue chez Lazare et jamais, ce me semble, nulle femme ne m'avait inspiré un tel regret. Le propriétaire de l'âne qui marchait à mes côtés fixa ses yeux sur moi.

— Il t'arrive la même chose qu'aux autres apparemment ! constata-t-il. Plus ils approchent de sa maison, plus ils montrent d'impatience à la rejoindre. Moi, je ne veux pas avancer plus près, et tu voudras bien me pardonner si je te laisse à ce croisement.

Il nous quitta, excitant son âne pour s'éloigner au plus vite tandis que Marie de Beerot poussait un soupir.

– Tout cela finira mal, avertit-elle. Retournons en arrière ! Le soleil blesse mes yeux même lorsque je me voile la face, je suis couverte de sueur et respire avec difficulté.

Mais j'entrai vaillamment en clopinant dans la cour de la maison, où j'aperçus une femme vêtue de noir donnant à manger aux colombes qui voletaient autour d'elle, se posant sur ses épaules et se balançant dans ses mains. En nous voyant, la femme éparpilla les graines à la volée, se leva, puis découvrit son visage pour venir à notre rencontre. Surprise et joyeuse à la fois, elle nous salua avec une exclamation de plaisir.

– Je sentais l'approche de quelqu'un mais je n'imaginai point que ce pût être Marcus le Romain avec Marie de Beerot.

– La paix soit avec toi, Marie de Magdala, dis-je.

Je contemplai sa blanche face sillonnée de rides avec une joie si grande, une telle impression de bonheur, que j'aurais été capable de me jeter à terre devant elle pour lui embrasser les genoux.

Elle frappa dans ses mains pour chasser les oiseaux qui voltigeaient autour d'elle et nous fit traverser la cour jusqu'au jardin où se trouvait un pavillon dans lequel elle nous invita à pénétrer. Elle alla, avant toute chose, chercher de l'eau elle-même et s'agenouilla pour me laver les pieds en dépit de mes protestations ; le contact de ses mains sur mon pied meurtri me produisit un doux soulagement. Elle lava également les pieds de Marie qui essayait de s'en défendre tout en étouffant son rire en se couvrant la bouche de la main. Après nous avoir offert de l'eau fraîche de la fontaine, elle éloigna Marie :

– Va visiter les colombiers, la maison et tout ce que tu veux, mais ne nous dérange pas, petite folle !

La jeune fille partit en courant, visiblement soulagée d'échapper à sa compagnie. Elle la suivit du regard en secouant la tête.

– Qu'as-tu fait à cette fille ? demanda-t-elle. Est-ce toi lui l'as revêtue de ces habits bariolés ? Il m'a semblé voir un démon se profiler dans son regard, alors qu'à Jérusalem elle se montrait pleine d'humilité et de repentir.

– Je n'avais nulle intention de lui faire du mal, et je ne l'ai même pas touchée si c'est cela que tu veux insinuer ! répondis-je. Elle s'est admirablement occupée de moi lorsque mon pied s'est infecté dans la cité des bains de Tibériade.

– Combien de fois les bonnes intentions d'un homme font plus de mal à une femme qu'il n'imagine ! Tu es incapable de te charger de l'éducation de cette fille, aussi vaut-il mieux t'en délivrer.

– Elle cherche Jésus de Nazareth tout comme moi ! rétorquai-je.

Et je soulageai mon cœur lourd auprès de la Magdaléenne, lui contant comment nous avions quitté Jérusalem, comment Suzanne et Nâtan nous avaient abandonnés et comment j'avais rencontré Jeanne dans un palais d'été de Tibériade en compagnie de Claudia Procula. Elle hocha la tête à plusieurs reprises durant mon monologue, un sourire froid sur les lèvres.

– Je connais l'avare Suzanne et l'orgueilleuse Jeanne, dit-elle. Il fallait que des écailles couvrissent mes yeux lorsque nous cheminions ensemble telles des sœurs et que je ne voyais que Jésus ! Tu as suffisamment fréquenté les disciples pour ne point ignorer comment ils sont et avec quel soin jaloux ils gardent le secret du royaume ; je crois que le mortier avec lequel Jésus se proposait de bâtir son royaume te surprend autant que moi. J'ai regagné ma maison pour attendre ici, car je suis lasse de la compagnie de ces hommes pleins d'obstination et de la jalousie des femmes. Je sais qu'il nous a précédés en Galilée, mais ne serais point étonnée qu'il ne veuille plus voir aucun d'entre nous ; peut-être est-il aussi déçu par nous que nous le sommes les uns par les autres. J'ai donc laissé les pêcheurs à leur pêche, tandis que la mère de Jésus s'en retournait à Nazareth.

La mine chagrine, elle joignit les mains en balançant son corps.

– Pourquoi ne suis-je qu'un être humain ? se lamenta-t-elle. Pourquoi ne suis-je qu'une femme au cœur dur à présent qu'il n'est plus parmi nous ? O malheureuse ! Son royaume s'éloigne de moi qui n'ai plus assez foi en lui !

Elle jeta alentour des yeux emplis d'effroi, comme hallucinée par une apparition menaçante.

– Il était la lumière du monde, cria-t-elle. Les ténèbres m'envahissent même en plein soleil depuis qu'il est absent. J'ai peur que les démons ne s'emparent de nouveau de moi, dans ce cas je ne voudrais plus vivre, je préférerais me pendre ! J'ai déjà trop souffert !

Sa peine m'oppressait comme si une pierre eût pesé sur mon cœur et je tentai de lui apporter une consolation en disant que, d'après Jeanne, Jésus était apparu un matin à ses disciples tandis qu'ils étaient à la pêche.

– On me l'a dit, répondit-elle, mais il est possible que ces rustres aient été tout bonnement satisfaits de leurs cent cinquante gros poissons ! Leur filet était si rempli qu'ils durent le traîner jusqu'au rivage de crainte de le rompre. Mais pourquoi, s'ils ont vu le rabbin, ne me l'ont-ils pas dit pour me conforter ?

Il semblait que son cœur fût plein de rancœur

et de jalousie parce que Jésus s'était manifesté en Galilée d'abord à ses disciples plutôt qu'à elle !

Cette réaction me parut compréhensible dans une certaine mesure : n'était-ce point elle qui la première, ce matin-là, avait couru au tombeau ? Et n'était-ce pas à elle que le Nazaréen apparut pour la première fois après sa résurrection ?

— Marie de Magdala, ne te laisse point envahir par le désespoir ! S'il est revenu en Galilée, son royaume est encore proche ! Peut-être n'y ai-je moi-même nulle place et me repoussera-t-il à l'instar de ses disciples, mais je suis pénétré du sentiment que toi, tu le reverras dans ce pays.

Elle posa sur moi ses yeux noirs, disant :

— C'est toi, un Romain, qui m'apportes la consolation tandis que les siens me la refusent !

Son visage se mit à briller, comme illuminé par le soleil alors que nous nous trouvions à l'ombre du pavillon ; elle me toucha la main et je sentis la même force étrange émanant de son contact.

— En vérité, tu le crois ainsi ? implora-t-elle. Moi aussi sans doute, mais la révolte est en moi, je ne parviens pas à éprouver le respect dû à ces hommes qu'il a élus ; je suis une femme mauvaise et indigne qui ne sait respecter sa volonté. Enseigne-moi l'humilité, ô Romain, je l'ai bien mérité.

— Je préfère que tu me dises si tu crois que, bien que je sois romain, il m'accueillera dans son royaume, demandai-je, le cœur plein d'anxiété.

Elle parla alors comme Jeanne, du même ton dédaigneux.

— Les disciples s'attendent encore à ce qu'il construise le royaume d'Israël. Pour moi, il est la lumière du monde entier. Pourquoi cela ne te concernerait-il pas tout autant que les fils d'Israël si tu crois qu'il est le Christ ? Son royaume est la vie éternelle et non la terre sur laquelle nous marchons !

Elle dit, et mon cœur frémit dans ma poitrine.

– Qu'est-ce que la vie éternelle ? interrogeai-je.
La Magdaléenne secoua la tête.
– Je ne saurais le dire, répondit-elle. Je crois que lui seul le sait. Il ne nous en parlait guère lorsqu'il était parmi nous, il expliquait seulement comme l'homme doit se comporter en vue de son royaume. Je ne suis ni assez humble ni suffisamment innocente pour concevoir la vie éternelle ; je sais seulement qu'elle est en lui et avec lui, et cela me suffit.
Je méditai un instant avant de poursuivre.
– Comment donc dois-je vivre ? demandai-je ensuite. N'est-ce point suffisant de s'efforcer d'être doux et humble de cœur ?
– Aime ton prochain comme toi-même, répondit Marie pensive. Fais aux autres ce que tu désires qu'ils te fassent.
Elle cacha soudain son visage dans ses mains et fondit en larmes.
– Comment pourrais-je t'apprendre, moi qui ai trahi sa doctrine ? Nous étions comme frères et sœurs lorsqu'il était parmi nous, mais il a suffi qu'il nous laisse quelques jours pour que je commence à détester mes frères et mes sœurs. Peut-être est-ce lui qui t'a envoyé à moi pour je reconnaisse ma méchanceté en toute humilité.
Elle se pencha vivement vers mon pied malade et posa sa main sur la plaie qui cicatrisait.
– Jésus-Christ, fils de Dieu, pria-t-elle à voix haute, aie pitié de cette pécheresse. Si telle est ta volonté, ce pied guérira comme si jamais il n'eût été malade.
Elle leva son visage, retira sa main et me regarda en retenant sa respiration.
– S'il y consent, ceci sera un signe : jette ta canne et marche !
Je me levai, jetai ma canne et fis quelques pas. Et voici que je ne boitai plus ni ne ressentis la

moindre douleur dans le pied. Emerveillé, je revins près d'elle.

– Voilà le signe que tu réclamais ! m'exclamai-je. Mais pour moi, point n'est besoin de signes, je crois ! A vrai dire, mon pied était déjà guéri et une peau neuve s'est constituée à l'endroit de l'abcès incisé au scalpel par le médecin grec ; je ne boitais plus que par habitude car le médecin avait fortement insisté pour que je prenne des précautions.

Alors la Madgaléenne ramassa ma canne et me posa cette question le sourire aux lèvres :

– Dois-je annuler ma prière afin que tu te remettes à boiter ?

– Je suis convaincu que tu réussirais à me rendre infirme, peut-être même pour toute ma vie, si tu l'invoquais à cet effet !

Marie parut alors en proie à la frayeur : elle jeta un regard autour d'elle comme surprise à accomplir une mauvaise action.

– Non, non ! Si l'on invoque son nom dans le dessein de malfaire, on ne réussit qu'à se nuire à soi-même. On ne peut que bénir en son nom, jamais maudire !

Transfigurée par un sourire et le regard fixé sur quelque chose que je ne pouvais voir, plongée dans ses pensées, elle se mit à tordre ma canne dans ses mains et, sous mes yeux ébahis, celle-ci, taillée dans du chêne, se courba légèrement comme un roseau ; je demeurai fasciné par ce qu'elle faisait et n'en croyant pas mes yeux, jusqu'à ce que, reprenant ses esprits et sentant mon regard posé sur elle, elle me regardât à son tour.

– Qu'y a-t-il ? me demanda-t-elle en cessant de courber le bois.

J'agitai mes mains machinalement en un geste d'avertissement tandis que mes lèvres articulaient ces mots :

– Courbe la canne encore une fois comme tu viens de le faire !

Marie essaya, fit un effort pour y parvenir, mais elle ne céda pas d'un doigt. Je la saisis à mon tour : c'était bien la canne robuste et inflexible sur laquelle j'avais coutume de m'appuyer. Marie ne l'avait point fléchie à dessein puisque, étant plongée dans ses pensées, elle ne s'en était même pas rendu compte. Je ne fis aucun commentaire, mais fus pénétré du sentiment que la réaction du bois dur avait été un signe donné à mon intention, puisque j'avais douté de l'intervention du Nazaréen dans la guérison de mon pied. Pourquoi en fut-il ainsi, je ne sais, en vérité je n'avais nul besoin de signe. Mais l'espoir de nouveau pénétra en mon cœur.

Et il ne me vint pas à l'esprit que la flexion de ma canne pût être un acte de sorcellerie, car je ne ressentis aucun trouble comme il arrive lorsqu'un sorcier se livre à ses pratiques magiques ; au contraire, ma tête était parfaitement claire et sereine et je me sentais tout à fait bien.

– Marie, ô bienheureuse femme ! dis-je. Il est bien ton seigneur, chasse toute impatience de ton cœur ; lorsque tu l'appelles, il est près de toi même si tu ne le vois point. Je ne comprends pas comment cela se peut mais je le crois. En vérité, il t'a bénie entre toutes les femmes.

En quittant le pavillon, nous nous sentions tous deux inondés d'un nouvel espoir. La Magdaléenne me fit visiter son jardin et ses colombiers, me conta comment on capture les oiseaux dans la vallée et que lorsqu'elle était enfant, elle escaladait les précipices, sans crainte des voleurs ni du vertige.

Nous pénétrâmes dans sa demeure qui regorgeait de tapis somptueux et de meubles de prix ; elle avait, me dit-elle, brisé les vases grecs et les sculptures depuis sa libération des démons, car la loi d'Israël interdit de représenter l'homme ou l'animal. De fil en aiguille, elle me raconta que bien souvent Jésus, absorbé dans ses pensées, prenait une branche et se mettait à dessiner sur le sol, mais que toujours il effaçait avec son pied avant qu'elle ou un autre eût le temps de regarder son dessin. Tandis que nous parcourions sa vaste demeure, elle relata d'autres menues anecdotes sur le Nazaréen à mesure qu'elles se présentaient à son esprit. Elle avait ordonné à ses serviteurs de préparer un repas mais, après m'avoir invité à prendre place, elle refusa de s'asseoir avec moi.

– Permets-moi de satisfaire aux coutumes de mon pays et de servir pendant que tu manges, dit-elle.

Puis elle appela à l'aide Marie de Beerot et la laissa verser l'eau sur mes mains, lui enseignant avec le sourire le service du repas. Ce fut elle qui prépara le vin, un vin blanc très doux de Galilée qui monte à la tête comme un souffle de vent. Après quelques bouchées de mets salés et sucrés, elle me présenta du poisson frit, puis des colombes assaisonnées d'une sauce au romarin et je ne me souviens point avoir jamais goûté des mets aussi exquis.

Lorsque je fus rassasié jusqu'à l'étouffement, Marie s'accroupit à mes pieds sur le tapis et mangea à son tour, permettant à l'autre Marie de faire de même. Son visage exprimait une douce paix, illuminé par un sourire merveilleux. La contemplant à travers le voile ténu de la boisson, je songeai qu'elle avait dû être une des femmes les plus belles et les plus séduisantes de son pays. Marie de Beerot, ressentant sans doute de même, osa proférer :

– Lorsque tu souris de cette manière, ô Marie la Magdaléenne, en vérité je suis prête à croire que les hommes accouraient de Damas et d'Alexandrie pour te voir et que c'est avec leurs dons que tu as édifié ta belle maison et acquis tous ces meubles superbes. Mais comment peut-on y parvenir ? Apprends-moi comment obtenir des hommes des présents si extraordinaires en faisant pour eux ce que les conducteurs de chameaux achètent pour quelques oboles à Jérusalem.

La tristesse se peignit sur le visage de la Magdaléenne.

— Ne m'interroge point là-dessus, dit-elle dans un murmure. Nulle femme n'est à même d'enseigner cela à une autre, car seule une possédée d'un ou de plusieurs démons peut y parvenir. Mais en même temps le démon la consume et la martyrise si bien qu'elle a le sentiment d'une corde nouée autour de son cou ; rien ne la satisfait jamais, rien ne lui procure de la joie et elle se hait plus elle-même qu'elle ne hait les hommes et le monde entier.

Marie de Beerot qui la regardait d'un air incrédule, inclina la tête.

— Peut-être as-tu raison, reconnut-elle. Mais je préférerais cependant le démon si, grâce à lui, je pouvais devenir une enchanteresse aux yeux des hommes.

Marie de Magdala la frappa sur la bouche.

— Tais-toi, stupide fille, tu ne sais ce que tu dis ! s'écria-t-elle avec colère.

La jeune fille, effrayée, se mit à pleurer tandis que la Magdaléenne, la respiration oppressée, répandait de l'eau autour d'elle, disant :

— Je ne demande point pardon de t'avoir frappée, car je ne l'ai pas fait par haine mais pour ton bien. J'aimerais que l'on me traitât de même si je parlais d'une manière aussi insensée que toi ! Sache que le démon peut t'obliger à vivre dans les sépulcres et à manger des détritus, et nulle chaîne ne te retient, et nul homme, même le plus fort, ne peut te dominer lorsque le démon te tourmente ; et je ne saurais dire quels sont les pires de ceux qui rongent le corps ou qui corrompent l'âme au point de la vider de sa substance.

« Tu m'as peinée, poursuivit-elle, mais je ne t'en garde point rancune ; peut-être était-il nécessaire que tu me fisses souvenir du passé ; il ne restait qu'un squelette exsangue sous mon masque et nombreux furent les hommes que les démons conduisirent à leur perte par mon truchement. Incommensurable était ma dette, mais tout me fut remis. Notre prière doit être : « Ne nous soumets pas à la tentation mais délivre-nous du Mauvais ! » alors que toi tu dis en ton cœur : « Soumets-moi à la tentation, et conduis-moi au Mauvais ! » Tes yeux le disent, et ta bouche, et tes pieds qui tambourinent d'impatience sur le sol ! As-tu oublié celle qui promit à Jérusalem de se contenter de poisson salé et d'un morceau de pain d'orge aussi longtemps qu'elle vivrait si elle se sauvait de sa misère ? Ce fut la raison pour laquelle je te mis sur le chemin de ce Romain ; mais au lieu de garder les yeux baissés et de lui exprimer ta reconnaissance, voici que tu tentes de le prendre dans tes rets !

Marie de Beerot apeurée sanglotait sans oser lever les yeux sur moi. J'éprouvais en mon cœur de la pitié pour elle mais la Magdaléenne la regardait, les sourcils sévèrement froncés.

– Réfléchis à ce que tu veux faire de ta vie, dit-elle. Veux-tu la tentation, le péché et la méchanceté qui te conduiront à ta perdition, ou souhaites-tu seulement une vie simple ?

La jeune fille releva la tête.

– Je désire le pardon de mes péchés comme je l'ai dit et me purifier pour retrouver ma virginité, se hâta-t-elle de répondre. Et ne m'oblige pas à dévoiler ce que je désire pour la suite. Mais mon souhait ne pourrait-il s'accomplir si je priais avec ferveur ?

– Je te comprends mieux que tu ne l'imagines

et puis lire dans tes pensées pleines de naïveté. Ecoute-moi donc, moi qui ai plus d'expérience que toi : ôte ces vêtements multicolores, ces bijoux de pacotille et reste chez moi pour le moment. C'est pour ton bien que je te le demande. Je t'apprendrai à capturer des colombes et j'effacerai les mauvaises pensées de ta tête. Et si Jésus de Nazareth m'apparaît, peut-être te prendra-t-il alors en compassion.

Mais la jeune Marie versa des larmes plus amères encore et cria en m'étreignant les genoux :

– Voilà ce que je craignais ! Ne me laisse pas entre les mains de cette femme ! Elle me convertirait en sa servante ou me vendrait comme esclave ! Terrible est sa réputation, je te le dis moi qui le sais !

Alors Marie de Magdala ajouta en secouant la tête :

– Si tu avais plus d'expérience, tu comprendrais qu'il faut te séparer quelque temps de Marcus, sinon ton Romain se lassera de toi et t'abandonnera d'une manière peu honorable. Et comment sais-tu si en vivant à mes côtés tu ne vas pas apprendre à te rendre plus séduisante à ses yeux ?

Je poussai un soupir de soulagement en constatant les efforts de Marie pour me délivrer d'une charge qui me devenait insupportable. La jeune fille s'accrochait à mes genoux, inondant de ses larmes les bords de mon manteau, mais elle finit par se calmer et accepter sa destinée. Marie lui enjoignit alors de se laver le visage et d'aller revêtir d'autres habits.

– Je suis responsable de cette enfant, dit-elle lorsque celle-ci se fut éloignée. Elle est encore si jeune que son cœur est ouvert pour le mal comme pour le bien et c'est une tentation au-dessus des forces d'un homme ; que tu aies su y résister témoigne en ta faveur. Marie de Beerot, dans sa simplicité, est un des tout petits ; plutôt que de la scandaliser, il serait préférable pour toi de te suspendre autour du cou une meule et d'être englouti en pleine mer.

— Je n'ai jamais eu la moindre intention de la scandaliser ! répliquai-je me sentant offensé. C'est elle, au contraire, qui en sa naïveté a fait tout ce qu'elle a pu pour me séduire ! D'ailleurs, si la maladie ne m'avait frappé, peut-être l'aurais-je prise lorsque Suzanne et Nâtan m'ont abandonné. Mais cela vaut bien mieux ainsi, occupe-toi d'elle afin que je sois libre pour me mettre en quête du Nazaréen.

— Je ne crois point que Suzanne t'ait abandonné, elle est trop simple pour ce faire ; je pense plutôt qu'elle demeure à Capharnaüm, en proie au même doute que les autres femmes parce que rien ne se passe. Mais permets-moi de t'adresser une question : qu'attends-tu de la vie, ô Marcus Mézentius ?

Elle dit, et je rentrai en moi-même me remémorant le passé avec humilité.

— J'ai eu de la chance ! contai-je. Lorsque j'étais jeune, j'appris diverses langues à Antioche puis étudiai à l'école de rhétorique de Rhodes. Tout ce à quoi j'aspirais alors était d'obtenir un poste de secrétaire auprès de quelque proconsul du Levant ou de gagner ma vie comme philosophe au service d'un Romain ignare mais plein d'argent. A vrai dire, après mon arrivée à Rome je fus quelque peu désappointé de ne point être admis dans la chevalerie, quoique je n'eusse par ailleurs nulle envie d'être militaire.

« Plus tard, un testament m'accorda le droit de porter un anneau d'or au pouce ce qui, même à l'époque, ne signifiait rien à mes yeux ; je méprise plutôt cet honneur et garde mon anneau bien serré dans ma bourse. Je me rendis compte rapidement que rien n'avait de valeur pour moi puisque j'étais en mesure d'obtenir tout ce que je désirais. En ce temps-là, je vivais aveuglé par une passion et je me vis contraint de fuir la ville de Rome pour ne point tomber sous les coups d'assassins.

« Qu'est-ce que je demande à la vie ? Je ne peux que m'interroger moi-même en ces termes : quelle force m'a fait quitter Alexandrie pour me rendre à Jérusalem et quelle force m'a contraint à m'arrêter au pied de la croix du roi des Juifs lorsque la terre se couvrit de ténèbres ?

« Quand j'atteignis l'âge d'homme, continuai-je, un caprice du destin m'octroya la possibilité de tout conquérir : amitiés, faveurs, plaisirs. J'aurais même pu obtenir le pouvoir si je l'avais convoité, mais je n'ai jamais pu concevoir cette soif commune à tous les hommes. Et bientôt, un goût de cendre me resta dans la bouche ; après avoir savouré le plaisir jusqu'à la démesure, je me retrouvai profondément abattu et désespéré. Il est clair pour moi que je ne désire nullement finir ma vie à Rome sous les traits d'un vieillard bouffi par les plaisirs et rabâchant sans cesse les mêmes idées et les mêmes histoires insipides qui ne font plus rire personne.

« Je connais d'ailleurs ce qui m'attend si je retourne à Rome où, tôt ou tard, va se produire un coup d'état comme tu sais. A l'heure des règlements de comptes, je perdrai ma tête car, respectant le génie de l'empereur, je refuse de prendre part aux machinations d'un homme d'origine plébéienne assoiffé de sang. Je préfère devenir doux et humble de cœur.

– Qu'attends-tu de Jésus de Nazareth ? interrogea encore Marie.

– J'ai pressenti son royaume, il ne procède pas seulement du rêve et de la poésie comme l'enfer de Virgile mais également de la réalité dans laquelle nous vivons ; oui, lorsque j'y réfléchis, sa réalité se mélange confusément à celle de la vie même. O Marie, je suis heureux de pouvoir vivre en ces jours où je sais qu'il se trouve en Galilée. Je n'attends de lui rien de plus que ce qu'il me donne, car en vérité son royaume ne peut être un royaume ordinaire mais une nouveauté que je ne suis point encore en mesure de concevoir ; depuis le commencement du monde en effet, se sont édifiés des royaumes qui toujours se sont effondrés, y compris celui d'Alexandre ; seule Rome durera à mon avis, et pour cela même, le royaume de Jésus ne peut être de ce monde.

Notre conversation se poursuivit jusqu'au retour près de nous de Marie de Beerot ; elle s'était lavé le visage et peigné la chevelure maintenant devenue lisse. Vêtue d'un manteau blanc et nu-pieds, elle paraissait si jeune et si touchante qu'une vague de tendresse me submergea me faisant oublier tout le mal que je pensais d'elle. Je décidai de regagner Tibériade ce même jour afin que notre séparation ne lui fût point trop pénible. La Magdaléenne me promit de m'envoyer un message si quelque événement d'importance se produisait, et me pria de saluer de sa part Jeanne et Claudia Procula lorsque je les verrais.

Je marchai jusqu'au village sans souffrir le moins du monde, si bien que j'envisageai de poursuivre mon chemin à pied le long des rives du lac pour regagner Tibériade et les thermes. Mais je rencontrai les pêcheurs qui nous avaient amenés en bateau et qui manifestement attendaient mon retour ; il est vrai qu'ils n'avaient rien à faire et que je les avais bien payés.

Le ciel s'était couvert et le vent qui soufflait avec force agitait les flots faisant gonfler les vagues. Les deux hommes levèrent la tête pour observer les nuages noirs amoncelés au-dessus de la vallée des colombes et de la montagne.

– La mer de Galilée est traître, dirent-ils. Ses

coups de vent soudains peuvent dérouter la barque et la remplir d'eau. Sais-tu nager, seigneur ?

Je leur racontai que du temps de ma jeunesse j'avais gagné un pari en nageant de Rhodes jusqu'au continent sans craindre les courants maritimes. Mais, comme ils n'avaient jamais entendu parler de Rhodes, mon exploit ne les impressionna guère. Il est vrai qu'un bateau me suivant, je ne courais pas le moindre risque de me noyer. J'avais d'ailleurs été plus stimulé par mon attirance pour une jeune fille provocante que par la prouesse elle-même. Elle m'avait promis en effet de me couronner si je gagnais, et c'est pourquoi j'avais nagé jusqu'à la limite de mes forces ; à la fin de l'épreuve, je ne ressentais plus aucune attirance pour cette fille !

Je m'installai sur les coussins à la poupe du bateau et m'absorbai dans la contemplation des nuages qui couraient dans le ciel, tandis que les deux hommes, retroussant leurs manteaux jusqu'à la ceinture, mettaient la barque à l'eau et empoignaient les rames. Je me rendis compte qu'ils n'ignoraient point ma visite chez Marie de Magdala. Comment, d'ailleurs, pourrait-on cacher quoi que ce soit dans un village de pêcheurs où tous se connaissent et observent avec curiosité les faits et gestes d'un étranger ? En outre, ils ne marquèrent nul étonnement devant l'absence de Marie de Beerot, se contentant d'échanger en souriant quelques plaisanteries à ce sujet.

– Que voulez-vous insinuer ? demandai-je avec irritation.

– Rien de mal ! répondirent-ils. Absolument rien ! Nous remarquons seulement que la chasseuse de colombes a repris apparemment ses anciennes habitudes. Combien t'a-t-elle donné pour la fille ?

Je n'avais évidemment aucune explication à

leur donner mais leur opinion sur la Magdaléenne m'emplit de colère.

– Elle l'a recueillie pour lui apprendre son métier, criai-je.

Ils éclatèrent tous deux d'un grand rire.

– Oui, bien sûr, nul ne doute qu'elle ne lui apprenne son métier ! s'exclamèrent-ils. Autrefois aussi elle enseignait aux jeunes filles à jouer des instruments profanes, à danser des danses impudiques et à chasser les pigeons, bien que la pudeur nous interdise de te dire quel genre de pigeons !

Avant que j'aie eu le temps de leur répondre, j'entendis le vent siffler, la barque donna de la bande, les vagues se levèrent et une violente averse transforma mes coussins en éponges.

– Voilà une réponse à vos discours ! m'écriai-je alors.

Mais nous eûmes bientôt assez à faire pour maintenir notre lourde embarcation au vent tandis qu'elle courait comme fétu de paille en direction contraire ; mais elle se serait remplie d'eau si nous nous étions obstinés à garder notre route.

Les pêcheurs manifestèrent l'intention de dresser le mât afin de hisser les voiles mais je le leur interdis, le bateau n'étant point lesté. Le ciel se chargeait de nuages de plus en plus menaçants déferlant de par-delà la montagne, tout devint sombre et des éclairs commencèrent à zébrer les nues. Nous écopions sans relâche, mais l'eau montait toujours dans la barque. Le vent nous avait poussés près de la côte orientale et nous avancions à la dérive.

Ruisselants et apeurés, les pêcheurs me jetèrent des regards inquiétants.

– La malédiction est tombée sur nous, Romain idolâtre, parce que nous avons accepté de te prendre dans notre barque ! crièrent-ils. Nous sommes coupables d'un acte impie pour t'avoir aidé à transporter une jeune fille d'Israël dans une maison de plaisirs ! Mais nous ignorions ce que tu tramais !

M'accrochant au bord et de l'eau jusqu'au menton, je hurlai à mon tour :

– Vos propos injustes sur Marie ont attiré la malédiction !

L'eau n'était guère froide, mais nous étions cependant transis lorsque, le vent se calmant, nous pûmes écoper entièrement et nous diriger vers la rive jusqu'à l'embouchure d'un ruisseau à sec. De ce côté du lac, la bande de plage était plus étroite et les montagnes se dressaient, falaises verticales, devant nous. Le vent soufflait toujours et les vagues se brisaient en rugissant contre la grève. Les pêcheurs estimaient que le vent se calmerait vers le crépuscule, mais ne manifestaient guère d'enthousiasme à la perspective de reprendre les rames pour une traversée de nuit.

L'obscurité tombait peu à peu et, bien que nous ayons égoutté nos vêtements du mieux possible, nous souffrions du froid. Plus loin, à la lisière du rivage et de la montagne, nous aperçûmes un petit auvent devant lequel brillait un feu, minuscule point lumineux. Je suggérai de nous en approcher afin de nous sécher mais les pêcheurs se montrèrent quelque peu réticents.

– Nous ne sommes point sur la rive qui nous est impartie, avertirent-ils. Heureusement que nous ne transportons pas nos filets sinon nous risquerions une amende pour pêcher en dehors de notre zone. En outre, de ce côté se réfugient tous les voleurs et toute la racaille de Galilée, sans compter que des lépreux vivent dans les grottes.

Nous n'avions cependant pas le moindre espoir d'allumer un feu, car la pierre et le fer qui ne les quittaient jamais avaient été trempés en mer. Aussi, je dirigeai résolument mes pas vers l'abri et, après une brève hésitation, les deux pêcheurs me suivirent de mauvaise grâce. En m'approchant, je distinguai un homme assis à terre en train de jeter des branches dans les flammes qui s'élevèrent alors jusqu'au ciel en crépitant, et une odeur de poisson et de pain grillés vint frapper mes narines. Devant l'abri, on avait mis un filet à sécher.

– La paix soit avec toi ! dis-je au pêcheur solitaire. La tempête nous a surpris en pleine mer ; nous permettrais-tu de sécher nos habits mouillés près de ton feu ?

L'homme acquiesça d'un geste ; je me déshabillai et étendis mes effets sur un bâton. Le pain cuisait sur des pierres planes chauffées et, dans le fond du foyer, à même les charbons ardents, grillaient deux grands poissons. La douzième heure venait de s'écouler et l'ombre des montagnes gagnait rapidement le rivage tandis que l'on pouvait encore apercevoir, à la lumière déclinante du couchant, les édifices et les portiques de Tibériade le long de la rive opposée.

L'inconnu, un homme au visage pur et à la mine avenante, ne me parut guère redoutable. Il salua avec affabilité mes deux compagnons auxquels il laissa une place près du feu. Ces derniers palpèrent le filet en demandant si la pêche avait été bonne ; timidement, l'homme répondit qu'il espérait que la tempête aurait poussé un banc de poissons jusqu'à la crique et qu'il tenterait sa chance le matin suivant.

Sans dire un mot d'invitation, mais comme si ce fût la chose la plus naturelle du monde, il prit le pain, le bénit et coupa un morceau pour chacun de nous et un autre pour lui ; il versa de même de son vin aigrelet dans une coupe creusée dans un sarment de vigne, le bénit et nous le tendit ; ainsi bûmes-nous tous les quatre dans la même coupe. Il avait fort habilement grillé les poissons mais, comme le sel apparemment lui faisait défaut, il les avait assaisonnés d'aromates. Nous mangeâmes en silence. Je remarquai que mes deux compagnons jetaient des coups d'œil pleins de méfiance à l'inconnu tandis que celui-ci, les yeux baissés, souriait pour lui-même, dégustant chacun des morceaux qu'il portait à sa bouche. Lorsqu'il eut terminé son repas, il se mit à dessiner sur le sable avec un petit bout de bois, comme pour cacher son embarras.

Pendant que nous mangions, nos vêtements mouillés dégageaient en séchant peu à peu une épaisse vapeur. La chaleur m'envahissant, je me sentais parfaitement bien ; une langueur somnolente s'empara de moi et mes paupières se firent lourdes. Je ne pouvais détacher mes yeux de cet homme aimable qui, sans prononcer un seul mot, avait partagé son repas avec nous d'une manière si hospitalière. Je remarquai qu'il avait des cicatrices aux mains et aux pieds, et dans son visage un je ne sais quoi de fébrile et délicat qui me suggéra l'idée qu'il relevait peut-être d'une grave maladie et était venu passer sa convalescence dans la solitude. Mais je gardai le silence, à l'image des pêcheurs qui ne lui firent aucune question. Je finis par sombrer dans le sommeil, nu, près du feu, et plus tard, je sentis qu'il posait sur moi mon manteau déjà sec.

Je rêvai jusqu'au moment où je m'éveillai, les yeux noyés de larmes ; m'étant redressé, je vis près de moi les deux pêcheurs qui dormaient profondément, laissant échapper de légers ronflements ; les larmes coulaient à flots sur mes joues et je me sentais orphelin. Le feu était éteint depuis longtemps et, d'après la position des étoiles et de la lune, j'estimai que la troisième veille devait avoir commencé. Le lac brillait devant moi, lisse comme un miroir, mais le solitaire ne se trouvait point à nos côtés et j'éprouvai une étrange angoisse en constatant son absence. Je fus soulagé lorsque je l'aperçus, nous tournant le dos, debout sur la rive, face au lac. Je m'envelop-pai dans mon manteau et me dirigeant en hâte vers lui, m'arrêtai à sa hauteur.

– Que regardes-tu ? demandai-je.

Sans tourner la tête, il répondit :

– J'ai vu les cieux ouverts et la splendeur de mon père, et j'éprouvais la nostalgie de la maison de mon père.

Je pris conscience de lui avoir adressé la parole en grec et je me rendis compte qu'il m'avait répondu de même, ce qui m'amena à penser qu'il s'agissait peut-être d'un des adeptes de Jean le Baptiste fuyant la persécution d'Hérode Antipas sur cette rive du lac et vivant dans la solitude, en se nourrissant de la pêche.

Je répondis alors :

– Moi aussi, je cherche le royaume. Je me suis réveillé les yeux pleins de larmes. Montre-moi le chemin.

– Il n'y a qu'un seul chemin, dit-il. Ce que tu fais au plus petit de mes frères, c'est à moi que tu le fais.

Puis, il ajouta :

– Je ne vous le donne pas comme le monde le donne. Que ton cœur cesse de se troubler et de craindre, l'esprit de vérité viendra après moi, mais le monde ne le recevra point parce qu'il ne le voit ni ne le connaît. Mais si toi tu le reconnais, il ne t'abandonnera pas mais demeurera en toi. Je ne laisserai nul orphelin.

Mon cœur fondait dans ma poitrine mais je n'osai toucher le pêcheur.

– Ton langage n'est pas celui d'un homme, murmurai-je. Tu parles comme celui qui détient le pouvoir.

Il me répondit :

– On m'a donné tout pouvoir sur la terre comme dans les cieux.

Puis il tourna soudain son visage vers moi. A la clarté des étoiles et de la lune, je vis son sourire, doux et grave à la fois. J'eus l'impression que son regard me découvrait jusqu'au plus profond, comme s'il dépouillait mon corps de ses vêtements l'un après l'autre, me laissant complètement nu ; et, loin d'en être mal à l'aise, je me sentais libéré.

Me montrant la rive opposée, il dit encore :

– Là-bas, dans le théâtre des Grecs de la cité du prince, une jeune fille pleure qui vient de perdre son frère et nul ne la protège désormais dans la vie. Quel a été ton rêve ?

– J'ai rêvé d'un cheval blanc.

– Qu'il en soit donc ainsi ! dit-il. Dans quelques jours, tu assisteras à une course de chevaux ; engage un pari sur le quadrige blanc, puis mets-toi en quête de la jeune fille pour lui donner ce que tu auras gagné.

– Comment découvrirai-je dans une aussi grande ville une jeune fille qui a perdu son frère ? protestai-je. Et quelle somme dois-je parier ?

De nouveau il sourit, mais son sourire était si triste cette fois que je sentis mon cœur se briser dans ma poitrine.

– Que de questions inutiles, ô Marcus ! murmura-t-il sur le ton du reproche.

Mais je ne saisis point le sens de sa remontrance.

– Comment sais-tu mon nom ? demandai-je surpris. Est-ce que par hasard tu me connaîtrais ? A vrai dire, il me semble t'avoir déjà vu.

Secouant la tête, il dit :

– Ne te suffit-il point que je te connaisse ?

Je compris qu'il se montrait à dessein mystérieux. Dans mon esprit, se cristallisa la conviction qu'il s'agissait d'un des doux de la terre auquel les méditations et l'isolement avaient troublé l'esprit. Sinon, comment se serait-il targué de posséder le pouvoir sur la terre et dans les cieux ? Mais je décidai tout de même de ne point oublier ses suggestions, car il était possible qu'il eût la faculté de lire l'avenir.

Il dit aussi :

– O malheureux ! Tu as beau voir, tu n'aperçois pas, tu as beau entendre, tu ne comprends pas ! Mais tu t'en souviendras un jour, ô Marcus, et voici, tu devras mourir pour mon nom afin que mon nom s'illumine en toi comme le nom de mon père s'est illuminé en moi.

– Quel mal me prophétises-tu là ? m'écriai-je en sursautant, ignorant le sens de ses paroles.

Je pensai qu'il ne parlait point correctement le grec, car je ne saisissais guère ce qu'il disait.

Il soupira profondément et soudain, laissant choir son manteau, il se dénuda la poitrine jusqu'à la ceinture. Si grande était sa pauvreté qu'il ne portait même pas une tunique.

– Touche mon dos, dit-il en se retournant.

J'avançai ma main, palpai ses épaules sur lesquelles je sentis des traces de flagellation. Après un nouveau soupir, il guida ma main vers son côté gauche et je mis le doigt sur une profonde cicatrice. En vérité, il avait été martyrisé et torturé d'une manière atroce et il n'y avait rien d'étonnant à ce qu'il eût l'esprit perturbé. Je maudis les Juifs qui se tourmentent les uns les autres au nom de leur religion, car il n'y avait aucun mal en cet homme, même s'il tenait des discours insolites. Je ressentis une profonde pitié à son égard.

– Dis-moi au moins ton nom ! Peut-être serai-je en mesure d'obtenir que l'on cesse de te persécuter.

Il répondit alors :

– Si, le moment venu, tu me rends témoignage

devant les hommes, je te rendrai témoignage devant mon père.

– Ton nom ! suppliai-je. Et qui donc est ton père, ô homme étrange, pour que tu t'en glorifies de la sorte ?

Mais il garda le silence et, resserrant sur lui les pans de son manteau, s'éloigna de moi à pas lents, signifiant ainsi le terme de la discussion. Il me semblait si extraordinaire, bien que de chair et d'os comme j'avais pu le constater avec mes mains, que je n'osai point le suivre ni l'importuner davantage de mes questions. Après un moment d'hésitation, je regagnai l'abri où je repris ma place et m'endormis aussitôt d'un sommeil sans rêve.

L'éclat du jour naissant sur mes paupières me réveilla. Le soleil se levait sur l'autre rive du lac toujours calme comme une eau dormante, nimbant d'or les montagnes d'en face. Au-delà de l'onde, se dressaient, tels une vision de rêve, les portiques de Tibériade. Une beauté paisible s'offrait à mes regards et il me semblait être, au sortir du sommeil, un être neuf dans un nouveau monde. Les deux pêcheurs déjà debout priaient : « Ecoute, ô Israël ! »

Mais l'inconnu avait disparu ainsi que son filet. Les restes du repas de la veille étaient disposés comme pour nous inviter à les terminer. Nous mangeâmes tous trois de bon appétit sans échanger un seul mot, puis nous regagnâmes notre barque sur la grève. Je jetai un regard alentour dans une vaine tentative pour découvrir le pêcheur solitaire ; il avait pourtant dit cette nuit qu'il irait pêcher à l'aube, mais on ne voyait même pas la trace de ses pas.

Les pêcheurs s'éloignèrent du rivage à grands coups de rames ; l'embarcation fendait l'onde transparente comme un cristal où se reflétaient les sommets des montagnes et l'éclat vermeil du soleil levant. J'éprouvais toujours la même sensation de nudité et de liberté, comme délivré du poids de vêtements inutiles. Mais, plus je songeais à ce qui était arrivé la nuit passée, plus je doutais et me posais de questions : peut-être tout n'avait-il été qu'un rêve d'une évidence éblouissante ? Comment un anachorète solitaire de la mer de Galilée pouvait-il parler grec ?

Les deux hommes ramaient d'une main ferme, le regard fixé vers l'avant comme s'ils avaient désiré s'éloigner le plus vite possible de la côte étrangère. En revanche, je ne cessais de regarder en arrière pour essayer de découvrir une silhouette solitaire, quelque part, sur le rivage. Mais ma quête s'avéra infructueuse.

– Qui était cet homme avec lequel nous avons passé la nuit ? finis-je par demander. Le connaissez-vous ?

– Tu es trop curieux, Romain ! répliquèrent-ils. Nous étions sur une rive interdite.

Mais l'un d'eux reprit après un silence :

– Il se peut que ce soit un homme connu, peut-être l'as-tu vu s'adresser à la foule, ou peut-être a-t-il été chassé de Galilée après quelques coups de fouet ? Point n'est besoin de faire grand-chose pour cela ! Jean a perdu sa tête pour avoir osé interdire au prince de vivre avec l'épouse de son frère !

Et l'autre ajouta :

– Il avait quelque chose dans son visage et dans ses yeux qui rappelait Jésus de Nazareth. Si ce n'était pas impossible, je dirais que c'était le rabbin en personne, mais Jésus était plus grand, plus sérieux, et pas aussi aimable que cet inconnu. Peut-être est-ce un de ses frères ou de ses parents que la crainte a poussé à se cacher par ici.

Une pensée extraordinaire fulgura dans mon

esprit, m'ébranlant jusqu'au plus profond de moi-même.

— Faites demi-tour immédiatement ! hurlai-je en me dressant d'un bond dans la barque.

Ils ne voulurent rien entendre jusqu'à ce que je les eusse menacés de me jeter à l'eau pour gagner le rivage à la nage. Ils virèrent alors de cap et nous rebroussâmes chemin. La proue ne touchait point encore terre que je sautai à l'eau et m'élançai en haletant vers l'abri : tout était comme nous l'avions laissé, les cendres dans le feu et le foyer creusé dans la terre, mais il n'y avait personne. Je courus comme un fou en parcourant la grève de haut en bas, cherchant au moins les empreintes de ses pieds jusqu'à ce que les pêcheurs, s'emparant de moi, me contraignissent à remonter à bord.

Une fois dans la barque, je me couvris le visage de mes mains, me reprochant amèrement mon manque de jugement et de ne point l'avoir reconnu si vraiment cet homme était Jésus de Nazareth. Mais bientôt l'incrédulité l'emporta : l'inconnu était un être humain semblable aux autres comme j'avais pu le vérifier, et aucun de ses traits ne m'avait paru divin, du moins tel que je conçois le divin ; d'ailleurs, n'avais-je point considéré ses discours comme le délire d'un esprit enfiévré ? Mais je pensais aussi : pourquoi le divin doit-il être conforme à ma manière de le concevoir ou de l'imaginer ? Qui suis-je pour établir sous quelle forme doit m'apparaître le fils de Dieu ?

Mon cœur en proie à une cruelle incertitude, je ne savais que croire ; je repassai au crible maintes et maintes fois chacun des mots qu'il avait prononcés et chacune des questions que je lui avais posées. Je finis par abandonner, me demandant simplement si j'assisterais aux courses dans le cirque de Tibériade comme il me l'avait prédit.

Mais le reste d'être humain qui demeurait en moi me poussa à dire avec colère :

– Je vous avais pourtant informés hier que le Nazaréen avait ressuscité des morts le troisième jour ! Si en vérité il vous a semblé le reconnaître, pourquoi ne lui avoir point adressé une seule parole pour l'interroger ?

Après avoir échangé un regard comme pour se mettre d'accord, ils répliquèrent :

– Pourquoi l'interroger ? S'il avait eu quoi que ce fût à nous communiquer, il aurait parlé lui-même ! En outre, il nous fait peur !

Et ils ajoutèrent :

– Nous ne dirons rien à personne de cette rencontre, agis de même de ton côté ! Si c'est vraiment Jésus, ce que nous avons bien du mal à croire, il doit avoir ses raisons pour préférer la solitude et se cacher des Romains.

– S'il est ce qu'il est, il n'a rien à craindre du monde, insistai-je sans entrer dans leur raisonnement. A Jérusalem, il est apparu devant ses disciples réunis dans une pièce aux portes fermées.

Les deux pêcheurs éclatèrent d'un rire sec, disant :

– Ne crois jamais tout ce que racontent les Galiléens, ô étranger ! Nous sommes des gens prompts à l'enthousiasme et nous possédons de surcroît une très fertile imagination !

De retour dans ma luxueuse chambre de l'hôtellerie grecque des thermes, j'éprouvai un véritable soulagement à retrouver ma solitude : je pouvais penser en paix et organiser mon temps à ma guise ; en fait, Marie de Beerot n'avait cessé de s'agiter autour de moi tel un jeune chiot et ce ne fut qu'après que la Magdaléenne m'en eut débarrassé que je me rendis compte à quel point sa présence m'avait dérangé.

Dans la paix retrouvée de mon logement, je me remémorai les événements survenus sur la grève, mais mon sentiment de paix fit alors place à l'amertume et je me sentis irrité et inquiet. Dans cette atmosphère cossue, où l'unique préoccupation de chacun est de passer le temps en comparant avec son voisin ses douleurs et son régime alimentaire, je commençai à douter d'avoir rencontré le Nazaréen : la tempête m'avait sans doute bouleversé au point que j'avais tout transformé en un cauchemar entrecoupé de réel ; les pêcheurs eux-mêmes ne s'étaient-ils point moqués de moi ? Si l'inconnu avait été Jésus et avait souhaité nous apparaître, il aurait certainement parlé ouvertement et révélé son identité !

L'esprit en proie à l'agitation, je me mis à marcher de long en large, les yeux remplis de larmes amères. Ma solitude reconquise déjà me pesait, et je fis annoncer mon retour à Claudia Procula qui me fit répondre qu'elle ne pouvait me recevoir car elle accueillait des courtisans du prince Hérode Antipas venus lui rendre visite.

Elle me convia à dîner chez elle le jour suivant. Nous étions plusieurs invités et je fis la connaissance à cette occasion du conseiller romain à la cour, de Chousa, l'époux de Jeanne, et du médecin du prince que ce dernier avait envoyé à Claudia Procula pour tenter de la guérir. Ce Juif libéral, si hellénisé qu'il paraissait plus Grec que les Grecs eux-mêmes, avait étudié dans l'île de Cos. Avant de nous mettre à table et en attendant la maîtresse de maison, on nous servit dans l'atrium du palais du vin et des gourmandises sucrées et épicées. Les courtisans me posèrent maintes questions perfides, mais j'échappai à leurs pièges, me limitant à vanter les eaux salutaires des bains qui avaient réussi à guérir si rapidement mon pied, que je leur montrais.

Claudia Procula avait également permis à Jeanne de prendre part au banquet bien que cela, à l'évidence, ne fût point du goût de son époux ;

Jeanne, toutefois, garda le silence durant le repas. Notre hôtesse, très pâle, nous conta qu'elle ne parvenait toujours pas à dormir en dépit des bains qui lui avaient été bénéfiques et que, si par hasard elle s'endormait, elle devenait la proie de cauchemars épouvantables de sorte qu'un esclave avait pour tâche de l'éveiller lorsqu'elle gémissait en rêvant.

– O Marcus ! dit-elle en s'adressant à moi, tu ne peux imaginer dans quelle situation embarrassante je me trouve, moi qui suis si malade et délicate ! Mon époux m'avait mise en garde lorsque j'entrepris ce voyage, mais je ne pouvais imaginer que cela prendrait de telles proportions, car j'ai toujours fait preuve de discrétion et ne me suis jamais mêlée de politique. Hérode, le prince de Galilée et de la Pérée, déploie trop d'empressement ! Il veut à tout prix organiser en mon honneur des courses gigantesques dans le dessein de démontrer son amitié à l'égard de Ponce Pilate. Mais tu sais combien je redoute d'attirer l'attention et déjà, le fait qu'il dépêcha à la frontière ses cavaliers aux manteaux rouges dès qu'il avait appris mon arrivée, m'avait paru dépasser la mesure.

Elle jeta un regard narquois en direction des courtisans avant de poursuivre.

– Il souhaite que sa belle épouse Hérodiade soit assise à mes côtés dans la loge royale afin que nous recevions ensemble les ovations du peuple de Galilée. Mais, outre que je ne connais pas Hérodiade, je me suis laissé dire que son union n'est point reconnue par la loi judaïque.

Les courtisans levèrent les bras en signe de protestation contre une telle injure, mais je remarquai en revanche que le barbu Chousa adoptait une expression pleine d'embarras. Pour ma part, n'ayant rien à perdre et ne dépendant guère des faveurs du prince, je parlai en toute franchise, sentant que tel était le désir de Claudia Procula.

– Nous sommes entre amis, dis-je. Le renard est un animal intelligent et l'on m'a dit que l'on attribue ce titre flatteur au prince de ces contrées. Ainsi donc, il souhaite que la Romaine de plus haute naissance présente en Galilée, et apparentée de surcroît à l'empereur, manifeste officiellement son approbation à son mariage, lequel souleva une telle indignation qu'un prophète y laissa la tête si je ne m'abuse. J'imagine la tempête d'acclamations que ta présence, ô Claudia, déchaînerait dans le cirque lorsque le peuple enthousiaste de Galilée voudrait prouver son attachement aux Romains et à l'épouse du prince à la fois : je crois que deux cohortes de soldats pour le moins seraient nécessaires pour maintenir un peu d'ordre et qu'il faudrait fouiller le public à l'entrée du cirque afin d'éviter la chute de quelque objet sur toi.

Claudia Procula me lança un regard satisfait.

– Naturellement, je n'éprouve nul sentiment contraire à la princesse, s'empressa-t-elle d'ajouter. Mais, à supposer qu'ayant accepté la célébration de courses en mon honneur, je prenne place à ses côtés et que cela provoque des désordres, comment mon époux, étant à Césarée, pourra-t-il distinguer si ces manifestations hostiles étaient dirigées contre les Romains ou contre la seule Hérodiade ? On m'a dit que le peuple refuse même de la saluer, qu'il s'écarte sur son passage et lui tourne le dos lors de ses apparitions publiques.

Le conseiller romain prit alors la parole.

– Si le peuple se soulève, cela peut être interprété certes comme une démonstration d'hostilité vis-à-vis des Romains et dès lors le prince, sous couvert de prouver sa loyauté à l'égard de Rome, y trouverait une excellente occasion de donner une sévère correction à son peuple, ce qui, je pense, ne laisserait point de réjouir la princesse Hérodiade.

– Mais mon époux n'apprécierait guère, répliqua Claudia Procula. Ponce Pilate est un modéré qui préfère éviter, dans la mesure du possible, tous les troubles quoique, en l'occurrence, cela concerne exclusivement Hérode Antipas. Mais il est difficile d'imaginer comment cette affaire parviendrait aux oreilles de Rome. Il me plaît que tu partages mon avis, ô Marcus, et j'ai décidé de n'accepter une invitation qu'à titre personnel ; naturellement, à la fin des courses, je suis prête à saluer la princesse pour entamer des relations amicales avec elle. Je n'ai aucun préjugé et d'ailleurs n'ai point le droit d'en avoir, étant l'épouse du procurateur de la Judée.

– J'ignorais que les Galiléens organisaient des courses, dis-je dans l'intention d'amener la conversation vers des sujets moins brûlants.

– Ces pêcheurs et ces rustres ne connaissent rien aux chevaux, intervint le médecin d'un air méprisant, mais le cirque et le théâtre sont les meilleurs véhicules de la culture et servent également à extirper les préjugés. Le temps est bien fini où le peuple dut traverser le désert pour fuir le pays d'Egypte ! Aujourd'hui, les quadriges se déplacent par toute la terre pour prendre part aux courses des divers pays : ainsi nous aurons un attelage en provenance du pays d'Edom et un autre que nous envoie la cavalerie de Césarée ; Damas également va participer ; quant aux cheiks arabes, ils sont positivement fous de courses et nul motif de rancune ne résiste à leur désir de s'y joindre.

Chousa parla à son tour :

– Les courses contribuent aussi à adoucir les haines qui peuvent exister entre les races. Par exemple, les Arabes ont le cœur lourd de ressentiment depuis que la première épouse du prince Hérode, qui appartenait à leur race, s'est vue contrainte de fuir pour regagner le campement de son père.

– En vérité, quel étrange pays, ironisai-je, si les courses sont bonnes à aplanir les différends entre les peuples ! A Rome, tout au contraire, les partisans des couleurs en compétition se battent à coups de pierre et de massue aussi bien avant qu'après la course.

– C'est un signe de civilisation, commenta le conseiller romain, que la foule en vienne aux mains pour des chevaux et des quadriges ! Bien pires, crois-moi, sont les batailles religieuses ! Souhaitons que nous puissions jouir de quelques années tranquilles, à présent que nous sommes débarrassés du roi que ton époux a pris l'excellente initiative de faire mettre en croix.

– Veux-tu parler de Jésus de Nazareth ? demandai-je. Ignores-tu qu'il a ressuscité des morts et qu'il est de retour en Galilée ?

Je parlai sur le même ton que celui que j'avais employé auparavant pour qu'ils crussent à une plaisanterie de ma part. Mais ils sursautèrent avec ensemble et les sourires se figèrent sur les lèvres.

– Les Galiléens sont des gens fort superstitieux, dit enfin Chousa. Lorsque le prince a entendu parler de la résurrection de Jésus, il a cru qu'il s'agissait du prophète vêtu de peaux de chameau. Mais, à vrai dire, je ne m'attendais point à ce que cette rumeur désagréable fût arrivée aux oreilles d'un Romain en voyage d'agrément.

Le médecin hellénisé se mit à discuter avec fougue, accompagnant son discours du mouvement vif de ses mains.

– Après que l'on m'en eut fait part, j'ai réfléchi à cette histoire et fait une enquête auprès des témoins de sa mort. On ne lui a point brisé les os parce que l'on avait hâte de le descendre de la croix ; l'on m'a dit également que de l'eau et du sang s'écoulèrent de son côté lorsque le soldat le lui perça avec sa lance pour vérifier s'il était mort. Or, selon la médecine, il ne s'écoule point de sang d'un cadavre ! Supposons qu'enivré d'un vin qu'on lui aurait fait boire, il eût été simplement plongé dans un sommeil semblable à la mort ? Sinon, pour quelle raison ses disciples auraient-ils dérobé son corps dans le sépulcre ? Peut-être ont-ils réussi à le ranimer, ce qui expliquerait qu'il se trouve à présent caché ici quelque part dans une grotte. Quoi qu'il en soit, c'était un mage qui possédait un pouvoir considérable.

Le conseiller romain répliqua d'une voix mordante :

– Jamais un homme crucifié par Rome ne ressuscite ! Tu portes là une sévère accusation contre Ponce Pilate ! Prends garde à ce que tu dis !

– Par hasard, mon arrivée à Jérusalem a coïncidé avec son supplice, intervins-je de nouveau, et c'est pour cette raison que je m'intéresse à cette affaire. Je puis vous assurer qu'il est réellement mort sur la croix. S'il avait seulement perdu connaissance par asphyxie, il serait mort de toute façon lorsqu'on lui perça le cœur, ce que je vis de mes propres yeux.

Mais le médecin, entraîné par son idée, protesta :

– Un profane peut difficilement reconnaître la mort ! Un médecin chevronné est seul habilité à cela !

Il s'engagea alors dans des explications de cas dont il avait eu à s'occuper personnellement, jusqu'au moment où Claudia Procula coupa en se bouchant les oreilles :

– Cesse d'évoquer de si terribles choses, sinon

des êtres fantasmagoriques reviendront hanter mes rêves.

Le médecin, quelque peu troublé, s'adressa alors à moi pour changer de thème.

– Est-il vrai que Marie de Magdala ait abandonné son ancienne profession comme on le raconte ? demanda-t-il.

Un silence de mort suivit ses paroles. Etonné, il regarda autour de lui, disant :

– Ai-je dit une inconvenance ? Est-il interdit de toucher à ce sujet ? Mais... qu'y a-t-il de mal ? La Galilée est vraiment un petit pays malgré son million d'habitants ! Tout le monde, sur les rives de ce lac pour le moins, est au fait des allées et venues de tout le monde. Il y eut une époque où la Magdaléenne représentait aux yeux des voyageurs qui arrivaient en nos contrées le plus fameux des monuments et l'on voyait tout au long des nuits des caravanes de litières défiler à la lueur des torches de Tibériade jusqu'à sa maison. On dit que tu es allé lui rendre visite et que tu as laissé chez elle, pour qu'elle fasse son éducation, la jeune fille que tu avais amenée de Jérusalem. Quel mal y a-t-il à cela ?

Comme je ne soufflais mot, il poursuivit d'un air embarrassé :

– Nombre de gens la considèrent comme une femme dangereuse ; ils prétendent qu'un sorcier, originaire de la Samarie, réussit une fois à l'emmener avec lui en invoquant les démons, ce qui ne signifie absolument rien pour un médecin doué de raison.

Chousa prit alors la parole comme malgré lui :

– Mon épouse l'a connue bien que, naturellement, elle ne recherche plus sa compagnie. Depuis que Jésus de Nazareth l'a guérie, elle n'exerce plus la sorcellerie mais distribue des aumônes et mène une vie simple. J'estime d'ailleurs qu'en règle générale, le Nazaréen accomplit plus de bonnes actions que de mauvaises ; il n'ameutait point le peuple et n'était pas un blasphémateur même s'il fut condamné pour ces raisons. Mon épouse, qui l'a suivi un certain temps en accomplissement d'un vœu – il avait guéri des fièvres un de nos princes –, ne peut en dire aucun mal.

Comme il s'échauffait en parlant, il frappa la paume de sa main d'un coup de poing.

– Rien ne lui serait arrivé s'il n'était pas allé à dessein à Jérusalem ! Des Pharisiens plusieurs fois s'étaient déplacés jusqu'ici pour enquêter à son sujet en vue de préparer une accusation contre lui, mais ils avaient toujours échoué ! Je crois que Jésus conseillait de prier seulement en esprit et en vérité, ce qui n'était pas du goût du Sanhédrin qui craignait de voir ses revenus diminuer. Mais, personnellement, je considère qu'expédier les dîmes au temple, c'est-à-dire hors de chez nous, est un gaspillage des richesses de notre pays ; il est insensé que de simples paysans soient contraints de payer des dîmes au temple, qui s'ajoutent à celles du prince, le tribut de l'enregistrement et des douanes aux Romains, sans compter les péages et les impôts sur le sel et sur les marchés ! Ils croulent déjà sous les charges et finiront par perdre leurs champs et leurs terres ! Et l'on verra alors des vagabonds innombrables par les chemins, un climat d'incertitude et de mécontentement général s'installera dans le pays, chacun haïssant son voisin, tout comme cela s'est déjà produit en Judée.

Le conseiller romain ouvrit la bouche, prêt à parler mais Claudia Procula le prévint :

– Je partage ton opinion, ô Chousa ! dit-elle d'un air entendu. Jésus de Nazareth était un homme juste et pieux, et Ponce Pilate ne l'aurait point envoyé à la mort si les Juifs ne lui avaient forcé la main.

Après le repas, notre hôtesse se plaignant de maux de tête se retira dans ses appartements, où le médecin la suivit pour lui préparer une boisson sédative. Chousa se leva également, prétextant qu'il avait à régler avec son épouse des affaires d'ordre domestique, de sorte que le conseiller et moi-même restâmes seuls étendus sur les coussins à déguster le vin. Il but sans retenue tout en essayant de me soutirer des détails sur Rome, souhaitant, à l'évidence, obtenir des renseignements sur l'influence grandissante de Séjan, mais je pris garde à ne point me compromettre. Lorsque d'ailleurs il sut que j'avais quitté Rome depuis plus d'une année, je perdis tout intérêt à ses yeux. Moi, de mon côté, je lui fis quelques questions sur la cour et son prince.

Il rit sans retenue et me fit cet avertissement :

– Je te conseille de ne point te risquer une nouvelle fois à l'appeler renard en public ! Tous les descendants d'Hérode *le Grand* sont rancuniers et très chatouilleux sur le chapitre de leur honneur. On ne peut nier leur intelligence exceptionnelle ni leur impudicité, mais au moins ils font preuve d'une grande fidélité à l'égard de Rome à laquelle ils doivent leur position. Leurs liens de parenté sont si obscurs qu'il vaut mieux ne point trop s'interroger là-dessus. Hérode *le Grand* était le grand-père d'Hérodiade et sans doute les Juifs ont-ils de bonnes raisons de mettre en question la légitimité de son mariage. Mais heureusement que le prince a les moyens de suivre sa propre loi, car au milieu de sa cour un docteur y perdrait son savoir. J'ai moi-même un droit de veto en cas de meurtre mais je ne suis pas assez fou pour l'utiliser ! Mon seul souci consiste à profiter de cet excellent emploi afin d'amasser un petit capital, et la ville de Tibériade, par ailleurs, n'est point une cité trop désagréable pour qui vient de Rome. Que dirais-tu de nous enivrer, puis d'aller ensemble par la ville prendre un peu de plaisir ? Je te montrerais comment un homme sensé peut organiser sa vie de plaisante manière tout en se tenant à l'écart des affaires qui ne le concernent nullement.

Je refusai de l'accompagner en lui montrant mon pied.

— Bien entendu, j'ai des espions dans toutes les agglomérations importantes de Galilée, poursuivit-il, et la légion maintient ici une garnison de quelques hommes. Je veille à ce que l'on n'introduise point d'armes illicitement dans le pays afin que le prince ne puisse se constituer de réserves ; de même que je surveille ses relations avec l'étranger : il a coupé fort à propos les ponts avec les Arabes, et la Perse est une contrée bien trop éloignée pour un prince de cette catégorie. Bref, je remplis mon rôle vis-à-vis de Rome.

Je lui demandai comment il avait réussi à éviter la contagion de la religion hébraïque dans un pays qui fourmillait de prophètes et de saints.

— Je prends garde à ne point mettre mes doigts dans le nid de guêpes, assura-t-il avec un geste résolu. Nous les Romains, nous offrons des sacrifices à l'effigie de l'empereur, malgré la timide opposition de Tibère, mais nous n'obligeons pas le peuple à agir de même ; les gens d'ici, en revanche, sont tellement éloignés de la civilisation que les nobles eux-mêmes refusent de se rendre au théâtre lorsque l'on parvient à y faire représenter un spectacle. Il est en ce pays tout à fait hors de question qu'un condamné trouve une véritable mort sur scène comme à Alexandrie, et nous devons nous satisfaire dans les tragédies de poches pleines de succédané de sang ! En outre, les Juifs ne veulent point voir de frivoles divertissements sur scène et n'admettent même pas l'idée d'une farce !

Soudain frappé par un souvenir, je lui demandai si Tibériade accueillait actuellement une troupe de comédiens.

— Pas que je sache ! répondit-il en secouant la tête. Si le prince ne finance pas la représentation, il est difficile de trouver un bienfaiteur qui prenne les frais à sa charge ! Le théâtre ici ne correspond point à un goût populaire comme dans les pays civilisés !

Il se retira peu après suivi de Chousa ; je les accompagnai jusqu'à la cour où ils montèrent dans leur litière, et pris congé d'eux avec la plus grande courtoisie, pensant avoir tout à gagner en me montrant déférent à l'égard de ces deux éminents personnages. Le médecin du prince profita de l'occasion de faire un tour dans la station balnéaire pour glaner quelque argent. Après leur départ, Claudia Procula me fit appeler auprès d'elle.

— La Magdaléenne a-t-elle du nouveau ? me demanda-t-elle d'une voix faible, la tête appuyée sur les mains. Que t'a-t-elle dit à mon intention ?

— Il faut attendre, répondis-je. Nul, semble-t-il, ne connaît rien de plus que ce que nous savons déjà.

— On m'a porté un message, raconta Jeanne, disant que dans l'intérieur, près de Naïm, on avait vu un homme ressemblant à Jésus, mais il a disparu avant que les doux ne le puissent rencontrer.

— Peut-être que les témoins ont des raisons de ne point en parler, dis-je.

Claudia Procula ajouta dans un murmure :

— J'avais une grande illusion en entreprenant ce voyage plein d'embûches : je me proposais de lui fournir l'occasion de guérir mes douleurs pour acquérir de la renommée après sa résurrection. Pourquoi donc ne m'apparaît-il point ? Rien ne l'en empêche s'il peut passer à travers des portes fermées lorsqu'il le désire ! Je n'aurais nulle crainte ! Les cauchemars me torturent si terriblement chaque nuit ! Je commence à me lasser de cette attente ! Certes, les bains soufrés me procurent quelque détente, mais je suis préoccupée par ce que je dois porter pour assister aux courses ; Ponce Pilate, malgré ses richesses, est un homme plein d'avarice car il est d'une très humble origine, sais-tu, sa mère était une barbare de la partie la plus septentrionale de la Bretagne où l'on mange de la tourbe.

– J'ai soufflé un mot de ta gêne à Chousa, dit Jeanne. Il est d'avis que le prince te doit au moins un vêtement de soie si tu honores la course de ta présence.

– Mais s'il m'envoie un des vieux chiffons d'Hérodiade, je le prendrai comme une offense, j'espère que tu as été claire là-dessus, reprit Claudia sur un ton d'extrême irritation. Outre que je me refuse absolument à accepter quoi que ce soit de cette prostituée juive, j'exige que ce qu'il m'offre sorte des fonds royaux consacrés aux affaires extérieures.

Puis, se tournant vers moi, elle ajouta en guise d'explication :

– Tu me connais, ô Marcus, je n'ai point de prétention ! Je suis une femme mélancolique qui adore la solitude par-dessus tout ! Mais, si je dois faire une apparition publique, il faut que je sois vêtue d'une manière correspondant au rang de mon époux, ne serait-ce que pour le prestige de l'Empire romain. Ce sont des choses qu'un homme a du mal à saisir, même s'il prétend le contraire.

– En effet, je ne comprends pas très bien, avouai-je. Ces courses semblent plus importantes pour toi que Jésus de Nazareth à la recherche duquel tu es venue jusqu'ici. Le fils de Dieu ressuscité édifie peut-être en ce moment même autour de nous un royaume invisible mais toi, tu te soucies bien davantage des vêtements que tu porteras pour distraire des cheiks arabes et de riches propriétaires de chevaux !

– J'ai bien assez de choses invisibles dans mes rêves de chaque nuit ! Chaque nuit, en effet, je souffre les horreurs de l'enfer sans pouvoir ni remuer ni crier et j'ai l'impression que je vais mourir ; tous mes maux s'aggravent avec la lune et j'ai peur de finir par perdre la raison.

Oppressé et sous l'empire du vin, je repartis en direction de l'hôtellerie grecque. Sur le chemin du retour, une vieille femme était assise près du mur de clôture du jardin. Vêtue de sacs, elle avait la tête couverte de sorte que je passai près d'elle sans la reconnaître. Mais elle me salua par mon nom, disant à voix basse :

– Je marcherai devant jusqu'au rivage. Suis-moi sans que nul s'en aperçoive.

Elle se mit en route et je la suivis. Elle me conduisit jusqu'à la plage déserte où nul ne nous pouvait voir ni entendre. Alors elle découvrit son visage et je la reconnus : c'était Suzanne, mais elle ne me sourit ni ne me salua avec joie. Au contraire, elle haletait, soupirait, se tordait les mains comme si elle était en proie à de terribles remords de conscience et ne savait par où commencer. Je lui reprochai avec véhémence sa trahison et lui demandai où se trouvaient Nâtan, mes ânes et ma bourse.

– Nous ne t'avons point trahi, se défendit-elle, et pour l'instant rien n'est perdu. Nâtan fait avec les ânes le transport de sable et d'argile pour le nouvel édifice de la douane de Capharnaüm, afin de gagner le salaire que tu lui verses ; il te rendra compte de tout et tu verras que pendant que tu es là à ne rien faire, les ânes travaillent pour toi et te gagnent du bon argent ! Mais, en vérité, je ne sais si j'agis bien ou mal en te révélant des secrets, et je ne me serais point risquée à venir te voir si tu ne m'avais baisée sur la bouche bien que je ne sois qu'un vieux morceau de cuir et qu'il ne me reste plus que quelques dents, alors que nombreuses sont les femmes de mon âge en Galilée qui possèdent encore de bonnes dents solides !

— Laisse tes dents en paix ! grognai-je. Et dis-moi sans tarder si tu as des nouvelles du Nazaréen.

Suzanne répondit :

— Il faut que tu saches qu'il est apparu il y a quelque temps à plusieurs de ses disciples : il a mangé avec eux au bord du lac et désigné Simon Pierre comme chef de tous les autres. Je veux dire que Pierre sera le berger qui désormais devra donner à manger à ses agneaux. Mais que le diable m'emporte si Pierre veut te donner à toi ou faire la paix, car tu n'es pas un fils d'Israël ni un circoncis. Je ne comprends pas pourquoi il a choisi précisément Pierre pour une tâche aussi difficile après que celui-ci l'a renié avant le chant du coq. Certes, c'est le plus résistant et le plus fort de tous, mais il est autoritaire pour s'occuper d'autrui !

— Ils t'ont confié cela eux-mêmes ? demandai-je sans y croire.

Suzanne, les mains entourant ses genoux, poussa un soupir.

— Oh ! Que j'ai mal au pied ! gémit-elle. Je n'aurais jamais pu marcher jusqu'ici depuis Capharnaüm, si l'on ne m'avait laissée monter à bord de la barque du collecteur d'impôts qui se rendait à Tibériade, cette ville de païens ! Je ne suis qu'une vieille radoteuse et nul ne me donne d'explications ; mais mon oreille est fine, et il faut bien quelqu'un pour nettoyer et saler les poissons avant de les mettre en barils, de même qu'il faut bien quelqu'un pour laver le linge de ces hommes et leur préparer les repas ; ainsi, je glane par-ci par-là des informations, peut-être même plus que je ne devrais, car tous me considèrent comme une femme si stupide qu'ils sont persuadés que je ne comprends rien ! En outre, je ne peux fermer l'œil de la nuit tant je suis faible et languis loin de Jésus, alors je vais prier dans l'obscurité de la plage et ce n'est guère ma faute, je pense, si j'entends des choses qui ne me sont point destinées ! Et si c'était la faute de Dieu ? Car je ne crois pas que cela arrive contre sa volonté si les disciples sont vraiment aussi saints qu'ils le prétendent. L'orgueil les grise à tel point qu'ils jettent des étincelles ; Jésus, il est vrai, leur est déjà apparu à plusieurs reprises et leur a enseigné ses mystères, en réunissant chaque fois un petit groupe à l'improviste. Pierre, Jacques et Jean sont ses favoris et je t'assure qu'à présent point n'est besoin de lampes ni de lanternes pour les voir dans les ténèbres tant leurs visages semblent resplendir de lumière.

« Quant à Nâtan, ce n'est point un menteur, poursuivit-elle. Un homme est toujours un homme et je me fie davantage à lui qu'à mes propres jugements. Il a fait une promesse qui le lie et il dit que je te dois un message parce que tu m'as amenée de Jérusalem en Galilée alors que les saints m'avaient abandonnée ; il dit aussi que tu es pour moi le Samaritain compatissant que Jésus prit en exemple au cours d'un de ses prêches. À mes yeux, les Romains valent bien les Samaritains qui dédaignent le temple pour adorer Dieu sur une de leurs montagnes et célèbrent la Pâque comme bon leur semble ; les Romains au moins ignorent tout et sont donc innocents, excepté toi évidemment !

Ainsi Suzanne soulageait-elle sa crainte et son angoisse auprès de moi, mais je dus bientôt l'interrompre.

– Jésus de Nazareth est-il le Christ fils de Dieu et ressuscité ? lui demandai-je.

– En vérité, il a ressuscité des morts et il parcourt la Galilée, et nombreux sont ceux auxquels il est apparu, assura-t-elle en fondant en larmes. Qu'il me pardonne si je fais le mal et le trahis en agissant injustement ! Mais toi, tu n'as point l'intention de lui nuire, n'est-ce pas ?

– Pourquoi ne s'est-il manifesté ni devant Marie de Magdala, ni devant Jeanne, ni devant toi ? m'étonnai-je.

– Mais nous ne sommes que des femmes ! s'écria Suzanne sincèrement surprise par ma question. Pourquoi devrait-il nous apparaître ?

Devant une idée aussi dénuée de sens, elle éclata d'un rire clair en se couvrant la bouche de la main. Puis redevenue sérieuse, elle dit :

– Nul doute que les fils de Zébédée n'aient tout raconté à leur mère Salomé, une femme si autoritaire et égoïste que ses fils ne se risqueraient point à lui taire quoi que ce fût ; mais elle n'a fait encore aucune confidence aux autres femmes. La seule chose que je sache, c'est qu'un message s'est répandu dans toute la Galilée pour ceux qui le suivaient, ceux qu'il a touchés, ceux qui avaient foi en lui et ceux qui jouissent de la confiance des disciples ; bref, non seulement les soixante-dix que Jésus lui-même envoya prêcher en son nom, mais encore nombre d'autres que l'on appelle les doux. Le message a volé de bouche en bouche, de village en village : « Le Seigneur est ressuscité, tenez-vous prêts, le temps de l'accomplissement est proche. Il demeurera seulement quarante jours sur la terre, mais avant de partir, il appellera tous les siens sur la montagne afin de leur dire adieu. » J'ignore si lui-même donnera le signal ou si ce sont les disciples qui sont chargés de l'organisation.

– Sur la montagne ? Quelle montagne ?

Suzanne secoua la tête.

– Je ne saurais dire. Mais je crois que ses fidèles le savent ainsi que les doux. Nombreuses sont les montagnes où il avait coutume de se retirer pour prier dans la solitude, tant du côté de Capharnaüm que sur l'autre rive du lac. Mais je pense que la montagne en question se trouve au centre de la Galilée et près d'un chemin, de façon que ceux qui ont reçu le message puissent se rendre là-bas sans attirer l'attention dès que le signal sera donné. On parle également d'une potion d'immortalité, mais j'ignore s'il se propose de la distribuer à tous les siens sur la montagne.

– Suzanne, m'écriai-je, je ne sais comment te remercier pour ta fidélité ! Qu'il te bénisse à cause de ta bonté, ô toi qui ne m'as point abandonné dans les ténèbres. Je les suivrai sur la montagne lorsque le temps sera venu, dussé-je en mourir. Dis à Nâtan qu'il se tienne prêt à partir avec les ânes et qu'il t'en réserve un pour le cas où les autres refuseraient de t'amener avec eux.

– Oh ! oui, voilà ce que j'attendais de toi ! dit Suzanne avec joie. Je te bénis, ô Romain, car tu es plus miséricordieux que les disciples. La seule idée qu'ils peuvent s'en aller en me laissant avec mes pieds douloureux et que plus jamais je ne contemplerai le Seigneur me rend folle de peur ! Oh ! Promets-moi que toi tu ne m'abandonneras pas, même si eux me font défaut !

Nous nous concertâmes pour décider s'il serait opportun que je me rendisse d'ores et déjà à Capharnaüm afin de me rapprocher des disciples. Mais Suzanne craignait qu'ils ne se méfiassent de moi s'ils venaient à me reconnaître avant le signal ; et, comme un large chemin traverse Tibériade qui conduit vers l'intérieur du pays et qu'en outre, les distances sont relativement courtes tout autour du lac, elle jugeait préférable que je demeurasse tranquille à les attendre Nâtan et elle. Elle ajouta que la montagne regorgerait alors de tant de gens venus de toutes parts qu'il serait impossible de distinguer chacun d'entre eux. Une fois le signal donné, et même si les disciples disparaissaient en pleine nuit pour s'égailler par les sentiers de la montagne, nous n'aurions guère de mal à trouver le chemin en le demandant à la manière des doux de la terre.

Ainsi donc nous nous séparâmes sur ces espoirs et ces promesses.

Suzanne s'éloigna le long de la plage déserte, sans boire ni manger, ce que pourtant je lui aurais offert avec grand plaisir ; mais elle craignait par-dessus tout que notre rencontre eût un témoin pour en informer les disciples du Nazaréen.

Le cœur empli d'espérance, je me calmai et mon inquiétude fit place à un sentiment d'humilité. Je récitai la prière que Suzanne m'avait enseignée, et je veux croire qu'il n'existe ni honneur sur cette terre, ni faveur des hommes, ni succès, ni science que je ne sois prêt à changer allégrement pour le royaume de Jésus de Nazareth s'il m'en ouvrait les portes. J'ai plongé au plus profond de moi-même, et je crois sincèrement que je n'aspire point à l'immortalité ni à la vie éternelle : qu'il pose son regard sur moi et me reconnaisse pour un des siens, tel est mon unique désir.

Après le départ de Suzanne, je consacrai mon temps durant plusieurs jours à écrire cette lettre.

DIXIEME LETTRE

Une nouvelle fois, Marcus te salue, ô Tullia !

IL y a longtemps que mon cœur s'est détaché de toi, ô Tullia ! Je suis pénétré du sentiment que rien de ce que j'ai écrit ne peut te convaincre et que si tu lisais mes lettres, tu te moquerais en pensant que les fils d'Israël m'ont sans doute jeté un sort.

Une étrange pensée m'obsède cependant : le jour viendra peut-être où mon regard sera en mesure de te dépouiller de tes vêtements un à un, où même ton corps deviendra un objet inutile, où enfin je verrai ton âme et te ferai croire ce que je crois ! Certes ce moment signifierait l'abandon de maintes choses que tu apprécies et auxquelles tu attaches de la valeur en cette vie, mais si tu parvenais à porter un regard semblable sur toi, tu t'apercevrais que tout cela n'a guère plus d'importance qu'un vêtement usagé dont on se débarrasse. Nul doute que cette pensée soit sans espoir, car seul l'homme qui a vécu ces événements et les a vus de ses propres yeux peut y croire, encore que nombreux soient ceux qui les ayant vus n'y croient point !

Je vais consigner la suite de mon récit.

Le jour des courses, Claudia Procula m'invita à me rendre en son palais et m'annonça, comme si ce fût une grande faveur, qu'elle se proposait de m'amener dans sa loge où je pourrais prendre place derrière elle. Sa coiffure majestueuse rehaussée d'un diadème de grand prix, elle arborait une robe en soie de couleur pourpre, ce qui n'était pas parfaitement adapté à la circonstance, quoiqu'il lui restât toujours la possibilité de se référer à son lien de parenté avec l'empereur. Elle avait fait préparer à mon intention des vêtements romains ainsi qu'une toge. Un barbier m'attendait pour me raser la barbe et friser ma chevelure.

– Il est temps à présent que tu délaisses tes lubies juives pour te présenter devant les Barbares comme un vrai Romain, ordonna Claudia.

Surpris, je lui fis remarquer la grande confusion de styles qui régnait dans la cité des thermes et lui rappelai que le conseiller lui-même avait laissé pousser sa barbe et s'habillait à la manière orientale pour ne point mettre inutilement l'accent à la cour sur sa nationalité romaine. Enfin, pour couper court, je me vis contraint de dire la vérité.

– Ne te fâche point, ô Claudia Procula, commençai-je, mais je n'ai nul désir de sortir de ces lieux pour assister à ces courses. Au contraire, je veux demeurer car j'ai des raisons de croire que les adeptes du Nazaréen vont se rassembler bientôt pour le rencontrer. J'attends avec espoir un message qui me permettra de suivre ses disciples à distance et d'arriver à temps à la réunion.

– Jeanne m'en a déjà parlé, tu ne m'apprends rien ! répondit Claudia. Ah ! Si j'étais plus jeune et entourée de serviteurs de confiance et discrets, peut-être me laisserais-je tenter moi aussi par l'aventure et me rendrais-je à cette montagne sous un déguisement ! Car la réunion est bien prévue sur une montagne, n'est-ce pas ?

— Pourquoi Jeanne ne m'a-t-elle rien dit ? m'étonnai-je. N'a-t-elle pas confiance en moi ?

— Je crois qu'elle est obligée de se taire ! répliqua-t-elle avec désinvolture. Mais elle m'a promis de parler de moi au Nazaréen ; je crois qu'il a soigné autrefois des malades à distance ; peut-être qu'il m'enverra par l'intermédiaire de Jeanne quelque objet qui aura touché sa peau. Mais je ne vois pas ce que tu vas faire là-bas ! Ressaisis-toi, ô Marcus, et redeviens Romain ! Ces courses représentent l'événement le plus considérable de l'année, non seulement en Galilée, mais encore dans tous les pays voisins .

Je ne pouvais croire ce que j'entendais et la regardai d'un air ébahi.

— Ainsi te voilà prête à échanger le fils de Dieu contre des chevaux ! ironisai-je.

— Chaque chose en son temps ! rétorqua-t-elle. Grâce aux bains, je me sens mieux et mon esprit n'est plus aussi confus que le tien. Franchement, j'ai l'impression que tu n'es même plus capable de mesurer l'importance respective des choses.

— Claudia Procula ! m'exclamai-je. Ton époux a beau s'en laver les mains, c'est lui, que je sache, qui a condamné à la croix le Nazaréen ! Ne t'inspire-t-il nulle crainte ?

— Mais moi j'ai déjà fait tout ce que j'ai pu pour le sauver, ô Marcus ! dit Claudia avec un geste d'excuse. Il l'apprendra d'ailleurs s'il ne le sait déjà ! En outre Jeanne m'a raconté que tout devait se passer comme cela s'est passé, afin que s'accomplissent les écritures sacrées des Juifs ; ainsi, devrait-il plutôt être reconnaissant à Ponce Pilate de l'avoir aidé dans sa tâche sous la pression des fils d'Israël. La philosophie hébraïque, certes, ne laisse point d'être obscure et compliquée, mais je n'ai aucun mal à croire les affirmations de Jeanne, Jeanne qui va m'accompagner aux courses, dût-elle pour cela arriver en retard au rendez-vous de la montagne, ce qui te laisse juger de l'importance de cette manifestation.

Si je n'arrivais pas à la faire changer d'avis, je refusai tout de même absolument que le barbier me rasât la barbe ; il dut se contenter d'employer son art à l'arranger et la parfumer ; il assura d'ailleurs que les Hérodiens en portaient une tout à fait semblable.

Le cirque du prince Hérode Antipas n'a rien d'un monument gigantesque et il me semble qu'il ne doit point contenir plus de trente mille personnes. Il était en tout cas plein à craquer d'une multitude inquiète et vociférante, parmi laquelle on notait plus de spectateurs étrangers que de Galiléens.

Hérode Antipas avait fait élever à l'intention de l'épouse du proconsul une tribune de l'autre côté de la piste, face à la sienne, et on en avait couvert les balcons de somptueux tapis. A l'évidence, le prince avait cherché dans les moindres détails à complaire à Ponce Pilate et la tribune de Claudia n'était construite qu'un pas plus bas que la tribune princière. D'autres loges s'érigeaient en différents points de la piste, destinées aux cheiks arabes et aux autres visiteurs éminents.

Des instructions précises avaient sans nul doute été données car lorsque Claudia Procula fit son entrée avec son escorte dans la tribune, de vibrantes acclamations la saluèrent de tous côtés et le peuple s'unit de bonne grâce à ces ovations trouvant ainsi un exutoire à son excitation.

Puis Hérodiade apparut dans la loge princière accompagnée de sa fille. Elle était vêtue, suivant ce que j'en pus juger de ma place, avec une extrême somptuosité, ce qui fit soupirer Claudia et l'amena à dire que cette catin assoiffée de sang eût pu s'habiller plus modestement, ne fût-ce que par égard pour elle et pour l'empire. De bruyantes acclamations parties de divers points du cirque s'élevèrent également à l'entrée de la princesse, mais cette fois le peuple ne s'y joignit point et les étrangers gardèrent le silence quand ils virent que ceux qui criaient étaient bousculés, houspillés voire battus. Force fut donc à Hérodiade de s'asseoir sans plus attendre.

Enfin parut Hérode Antipas, les bras levés en un joyeux salut à la foule. Comme pour souligner son hostilité à la princesse, le peuple se leva à l'entrée de son époux en hurlant son enthousiasme et frappant des pieds en cadence sur les gradins.

Dans l'arène, quelques gladiateurs vinrent lutter par deux ou en groupes, mais leurs armes étant émoussées à dessein, le sang ne coulait point ; Hérode, respectueux de la loi judaïque, n'osait autoriser des condamnés à mort à prendre part aux jeux du cirque. Ses cavaliers réalisèrent maintes prouesses jusqu'à ce que le public commençât à trépigner avec impatience, réclamant le début de la course.

Alors les magnifiques quadriges aux attelages superbes défilèrent autour de la piste, pendant que des hommes parcouraient les gradins munis de grands panneaux pour inscrire les paris. Le favori semblait être le quadrige noir du prince Hérode. Les chevaux d'un même attelage n'étaient point forcément d'une même couleur, les conducteurs choisissant les bêtes dans les écuries de leur maître suivant des exigences précises. Pour parier, on ne tenait donc compte que des couleurs des rênes et des vêtements de l'aurige. Je remarquai que l'on applaudissait également le quadrige en provenance du pays d'Edom et celui de Syrie.

Le char d'un cheik arabe composé de coursiers blancs comme neige fut le dernier à faire son apparition. Les quadriges apparus les premiers s'étaient emmêlés près de la porte et se trouvaient si empêtrés que j'en eus la chair de poule. L'aurige blanc, dans l'intention sans doute d'effectuer avec majesté son tour de présentation, tira si brusquement les rênes de ses chevaux lancés à toute allure qu'ils trébuchèrent et tombèrent à genoux, la bouche pleine d'écume. C'était là un si mauvais présage que de bruyants éclats de rire fusèrent de toutes parts. L'homme, furieux, fit claquer son fouet sur le dos de ses bêtes, ne réussissant qu'à les faire cabrer davantage.

Au cours d'une de ces compétitions normales et inoffensives, que les connaisseurs apprécient parce qu'elles leur permettent de supputer leurs chances pour parier et de jouir d'une certaine progression dans leur émotion, on commence par former au hasard des couples de chars qui s'éliminent peu à peu en effectuant un nombre déterminé de tours de piste ; les deux derniers attelages en lice luttent pour la victoire finale. Mais de toute évidence les Barbares ont le goût du danger et du désordre : à ma grande stupéfaction, tous les chars à la fois s'alignèrent au hasard sur la piste et j'appris alors que la course ne comportait pas moins de quarante tours ! J'éprouvai une grande pitié, tant pour les hommes que pour les bêtes, car on pouvait prévoir maintes pattes brisées et sans doute quelques morts parmi les auriges !

En voyant se cabrer les chevaux du quadrige blanc, me revinrent en mémoire les paroles du pêcheur solitaire sur la rive de la mer de Galilée et je me demandai si j'allais réellement courir le risque de parier sur eux. On me dit qu'ils avaient compté parmi les favoris mais que depuis le mauvais présage de leur entrée, plus personne ne voulait tenter sa chance avec eux.

Au cours d'une course en groupe aussi éprouvante que celle-ci, des chevaux robustes guidés par des hommes aux nerfs bien trempés ont quelque chance de vaincre des chevaux rapides.

Claudia Procula leva les bras en criant avec enthousiasme :

– Le quadrige du prince Hérode !

En vérité, les coursiers à la robe noire lustrée et leur aurige à la peau brune avaient un aspect des plus attrayants ; ils défendaient la couleur rouge, nul ne pariant jamais sur le noir. Claudia me fit cette question d'un air détaché :

– Je suppose que tu as assez d'argent ?

J'aurais dû d'avance me douter des raisons de son insistance à m'avoir près d'elle pour les courses ! En effet, je n'ai jamais vu une femme parier avec son argent personnel : si elle perd, elle oublie aussitôt sa dette, se lamentant seulement sur sa mauvaise fortune, et en revanche si elle gagne, il faut que le prêteur ait vraiment de la chance pour récupérer son bien !

– Cent drachmes, répondis-je de mauvaise grâce.

– Marcus Mézentius Manilianus ! s'écria-t-elle. M'offenses-tu à dessein ou es-tu réellement devenu Juif ? Il me faut au moins cent pièces d'or et cette somme n'est même pas digne de chevaux aussi magnifiques !

A vrai dire je me trouvais complètement démuni, mais les banquiers et les changeurs de Tibériade circulaient parmi la noblesse, prenant eux-mêmes des paris. J'appelai à voix haute le correspondant qu'Aristhènes m'avait indiqué à Jérusalem, et l'on me signala un homme qui, de visage et d'allure, pouvait passer pour le frère jumeau de mon banquier. Je lui fis part de ma situation et il m'accorda fort courtoisement un crédit, tout en m'avisant que j'aurais du mal à jouer avantageusement sur les chevaux du prince ; il obtint la maigre mise à un contre un d'un noble Edomite qui souligna qu'il n'y souscrivait que par égard pour l'épouse du procurateur de la Judée.

– Pense à moi lorsque tu compteras ton argent après la victoire, cria-t-il en souriant à Claudia Procula comme s'il lui eût fait un présent en inscrivant son pari sur la tablette de cire.

Je regardai les quadriges qui à présent se maintenaient en place à grand peine. Cette longue attente, qui permettait certes l'inscription des paris, avait également pour résultat de mettre les nerfs des auriges à rude épreuve tandis que leurs bêtes s'excitaient et se cabraient. Je craignis même qu'un char ne se renversât dès le départ. Les chevaux blancs du cheik arabe, à l'évidence peu accoutumés à un départ brutal de masses, lançaient des ruades contre leur propre char, l'écume aux lèvres, tout en secouant la tête pour se libérer des rênes.

– Combien me donnerais-tu pour le quadrige blanc ? demandai-je au banquier.

– Si tu tiens absolument à m'offrir de l'argent, je prends personnellement le pari à sept contre un ! répondit-il, sourire aux lèvres. Combien dois-je marquer ?

– Quarante monnaies d'or de Marcus pour le quadrige blanc à sept contre un ! décidai-je à l'ultime instant lorsque déjà Hérode levait la lance avec un emblème. Elle se ficha dans l'arène au moment même où le banquier inscrivait mon pari.

Les auriges lancèrent un cri perçant et les attelages prirent le départ dans un vacarme assourdissant. Les cavaliers chevronnés tiraient de toutes leurs forces sur les rênes, le corps arc-bouté en arrière, afin de dominer leurs bêtes et de laisser les plus impétueux passer devant pour se rompre les os. Mais déjà nulle force humaine n'aurait pu retenir les chevaux emballés ! Deux chars démarrèrent au galop, leurs auriges inclinés vers l'avant pour fustiger à coups de fouet leurs bêtes et gagner ainsi quelque avance en essayant d'atteindre les premiers les bornes signalant la courbe ; ce n'était d'ailleurs qu'une tactique de sauvegarde, car les chars lancés derrière eux risquaient de les renverser.

Je me levai comme les autres, car jamais il ne m'avait été donné de voir au cirque départ aussi fulgurant. Au milieu de l'essaim d'attelages, celui du prince parvint à s'ouvrir un passage, son conducteur faisant claquer brutalement son fouet à droite et à gauche pour obliger les chevaux les plus proches à s'écarter. Je vis nettement que son fouet frappait en plein dans les yeux du cheval latéral du quadrige blanc et il me sembla même en entendre le choc. Le char de l'Arabe heurta violemment le mur de soutènement et je me demande encore comment la roue ne se brisa point.

Au second tour de piste, le conducteur de l'attelage brun, appartenant au commandant de la cohorte de cavalerie de Césarée, renversa avec le poids de son char celui d'Edom ; l'aurige, empêtré dans les rênes, fut traîné sur la piste jusqu'à ce que le cheval de côté s'écroulât à son tour. Le char romain prit ainsi une avance appréciable, mais celui du prince le talonna bientôt. L'homme à terre se releva en titubant, la moitié du corps ensanglantée, remit sur pieds le cheval tombé en le tirant par les naseaux et réussit également à reposer sur ses roues son quadrige, de sorte qu'il se trouva en mesure de reprendre la course ; l'animal blessé boitait toutefois à tel point que son char ne représentait plus aucun danger dans la compétition, sinon une gêne pour les autres attelages. L'homme, à mon avis, n'était retourné en piste que pour se venger du Romain.

Dans une course semblable où les attelages,

d'une puissance quasi égale, se précipitent sur la piste, il est pratiquement impossible d'obtenir une avance supérieure à un tour : en effet, les derniers chars bouchent le passage et le conducteur qui a réussi à gagner un tour ne peut décider de risquer sa chance en tentant de les dépasser. Le blanc avait complètement perdu la cadence car le cheval, aveuglé par le coup de fouet, remuait désespérément la tête ; son maître paraissait en proie à la fureur, il agitait les bras en proférant des malédictions et brandit son poing contre Hérode lorsqu'il passa devant sa tribune. Pendant ce temps, les noirs coursiers arrivaient à la hauteur du solide attelage du lourd char romain. Claudia Procula, debout, criait et trépignait sur ses sandales dorées.

Je n'arrivais point à tenir le compte du nombre de tours effectués et je ne vis pas non plus ce qui se passa mais tout à coup, le char syrien, avec son attelage, sortit du peloton comme lancé par une catapulte et s'écroula au milieu de l'arène ; les bêtes s'effondrèrent tout enchevêtrées et le conducteur, les rênes toujours attachées à la ceinture, vola de sa voiture pour aller rouler sous les sabots des animaux : je ne saurais dire quel cri de mort fut le plus terrible, de l'homme ou d'un des chevaux.

Quelques instants plus tard, le quadrige blanc, surgissant aux côtés de celui qui prenait le virage très près des bornes, le projeta contre une d'elles si violemment qu'il tomba en pleine vitesse ; l'Arabe en revanche se tira de la rencontre sans le moindre accroc. Je pense que la bête blessée fut la responsable de ce choc, car si elle eût vu, sans doute ne se fût-elle point tant approchée de l'autre char. L'aurige renversé, luttant contre la mort, réussit à écarter ses chevaux de la piste avant que n'arrivât l'attelage suivant pour le piétiner, puis, lorsqu'il vit les garçons d'écurie accourir vers lui, il s'écroula face contre terre, sans plus pouvoir se relever. J'admirai sincèrement la merveilleuse habileté de ces conducteurs !

Les paris à présent fusaient de toutes parts. Apparemment, le quadrige brun du commandant romain de cavalerie avait trouvé des partisans en grand nombre qui misèrent sur lui contre celui du prince ; les Arabes, en particulier, après avoir abandonné leur propre couleur choisissaient de préférence le Romain contre Hérode et agitaient leurs mains frénétiquement dans leur enthousiasme. Le char princier avait maintes fois essayé de dépasser le romain que son aurige conduisait toujours avec froideur, faisant claquer son fouet sans répit. Dans sa tribune Hérode se leva, frappa des pieds et vociféra des encouragements à son aurige, l'exhortant à passer le Romain ! Tous les chevaux étaient couverts d'écume et on respirait des nuages de poussière bien que la piste eût été copieusement arrosée avant le départ.

Le plus étonnant était que, presque par inadvertance, l'attelage blanc, grâce à sa vitesse, occupait maintenant la troisième place et ce, malgré les nombreuses secousses infligées à son char de faible poids. Après s'être un peu fatigués, les splendides chevaux à la robe blanche galopaient à présent d'une allure régulière qu'ils conservaient habilement en dépit de tout. Le cheval blessé lança un hennissement en levant la tête ; son maître alors se penchant lui dit quelques mots et l'intelligent animal cessa de donner des ruades pour tenter de se séparer de ses compagnons.

Un autre char perdit une roue ; l'aurige parvint à faire tourner son attelage de manière à le placer hors de l'atteinte des autres, mais la roue continua de rouler sur la piste et le Romain se vit contraint de l'esquiver. Le Galiléen saisit l'occasion et, se penchant en avant, fouetta sauvagement ses bêtes qui réussirent à passer devant le

Romain. Tout le public debout poussait de grands cris et Claudia Procula sautillait sur place en hurlant de joie, malgré la honte que lui inspirait sans doute la défaite de son compatriote ; sa façon d'agir éveilla parmi la plèbe une vive sympathie et fit sourire maintes personnes.

Le nombre de chars concurrents avait considérablement diminué, mais les traînards empêchaient le conducteur du prince de profiter de son avantage. Alors l'aurige d'Edom, tout ensanglanté et un côté du visage arraché, tourna la tête, lui fit un signe de la main et se rangea pour lui laisser le passage ; puis, d'une manière délibérée, il se plaça devant le quadrige romain et réduisit manifestement son allure. Cela se passait sur la ligne droite, non dans la courbe, et l'aurige brun, furibond, hurla une série de malédictions car cette attitude constituait une grave infraction au règlement. Mais qui aurait pu en témoigner ? L'Edomite pourrait toujours inventer un prétexte pour la justifier ! Même les Arabes, qui avaient parié sur le quadrige romain, hurlaient et montraient le poing. Et pendant ce temps, les coursiers blancs, filant comme le vent sur le côté extérieur, laissèrent derrière le Romain et l'Edomite, atteignant avant eux la courbe et reprirent leur place dans la partie intérieure de la piste, talonnant dès lors le char du prince Hérode. Le silence s'abattit sur les gradins car nul n'avait cru un tel exploit possible.

Après la courbe, le Romain galopa à l'extérieur où il rattrapa sans difficulté le char brinquebalant de l'Edomite. Il avait largement la place de le doubler avant d'atteindre le virage suivant mais, retenant ses bêtes, il assena de violents coups de fouet sur la tête de l'aurige blessé qui tomba à genoux dans son char. Cette brutalité souleva de nouveau les hurlements de la foule et si l'on entendait de nombreux applaudissements, elle provoqua également une flambée de haine contre les Romains et l'on put voir des gens échanger des horions sur les gradins. Mais tout cela n'avait guère duré que le temps d'un éclair ; presque aussitôt l'Edomite, se relevant à grand peine, excita ses bêtes et parvint dans un ultime effort à se placer devant le quadrige romain ; puis, il fit faire volte-face à ses chevaux dans le but évident de fermer le passage au brun attelage : ce n'était plus une course mais un assassinat ! Les grands chevaux à la robe brune heurtèrent de plein fouet ceux du quadrige du pays d'Edom, le brusque arrêt en grande vitesse projeta le Romain la tête la première hors de son char et, en dépit des lanières et du casque, il se fracassa le crâne contre le mur au pied des spectateurs et il demeura sans vie sur la piste. De son côté, l'Edomite expira avant la fin de la course des suites des blessures infligées par les sabots des chevaux.

Le déblaiement de la collision obligea les attelages qui restaient en lice à freiner leur vélocité. Mais l'aurige du prince Hérode vociféra en brandissant son fouet, si bien que les garçons d'écurie qui tentaient d'ôter le corps du Romain du milieu de la piste le laissèrent choir pour s'enfuir en courant, craignant pour leur propre vie. L'homme du prince tenta de faire passer sur le cadavre ses noirs coursiers mais, n'étant point des chevaux de combat, ils se cabrèrent plutôt que de marcher sur le corps d'un homme, infligeant de telles secousses à leur char que peu s'en fallut qu'il ne se retournât.

Et pendant ce temps, l'aurige arabe eut l'extrême habileté de guider ses chevaux blancs dans le faible espace laissé libre par le quadrige galiléen, réussissant ainsi à le dépasser. Une de ses roues heurta le mur de bordure et l'escalada, mais le char se maintint en équilibre et atteignit les bornes de la courbe avant que le conducteur appartenant à Hérode n'eût eu le temps de contourner le cadavre et de redonner l'allure à ses bêtes. Cela paraissait incroyable, mais le blanc quadrige aux mauvais présages menait la course bien près maintenant de sa fin ! Ce fut mon tour de me lever et de crier ! Tous les Arabes présents sur les gradins joignirent leur voix à la mienne. Mais sur la piste, dépourvue de pavement, des sillons s'étaient creusés comme dans un champ fraîchement labouré, mettant les conducteurs en un péril extrême.

Pour la première fois, l'aurige du quadrige rouge perdit son sang-froid ; il tenta sans relâche de pousser sur le côté les chevaux blancs qui furent sauvés par leur vitesse et la régularité de leur allure ; en outre, le char était si léger qu'il pouvait effectuer les tours de piste à toute vitesse sans frôler les bornes des tournants et sans crainte de voir les noirs chevaux regagner le terrain perdu.

Il ne restait plus en course que trois autres quadriges que le blanc essayait toujours de doubler avec noblesse par l'extérieur. Mais l'aurige du rouge intima l'ordre aux autres conducteurs de s'écarter afin de lui céder le passage ; la peur poussa deux d'entre eux à obtempérer tandis que le troisième, qui menait un attelage de chevaux dociles et tenaces, refusa de lui obéir. Le Galiléen fouetta une nouvelle fois ses bêtes, puis bloqua soudain leur allure de façon à ce que son moyeu heurtât les roues du char récalcitrant, le renversant sans difficulté ; force fut à l'aurige, grièvement blessé, d'abandonner la course. Les deux restants continuèrent à évoluer sur la piste, confiant en leur chance qui pouvait encore interrompre la marche de ceux qui briguaient la première place.

Mais leurs espoirs furent déçus, car le drapeau levé salua la victoire des coursiers à la robe blanche qui, rapides comme des hirondelles, galopaient de leur superbe allure. La foule innombrable éclata en bruyants applaudissements, rendant également un vibrant hommage à l'attelage du prince Hérode qui ne franchit la ligne d'arrivée qu'avec deux longueurs de quadrige de retard. Les deux auriges rapprochèrent leur char puis, après avoir calmé leurs bêtes, se saluèrent avec un respect affecté, échangeant d'hypocrites félicitations pour la bonne course qu'ils venaient d'accomplir. Le cheik vainqueur enjamba la balustrade de sa loge pour sauter sur la piste et se précipita, le manteau volant au vent, pour saluer ses coursiers ; il leur parlait, les flattait, et, en versant des larmes, baisait les yeux gonflés et fermés du cheval blessé par le coup de fouet.

On vit quelques bagarres entre les tenants des diverses couleurs, mais les gardes firent promptement évacuer les fauteurs de troubles. Les perdants affichaient une feinte satisfaction d'avoir assisté à une belle course.

Le banquier vint me féliciter en compagnie du commerçant édomite auquel il paya sous mes yeux les cent monnaies d'or perdues par Claudia Procula avant de me compter cent quatre-vingts de ces mêmes pièces, ce qui pour beaucoup de gens représente une fortune considérable. Je n'éprouvai donc aucune rancune à l'égard de l'épouse du proconsul !

J'étais sûr d'avoir rêvé d'un cheval blanc la nuit qui avait suivi la tempête et de m'être réveillé les yeux noyés de larmes sans savoir pourquoi. Il est donc possible que me souvenant de mon rêve à l'apparition du beau quadrige blanc, j'ai misé sur lui de ma propre initiative. Mais de cela, je ne suis pas sûr : les chevaux blancs avaient trébuché et fait une chute en pénétrant dans l'arène et, bien que je n'accorde guère de crédit aux présages, je n'ai point coutume de les contrarier non plus. Ainsi donc me sentis-je dans l'obligation de partir à la recherche de la fille en deuil de son frère, sans autre indication que les paroles du pêcheur solitaire suivant lesquelles elle pleurait cette nuit-là dans le théâtre grec la mort de son frère.

Claudia Procula me pria de l'accompagner à la fête du prince Hérode bien que je n'eusse point reçu d'invitation à y assister ; elle considérait sans doute que cette faveur valait bien les cent monnaies en or que je lui avais prêtées. Mais je n'éprouvai pas la moindre envie de jouer l'étranger qui n'a pas été invité au milieu des convives, plusieurs centaines pour le moins, que le prince aurait jugé nécessaire de flatter pour raisons d'Etat. Claudia ne se fâcha point lorsque je déclinai son offre, m'estimant sans doute stupide de ne point savoir profiter de l'occasion qu'elle me proposait.

Quand le cirque se vida, un véritable torrent humain envahit les rues de Tibériade, laissant présager bagarres et altercations en dépit de la présence de vigiles et de légionnaires patrouillant dans la cité pour maintenir l'ordre. J'arrivai sans encombre au petit théâtre grec. Nulle représentation n'était annoncée mais les portes étaient néanmoins grandes ouvertes et, sur les gradins, campait une foule de petites gens qui n'avaient point trouvé à se loger dans la ville ; certains même préparaient leur repas sur un feu improvisé et j'imaginai l'aspect qu'offrirait le lendemain ce beau petit théâtre !

Je descendis jusqu'à l'espace compris entre les gradins et la scène, et personne ne m'empêcha de pénétrer dans les dessous où se trouve toute la machinerie et où parfois les comédiens doivent s'installer à défaut d'un autre abri offert par quelque protecteur. Tout était vide et désolé, avec cette apparence fantasmagorique habituelle aux dessous de tous les théâtres après le départ des artistes, un peu comme si les personnages et les répliques des œuvres représentées demeuraient encore présents dans l'atmosphère. Ces lieux pleins de ténèbres m'ont toujours semblé le royaume des ombres tel que les poètes le décrivent. Chaque fois que je suis descendu plein d'enthousiasme apporter un présent à quelque acteur qui avait réussi à me toucher, je me suis senti refroidi par une impression d'irréalité ; l'acteur lorsqu'il ôte son costume de scène n'est plus le même être que celui qui joue la comédie.

Tout en évoluant à travers ces demeures du royaume des ombres, je mesurai la distance qui me séparait de ma vie antérieure et de tout ce qui m'avait apporté joie et plaisir il n'y avait guère si longtemps. Tout pourtant n'était que souvenir, et j'éprouvai un léger pincement au cœur en découvrant que plus jamais je n'y goûterais.

Il me sembla voir un fantôme lorsque tout au fond de l'obscurité du couloir j'aperçus un vieux Grec au ventre difforme et aux yeux bouffis d'ivrogne qui se dirigeait vers moi. Il brandissait une canne d'un air menaçant, me demandant ce que je cherchais là et comment j'y étais parvenu. Je lui expliquai aussitôt pour le calmer que j'étais à la recherche d'une personne qui peut-être se trouvait dans une des loges de son théâtre.

– Parlerais-tu par hasard, cria-t-il en redoublant de colère, de ces canailles d'Egyptiens ambulants qui m'ont trompé avec leurs mensonges et qui ont introduit un cadavre sous le toit de mon théâtre ? O disgrâce ! Ils se sont enfuis pendant la nuit sans payer ce qu'ils me devaient. Je crois que j'ai plus que toi-même envie de les retrouver !

– On m'a cependant affirmé que je trouverai ici une jeune fille qui a perdu son frère. Il faut que je lui parle !

Le vieux posa sur moi des yeux pleins de perplexité.

– Serais-tu un complice venu comploter avec elle ? Je garde la fille en otage et lui ai retiré ses vêtements et ses chaussures. Je ne la libérerai pas avant d'être remboursé jusqu'à la dernière obole.

– On m'a envoyé pour la récupérer, dis-je en faisant tinter les pièces. Conduis-moi auprès d'elle, tu n'auras point à t'en repentir.

Le vieux, point trop rassuré, me précéda en titubant jusqu'au bout du couloir devant une porte de bois dont il enleva la barre ouvrant ainsi une petite pièce ; à la faible lueur qui filtrait par une ouverture percée dans la cloison, je distinguai une frêle jeune fille nue et accroupie dans un coin, le visage caché par sa chevelure en désordre ; on l'eût dit pétrifiée de tristesse. Elle ne fit pas le moindre mouvement à notre entrée. Il n'y avait dans la pièce ni eau ni nourriture et rien qu'elle pût utiliser pour se couvrir.

– C'est une enragée ! Elle m'a tiré la barbe quand j'ai voulu l'obliger à danser devant la porte du théâtre, raconta le vieux. La cité regorge d'étrangers, peut-être lui auraient-ils jeté de l'argent si elle avait dansé. Tu dois savoir que c'est moi qui ai réglé tous les frais de l'enterrement de son frère pour que personne n'apprenne qu'ils avaient apporté un cadavre à l'intérieur du théâtre. Et en plus, ces Egyptiens m'ont laissé d'autres dettes.

Je touchai l'épaule de la jeune fille et lui jetai la bourse.

– On m'a adressé à toi afin que je te porte cent quarante pièces en or, dis-je à haute voix. Paie ce que tu dois, ordonne que l'on te rende tes vêtements et tout ce qui t'appartient, puis tu seras libre d'aller où bon te semble.

Mais la jeune fille ne broncha toujours pas.

– Cent quarante pièces en or ! s'exclama le

vieux en faisant avec sa main droite des sortes de moulinets comme pour conjurer un mauvais sort. J'ai peur de ce qui m'arrive ! Le vin est terminé et voici que j'ai des visions et que j'entends la voix des esprits !

Il essaya d'attraper la bourse, mais je la repris moi-même car la jeune fille ne l'avait point touchée. Je demandai alors au vieux à quelle somme s'élevait sa dette.

Il se frotta les mains, leva ses yeux bouffis et se mit à marmonner des chiffres dans sa barbe.

– Comme je suis un homme raisonnable, finit-il par dire, et bien que cette fille m'ait amené la disgrâce, dix pièces me suffiront. Donne-les moi et j'irai chercher sur-le-champ ses vêtements, du vin et de quoi manger ; elle doit être si affaiblie par la faim, qu'elle ne peut prononcer un seul mot ! Dans l'état où elle est, tu n'en retireras nul plaisir !

Alors s'agrippant à mon épaule, il susurra dans mon oreille :

– Cent quarante pièces en or, c'est une véritable folie pour une fille comme elle ! Tu dois avoir perdu le jugement ! Il suffit que tu règles sa dette et tu peux l'amener où bon te semblera ! Si tu me donnes une seule pièce en plus, je te procurerai les papiers nécessaires et tu pourras la faire marquer au fer rouge devant la justice comme ton esclave, puisqu'elle n'a plus personne pour la protéger.

Sans lever la tête, la prisonnière écarta les cheveux qui couvraient son visage et dit entre ses dents :

– Donne cinq pièces à cet ignoble vieillard, cela suffira à payer ce que je lui dois.

J'ouvris donc la bourse et comptai cinq pièces au vieux, manifestement si heureux qu'il en oublia de marchander et sortit en courant pour rapporter aussitôt les hardes de la jeune fille.

Après avoir lancé le paquet au milieu de la pièce, il nous annonça triomphalement qu'il partait en toute hâte chercher de la nourriture et du vin. Je jetai une nouvelle fois la bourse aux pieds de l'inconnue et fis demi-tour pour me diriger vers la sortie.

Elle lança une question qui me retint :

– Que veux-tu de moi ? Je ne puis te donner de la joie pour cent quarante pièces ! Cette nuit même j'avais résolu de me pendre avec ma chevelure.

– Je ne veux rien de toi, la rassurai-je. On m'a envoyé pour te remettre cet argent, c'est tout.

– Ce n'est pas possible ! répondit-elle avec méfiance et elle leva la tête pour me regarder.

A ma grande surprise, je la connaissais : c'était Myrina, la danseuse que j'avais rencontrée sur le navire durant ma traversée. Elle tarda à me reconnaître à cause de ma barbe et de mon actuel accoutrement judaïque.

– Myrina ! m'écriai-je. J'ignorais que ce fût toi ! Qu'est-il arrivé ? Pourquoi te sens-tu si malheureuse que tu veuilles te pendre ?

Elle ouvrit son balluchon d'où elle sortit un peigne, démêla ses cheveux et les releva avec un ruban ; ensuite elle passa sa courte tunique et attacha ses sandales ornées de danseuse. Puis, elle éclata en sanglots, se jeta dans mes bras en pressant son corps menu contre le mien, cacha son visage dans ma poitrine et inonda mon manteau de ses larmes.

Je tapotai ses épaules avec douceur et tâchai de la consoler.

– Ton frère est-il vraiment mort et pleures-tu sur lui ?

– Pour lui, j'ai déjà épuisé toutes mes larmes ! parvint-elle à hoqueter entre deux sanglots. A présent je pleure parce qu'il existe encore en ce monde une personne qui désire mon bien. J'allais mourir cette nuit sans posséder seulement l'obole que l'on doit mettre dans la bouche des morts pour le batelier !

Et se serrant plus fort contre moi, elle pleura de plus belle. J'eus du mal à en obtenir une seule parole intelligible, mais elle finit par se calmer et m'expliqua quelle terrible infortune avait accompagné les comédiens tout au long de leurs pérégrinations. Après avoir marché jusqu'à la Pérée où ils avaient donné quelques spectacles dans la cité de villégiature des soldats romains, ils étaient tombés victimes des fièvres. Lors de leur voyage de retour, contraints de jouer sur les aires de battage du blé, ils avaient été lapidés par les Juifs. Ils étaient alors venus à Tibériade dans l'espoir d'organiser une représentation à l'occasion des courses, mais en se baignant dans le lac, son frère s'était noyé ; ils avaient eu beau le sortir immédiatement de l'eau et le rouler sur le sol, essayer de lui souffler la vie, ce qu'elle fit elle-même, il ne revint point à lui. En cachette, ils avaient transporté son cadavre ici où le vieux Grec avait fini par les aider à l'enterrer pour échapper à la purification à laquelle il aurait été obligé, son théâtre ayant abrité un corps sans vie. Enfin, les autres comédiens avaient fui, la laissant en otage mais elle était désormais incapable de danser, car elle avait trop peur depuis que les Juifs l'avaient lapidée en plein spectacle.

– Tant que vivait mon frère, nous nous protégions l'un l'autre et je n'étais point seule au monde. Mais depuis qu'il est mort et que je l'ai mis en terre, le désespoir s'est emparé de moi. J'ai compris que, où que j'aille, la malchance ne cesserait de me poursuivre sans que nul me protège et je ne désire plus vivre. Je ne puis ni manger ni boire, je me sens brisée et me refuse désormais à rien voir en ce monde, rien entendre, rien sentir et rien avaler ! Tout me lasse et je n'éprouve plus que tristesse pour mon frère.

« Je ne te comprends pas, poursuivit-elle. Ton argent doit être un nouveau leurre ou une tentation pour que je continue ma vaine existence et m'expose sans protecteur aux nouveaux coups que me réserve le mauvais sort. Non ! Reprends ton or et laisse-moi seule ici pour mourir ! Je ne veux pas souffrir plus de désillusions en ce monde de douleurs et de désespoir maintenant que j'ai enfin retrouvé ma raison.

Le vieux Grec revint porteur de pain et d'un plat rempli de soupe d'orge. Il versa de ses mains tremblantes le vin dans une coupe, invitant Myrina à boire.

— Venez dans ma chambre, ajouta-t-il. Vous aurez une couche et une lampe, je vais tout arranger pour que vous y soyez bien installés.

— Peu importe, nous sommes bien partout, répondis-je. Laisse-nous seuls, car nous avons à parler.

Il nous assura aimablement que nous pourrions rester tranquilles jusqu'au lendemain et que si nous désirions davantage de vin, il suffirait d'aller le lui demander. Puis il s'en fut, emportant la jarre. Myrina commença à manger, d'abord sans appétit, puis manifesta peu à peu plus de plaisir jusqu'à vider complètement la soupière et achever la dernière miette de pain.

Lorsqu'elle fut rassasiée, elle dit :

— Qu'y a-t-il de répréhensible dans ma danse ? Pourquoi la malédiction s'est-elle abattue sur moi au point que je n'aie plus aucune confiance en mes membres tremblants de peur ? Tu m'as vue danser sur le bateau ! Je ne danse point pour séduire les hommes, mais pour distraire et faire naître une émotion par le truchement de mon art. Et qu'importe que je danse nue ? Le mouvement des vêtements me déséquilibrerait et d'ailleurs il n'y a guère d'appas sur ma maigre personne, je n'ai même pas de seins à montrer ! Je suis musclée, voilà tout ! Je n'arrive pas à comprendre pourquoi les Juifs m'ont jeté des pierres aussi impitoyablement.

Elle me montra les coups qu'elle avait reçus ainsi qu'une contusion mal guérie dans le cuir chevelu.

– On avait demandé à manger dans un village et, en guise de remerciement, nous voulûmes les distraire de notre mieux en chantant, jouant de la musique et dansant, mais ils m'auraient tuée n'eût été l'importance de notre troupe. L'idée que l'on peut trouver quelque chose de répréhensible dans mon art me tourmente et je crois que plus jamais je ne saurai danser comme avant.

– Il me semble comprendre la raison de leur haine, dis-je après réflexion. On m'a raconté que la princesse Hérodiade ordonna à sa fille de danser devant l'impudique Hérode Antipas afin de le séduire et d'obtenir la condamnation à mort d'un prophète qui avait médit à son sujet. Voilà pourquoi les fils d'Israël respectueux de la loi détestent la danse profane.

Myrina secoua la tête, disant :

– Autrefois, j'étais fière de ma profession et j'aimais la vie libre et différente du comédien. Mais nous avons essuyé un malheur après l'autre si bien que l'angoisse s'est glissée en moi, je crains maintenant l'avenir, et notre ultime malheur, la mort de mon frère, a brisé mon courage à tout jamais.

Malgré tout, après avoir de la sorte soulagé son cœur, poussée par la curiosité elle ouvrit la bourse, en tripota les pièces et me demanda quel saint homme m'avait envoyé et comment je l'avais dénichée. Je lui racontai ma rencontre avec le pêcheur solitaire et mon pari dans le cirque.

– Je suis convaincu que cet homme t'a entendue alors que tu pleurais ici sous la scène du théâtre et que lui se trouvait de l'autre côté du lac. Comment est-ce possible et comment connaissait-il la mort de ton frère, je n'ose même pas tenter de te l'expliquer. Les pièces en tout cas t'appartiennent et tu es libre d'aller et venir à ta guise.

Myrina, le front plissé, me supplia :

– Décris-moi cet homme ! Avait-il l'air d'avoir beaucoup souffert et d'être à bout de forces ? Son visage était-il si doux et si grave à la fois qu'il est impossible de l'oublier ? Avait-il des cicatrices aux pieds et aux poignets ?

– Exactement ! m'écriai-je avec enthousiasme. Où donc l'as-tu rencontré ?

– Après notre fuite pour échapper à la fureur des Juifs, se souvint Myrina, nous n'avions à manger que des herbes des champs. Enfin nous trouvâmes un puits et, fatigués autant que découragés, nous décidâmes de rester auprès pour passer la nuit. C'est alors que cet homme, se traînant de fatigue sur le chemin, vint à nous en disant :

« Donnez-moi à boire à moi aussi ! » Mais nous étions tous pleins de ressentiment à l'égard des Juifs et les hommes de la troupe le contraignirent à s'éloigner, mon frère même se moqua de lui, criant : « Même si tu étais dans l'enfer des Juifs, je ne me mouillerais pas le petit doigt pour te soulager parce que tu es un Juif maudit ! » Mais moi, j'eus pitié de lui, je tirai de l'eau, lui donnai à boire et lavai ses pieds blessés, ce qu'il ne pouvait faire lui-même. Nul comédien ne m'en empêcha car, dans le fond, ce sont des gens pleins de compassion et je suis sûre que mon frère ne faisait que plaisanter et l'aurait finalement laissé s'approcher du puits. N'oublie point qu'à ce moment-là nous étions tous remplis de colère contre les Juifs !

« Après avoir bu et lorsque j'eus fini de lui laver les pieds, il me regarda avec tendresse, me bénit et dit : « Ce que tu m'as fait, tu l'as fait à celui qui m'a envoyé. Il te sera beaucoup pardonné pour cette seule action. Les princes et les rois te regarderont avec envie parce que tu m'as donné à boire lorsque j'avais soif. »

– En vérité, il t'a dit cela, ô Myrina ? demandai-je avec étonnement.

– Oui, il l'a dit ! répéta Myrina. Je me garderais d'oublier ces paroles même si je ne les ai guère comprises et leur étrangeté les a gravées dans mon esprit. Mais quand je retournai auprès du reste de la troupe, il a disparu. Le ventre vide, nous nous résolûmes à dormir près du puits tout en mâchonnant des écorces d'arbres. Peu après que nous nous fûmes installés pour la nuit, survint par le chemin une vieille femme qui regardait tout autour d'elle comme à la recherche de quelqu'un. Elle portait un panier avec du pain d'orge et de la viande de mouton qu'elle nous offrit et quand nous la prévînmes que nous ne possédions rien pour la payer, elle répondit :

– Prenez et mangez ! On m'a promis que tout ce que je donnerais me serait rendu au centuple !

« Nous le prîmes donc, le mangeâmes et fûmes rassasiés. Les hommes furent d'avis que les Juifs, effrayés des mauvais traitements qu'ils nous avaient infligés, tentaient ainsi de nous dédommager. Puis la vieille femme ramassa les restes et s'en fut avec son panier.

« Moi, je pense que cet homme si las et si épuisé devait l'avoir rencontrée sur le chemin et lui avait demandé de nous apporter de la nourriture parce que je m'étais montrée aimable avec lui. Qui est-il donc en réalité si c'est le même homme que celui que tu rencontras cette nuit de l'autre côté du lac ?

Je réfléchis à l'opportunité de lui parler du

Nazaréen, mais après une brève hésitation, je lui répondis :

– Je ne le sais ni ne le comprends. En tout cas, il te rembourse à la manière d'un roi le peu d'eau que tu lui as donnée ! Quant à moi, j'étais loin de me douter que j'allais te retrouver ici et que c'était à toi, ô Myrina, que je devais verser l'argent gagné aux courses ! Je vois là un signe m'avertissant que ce ne fut point de mon propre chef que je m'embarquai à Alexandrie. A présent, reste en paix et fais ce qui te plaira de cette fortune, je dois en effet te quitter car j'attends un message.

Myrina s'accrocha à mon bras d'un air résolu et me força à me rasseoir.

– Il n'est pas question, dit-elle, que tu partes d'ici sans plus ample explication ! L'homme dont tu as parlé ne peut être un homme ordinaire car nul n'agit ainsi et ne s'exprime de cette manière.

Ne désirant pour rien au monde révéler le secret du royaume à une jeune inconnue dont la profession de surcroît était plus que suspecte, je dis sur un ton brusque :

– Tu as reçu de lui ton dû et même plus que ce que tu mérites ! Laisse-moi donc en paix !

Elle remit la bourse dans mes mains et répliqua avec colère :

– Garde tes pièces et qu'elles brûlent dans ta conscience jusqu'à la fin de tes jours ! Tu ne pourras te débarrasser de moi avec de l'argent qui ne soulage en rien mon angoisse ! Mieux vaut me pendre ! Raconte-moi immédiatement tout ce que tu connais sur cet homme et conduis-moi auprès de lui !

Voyant que je n'avais plus d'échappatoire, je me lamentai amèrement, criant :

– Ses œuvres ne sont point œuvres humaines et je ne puis en saisir le sens avec ma raison d'être humain ! N'y avait-il point en ce pays des veuves et des orphelins juifs, craignant Dieu et en quête du royaume ? Pourquoi a-t-il fallu qu'il choisît pour mon châtiment une Egyptienne pécheresse depuis l'enfance ?

– Je ne suis pas une Egyptienne d'humble origine, protesta-t-elle d'un air offensé. Je suis née sur une île de parents grecs d'excellente réputation et je ne vois pas ce que tu essaies d'insinuer en me traitant de pécheresse depuis l'enfance ! Il n'y a aucun déshonneur à exercer mon art qui ne vise qu'à susciter la joie et les rêves du public. Certes, je ne prétends pas avoir été la fille d'un seul homme, mais pour ce péché-là, il faut être deux, et je ne saurais dire qui est le plus fautif de moi ou de l'homme qui me force avec son argent à pécher avec lui. Mais ma vie d'autrefois a pris fin comme si je m'étais pendue. J'aspire à une nouvelle vie qui ne s'achète pas celle-là et tu dois m'aider à y parvenir comme si tu étais mon frère.

J'avais envie de pleurer ! Je venais à peine de me libérer de Marie de Beerot et voici qu'une autre fille, encore plus dangereuse, voulait me prendre sous sa coupe ! Je n'avais pas d'autre solution que parler ! Après avoir soupesé mes mots, je commençai ainsi :

– Je ne sais ce que tu pourras comprendre de ce que je vais dire, tu as vu maintes choses en ta vie et peut-être t'est-il déjà arrivé des événements que tu n'as pu expliquer. J'ai des raisons de croire que l'homme auquel tu as donné à boire et avec lequel j'ai discuté une nuit sur le rivage du lac est un certain Jésus de Nazareth.

– J'ai entendu parler de lui ! s'exclama-t-elle à ma grande surprise. Il était pratiquement l'unique sujet de conversation des légionnaires de la Décapole : il faisait des miracles, guérissait des malades, réveillait des morts et promettait de construire un royaume pour les fils d'Israël, c'est pourquoi il a été crucifié à Jérusalem ; mais ses disciples subtilisèrent son corps du sépulcre sous le nez de Ponce Pilate dans le but de faire croire au peuple qu'il avait ressuscité des morts. Mais veux-tu dire qu'il est vraiment ressuscité et que c'était lui que j'ai rencontré sur le chemin près du puits ?

– En vérité, il est ressuscité ! affirmai-je. Pour cela, il est le fils de Dieu et je crois savoir qu'il possède tout le pouvoir sur la terre comme dans les cieux. Rien de semblable n'avait jamais eu lieu ! Il est venu en Galilée, précédant les siens, et leur a donné rendez-vous sur la montagne ; sans doute l'as-tu rencontré en chemin.

– Mais..., objecta Myrina avec sagesse, comment pouvait-il éprouver la soif s'il est vraiment le fils de Dieu ?

– Comment le saurais-je ? grommelai-je. J'ai senti les traces des coups de fouet sur ses épaules, si réellement c'était lui ! Je peux témoigner qu'il est de chair et d'os, que c'est un homme parmi les hommes, mais en même temps il est le fils de Dieu ! Et ne me demande point comment ni pourquoi cela se peut ! Mais je suis pénétré du sentiment que ce mystère est ce qu'il y a de plus merveilleux en lui et ne s'était jamais vu à ce jour. Toutes ces raisons m'amènent à penser que son royaume ne peut être de ce monde comme les fils d'Israël se l'imaginent.

Myrina réfléchissait à ce que je venais de dire, ses grands yeux étonnés errant dans le vague.

– S'il est tel que tu le décris, finit-elle par exprimer avec crainte, alors il t'a envoyé afin que tu remplaces mon frère mort et non pas seulement pour que tu me donnes de l'argent. Il nous a ainsi attachés l'un à l'autre comme l'on attache par les pattes une paire de pigeons. Moi aussi j'ai soif de son royaume quel qu'il soit, pourvu qu'il ne ressemble point à cette vie dont je suis rassasiée. Partons ensemble à la montagne et jetons-nous à ses pieds pour qu'il nous accepte dans son royaume de même qu'il t'a donné à moi pour frère et m'a donnée à toi pour sœur.

– O Myrina, je n'ai ni le besoin ni la nostalgie d'une sœur, je te l'assure ! répliquai-je. Tu te trompes absolument ! Il ne peut être question que je t'amène avec moi à la montagne, car d'une part j'ignore moi-même si j'en trouverai le chemin, et d'autre part les disciples risquent de me tuer en croyant que j'espionne leurs mystères sacrés ! Tâche de comprendre ! Ils sont convaincus que leur royaume ne concerne que les Juifs circoncis et en prohibent l'entrée à tous les autres, qu'ils soient Romains, Grecs, ou même Samaritains parce qu'ils ne respectent point leur temple. L'affaire est beaucoup plus compliquée et dangereuse que tu ne l'imagines. Si tu me promets cependant de te bien conduire et de ne point me gêner, je m'engage à revenir dans le cas où il n'amènerait pas tout de suite dans son royaume ceux qui croient en lui, et à te raconter tout ce que j'aurai appris à son sujet ; dans le cas contraire, je ne reviendrai plus mais j'espère que tu conserveras un bon souvenir de moi.

Elle me jeta la bourse à la figure.

– C'est bien, dit-elle avec dérision. De même que celui qui se noie s'accroche à une planche, de même je suis prête à m'accrocher à Jésus de Nazareth et à t'accepter comme mon frère bien que tu sois loin de le valoir ! Tous deux nous nous comprenions à demi-mot, un seul regard parfois nous suffisait, les mêmes choses nous faisaient rire et nous nous moquions de tout, même de la faim et de la misère ! Va-t-en donc, homme au cœur de pierre, qui croit pouvoir acheter un être humain avec de l'argent ! Dépêche-toi de courir pour atteindre ta montagne ! Mais il me semble bien étrange le royaume où on te laisserait entrer après que tu m'as abandonnée dans l'angoisse et la mort. Que sais-tu du désespoir et de la solitude, toi, un homme riche ?

Je la regardai et je lus dans ses yeux verts qu'elle était vraiment décidée à mettre fin à ses jours, ne fût-ce que pour m'ennuyer. Mais la gravité de ses paroles fit naître en mon esprit une étonnante pensée : peut-être après tout le Nazaréen désirait-il que je la prisse en pitié et l'acceptasse pour sœur, même si cette idée me paraissait dénuée de sens. Et je compris que son royaume n'était pas seulement une source d'agréments, mais exigeait aussi de l'homme des actions difficiles à accomplir.

— Ma sœur Myrina, dis-je sur un ton revêche, partons donc ensemble, mais ne me reproche pas ensuite ce qui peut arriver !

— Ne parle pas sur ce ton désagréable, ordonna-t-elle, visiblement peu satisfaite de ma manière d'accepter, si tu m'amènes avec toi, comporte-toi comme un frère et accepte de bon cœur ! Sinon, il est inutile que je t'accompagne.

Je n'avais plus qu'à prendre fraternellement dans mes bras son corps menu, à l'embrasser sur les joues et à la consoler avec de tendres paroles. Elle versa encore quelques larmes, puis nous quittâmes ensemble le théâtre sans que le vieux Grec qui chantonnait dans sa chambre devant sa jarre de vin y fît la moindre objection.

Le soleil venait de disparaître derrière les montagnes. Partout dans la cité en effervescence, on avait allumé des lampes et des torches. J'éprouvai un tel sentiment d'urgence à regagner mon hôtellerie, qu'il ne me vint même pas à l'idée d'acheter des vêtements neufs à la jeune fille et son accoutrement de danseuse avec ses sandales ornées lui attirèrent maintes galanteries de la part des promeneurs que nous croisions. J'avais le pressentiment que les disciples de Jésus se mettraient en route cette nuit vers la montagne ; ils ne pouvaient en effet choisir moment plus opportun car demain une foule de gens quitterait Tibériade en empruntant tous les chemins de la région et nul voyageur n'attirerait l'attention. Ces pensées me firent presser le pas.

Mais lorsque j'atteignis haletant et en nage l'hôtellerie grecque, je me rendis compte sous le brillant éclairage que j'avais agi comme un dément. L'élégant propriétaire de l'hôtel, habitué pourtant aux fantaisies de ses riches clients, se dirigea vers moi tout en examinant Myrina de la tête aux pieds.

– Tu es insatiable, Romain ! dit-il sur le ton du reproche. Tu as d'abord amené pour te distraire une jeune Juive, et j'ai fermé les yeux car tu la cachais derrière les rideaux de ta chambre. Mais ceci passe la mesure : après un seul jour de fête, tu ramènes dans ma maison une stupide actrice qui dès que tu seras endormi viendra s'offrir aux autres clients pour quelques drachmes, fera du scandale et partira en emportant les draps ! Nous connaissons de reste la race des comédiens !

Je regardai Myrina de haut en bas avec les yeux de ce Grec et je remarquai seulement alors son vieux manteau fané de danseuse, ses genoux salis, son visage gonflé par les larmes et je vis que l'on pouvait croire qu'elle sortait tout droit d'une orgie ; elle portait en outre sous le bras la syrinx de son frère, ce qui n'est guère une recommandation lorsque l'on désire louer une chambre dans une hôtellerie de luxe ! Je compris donc les sentiments qui agitaient mon hôte, et de son côté Myrina jugea préférable de baisser les yeux et de se taire bien qu'elle eût sans doute beaucoup à répliquer. Je ne laissai point cependant de me sentir offensé par ces remarques qui mettaient en doute la santé de mon jugement. Saisi par l'absurdité d'une telle situation, je me pris la tête entre les mains.

– Tu fais complètement erreur ! m'écriai-je. Cette jeune fille est ma sœur : nous nous sommes disputés sur le bateau qui nous amenait d'Alexandrie et elle s'est entêtée à suivre une troupe de comédiens ; je l'ai dénichée dans le théâtre de Tibériade déjà lassée de ses aventures. J'espère qu'elle va trouver ici la possibilité de se baigner, de se vêtir décemment et de se faire coiffer. Je te supplie pour sa réputation de ne rien dire et tu n'auras point à t'en repentir.

Le Grec parut croire à moitié mon histoire, bien qu'il grommelât que jamais encore aucun de ses clients, aussi ivre de vin fût-il, n'avait eu le front de prétendre que la catin qu'il ramenait dans sa chambre était sa sœur. Mais lorsqu'il eut compris que je n'étais point pris de boisson, que je connaissais Myrina auparavant et que je ne l'avais pas ramassée dans la rue, il consentit à nous laisser entrer et enjoignit à un esclave de conduire la jeune fille au bain, puis à un coiffeur de lui friser la chevelure, enfin à un marchand d'apporter des vêtements dans ma chambre afin que je pusse choisir. Je désirais des habits décents et point trop voyants pour le voyage, mais quand Myrina revint du bain, elle voulut essayer plusieurs modèles, se contempler sur toutes les coutures dans le miroir que lui présentait l'esclave, si bien que son manège finit par me fatiguer et que je me jetai à plat ventre sur ma couche en me bouchant les oreilles pour ne plus entendre son insupportable bavardage.

En me voyant sérieusement fâché, elle laissa tomber le tas de toilettes par terre et congédia l'esclave ; puis, s'asseyant près de moi, elle me toucha l'épaule.

– Cela soulage une femme de sa tristesse et de ses peines quand on parfume son corps, peigne artistement sa chevelure et la revêt de beaux habits ! Mais tu ne dois point oublier que mon manteau élimé et mes vieilles sandales déchirées me sembleraient mille fois préférables si, les portant, je pouvais encore partager un morceau de pain d'orge avec mon frère ! Il faut au moins tenter de rire comme moi et te distraire de mes façons d'agir afin de chasser de ton esprit les mauvaises pensées.

– O ma sœur ! Il est bien que ta tristesse s'apaise ! m'écriai-je en me cachant la tête dans les mains. Mais à présent c'est moi qui suis rempli d'angoisse ; vois, il est déjà tard et chaque instant qui passe augmente ma terreur. Je ne sais ce que je crains, mais du fond de mon cœur je supplie Jésus le Nazaréen de ne point nous abandonner. Ne me parle plus de cheveux ni de vêtements ! Que m'importe à moi comment je m'habille, ce que je mange ou ce que je bois ! Le moment de l'accomplissement approche et le maître va bientôt apparaître devant les siens !

Myrina me serra dans ses bras, posant sa joue délicate contre mon épaule.

– M'as-tu appelée ta sœur avec sincérité ? demanda-t-elle à voix basse. Si oui, je ne désire plus rien. Je dormais ainsi dans les bras de mon frère, appuyant avec confiance ma tête sur sa poitrine.

Myrina s'endormit entre mes bras, quelques sanglots encore ponctuant parfois ses rêves. L'inquiétude qui m'avait envahi m'empêcha de fermer l'œil. À la lisière du rêve et de la pleine conscience, j'eus une vision dont je ne saisis point le sens : vieilli et la tête chenue, je cheminais interminablement à travers le désert, pieds nus et vêtu d'un manteau déchiré. Près de moi marchait Myrina, frêle et fatiguée, un paquet sur son épaule. Derrière nous, une Marie de Beerot grosse et bouffie, montée sur un âne, avançait, une expression de mécontentement inscrite sur son visage. Quelque part, au loin devant moi, un être resplendissant se retournait parfois pour nous regarder mais, malgré ma hâte, je n'arrivais jamais à le rejoindre.

Je me réveillai trempé de sueur : si, en vérité, je devais voir là un présage de mon avenir, et si tel était le royaume que m'offrait le Nazaréen, alors peut-être abandonnerais-je sa poursuite. Il me revint en mémoire qu'il m'avait également prédit d'autres maux la nuit où nous l'avions rencontré sur le rivage, si tant est que ce fût lui ! J'eus l'impression que des ténèbres plus épaisses que celles de la nuit s'approchaient de moi pour m'envelopper.

– Jésus de Nazareth, fils de Dieu, aie pitié de moi ! criai-je à haute voix, poussé par mon angoisse.

Et voici que les ténèbres s'éloignèrent de moi. Je joignis les paumes de mes mains, et récitai en moi-même la prière que Suzanne m'avait apprise. Après avoir dit : « Amen ! » je m'endormis paisiblement jusqu'au petit matin.

Le brusque mouvement que fit Myrina en se relevant et s'asseyant à mes côtés me tira du sommeil. L'aube filtrait sa livide lumière à travers les fentes des persiennes.

– O mon frère Marcus ! s'exclama-t-elle, les yeux brillants et le visage éclairé par un sourire. Quel merveilleux rêve !

Puis elle raconta :

– Nous gravissions un escalier de feu, toi, moi et un autre ; mais le feu ne brûlait point et nous montions toujours plus haut vers une lumière toujours plus éclatante ; tu te fatiguais, mais je t'ai pris par la main et aidé à continuer. Jamais je n'avais rêvé une chose aussi belle ; c'est un rêve de bon augure.

– J'ai rêvé moi aussi ! dis-je.

Et je pensai que peut-être nos deux rêves voulaient dire la même chose mais vue de manières différentes. Sur ces entrefaites, on entendit frapper à la porte et un esclave ensommeillé pénétra dans la chambre.

– Ne te fâche point, ô maître, chuchota-t-il avec crainte, mais on te demande ! Je n'aurais jamais osé venir te réveiller s'il n'y avait en bas un homme têtu avec deux ânes. Il ne cesse de répéter avec insistance que tu dois partir en voyage immédiatement !

Je m'enveloppai dans mon manteau et m'empressai de descendre. Le soleil n'était pas encore levé ; j'aperçus Nâtan, grelottant de froid, et laissai échapper un cri d'allégresse. Il paraissait également si impatient qu'en me voyant, il en oublia son mutisme.

– Ils ont quitté Capharnaüm cette nuit. Le message a été envoyé à tout le monde. Ils sont partis en groupes, chacun avec sa famille et ses parents. Ils ont emmené Suzanne à laquelle j'ai donné un âne ; j'ai prêté l'autre à Simon Pierre dont la belle-mère âgée est de santé délicate ; j'ai pensé qu'il convenait que tu fusses en bons termes avec lui, bien que pour le moment il ignore le nom du propriétaire de l'âne prêté. Mais je crois qu'ils ne repousseront aucun de ceux qui auront reçu le message, car c'est le jour de la grâce. Il est possible que la nuit prochaine soit fondé le royaume.

– Dois-je emporter mon épée ? demandai-je aussitôt.

– Non, répondit Nâtan. Il a dit que tous ceux qui se serviront de l'épée périront par l'épée. Il est en mesure d'appeler une légion d'anges pour le protéger le cas échéant. Partons rapidement et courons vers la montagne comme les faiseurs de rêves.

Je l'interrogeai encore pour savoir si nous étions loin de la montagne et Nâtan répondit qu'il la connaissait, ainsi que tous les chemins qui y menaient. Il nous faudrait une journée de marche et il pensait que le plus prudent serait d'arriver à la tombée de la nuit afin de ne pas nous faire remarquer inutilement. Je le priai d'attendre, le temps de me vêtir et d'avertir ma compagne de route.

Lorsque parut Myrina, je me rendis compte que Nâtan avait cru que Marie de Beerot était encore avec moi. Il regarda la jeune fille d'un air étonné, puis posa sur moi des yeux lourds de reproche. Je me sentis coupable comme si j'eusse trahi sa confiance.

– C'est une étrangère comme moi, dis-je pour me disculper. Elle a perdu son frère et je l'ai adoptée comme sœur. Prends-la en pitié au nom de Jésus de Nazareth ! Mais si tu refuses de l'emmener avec toi, je ne pourrai te suivre, car j'ai fait une promesse qui m'oblige à me rendre avec elle au rendez-vous de la montagne.

Je perdis ma dignité aux yeux du grave Nâtan, qui certainement jugea que je manquais de parole, mais il ne s'opposa point à ma décision et se contenta de faire son geste habituel. Je crois qu'après une si longue attente, il éprouvait un tel soulagement de partir qu'il eût même accepté d'emmener Hérode Antipas si ce dernier l'en eût prié. Reprenant courage, j'exprimai l'idée que les disciples eux-mêmes, animés pourtant d'un zèle plein d'inquiétude, laisseraient Jésus décider de ceux qu'il devait accepter ou repousser.

Nâtan, tournant le dos à la cité, nous conduisit par le chemin le plus direct à la route qui mène vers l'intérieur du pays. Ainsi que je l'avais prévu, nombre de spectateurs des courses qui avaient passé la nuit à Tibériade quittaient également la ville. Lorsque nous fûmes au sommet de la pente, je pus contempler sous mes yeux le magnifique paysage de la mer de Galilée et de la ville avec ses portiques. Le chemin derrière nous fourmillait de monde, tandis que des nuages de poussière signalaient le passage de ceux qui nous précédaient.

Tout au long de la route et près de chaque pont, nous rencontrâmes des postes de garde : les autorités romaines avaient décidé ce jour-là de faire une bonne recette, car les légionnaires intimaient l'ordre à tous les véhicules, qu'ils fussent tirés par des ânes, des chameaux, des chevaux ou des bœufs, de s'arrêter pour s'acquitter d'un droit de péage. Ils n'obligeaient point ceux qui allaient à pied à payer le tribut, mais interpellaient parfois un homme d'allure suspecte pour l'interroger et s'assurer qu'il ne portait point d'armes.

Lorsque nous entamâmes la descente, la Galilée tout entière nous parut un jardin tant les terres autour de nous étaient cultivées avec soin ! Nombre de piétons cependant, pour fuir les Romains, s'écartaient en courant du chemin dès qu'ils repéraient des soldats en faction, et les paysans sortaient alors de leurs champs en jurant et se lamentant de ce que ces troupeaux de voyageurs vinssent piétiner leurs cultures et saccager leurs vignes pour éviter les postes.

Nous passâmes sans encombre et l'on ne nous fouilla pas ; nous eûmes toutefois à payer le péage trois fois pour nos deux ânes. Au milieu du jour, nous fîmes halte près d'un puits pour laisser reposer les bêtes et prendre quelque nourriture nous-mêmes ; et tout à coup, me revint à l'esprit une chose que j'avais totalement oubliée, qui m'attrista et me poussa à m'enquérir auprès de Nâtan si Marie la Magdaléenne avait reçu le message ou si nous devions rebrousser chemin pour aller la chercher. Mon esprit ne retrouva son calme que lorsqu'il m'eut assuré que tous ceux qui avaient été dans l'attente avaient reçu le message.

Je profitai de ces moments de repos pour examiner ceux qui poursuivaient leur route sans s'accorder le plus léger arrêt à cette heure la plus chaude de la journée et m'amusai à tenter de reconnaître ceux qui se rendaient à la montagne. Certains visages exprimaient un espoir plein d'ardeur, comme si ni la poussière du chemin ni la fatigue de leurs membres ne comptaient pour eux. En revanche, ceux qui avaient assisté aux courses marchaient la tête basse d'une allure traînante. Beaucoup de gens avaient coupé des branches d'arbres pour se protéger du soleil particulièrement chaud ce jour-là. Un beau garçon passa devant nous tenant le bras d'un vieil homme aveugle.

Alors que nous nous préparions à repartir, nous entendîmes dans le lointain une galopade de chevaux et le roulement d'un char accompagnés de cris d'avertissements. Puis un quadrige gris qui la veille avait participé à la course fila devant nous à grand fracas. L'aurige, obligé de faire halte au poste précédent, se proposait maintenant de rattraper le temps perdu sans se soucier de ceux qui marchaient sur le chemin. Nul doute qu'à la vitesse où il allait, il ne finît par renverser quelqu'un sur cette route grouillante de monde. Et nous vîmes qu'en effet un accident avait eu lieu lorsque nous parvînmes au tournant : un attroupement s'était formé sur le bas-côté, on levait le poing en direction du char qui s'éloignait. Le jeune homme qui conduisait l'aveugle avait réussi à écarter le vieil homme à temps, mais lui-même avait été piétiné par les chevaux ; son front était en sang, il souffrait d'une blessure à la tête et probablement d'une fracture à une jambe, car il n'arrivait pas à se tenir debout lorsqu'il essayait de se lever ; le vieillard lançait des plaintes irritées sans comprendre ce qui venait de se passer.

Les gens attroupés, se rendant compte qu'il fallait prêter main-forte, eurent tôt fait de se disperser et de reprendre leur route. Le jeune homme essuya le sang qui coulait sur son visage et se palpa la jambe. Je l'observai avec curiosité, songeant qu'il pouvait remercier la fortune d'être toujours en vie. Dominant sa douleur, il répondit à mon regard puis rassura l'aveugle avec quelques mots tristes. Nous aurions poursuivi notre voyage si Myrina n'eût crié à Nâtan d'arrêter les ânes, puis sauté du sien d'un mouvement souple ; s'agenouillant près du jeune homme, elle lui palpa la jambe avec ses deux mains.

– Elle est cassée ! cria-t-elle à notre adresse.

– Si tu as satisfait ta curiosité, répondis-je sur le ton de l'ironie, nous partirons maintenant, car nous sommes pressés.

– Hommes d'Israël, dit le garçon, prenez mon père aveugle en pitié pour la grâce de Dieu ! Nous ne sommes point des gens de mauvaise réputation, mon père a perdu la vue et on lui a promis qu'il trouverait le guérisseur si cette nuit il parvenait à le rejoindre. Demain il sera trop tard ! Pour moi, peu importe, mais je vous en supplie, emmenez mon père avec vous et accompagnez-le jusqu'à l'endroit où commence la plaine de Nazareth. Là-bas, un autre le prendra en pitié et le conduira sur le bon chemin.

– Nombreux sont les chemins et il est facile de s'égarer en maints d'entre eux ! intervint Nâtan. Es-tu sûr du chemin, jeune homme ?

Un sourire illumina le visage du garçon en dépit de sa souffrance de sorte que, même avec la face couverte de sang, et bien qu'il fût triste et désemparé, il était d'une grande beauté.

– Il n'y a qu'un seul chemin, répondit-il sur un ton allègre.

– Ainsi avons-nous le même, reprit Nâtan en me lançant un regard interrogateur.

A contrecœur, je descendis de l'âne et dis :

– Viens ici, aveugle, je te monterai sur mon âne et moi je continuerai à pied !

Myrina proposa :

– En vérité, si nous suivons le même chemin, et s'ils se rendent également à la montagne, pourquoi laisserions-nous le fils à la merci du hasard ? Il montera mon âne, cela m'est égal de marcher !

– Je ne voudrais point vous déranger, dit le jeune homme, mais si nous sommes fils du même père, il vous bénira certainement de m'avoir tendu une main secourable en ce moment critique !

J'eus bien du mal à accepter que ce pauvre garçon à la jambe cassée et son père furieux qui grommelait dans sa barbe fussent mes égaux ; comment pouvaient-ils avoir le même droit que moi, et même plus de droit encore car ils étaient fils d'Israël, à chercher Jésus le Nazaréen ? Mais lorsque j'eus enfin compris, je rendis grâce à Myrina dont la bonté naturelle avait su devancer la lenteur de mes pensées. Ensemble, nous lavâmes le visage du garçon, lui bandâmes la tête, puis fîmes des attelles pour sa jambe fracturée ; nous lui fabriquâmes également une canne sur laquelle s'appuyer et, en sautant sur sa jambe valide, il put se déplacer jusqu'à l'âne. Son père, déjà en selle et prêt à partir, écoutait tout ce que nous disions en remuant la tête avec inquiétude. Soudain, il s'écria d'une voix autoritaire :

– Qui est cette fille dont j'entends la voix et qui sait à peine parler notre langue ? Qu'elle ne te touche pas au moins, ô mon fils ! Et qu'elle ferme sa bouche ! Ne la regarde même pas afin d'éviter que son esprit immonde ne nous rende impurs en ce voyage sacré !

– Mon père respecte la loi, dit le jeune homme d'un air embarrassé. Il l'a suivie toute sa vie rigoureusement et le malheur ne l'a certes point frappé pour son manque de piété. Essayez de comprendre ! Pour rien au monde, il ne voudrait se sentir impur avant de rencontrer le guérisseur.

Malgré ses protestations, l'aveugle s'accrochait des deux mains à sa monture, de sorte que nous aurions eu beaucoup de mal à le jeter à bas quand bien même l'eussions-nous tenté de force. Alors s'évanouirent toutes mes bonnes intentions et je lui reprochai avec véhémence :

— Ceux de ta propre race t'ont abandonné sur le bord du chemin ! La jeune fille est grecque et moi je suis un païen incirconcis bien que j'aille vêtu à la manière judaïque. Mais j'espère que tu ne te sentiras pas souillé au contact de mon âne sur le dos duquel tu restes assis avec tant d'obstination.

Nâtan dit sur le ton de la conciliation :

— N'aie nulle crainte, ô vieillard aveugle ! Moi aussi je suis un fils d'Israël et fais partie des doux de la terre. Ils cherchent le même chemin que moi. Sache que jadis j'ai vécu dans une maison fermée du désert où j'ai appris à lire les Ecritures. J'ai distribué mes biens aux fils de la lumière avec lesquels j'ai partagé la nourriture. Mais comme je n'étais guère doué pour les études, j'ai quitté le désert à la recherche du nouveau maître de la sagesse ; j'ai suivi un prophète vêtu de peaux de chameaux qui annonçait l'avènement du royaume et a baptisé notre Seigneur. On a tué ce prophète et je fis vœu de garder le silence afin de ne point tomber en la tentation de parler de choses que seul un maître véritable de la sagesse peut connaître. Mais l'heure est venue à présent, et c'est pourquoi je suis délié de ma promesse.

« Crois-moi, toi qui ne vois point ! En ces temps que nous vivons, il n'y a pas parmi le peuple ni en nulle génération un seul homme pur et sans péché. Ni les ablutions, ni les sacrifices, ni le maître le plus grave ne te peuvent purifier. Mais le Verbe s'est fait chair et il a demeuré parmi nous et nous ne l'avons pas connu. Il a été crucifié, et il a ressuscité des morts pour nous délivrer de nos péchés. Si tu crois en lui, tes yeux guériront et tu recouvreras la vue. Mais si tu te considères comme plus pur que nous, alors je pense que tu ne guériras point.

Le vieux se lamenta à haute voix et, tenant l'âne d'une seule main, chercha avec l'autre à saisir le bord de son manteau afin de gratter ses habits.

– O père, ces étrangers ont eu pitié de nous, dit son fils en l'arrêtant, tandis que les justes nous abandonnaient ! N'aie point le cœur endurci et ne les outrage pas ! Le soleil de notre père éclaire les bons et les méchants et les fils d'Israël aussi bien que les païens. Ne cherche pas à briller plus que son soleil, ô toi qui as déjà reçu le châtiment de la cécité.

Mais l'aveugle lui intima l'ordre de se taire et pria Nâtan de tirer l'âne en avant afin de ne point demeurer trop proche de nous ; Myrina resta derrière avec moi et le jeune homme ralentit le pas de sa monture pour cheminer à nos côtés.

– Mon père a du mal à se délivrer de l'ancien, expliqua-t-il avec calme. Mais votre guide a bien parlé, nul homme juste en effet n'existe sur cette terre et, même si je m'échinais à accomplir la loi, je n'arriverais point à me libérer de mes péchés. Je ne m'estime pas meilleur qu'un païen et je n'arrive pas à imaginer que votre miséricorde me puisse remplir d'immondices.

Je le regardai : son visage, tendu par la souffrance, était jaune comme cire et il serrait les dents pour ne point tomber.

– En voyant la pureté de ta face aux yeux brillants, je ne puis croire que tu pèches à dessein.

– Dieu créa l'homme à son image et ressemblance, reprit-il. Mais après la chute de nos premiers ancêtres, Adam et Eve, l'image divine s'est troublée en moi et j'ai honte de ma nudité devant Dieu.

— J'ai entendu et lu cela, mais je n'en ai jamais saisi le sens, répondis-je. L'érudit hébreu d'Alexandrie m'en expliquait seulement le symbolisme.

Le jeune homme ébaucha un sourire.

— Comment pourrais-je, moi un garçon sans la moindre culture, y comprendre quelque chose ? Mais j'ai vu Jésus le Nazaréen sur la rive du lac, il rendait la vue aux aveugles et les boiteux ou les paralysés eux-mêmes pouvaient marcher. Il disait qu'il était le pain de vie. J'aurais de tout mon cœur voulu le suivre, mais mon père est plein de sévérité ; si c'était un homme bon et aimable, je me serais enfui de chez moi, mais mon cœur me persuadait que si je partais à la suite de Jésus, ce serait seulement pour échapper à la rigueur paternelle. Mon père suivait davantage les enseignements des rabbins de la synagogue qui ont condamné Jésus que ce dernier, parce qu'il fréquentait des pécheurs. Combien de fois m'a-t-il fouetté pour avoir délaissé mes tâches et être allé l'entendre prêcher ! Mon père pensait qu'il pervertissait les gens, mais en moins de temps qu'il n'en faut à un coq pour lancer son chant, il perdit la vue ; il avait dit les prières nocturnes avant d'aller se coucher, mais le lendemain en se réveillant, il ne voyait plus rien, à tel point qu'il crut que le jour n'était point encore levé ! Le désespoir s'empara de lui mais nul ne put le guérir ; alors il se sentit disposé à croire en Jésus et voulut partir à sa recherche. Hélas ! le maître avait quitté la Galilée pour Jérusalem où on l'avait crucifié. Mon père chercha du secours auprès des doux de la terre qui lui révélèrent que le Nazaréen avait ressuscité et lui indiquèrent le jour, l'heure du rendez-vous et le chemin que nous devions suivre pour y arriver. Mon père est absolument persuadé que Jésus lui rendra la vue si nous le rejoignons à temps. C'est ce que je crois également, mais je préférerais cependant que le but de sa quête fût le royaume et non pas la lumière de ses yeux.

Myrina, pleine d'intérêt, me demanda de lui traduire ce que le jeune homme avait dit et fut remplie d'étonnement à l'entendre.

– Le cœur de ce garçon est pur comme je ne croyais guère qu'il en existât en ce monde ! dit-elle. Pourquoi donc est-ce lui qui a subi cet accident ?

– Ne le demande point puisque lui-même accepte sans une plainte ! répondis-je. Il oublie sa propre souffrance et ne se soucie que du bien-être de son père. La loi des fils d'Israël les oblige à honorer leurs père et mère.

Mais Nâtan, qui comprend le grec, entendant mon explication se retourna et dit :

– En effet, telle était la loi. Mais on m'a dit que Jésus de Nazareth prêchait que pour entrer dans son royaume l'époux devait abandonner l'épouse, le fils son père, sa mère, son frère et sa sœur, et le riche sa maison et ses biens. Lorsque le maître appelait, le pêcheur devait laisser ses filets dans le lac, le laboureur ses bœufs dans le champ et celui qui voulait d'abord enterrer son père, il ne lui permettait point de s'approcher de lui.

L'aveugle poussa des cris de lamentation.

– Je suis tombé entre les mains de renégats et c'est Satan en personne qui me conduit ! Que peut-on espérer de bon d'un chemin fréquenté par des hommes qui assassinent la loi avec leurs paroles !

La tristesse s'empara de son fils qui tenta cependant de le réconforter.

– J'ai entendu Jésus prêcher cela. Il appela bienheureux les doux et les artisans de paix. Il a défendu de prononcer des paroles mauvaises ou de tenir tête aux méchants et ordonné d'aimer nos ennemis et de prier pour nos persécuteurs. Il a assuré que son père connaissait tous nos besoins et les satisferait si, sans nous préoccuper du lendemain, nous nous soucions en premier lieu de son royaume.

Ces propos me surprenant, je dis sur le ton du doute :

— J'ai entendu maintes choses sur lui et ses enseignements ! Sa doctrine se contredit suivant celui qui l'expose, si bien que je ne sais plus à présent ce que je dois croire à son sujet.

Myrina leva vers moi des yeux étonnés.

— Pourquoi vous mettre à discuter lorsque nous nous rendons auprès de lui ? dit-elle. Je crois que je suis la plus heureuse car, ne sachant presque rien de lui, je suis comme une coupe vide que l'on peut remplir à loisir.

Je me sentis touché à vif par ces mots. Tandis que nous cheminions derrière les ânes, les yeux fixés sur la poussière du chemin, je me remémorai tous les événements antérieurs, réfléchissant à l'état d'esprit avec lequel je les avais perçus. Je ne trouvais plus nul bien en moi et mon sentiment de charité ne me paraissait plus guère suffisant. Je m'assurai cependant encore une fois que je n'étais point parti en quête du ressuscité par simple curiosité. En mon cœur, j'invoquai le nom du Nazaréen et l'implorai pour être délivré de ma vanité et de mon égoïsme, de ma science et de mon raisonnement proprement humain, et même de mon jugement afin que moi aussi je fusse une coupe vide prête à recueillir toute sa vérité si son désir était de la verser en moi.

Je levai les yeux après ma prière et vis la montagne qui se profilait là-bas, tout au bout de la plaine : le soleil crépusculaire nimbait d'or son sommet arrondi. Dès le premier regard, je sus que cette montagne si élevée et aux formes si pleines d'harmonie était celle que nous cherchions. Nous suivîmes tout d'abord le grand chemin, franchissant le lit d'un ruisseau à sec, puis un sentier qui escaladait le flanc de la montagne en direction du sud, évitant de la sorte la cité qui, selon Nâtan, se trouvait sur le côté nord. Les champs cultivés firent bientôt place au maquis, nous atteignîmes l'ombre de la montagne et fîmes halte : tout n'était que silence autour de nous, ni chant ni cri d'animal, pas une âme qui vive. Et le silence était si profond que j'en vins à me demander si nous avions pris le bon chemin ; mais la terre, les arbres et la beauté de la montagne, tout me disait que cet endroit était sacré. La paix inonda mon esprit et je n'éprouvai plus aucune impatience.

Nâtan, de son côté, ne semblait plus pressé. J'ai le sentiment qu'il avait choisi ce sentier plus ardu afin d'éviter les autres pèlerins et d'échapper aux questions inutiles ; après avoir consulté le ciel et les ombres toujours plus épaisses, il retint les ânes pour qu'ils prissent quelque repos. Je m'étonnai, en tant que Romain, que les doux n'eussent établi nulle surveillance sur les chemins conduisant à la montagne ; s'agissant d'une réunion secrète touchant une telle foule, les adeptes auraient dû, à mon point de vue, placer quelques-uns des leurs sur les sentiers afin de guider les arrivants et de repousser, le cas échéant, les indésirables. Nous reprîmes la marche lorsque les trois étoiles s'allumèrent dans le ciel, et parvînmes, à la nuit tombée, près du sommet de la montagne, découvrant alors une immense foule de gens assis par terre en petits groupes.

Tout restait incroyablement silencieux, les hommes parlant entre eux à voix basse si bien que l'on eût dit la rumeur d'une brise suave caressant la montagne. Nâtan attacha les ânes dans un coin du bois à l'abri des regards, puis aida l'aveugle à mettre pied à terre tandis que Myrina et moi soutenions son fils. Nous approchâmes de la multitude, prenant place sur le sol près d'un groupe de fidèles. De l'autre côté de l'assemblée, nous aperçûmes une grande agitation et des ombres qui se rapprochaient. Ceux qui arrivaient se laissaient tomber sur le sol en silence, puis attendaient à l'instar des autres. Le murmure assourdi des voix m'amena à penser que des centaines de personnes se trouvaient déjà réunies sur le sommet de la montagne, mais jamais je n'aurais pu imaginer qu'une foule aussi considérable eût pu attendre dans un si profond silence.

Ainsi passa la première veille de la nuit, et cependant nul ne se lassa de l'attente et nul ne se leva pour partir. Il n'y avait pas de lune, mais la brillante clarté des étoiles tombait telle une pluie d'argent sur la terre. Je sentais la présence d'une puissance toujours plus intense. Mettant alors mon bras autour de Myrina, j'eus l'impression que son frêle corps était raidi dans la tension de l'attente ; comme une fois à Jérusalem alors que je me trouvais dans ma chambre, la sensation d'avoir reçu de lourdes gouttes me fit porter la main à mon visage, mais je ne remarquai nulle trace d'humidité.

Soudain, je vis que les gens levaient la tête pour mieux voir et je les imitai. Au milieu de la multitude, sous le rayon des étoiles, se dressa une haute silhouette qui, s'adressant au peuple assemblé, dit à haute voix :

– Hommes, mes frères !

Il se fit aussitôt un silence sépulcral. Et la voix poursuivit :

– Le grain mûrit en vue de la moisson et voici que déjà l'on prépare la fête de la récolte et que les quarante jours qu'il nous accorda sont sur le point d'être écoulés. L'heure vient et le départ approche. Là où il va nous ne pouvons le suivre.

Il était le pain descendu du ciel. Qui mangera ce pain, vivra à jamais. Le pain qu'il nous a donné, c'est sa chair pour la vie du monde. Et nous ne discutons plus pour savoir comment cela se peut. Il peut donner sa chair à manger, nous les Onze l'avons déjà vu et nous en témoignons. Il nous a révélé le secret du royaume. En vérité, si vous ne mangez point la chair du fils de l'homme et ne buvez son sang, vous n'aurez pas la vie en vous. Mais qui mange sa chair et boit son sang a la vie éternelle et ressuscitera au dernier jour. Car sa chair est vraiment une nourriture et son sang vraiment une boisson. Qui mange sa chair et boit son sang demeure en lui. Mais s'il en est parmi nous qui s'offensent de ce langage et jugent cette doctrine trop forte, qu'ils se lèvent et s'éloignent : nul ne les jugera.

Personne ne quitta les lieux, pas même moi que ce mystère pourtant emplissait de frayeur. Je n'aurais d'ailleurs pu me lever, car mes bras et mes jambes étaient comme endormis tandis que j'écoutais en retenant ma respiration.

L'orateur demeura un long temps sans ajouter une parole, planté comme un roc à la clarté des étoiles, entouré de la multitude silencieuse. Puis il reprit avec la simplicité d'un enfant :

– Nous avons mangé l'agneau pascal avec lui cette nuit où il fut trahi. Or, il prit le pain et après avoir prononcé la bénédiction, le rompit et nous le donna en disant : « Ceci est mon corps ! » Puis, prenant une coupe, il rendit grâce et nous la donna en disant : « Buvez-en tous, car ceci est mon sang qui va être répandu pour une multitude en rémission des péchés. »

Et voici que celui qui parlait ajouta en levant les bras :

– Prenez donc, mangez et buvez, vous tous qui l'aimez, vous tous qui le pleurez et qui croyez qu'il est le Christ, fils de Dieu. Bénissez le pain en son nom, partagez-le et donnez-le-vous les uns aux autres, puis bénissez le vin en son nom et donnez-le-vous à boire les uns aux autres, afin que celui qui donne à celui qui n'a pas et que nul ne demeure les mains vides. Puis, après avoir mangé et bu, veillons et attendons sa venue.

Lorsqu'il eut terminé son discours, il s'allongea par terre et un léger mouvement agita la foule quand tous se levèrent pour se laver les mains et s'entraider. Nous n'avions pas beaucoup d'eau, Nâtan cependant la versa sur nos mains, puis sur celles de l'aveugle et de son fils, me laissant ensuite saisir la jarre et lui rendre le même service. Nos provisions en revanche étaient abondantes, mais le vieillard nous supplia en tremblant de le laisser manger son propre pain et boire sa propre boisson.

Nul n'élevait la voix et le chuchotement de la multitude ressemblait au murmure du vent.

Je ne me sentis plus guère offensé de ce que le vieil homme avait refusé, pour obéir à sa loi, de partager notre nourriture. Nâtan donc bénit son pain au nom de Jésus-Christ, puis l'ayant partagé, donna une moitié au père et l'autre au fils ; il bénit ensuite notre pain blanc, en donna un morceau à Myrina et à moi, gardant un autre pour lui-même.

– Que ce pain soit le pain de la vie éternelle comme ils l'ont dit. Qu'il te serve pour la vie et non pour la mort.

Je répondis avec humilité :

– Que sa volonté soit faite puisqu'il est le fils de Dieu ! Et si sa volonté est qu'il me serve pour la mort du fait que je suis étranger, je me soumettrai.

Après avoir mangé le pain, Nâtan bénit la boisson de l'aveugle et lui donna à boire, puis fit de même pour le garçon ; il mélangea le vin et l'eau pour nous et bénit la coupe. Je bus, puis Nâtan.

La coupe resta dans les mains de Myrina. Ainsi nous mangeâmes et nous bûmes à l'instar de tous ceux qui étaient autour de nous, partageant leurs vivres entre eux.

Mais le vieil homme après quelques bouchées fondit en larmes et se lamenta en remuant la tête :

– Voici que j'ai mangé le corps du fils de Dieu et bu son sang. Je crois que tout lui est possible. Qu'il prenne en pitié mon incrédulité !

Myrina me tendit la coupe. Je bus et la passai à Nâtan qui but lui aussi et la coupe revint entre les mains de la jeune fille qui, après avoir étanché sa soif, la renversa et murmura en l'examinant d'un air perplexe :

– La coupe est toujours pleine !

Aussi étonné qu'elle, j'ajoutai :

– J'étais persuadé que nous avions mangé le pain, mais le voici entier près de moi ! Est-ce toi, ô Nâtan, qui l'as posé là ?

– Non ! Non, je n'ai point mis le pain à côté de toi ! Peut-être en avions-nous apporté plus que ce que nous croyions ?

Nous bûmes encore et la coupe ne se vida point. Mais plus rien de ce qui advenait ne m'étonnait à présent, tout se passait comme dans un rêve transparent, bien que je fusse assis sur le sol et conscient du froid qui montait de la terre. Je voyais le firmament étoilé au-dessus de ma tête et j'entendais autour de moi la rumeur confuse de la foule semblable au chuchotis des vagues mourant sur une grève. J'étais tout entier habité par la conviction que Jésus de Nazareth allait apparaître et que je le verrais : j'avais mangé son pain, et il ne m'avait point étranglé, j'avais bu son vin, et il ne m'avait point étouffé.

Ainsi passa le temps de la seconde veille nocturne et je suis certain que nul d'entre nous ne s'endormit. Tous attendaient, et cette attente était dépourvue d'impatience. C'était plutôt comme une préparation.

– L'aube est-elle déjà là ? demanda soudain l'aveugle en levant la tête. Il me semble que je vois la clarté du jour.

Je tournai les yeux d'un côté et de l'autre et demeurai le regard fixé sur la foule.

Tous, à présent, nous levions la tête pour regarder et voici que nous vîmes le ressuscité au milieu des siens. Comment et à quel point était-il apparu, je ne le saurais dire, mais on ne pouvait se tromper : il allait, tout de blanc vêtu, et la vive clarté des étoiles se reflétait sur lui si bien qu'il semblait irradier la lumière ; son visage brillait également. Il marchait à pas lents parmi la foule, s'arrêtant parfois comme pour saluer les siens et tendant les mains vers eux comme pour les bénir.

Toutes les têtes levées demeuraient fixées dans la même direction, mais nul n'osait bouger et courir à sa rencontre. Nous entendîmes tout à coup une femme crier d'une voix extraordinairement puissante.

– Mon Seigneur et mon Dieu ! lança-t-elle en un cri mêlé de rires et de larmes, se jetant à plat ventre devant lui.

La foule sursauta mais le Nazaréen, s'inclinant vers elle, effleura de sa main la tête de la femme qui se calma sur-le-champ. La respiration de la multitude n'était dans le silence qu'un immense soupir, et l'on pouvait entendre murmurer de tous côtés :

– C'est lui ! Le Seigneur est venu parmi nous !

L'aveugle, agenouillé sur le sol, tendait sa tête en levant les bras.

– Je ne vois pas ! dit-il. Je ne vois que la lumière comme si le soleil m'éblouissait les yeux !

Je ne puis préciser la durée de son séjour parmi nous, on eût dit que le temps lui-même avait arrêté sa course. Mais il était vraiment vivant tandis qu'il évoluait au milieu des gens, s'arrêtant avec les siens sans oublier personne. Tout était simple et naturel, et si évident qu'il ne subsistait plus l'ombre d'un doute en mon esprit. La seule chose que je puisse comprendre, c'est qu'en le voyant cette nuit-là je me suis trouvé dans son royaume.

Il se rapprochait de nous peu à peu et tout en moi devenait fluide comme une eau frémissant au souffle de la brise légère. On eût dit qu'il parlait aux hommes tout en les bénissant, mais l'on n'entendait nulle parole ; pourtant, je vis l'un d'eux hocher la tête avec enthousiasme comme s'il lui répondait. Enfin il fut là, devant nous, posant son regard sur nous. Son visage plein de langueur resplendissait et en ses yeux brillait le royaume. Je vis remuer les lèvres de l'aveugle sans percevoir le moindre son, à tel point que je me demandai si je n'étais point subitement devenu sourd. Jésus, étendant son bras, passa ses doigts sur les yeux du vieillard avant de poser sa main sur la tête du jeune homme ; le père et le fils se jetèrent à ses pieds et demeurèrent immobiles : ainsi gisaient de toutes parts ceux qu'il avait touchés.

Puis il posa les yeux sur moi et son regard était tel que j'eus peur de mourir s'il venait à me toucher. Mes lèvres remuèrent, sans doute même parlai-je, bien que je n'entendisse point ma voix. Je crois avoir demandé :

– Seigneur, accepte-moi dans ton royaume.

Il répondit :

– Ce n'est pas en me disant : « Seigneur ! Seigneur ! » que l'on entrera dans le royaume des cieux, mais c'est en écoutant ce que je dis et en faisant la volonté de mon père.

Je demandai encore :

– Que dis-tu et quelle est donc la volonté de ton père ?

Il répondit :

— Tu le sais déjà : ce que tu fais à un de ces petits, c'est à moi seul que tu le fais.

Je dus alors lui poser une question sur son royaume, car il me sourit comme on sourit à un enfant obstiné, disant :

— On ne peut dire du royaume des cieux qu'il soit ici ou là, mais il est en toi et en tous ceux qui me connaissent.

Il dit encore :

— Je n'abandonnerai aucun de ceux qui m'appellent parce que, si deux ou trois sont réunis en mon nom, je suis là au milieu d'eux jusqu'à la fin des temps. Et jamais tu ne seras si seul que je ne me trouve avec toi lorsque tu m'appelles.

Ses yeux quittèrent mon visage pour se poser sur Nâtan. Je vis qu'il bougeait sa bouche, mais n'entendis rien. Après Nâtan, il regarda avec douceur Myrina qui, elle, ne fit pas un mouvement.

Puis Jésus se retourna et disparut parmi les siens.

L'aveugle et son fils, étendus sur le sol, paraissaient sans vie. Nâtan, remarquant ma crainte, secoua la tête en chuchotant :

— Ils ne sont pas morts mais endormis. Ne les touche pas !

Les onze se pressaient autour de Jésus et l'on eût dit qu'il leur parlait avec tendresse et qu'ils lui répondaient. Mais soudain, mes yeux se remplirent de larmes si bien que je ne le vis plus qu'à travers une brume éblouissante, entouré des Onze. Lorsque se tarirent mes larmes, il avait disparu et je ne saurais dire ni quand ni comment il nous abandonna. Je sentis plutôt que je ne vis qu'il n'était plus là, car la force cessa de nous soutenir ; c'était comme la fin d'un rêve. J'éternuai et remarquai que m'était revenu l'usage de mes membres.

Le temps reprit son cours. Levant les yeux vers le ciel, j'observai que la troisième veille avait commencé et que bientôt le jour se lèverait. Certains se redressèrent, regardant autour d'eux comme à la recherche de quelque chose ; des cris et des discussions désordonnées fusaient de toutes parts comme si tous à la fois tentaient d'expliquer ce que le Nazaréen avait dit à chacun en particulier.

Moi-même je m'écriai plein d'allégresse :

– Nâtan ! O Nâtan ! Je lui ai parlé et il m'a répondu ! Tu es témoin qu'il ne m'a pas refusé son royaume !

– Je ne peux être ton témoin, répondit Nâtan, en secouant la tête. Certes j'ai vu tes lèvres remuer, mais je n'ai pas entendu un seul mot. En revanche, moi je lui ai parlé et il m'a répondu !

Myrina me serra le bras de ses deux mains.

– Je n'ai pas osé ouvrir la bouche, dit-elle avec extase, mais il m'a reconnue et m'a dit avec un sourire que je n'aurai plus jamais soif en cette vie puisque je lui avais donné à boire quand il avait soif.

– Vous avez tous les deux perdu la raison, il ne vous a rien dit ! éclata Nâtan en colère. Je suis le seul de nous trois auquel il ait adressé la parole ! Il m'a indiqué le chemin. Il a dit qu'il n'est rien d'extérieur à l'homme qui pénétrant en lui par la bouche puisse le rendre impur, mais que c'est ce qui sort par la bouche de l'homme qui le rend impur. Il y a beaucoup de demeures dans son royaume. Chacun recevra selon la mesure et personne ne sera oublié s'il demande avec ferveur. Je dois croire dans les Onze car il les a choisis pour messagers. Son royaume est semblable à un grain de sénevé qui pousse lentement mais devient un arbre, au point que les oiseaux du ciel viennent s'abriter dans ses branches.

Il se tut, regardant au loin comme à l'écoute.

– Il m'a dit encore maintes choses, conclut-il d'une voix timide, mais j'ai bien peur d'avoir oublié. J'espère que tout me reviendra avec le temps.

Je me sentais profondément émerveillé. Son royaume demeurait encore en moi tel que Jésus me l'avait dit et la paix emplit mon esprit.

— N'aie point de colère contre moi, ô Nâtan ! suppliai-je. En vérité, j'ai cru qu'il m'avait parlé et je le crois encore maintenant. Peut-être s'est-il adressé à chacun selon son attente. S'il m'était donné de graver par écrit tout ce qu'il a dit aux siens au cours de cette nuit, sans doute qu'un livre n'y suffirait point ! C'est pourquoi peut-être tout le monde n'a pu entendre ce qu'il disait à chacun.

Nâtan, reprenant son calme, appuya ses mains sur mes épaules.

— J'ai vu pour le moins qu'il t'a regardé et que rien de mal n'en est advenu. Aussi, je pose la main sur toi sans te considérer comme un être impur.

Après avoir tenu conseil, nous jugeâmes préférable de quitter la montagne avant le jour, afin que personne ne pût me reconnaître ; mais l'aveugle et son fils dormaient encore, étendus tels des corps privés de vie à même la terre et comme nous n'osâmes ni les réveiller ni les abandonner à leur sort, nous fûmes contraints de rester assis en les attendant. Aux premières lueurs de l'aube, l'extase et l'allégresse allèrent augmentant parmi la foule ; les uns chantaient des chants d'action de grâces, d'autres couraient à perdre haleine de groupe en groupe pour saluer leurs amis et rendre témoignage de ce qu'ils avaient vu le ressuscité. On les voyait, le visage rouge d'excitation, qui se lançaient les uns aux autres :

— La paix soit avec toi ! T'a-t-il remis tes péchés à toi aussi ? T'a-t-il promis la vie éternelle ? En vérité, nous qui l'avons vu ici sur la montagne, jamais nous ne mourrons !

Les membres endoloris, je sentais la dureté de la terre sur laquelle j'étais assis, et je me tordais les mains pour réveiller la vie en moi. Tandis qu'à la lumière grandissante les gens se reconnaissaient entre eux, les Onze, par groupes de deux ou de trois, se mirent à circuler parmi l'assemblée. Je les vis qui réveillaient et relevaient ceux que le Nazaréen avait touchés et qui gisaient tels des morts.

Trois d'entre eux s'approchaient de nous. A sa tête ronde et ses larges épaules, je reconnus celui qui, élevant la voix, avait entretenu cette nuit la multitude de la pure doctrine et je remarquai, à la lueur blafarde du petit jour, son visage volontaire et entêté couvert de barbe. Près de lui avançait le jeune Jean : bien que très pâle, sa face était toujours la plus pure et la plus lumineuse qu'il m'ait été donné de voir, et j'éprouvai un grand soulagement à la contempler. Le troisième homme m'était inconnu mais, en le voyant, je sus qu'il faisait partie des Onze ; je suis incapable d'expliquer cette certitude, je dirai seulement qu'il y avait en lui quelque chose de Jésus le Nazaréen, bien que d'une manière différente et plus diffuse, comme filtrée à travers un voile.

Je me souvins alors du pêcheur solitaire, rencontré une nuit sur la rive du lac et tentai de retrouver ses traits après avoir contemplé le ressuscité face à face ; mais je ne pourrais affirmer que ce fût le même homme. J'étais cependant persuadé de l'avoir vu au bord du lac et d'avoir parlé avec lui, même si je ne l'avais point reconnu sur le moment. Mais pourquoi s'était-il manifesté devant moi précisément ? C'est une question à laquelle je ne saurais répondre.

Plus les trois hommes se rapprochaient de nous, plus m'envahissait un sentiment de culpabilité, à tel point que je détournai la tête pour tenter de dissimuler mon visage à leurs regards.

Mais ils ne s'arrêtèrent point devant moi. Se penchant sur le vieil homme, ils le relevèrent en le secouant :

– Réveille-toi, dormeur !

L'aveugle se frotta les yeux avec le dos de sa main et les regarda.

– Je vous vois, s'écria-t-il. Vous êtes trois hommes mais en réalité, je ne vous connais pas !

Le premier des trois prit la parole :

– Nous sommes les messagers élus par Jésus de Nazareth, le fils de Dieu. Je suis Simon, qu'il appela Pierre. Mais qui es-tu, ô toi que nous ne connaissons pas ?

L'aveugle se toucha le front et regarda autour de lui avec ses yeux qui voyaient à présent.

– Cette nuit, j'ai vu une immense clarté, expliqua-t-il plein de gaieté. La force m'a frappé sur les yeux, me causant une si grande douleur que j'ai perdu connaissance. Mais je suis réveillé et mes yeux voient alors que j'étais aveugle en arrivant ici !

En proie à l'émotion, il se pencha vers son fils qu'il secoua un peu afin de le tirer du sommeil ; il l'aida à se remettre debout et l'embrassa avec effusion.

– Jésus le ressuscité m'a guéri cette nuit ! s'exclama-t-il. Que béni soit son nom ! Toute ma vie, je veux glorifier Dieu qui l'a envoyé.

Encore à moitié endormi, le garçon ôta le bandage de sa tête : la blessure, complètement guérie, n'avait laissé sur son front qu'une cicatrice. Debout sur ses deux jambes, il ne ressentait plus la moindre douleur ; voyant les attelles qui immobilisaient sa jambe, il se baissa pour les enlever et frotta la partie ainsi dégagée.

– Ma jambe n'est plus cassée, affirma-t-il plein de surprise.

Simon Pierre renchérit :

– Il a guéri cette nuit tous ceux qu'il avait

appelés parmi le peuple pour rendre témoignage de sa résurrection. Tous ensemble, nous avons pu le contempler. Et il ne s'est point contenté de rendre la vue aux aveugles, l'ouïe aux sourds et l'usage de leurs membres aux infirmes, il nous a également lavés de nos fautes et ouvert les portes de la vie éternelle.

« Nous ne connaissions point ces deux-là et ne les avions point appelés, mais le maître les a guéris de leurs maux. D'autres parmi la foule sont ici qui ne furent point invités, mais Jésus n'en a renvoyé aucun cette nuit.

Il tendit un doigt accusateur dans ma direction et poursuivit :

– Mais je connais cet homme ! A Jérusalem, il nous importunait sans répit de ses questions pleines de malice, égarant les femmes et induisant en tentation Simon de Cyrène, ainsi que Zachée ! C'est lui que Thomas fut contraint de visiter afin de lui interdire d'abuser du nom de notre rabbin ! C'est l'idolâtre Marc, le Romain ! Comment peut-il bien se trouver ici ?

Simon Pierre sursauta et, brandissant son poing, s'écria :

– Ainsi donc, il y a un traître parmi nous !

Mais Jean et l'autre lui saisirent le bras.

– N'attirons point l'attention, dirent-ils en guise d'avertissement. Mieux vaut l'amener à l'écart, sinon le peuple apeuré le lapiderait et l'on devrait rendre compte de son sang car il est citoyen romain.

Pierre, hors d'haleine, posa sur moi un regard lourd de menaces.

– Nombreux sont les fanatiques parmi la multitude. Que dirais-tu, ô Romain, si je te livrais entre leurs mains ? Ils te conduiraient dans une grotte et plus jamais tu ne verrais la lumière du jour !

– Je ne te crains pas, ni toi ni aucun homme

au monde, répliquai-je fermement. Pourquoi aurais-je peur quand ton maître ne m'a point rejeté cette nuit ? Douterais-tu par hasard qu'il eût pu m'interdire de venir jusqu'ici ?

Les trois hommes, en proie à l'inquiétude, nous firent pénétrer dans le bois où nous avions attaché nos ânes ; là, ils se concertèrent pour décider de l'opportunité d'appeler les autres disciples. Je déduisis de leurs propos que Nicomède, Simon de Cyrène ainsi que Zachée, que je connaissais tous, se trouvaient en ces lieux parmi la foule.

Jean dit enfin :

– Plus nous appellerons de gens, plus grand sera le désordre inutile ! Le Romain a raison, le Seigneur ne l'a point chassé, je ne comprends pas pourquoi, mais c'est ainsi ! Est-ce que par hasard le serviteur pourrait avoir plus de sagesse que son maître ?

Une fois à l'écart de la foule, le vieil homme et son fils intervinrent en notre faveur, expliquant ce qui s'était passé et comment, les prenant en pitié, je les avais conduits jusqu'à la montagne.

– Ainsi donc, coupa Simon Pierre avec violence, la chute du garçon sous les pieds des chevaux et sa jambe cassée n'étaient point des signes suffisants pour vous ? Vous n'étiez point invités et le Seigneur ne voulait pas de vous sur la montagne !

Le jeune homme, blessé au cœur par ces paroles, se mit à genoux devant le disciple.

– Pardonnez-moi, ô justes ! supplia-t-il. Je n'avais point de mauvaises intentions et n'agissais que pour mon père. Je n'ai rien demandé au Seigneur pour ma jambe, je n'y songeais même pas ! Il m'a touché et guéri dans son infinie bonté et m'a de la sorte tout pardonné. Faites de même pour moi et pour mon père !

Il ne me coûtait guère de m'humilier moi aussi

devant ces hommes si remplis d'angoisse et d'inquiétude.

– Si tel est votre désir, ô hommes de Dieu, je me jetterai à vos pieds, dis-je. Accordez-moi votre pardon, je vous en supplie, ô vous qui êtes les plus grands de son royaume. Je ne suis pas un traître et ne vous veux nul mal ! Si vous le jugez nécessaire, ma bouche restera close à jamais sur tout ce que j'ai vu. Mais si vous le désirez, je suis prêt à rendre témoignage de sa résurrection devant le monde entier et devant l'empereur lui-même.

Simon Pierre palpait sa tunique comme pour déchirer ses vêtements.

– Tais-toi, insensé ! ordonna-t-il. Que dirait le peuple si un Romain idolâtre venait porter témoignage du royaume ? Mieux vaudrait que tu n'eusses jamais entendu parler du chemin ! Car si tu as échappé au mal cette nuit, tu retourneras au mal et au monde comme le chien retourne à son vomi ! Tu n'es guère plus à nos yeux que la vomissure d'un chien !

Puis, se tournant avec colère vers Nâtan, il dit sur le ton de l'accusation :

– Je t'ai vu à Capharnaüm et t'ai fait confiance ! Mais tu nous as trahis en amenant un païen à la fête de la vie éternelle !

– Ecoute, Simon, ô toi le pêcheur d'hommes, répondit Nâtan en se frottant le nez, ne t'ai-je point prêté un âne à Capharnaüm pour te permettre de transporter jusqu'ici ta vieille belle-mère ?

Pierre se troubla et jeta un regard coupable vers ses deux compagnons.

– Que vient faire cela ? grommela-t-il. Suzanne a parlé en ta faveur et je me suis fié à toi !

– Cet âne appartient au Romain, poursuivit Nâtan sans se hâter. Marc est un homme pacifique mais si tu le fâches, il reprendra son âne, même si par ailleurs il se montre plein de miséricorde ; de sorte que tu seras obligé de demeurer assis sur la montagne avec ta belle-mère, et Suzanne vous tiendra compagnie, elle qui est venue montée sur l'autre âne du Romain.

Simon Pierre, visiblement indécis, frappa le sol de ses pieds avant d'admettre :

– Ma belle-mère est une femme acariâtre ; jadis, elle maugréait même contre Jésus qu'elle accusait de m'entraîner dans une vie de paresse, puisque j'avais abandonné mes filets pour le suivre. Mais, depuis qu'il l'a guérie de fièvres dont elle a failli mourir, elle ne dit plus un mot. Je ne voudrais point la laisser ici, mais nous devons absolument rejoindre Jérusalem avant la fin des quarante jours. Il nous faudra marcher jour et nuit et attendre là-bas que la promesse s'accomplisse. Alors, si ma belle-mère ne dispose plus de son âne pour se rendre à Capharnaüm, me voilà bien embarrassé !

– Je ne rendrai pas le mal pour le mal, le rassurai-je. Je te laisserai l'animal de bon cœur, même si je ne suis à tes yeux que de la vomissure de chien. Tu peux également prendre ces deux autres-là pour les femmes, nous n'en avons plus besoin car nous pouvons marcher. Ainsi donc garde-les, et Nâtan les récupérera à Capharnaüm. Quant à moi, je quitterai ces lieux sans bruit et sans déranger personne. Ne profère nulle malédiction à mon endroit et ne dépêche pas tes fanatiques à ma poursuite car je doute qu'une telle attitude soit conforme à vos lois.

Jean intervint alors pour tenter d'apaiser les esprits.

– Comprends-nous, ô Romain ! pria-t-il. Tout n'est point encore éclairci pour nous et la promesse n'est pas accomplie. Nous savons seulement ceci, le chemin et la porte sont étroits et nous n'osons les élargir de notre seule autorité.

Le troisième disciple ajouta :

— Il nous a donné l'ordre de convertir tous les peuples, mais nous ignorons encore comment et quand cela sera possible. Il devrait avant toute chose construire un royaume pour Israël. C'est à Jérusalem que tout nous sera expliqué.

Devant ces trois hommes qui tels des frères se tenaient par la main, j'éprouvais de l'envie et de l'angoisse à la fois en songeant à l'héritage que le Nazaréen leur avait laissé afin qu'ils le répartissent entre les hommes. Je me jetai à leurs pieds pour les supplier une fois encore.

— Je laisse à vous trois et à tous les autres les paroles de la vie éternelle. Je me plie à votre volonté bien que vous soyez des hommes simples. Tous les érudits expliqueraient sa doctrine, chacun selon sa science propre et en y ajoutant de son cru tandis que vous, vous n'avez certainement en tête que d'obéir à sa volonté le mieux qu'il vous sera possible. Je l'ai vu, il ne m'a point repoussé et n'a mis aucun obstacle à ma présence ; j'ai cru même, lorsqu'il s'est approché de moi, qu'il m'avait adressé la parole, mais je suis prêt à effacer ce souvenir de ma mémoire si tel est votre désir. Je ne vous demande même pas la potion de l'immortalité, permettez-moi seulement de conserver son royaume au fond de mon cœur ! Ne me rejetez point tout à fait ! Je croirai tout suivant vos explications et n'ajouterai rien de personnel à vos enseignements ; je ne vous demande point de me révéler le secret. Je mets tous mes biens à votre disposition et en tant que citoyen romain, j'interviendrai en votre faveur si vous êtes convoqués devant les gouverneurs ou poursuivis pour sa cause.

— Ni avec de l'or ni avec de l'argent ! dit Simon Pierre en levant la main.

— Moi, Jacques, s'exclama le troisième disciple, je me souviens qu'il nous a dit de parler sans inquiétude si l'on nous faisait comparaître devant les autorités, car ce que nous aurons à dire nous sera donné sur le moment en fonction de la nécessité.

Et voici que les yeux de Jean se remplirent de larmes et qu'il me regarda avec la même expression de tendresse qu'une autre fois déjà.

– Je t'aime, ô Romain, dit-il, je t'aime pour ton humilité et je suis pénétré du sentiment que tu ne nous veux aucun mal. La mère de Jésus qu'il m'a donnée au pied de la croix, m'a conté ceci : il est descendu dans le royaume des ombres, il en a brisé les portes et délivré les morts. Ainsi affranchira-t-il les peuples idôlatres, mais nous ignorons encore de quelle manière. Aspire à la paix, prie, jeûne et purifie-toi ; mais n'ouvre point la bouche à son sujet, afin de ne pas égarer les hommes autour de toi avec ton ignorance. Laisse-nous le soin d'accomplir notre tâche.

Je me relevai en baissant la tête et en luttant pour étouffer mon orgueil, mais sans laisser de penser que l'héritage du Nazaréen se disperserait aux quatre vents du monde pour finir par se perdre s'il restait à la charge de ces seuls disciples sans culture. Puis je trouvai une consolation à songer que Jésus sans doute savait ce qu'il faisait.

– Prends les ânes, dis-je à Nâtan, et mets-toi à la disposition des femmes. Sois leur protecteur et ramène-les saines et sauves chacune à sa destination ou à Capharnaüm. Repose-toi ensuite, puis viens me chercher aux thermes de Tibériade.

– Cela ne me plaît guère que tu traverses à pied la Galilée avec cette jeune fille pour seule compagnie, protesta Nâtan.

Je découvris, en jetant un coup d'œil autour de moi, que l'aveugle qui avait récupéré la vue, avait profité de mon inattention pour disparaître avec son fils. Mais j'avais, ancrée en moi, la conviction absolue que même si tous les hommes m'abandonnaient, toujours Jésus de Nazareth serait à mes côtés.

– La paix soit avec vous tous, dis-je.

Et prenant Myrina par la main, je me mis en devoir de descendre la montagne, empruntant le même chemin que celui par lequel nous étions arrivés. Tournant la tête une dernière fois, je vis la foule innombrable en mouvement sur le flanc de la montagne, les hommes cherchant leurs amis pour les saluer avec ferveur ; maints d'entre eux déjà, fatigués par une nuit de veille, s'étaient allongés sur le sol enveloppés dans leurs manteaux, afin de dormir quelques heures avant de reprendre le chemin du retour.

Tout en marchant, je me remémorai les événements de cette nuit ; je trouvai tout à fait naturel que le vieil homme eût récupéré la vue et que la jambe de son fils se fût guérie, si tant est qu'elle eût été fracturée. Ces miracles ne paraissaient nullement étonnants et même n'avaient à mes yeux aucune importance : sa bonté était si grande qu'en apparaissant aux siens il avait également soulagé de leurs maux physiques tous ceux qui n'étaient point invités.

Les quarante jours étaient presque écoulés et bientôt il regagnerait la maison de son père. Je m'efforçai de m'accoutumer à l'idée qu'en dépit de ce fait, il serait à mes côtés si je l'appelais. Cette idée était extraordinaire et si quelqu'un d'autre m'en eût parlé, elle m'aurait paru complètement absurde ; mais force me fut pourtant d'y croire, tant le fait de le voir de mes propres yeux m'avait profondément impressionné.

Plongé dans ces pensées, je suivais le sentier qui descendait à travers le maquis, tenant Myrina par la main. Un renard traversa juste devant nous.

– Tu as sans doute oublié que tu n'es point

seul, dit Myrina en me regardant, bien que tu me tiennes par la main !

Je posai sur elle mes yeux comme au sortir d'un rêve, et eus la conviction que le Nazaréen m'avait donné à Myrina à la place de son frère pour qu'elle ne succombât point. Il ne pouvait la confier aux fils d'Israël qui ne l'auraient pas acceptée et m'avait choisi moi parce que j'étais romain. Et tout cela, il l'avait fait pour une gorgée d'eau !

Puis me vint à l'esprit une autre pensée, qui me jeta dans un grand trouble : moi, je n'avais rien donné à Jésus de Nazareth, tandis qu'il n'avait cessé de me couvrir de prévenances ; il m'avait même offert à manger et permis de me réchauffer et de sécher mes habits devant son feu sur les bords de la mer de Galilée, s'il était en vérité ce pêcheur solitaire. Je pourrais le servir à mon tour si je considérais désormais Myrina comme ma sœur.

– O Myrina, dis-je, tu es pour moi à partir de maintenant ma véritable sœur et je ne t'abandonnerai jamais. Tout ce que je possède t'appartient et tâche de supporter mes défauts et ma vanité.

– Marc, ô mon frère, tu devras me supporter également ! répondit-elle en serrant ma main dans la sienne. Mais, avant toute chose, raconte-moi ce qui s'est passé, dis-moi ce que voulaient de nous ces trois hommes et la raison pour laquelle ils te jetaient des regards si noirs de méfiance.

Mais comme les messagers m'avaient ordonné de me taire, je n'osai même pas lui dire ce que je comprenais du Nazaréen et de son royaume.

– Ces hommes étaient trois des onze justes auxquels Jésus a révélé le secret du royaume ; ils nous rejettent parce que nous ne sommes point fils d'Israël et nous considèrent de ce fait comme des païens immondes. Ils m'ont interdit de faire aucun commentaire sur le royaume du Nazaréen.

Dis-moi donc ce que tu penses de ce que nous avons vécu !

Myrina répondit après avoir réfléchi :

– En premier lieu, nous avons mangé le repas du sacrifice comme lorsque l'on enterre Adonis en Syrie et qu'il revient ensuite à la vie ; mais ce repas était différent, car Jésus de Nazareth s'est offert lui-même en sacrifice avant de ressusciter ; j'ai cru cette nuit qu'il est le fils de Dieu. Ensuite le vin ne s'est point tari dans notre coupe et notre pain resta inentamé à nos côtés ; mais cela ne prouva rien à mes yeux. Cependant je l'ai aimé de toutes mes forces lorsqu'il a posé son regard sur moi, et je me suis sentie à ce moment prête à tout faire pour lui. C'est là un grand mystère, bien plus grand que les mystères des Grecs ou des Egyptiens. Je pense que son royaume est invisible mais qu'il est là pourtant, de telle sorte que je suis en lui même quand mes pieds foulent ce sentier sur le flanc de cette montagne en ce monde-ci ; et il me serait impossible de me détacher de son royaume quand bien même je le voudrais ; mais je n'éprouve aucune crainte car il est plein de douceur et je suis en lui dépourvue de péché.

Etonné, je regardai son visage pâle et ses yeux verts et lui dis avec envie :

– En vérité, il t'a bénie sur la montagne et tu es plus heureuse que moi. Sa vérité, en effet, doit être aussi simple que le pain et le vin afin que le plus pauvre puisse s'en saisir. La science des hommes fait en moi comme un mur plein de ténèbres, l'érudition est un filet duquel je ne puis me démêler et la logique des sophistes un piège dans lequel mon pied reste pris. O ma sœur, aide-moi à m'en souvenir à l'heure de la tentation !

Nous étions parvenus tout en devisant au pied de la montagne ; regardant alentour, je m'aperçus que nous nous étions éloignés du sentier de la veille et que nous nous trouvions d'un autre côté, mais je n'en ressentis nulle inquiétude et nul embarras car, m'orientant d'après le soleil, je repris la bonne direction qui, pensai-je, nous devait conduire tout droit à la grand-route. En outre, rien ne nous pressait. Cette nuit demeurerait gravée dans mon cœur et plus jamais je n'éprouverais de hâte puisque ayant sans doute tout reçu, je n'avais plus rien à attendre. J'avais en ma possession un trésor qui peut-être nous suffirait à Myrina et à moi-même à condition de mener une vie pleine de sagesse le reste de nos jours.

En comprenant cela, je me sentis pénétré d'une profonde langueur, plus fatigué que je n'avais jamais été.

– Myrina, je ne puis faire un pas de plus ! Désormais tout endroit me conviendra également, arrêtons-nous ici et dormons à l'ombre de ce figuier ; nous avons toute la vie devant nous pour cheminer ensemble ! A présent que le royaume est proche et que nous nous sentons bien, reposons-nous !

Nous fîmes halte donc au pied du figuier et je m'endormis, serrant Myrina dans mes bras. Nous nous réveillâmes à la huitième heure, lorsque les ombres déjà commençaient à se déplacer. Nous reprîmes notre marche le long des champs et des sentiers en cherchant à rejoindre la route. Nous allions sans dire un mot mais il me semblait être né une seconde fois et je sentais en Myrina la présence d'une sœur.

Je respirai, le cœur plein de bonheur, admirant les champs dorés de Galilée et les pentes grises de ses collines aux reflets bleutés et il n'y avait en moi nulle pensée mauvaise à l'égard de nul homme.

A ma grande surprise, les premières personnes que nous rencontrâmes sur notre chemin furent la Magdaléenne, montée sur un âne, et Marie de

Beerot, pieds nus dans la poussière derrière l'animal qu'elle stimulait avec une branche. Je frappai des mains pour marquer ma surprise et courus à elles afin de les saluer, mais la Magdaléenne, me regardant comme si elle ne me connaissait guère, ne se réjouit point de me voir.

– Vraiment, est-ce toi qui reviens de la montagne ? demanda-t-elle sur un ton acerbe. J'aurais été bien embarrassée si j'avais dû compter sur toi seul ! Et quelle est cette fille que tu traînes avec toi alors que tu viens à peine de te libérer de l'autre ?

Les deux Marie toisèrent Myrina des pieds à la tête et je compris que la Magdaléenne s'était figurée que je l'accompagnerais à l'assemblée, ce dont nous n'avions pourtant point convenu ; elle-même d'ailleurs ne m'avait dépêché nul message. Mais mieux valait ne point échanger de reproches et je m'empressai de suggérer :

– Permets-moi de t'accompagner et de te servir de protecteur puisque tu n'as point d'homme avec toi. La nuit va bientôt tomber, mettons-nous en quête d'une hôtellerie où nous dînerons ensemble, puis demain je te conduirai jusqu'à la maison.

Mais mes propos blessèrent profondément Marie de Magdala.

– J'avais autrefois maints compagnons qui m'offraient leur litière et les protecteurs ne me manquaient point ! s'écria-t-elle avec orgueil. Mais après avoir vu mon Seigneur sur la montagne, j'ai avec lui suffisante compagnie, sans que tu viennes m'insulter et me dire que nul homme ne chemine avec moi !

J'eus le sentiment que les choses n'avaient point dû s'arranger à son goût après la réunion sur la montagne, mais ma surprise ne fit que croître lorsque Marie de Beerot m'apostropha sur un ton plein de courroux.

– On peut dire que tu es un homme frivole à l'esprit changeant, pour avoir si vite trouvé une consolation ! Bien que, naturellement, je m'en réjouisse pour toi ! Tu n'as plus rien à attendre désormais, mes péchés m'ont été pardonnés et je suis purifiée. Je ne peux, à présent que j'ai recouvré ma virginité, te fréquenter davantage car tu es un Romain idolâtre. Cesse donc de poser sur moi ces yeux pleins de désir et empêche cette fille de rien du tout de me regarder de cet air supérieur comme si elle voulait me transpercer avec ses yeux horribles !

Myrina heureusement ne comprenait guère son discours, mais elle saisit le sens des regards des deux femmes et baissa la tête.

– Que vous est-il arrivé et pourquoi me parlez-vous sur ce ton ? demandai-je navré pour ma compagne.

Marie de Beerot raconta :

– Ce matin, j'ai rencontré sur la montagne un jeune homme dont les yeux sont purs comme l'eau d'une source ; sa barbe n'est pas encore rude à son menton. Il m'a regardée et je lui ai plu ; il a promis d'envoyer sous peu un ami dans la maison de Marie à Magdala afin que nous puissions rompre ensemble les jarres de vin. Son amour est plein d'impatience et je veux également me hâter tant que je reste pure. Son père possède un champ et une vigne, des oliviers et des brebis : je n'en demande pas plus pour mon bonheur.

Elle ajouta après une pause :

– Son père a donné lui aussi son accord ; il ne voit aucune objection à me croire vierge, car Jésus de Nazareth lui a rendu la vue cette nuit ; en outre, point n'est besoin de payer pour m'obtenir.

La Magdaléenne confirma :

– Elle dit la vérité. Il a suffi que je la perde un

instant de vue pour qu'elle trouve un prétendant ! Sinon, j'aurais été contrainte de la marier avec toi, ce qui aurait constitué une faute car les filles d'Israël ne peuvent épouser des païens : en revanche, les hommes ne rencontrent point les mêmes difficultés. A vrai dire, c'est une véritable chance que le père du garçon ait recouvré la vue car dans sa joie, il est convaincu que Marie s'est lavée également de tous ses péchés. Les autres, tout en y croyant, ne se seraient point mariés avec elle étant donné son passé.

Face au visage de marbre blanc de cette femme, je pensai en moi-même qu'elle aurait sans doute eu le pouvoir et la force nécessaires pour m'obliger à épouser Marie même sans mon consentement.

— Je ne peux que rendre grâces pour ta chance et la mienne, ô Marie de Beerot, dis-je, poussant un soupir de soulagement. Mais mes rêves m'ont apporté un présage dont je ne saisis point le sens : je marchais à travers le désert avec cette jeune Grecque et Marie de Beerot se trouvait avec nous.

La Magdaléenne leva vivement la tête.

— Raconte ce que tu as vu avec exactitude. Es-tu sûr que Marie t'accompagnait ?

Je contai donc mon rêve, n'omettant aucun des détails dont je pus me souvenir et qui s'échappaient de ma mémoire au fur et à mesure que je les mentionnais.

— Nul doute qu'elle ne fût avec nous, conclus-je avec sincérité. Elle montait un âne comme toi à présent, elle avait grossi, paraissait gonflée et sa bouche avait un pli amer. Je la reconnus toutefois à ses yeux.

— Tu n'as pas le droit, cria Marie de Beerot en colère, tu n'as pas le droit de rêver de moi de cette manière ! Je ne te crois pas ! C'est toi qui grossiras, tes péchés te feront gonfler, les dents te tomberont de la bouche et ta tête perdra tous ses cheveux !

– Oublions ce rêve ! proposai-je avec un geste de conciliation. Pourquoi nous insulter, alors que nous avons tous pu contempler le ressuscité sur la montagne et qu'il n'a rejeté aucun d'entre nous, pas même Myrina !

Je contai brièvement dans quelles circonstances je l'avais rencontrée et tout ce qui nous était arrivé, sans oublier la coupe de vin inépuisable dans ses mains. Je parlai aussi du jeune homme renversé sur le chemin par le quadrige et que nous avions secouru pour l'amener à la montagne avec son vieux père. Marie de Magdala ponctuait mon récit de hochements de tête.

– Tout ce qui devait advenir est advenu. Il a conduit les païens et les fils d'Israël auprès des fils d'Israël. A présent, les ombres s'allongent et je n'aime guère cet endroit avec ma bourse trop pleine. Je ne leur ai pas laissé d'argent en effet, parce qu'ils ont refusé de m'amener avec eux à Jérusalem et que Pierre m'a même intimé l'ordre de retourner chez moi ! Le pire, c'est que je n'arrive point à comprendre ce qu'ils vont chercher maintenant dans la Ville sainte ! Accompagne-moi donc et arrêtons-nous ensemble dans une hôtellerie ; et nous nous séparerons comme deux bons amis lorsque je serai en sûreté dans ma demeure.

Nous poursuivîmes donc tous les quatre sur ce chemin où il n'y avait déjà plus guère de monde. Tout le temps qu'avait duré notre discussion, Myrina était restée silencieuse, les yeux fixés au sol et j'en avais conçu un profond respect à son égard. Lorsque nous reprîmes la marche, elle me demanda à voix basse qui étaient les deux femmes ; je lui expliquai que Marie de Magdala avait suivi Jésus dans ses pérégrinations et que c'était elle la première qui avait trouvé vide le sépulcre, ce qui inspira à la jeune fille une attitude pleine de déférence envers la Magdaléenne. Elle alla sur-le-champ se placer à sa hauteur et se mit à marcher à côté de son âne.

– Parle-moi du ressuscité, ô toi la plus heureuse des femmes ! lui dit-elle sur le ton du respect.

Son humilité fut agréable à Marie qui, la regardant avec bienveillance, lui raconta en langue grecque des anecdotes sur Jésus : elle avait rencontré sur la montagne un couple originaire de Cana aux noces duquel le maître avait accompli son premier miracle, changeant de l'eau en vin pour plaire aux invités. Puis elle parla de la naissance de Jésus, disant qu'un ange était apparu à sa mère Marie qui conçut en son sein d'une manière surnaturelle et que Joseph, auquel elle était fiancée, avait voulu la répudier mais qu'en songe, une apparition l'en dissuada.

Il me sembla, en l'écoutant, mieux comprendre les hommes élus par Jésus comme messagers et saisir pourquoi ils jugeaient que la Magdaléenne était trop bavarde. Mais Myrina, les yeux brillants, buvait ses paroles en retenant sa respiration.

A la fin, ne pouvant me contenir plus longtemps, j'intervins en ces termes :

– Si l'on en croit les légendes, les dieux de Grèce et de Rome se sont unis aux filles des hommes et elles mirent des fils au monde ; ainsi, le premier père de Rome fut-il un descendant de la déesse Aphrodite. De nos jours, les érudits donnent une explication symbolique à ces légendes, de même qu'à Alexandrie les savants parmi les fils d'Israël commentent les symboles des fables de leurs écritures sacrées. A mon avis, Jésus de Nazareth n'a guère besoin de ce genre d'histoires pour être le fils de Dieu.

Marie de Magdala se fâcha en m'entendant parler de la sorte.

— Nous les femmes, nous sommes toutes semblables, dit-elle en posant sa main sur l'épaule de Myrina, il n'y a guère de différence entre nous, que nous soyons grecques ou filles d'Israël, et jamais les hommes ne peuvent nous comprendre ! Quant à toi, ô Romain, ne viens pas nous parler des dieux liés à la terre qui asservissent l'homme par de fallacieuses images de la vie ; ces dieux, après la venue en ce monde de Jésus-Christ, n'exercent plus aucun pouvoir sur les hommes si ces derniers ne se livrent pas à eux en recherchant le mal exprès. Mais j'ai dit la vérité ! C'est Marie elle-même, la mère de Jésus, qui nous en fit confidence, à moi ainsi qu'aux autres femmes qui suivaient son fils. Hérode, le vieux roi plein de cruauté, croyait lui aussi qu'un roi d'Israël était né et il ordonna de tuer tous les enfants de sexe mâle de Bethléem dans l'espoir de se débarrasser de lui. Tu trouveras tous les témoins que tu voudras de cette histoire !

J'écoutai et réfléchis : certes la Magdaléenne avait une excessive facilité à voir des anges, des apparitions ou des songes, mais la mère de Jésus ne pouvait être ainsi ! J'avais vu son visage pétrifié de douleur au pied de la croix ; j'étais pénétré de l'idée qu'elle n'ouvrait point la bouche inutilement et qu'elle savait garder le silence tandis que les autres parlaient. Quelle raison l'aurait poussée à raconter une histoire semblable si elle n'était vraie ? La justification de Jésus de Nazareth était toute en ses œuvres ; si je croyais en elles — et je ne pouvais douter de leur véracité après avoir connu Lazare — pourquoi ne pouvais-je accorder ma foi à cette nouvelle histoire ? Pourquoi l'esprit ne serait-il point en mesure de faire concevoir une femme dès lors que Dieu s'est fait homme sur la terre ? A côté de ce miracle, tous les autres ont bien peu d'importance !

Myrina questionna encore la Magdaléenne qui me lança un regard chargé de reproches.

— Il a parlé à plusieurs reprises d'un semeur sorti pour semer. Des grains sont tombés sur les endroits pierreux où ils n'ont pas trouvé beaucoup de terre ; d'autres sont tombés sur les épines et les épines ont monté et les ont étouffés ; mais d'autres sont tombés dans la bonne terre et ont donné beaucoup de fruits. Tous ceux qui entendent ses paroles et croient en lui ne sont pas aptes pour son royaume, poursuivit Marie. Et toi, ô Romain, ton cœur n'est pas dur mais trop mou, et c'est ta faiblesse. Une fois que tu auras rejoint tes semblables, les épines et les chardons monteront autour de toi et te fermeront le chemin du royaume.

La tristesse m'envahit à ces paroles. J'embrassai du regard le crépuscule de Galilée qui teignait de rouge les collines aux pentes couvertes du vert sombre des vignes.

— Comment pourrais-je oublier ? m'exclamai-je. Jusqu'au jour de ma mort, je me souviendrai de ce paysage de Galilée, de la montagne, et de Jésus tel qu'il m'est apparu. Et jamais je ne serai si seul qu'il ne soit avec moi lorsque je l'appellerai !

J'ajoutai après avoir réfléchi :

— Je ne suis pas digne d'être son serviteur. Le roi partira pour une terre lointaine bientôt, dès que les quarante jours seront écoulés. Je ne saurais dire s'il m'a confié une mine, mais s'il en est ainsi, les messagers de son choix m'ont ordonné de l'enterrer dans le sol et cela est cause de mon angoisse. Mais il m'a fait une promesse en laquelle je veux croire. Je ne te la dirai point cependant de peur que tu ne te ries de moi.

Je pensai qu'un jour il me faudrait mourir pour glorifier son nom, même si je n'arrivais pas à y croire : ainsi avait parlé le pêcheur solitaire cette nuit-là sur la rive du lac. Je me réjouis en ma chair d'être citoyen romain car, le moment venu, une épée me trancherait la tête, m'épargnant le terrible supplice de la croix que je ne pourrais supporter. Et cette prophétie ne me semblait plus si redoutable, mais bien plutôt la seule manière pour moi de démontrer à Jésus de Nazareth que je lui appartenais.

Aux dernières lueurs du jour, la Magdaléenne nous fit quitter la route pour suivre un chemin muletier menant à Magdala à travers les montagnes. Nous fîmes halte après le coucher du soleil dans une auberge qu'elle connaissait. Il y avait là une telle affluence que toutes les provisions avaient été épuisées, mais par égard pour Marie l'hôtelier se mit en devoir de chercher un endroit où elle pût reposer. Les gens, assis autour des feux à même le sol, parlaient à voix basse, et la rumeur de discussions animées nous parvenait également de la terrasse. Ils parlaient tous avec la voix de l'amitié et ceux qui avaient de la nourriture la partageaient avec ceux qui n'avaient rien si bien que Myrina et moi, nous pûmes tremper notre pain dans le plat commun.

Je me sentais étranger au milieu de ces Galiléens, moi qui aurais tant voulu pouvoir prendre place, lorsque fraîchit la nuit, devant le feu réconfortant et discuter avec eux de l'apparition du Nazaréen devant les siens, de son royaume, de la rémission des péchés et de la vie éternelle ; mais nul ne me reconnut pour son frère ! L'aubergiste toutefois conduisit les ânes dans la cour, balaya l'écurie et nous donna de la paille, permettant ainsi à Myrina et à moi de ne point passer la nuit à la belle étoile.

Tandis que les autres chuchotaient à la lumière de l'unique lampe, j'enseignai à ma compagne la prière que je tenais de Suzanne ; cette prière qui lui apportait confiance et réconfort lui convenait parfaitement, assura la jeune fille. Elle ajouta qu'elle éprouvait un grand soulagement de ne plus être obligée de prier en observant les différentes phases de la lune ou en déchiffrant les figures incompréhensibles du sel répandu ; on ne peut en effet jamais savoir quand on s'est trompé de mot ou de geste et la moindre faute annule l'efficacité de la prière.

Le matin suivant, la première personne que je vis en ouvrant les yeux fut Marie de Beerot qui m'observait, assise dans la paille à mes côtés. Quand elle s'aperçut que j'étais réveillé, elle dit tout bas en remuant la tête et se tordant les doigts :

– J'avais chaud et ne pouvais dormir ! Et puis, je voulais voir de mes yeux ce que tu fais et la position de tes mains près de cette étrangère. Moi aussi, j'aurais préféré dormir ainsi dans la paille, la tête reposant sur ta poitrine, plutôt que dans la couche étroite de la Magdaléenne, où les insectes ne me laissent nul répit. Nous avons dormi ainsi durant notre voyage de Jérusalem à Tibériade, le long du fleuve de Judée. Oublie mes paroles désagréables ! J'étais si troublée lorsque je t'ai vu apparaître à l'improviste sur le chemin devant nous, et avec cette Grecque, que je ne savais plus ce que je disais. Rien n'est clair encore dans ma tête ! Toute la nuit, j'ai été la proie de terribles remords de conscience pour m'être mise à aimer si promptement ce jeune homme et avoir promis d'attendre son ami à Magdala. Peut-être va-t-il se rétracter et n'envoyer personne !

Je m'empressai de la rassurer :

– Ce garçon ignore le mensonge ! Je suis sûr que son messager se présentera en temps voulu pour te conduire à la couche nuptiale suivant la coutume de Galilée ; les gens du village boiront du vin, frapperont des pieds en cadence, joueront de la musique et chanteront joyeusement en ton honneur !

Marie, cessant de se tordre les doigts, répondit d'une voix enflée par la colère :

– Tu fais exprès de ne pas comprendre ! J'ai eu le temps de penser à cette affaire toute la nuit et je regrette tant que c'est à peine si j'ai pu fermer l'œil ! Tu vas sans doute me trouver affreuse avec mes yeux rougis par deux nuits de veille ! Certes, je sais que mes péchés ont été pardonnés et que je suis vierge derechef comme si jamais un homme ne m'avait approchée ; et toi aussi tu le sais puisque tu connais Jésus ! Mais je n'ai donné au jeune homme que les éclaircissements indispensables sur mon passé afin de ne point lui faire de peine inutilement, et maintenant, je suis torturée à l'idée que ses parents et tous ceux du village qui vont venir inspecter le drap le matin, ne trouvent point les preuves de mon innocence ; ils vont me jeter dehors à coups de pierres et de bâton et me reprendront l'anneau ! Vous les Romains, vous n'êtes pas aussi pointilleux, mais je connais ma race et les gens de Galilée sont sur ce point semblables à ceux de Beerot !

– La Magdaléenne est une femme d'expérience et qui élève en outre des colombes, rappelai-je à la jeune éplorée. Fais-lui confiance. Le jour des noces, les Romains sacrifient une paire de colombes à Vénus afin que la mariée ne soit point déshonorée.

– N'insiste pas ! dit Marie un ton plus haut avec un air de reproche. Voudrais-tu insinuer que tu ne m'as pas amenée de Jérusalem pour me laver de mes péchés et me préparer pour toi ? Certes, je n'agis point suivant la loi de mon peuple en épousant un Romain, mais je suis prête, au nom de Jésus, à enfreindre la loi pour sauver un des petits parmi mes frères.

Puis, jetant un regard amer sur Myrina, elle ajouta :

– Je n'éprouve nulle rancune à son égard, cela n'en vaut guère la peine ! Je ne t'en voudrais même pas si tu veux la garder comme concubine, ce n'est pas considéré comme un bien grand péché pour un homme et les Pharisiens eux-mêmes ne sont pas toujours irréprochables sur ce chapitre ! Je la surveillerai et lui apprendrai à rester à sa place, de sorte qu'elle ne se départira point de son actuelle humilité.

Myrina, réveillée depuis un moment déjà, nous observait à travers ses cils, essayant de comprendre les propos de Marie. Puis elle ouvrit tout grands ses yeux et se souleva pour s'asseoir dans la paille.

– Lorsque je me suis endormie, je me sentais pleine de confiance mais à présent, à la pâle lueur du jour, le froid me pénètre. Peut-être l'heure de la vérité sonne-t-elle dans le froid du petit matin et non dans la tiédeur nocturne ? Je n'ai pas tout compris, mais suffisamment, cependant, pour savoir que cette jeune Juive a certaines exigences vis-à-vis de toi. Si je représente le moindre obstacle pour elle et les autres, notre fraternité va devenir une charge pour toi ; je suis prête à partir pour suivre mon propre chemin : j'ai toujours l'or en ma possession de sorte que je suis en mesure de me débrouiller. Ne t'inquiète donc pas et ne tiens aucun compte de moi pour régler tes affaires avec cette belle fille d'Israël.

Marie, ignorant la langue grecque, regardait Myrina avec méfiance.

– N'écoute pas ce qu'elle dit, s'écria-t-elle. Elle a beau employer de jolis mots avec cette voix soumise, je connais bien la fourberie des Grecs alors que toi tu n'entends rien aux femmes !

Puis, fondant en larmes et se cachant le visage dans ses mains, elle se lamenta :

– Ah ! Comme tu as le cœur dur ! Ne comprends-tu pas que je suis prête à tout sacrifier pour toi et à te suivre pour tenter de t'arracher à l'immonde idolâtrie ?

Myrina la regarda puis me toucha la main.

– Pourquoi la fais-tu pleurer ? demanda-t-elle, ses yeux verts agrandis par la peur. Ne vois-tu pas comme elle est jolie avec ses yeux qui brillent ? Sa bouche est si douce et si rouge qu'hier, en la voyant, je me sentais jalouse avec mon nez aplati et mes yeux sans beauté, moi qui n'ai même pas de poitrine comme les autres femmes.

Je regardai l'une et l'autre de ces filles, en proie à l'affolement, croyant voir se réaliser mon songe. Moi qui jamais n'avais pensé au mariage ! Marie de Beerot, étant fille d'Israël, toute sa vie se croirait meilleure que moi ; elle réduirait Myrina à l'esclavage et réussirait peut-être, à force de tracasseries à ce que je consente, pour qu'elle me laisse enfin tranquille, à me faire circoncire. Nombreux sont les Romains qui, par faiblesse de caractère, y ont consenti même s'ils sont parvenus à s'en cacher.

Puis soudain me vint à l'esprit une idée inquiétante : et s'il fallait qu'il en fût ainsi ? Peut-être serait-ce seulement à travers le dieu sans image des Juifs que je parviendrais à trouver le chemin du royaume du Nazaréen ? Et peut-être ses disciples cesseraient-ils de me repousser si, grâce à Marie de Beerot, je devenais un véritable prosélyte ? Ayant quitté Rome de ma propre volonté, n'étais-je point libre d'organiser ma vie à mon gré ? Si la douleur qui suit une opération représentait l'unique obstacle à ma réunion avec les disciples de Jésus, c'était en vérité un sacrifice bien minime, et j'ai au cours de ma vie éprouvé de pires souffrances !

Cependant, mon esprit luttait contre cette idée : les plus hautes autorités de cette religion, ses grands prêtres, ses scribes, et ses anciens, tous avaient condamné à mort le Nazaréen ! Je sentais tout au fond de moi que c'eût été abandonner et trahir Jésus que d'accourir à leur temple, cet éblouissant abattoir, pour les supplier de m'y accueillir. Mieux valait rester doux et humble de cœur plutôt que me faire circoncire sous de faux prétextes, dans le seul but de me faire admettre dans la compagnie des disciples qui ne m'acceptaient point tel que j'étais.

Marie avait séché ses larmes et m'observait avec attention. Myrina de son côté me contemplait d'un air éperdu. La comparant avec la bavarde fille d'Israël, je n'eus que tendresse pour elle et compris que je la préférerai toute ma vie.

– Il n'est point nécessaire que tu te sacrifies pour moi, ô Marie ! dis-je d'une voix décidée après avoir repris mes esprits. Te séparer de la nation élue de Dieu ne pourrait te mener qu'à ta perte, car je suis un païen immonde. Souviens-toi d'autre part que c'est moi qui, monté sur mon âne, ai conduit le garçon à la jambe cassée sur la montagne. Tu ne peux faillir à la promesse que tu lui as faite ! Je me verrai donc dans l'obligation de me séparer de toi, non sans te laisser cependant un présent de noce tel que tu ne te trouveras point dans une dépendance totale vis-à-vis de ton époux.

Ce discours parut la persuader. Elle se contenta de répliquer sans plus verser de larmes :

– On ne récolte en ce monde qu'ingratitude et je commence à croire que les Romains sont des chiens ! Mais, lorsque tu seras mollement étendu sur des coussins, bien à l'abri de rideaux ruisselants de parfums, aie une pensée pour moi, souviens-toi alors que ces mains faites pour la caresse tournent la pierre du moulin et que la fumée fait larmoyer mes yeux tandis que je m'échine à cuire des pains.

Mais elle ne réussit guère à m'attendrir pour la simple raison que je ne la croyais point ! J'imaginais, au contraire, qu'elle ferait travailler son époux comme un esclave et que plus tard, devenue vieille, elle serait la terreur de ses gendres et de ses brus. Quoique, naturellement, je pusse me tromper dans mes prévisions ! Elle fit vraiment tout ce qui était en son pouvoir pour me faire sortir de mes gonds, mais elle finit par m'octroyer son pardon.

– Je devrais en toute justice te cracher au visage, conclut-elle. Hélas ! Je suis forcée d'accepter ton cadeau de noce afin de me présenter avec dignité devant les parents de mon époux ! Encore qu'il ne s'agisse nullement d'un cadeau, mais bien d'une dette dont tu t'acquittes après avoir violé toutes tes promesses !

Bien que dévoré de l'envie de lui demander quand je lui avais promis quelque chose, je gardai le silence prudemment ! Tandis que nous discutions de la sorte, les clients de l'auberge étaient peu à peu sortis pour reprendre leur voyage et Marie de Magdala vint nous retrouver, le visage plein de lumière.

– A quoi bon discuter ? dit-elle. Venez dehors et contemplez la brillante beauté de son monde baigné de soleil ! Son royaume se trouve sur la terre ! Je n'ai plus de rancune en moi, même pas pour Pierre ! J'ai rêvé cette nuit et compris que la grâce est descendue sur le monde : des colombes blanches venant du ciel se sont posées sur la tête de deux hommes ainsi que sur toi, ô Romain. Je n'ai point qualité pour repousser qui que ce soit, car nous serons jugés à l'aune d'une si grande charité que nul, quel que soit son mérite, ne demeurera les mains vides. Un père peut infliger un châtiment à son fils désobéissant mais jamais ne l'abandonnera totalement. C'est pourquoi je ne fais point de distinction entre les Romains et les Hébreux, car tous les êtres humains sous la voûte céleste sont désormais frères et sœurs ; je ne rejette même pas les Samaritains, bien que le sorcier qui faisait de moi son esclave en utilisant les démons dont j'étais possédée, fût natif de Samarie.

Marie de Magdala me prit dans ses bras et me baisa sur les joues ; une force enivrante semblait émaner de sa personne et tout s'illumina devant mes yeux, j'aurais voulu sauter et rire tel un petit enfant. Elle donna une accolade à Myrina également puis, étreignant tendrement Marie de Beerot, lui donna le doux nom de fille. Une grande allégresse s'empara de nous tous et nous quittâmes l'hôtellerie sans songer à boire ni à manger tant le royaume nous avait rassasiés. En vérité, nous cheminions ce jour-là par le royaume, même si nous nous trouvions encore sur la terre.

Nous atteignîmes l'après-midi la mer de Galilée et la maison de la Magdaléenne. Ses serviteurs accoururent pour la saluer car elle était partie avec la seule Marie de Beerot sans avertir personne, et ils avaient attendu tout ce temps en redoutant que les démons ne se fussent emparés de leur maîtresse une nouvelle fois.

– Prenez des vêtements neufs et apprêtez une grande fête pour cette nuit ! enjoignit-elle. Faites tout pour le mieux ! Nous vivons des jours de joie et de félicité car Jésus de Nazareth, ressuscité des morts, est apparu aux siens ! Ils sont plus de cinq cents, ceux qui peuvent en rendre témoignage ! Rendez-vous donc à Magdala et conviez tous ceux qui voudront venir ! Mais n'invitez point les Pharisiens, ni les chefs de la synagogue, pas plus que les anciens ni les riches ! Invitez les pauvres et les misérables, les publicains et les collecteurs d'impôts et même les étrangers ! Dites à tous : « Marie la Magdaléenne n'appelle aujourd'hui à sa fête que les pécheurs. Elle n'invite point les justes à l'image du Seigneur qui reçut les pécheurs, car nul n'était immonde à ses yeux. Il a porté la rémission des péchés sur la terre ! »

Ainsi parla-t-elle à ses serviteurs sous l'emprise de l'extase et eux, tout en secouant la tête, obéirent à ses ordres. Elle m'appela à l'écart et, me regardant avec tendresse dans les yeux, posa ses mains sur mes épaules, en disant :

– L'heure est venue de notre séparation. Sache que moi au moins je te reconnais pour un fils du royaume, même si les autres te chassent. Tu auras encore de mauvais jours, car nul ne peut éviter le péché. Ne laisse point ton cœur s'endurcir en toi, ne fais pas étalage de ta piété devant les hommes et ne profère point de promesses exagérées. Confesse le péché même si tu y succombes, ce que tu ne pourras éviter, et ne cherche pas de vaines excuses dans le fait que tu n'es guère pire que les autres puisqu'ils succombent également. Mais si tu souffres pour Jésus lorsque tu commets une faute, si cela t'emplit de désespoir au lieu de te donner de la joie, alors tu seras prêt pour la conversion. Il n'existe d'ailleurs de péché si terrible que Jésus ne le puisse pardonner si tu le pries en te repentant du fond du cœur. Je suis convaincue que nul ne s'éloigne de lui qui ne soit en mesure de trouver le chemin qui le ramène à lui, tant sa miséricorde est infinie. Cependant, tu éviteras nombre de maux en suivant le chemin du royaume. Et maintenant, je vais te révéler un mystère qui me fut éclairé en songe : le chemin est le royaume.

Ses yeux brillants de larmes fixés sur les miens, elle poursuivit :

– Telle est la doctrine de Marie la Magdaléenne, une doctrine qui a sans doute mûri en moi tandis que je l'écoutais, assise à ses pieds. Après tout ce qui est advenu, chacun parlera de lui à sa manière, chacun selon son propre jugement ; le mien n'est certes pas plus juste que celui des autres, mais je ne crois pas non plus me tromper davantage.

Elle parla encore :

– Ils m'ont ordonné de me taire parce que je suis une femme, je resterai donc désormais humblement silencieuse en leur présence. Mais je te confierai à toi que Jésus, qui s'est fait homme, accepta la souffrance de son corps pour sauver le monde. Il savait ce qui allait arriver et l'annonça clairement à maintes reprises : il voulait s'offrir en sacrifice pour tous et fonder ainsi la nouvelle alliance, effaçant les péchés du monde entier comme fils de l'homme et fils de Dieu à la fois. Il a rempli mon âme d'allégresse.

Ainsi parla-t-elle, et j'appris sa doctrine que pourtant je ne comprenais point. Puis, devisant de choses et d'autres, nous nous mîmes d'accord sur le cadeau que je devais envoyer de Tibériade à la jeune Marie. Après la noce de cette dernière, qu'elle désirait célébrer le plus tôt possible connaissant bien sa protégée, elle avait l'intention de se rendre une fois encore à Jérusalem pour voir si les disciples ne manquaient de rien ; ils ignoraient en effet, au moment de leur départ, la durée de leur séjour dans la Ville sainte et Thomas avait dit seulement : « Nous allons à Jérusalem où nous attendrons que la promesse s'accomplisse, dussions-nous y rester douze ans ! »

Elle me raccompagna jusqu'au seuil de sa maison et Marie de Beerot versa des larmes si amères qu'elle en eut les yeux tout gonflés. Myrina pleura aussi par amitié pour la Magdaléenne, tandis que je sentais profondément ancrée en moi la douce certitude que, quoi qu'il arrivât, je pourrais toujours revenir en ces lieux chercher auprès de Marie la paix que mon esprit ne serait point parvenu à trouver ailleurs ; je n'avais point l'intention de revenir, mais il est toujours bon de savoir qu'il y a quelque part dans le monde un endroit où l'on peut retourner, même si on ne le fait jamais.

Je marchai en silence avec Myrina jusqu'à Magdala où nous empruntâmes la route qui conduit à Tibériade ; n'étant fatigué ni l'un ni l'autre, nous jugeâmes inutile de louer une barque ce que nous aurions pu faire facilement à Magdala. Tout en marchant, je regardai autour de moi, respirant l'odeur de la mer, et je songeai que je n'avais plus rien à faire en Galilée, pays étranger pour moi ; je songeai également que je n'avais cependant aucune hâte à le quitter et ces pensées rendaient notre promenade silencieuse le long des rives sereines du lac étincelant. En outre, je n'étais pas seul : Myrina se trouvait à mes côtés.

Nous atteignîmes la cité au crépuscule, lorsque le soleil couchant vira au rouge. J'avais dans l'idée de traverser la ville afin de regagner les thermes, mais à la hauteur du forum un homme de haute stature vint en face de nous, si absorbé dans ses pensées qu'il me heurta avant que j'eusse le temps de m'écarter de son chemin, m'obligeant à m'accrocher à son bras pour ne point tomber. L'homme sursauta comme tiré d'un rêve, puis leva son visage vers moi : je reconnus alors avec surprise Simon de Cyrène.

– La paix soit avec toi, dis-je sans grand enthousiasme, craignant son courroux.

Mais il se contenta de me sourire avec mélancolie sans se fâcher.

– Toi, le Romain ! La paix soit avec toi également !

Je lâchai son bras sans reprendre mon pas immédiatement : nous restions donc face à face à nous regarder. Nous ne nous étions pas revus depuis le fameux soir dans sa maison, mais il paraissait avoir considérablement vieilli en ce court laps de temps. A voir son regard sombre dans son visage soucieux, on avait l'impression que cet homme ne trouvait en ce monde nul sujet de satisfaction.

J'aurais pu le quitter sans plus de discours, mais il me vint soudain à l'esprit que notre brutale rencontre avait peut-être une signification.

– M'as-tu pardonné ce qui s'est passé en ta demeure ? demandai-je avec humilité. Ils m'ont accusé de tout, mais en vérité je ne crois point que tout fut de ma faute. Cependant, si tu m'en gardes encore rancune, je te prie de me pardonner.

– Je ne te garde nulle rancune ! répondit Simon. Je t'ai d'ailleurs envoyé un message pour te dire que je ne te voulais aucun mal !

– Mais tu ne me souhaitais aucun bien non plus ! répliquai-je. Tu as rompu avec moi ! Es-tu convaincu à présent que je ne suis pas un magicien ? Quelle est maintenant ton opinion sur ce qui s'est passé ?

Il jeta un regard soupçonneux alentour. Le forum était à cette heure désert.

– Aie confiance en moi ! le suppliai-je en levant la main. Je viens de la montagne comme toi ! Que penses-tu ?

– Il est vrai que nous étions plus de cinq cents rassemblés là-bas ! admit-il avec un soupir. Il n'y a donc pas à s'étonner si je ne t'ai point vu. Mais si tu y étais vraiment, tu dois connaître mon opinion !

« J'ai quitté Jérusalem en toute hâte en apprenant qu'il avait promis de se rendre en Galilée devant tous, poursuivit-il sans me laisser le temps de répondre. Beaucoup d'autres ont abandonné la ville en même temps, mais l'attente était si longue et les nouvelles si contradictoires que l'on ne savait plus que penser. Nombreux étaient ceux qui doutaient que Jésus eût apparu à ses disciples sur les bords du lac ; certains regagnèrent Jérusalem pleins de déception. Mais la vie a fait de moi un être résigné, un esclave en effet doit savoir tout supporter, et je possède en outre quelques intérêts en Galilée qui requièrent parfois ma présence : je n'ai donc pas perdu mon temps. J'en vins à souhaiter au fond de mon cœur que les dires des disciples ne fussent point avérés et l'attente vaine m'apporta le calme. Je m'imaginais pouvoir rentrer à Jérusalem et reprendre ma vie d'autrefois, celle qui me convient, qui me permet de donner à mes fils le meilleur de ce que j'ai découvert, à savoir la religion d'Israël, la civilisation grecque, la paix romaine accompagnées de quelques biens judicieusement distribués. Mais après avoir reçu le message, je me suis rendu sur la montagne, et je l'ai vu !

Tous les muscles de son visage tendus, Simon de Cyrène continua de raconter sur un ton courroucé :

– J'ai donc vérifié qu'en effet il avait ressuscité d'entre les morts et force me fut de croire qu'il était le Messie ! Et à présent, je suis obligé de tout recommencer à nouveau ! Ainsi donc, sur cette terre, il existe autre chose que ce que l'œil peut voir, que ce que la main peut toucher et que ce que l'on peut mesurer avec des poids et des mesures ! Il est si terrible d'en avoir conscience ! Je voudrais maudire le jour où je croisai sa route et me chargeai de sa croix ! Tout ce que je croyais avoir édifié si solidement à l'intention de mes enfants s'en va à la dérive à cause de lui !

« Tu veux connaître mon opinion sur tout cela ? Eh bien, je réfléchis sur ce que je dois faire pour me rendre digne de lui et convertir mes fils en citoyens de son royaume. Les lois qu'il a dictées sont tout à fait contraires à la justice et dépourvues de pitié à l'égard d'un ancien esclave enrichi après avoir conquis sa liberté ! Mais à présent que je suis convaincu de sa résurrection, je n'ai plus d'autre solution que celle de me soumettre à ses lois. J'espérais avoir au moins la possibilité de marchander avec lui, comme cela se pratique au cours de toute tractation commerciale entre hommes normaux : mais lui n'est pas un homme normal ! Depuis que je l'ai vu cette nuit sur la montagne, j'ai compris qu'il n'est pas question de marchander avec lui : je dois devenir son esclave sans restriction, il n'y a pas d'échappatoire, et c'est lui qui décidera ensuite de m'accorder ou non ma carte d'affranchi. Moi, je n'ai plus rien à faire ! Voilà, ô Romain, les pensées dans lesquelles j'étais si profondément plongé lorsque je me suis heurté à toi.

– Mais ne me repousses-tu point moi, un Romain idolâtre ? m'écriai-je avec étonnement.

– Pourquoi un fils d'Israël trouverait-il grâce devant lui plus qu'un Romain ou un Grec ? répondit-il en me jetant un regard surpris. A présent, je vois toutes choses d'un œil neuf ; c'est l'affaire de Jésus de séparer les justes des méchants et je serais fou d'imaginer que moi, je suis capable de distinguer les siens de ceux qui ne le sont pas ! Même sur ce point d'ailleurs, il est injuste. A vrai dire, en y réfléchissant bien, tout ce qui le concerne reste un peu obscur. Je ne suis point de ceux qui croient conquérir la gloire en allant vivre dans les bois en marge de la société ; je suis un homme positif et, à mes yeux, les actions ont plus de signification que les sentiments ; ma vie à moi s'inscrit parmi les hommes qu'ils soient Juifs ou Romains. En outre, je pressens de terribles bouleversements dans mon pays si telle est l'alliance du pain et du vin. On dit qu'il a pleuré sur Jérusalem et peut-être me reste-t-il une chance d'arriver à temps pour sauver ce qui m'appartient de cette entreprise vouée à la faillite s'il est avéré que le temple ne sauve personne. J'irai vivre dans un autre pays avec mes fils ! Mais pour l'instant je me sens incapable de dire quoi que ce soit avec certitude.

Il parlait sur un ton plaintif, ses pensées sautant d'un sujet à l'autre.

– Lui as-tu parlé sur la montagne ? demandai-je.

– Comment aurais-je osé lui adresser la parole ? dit-il en ouvrant des yeux de dément. Il m'a suffi de le voir !

– Les Onze ne veulent rien savoir de moi, avouai-je avec timidité. Et Pierre, parce que je suis Romain, m'a même interdit de parler de lui.

– Lorsqu'ils auront mon âge, assura-t-il, et qu'ils auront souffert comme j'ai souffert, ils verront plus clair. Ce ne sont que des hommes et il n'en existe point de parfaits ; cependant, les êtres lents et à l'esprit simple font moins de mal que ceux que leur intelligence et leur ambition ont placés à des postes de responsabilité. Je m'estimerai heureux s'ils n'abîment point totalement l'héritage de Jésus. De toute façon, on ne fera pas grand-chose si le royaume dépend de ces onze hommes, quoiqu'il soit possible que leur mission les grandisse comme cela s'est déjà produit dans le passé. Mieux vaut cela en tout cas que si l'héritage tombait entre les mains de scribes querelleurs !

– Que signifie pour toi cet héritage ? pris-je le risque de lui demander.

Sans nous en être rendu compte, nous nous étions mis à marcher, l'un à côté de l'autre, allant et venant par le forum tels des sophistes en pleine discussion tandis que Myrina s'était assise sur la borne milliaire[1] de la ville pour se reposer. Simon de Cyrène s'arrêta pour me fixer de ses

1. Borne qui marque la distance en milles romains (mille pas).

yeux sombres et laissa retomber sa main levée en signe d'impuissance.

– Si je le savais ! dit-il sur le ton de la lamentation. Pendant la longue attente, on m'a rapporté maintes choses sur sa doctrine et je n'ai pas tardé à souhaiter que ce ne fussent que bavardages d'un prophète égaré ; sa propre mère avec ses frères le tenaient pour un être déraisonnable et on tenté en vain de lui faire réintégrer son foyer après ses deux premiers prêches en Galilée. Il se montrait trop impitoyable à l'égard des justes et témoignait trop d'indulgence pour les pêcheurs ! Certains sages jugèrent même qu'il accomplissait ses miracles avec l'aide d'un ancien esprit du mal nommé Bélial. Aussi ne prêtais-je guère attention à ses discours que l'on me répétait ; tantôt il affirmait une chose, tantôt il en affirmait une autre et ceux qui l'avaient écouté m'ont soutenu qu'il avait dans une même journée parlé de plusieurs manères différents ! Tu peux dès lors imaginer quel effroyable coup j'ai reçu en constatant que cet homme dont j'avais porté la croix sur mon épaule jusqu'au Golgotha était toujours vivant ! Je ne puis le nier mais je ne le comprend pas !

Pressant ses mains l'une contre l'autre, il poursuivit :

– Il a dit : « Remets-nous nos dettes comme nous avons remis à nos débiteurs. » Voilà un enseignement dont je saisis le sens mais contre lequel je m'insurge amèrement ! Il faudrait donc que je remette ses dettes à Hérode Antipas ? Chaque fois qu'il vient à Jérusalem, il m'envoie son intendant Chousa pour m'emprunter de l'argent ; à vrai dire, je n'ai jamais nourri l'espoir de le récupérer, il ne s'agit guère d'ailleurs de sommes importantes, plutôt de gratifications dissimulées – J'évite ainsi qu'il ne porte préjudice à mes intérêts en Pérée et en Galilée. Toutefois, j'ai la vague impression que je devrais me présenter devant le prince et lui remettre ses dettes, non seulement du bout des lèvres, mais du fond de mon cœur. Et je sais qu'il s'est moqué de Jésus avant sa mise en croix. Certes, j'ai déjà fait grâce de leurs créances à quelques Galiléens peu fortunés : j'avais pourtant caressé l'idée de réunir leurs parcelles de terrain en une seule propriété, relativement considérable, et de la mettre au nom de mon fils Rufus ; mais ce sont des hommes chargés de famille qui se sont endettés à cause des triples tributs ! Je ne te conte point cela par vantardise, Jésus en effet a dit que la main gauche doit ignorer ce que fait la droite, donc à plus forte raison les étrangers, mais parce que je voudrais que tu me donnes un conseil. Ne serait-il pas, à ton avis, plus judicieux de recouvrer autant que faire se peut des créances du prince et de les distribuer aux déshérités plutôt que de lui remettre ses dettes ?

Simon pesait ses mots avec sérieux et je me penchai à mon tour sur ses préoccupations.

– Tu te soucies trop de tes biens et de ce que l'on te doit, dis-je. J'ai de la fortune moi aussi, mais peu m'importe ce que je possède en ce moment ! Peut-être dois-je cette attitude au fait que je suis devenu riche sans aucun effort et d'une manière que d'aucuns ont même qualifiée de peu honorable. Je te conseille de prendre patience et de ne point agir à l'aveuglette. On m'a dit que les disciples se proposent de demeurer à Jérusalem jusqu'à ce qu'une certaine promesse soit accomplie et que la lumière soit faite sur toutes choses, dussent-ils attendre douze ans ! Pourquoi veux-tu aller plus vite qu'eux ?

– Parce que je suis un homme dur et méchant, répliqua Simon sans hésitation comme s'il eût déjà longtemps débattu de cette question. J'ai hâte d'obtenir la rémission des dettes contractées par mon manque de piété.

– Tu n'as rien changé de tes manières de penser, tu es toujours un commerçant, affirmai-je. Tu crois que si tu donnes quelque chose tu dois recevoir aussitôt une récompense. Je pense, moi, que nul ne recevra de Jésus selon ses propres mérites, mais qu'il s'est fait homme sur cette terre pour racheter lui-même tous les péchés du monde, l'homme n'étant jamais à même de racheter ses propres fautes. Cela n'a pas de sens mais tu l'as dit toi-même, sa doctrine est pleine d'enseignements absurdes aux yeux d'un savant.

Le Cyrénéen porta une main à son front en poussant un profond soupir.

– Je ne vois point ce que tu veux dire et je souffre de plus en plus de la tête ! Ainsi donc tu considères que, lorsque je veux acheter le pardon de mes péchés à ma façon, c'est le geste d'orgueil d'un esclave devenu homme de négoce. Qui es-tu donc pour me faire la leçon ? N'as-tu pas dit que l'on t'avait interdit de parler du Nazaréen ?

– Pardonne-moi, ô Simon, murmurai-je en me repentant de ma légèreté. Tu as raison, qui suis-je pour te faire la leçon ? Tu m'as demandé un conseil et je me suis fourvoyé dans ma réponse ; je ne comprends pas plus que toi, peut-être même beaucoup moins car tu es un homme plus âgé que moi et de grande expérience. Cherche son royaume à ta manière tandis que j'essaierai de le trouver à la mienne.

D'un geste machinal, Simon caressa de sa main rugueuse la joue de Myrina, toujours assise sur la borne milliaire de la cité.

– Ah ! Si j'avais une fille ! dit-il tout bas. J'ai toujours désiré avoir une fille ! Peut-être mon cœur serait-il plus enclin à l'indulgence si j'avais eu une petite fille avec mes deux garçons !

Puis il examina sa main d'un air dubitatif. Le soir était tombé et déjà l'on avait allumé les lumières de la ville.

– Nous avons beaucoup parlé, dit-il, et plus le temps passait plus l'inquiétude envahissait mon esprit. Il a suffi cependant que j'effleure la joue de ta fille pour que s'évanouisse mon malaise : je me sens à présent tout à fait bien.

– Myrina n'est point ma fille, je ne suis pas assez vieux pour cela, répliquai-je. C'est ma sœur et elle ne comprend pas ta langue.

– Elle devait être avec toi sur la montagne, affirma-t-il, les yeux fixés sur sa main. Je l'ai senti en touchant sa joue, alors que je n'ai rien éprouvé quand je me suis heurté à toi ni quand tu t'es agrippé à mon bras. D'elle j'ai reçu la paix et ma tête n'est plus encombrée de pensées inutiles. Il n'était pas prévu que j'écouterais tes sophismes mais que ma main toucherait la joue de ta sœur !

Il se montrait injuste à mon égard, mais je renonçai à discuter avec lui pour ne point altérer sa paix si vraiment il l'avait obtenue en caressant le visage de Myrina. Je me sentais plus las d'avoir parlé avec lui que d'avoir marché tout le jour, aussi mon seul désir était-il de regagner mon hôtel au plus vite ; mais Simon insista pour nous accompagner et nous partîmes tenant chacun Myrina par la main.

Quand nous arrivâmes devant une auberge illuminée, Simon nous invita à dîner et nous entrâmes en ce lieu où des Juifs peu sourcilleux mangeaient à la même table que les païens.

Nous rompîmes donc le pain et nul ne s'offusqua de la présence de Myrina avec nous tandis que nous mangions le poisson et la salade. Simon nous fit servir du vin, lui-même ne buvant que de l'eau. L'excellent repas arrosé de vin aviva l'éclat des yeux de notre compagne et ses joues maigres prirent de vives couleurs ; je me sentais moi-même envahi d'une douce sensation de bien-être. Simon, tout en mangeant, conversait sur un ton aimable et suave, bien différent de celui de tout à l'heure. Il nous conta, pour nous être agréable, une histoire dans le dialecte grec en usage à Cyrène.

— Il existe de l'autre côté du monde un redoutable empire d'où provient la totalité de la soie que Rome utilise ; cet empire se trouve à une telle distance, que l'on doit traverser maints et maints pays pour arriver à Tyr après un voyage de deux années. Si rouge est la terre de l'Empire romain, celle de l'empire de la soie est jaune ; ce n'est point une légende car j'ai vu moi-même à Tyr un homme à la peau jaune, qui ne devait pas sa couleur à une maladie mais qui nous assura que, chez lui, tous étaient ainsi jaunes depuis la racine des cheveux jusqu'au bout des doigts ! Il affirma également que son pays, plus puissant que Rome, connaissait une civilisation si raffinée que la civilisation romaine en comparaison faisait figure de barbarie ; je pense, quant à moi, qu'à l'instar de tous les exilés, il exagérait en parlant de sa terre. Toutefois, il raconta, recoupant en ceci les récits de nombre de voyageurs, qu'un nouveau roi était né là-bas qui, après avoir détrôné le roi en place, se donna le nom de fils du Ciel ; il transforma l'ordre ancien, déclarant que la terre appartenait à tous de sorte que plus rien n'appartenait à personne : tout le monde avait pour obligation de cultiver le bien commun, tandis que le roi se chargeait de pourvoir aux nécessités de chacun selon ses besoins. Cela s'est passé il n'y a pas très longtemps et ce fils du Ciel gouverna durant vingt années ; on apprit à Tyr, il n'y a guère, que les paysans soulevés l'avaient renversé et que le nouveau souverain avait rétabli l'ancien régime. L'exilé quitta sur-le-champ la ville pour regagner son pays où il exerçait, avant l'avènement du roi possédé des démons, de hautes fonctions.

« Naturellement cette histoire comporte une grande part de légende, poursuivit-il. Par exemple, d'après cet homme à la peau jaune, ce sont des vers qui fabriquent toute la soie de sorte que les hommes n'ont plus qu'à en recueillir les fils et à les tisser.

« J'ai pensé maintes fois à ce fils du Ciel et à son ordre absurde... Dans l'Empire romain, un changement semblable pourrait bien advenir car seule une minorité possède la terre, et chaque jour davantage, tandis que tous les autres sont esclaves ou journaliers. Dès lors qu'il en est ainsi, qu'importe à la majorité que la terre soit commune et travaillée pour l'État ou qu'elle soit la propriété de quelques-uns ? Et quand je réfléchis au sujet de Jésus de Nazareth, il me vient avec angoisse l'idée qu'il se propose d'instituer sur la terre un ordre de ce genre, un ordre où nul ne possédera rien, tout devenant commun. Seul un ancien esclave se trouve à même de mesurer tout le danger que représente une façon d'agir aussi dépourvue de sens ! Même un esclave éprouve le besoin de posséder quelque chose en propre, si peu que ce soit, pour pouvoir continuer à vivre sa vie ; je me souviens qu'à Cyrène, les esclaves se vantaient de leurs fers quand ils étaient plus grands ou plus lourds que ceux des autres !

« Quoi qu'il en soit, je me rassure en pensant que le royaume du Nazaréen n'est point de ce monde ; s'il avait prétendu établir un régime semblable, il aurait vu le jour comme empereur de Rome et non pas comme roi des Juifs !

– Il n'est guère prudent de débattre de politique en un lieu public ! m'empressai-je d'avertir Simon. Le royaume de Jésus, d'après ce que je comprends, est descendu sur terre lorsqu'il naquit et demeure encore parmi nous tout en étant invisible si bien qu'il n'y a pas un seul potentat au monde capable de le découvrir : on peut poursuivre ses adeptes, mais nul n'a le pouvoir de le détruire puisqu'il se trouve à l'intérieur de chacun de nous.

Mon ami remua la tête d'un air désabusé.

– Ah ! Comme tu manques d'expérience et comme tu connais mal l'humaine nature ! murmura-t-il. Le fils du Ciel fut renversé après vingt ans de règne et son royaume était pourtant dans l'ordre des choses explicables ; comment un royaume invisible pourrait-il subsister, une fois Jésus parti ? Crois-moi, après notre mort, son souvenir ne durera guère sur la terre. Comment celui qui n'aura point vu de ses yeux que Jésus est véritablement le fils de Dieu, comment celui-là pourra-t-il accorder sa foi à un royaume invisible ? On pourrait à la rigueur conserver durant une centaine d'années quelques-uns de ses enseignements, si sa doctrine était conforme à la raison humaine au lieu d'être en franche contradiction avec tout notre passé.

– Tu ne crois donc point que sa cause et son nom changeront la face du monde ? demandai-je, le cœur empli de tristesse à son discours.

– Non ! répondit-il avec sincérité. Non, car Dieu lui-même ne peut plus rien changer ni au monde ni à l'homme. Ces Galiléens ont tenté par force d'en faire leur roi après l'avoir vu nourrir cinq mille personnes ! S'ils ont interprété ses paroles si mal, comment ceux qui ne l'auront même pas vu seraient-ils en mesure de les mieux interpréter ? N'oublie pas que sa doctrine, qui est dangereuse, suscite maintes défiances. Il a appelé les pécheurs et, jusque sur la croix, il a promis le royaume au malfaiteur supplicié à ses côtés, suivant les dires des témoins. Bref, seule la racaille qui n'a rien à perdre peut écouter sa doctrine, tandis que ceux qui s'en défient veilleront désormais à ce qu'elle ne se répande point outre mesure.

Myrina leva la main et caressa les joues couvertes de barbe du Cyrénéen.

– Pourquoi cette inquiétude et pourquoi te faire du souci pour la propagation de sa doctrine ? dit-elle avec le sourire. Peut-être cela ne concerne-t-il ni toi, ni mon frère Marc, ni moi ! Mieux vaut nous réjouir à cause de lui puisque nous l'avons vu sur la montagne. Il est une bienfaisante lumière et plus jamais je ne me sentirai abandonnée, maintenant qu'il m'a été donné de la contempler. Pourquoi ne parles-tu que de ténèbres remplies de mal ?

Myrina avait jusque-là gardé un silence si discret que nous fûmes aussi surpris de l'entendre que si la table se fût mise à parler. Et, malgré la honte que nous éprouvâmes pour la légèreté de notre bavardage, un sentiment d'allégresse nous envahit tous deux en voyant son visage éclatant de lumière. Le royaume nous était rendu et mon cœur frémit dans ma poitrine, débordant d'amour pour Myrina ainsi que pour Simon. Nous restâmes un long temps à nous regarder sans dire un mot et ni le bruit ni l'agitation des autres commensaux de l'auberge ne nous dérangeaient.

Simon, après avoir réglé généreusement nos dépenses, nous accompagna jusqu'aux thermes de Tibériade et prit congé de nous devant l'hôtel grec.

Myrina et moi, nous étions si éreintés après notre longue marche et tout ce que nous avions vécu, que nous dormîmes dans notre chambre aux rideaux fermés jusqu'à la neuvième heure et notre allégresse emplissait encore notre cœur à notre réveil. Je tressaillis pourtant à l'idée de devoir rendre visite à Claudia Procula pour lui rapporter tout ce dont j'avais été témoin sur la montagne. Myrina, remarquant mon émotion, m'en demanda la raison. Je lui racontai tout ce qui concernait l'épouse du proconsul et ses maladies, et elle me proposa de venir avec moi afin de témoigner, elle aussi, et de porter le message de joie avec moi.

Mais j'avais besoin, avant toute autre chose, de me laver de tous les soucis et désagréments du voyage et de me débarrasser de mon manteau qui empestait la sueur et de ma tunique sale. Je voulais des vêtements propres et ne voyais plus désormais aucune raison de porter la barbe et de cacher mon origine. Je me rendis donc aux thermes où je me fis raser, boucler la chevelure et épiler tout le corps afin de me sentir vraiment propre. Puis on me fit un massage qui m'ôta les restes de fatigue et l'on m'oignit le corps de parfums ; enfin je m'habillai à la manière romaine, offrant à l'esclave mes vieux vêtements.

Après avoir retrouvé mon ancienne apparence, j'éprouvai quelque honte d'avoir tenté d'entrer dans les bonnes grâces des fils d'Israël en me laissant pousser la barbe et en portant des franges cousues aux bords de mon manteau. Revenu dans la chambre, je retirai l'anneau d'or de ma bourse et le mis à mon pouce.

Myrina revint vêtue d'une tunique brodée de fils d'or et je vis qu'elle aussi s'était fait coiffer et maquiller. Nous échangeâmes un long regard comme si nous étions devenus des étrangers. J'aurais dû me réjouir en m'apercevant que ma compagne ne me ferait point rougir devant les riches clients des thermes ou devant Claudia Procula. Mais à vrai dire, sa métamorphose ne me procura nul plaisir ! J'aimais mieux la frêle jeune fille au visage pâle qui avait dormi dans mes bras sur les pentes de la montagne de Galilée, vêtue seulement d'un vieux manteau fané.

Mais comme elle s'était arrangée à mon intention, je n'osai lui adresser un seul reproche ni lui dire que ses vieilles sandales de danseuse me plaisaient infiniment plus que les chaussures peintes et les fils d'or qui la paraient à présent. Elle me regarda comme m'eût regardé une inconnue et dit :

– C'est ainsi que je t'ai vu dans le bateau de Joppé. Tu portais un vêtement semblable lorsque tu me fis don d'une pièce d'argent. Sans doute est-il juste que tu me rappelles qui tu es et qui je suis. Je n'avais guère réfléchi en te proposant de venir avec toi chez l'épouse du proconsul de Rome.

J'éprouvai l'allégresse que nous avions ressentie tous deux en nous retrouvant au réveil.

– J'avais seulement envie de me sentir propre parce que j'étais las de ma barbe et du manteau en laine imprégné de sueur. Si mon ombre même fait fuir à mon approche les fils d'Israël respectueux de leur loi, peut-être qu'un jour viendra où les hommes du monde entier cracheront à la vue d'un fils d'Israël. J'ai cru que tu te réjouirais de me voir ainsi.

Mais entre nous s'éleva comme un mur de froideur. L'idée que je commettais une imprudence en emmenant la jeune fille chez Claudia Procula effleura mon esprit et il me sembla la trahir en pensant de la sorte, ce que je ne voulais pour rien au monde. Je dus insister un certain temps pour qu'elle acceptât de m'accompagner et finalement un serviteur se présenta, l'épouse du proconsul attendant ma visite.

En approchant du palais d'été, je remarquai que les curieux en avaient à présent déserté les abords et que les soldats de la garde rouge du prince Hérode Antipas avaient cessé leur faction. Un seul légionnaire syrien de l'escorte de Claudia nous fit nonchalamment signe que le passage était libre. Ainsi la visite à Tibériade de l'épouse du procurateur de Judée n'était plus qu'une banalité et Claudia Procula une curiste huppée parmi d'autres.

Elle ne s'était guère mise en frais pour moi et me reçut, étendue dans une pièce derrière une tenture que l'air faisait onduler. Des rides autour de ses yeux et un sillon amer gravé aux commissures de ses lèvres la vieillissaient considérablement. L'air calme et avenant, elle paraissait en revanche ne plus souffrir de ses troubles. En examinant avec curiosité Myrina, elle m'adressa un regard interrogateur.

– Voici ma sœur Myrina, la présentai-je, qui était avec moi sur la montagne. Je te l'ai amenée, ô Claudia, pour que nous parlions tous trois à l'abri des oreilles étrangères.

Claudia, après un instant de réflexion, intima l'ordre à sa dame de compagnie de sortir mais ne nous invita point cependant à nous asseoir, de sorte que nous restâmes debout devant elle. Elle se mit à bavarder avec affabilité tout en jetant sans cesse de petits coups d'œil sur ma compagne.

– Quel dommage que tu ne sois point venu avec moi après les courses à la fête du prince ! Tu aurais appris maintes choses intéressantes sur les coutumes du pays ! Je dois reconnaître que Hérode Antipas vaut bien mieux que sa réputation, dont il souffre d'ailleurs sincèrement et qu'il ne doit qu'à sa peu commune situation. Il m'a offert un collier persan à trois rangs et nous avons parlé de tout en toute franchise. Certes, sa fille Salomé est une catin sans vergogne qui fait de lui ce qu'elle veut et ce au seul profit de sa mère Hérodiade qui n'est plus toute jeune ; mais apparemment, l'inceste n'est point sujet de honte aux yeux des descendants d'Hérode *le Grand* et serait plutôt une tradition. Nous autres Romains, en tout cas, ne sommes guère compétents pour juger des mœurs des Orientaux qui savent pour le moins se montrer charmants lorsque cela leur plaît de l'être. Hérodiade ne manque point d'envergure, elle poursuit le but, m'a-t-il semblé, d'obtenir le titre de roi pour son époux, ce qui fait l'objet de nombreux commentaires.

« Il est capital pour Ponce Pilate que le prince de Galilée reste en bons termes avec Tibère, même si Hérodiade sait bien que l'empereur n'est plus qu'un vieil impotent. Tu sais que Pilate est du côté de Séjan auquel nous devons le poste de procurateur de la Judée ; les choses étant actuellement ce qu'elles sont, Pilate et Hérode ont tout intérêt à marcher main dans la main et nous sommes tout à fait d'accord sur ce point avec la princesse ; ainsi n'aurai-je point effectué ce voyage en vain et je suis prête à présent à regagner Césarée.

Au fond, Claudia Procula ne révélait rien de bien dangereux, car tout homme sensé est au fait de tout cela. Il est vrai que Tibère est un vieillard malade et que le seul nom de Séjan suscite de telles craintes que les Romains avisés restent dans une expectative silencieuse, attendant le moment où il obtiendra la charge de tribun et donc le pouvoir officiel.

J'eus l'impression que Claudia tentait de vérifier du regard si Myrina comprenait le latin lorsque soudain, tendant un doigt vers elle, elle s'exclama avec véhémence :

— Par Jupiter ! Cette fille est le portrait de Tullia !

Je regardai avec frayeur la jeune fille, et durant un instant, j'eus en effet la sensation qu'elle te ressemblait, ô Tullia ! Et je fus sur-le-champ convaincu que jamais je ne t'enverrais ces rouleaux et que mon désir de te voir était à jamais éteint, l'impression de te retrouver devant moi dans la personne de Myrina ne soulevant en mon cœur que haine et répulsion. Mais bientôt l'illusion s'évanouit et en examinant chaque trait de mon amie, je me rendis vite compte qu'elle n'a absolument rien de toi.

Claudia Procula poursuivit néanmoins sur un ton narquois :

– Je crois qu'elle ferait vaguement penser à Tullia si elle en possédait les yeux sombres et brillants, le nez à l'arête fine, les cheveux de jais et la bouche pleine !

Je ne saurais dire si son seul propos était de blesser Myrina. Il me semble cependant qu'elle se demandait sérieusement ce qui lui rappelait ta personne, ô Tullia, dans cette jeune Grecque qui n'a rien de commun, avec toi, je te l'assure !

– Laisse ma sœur en paix, répliquai-je avec colère. Elle sait qu'elle n'est point une beauté et moi je ne veux pas me souvenir de Tullia ! Parlons en grec ! Désires-tu oui ou non savoir ce qui est advenu sur la montagne ?

– Ah ! oui, s'écria-t-elle. Que s'est-il donc passé ? As-tu vu Jésus de Nazareth ?

– Nous l'avons vu tous les deux, repris-je. Il a ressuscité des morts. Il est toujours en vie !

Elle me fit alors une question surprenante :

– Comment sais-tu que c'était vraiment Jésus de Nazareth ?

Cette question qui ne m'avait point effleuré l'esprit me décontenança quelques instants, puis je finis par dire :

– C'était lui ! Bien sûr que c'était lui ! Qui cela aurait-il pu être ? Il y avait là-bas plus de cinq cents personnes qui le connaissaient, affirmai-je avec un sourire forcé. D'ailleurs, je l'ai moi-même regardé en face et cela suffit ! Jésus est un homme hors du commun.

Myrina intervint à son tour :

– Un homme ordinaire n'a point son regard !

– Vous l'avez vu la nuit, reprit Claudia, nous examinant tous deux avec intérêt. N'était-ce point une nuit sans lune et très obscure ?

– En effet, la nuit était noire, admis-je. Mais il

faisait tout de même suffisamment clair pour le voir, on ne peut le confondre !

– Mais je ne doute pas un instant que ce fût lui et tout le reste ! Cependant d'une part j'ai reçu ici à plusieurs reprises le médecin de la cour qui me soignait et d'autre part j'ai parlé avec Hérodiade : ils savent que nombre de Galiléens ont cru reconnaître Jésus dans un homme à l'aspect étrange qui se promène par tout le pays. Mais les avis sont partagés à son sujet et nul n'est capable de le décrire avec exactitude. A la cour, on ne croit guère qu'il s'agisse de Jésus ; on pense plutôt qu'il s'agit d'un dément ou d'un possédé qui s'est à dessein blessé aux mains et aux pieds, ou encore que ses disciples, après avoir dérobé le cadavre dans le sépulcre, ont cherché quelqu'un pour tenir son rôle afin de prolonger la comédie.

Remarquant mon regard, elle s'empressa d'ajouter :

– Je ne fais que répéter ce que l'on m'a raconté, je ne dis pas que ce soit là mon opinion ! Il y a tellement de possibilités ! Dans le désert, sur les rives de la mer Morte, les membres d'une secte judaïque vivent dans une maison isolée ; ils prennent leur repas en commun, se baptisent dans l'eau et ils ont atteint un tel degré de sainteté à force de jeûnes, de prières et de chasteté, qu'ils sont véritablement devenus des hommes hors du commun ; on dit que leurs blancs vêtements irradient la lumière dans les ténèbres. Ils entretiennent de secrètes relations non seulement avec Jérusalem mais également avec d'autres pays. Persécutés par Hérode *le Grand* qui les jugeait extrêmement dangereux, à l'époque de ce souverain ils se réfugièrent à Damas d'où ils sont revenus lors de la mort du Nazaréen.

« On a fort peu d'informations à leur sujet, car ils ne reçoivent personne. On sait néanmoins qu'il existe dans leur ordre différents degrés de sagesse et peut-être les plus sages possèdent-ils réellement des connaissances supérieures à celles du reste des mortels.

« Mon médecin, après en avoir débattu avec d'autres savants, a suggéré hier que cette secte, pour un motif que nous ignorons, a peut-être suivi avec diligence l'activité de Jésus, le protégeant même à son insu. Le fait que deux membres éminents du Sanhédrin aient pris la peine d'ensevelir le crucifié paraît particulièrement suspect ; Marie de Magdala a vu, le matin suivant, une silhouette éblouissante, qu'elle prit pour un ange gardant le tombeau ; en outre, les disciples de Jésus sont de petites gens qui, en proie à la frayeur, n'ont peut-être point eu le courage de voler le corps, tâche qui, en revanche, ne présentait guère de difficulté pour les sages de la secte en question : ils ont fort bien pu, par des pratiques magiques, rendre la vie au cadavre ou mander l'un des leurs par tout le pays de Galilée, se faisant passer pour Jésus ressuscité.

Il est difficile de deviner pourquoi ils tiennent tant à ce que le peuple croie à la résurrection du Nazaréen : ou bien ils ont quelque intérêt à voir réduire l'autorité du temple – mais l'on a tendance, comme le soulignait le médecin, à trouver des motifs politiques dans tout lorsque l'on est accoutumé à s'occuper de politique – ou bien des raisons touchant la religion et qu'ils sont les seuls à connaître, motivent leurs agissements. Mais ils sont trop prudents pour poursuivre très longtemps cette mystification. Pour moi, l'histoire a pris fin lorsque cet homme, quel qu'il soit, s'est présenté sur la montagne dans les ténèbres de la nuit devant les adeptes du Nazaréen.

Constatant l'air dubitatif avec lequel j'écoutais son discours, Claudia Procula s'arrêta de parler, agita une fois encore ses mains et affirma :

– Je me contente de te raconter ce que disent

les autres, moi, je ne le crois pas. Cela n'implique pas, en tout cas, que les disciples les plus proches se trompent même en pleine nuit, à moins qu'ils ne soient partie prenante dans la mystification. Dis-moi une seule chose : lui as-tu parlé de moi ?

– Je ne puis t'expliquer clairement, murmurai-je plein de trouble, je crois que même si je l'eusse voulu, je n'aurais pu lui parler de toi, car je n'avais plus une seule pensée dans ma tête lorsque je l'ai vu.

A ma grande surprise elle ne m'adressa nul reproche.

– C'est exactement ce que m'a dit Jeanne, déclara-t-elle sur un ton satisfait. Mais elle a ramassé le matin de la terre que Jésus avait foulée aux pieds et me l'a rapportée enveloppée dans un morceau de tissu afin qu'en la touchant ou en me la posant sur le front je guérisse durant la nuit. Mais je n'en ai plus besoin !

Me regardant alors d'un air plein de mystère, elle ajouta :

– Moi aussi, je me suis rendue sur la montagne avec les autres et j'ai guéri !

Mon ébahissement provoqua un rire joyeux.

– Je t'ai pris au piège ! s'écria-t-elle en battant des mains avec bonheur. Assieds-toi près de moi, ô Marcus, et toi aussi, jeune fille. Je ne dis pas que je me trouvais physiquement sur la montagne mais cette nuit-là, j'ai fait un rêve très agréable. Tu sais comme je suis sensible et instable ; dans mes rêves, on me pinçait, me griffait, me tirait les cheveux et je ressentais tout cela comme une réalité, ne pouvant faire un mouvement malgré tous mes efforts jusqu'au moment où recouvrant ma voix, je poussais un cri de terreur qui m'arrachait au sommeil trempée de sueur et si exténuée que je n'osais plus me rendormir de la nuit.

« Nous parlions de la montagne, reprit-elle avec calme. Ce rendez-vous occupant mon esprit, il n'y a pas lieu de s'étonner que moi qui suis si sensible, je m'y sois rendue en songe. L'obscurité était si dense, que je supposai plutôt que je ne vis qu'il y avait autour de moi de nombreuses silhouettes immobiles, attendant à genoux. Je n'éprouvais nulle crainte. Soudain se dressa devant moi un personnage lumineux, mais je n'osai point lever la tête vers lui, non parce que j'avais peur mais parce que j'avais l'intuition que mieux valait ne point contempler son visage. Le personnage me demanda avec une voix pleine de tendresse : « Claudia Procula, m'entends-tu ? » Je répondis : « J'entends ta voix. » Il dit alors : « Je suis Jésus de Nazareth, le roi des Juifs que ton époux a fait crucifier à Jérusalem. » Je répondis : « Oui, tu l'as dit. » Il me dit alors quelques mots au sujet de brebis, mais je n'en saisis point le sens ni même y prêtai grande attention, n'étant guère familiarisée avec l'élevage de moutons. Mais j'eus l'impression que ses yeux étaient lourds de reproche. « Je suis le pasteur, dit-il. Je ne permets point que le voleur tue mes brebis. » Je compris qu'il se référait à Ponce Pilate en parlant de voleur et m'empressai de le rassurer : « Il est probable qu'à présent il ne poursuivra plus tes brebis, et d'ailleurs il ne t'aurait pas tué s'il n'y avait été contraint pour des raisons politiques. » Mais il ne prit garde à mon excuse, je devinai qu'il n'attachait nulle importance à cet aspect de la question et qu'il n'en tenait pas rigueur à mon époux. Il continua toutefois de m'entretenir de brebis, disant : « J'ai d'autres brebis. » Ne sachant que répondre pour être agréable, je suggérai : « Je ne doute point que tu ne sois un bon pasteur. » Ces mots lui plurent manifestement car il répondit aussitôt : « Tu l'as dit, je suis le bon pasteur et le bon pasteur donne sa vie pour ses brebis. » Une forte envie de pleurer s'empara de moi et j'aurais voulu le supplier de m'accepter dans son troupeau, mais n'en eus point le courage ; je sentis seulement qu'il posait sa main sur ma tête et je me réveillai ; en ouvrant les yeux, j'avais toujours la sensation de sa main sur moi. Jamais je n'avais fait un rêve si beau ! Je le fixai dans ma mémoire afin de n'en point oublier de détails, puis me replongeai dans un très long sommeil. Depuis lors, je n'ai plus eu de cauchemar ! Je pense qu'il m'a guérie à condition que Ponce Pilate cesse de persécuter ses adeptes.

Elle rit comme une enfant, puis se couvrit la bouche de sa main.

– Je n'eus guère de mal à faire cette promesse, ajouta-t-elle, car mon époux n'a aucune raison de molester les disciples du Nazaréen. Tout au contraire ! S'ils parvenaient à former un parti, la discorde qui s'installerait entre les Juifs ne pourrait que servir la politique romaine !

« Naturellement les rêves ne sont que des rêves, et sans doute m'a-t-il parlé de brebis suivant son habitude ; l'on m'a dit, en effet, qu'il les évoquait souvent au cours de ses prêches. Quoi qu'il en soit, ce rêve était très clair et je l'ai fait la nuit où vous deux l'avez vu sur la montagne ; enfin, il m'a guérie de mes cauchemars. Certes, le médecin du prince affirme que je dois cette guérison aux bains de soufre chauds et à son propre traitement et comme je ne puis ni ne veux le froisser, je lui donne toujours les présents traditionnels. Mais en vérité je suis convaincue, que tu te moques ou non, que c'est le Nazaréen qui m'a délivrée en m'accordant sa grâce durant mon rêve. J'avais tellement pensé à lui et souffert au cours de cauchemars à cause de lui !

Enfin, sur le ton du triomphe, elle conclut :

– Quel que soit celui que vous avez rencontré sur la montagne, moi, c'est Jésus que j'ai vu dans mon rêve. Suzanne cependant, qui est une femme en laquelle j'ai confiance, m'a affirmé avoir reconnu son rabbin sur la montagne.

Après avoir un instant réfléchi au songe de Claudia, je l'interrogeai avidement, tremblant d'émotion :

– Il t'a vraiment dit dans ton rêve qu'il a d'autres brebis ? Dans ce cas, il a donné sa vie pour elles également ! O Myrina, entends-tu ? nous ne sommes pas des étrangers pour lui !

L'épouse du procurateur laissa échapper un petit rire.

– Oh ! Assez avec cette histoire de brebis ! s'écria-t-elle. Je me suis renseignée au sujet de Jésus de Nazareth et je crois jusqu'à un certain point qu'il est le fils de Dieu et qu'il a ressuscité. Suzanne m'a appris certaines choses, par exemple que je peux prier le cas échéant ; j'ai d'ailleurs l'intention d'obéir à quelques-uns de ses commandements dans la mesure où je peux le faire en cachette et sans porter atteinte à ma position. Il n'est pas question, en tout cas, que je cesse d'offrir des sacrifices au génie de l'empereur, même si je ne me soucie plus guère des autres divinités de Rome.

« Je n'ai pas encore résolu la question de savoir ce qu'il convient de raconter à ce sujet à mon époux et ce qu'il convient de taire. Ponce Pilate est un homme positif, expert en droit, et qui ne prête guère attention aux miracles.

– Il vaut mieux, répondis-je en hésitant, il vaut mieux, je crois, que tu mentionnes le nom de Jésus le moins possible devant lui. Toute cette histoire, en heurtant son sens de la loyauté et de la justice, lui a été très désagréable et il se courroucera si tu la lui rappelles.

– Il est difficile de savoir ce qu'il ressent au fond de lui ! Ses hautes fonctions au sein de l'empire l'ont accoutumé à dissimuler si habilement ses sentiments que je me demande parfois s'il en a réellement ! Ce n'est point un mauvais homme et la Judée aurait pu avoir à sa tête un gouverneur bien pire ! Je trouve tout à fait injuste qu'on le traite de voleur et ne vois là qu'une manifestation du fanatisme hébreu ! Mais tu as peut-être raison, je ne dirai rien s'il ne me fait point de questions.

« A propos, poursuivit-elle en me regardant attentivement, je suis ravie de te voir de nouveau avec un visage lisse et des vêtements décents. A vrai dire, je commençais à me faire du souci pour toi et je craignais que les Juifs ne t'eussent tourné la tête ! L'expression de ton visage rappelait celle des fanatiques à tel point que mon médecin, dont tu as fait la connaissance l'autre jour, m'a demandé plus tard ce qui t'arrivait. On dirait que le fait de voir Jésus sur la montagne t'a fait du bien. Ne crois-tu pas que c'est pour toi le moment de regagner Rome ? Les roses de Baiae sont en fleurs à présent. Je te serais infiniment reconnaissante si, de temps en temps, tu m'envoyais de là-bas des nouvelles détaillées et précises sur l'état de santé de l'empereur.

« Je crois qu'une année d'exil suffit à tempérer les ardeurs d'un amant trop passionné et certainement Tullia est toute prête à t'accueillir. J'ai des raisons de croire qu'elle a réussi pendant ton absence à annuler son mariage et à en contracter un nouveau. Ce sera pour toi comme si tout recommençait ! Nul ne te poursuit à Rome, je te le dis dans le cas où elle te ferait croire le contraire.

Sans doute disait-elle la vérité et nul péril ne me menaçait plus à Rome. Mon cœur me fit mal dans la poitrine, oh ! pas à cause de toi, ô Tullia, mais à cause de mon amour-propre insensé qui m'avait fait croire aveuglément en ta promesse de venir me rejoindre à Alexandrie.

– Je pense que je ne retournerai jamais à

Rome, répondis-je sur un ton désabusé. Le simple fait de penser aux roses me donne la nausée.

– Viens au moins visiter Césarée ! pria Claudia. C'est une ville neuve et civilisée, incomparablement plus somptueuse que la Tibériade du prince Hérode Antipas ! Des vaisseaux viennent du monde entier mouiller dans son port et tu rencontreras là-bas des personnes susceptibles de te conseiller et de t'aider à faire ton chemin dans la vie ; les belles d'Israël pas plus que les petites Grecques ne suffisent à remplir la vie d'un Romain !

Alors Myrina mit fin à notre bavardage d'une manière tout à fait inattendue : elle se leva dans le plus grand calme et remercia avec courtoisie Claudia Procula pour l'honneur qu'elle lui avait fait en la recevant ; ensuite, toujours aussi calme, elle me gifla sur une joue puis sur l'autre, se saisit de ma main et m'entraîna vers la sortie ; une fois parvenue à la porte, elle fit volte-face et dit :

– Noble Claudia Procula, ne te préoccupe plus pour Marcus. C'est moi désormais qui veillerai à ce que cette brebis ne s'égare point !

ONZIEME LETTRE

Marcus Mezentius Manilianus
au Marcus d'autrefois, salut !

J'AI laissé ma lettre précédente inachevée et n'ai point l'intention de la reprendre, car cela n'aurait aucun sens de m'adresser encore à Tullia. J'ai d'ailleurs toujours eu ancré au plus profond de mon cœur le sentiment que je n'enverrais aucun de mes rouleaux à Tullia : son seul nom me fait frémir et abhorrer ma vie passée.

En outre, par égard pour Myrina, je ne veux pas adresser cette lettre à Tullia.

C'est pourquoi je me borne à saluer mon ancien moi, afin d'être en mesure plus tard d'évoquer parfois tout ce qui m'est advenu ; avec le temps et la distance, les faits s'effacent, la mémoire perd de sa sûreté et l'homme, en dépit de sa bonne volonté, a du mal à rassembler ses souvenirs. Je me sens torturé, au moment même où j'écris, à l'idée que je pourrais faire des erreurs, exagérer ou ajouter des détails de mon cru. Je le fais en tout cas bien malgré moi et comme les témoins de bonne foi qui au cours d'un procès racontent d'une manière différente ce qu'ils ont vu et vécu.

Ecrire est pour moi désormais d'une nécessité vitale puisque l'on m'a interdit de parler. Que pourrais-je dire pourtant de son royaume, sinon qu'après avoir assisté à sa mort je l'ai vu ressuscité ? Et cela, jamais je ne pourrai le démentir ni le mettre en doute ! Pourtant, on m'a interdit de le raconter parce que je ne suis ni Juif ni circoncis.

Lorsqu'un autre, plus initié que moi au secret du royaume, viendra relater l'événement d'une manière différente, je m'inclinerai, admettant qu'il a raison parce qu'il en sait plus que moi. Mon récit n'a donc de valeur que pour moi seul ; quand je serai vieux, si tant est que j'arrive jusque-là, tout surgira dans ma mémoire aussi clairement qu'en ce moment même ; c'est pourquoi j'ai repris tant de choses inutiles et dépourvues d'intérêt pour tout autre que moi : au fil des ans, les mots reprendront forme et, si j'ai pu raconter par le menu des détails aussi superflus et insignifiants, nul doute que ce qui compte vraiment ne m'a pas échappé non plus.

Je ne veux rien laisser dans l'ombre ; en plongeant au fond de moi-même, je me rends compte que je suis un être frivole, dépourvu de fermeté, séduit par tout ce qui est nouveau ; vaniteux, égoïste et esclave de mon corps, je n'ai rien en moi dont je puisse m'enorgueillir comme le dit Myrina. Et je vois là une raison supplémentaire de ne rien omettre afin de me souvenir si l'orgueil m'entraînait quelques fois.

On m'a donc défendu de parler. Je m'incline et reconnais que cela est juste. Je n'ai pas en moi la fermeté nécessaire, car je suis comme l'eau que l'on verse d'un récipient dans un autre et qui chaque fois épouse la forme du nouveau vase. Si je pouvais au moins rester aussi pur que l'eau claire ! Mais, hélas ! l'eau se trouble et se putréfie avec le temps ! Ainsi, lorsque au long des années je deviendrai une eau stagnante, je reprendrai tous mes rouleaux et me souviendrai qu'un jour, j'ai entrevu le royaume.

Pourquoi justement moi ? Pourquoi moi, un étranger, ai-je été témoin de sa résurrection pour ensuite pressentir son royaume ? Je ne saurais dire, mais je persiste à croire que ce n'est point par seul hasard. Cependant tel que je me connais, j'imagine que le temps ébranlera cette croyance. Si bas alors que m'entraînera ma faiblesse en cette époque de désespoir et de doute vouée aux plaisirs, je trouverai du réconfort dans la prophétie du pêcheur inconnu sur les rives du lac, même si je ne comprends pas comment elle peut s'accomplir. Ce n'est certes qu'une vague espérance, mais quel homme peut vivre sans espérance ? Les autres me paraissent si nantis à côté de moi qui me sens si démuni ! J'ai Myrina toutefois qui, elle, possède la fermeté qui me manque ; peut-être me l'a-t-on donnée en gage d'espérance ! Elle pense que l'on m'a confié à elle afin qu'elle me serve de guide, à défaut d'un meilleur pasteur et bien que cette tâche exige d'elle une infinie patience.

Je me trouve en ce moment à Jérusalem où elle m'a conduit, mais comme je vais parler d'elle, je dois encore une fois retourner aux thermes de Tibériade.

Je suis incapable d'expliquer d'où est née notre querelle car nous débordions d'allégresse peu de temps auparavant. La faute en est peut-être à Claudia Procula, c'est du moins en sa présence que Myrina, perdant son sang-froid, me gifla et me traîna hors de la pièce en me tirant par la main.

Si je me souviens bien, quand nous nous retrouvâmes chez nous, elle déclara que plus elle avait l'occasion de rencontrer des femmes du monde plus elle se sentait sûre d'elle, car elle était ce qu'elle était sans chercher à paraître différente. Elle rassembla ses effets, paraissant disposée à me quitter sur-le-champ ; je ne fis aucun mouvement pour la retenir tant je m'estimais offensé. Elle me lança de si cuisantes paroles que seule Tullia dans ses pires moments eût pu rivaliser avec elle.

Elle foula aux pieds ma vanité, m'accusant même d'avoir trahi le Nazaréen devant Claudia Procula parce que je m'étais montré complaisant en écoutant son vain bavardage ; elle ne croyait pas un mot du rêve de la Romaine. Bref, soudain je ne comprenais plus rien à cette jeune fille jusqu'alors si docile et réservée. J'en vins à penser qu'elle me révélait ainsi son véritable caractère et que je m'étais bien trompé à son sujet !

Elle fit preuve d'une telle finesse et d'une telle acuité à découvrir la totalité de mes défauts, que je crus même qu'un esprit malin s'était emparé d'elle : sinon, comment aurait-elle été en mesure de parler de moi avec tant de clairvoyance et comment surtout aurait-elle pu faire allusion à des choses qu'en aucun cas elle ne pouvait connaître ? Elle fouilla consciencieusement mon âme pour me laisser finalement nu comme un ver de terre, et tous ses propos contenaient une part suffisante de vérité pour m'obliger à tendre l'oreille, même si je décidai en mon for intérieur de ne plus jamais lui adresser la parole.

Enfin reprenant son calme, elle se laissa tomber sur un siège et, les yeux dans le vague, dit, la tête appuyée sur les mains :

– Voilà ce que tu es ! J'étais résolue à partir et ce serait bien fait pour toi si je t'abandonnais à ton sort. Mais je ne le puis à cause de Jésus de Nazareth qui m'a chargée de prendre soin de toi. Tu es en vérité comme un agneau au milieu des loups, incapable de te défendre et l'on pourrait en un clin d'œil te détourner du chemin. Je ne puis supporter de te voir baver d'envie au souvenir de cette Tullia et de tes impudiques aventures d'un temps révolu. Remets immédiatement ton anneau d'or dans ta bourse !

Puis elle se leva pour venir me renifler.

– On dirait un des garçons des maisons de plaisirs d'Alexandrie, ajouta-t-elle. J'aimerais mieux te voir les cheveux en broussailles qu'avec ces boucles ! Tu peux croire que je te laisserais tout de suite si je ne t'avais vu marcher par les sentiers de la Galilée, avalant la poussière et séchant ta sueur sans te plaindre du mal aux pieds !

Elle n'arrêta de parler que lorsqu'elle se trouva à court d'arguments.

Je ne m'abaissai point à lui répondre et ne la regardai pas en face tant elle m'assena de vérités. Je n'ai pas non plus l'intention de te les rapporter, car je pense que mes faiblesses se manifesteront tout au long de mes écrits bien que ce ne fût point mon but lorsque je m'attelai à cette tâche.

– Plonge en toi-même et demande-toi si j'ai raison ou si j'exagère, conclut-elle. Je ne partagerai plus la chambre avec toi !

Elle sortit en claquant si fort la porte que toute l'hôtellerie en trembla. Peu après, un serviteur vint avec quelque hésitation chercher ses effets, mais je n'y pris garde sachant en outre que l'hôtelier ne ferait aucune difficulté pour lui donner une autre chambre du moment que Claudia Procula l'avait reçue.

Je me sentis en proie à une profonde dépression en me remémorant tout ce que Myrina m'avait dit et je commençai à relater par écrit ce qui m'était arrivé, prenant soin d'écrire sur elle le plus lentement possible en essayant de ne point déverser mon amertume dans le cours du récit. Je demeurai de nombreux jours ainsi absorbé, enfermé dans la chambre aux rideaux tirés, m'y faisant même servir les repas afin de n'avoir point à sortir. Myrina entra une fois pour dire qu'elle allait à Tibériade commander une pierre tombale de style grec pour le sépulcre de son frère. Elle revint une autre fois m'annoncer que Nâtan me cherchait avec mes ânes. Je me bornai à lui répondre que mon seul désir était qu'on me laissât travailler en paix.

Alors, elle ne vint plus me demander la permission de sortir de la station. J'appris plus tard qu'elle s'était rendue à Magdala chez Marie ainsi qu'à Capharnaüm en compagnie de Nâtan.

Je ne savais plus depuis quand j'écrivais, j'avais perdu toute notion du temps, travaillant même la nuit car je n'arrivais plus à trouver le sommeil. Peu à peu cependant ma colère allait s'apaisant et, quand je m'endormais ou que je me réveillais, je pensais maintenant à la jeune fille et à ce qu'elle m'avait dit. J'en vins même à admettre l'idée qu'il était peut-être temps que quelqu'un me parlât en ces termes. Je pouvais certes me montrer parfois doux et humble de cœur, mais mon orgueil bientôt reprenait le dessus, m'insufflant de nouveau le sentiment de ma pureté et de ma supériorité sur tous les autres.

Un matin, alors que je dormais encore, j'entendis Myrina pénétrer dans la chambre ; je sentis qu'elle me regardait, puis qu'elle me caressait doucement les cheveux ; le simple frôlement de sa main me rendit toute ma joie et j'eus honte d'avoir montré un cœur inflexible pendant si longtemps. Voulant voir ce qu'elle allait faire, je me retournai sur ma couche, feignant de me réveiller lentement. Elle s'écarta vivement en me voyant ouvrir les yeux.

– Tu as bien raison d'avoir décidé de te taire, dit-elle sur un ton brusque, et quoi que ce soit que tu racontes sur tes rouleaux, cela t'évitera de dire des bêtises ou de porter préjudice aux autres ! Mais il faut que tu te lèves à présent. Les quarante jours sont écoulés depuis un certain temps déjà et nous devons gagner Jérusalem le plus vite possible. Nâtan est en bas avec les ânes. Rassemble donc ton bagage, règle ta note et suis-moi ! Tu pourras garder ta mauvaise humeur pendant le trajet aussi bien qu'ici dans cette pièce aux rideaux fermés !

– O Myrina, murmurai-je, pardonne-moi d'être ce que je suis, et pardonne-moi aussi tout le mal que j'ai pensé de toi pendant que je gardais le silence. Mais qu'ai-je à faire à Jérusalem ? Je ne sais si je dois te permettre de disposer à ta fantaisie de mes allées et venues.

– Nous en parlerons également au cours du voyage, répliqua-t-elle. La fête des Juifs approche et nombreux déjà sont ceux qui se rendent à la Ville sainte. Presse-toi donc !

Son projet ne me surprenait pas outre mesure. J'avais moi-même caressé l'idée, tout en écrivant, de voir s'accomplir le destin des disciples de Jésus qui étaient à Jérusalem. En outre, une promenade imprévue n'était point pour me déplaire car j'étais las d'écrire et de garder le silence.

Regardant Myrina, je ne pus contenir ma joie plus longtemps et la prenant dans mes bras, la serrai contre moi et la baisai sur les joues.

– Tu peux me parler aussi rudement que tu le voudras, m'exclamai-je, car il me semble que tu désires mon bien avant tout. J'ai été submergé de joie lorsque, il y a un instant, tu m'as caressé les cheveux croyant que je dormais encore.

Myrina tenta tout d'abord de me faire croire que j'avais rêvé, mais elle s'attendrit et me rendit mon baiser.

– J'ai été cruelle avec toi ce jour-là, mais il fallait que je te parle une fois pour toutes, reconnut-elle. Tu me plais tel que tu es, mais tu dois savoir toi-même qui tu es et ne point t'imaginer supérieur. Je ne voudrais pas que tu changes et je ne t'aurais jamais parlé si crûment si je ne t'aimais pas autant. Quant à tes allées et venues, tu peux en décider toi-même à condition de partir avec moi immédiatement pour Jérusalem.

– Je brûle du désir de m'y rendre ! m'empressai-je d'affirmer. Je me doute que tout n'est pas encore fini ! Où donc pourrais-je aller ? Je n'ai point de foyer et suis devenu si étranger sur cette terre que tous les pays me sont indifférents.

Myrina me toucha légèrement le front et la poitrine de sa main.

– Moi aussi je me sens étrangère sur la terre, dit-elle. Son royaume est mon unique foyer en dépit du peu que j'en connais. Parce que Jésus t'a confié à moi, je veux être la force dans ta faiblesse, ton amie, ta sœur et tout ce que tu voudras ainsi que ton foyer pour le meilleur et pour le pire.

À mon tour, j'effleurai son front et sa poitrine puis lui donnai un autre baiser. Elle m'aida ensuite à faire rapidement mes paquets et je m'habillai pour le voyage. Au moment de régler ma note, je fus très surpris de la somme considérable exigée par l'hôtelier ; tout l'argent en ma possession n'aurait point suffi à m'acquitter si Myrina, venant à mon secours, ne m'eût signalé ses erreurs. Je me réjouis en trouvant Nâtan dans la cour accompagné de nos ânes familiers et, sans perdre de temps en compliments inutiles, nous nous mîmes en route.

Je ne m'attarderai point sur le voyage, nous traversâmes la Samarie afin d'éviter la chaleur de la vallée du Jourdain et les pèlerins galiléens qui se rendaient en grand nombre à la fête des pains. Nous atteignîmes la ville du côté de Sichée deux jours avant la Pentecôte. En revoyant la ville et son temple, et la colline du supplice, je fus pris d'un tremblement si violent que je faillis tomber de mon âne. Je sautai à terre sans pour autant cesser de trembler au point que je crus avoir attrapé les fièvres. Le monde me parut s'emplir de ténèbres, je me mis à claquer des dents, ne pouvant parler sans bégayer, et il me sembla qu'un énorme nuage chargé d'éclairs pesait au-dessus de ma tête, alors qu'en réalité le ciel était absolument serein.

Cet accès se dissipa rapidement et Myrina, me posant la main sur le front, déclara que je n'avais rien. Mais je n'osai plus monter sur mon âne et continuai le chemin à pied. Nous entrâmes dans la cité par la nauséabonde porte des Poissons ; les légionnaires nous laissèrent passer sans encombre quand ils virent l'épée accrochée à mon côté et qu'on leur eut dit que j'étais citoyen romain ; de véritables torrents humains déferlaient vers la cité et ils ne pouvaient soumettre tout le monde à leur contrôle.

Le marchand syrien Carantès manifesta une grande joie en me saluant et je ressentis moi-même un véritable plaisir à retrouver sa face rougeaude et ses yeux pleins de malice. Devant Myrina, il ouvrit et ferma ses paupières à plusieurs reprises avant de dire :

– Franchement, les rigueurs du voyage t'ont fait considérablement maigrir, ô Marie de Beerot ! Tu as changé la couleur de tes cheveux et de tes yeux et ton nez s'est aplati. En vérité, la Galilée est le pays des sorciers et je vais finir par croire tout ce que l'on en dit !

Je pense qu'il lança cette plaisanterie pour se moquer de moi, mais Myrina n'apprécia guère son humour.

Le moment était venu de nous séparer de Nâtan qui devait poursuivre son chemin. Tout en se grattant la tête, il se mit en devoir de régler ses comptes avec moi : il avait fait travailler les ânes durant ma maladie à Tibériade et me versait à présent tous ses gains, ne gardant pour lui que son salaire. J'acceptai pour lui faire plaisir tous ses arrangements.

– Tu m'as bien et loyalement servi, dis-je, et je ne veux point te blesser en te rendant cet argent. Mais je te prie de garder au moins les quatre ânes en souvenir de moi.

Il jeta un regard de convoitise sur les bêtes mais repoussa mon offre en disant :

– Je ne dois pas posséder plus que ce dont j'ai besoin pour vivre. Je suis heureux de pouvoir distribuer aux déshérités ce qui leur revient de l'argent gagné à ton service ; j'accumule ainsi un trésor dans le ciel. Mais quatre ânes constituent une véritable fortune pour un homme comme moi ! Je n'aurais plus d'autres préoccupations en tête, j'aurais peur qu'un voleur ne me les enlève ou que l'un d'eux tombe malade et mon esprit se détournant de ce qui est important ne se soucierait plus que de futilités : plus je m'attacherais à mes ânes, plus je me perdrais !

Mon cœur fut ému par ces paroles.

– Prends-les tout de même, ô Nâtan, car ils nous ont servi humblement au cours du bon voyage et je ne puis me faire à l'idée de les voir partir en des mains étrangères, insistai-je. De nombreux Galiléens sont venus à l'occasion de la fête des pains et il y a beaucoup de malades et de femmes parmi eux. Offre donc les ânes aux messagers de Jésus de Nazareth, ces justes sauront utiliser ce présent pour le bien des faibles et l'accepteront sans discuter.

Ma proposition eut l'heur de plaire à Nâtan.

– Il est bon que ces ânes gris soient au service des doux, dit-il en souriant. J'en suis heureux.

Puis il hésita avant d'ajouter :

– Veux-tu que je vienne t'avertir s'il se passe quelque chose ?

– Non, Nâtan ! répondis-je en secouant la tête. Non, car l'on m'a mis à l'écart de tout et je ne veux plus espionner ni faire de questions. S'il est écrit que je doive encore entendre parler d'eux, j'entendrai sans faire d'effort. N'aie pas de souci pour moi, ô Nâtan, et que seul ton trésor dans le royaume des cieux te préoccupe désormais.

Et sur ces mots, il s'éloigna de nous. La lumière du crépuscule vira au violet et un sentiment d'oppression s'empara de moi malgré la présence de Myrina à mes côtés. Je ne réussis même pas à lever les yeux vers le temple et, au fur et à mesure que les ténèbres tombaient sur la ville, la sensation d'irréalité qui m'avait saisi avant mon départ pour Tibériade me saisit de nouveau. La grande cité regorgeait de monde venu non seulement de la Judée et de la Galilée mais encore de tous les pays où sont éparpillés les fils d'Israël.

Pourtant, une impression d'infinie solitude étreignait mon cœur dans la chambre d'hôtes du syrien Carantès. Il me semblait qu'une immense force vibrait au-dessus de la ville et m'avait entraîné dans son tourbillon, me faisant disparaître comme une étincelle dans le vent. Submergé par la terreur, je serrai la main de Myrina de toutes mes forces ; la jeune fille attendit un moment puis, me prenant par le cou, me fit asseoir près d'elle dans la chambre envahie peu à peu par l'obscurité de la nuit. A présent, je n'étais plus seul et ne désirais plus jamais l'être.

Un peu plus tard, Carantès apporta une lampe ; lorsqu'il nous vit ainsi côte à côte, il baissa la voix et, marchant sur la pointe des pieds, n'entama point son habituel bavardage. Il demanda simplement si nous désirions manger, mais nous secouâmes la tête. J'avais en effet l'impression, vu l'état d'esprit dans lequel je me trouvais, que je n'aurais pu avaler une seule bouchée. S'accroupissant devant nous, Carantès nous examina à la lumière de la lampe ; il n'y avait nulle moquerie dans ses yeux brillants, mais plutôt de la peur et du respect.

— Que t'arrive-t-il, ô Marcus ? demanda-t-il timidement. Que se passe-t-il et qu'avez-vous tous les deux ? J'ai l'impression que l'on me pique par tout le corps lorsque je vous regarde ! On dirait que l'orage va éclater et pourtant le ciel est plein d'étoiles ! Quand je suis entré dans la chambre, j'ai vu briller vos visages dans l'obscurité.

Mais je fus incapable de lui répondre et Myrina n'ouvrit pas la bouche. Après un instant, le Syrien se leva et se retira, la tête basse et sans faire de bruit.

Nous partageâmes cette nuit-là la même couche ; je me réveillai à plusieurs reprises et, la sentant près de moi, n'éprouvai aucune frayeur ; à travers le voile léger du sommeil, je sentis que parfois elle me touchait le visage et compris qu'elle aussi, grâce à ma présence, se sentait rassurée.

Le lendemain était le jour du sabbat pour les fils d'Israël. Nous vîmes la foule affluer vers le temple mais ne bougeâmes point de notre chambre. Rien cependant ne nous empêchait de sortir pour tout observer, car la loi judaïque sur le chemin du sabbat ne nous concernait pas, mais ni l'un ni l'autre n'avions envie d'aller dehors. Nous parlions parfois pour entendre notre voix. Myrina me raconta son enfance, nous nous appelions, et mon nom me plaisait infiniment prononcé par la jeune fille qui se réjouissait d'entendre le sien lorsque je le disais à haute voix.

C'est ainsi qu'à Jérusalem, par un jour baigné de silence, nous nous sommes métamorphosés lentement en un seul être afin de vivre ensemble le reste de nos jours. Grâce suprême pour un homme comme moi ! Je ne suis point encore parvenu à mesurer l'ampleur du présent que me fit ce pêcheur inconnu en me mandant auprès de Myrina dans le théâtre de Tibériade.

Nulle parole discordante ne franchit nos lèvres ce jour-là, le soir nous prîmes ensemble quelque nourriture puis dormîmes dans les bras l'un de l'autre jusqu'à l'aube de la fête de la Pentecôte.

Je me sentis en ouvrant les yeux en proie à une grande inquiétude et me mis à marcher de long en large dans la chambre ; les membres tremblants, j'avais froid, bien que la journée s'annonçât très chaude et Myrina en me touchant le front et en caressant mes joues ne m'apporta nul soulagement.

– Pourquoi sommes-nous venus à Jérusalem ? lui dis-je sur un ton accusateur. Qu'avons-nous perdu en ces lieux ? Ce n'est point notre ville mais la sienne et cette fête ne nous concerne pas mais le concerne lui !

– Comme tu manques de patience ! s'écria Myrina avec un air de reproche. Tu es étranger et tu as été appelé pour rendre témoignage de sa résurrection. N'as-tu donc point en toi suffisamment de patience pour attendre l'accomplissement de la promesse ? Les disciples sont prêts à demeurer ici douze ans si c'est nécessaire, et toi un seul jour t'a déjà lassé !

– J'ignore ce qu'on leur a promis et n'ai rien à y voir ! rétorquai-je avec aigreur. Je rends grâce pour tout ce que j'ai reçu et qui me suffit pour la vie entière. Pourquoi demander davantage quand j'ai déjà vécu des événements que les princes et les rois eux-mêmes pourraient m'envier !

– Il a été crucifié, a souffert, est mort et a ressuscité dans cette cité, cette cité est assez bonne pour moi, même si je devais attendre douze ans ! insista Myrina.

Mais mon inquiétude qui ne cessait de croître

ne me laissait point de répit. Mon esprit en pleine confusion s'interrogeait pour savoir si je devais me rendre au fort Antonia afin de voir le centurion Adénabar ou bien auprès de Simon de Cyrène ou bien encore du sage Nicomède.

– Quittons cette chambre au moins ! proposai-je. Je dois aller chez mon banquier Aristhènes voir l'état de mon compte ; je le trouverai certainement chez lui car il fait ses meilleures affaires les jours de fête.

Myrina ne s'y opposant pas nous sortîmes de la maison, mais à peine avions-nous laissé derrière nous l'impasse des merciers que mon angoisse redoubla d'intensité et je crus vraiment que mon cœur allait éclater dans ma poitrine ; accroché à la main de Myrina, je m'arrêtai, haletant avec violence. Je levai les yeux vers le ciel : il était serein et voilé d'un léger crêpe de fumée qui donnait au soleil une teinte rougeâtre ; pas le plus petit signe avant-coureur d'un orage et la journée n'était pas une journée particulièrement chaude pour la saison qui suit la moisson. Je ne comprenais point d'où me venait mon épuisement ni l'angoisse qui m'étreignait le cœur.

M'efforçant de me dominer, et pour faire plaisir à Myrina, je l'amenai visiter le temple, la cour des païens et le portique où le commerce et le change battaient déjà leur plein malgré l'heure très matinale. Nous marchions main dans la main et nous dirigeâmes vers le côté oriental du temple où je voulais lui montrer la grande porte corinthienne en cuivre que les fils d'Israël considèrent comme une des merveilles du monde. Mais les abords de la muraille étaient envahis par la puanteur des cloaques de la vallée du Cédron que les pluies d'hiver avaient nettoyés lors de ma première visite après la Pâque. Nous fîmes promptement demi-tour et prîmes la direction de la maison de mon banquier.

Nous étions parvenus à la hauteur du forum lorsque nous perçûmes une sorte de rumeur semblable au souffle d'un vent violent. Le bruit était si fort que maintes personnes tournèrent la tête vers les hauteurs de la ville. Pas un seul nuage ni un tourbillon ! Certains pourtant, montrant du doigt la ville haute, affirmèrent avoir vu tomber la foudre là-bas, bien que l'on n'eût point entendu de coup de tonnerre. Cette étrange rumeur avait quelque chose de surnaturel, et je me souvins brusquement de la maison dans la salle supérieure de laquelle j'avais été reçu une fois. Obligeant Myrina à me suivre, je pris ma course par les ruelles qui y mènent et nous n'étions point seuls à nous hâter dans cette direction, car la rumeur avait envahi la cité tout entière.

La foule se pressait en si grand nombre que l'on n'arrivait plus à franchir la porte de la vieille muraille ; les hommes, en proie à l'excitation, jouaient des coudes pour passer plus vite et, s'interrogeant en des langues étrangères, cherchaient à s'informer sur l'origine du bruit : les uns disaient qu'une maison s'était écroulée dans la ville haute, tandis que d'autres prétendaient qu'il y avait eu un tremblement de terre.

Mais la grande maison était debout, ses murs toujours dressés et cachant son secret ; une multitude qui ne cessait de grossir était déjà amassée devant sa porte ouverte ; je vis les disciples du Nazaréen qui sortaient d'un pas mal assuré, les yeux lançant des flammes et le visage écarlate d'hommes sous l'empire de la boisson ou d'un état extatique. Ils s'égaillèrent parmi la foule qui, saisie de frayeur à leur vue, leur ouvrit un chemin. Ils vociféraient dans des idiomes différents, suscitant un tel mouvement de curiosité que ceux qui étaient près d'eux hurlaient aux autres de se taire et, durant un certain temps, seules s'élevèrent dans le silence les voix des disciples parlant diverses langues.

L'un deux parvint près de l'endroit où Myrina et moi nous étions arrêtés. Je remarquai l'agitation qui contractait sa face et sentis la force qui émanait de sa personne ; il me sembla voir une flamme briller au-dessus de sa tête. Me regardant en face, il m'adressa la parole en latin bien qu'il ne me vît point, ses yeux étant fixés dans le royaume et non point en ce monde. Il s'exprimait en un latin très clair, mais à une si grande vitesse d'élocution que je ne pouvais saisir ni les mots ni le sens de son discours ; il s'adressa ensuite à Myrina en délaissant le latin pour le grec sans aucun effort, les mots paraissant jaillir de sa bouche comme un torrent irrésistible, si mêlés qu'il était impossible de les comprendre. Je n'arrivais point à imaginer comment ce paysan à l'imposante carrure et au visage recuit par le soleil, se montrait à même de parler grec ou latin à une si grande vélocité.

Puis il reprit sa marche à pas pressés, nous écartant de sa route comme des feuilles mortes emportées par le vent. Il se fraya un passage au milieu des gens attroupés, s'arrêta soudain, interpellant d'autres personnes dans des langages que je n'avais jamais entendus jusqu'alors. Les autres disciples, agissant de même, marchaient à travers la foule que l'on eût dit la proie de tourbillons. Elamites, Mèdes, Arabes, Crétois, Juifs des autres nations, tous levèrent les bras en signe d'étonnement, se demandant comment des Galiléens sans culture pouvaient s'adresser à chacun d'eux dans sa langue maternelle. Ils ne saisissaient guère cependant le sens de ce que les disciples voulaient leur dire car les mots déferlaient à une effroyable rapidité.

– Ce n'est pas eux qui parlent mais l'Esprit qui s'exprime à travers eux, dis-je à Myrina.

La foule n'avait cessé d'augmenter et les nouveaux arrivants discutaient pleins d'enthousiasme, se demandant les uns aux autres le sens de ce qu'ils voyaient. Des blasphémateurs, riant aux éclats, déclarèrent que les Galiléens étaient pleins de vin doux, mais laissèrent passer les disciples possesseurs du don des langues sans pouvoir s'expliquer la force qui les écarta du chemin.

Tandis que les disciples parlaient et parlaient sans relâche toujours soutenus par la même force, une impression de faiblesse envahit mon être, la terre trembla sous mes pieds et je dus m'agripper à Myrina pour ne point tomber. Voyant la pâleur de mon visage et mon front couvert de sueur, elle me conduisit avec détermination jusqu'à l'ombre de la maison, en franchit le seuil et me fit pénétrer dans la cour intérieure, nul ne nous en barra la route et nous nous trouvâmes là en compagnie de femmes et de serviteurs interdits, encore plongés dans la stupéfaction où les avait laissés ce qui venait de se passer. Myrina m'enjoignit de m'étendre à l'ombre d'un arbre et lorsque je repris conscience, j'étais incapable de dire où j'étais ni combien de temps j'étais resté évanoui. Mais l'accablement avait libéré mon esprit, cédant la place à une impression de paix qui le délivrait de toutes ses fatigues.

La tête appuyée sur les genoux de Myrina, je jetai un regard autour de nous et reconnus tout près, au milieu de femmes accroupies sur le sol, Marie la sœur de Lazare, Marie de Magdala et Marie, la mère de Jésus ; leurs visages irradiaient une telle lumière que je fus tout d'abord pénétré du sentiment de voir non de simples mortelles mais des anges revêtus d'une forme féminine.

Tournant ensuite les yeux vers la porte d'entrée, je prêtai l'oreille au murmure de la foule ébahie et aperçus Simon Pierre entouré de ses compagnons haranguant le peuple d'une voix forte et persuasive. Il s'exprimait à présent dans le dialecte de la Galilée et citait les prophètes ; il parlait sans crainte de Jésus de Nazareth et de sa résurrection lorsque Dieu l'avait réveillé d'entre les morts, de la promesse de l'Esprit saint qu'il avait reçue de son père et qui s'était répandue sur les disciples devant nous tous, car c'était là ce que nous voyions et entendions afin de pouvoir tous en rendre témoignage. Mais Pierre parlait en tant que fils d'Israël à d'autres fils d'Israël et, plein de déception, je cessai de l'écouter reportant mon regard suppliant vers le groupe des femmes.

Marie de Magdala, touchée par mon appel, se leva pour venir me saluer, démontrant ainsi qu'elle au moins ne m'abandonnait pas. Je l'interrogeai d'une voix éteinte sur ce qui était advenu ; s'asseyant alors près de moi, elle prit ma main entre les siennes et raconta :

– Les Onze et Matthias qu'ils ont élu pour faire le douzième étaient une fois encore réunis dans la salle haute quand, tout à coup, vint du ciel un bruit tel que celui d'un violent coup de vent qui remplit toute la maison où ils se tenaient. Ils virent apparaître des langues qu'on eût dites de feu et il s'en posa une sur chacun d'eux. Tous furent alors remplis de l'Esprit saint et commencèrent à parler d'autres langues comme tu as pu entendre.

– Est-ce là ce que Jésus de Nazareth leur avait promis ? demandai-je. Est-ce enfin la promesse dont ils attendaient l'accomplissement ?

La Magdaléenne remua la tête disant :

– Tu te rends compte que sans plus se cacher Pierre accompagné des Onze déclare ouvertement devant le peuple assemblé qu'il est le successeur du Christ ? Qui d'autre que l'Esprit saint eût pu lui donner une telle assurance ?

– Mais il ne s'adresse toujours qu'au seul peuple hébreu ! me lamentai-je tel un enfant auquel on vient d'arracher son jouet.

Et, comme pour mieux m'en convaincre, Pierre proclama en ce même instant :

– Que toute la maison d'Israël le sache donc avec certitude : Dieu l'a fait Seigneur et Christ ce Jésus que vous, vous avez crucifié !

Oubliant ma propre personne, je me dressai sur les coudes et criai, saisi de frayeur pour eux :

– Le peuple va se jeter sur eux et les lapider !

Mais au contraire, la foule demeura silencieuse et immobile comme si l'accusation de Pierre lui eût transpercé le cœur. Des voix timides s'élevèrent peu après qui demandaient aux apôtres :

– Frères, que devons-nous faire ?

Alors Pierre répondit d'une voix si forte que l'on dut l'ouïr dans tout Jérusalem :

– Repentez-vous et que chacun de vous se fasse baptiser au nom de Jésus-Christ pour la rémission de ses péchés, et vous recevrez alors le don du Saint-Esprit. Car c'est pour vous qu'est la promesse ainsi que pour vos enfants et pour tous ceux qui sont au loin, en aussi grand nombre que le Seigneur notre Dieu les appellera.

Ainsi proclamait-il à grands cris le secret du royaume tandis que, baissant la tête, je comprenais que même mû par la force de l'Esprit saint, il n'appelait à lui pour leur faire don de la promesse que les fils d'Israël et les circoncis qui respectent la loi et adorent leur dieu éparpillés dans le monde. Mon dernier espoir s'évanouit à ce discours, si tant est que j'eusse conservé au fond de moi celui de faire partie un jour de leur communauté. Pierre, en tout cas, jamais ne pourrait faire que je ne connaisse point Jésus et sa résurrection.

– C'est un homme lent et obstiné, mais sa foi est aussi inébranlable qu'une montagne, me consola Marie en voyant ma tristesse. Sois assuré qu'il grandira à la mesure de sa tâche. Il vient de parler de la fin du monde en citant le prophète Joël mais je ne crois point que nous en soyons proches. Jésus, en les quittant au mont des Oliviers, leur a dit qu'il ne leur appartenait pas de connaître les temps et moments que le Père a fixés de sa seule autorité. Pendant quarante jours, il leur est apparu et les a entretenus du royaume mais ils ont compris si peu de choses qu'ils insistaient encore juste avant que la nuée le fît disparaître, demandant : « Seigneur, est-ce en ce temps-ci que tu vas restaurer la royauté en Israël ? » Ainsi, ô Marcus, tu ne dois pas perdre tout espoir !

J'ignorais tout de ce qu'elle racontait et je m'empressai de l'interroger encore avec curiosité :

– Ne cachent-ils plus aux femmes ce qui arrive ? De quelle nuée parlais-tu ?

– Ils ne gardent plus aucun secret, confirma-t-elle avec satisfaction. Ils ont révélé sur la montagne le mystère de l'incarnation dans le pain et le vin ; maintenant les fidèles sont au nombre de cent vingt ! Le quarantième jour, Jésus les accompagna au mont des Oliviers, près de Béthanie, et leur enjoignit de ne pas quitter Jérusalem mais d'y attendre l'accomplissement de la promesse qu'il leur avait faite. « Jean, lui, a baptisé avec de l'eau », dit-il, « mais vous, c'est dans l'Esprit saint que vous serez baptisés sous peu de jours. » Et ce baptême, nul doute qu'ils ne viennent de le recevoir aujourd'hui car la force est en eux.

« Je ne sais rien de la nuée sinon que sur le mont des Oliviers, ils virent Jésus s'élever dans les airs jusqu'à ce qu'une nuée vînt le soustraire à leurs regards, leur faisant comprendre que dès lors Jésus ne leur apparaîtrait plus.

« Il n'est point dans mon intention de discuter avec eux, mais je me réserve le droit de sourire quand je vois leurs lentes tentatives maladroites pour exprimer ce que déjà mon cœur reconnaissait comme une vérité du temps où le maître était avec nous !

Tandis qu'elle parlait, je contemplai les arbres de la cour, brillants de leurs feuilles argentées, l'escalier menant à la salle haute et la lourde porte de bois afin de les graver à tout jamais dans ma mémoire. Du fond de mon abattement, je me sentais redevenir doux et humble de cœur, et songeai qu'il me suffisait d'être admis à contempler ce lieu où le royaume s'était fait réalité. Mes genoux se dérobèrent sous moi lorsque je voulus me redresser.

– Il faut que je quitte ces lieux ! Je n'ai nul désir de provoquer des discussions ni de déranger les justes. La force m'a jeté à terre, ils y verraient la preuve que l'on m'a repoussé des portes du royaume.

J'aurais aimé donner ma bénédiction à la Magdaléenne et la remercier de sa bonté, mais je me sentis bien trop insignifiant pour me risquer à bénir qui que ce soit ! Elle dut lire mon désarroi sur mon visage, car, me touchant le front, elle dit :

– N'oublie jamais que tu as aidé une des femmes perdues d'Israël à rentrer dans son sein ! Marie de Beerot a célébré ses noces dans l'allégresse et déjà rejoint son nouveau foyer. Nul d'entre eux n'en eût fait autant pour elle ! Il y a également, chez les femmes, Suzanne qui chaque jour bénit ton amitié, souviens-toi, où que tu sois, que certains parmi nous prient pour toi en secret bien que tu sois étranger.

– Non, non ! Tout ce que j'ai fait était égoïste et impur ! Aucune de mes actions n'a réellement été méritoire ! Il n'y a rien de bon en moi si ce n'est de savoir que Jésus est le Christ et le fils de Dieu, mais je ne puis guère en tirer gloire car je l'ai vu de mes propres yeux.

– Marcus n'a d'autre mérite que sa faiblesse, intervint Myrina. Peut-être, lorsque le royaume s'étendra jusqu'au bout de la terre, deviendra-t-elle sa force ! En attendant, je veux être sa consolation et il ne souffrira jamais de la soif en cette vie : j'ai en moi une source d'eau vive d'où jaillit assez d'eau pour qu'il s'y puisse désaltérer aussi.

Je voyais à présent Myrina d'un œil neuf. L'état d'abattement physique dans lequel je me trouvais me faisait voir les êtres d'une manière trompeuse : ainsi je la voyais entourée d'une lumineuse splendeur, telle un ange, de telle sorte que je ne la considérai plus comme une mortelle mais comme un ange tutélaire revêtu d'une enveloppe charnelle et envoyé vers moi pour me maintenir dans le chemin. Pensée étrange puisque je connaissais parfaitement son passé, l'ayant rencontrée sur le bateau de Joppé !

Myrina, me prenant par le bras, me fit sortir de la maison, parmi la foule dont la voix inquiète emplissait l'espace. Ils étaient à chaque instant plus nombreux ceux qui demandaient avec angoisse ce qu'ils devaient faire ; certains avaient gratté leurs vêtements dans l'espoir que leurs fautes leur fussent pardonnées. Prenant la tête de ses compagnons, Pierre se mit à dévaler les ruelles de la cité et sortit suivi de la multitude innombrable. Il s'arrêta près de l'étang où il commença avec les Onze à baptiser au nom de Jésus-Christ tous ceux qui voulaient faire pénitence et obtenir la rémission de leurs péchés. Myrina, préoccupée à cause de moi, accepta toutefois de marcher derrière la foule pour voir la suite des événements.

Ainsi donc, hors des murailles de Jérusalem, je pus contempler les Douze : ils baptisaient dans l'étang tous les fils d'Israël qui venaient à eux et, leur imposant les mains sur la tête, leur remettaient leurs fautes. On eût dit que plus nombreux ils recevaient le baptême, plus la foule éclatait d'allégresse et se pressait autour des apôtres ; maintes femmes furent également baptisées ; de toutes parts s'élevaient des psaumes joyeux d'Israël et les hommes s'embrassaient ; certains parlaient des langues étrangères, d'autres frappaient leurs pieds en cadence sur le sol, le visage resplendissant et les yeux extatiques. Cela dura jusqu'au coucher du soleil. Plus tard j'appris que les apôtres avaient baptisé ce jour-là trois mille personnes.

Ils acceptaient tous les Juifs sans marquer de différence, riches, pauvres, boiteux, mendiants et même esclaves : leur force inépuisable se déployait sur tous ! La tristesse alors envahit mon cœur et je regagnai la maison avant la nuit, pensant comme il était facile pour les fils d'Israël de voir leurs fautes pardonnées, même pour ceux qui avaient crié devant Ponce Pilate : « Crucifie-le ! Crucifie-le ! » car ils étaient nombreux ceux-là qui, pleins de terreur, se repentaient à présent.

Peut-être qu'en ce jour d'excitation, il m'eût été possible de me glisser parmi eux afin de recevoir le baptême ; mais je ne voulais point tromper les messagers et un baptême reçu dans ces conditions n'eût revêtu aucune valeur à mes propres yeux, même si, par inadvertance, ils m'eussent imposé les mains. Qui sait si l'Esprit saint, reconnaissant en moi un Romain, ne m'eût point repoussé ? Je ne puis répondre à cette question, n'ayant point essayé de tromper les disciples.

Le lendemain, j'étais encore plongé dans la même incertitude tandis que Myrina brillait comme un ange en vaquant à ses occupations dans notre chambre chez le Syrien. Elle m'examina, s'apercevant que quelque chose en moi avait changé pendant que je gisais sans connaissance dans la cour de la maison. J'étais plus dépouillé, plus détaché de la vanité des choses.

Quelques jours plus tard, le propriétaire Carantès monta dans la chambre.

– Tu ne m'as toujours rien raconté sur ton voyage en Galilée ? dit-il après m'avoir jeté un regard aigu. Qu'est-ce qui te rend si taciturne ? Tu sais déjà, je suppose, que des miracles ont lieu ici aussi de nouveau à cause du Nazaréen crucifié auquel tu t'étais intéressé. Ses disciples sont revenus et prétendent que leur rabbin leur a légué une force magique ; ils pervertissent les gens et l'on voit des pères abandonner leurs enfants et des fils se séparer de leurs pères pour se joindre à eux ! Maintes personnes même se défont de leurs biens, ce qui prouve bien qu'il s'agit là de pratiques dangereuses ! Ils blasphèment chaque jour dans le portique du temple sans souci du Sanhédrin ; ils mettent tout en commun et se réunissent dans des maisons où ils célèbrent des cérémonies secrètes de caractère fort suspect. Il y a même des fils d'Israël, tout à fait honorables et dont on n'eût jamais attendu chose pareille, qui se sont laissé contaminer par le Nazaréen et le reconnaissent pour roi des Juifs !

Que pouvais-je dire et qui étais-je pour m'instaurer son maître ? Rien ne l'empêchait d'aller écouter les Douze ! Ni Myrina, ni moi nous n'ouvrîmes la bouche.

– Que s'est-il passé ? demanda-t-il en secouant la tête avec tristesse. A quoi veux-tu en venir en restant jour après jour ainsi immobile dans ta chambre et les yeux grands ouverts ?

Je réfléchis à cette question et un sourire plein de mélancolie me monta aux lèvres.

– Peut-être vais-je suivre ton conseil, répondis-je. Je bâtirai une maison et planterai des arbres. C'est un moyen aussi bon qu'un autre pour attendre dans la paix !

Et j'ajoutai avec un soupir :

– Du moment que je veille à ce que mon cœur

ne s'attache exagérément à rien de ce monde et que je reste prêt à tout quitter sans regret le moment venu !

— Chacun d'entre nous devra tout quitter le moment venu ! soupira Carantès plein de sagesse. Mais que ce moment soit encore bien loin de nous !

Puis, après réflexion, il demanda timidement :

On dit que ces sorciers de Galiléens ont en leur possession la potion de l'immortalité ?

Je ne me risquai point à lui répondre sur ce sujet non plus, pensant qu'il était en mesure de se renseigner directement auprès des adeptes de Jésus.

— Tu as changé, ô Marcus le Romain, tu n'es plus le même que lorsque tu t'en fus en Galilée, soupira-t-il en se redressant. J'ignore si tu es meilleur ou pire qu'avant, mais en tout cas tu me fais soupirer moi aussi ! Tout ce que je sais, c'est que Myrina que tu as ramenée de là-bas est une fille silencieuse auprès de laquelle on se sent bien ; depuis son arrivée sous mon toit, mes affaires marchent et ma femme ne me frappe plus avec sa sandale plusieurs fois le jour ! Elle ne serait pas laide, si elle grossissait un petit peu !

Je ris malgré moi.

— Ne te mêle pas de la grosseur ou de la maigreur de Myrina ! rétorquai-je. Pour moi elle est belle telle qu'elle est, et je crois que même lorsque ses cheveux seront devenus blancs et qu'elle n'aura plus de dents, elle demeurera belle, en admettant que nous vivions jusque-là !

Carantès prit alors congé, satisfait d'avoir réussi à me faire rire. En y songeant, je me rendis compte que Myrina en effet me paraissait plus belle de jour en jour. Ayant quitté sa vie nomade de comédienne et mangé tous les jours à sa faim, elle avait un peu grossi et ses joues moins hâves lui seyaient mieux. Une vague de tendresse me submergea en y réfléchissant : voilà qui démontrait qu'elle n'était point un ange mais bien une femme parmi les autres êtres humains.

Elle était allée au temple : dans la cour, en effet, deux ou trois apôtres venaient prêcher chaque jour les baptisés et les curieux, annonçant la résurrection et rendant témoignage que Jésus était le Christ.

Plein d'entrain, je m'habillai et me coiffai pour me rendre chez Aristhènes mon banquier dans le but de préparer mon départ de Jérusalem. Il me reçut d'une manière fort courtoise et se lança dès mon arrivée dans un discours animé.

– Ah ! Je vois que les bains de Tibériade t'ont convenu à merveille ! dit-il. Tu n'es plus dans l'état de surexcitation d'autrefois et tu ressembles de nouveau à un Romain ! Je m'en réjouis et je vais maintenant te révéler une chose, si par hasard tu ne le sais déjà : les Galiléens sont revenus ici et provoquent de grands désordres. Ils proclament ouvertement la résurrection de Jésus de Nazareth, mais l'on sait parfaitement à quoi s'en tenir dans les milieux bien informés ; en interprétant les Ecritures à leur fantaisie, ils affirment que ce Jésus est le Messie et prétendent qu'il leur a conféré le pouvoir de pardonner les péchés. Personnellement je respecte les textes sacrés mais, étant saducéen, je n'accepte ni la tradition orale ni l'interprétation tout à fait insupportable qu'en donnent les Pharisiens, et les discussions sans fin au sujet de la résurrection que ces derniers arrivent à admettre sont à mes yeux dénuées de sens.

« Quand je pense que l'on accuse les Juifs d'intolérance ! Je vois au contraire une preuve évidente de tolérance dans le fait que nous acceptons que s'expriment les différentes sectes ! Jamais le Nazaréen n'aurait été crucifié s'il n'avait pas blasphémé ! Le blasphème est la seule chose que nous ne tolérions pas ! Hélas ! une dissension semble se faire jour parmi nous et à son sujet ! Le temps dira si nous pouvons laisser ce schisme prendre de l'ampleur ou si nous devons le combattre.

« Ils baptisent leurs adeptes, mais cela n'est pas une nouveauté et nous n'avons jamais considéré le baptême comme un délit ; ils prétendent guérir les malades, ce que faisait également leur maître sans que nul songe à le poursuivre ! La seule restriction à ce sujet fut émise par les Pharisiens qui jugeaient illégal l'accomplissement de miracles le jour du sabbat. Ce qui me paraît être le point le plus dangereux de leur doctrine est cette pratique de la communauté des biens : des hommes, jusqu'à ce jour réputés pour leur bon sens, vendent leurs champs pour aller déposer leur argent aux pieds des disciples ! Et qu'en font ces derniers ? Ils le distribuent à chacun selon ses besoins si bien qu'il n'existe plus ni pauvres ni riches parmi eux ! Les membres du gouvernement se trouvent à l'heure actuelle pris de court, car nous avions tous cru que les choses se calmeraient d'elles-mêmes une fois le Nazaréen crucifié ; nous n'avons nulle intention de poursuivre qui que ce soit, mais néanmoins le courage de ces Galiléens ne laisse pas de nous étonner ; à moins qu'ils ne sachent que Ponce Pilate interdit de les toucher, c'est ce que pense le Grand Conseil. Encore l'insupportable politique de Rome ! Ne prends point ombrage de ma sincérité, tu connais à présent nos coutumes et nous sommes entre amis ! C'est maintenant que le procurateur pourra vraiment se laver les mains en se moquant de nous : « Vous le constatez vous-mêmes, la dernière imposture est pire que la première ! » Le peuple, crédule, va se mettre de son côté et, si l'on commet l'imprudence de le persécuter, redoublera de foi à l'égard des pêcheurs de la Galilée !

Il avait parlé tout d'une traite sans reprendre haleine.

– Je remarque que tu te montres plus excité que moi quand il s'agit du Nazaréen, ne pus-je m'empêcher de constater. Calme-toi, ô Aristhènes, et souviens-toi des textes sacrés : si l'œuvre des Galiléens procède des hommes, elle tombera d'elle-même sans que tu aies à t'en soucier. Mais si elle procède de Dieu, alors ni toi ni le Conseil Suprême ni aucun pouvoir en ce monde ne pourra la détruire.

Le souffle court, il médita sur ce que je venais de dire, puis, en éclatant soudain de rire, me fit un signe d'apaisement.

– Aurais-tu la prétention, toi un Romain, de m'enseigner les textes sacrés ? Non ! L'œuvre de ces rustres pêcheurs de la Galilée ne peut venir de Dieu ! C'est impossible, la vie ne vaudrait plus la peine d'être vécue et le temple pourrait s'écrouler sur ses fondations ! Leur œuvre disparaîtra, n'en doute point ! Bien avant eux déjà, d'autres se sont présentés qui prétendaient beaucoup mais qui tous ont fini par mourir ! Les ignorants sont incapables de prophétiser durant une longue période sans se prendre au piège de leurs propres discours !

Puis après ces considératons rassurantes, il me demanda le motif de ma visite et intima l'ordre à son scribe de rechercher mon compte et d'effectuer les calculs concernant les divers changes monétaires. Je lui adressai les plus vifs compliments sur son homologue de Tibériade tandis que lui, tout en approuvant de la tête, ne cessait de donner de légers coups sur sa table avec un mince rouleau, sans doute une lettre, qu'il tenait dans sa main.

– J'ai failli oublier ! s'exclama-t-il soudain en me tendant le papyrus. C'est ton banquier d'Alexandrie qui me l'a fait parvenir, mais je ne te l'ai pas envoyé à Tibériade de peur qu'il ne se perde car j'ignorais la durée de ton séjour là-bas.

Une vague de peur panique me submergea lorsque, du premier coup d'œil, je reconnus l'écriture nerveuse de Tullia après avoir rompu le sceau et déroulé le petit rouleau.

« *Tullia au traître Marcus Mezentius, salut !* »

« Ainsi il n'y a pas un seul homme en lequel on puisse se fier et la fidélité est une vaine promesse ? Ne m'avais-tu fait le serment que tu m'attendrais à Alexandrie tout le temps qui me serait nécessaire pour régler mes affaires à Rome, afin que je puisse être enfin tout entière à toi ? La Ville n'était plus la Ville toi parti, mais j'ai déployé toute mon habilité pour affermir ma position et j'ai réussi ! Et lorsque je débarque tout amaigrie et malade après une terrible traversée sur une mer déchaînée, que m'annonce-t-on ? Que manquant à ta parole, tu es parti pour la Jérusalem des Juifs !

« Reviens dès réception de cette lettre ! Je suis à l'auberge de Daphné qui jouxte le port. Je veux te revoir, mais ne t'attendrai pas éternellement ! J'ai des amis à Alexandrie !

« Si tu as envie de poursuivre tes recherches sur la philosophie des Hébreux, comme on le dit à Alexandrie, envoie-moi un message tout de suite et je viendrai te rejoindre à Jérusalem. Alors, crois-moi, toutes tes préoccupations hébraïques s'envoleront en fumée !

« Hâte-toi donc de venir ! Je ne suis plus qu'impatience et me consume en vain en t'attendant. »

Je me sentis vibrer de tout mon être à chacun de ces mots et dus relire toute la lettre avant d'arriver à dominer mon émotion.

– Depuis quand as-tu reçu ce rouleau ? articulai-je enfin d'une voix tremblante.

Aristhènes compta sur ses doigts avant de répondre.

– Environ deux semaines ! Pardonne-moi car je ne pensais pas que tu prolongerais ton séjour à Tibériade si longtemps !

J'enroulai le papyrus que je mis dans ma tunique tout près de mon cœur.

– Laissons les comptes, dis-je troublé. Je ne me sens pas en état de les vérifier pour l'instant.

Je quittai la banque en proie à une véritable panique et courus vers la maison de Carantès, mon refuge, sans jeter un seul regard autour de moi, tel un homme en faute. La lettre de Tullia avait frappé en plein dans ma faiblesse au moment même où j'avais l'illusion d'avoir recouvré ma tranquillité d'esprit, au moment où je pensais être devenu humble de cœur !

Myrina, heureusement, n'était point encore rentrée. J'eus, le temps d'un éclair, la terrible tentation de confier ma bourse à Carantès pour la lui remettre et de m'enfuir à toutes jambes vers Alexandrie afin de serrer Tullia dans mes bras. Je caressai sa lettre du bout des doigts et la retrouvais dans chacun des mots écrits à grands traits pressés et nerveux et mon corps s'embrasait tout entier à sa seule pensée.

Mais, en même temps, je la jugeai en toute lucidité. C'était bien de Tullia de commencer en attaquant ! Je l'avais attendue une année entière sans recevoir le moindre signe de sa part ! Que voulait-elle dire en écrivant qu'elle avait réussi à affermir sa position ? Qu'elle avait un nouvel époux après une nouvelle séparation ? On ne pouvait se fier à rien de ce qu'elle disait ! « ...tout amaigrie et malade après une terrible traversée..., des amis à Alexandrie... » Dans quels bras la retrouverais-je si je décidais d'aller la rejoindre ? Tullia, elle, choisit ! Moi, je ne suis qu'un de ses caprices. Ce dont je pouvais être sûr en tout cas, c'est qu'elle n'était pas venue pour moi seul ! D'autres raisons l'avaient amenée à Alexandrie !

Cette femme représentait pour moi l'incarnation de ma vie d'autrefois, faite de plaisir et de vide. Libre à moi de choisir ! Si je me prononçais en faveur de Tullia, j'abandonnerais à tout jamais la recherche du royaume car je savais aussi sûrement qu'elle, que si je retournais à ma vie de plaisirs, je ne tarderais guère à oublier toutes les autres préoccupations. Et je me haïssais et haïssais ma faiblesse plus amèrement que jamais à cette seule idée ! Cette faiblesse, qui ne résidait pas dans mon désir ardent pour elle mais dans mon hésitation, car j'en étais à me demander si j'allais me précipiter dans ses bras pour y souffrir à nouveau mille tortures ! Quelle humiliation ! Si j'avais possédé la plus infime fermeté, je n'aurais pas hésité un seul instant ! Après tout ce que je venais de vivre et de voir de mes propres yeux, mon choix aurait dû être évident et immédiat ! Loin de Tullia et loin du passé ! Mais j'étais si faible et si sensible à la tentation, que le feu dévorant des souvenirs me faisait douter.

Le front couvert de sueur, je me battais contre la tentation et n'éprouvais que mépris pour ma propre personne. J'avais tellement honte de moi que je ne voulais à aucun prix que Jésus de Nazareth fût témoin de mon infamie. Alors, me voilant la face, je priai :

– « Et ne me laisse pas tomber dans la tentation mais délivre-moi du mal. Au nom de ton royaume ! »

C'était tout ce que je pouvais faire !

Aussitôt, l'escalier se mit à craquer et je reconnus le pas de Myrina. Elle ouvrit la porte et pénétra rapidement dans la pièce, les mains levées, comme si elle apportait une grande nouvelle.

– Pierre et Jean ! s'écria-t-elle. Pierre et Jean...

Mais en voyant mon expression elle laissa tomber ses mains. Son visage perdit son éclat et elle me parut laide tout à coup.

– Ne me parle plus de ces hommes, dis-je avec colère. Je ne veux rien savoir à leur sujet !

Myrina, surprise, fit un pas vers moi mais n'osa pas me toucher. Je me reculai et m'appuyai contre la cloison pour éviter qu'elle s'approchât davantage de moi.

– Ils viennent de guérir un pauvre impotent de naissance près de la porte corinthienne du temple, balbutia Myrina, mais les paroles s'éteignirent sur ses lèvres et elle leva vers moi un regard désolé.

– Et quoi ? hurlai-je. Je ne doute pas de leur pouvoir ! Mais en quoi cela me regarde-t-il ? J'ai vu assez de miracles, ils ne m'étonnent plus !

– Pierre l'a pris par la main et l'a relevé, raconta Myrina en bégayant. A l'instant ses pieds et ses chevilles s'affermirent ; tout le peuple courut plein d'excitation au portique de Salomon, où cet homme guéri sautait en chantant les louanges de Dieu ; les gens lui touchaient les pieds pour bien se convaincre, tandis que Pierre prêchait la rémission des péchés.

– Quel spectacle réjouissant pour les Juifs !

La jeune fille, hors d'elle, me saisit les bras avec ses deux mains et se mit à me secouer violemment.

– Qu'as-tu, ô Marcus ? Qu'est-il arrivé ? me demanda-t-elle, les yeux pleins de larmes.

– Oh ! Tu peux pleurer, Myrina ! dis-je, le cœur endurci. Et ce ne seront pas les seules larmes que tu verseras sur moi, j'en suis certain !

Elle me lâcha, essuya ses yeux d'un geste vif et redressa la tête. La colère empourpra ses joues et elle frappa du pied en m'ordonnant :

– Parle clairement ! Que s'est-il passé ?

Froidement, je contemplais avec ironie les traits qui ce matin encore m'avaient paru si chers, en essayant de comprendre ce que j'avais cru voir en cette fille. A travers elle, je revis les yeux brillants de Tullia et ses joues dévorées de plaisirs.

– J'ai reçu une lettre de Tullia, dis-je en lui montrant le rouleau. Elle m'attend à Alexandrie !

Myrina me regarda longuement. On aurait dit que son visage se rétrécissait et que ses joues se creusaient encore davantage ; puis elle s'agenouilla par terre et enfouit sa tête dans ses mains ; je crois qu'elle priait mais je ne vis pas le mouvement de ses lèvres. Je me sentais comme meurtri, incapable de penser quoi que ce fût ; les yeux posés sur ses cheveux dorés, il me vint soudain à l'esprit qu'il suffirait d'un coup d'épée pour faire tomber la tête de cette fille et m'en délivrer à jamais. Mais cette idée me parut si absurde que j'éclatai de rire.

Enfin Myrina se leva et, sans me regarder, se mit en devoir de rassembler ce qui m'appartenait et de préparer mes effets. Surpris puis effrayé, je ne pus m'empêcher de l'interroger.

– Que fais-tu ? Pourquoi ramasses-tu mes vêtements ?

La jeune fille compta sur ses doigts en murmurant, comme pour rafraîchir sa mémoire :

– Il faut encore laver ta tunique et ton manteau de voyage !

Puis elle ajouta :

– A ce que je vois, tu as l'intention de partir en voyage ! Tu penses rejoindre ta Tullia ! Je m'occuperai donc de tes bagages, laisse-moi faire !

– Qui t'a dit que je voulais partir ? m'exclamai-je en proie à l'inquiétude. Puis, la saisissant par les poignets je l'obligeai à abandonner sa tâche : Je n'ai rien dit de semblable ! Je t'ai parlé pour que nous décidions entre nous de ce qu'il convient de faire !

Mais Myrina secoua la tête.

– Non ! Non, répondit-elle, tu as déjà pris ta résolution au fond de ton cœur et si j'y mettais un obstacle, je ne ferais qu'irriter ta rancœur contre moi. Il est vrai que tu es un être faible et que peut-être, en invoquant le royaume, je pourrais te faire rester mais tu ne me le pardonnerais jamais ! Tu te consumerais à l'idée que tu aurais sacrifié pour moi ton irremplaçable Tullia ! C'est pourquoi il vaut mieux que tu la rejoignes : tu ne peux la laisser toute seule si elle t'attend !

Je n'en croyais pas mes oreilles ! J'avais l'impression que la jeune fille se défaisait de moi et que je perdais la seule personne au monde capable de me protéger.

— Mais... balbutiai-je, mais...

Et plus un mot ne put franchir mes lèvres.

Myrina finit par me prendre en pitié et murmura :

— Je ne peux rien pour toi dans cette affaire. Tu dois faire toi-même ton choix et en répondre tout seul.

Puis elle me regarda avec un triste sourire avant d'ajouter :

— Je vais t'aider cependant à prendre une décision : tu peux aller retrouver ta Tullia pour qu'elle t'embrasse, te pique avec des aiguilles de feu et te détruise. Tu m'en as assez dit sur elle pour que je puisse imaginer comme elle est ! De mon côté, je te suivrai et, le moment venu, recueillerai ce qui restera de toi lorsqu'elle t'aura abandonné. Ne crains pas de me perdre, Jésus de Nazareth t'a confié à mes soins ! Va-t'en, si la tentation est si forte que tu ne puisses y résister. Il te pardonnera comme je te pardonne au plus profond de mon cœur qui te connaît si bien !

Tandis qu'elle parlait avec tant de douceur, l'idée de me retrouver près de Tullia me devenait de plus en plus insupportable et toutes les humiliations, toutes les souffrances dont elle m'abreuverait pour pimenter son plaisir assaillaient ma mémoire.

– Tais-toi, ô folle Myrina ! coupai-je. Veux-tu faire de moi la victime d'une femme cruelle et assoiffée de jouissances ? En vérité, ce n'est pas ce que j'attendais de toi ! Ne devrais-tu pas plutôt me réconforter et m'aider à résister à ma faiblesse ? Je ne te reconnais pas ! Comment peux-tu me traiter ainsi ?

Et je poursuivis, en proie à l'irritation :

– Malgré ce que tu dis, je n'avais pas du tout décidé en mon cœur de partir la rejoindre et j'attendais un conseil de ta part ! Et je n'ai pas non plus l'intention de me rendre à Alexandrie ! L'unique chose qui me préoccupe, c'est comment le lui faire savoir ! Peut-être me faudrait-il lui écrire un mot ? Sinon elle va croire que je me suis perdu au cours de mon voyage !

– Quelle peine ! murmura Myrina. A moins qu'il ne soit nécessaire, pour satisfaire ta virilité, de l'humilier en lui écrivant que tout est fini entre vous ?

– Tullia m'a bien humilié plus de mille fois ! répliquai-je avec aigreur.

– Et tu rendrais le mal pour le mal ? interrogea-t-elle. Il vaut mieux qu'elle croie que tu t'es perdu sans laisser de trace, car ainsi tu n'offenseras point la femme en elle. Elle a sans doute d'autres amis pour la consoler bientôt !

Je me sentis blessé tant elle avait raison ! Mais ma douleur à présent n'était plus que celle que l'on ressent lorsque l'on passe sa langue à l'endroit où l'on vient d'arracher une dent malade. Une soudaine sensation de liberté s'empara de mon être comme si je relevais enfin d'une longue maladie.

– O Myrina, je viens, grâce à toi, de me rendre compte à quel point la seule idée de te perdre m'est insupportable ! Tu n'es pour moi qu'une sœur, mais j'ai bien peur, ô Myrina, de t'aimer comme un homme aime une femme !

Le visage de la jeune fille s'illumina de nouveau comme celui d'un ange. Elle resplendissait en disant :

– Marcus et Myrina ! Tu sais bien au fond de toi que je serai pour toi ce que tu voudras et nous devons décider à présent de ce que nous ferons de nos deux vies.

Elle me prit gentiment par la main et me fit asseoir à côté d'elle. Puis elle se mit à parler comme si déjà elle avait mûrement réfléchi à cette question.

– Je caresse le rêve que ses disciples me donnent le baptême et me posent leurs mains sur la tête au nom de Jésus-Christ. Peut-être qu'ainsi je recevrai la force de sa force qui m'aidera à supporter cette vie et que j'aurai ma part du royaume et de l'Esprit saint descendu sur eux sous la forme de langues de feu. Hélas ! Ni toi ni moi ne sommes fils d'Israël ! Toutefois, ils acceptent de baptiser des prosélytes étrangers qui se font circoncire et vivent dans le respect de la loi. Mais on m'a dit qu'il existe d'autres prosélytes, qui eux ne sont pas circoncis ; ils craignent Dieu et doivent abandonner leurs idoles, leurs blasphèmes et leurs sacrifices humains ; l'inceste, le vol et la nourriture impure leur sont interdits et ils doivent mener une vie pleine de piété. Peut-être les apôtres consentiraient-ils à nous baptiser nous aussi si nous le leur demandions avec ferveur.

– Je sais tout cela et j'y ai pensé plus d'une fois, répondis-je en secouant la tête. Je n'ai plus d'autres dieux depuis que j'ai rencontré Jésus de Nazareth, le fils de Dieu ! Je n'aurais nulle difficulté à obéir à leurs ordres ! Qu'est-ce qui m'empêcherait de manger de la viande sacrifiée suivant la coutume juive ? Quelle différence avec une autre viande ? Mais je ne parviens pas à comprendre en quoi cela changerait quelque chose. En revanche, je ne puis m'engager à mener une vie toute de piété, car je ne suis pas religieux même si j'aspire au bien. Voilà un point dont je suis sûr ! En outre, tu fais erreur si tu crois qu'ils baptisent ceux que l'on appelle les prosélytes de la Porte, même si ces derniers frappent très fort ! Ils sont bien plus impitoyables que leur maître !

Myrina approuvait en hochant la tête et se saisit de ma main qu'elle serra fortement dans les siennes.

– Mon rêve n'est peut-être que le caprice d'un enfant ! admit-elle d'une voix résignée. Je ne crois pas que je puisse lui appartenir davantage, même s'ils me baptisaient et imposaient leurs mains sur ma tête. Laissons donc cette idée et suivons son chemin comme il nous l'enseigne. Prions pour que sa volonté s'accomplisse et que son règne arrive jusqu'à nous. Il est la vérité et la miséricorde, et cela doit nous suffire à nous qui l'avons vu de nos propres yeux !

– Son royaume ! Il ne nous reste plus qu'à attendre ! Mais nous sommes deux, et à deux il nous sera plus facile de suivre le chemin ! Voilà donc envers nous où réside sa miséricorde !

Nous ne quittâmes point Jérusalem aussitôt, car je tins à écrire auparavant tout ce qui venait de se passer, même si les récents événements n'avaient pas le caractère miraculeux des précédents. Je veux en tout cas me souvenir avec précision que l'Esprit saint est descendu du ciel tel un vent impétueux et apparu sous la forme de langues de feu qui se posèrent sur la tête des douze apôtres de Jésus le Nazaréen afin que nul désormais ne doutât de ces hommes.

A cette époque, ceux qui gouvernaient les Juifs se saisirent de Pierre et de Jean, mais durent les relâcher dès le jour suivant sous la pression populaire. Et les disciples, sans peur des menaces, continuent avec courage leurs prédications. Depuis qu'ils ont guéri un impotent près de la porte du temple appelée la Belle, je crois que plus de deux mille personnes se sont jointes à eux. Voici que maintenant tous ceux-là, dans leurs maisons, rompent le pain et bénissent le vin au nom de Jésus-Christ pour gagner l'immortalité, et il n'y a plus de pauvres parmi eux car les riches vendent leurs terres et leurs demeures afin que chacun reçoive ce dont il a besoin. Je pense que s'ils agissent ainsi, c'est parce que pour l'instant tout est clair comme un miroir pour eux et qu'ils sont persuadés que le royaume est tout proche, mais je ne sache point que Simon de Cyrène ait déjà vendu ses biens.

Lorsque j'eus mis fin à mon récit, je reçus l'ordre du proconsul Ponce Pilate de quitter sans retard les territoires soumis à sa juridiction, à savoir Jérusalem et la Judée, et les légionnaires de la forteresse Antonia avaient la mission de me conduire devant lui à Césarée dans le cas où je refuserais de partir. Je ne saurais dire les raisons qui ont poussé Pilate à prendre une telle mesure à mon endroit : sans doute considère-t-il mon séjour prolongé à Jérusalem comme une atteinte aux intérêts de Rome ! Et comme je n'ai pas la moindre envie de le rencontrer, j'ai décidé de me rendre à Damas avec Myrina. Un rêve de la jeune fille est à l'origine de ce choix, et puis Damas a au moins l'avantage de se trouver à l'opposé d'Alexandrie.

En compagnie de Myrina, je suis retourné une dernière fois sur la colline où j'avais vu, à mon arrivée à Jérusalem, Jésus de Nazareth crucifié entre deux brigands. Puis je lui ai montré le jardin et le tombeau où l'on avait enseveli son corps et d'où il est sorti ressuscité pendant que la terre tremblait.

Mais déjà son royaume n'était plus en ces lieux !

TABLE

y a-t-il quelqu'un qui
m'aime ici ce soir

IMPRIMÉ EN FRANCE PAR BRODARD ET TAUPIN
58, rue Jean Bleuzen - Vanves - Usine de La Flèche.
LIBRAIRIE GÉNÉRALE FRANÇAISE - 14, rue de l'Ancienne-Comédie - Paris.

ISBN : 2 - 253 - 03450 - 9 30/5933/4